Die gottlose Insel

Simon Nebeling
Die gottlose Insel
Daniel Konrads dritter Fall

Thriller

schreibstark Verlag

Simon Nebeling, »Die gottlose Insel«

© 2024 der vorliegenden Ausgabe
Schreibstark Verlag
Saalburgstr. 30, 61267 Neu-Anspach

© 2024 Simon Nebeling

Alle Rechte vorbehalten.

Satz, Umschlagsfoto und -gestaltung: Simon Nebeling
Druck und Einband: Schreibstark Verlag

Für Andrea, Miriam und Manuel.

Prolog

Die grell leuchtende Lampe, die der Entführer neben der Tür abgelegt hatte, warf bedrohliche Schatten an die Wände der Holzhütte. Das Mädchen kniff die Augen zusammen, die sich während ihrer Gefangenschaft an die Dunkelheit gewöhnt hatten. Regungslos ertrug sie, wie der Mann ihr die Arme auf den Rücken drehte. Er schlang ein Seil um ihre Handgelenke und verknotete es so fest, dass sie vor Schmerzen aufstöhnte.

»Mach den Mund auf«, befahl er.

Sie gehorchte. Es brachte nur weiteres Leid, sich gegen ihn aufzulehnen, das hatte sie gelernt. Langsam öffnete sie ihre Lippen und warf dabei einen ängstlichen Blick über die Schulter. Der Mann zog einen Lappen aus seiner Hosentasche und stopfte ihn ihr in den Mund, bis sie würgen musste. Dann knebelte er sie mit einem zweiten Stofffetzen. Sie rang nach Luft, bis sie sich daran gewöhnt hatte, durch die Nase zu atmen. Einen Moment lang stand sie dort und wartete darauf, was als Nächstes passieren würde. Plötzlich stieß er sie brutal vorwärts, in Richtung der geöffneten Tür.

Als sie hinaustrat, wehte ihr ein eisiger Wind entgegen. Bloß mit dem T-Shirt und einer dünnen Leggins bekleidet, streifte die Kälte ihre nackten Arme. Das Mädchen zögerte weiterzugehen, spürte dann aber die Schusswaffe an ihrem Hinterkopf. Erbarmungslos schob er sie voran. Das grelle Licht folgte ihr, erzeugte noch mehr unheimliche Schatten, die um sie herumtanzten. So geführt, stolperte sie aus der Blockhütte heraus in den Wald. Die Dämmerung war schon weit fortgeschritten und die Luft war unangenehm feucht und kalt. Unnachgiebig trieb der Mann sein Opfer auf das Dickicht zu. Steine und heruntergefallene Äste bohrten sich in ihre Füße, dennoch schob er sie weiter voran, bis sie schließlich eine Lichtung erreichten. Sofort erkannte das Mädchen, was hier geschehen sollte. Sie wich vor dem ausgehobenen Erdloch zurück. Doch es gab kein Entkommen.

»Hinknien!«, befahl er.

Das Kind stand wie gelähmt da und starrte auf die schmutzige Schaufel, die in dem gewaltigen Erdhaufen steckte.

»Na los, mach schon.«

Sie unternahm einen verzweifelten Versuch, trotz des Knebels zu sprechen.

»Bitte nicht!«, bettelte sie, doch der Stoff erstickte ihre Worte. Tränen liefen über ihre Wangen und Urin an ihren Beinen herunter.

»Sofort!«, brüllte er.

Der Körper des Mädchens bebte, als sie endlich die Knie beugte und sich wimmernd vor ihr Grab hockte. Seine Hände zitterten, während er die Mündung seiner Waffe erneut an ihren Hinterkopf setzte. Die Zeit schien stillzustehen und die Welt um sie herum auf dieses kalte, trostlose Loch im Boden zu schrumpfen. Sie wagte nicht zu atmen, starrte bloß wie gebannt in die Dunkelheit und wartete auf das Unvermeidliche. Ein ohrenbetäubender Knall zerfetzte die Stille. Der Körper des Kindes wurde nach vorne gerissen und fiel reglos in das ausgehobene Loch.

Kapitel 1

Samstag, 4. Dezember, 02:24 Uhr

Daniel

Am Ende meiner Kräfte schleppte ich mich durch die Eingangshalle des Krankenhauses. Ich hatte den Arm um Maries Schulter gelegt, die mir auf diese Weise halt gab. Kurz zuvor war die Wunde an meinem Kopf rasiert, genäht und neu verbunden worden. Die Schnittverletzung am Fuß hatte zum Glück nicht weiter behandelt werden müssen. Trotzdem schmerzte sie bei jedem Schritt. Zuletzt hatte ich eine Tetanus-Auffrischung erhalten und war von einem jungen Arzt auf Anzeichen einer Gehirnerschütterung untersucht worden. Er hatte zwar keine gefunden, hätte mich aber dennoch gern zur Beobachtung über Nacht stationär aufgenommen. Ich hatte dankend abgelehnt und nach einer kurzen Diskussion ein Papier unterschreiben müssen, dass ich mich entgegen dem ärztlichen Rat selbst entlassen wollte. Vermutlich sicherte sich das Krankenhaus auf diese Weise gegen nachträgliche Schadensersatzforderungen ab. Diese Information hatte ich Marie aber lieber verschwiegen, denn ich hatte keine Lust auf einen Vortrag über meine Dickköpfigkeit.

Wenige Schritte vor der Drehtür ins Freie kam uns eine junge Frau entgegen. Ihre Kleidung verriet, dass es sich um eine Krankenschwester handelte. Sie musterte uns kurz und warf mir dann ein mildes, verständnisvolles Lächeln zu. Es war jener Gesichtsausdruck, mit dem ich auf ältere Menschen an der Kasse des Supermarkts reagiere, wenn es ihretwegen ein bisschen länger dauert. Ihr mitleidiger Blick traf mich wie ein Schlag ins Gesicht. Ich kam mir vor wie ein gebrechlicher

Greis und dieses Gefühl war unerträglich. Trotzig schaute ich sie an und zwang mich dazu, aufrechter und sicherer zu laufen. Dabei ignorierte ich die Schmerzen und das Schwindelgefühl, so gut es eben ging. Erst in letzter Sekunde bemerkte ich den Flügel der Drehtür und konnte gerade noch verhindern, von diesem am Kopf getroffen zu werden. In Schwarzweiß gefilmt und mit Klaviermusik unterlegt, wäre diese Szene bestimmt ein großer Lacher gewesen. Ich warf einen verlegenen Blick über meine Schulter, ob die Krankenschwester diesen Beinah-Zusammenstoß gesehen hatte. Erst danach bemerkte ich das breite Grinsen im Gesicht meiner Freundin.

»Was?«, stieß ich genervt aus.

»Es tut mir leid«, antwortete sie amüsiert. »Ich fürchte, die süße Schwester hat deinen heldenhaften Kampf gegen die Windmühle verpasst.«

Ich spürte, wie mir das Blut ins Gesicht schoss. Gerne hätte ich etwas Schlagfertiges erwidert, doch leider fiel mir nichts Passendes ein.

»K-können wir dann jetzt weitergehen?«, stammelte ich stattdessen sinnlos.

»Gott mag es so fügen«, antwortete Marie.

Obwohl ich das Buch niemals gelesen hatte, war ich mir sicher, dass dies ein Zitat aus Don Quijote war. Sie genoss diesen Moment der Überlegenheit sichtlich.

Ich beschloss, meinen Ärger herunterzuschlucken. Marie hatte in dieser Nacht viel für mich getan und ich hatte kein Recht, ärgerlich zu sein. Sie war mir nicht von der Seite gewichen, seit wir uns nach dem Vorfall auf der Eisenbahnbrücke wiedergetroffen hatten. Dafür war ich ihr unendlich dankbar, denn es handelte sich keinesfalls um eine Selbstverständlichkeit. Mir war die ganze Zeit über bewusst, dass sie als Mutter eines 13-jährigen Kindes eigentlich woanders sein sollte. Einmal hatte ich sogar den Versuch unternommen, sie zur Heimfahrt zu bewegen. Direkt bei unserer Ankunft am Krankenhaus hatte ich ihr angeboten, mir für die Rückfahrt ein Taxi zu nehmen, damit sie vorausfahren und nach ihrer Tochter schauen konnte.

»Red keinen Unsinn!«, hatte Marie nur geantwortet. »Sarah schläft sicher schon seit Stunden. Außerdem ist sie schon groß, sie hätte längst angerufen, wenn irgendwas vorgefallen wäre.«

Wir verließen das Krankenhaus und liefen den langen, von Büschen gesäumten Weg zum Parkplatz entlang. Ein eisiger Wind wehte und jeder Schritt durch die Kälte war mir einer zu viel. Endlich erreichten wir die erste Reihe parkender Autos. Ich versuchte, mich zu erinnern, wo wir den Wagen abgestellt hatten. Bevor es mir einfiel, ertönte bereits der durchdringende Signalton der Zentralverriegelung und grell aufleuchtende Scheinwerfer beantworteten die Frage. Marie hob meinen Arm von ihrer Schulter. Sie schien zu prüfen, ob ich ohne sie stehen konnte. Ihre Fürsorge bohrte in der Wunde, die die Krankenschwester kurz zuvor aufgerissen hatte.

»Ab hier schaffe ich es allein, Sancho«, sagte ich und konnte mir ein gehässiges Grinsen nicht verkneifen. Maries Blick machte deutlich, dass ihr der Vergleich mit Don Quijotes kleinem, übergewichtigen Knappen nicht passte. Insgeheim ärgerte ich mich, dass mir diese Erwiderung nicht schon früher eingefallen war.

Meine Freundin öffnete die Wagentür und ich ließ mich auf den Beifahrersitz plumpsen. Dann unternahm ich einen ungelenken Versuch, die Seitentür zu schließen. Marie war bereits um das Auto herumgelaufen und eingestiegen, als es mir endlich gelang. Sofort kondensierte unsere Atemluft an der kalten Frontscheibe. Daher beugte ich mich nach vorn und schaltete die Lüftung des Autos ein. Mein Kopf beantwortete diese schnelle Bewegung mit heftigem Schwindel. Es dauerte einen Moment, bis ich den Gurt greifen und ihn anlegen konnte.

Marie drehte den Zündschlüssel und der Motor sprang an. Sie setzte den Wagen rückwärts aus der Parklücke. Die Beschilderung führte uns zur Ausfahrt des Parkplatzes. Dort bogen wir auf die Straße. Ich schaute aus dem Fenster. Die Straßenlaternen sorgten mit ihrem orangegelben Schein für einen beständigen Wechsel von Licht und Schatten. In Verbindung mit dem monotonen Rauschen der Lüftungsanlage wirkte das geradezu betäubend. Meine Augenlider schienen schwer wie Blei zu werden. Keinesfalls wollte ich im Auto einschlafen, also richtete ich mich etwas auf. Nach wenigen Minuten erreichten wir die große Kreuzung und bogen in die Frankfurter Straße ein. Unwillkürlich drehte ich dabei den Kopf, um in Fahrtrichtung zu schauen. Mich durchzog ein dumpfer Schmerz, die Wirkung der Betäubungsspritze ließ offenbar bereits nach. Vorsichtig betastete ich den Verband. Die Stelle tat zwar nicht weh, doch da, wo mich der Mistkerl erwischt hatte, verspürte ich wieder ein leichtes Druckgefühl. Ich ahnte, dass sich dieser Druck innerhalb der nächsten Stunden in einen pochenden Schmerz verwandeln würde. Meine Freundin schien diese Bewegung mitbekommen zu haben.

»Wie geht's dir?«, fragte sie besorgt.

»Ich werde schon wieder. Ich will bloß ins Bett und schlafen«, brummte ich und überprüfte dabei, ob sich die Schmerztabletten noch in meiner Hosentasche befanden. Es wurde höchste Zeit, endlich nach Hause zu kommen.

Endlich nach Hause kommen. Es schien mir, als wäre diese Sehnsucht mein ständiger Begleiter geblieben, seit ich vor Wochen zu einer unheilvollen Reise nach Irland aufgebrochen war. Unsagbare Schrecken hatte ich dort durchlebt. Marc, ein Freund aus Kindertagen, war in den Fluten des Atlantiks ertrunken und seine Freundin Alexandra hatte ebenfalls einen grausamen Tod sterben müssen. Doch waren die beiden nicht die einzigen, die ich auf Great Blasket Island zurückgelassen hatte. Diese Reise hatte mein ganzes Leben ins Chaos gestürzt und obwohl ich inzwischen seit sechs Wochen wieder in Deutschland war, konnte ich nicht behaupten, bereits im Hier und Jetzt angekommen zu sein. Stattdessen hatte ich versucht, mich in die Arbeit zu stürzen. Die Beratung von Schülerinnen und Schülern mit auffälligem Verhalten hatte mich in der Vergangenheit stets ausgefüllt, doch auch dadurch war ich dem Gefühlschaos nicht entkommen. Im Gegenteil. Mit einer Einbruchserie in der Stadt und dem spurlosen Verschwinden eines Mädchens hatten weitere Ereignisse ihren Lauf genommen, die schließlich zur Ermordung eines ehemaligen Schülers geführt und mein Leben noch mehr durcheinandergebracht hatten. Erst vor wenigen Stunden hatte ich eine Verbindung zwischen diesen Geschehnissen und der Reise zu den Blasket Islands entdeckt. Alles hing letztlich zusammen, als hätte ich diese verfluchte Insel nie wirklich verlassen.

»Es ist schon verrückt, oder?«, sagte ich nachdenklich.

»Was denn?«, fragte meine Freundin. Ich realisierte erst durch ihre Rückfrage, dass ich den letzten Gedanken laut ausgesprochen hatte.

»Die ganze Sache«, antwortete ich nun zögernd, denn ich brauchte einen Moment, um meine Überlegungen zu sortieren. Es war nicht leicht, all diese Zusammenhänge auf einen Punkt zu bringen.

»Wenn Alexandra nicht auf Great Blasket Island gestorben wäre«, erklärte ich nun, »hätte sie die Kette einfach wieder zurückgegeben und all das wäre nie passiert.«

Aus dem Augenwinkel nahm ich wahr, wie meine Freundin nickte.

»Diese Insel hat noch mehr Menschen den Tod gebracht«, antwortete sie. So merkwürdig ihr Satz auch klang, ich kam zu demselben Schluss.

Samstag, 4. Dezember, 02:37 Uhr

Ricky

Vollkommen erschöpft lag Ricky in seinem Bett. Er hatte die Arme hinter dem Kopf verschränkt und starrte auf den seltsamen Schatten neben der ausgeschalteten Deckenlampe. Es waren die Äste des Baums vor dem Fenster, die jene sonderbaren Muster an die Zimmerdecke zeichneten. Als Kind hatte er sich davor gefürchtet. Damals hatten sie für ihn wie Arme des Monsters ausgesehen, das immer wieder in seinen Träumen aufgetaucht war.

Er war hundemüde. Ab und an fielen ihm sogar die Augen zu, doch sofort hielten ihn böse Geister der vergangenen Stunden vom Einschlafen ab. Erneut übermannte ihn der Sekundenschlaf. Prompt durchzuckten wieder blitzlichtartige Erinnerungen seinen Kopf. Die Scheinwerfer des heranrasenden Autos, die Waffe in seiner Hand, der zerplatzende Schädel. Ricky schreckte hoch, das Herz hämmerte in seiner Brust.

»Fuck, ey«, seufzte er, nachdem er hochgeschreckt war und begriffen hatte, dass keine akute Gefahr bestand. Nicht mehr.

»Du bist hier vollkommen sicher«, bestätigte er sich wieder und wieder. Dann ließ er sich auf das Kissen sinken, konzentrierte sich aber weiter darauf, wachzubleiben. Er winkelte sogar die Beine an, um noch ein bisschen unbequemer zu liegen. Es waren die aufgerissenen Augen des Mannes, die ihn jetzt verfolgten und aus der Dunkelheit anzustarren schienen. Sein entsetzter Blick, als sich der Schuss löste.

»Der Kerl hatte es verdient«, sagte Ricky sich selbst. Er zweifelte keine Sekunde daran, dass dies der Wahrheit entsprach. Der Mann, den er erschossen hatte, war für den Tod unzähliger Menschen verantwortlich. Er hatte seinen Freund Benny getötet. Und den Sportlehrer – auch wenn der selbst kein netter Kerl gewesen war. Er hatte sogar versucht, Ricky mit dem Auto zu überfahren. All das änderte jedoch nichts an der Tatsache, dass Ricky schuld am Tod dieses Mannes war. Er hatte sich selbst zum Richter und zum Henker erklärt. Die Worte von Mister Kay kamen ihm in den Sinn.

»Du wirfst dein ganzes Leben weg, wenn du abdrückst.« Hatte er das getan? Hatte er sein ganzes Leben weggeworfen? Angst, dass der Erziehungsberater Recht behalten würde, stieg in ihm auf. Die Wahrheit war, Mister Kay behielt letztlich immer Recht. Und plötzlich fand Ricky sich auf der Eisenbahnbrücke wieder. Er stand jenseits des Geländers und starrte auf die Bahnschienen hinunter. Hinter sich spürte er die Anwesenheit eines anderen Menschen. Er wusste, wer es war, noch bevor dieser sprach.

»Es war Notwehr!«, rief Mister Kay, doch Ricky wusste, dass das nicht stimmte.

»War es nicht«, antwortete er und nahm seine eigene Stimme wie aus weiter Entfernung wahr. »Ich wollte den Scheißkerl umbringen! Ich wollte es! Aber ich gehe nicht dafür in den Knast.«

Entschlossen wandte er sich dem Abgrund zu. Es wollte springen. Er wollte es wirklich, doch er fürchtete sich vor dem Aufprall. Wieder erschien das Bild des zerplatzenden Kopfes vor seinem inneren Auge. All das Blut erschreckte ihn zu Tode. Er wollte dieser Erinnerung bloß noch entkommen. Ohne weiter nachzudenken, ließ er das Geländer los und sprang. Für einen Augenblick fühlte es sich an, als könne er fliegen. Wie bei der blöden Zeichentrickkatze im Fernsehen, wenn sie mal wieder den Vogel verfehlt hatte und über dem Rand des Abgrunds stand. Doch dann sah Ricky, wie das Gleisbett auf ihn zu raste. Er riss die Hände schützend vor sein Gesicht und schrie, so laut er konnte. Ehe er aufschlug, schoss er abermals hoch. Nun saß er wieder kerzengerade in seinem Bett, noch immer schreiend vor Angst. Das T-Shirt klebte an seinem Körper.

»Verfluchte Scheiße!«, entfuhr es ihm. »Ganz übler Horrorfilm!« Dieser Film war fortan sein Leben. Er wollte nicht riskieren, erneut einzuschlafen, also schwang er seine Beine aus dem Bett. Einen Moment saß er auf der Bettkante und hatte das Gefühl, als würde das Zimmer um ihn herum schwanken.

»Du musst dich ablenken«, befahl er sich selbst. »Einfach an was anderes denken und so.«

Doch das war leichter gesagt als getan. Immer wieder kehrten seine Gedanken nach kurzen Ausflügen zu dem Ort zurück, an dem er den Mann erschossen hatte. Verzweifelt suchte er etwas in seinem abgedunkelten Zimmer, das ihn ablenken konnte. Sein Blick fiel auf das Paar, das sich eng umschlungen vor einer orangegelben Wand küsste. Die Farben konnte er in der Dunkelheit nicht erkennen, doch er wusste genau, wie das Plakat einer amerikanischen Rockband aussah. Eigentlich stand Ricky ja auf richtigen Punkrock. Seinen Irokesenschnitt verdankte er dem CD-Cover einer Underground-Punkband, deren Namen er nicht mal mehr wusste. Doch die Art, wie das Mädchen auf dem Plakat in den Kuss versunken war, hatte ihn damals gepackt. Heute weckte das Bild Erinnerungen an Nancy. Sie hatte sich genauso an ihn geschmiegt, als sie das erste Mal nackt zusammenlagen. Die Lava-Lampe hatte ihr Zimmer sogar in fast dasselbe Licht getaucht. Und sie hatten sich ebenfalls geküsst. Ricky erinnerte sich daran, wie er zärtlich ihren Rücken gestreichelt und sie dabei ganz nah an sich herangezogen hatte. Allein beim Gedanken an diesen Moment spürte er, wie seine Unterhose anfing zu spannen. Nie zuvor war ihm ein Mädchen so nah gewesen. Doch auch über dieser Erinnerung lag ein dunkler Schatten. Der Nachmittag in Nancys Zimmer war nicht ohne Folgen geblieben. Als seine Freundin kapiert hatte, dass ihre morgendliche Übelkeit keine Nebenwirkung vom Kiffen sein konnte, war sie regelrecht durchgedreht. Sie hatte ihre Siebensachen zusammengepackt und war in den Wald geflüchtet. Diese Dummheit hätte sie nicht nur um ein Haar mit dem Leben bezahlt. Ihre Familie war daran zerbrochen und selbst der Tod ihres Bruders stand irgendwie damit in Zusammenhang. Ricky seufzte. Er brachte allen Menschen nur Unglück. Und den Tod. Und jetzt sollte er auch noch Vater eines Babys werden? Bestimmt würde er das Leben des Kindes ebenfalls ruinieren. Wenn es überhaupt zur Welt kam und nicht vorher weggemacht wurde. Ricky fühlte sich unendlich schuldig. Und sofort war das Bild vom zerplatzenden Kopf wieder da. Es gab scheinbar kein Entkommen aus dem Karussell seiner Gedanken. Erst in diesem Augenblick bemerkte er die Stimmen. Er konnte nicht hören, was gesagt wurde, oder von wem, doch er ahnte, was dort unten vor sich ging. Es passierte immer, wenn er etwas Schlimmes angestellt hatte. Und nie zuvor hatte er so eine Menge Unheil angerichtet wie in den letzten Tagen. Er fand es unvorstellbar, dass sie bis jetzt stritten. Der Polizist hatte ihn schon vor Stunden hierhergebracht und, wie er es nannte, der Obhut der Eltern übergeben. Ricky hielt kurz die Luft an, um besser in die Dunkelheit lauschen zu können. Doch sein Zimmer war zu gut gedämmt. Eilig zog er die Hausschuhe unter seinem Bett hervor und schlüpfte hinein. Dann schlich er zur Tür hinüber.

Marie

Die Parklücke war groß genug und Marie hatte fahrschulmäßig neben dem vorderen Fahrzeug gehalten. Eigentlich war das Einparken eine reine Formsache. Lenkrad einschlagen, rückwärtsfahren und im richtigen Augenblick gegenlenken. Ein simpler Automatismus, den sie seit ihrer Fahrschulzeit beherrschte. Normalerweise schaffte sie es problemlos, selbst in kleinste Parklücken einzuparken. Diesmal nicht. Diesmal brauchte sie einen zweiten Anlauf und auch der gelang ihr nur mäßig. Es war einfach vollkommen anders, wenn ihr Freund daneben saß und jede Handbewegung verfolgte. Endlich stand das Fahrzeug halbwegs gerade neben dem Bordstein. Marie atmete erleichtert auf und zog den Wagenschlüssel ab. Dann stieg sie zügig aus und umrundete das Auto. Daniel hatte die Fahrzeugtür bereits geöffnet und kämpfte damit, sich an der Tür hochzuziehen. Schnell reichte sie ihm eine Hand und hakte ihn schließlich unter. Der gemeinsame Weg zur Haustür kam ihr quälend langsam vor. War sie sich im Krankenhaus noch sicher gewesen, dass mit Sarah alles in Ordnung war, so hatte sie spätestens beim Einsteigen in das Auto ein schlechtes Gewissen bekommen. Und obwohl es nach all den Stunden, die sie nun fort war, vollkommen unlogisch erschien, hatte sie es plötzlich sehr eilig. Endlich erreichten sie die Haustür und Marie schloss auf.

»Kommst du klar?«, fragte sie ihren Freund.

Der nickte knapp. »Ich schaffe es schon.«

»Dann schaue ich mal schnell nach Sarah.«

Obwohl Daniel alles andere als sicher auf den Beinen stand, ließ sie ihn los und machte sich auf den Weg zum dunklen Treppenhaus. Auf Zehenspitzen schlich sie die Treppenstufen hinauf und hoffte, keinen allzu großen Lärm zu machen. Es gelang ihr, bis sie die Treppe etwa zur Hälfte erklommen hatte. Dort trat sie versehentlich auf jene Stufe, die jedes Mal gequält stöhnte, wenn man sie betrat. Marie stieß einen lautlosen Fluch aus und wählte ihre Schritte noch sorgfältiger. Sie hatte das Licht nicht eingeschaltet, um das Mädchen nicht zu wecken. Dennoch erkannte sie schon vom Flur aus, dass Sarahs Schlafzimmertür nur angelehnt war. Das kam ihr seltsam vor, denn ihre pubertierende Tochter legte normalerweise größten Wert auf ihre Privatsphäre.

»Kein Problem«, versuchte sie sich zu beruhigen, »sie wollte bestimmt nur mitkriegen, wenn ich nach Hause komme.«

Sie erreichte das Zimmer und öffnete die Tür einen Spalt, gerade genug, um hineinzuschauen. Ihre Tochter lag nicht im Bett.

»Sarah?«, fragte Marie voller Sorge. Sie tastete im Dunkeln nach dem Lichtschalter. Eine nackte Glühbirne flackerte auf und erleuchtete das spärlich möblierte Zimmer des Mädchens. Niemand war dort. Im Bett hatte keiner gelegen, das Bettzeug lag noch genauso da, wie Marie es an diesem Vormittag hergerichtet hatte. Sarahs Lieblingsteddy saß auf dem Kissen und glotzte sie mit großen Augen an. Sein Bein berührte die Ecke eines Briefes. Darauf stand, sorgsam von Hand geschrieben: »Das Kind ist in meiner Gewalt. Keine Polizei! Du allein trägst die Schuld an allem, was nun geschieht. Du hast mein Leben zerstört, hast mir alles genommen und mich dann einfach vergessen. Diese gottlose Insel war mein Gefängnis. Verängstigt. Gebrochen. Allein. Doch nun wirst du für deine Taten bezahlen. Ich nehme dir weg, was du liebst, und beende dein Leben, wie du meines beendet hast.«

Panik schnürte Maries Hals zu.

»Daniel!«, rief sie. »Daniel, komm schnell her!«

Es polterte auf der Treppe und kurz darauf erschien ihr Freund in der Zimmertür.

»Was ist passiert?«, fragte er keuchend.

Marie hatte das Schreiben vom Bett genommen und hielt es ihm wortlos entgegen. Atemlos versuchte Daniel, danach zu greifen, während er sich am Türrahmen abstützte. Ihr schienen Stunden zu vergehen, bis er die wenigen Zeilen gelesen hatte.

»Diese gottlose Insel war mein Gefängnis«, las er schließlich laut vor und schaute Marie fragend an. »Ist hier Great Blasket Island gemeint?«

Ihr war nicht nach Ratespielen zumute.

»Ist doch scheißegal!«, rief sie empört. »Sarah ist weg! Was machen wir denn jetzt?«

»Wir müssen die Polizei verständigen«, antwortete er, nachdem er endlich von den Zeilen des Briefes aufgeschaut hatte. »Die wissen bestimmt, was zu tun ist.«

»Nein«, erwiderte Marie energisch. »Das steht doch ganz klar hier drin: Keine Polizei. Wir werden Sarah nicht in Gefahr bringen.«

»Aber was sollen wir denn sonst machen? Wie sollen wir sie finden?«

Marie zuckte mit den Schultern.

»Ich weiß es nicht«, brachte sie kleinlaut hervor.

»Die Polizei hat Erfahrung mit solchen Fällen, die wissen bestimmt auch, wie man ihre Beteiligung geheim halten kann.«

»Wir werden Sarah nicht in Gefahr bringen!« Marie betonte jedes einzelne Wort. Sie schaute ihren Freund dabei durchdringend an. Wut glomm in ihren Augen. »Du bist doch hier das große Genie. Jetzt kannst du mal zeigen, was du draufhast. Wie finden wir mein Kind?«

Daniel antwortete nicht, sondern hinkte bloß einen Schritt auf Marie zu. Er nahm sie in den Arm, obwohl sie sich anfangs dagegen wehrte. Schließlich gab sie ihren Widerstand auf und ließ es geschehen. Er hielt sie fest in seinem Arm, sehr fest sogar. Seine Stärke gab ihr Halt und ihre Wut verschwand genauso schnell, wie sie gekommen war. Verzweifelt klammerte sie sich an ihren Freund.

»Wie finden wir mein Kind?«, wimmerte sie.

Eine Weile standen sie so da.

»Das Einzige, was wir tun können …«

Irgendwo im Haus war ein Klingeln zu hören.

»Das Telefon«, rief Marie. »Im Wohnzimmer.«

Mit diesen Worten rannte sie aus dem Zimmer, durch den Flur, die Treppe hinunter und quer durch den Eingangsbereich. Daniel folgte ihr mit einigem Abstand. Sie erreichten das Wohnzimmer. Marie griff nach dem Mobilteil der Telefonanlage und warf einen kurzen Blick auf das Display.

»Unbekannt«, sagte sie.

»Geh ran«, empfahl Daniel. »Versuch, ganz ruhig zu bleiben, was immer er verlangt, stimm erstmal zu. Ach ja, und falls möglich, erwähne so oft es geht Sarahs Namen.«

Marie verstand nicht, weshalb er all das von ihr wollte, aber sie vertraute ihm. Mit zittrigen Fingern drückte sie die Taste mit dem grünen Hörer und gleich darauf jene mit dem Lautsprecher.

»H-hallo?«

Es rauschte am anderen Ende der Leitung, als telefoniere sie mit einer Freisprechanlage. Mehrmals knackte es in der Verbindung. Niemand sagte etwas, aber Marie konnte deutlich das Atmen des Anrufers hören.

»Hallo?«, wiederholte sie. »Wer ist da?«

Eine Ewigkeit schien zu vergehen, ehe die dunkle Stimme eines Mannes etwas antwortete. Seine Worte klangen dumpf. Vermutlich hatte er das Telefon abgedeckt, um nicht erkannt zu werden.

»Das Kind ist in meiner Gewalt«, sagte er trocken.

»Wer sind Sie?«, fragte Marie mit zitternder Stimme. Dann erinnerte sie sich an Daniels Anweisungen. »Und was wollen Sie von *Sarah*?«

»Ich will gar nichts von dem Mädchen.«

Es klang regelrecht abfällig, wie er das Wort *Mädchen* aussprach. Jetzt erahnte Marie, worum es ihrem Freund mit der Erwähnung ihres Namens ging. Ihre Tochter war für den Entführer bloß ein namenloses Opfer, mit dem er tun konnte, was er wollte. Daniel beabsichtigte offenbar, dies zu verändern, soweit es irgendwie möglich war.

»Sie ist nur ein Mittel zum Zweck«, sagte der Mann jetzt, als habe er Maries Gedanken erahnt und wollte ihn dadurch bestätigen. »Tut, was ich euch sage und sie wird nicht leiden müssen.«

Nicht leiden müssen. Der Satz hatte wohl beruhigend wirken sollen, erreichte aber genau das Gegenteil. Marie wechselte einen verzweifelten Blick mit Daniel. Der schaute ebenso ratlos drein, wie sie sich in diesem Augenblick fühlte.

»W-was meinen Sie damit? Was wollen Sie von uns?«

»Alles zu seiner Zeit«, sagte der Mann langsam. In der Ruhe seiner Worte lag etwas Bedrohliches. »Ihr werdet schon sehen. Bis dahin gibt es nur eine Regel. Keine Polizei! Wenn ihr sie brecht, stirbt das Mädchen und ihr werdet ihre Leiche niemals finden.«

Marie spürte, wie ihr Herz schneller schlug. Es war nackte Angst, die in ihr aufstieg.

»Geht es Sarah gut?«, fragte sie panisch. »Ich verlange einen Beweis, dass es meiner Tochter gut geht!«

Wieder schwieg der Mann am anderen Ende der Leitung. Schritte waren zu hören, dann ein mechanisches Quietschen, wie von einer Tür. Marie hörte das Wimmern eines Kindes. Selbst ohne Worte erkannte sie ihre Tochter sofort.

»Sarah? Sarah? Geht es dir gut?«

»I-ich …«

Ein dumpfer Schlag unterbrach das Kind, ehe es weitersprechen konnte. Es folgte ein Schmerzensschrei, der Marie in die Glieder fuhr. Die Brutalität des Entführers war erbarmungslos.

»Warum tun Sie das?«, brüllte sie ins Telefon. »Lassen Sie sie in Ruhe!«

Es folgte keine Antwort, sondern bloß ein weiterer dumpfer Schlag. Wieder war das verzweifelte Jammern des Mädchens zu hören.

Maries Körper bebte. Sie traute sich nicht mehr, auch nur ein einziges Wort zu sagen. Keinesfalls wollte sie den Entführer dazu bringen, Sarah noch einmal zu schlagen. Doch was konnte sie stattdessen tun? Hilfesuchend schaute sie Daniel an. Der zeigte eine Geste mit den Händen, die beruhigend wirken sollte.

Marie versuchte, tief durchzuatmen. Es gelang ihr nicht wirklich.

»Es tut mir leid«, brachte sie schließlich hervor. »Wir tun alles, was Sie wollen, nur lassen Sie Sarah in Ruhe!«

Ein Knirschen in der Leitung ließ Marie vermuten, dass der Entführer das Telefon zur Seite gelegt hatte. Abermals hörte sie ihr kleines Mädchen wimmern. Die darauffolgende Pause war unerträglich. Gebannt lauschte sie, was als Nächstes geschah. Es folgte eine ganze Reihe dumpfer Schläge. Die anfänglichen Schmerzensschreie des Kindes verebbten, bis bloß noch ein leises Stöhnen zu hören war.

»Aufhören!«, flehte Marie. »Aufhören, bitte!« Ihre Stimme versagte. Als sie ein weiteres *Aufhören* hervorbringen wollte, war es bloß noch ein Flüstern. Stille kehrte ein. Für ihr Mutterherz zog sich das Warten endlos in die Länge, bis irgendwann wieder das Knirschen in der Leitung ertönte. Der Entführer atmete schwer. Das Quälen des Kindes hatte ihn hörbar angestrengt. Sarahs Schluchzen wurde lauter. Offenbar befand sich das Telefon nun ganz in ihrer Nähe.

»Ist ja gut. Wein doch nicht. Alles wird gut. Ich denke, es ist vorbei.« Es klang beinah, als versuchte ein anderes Kind, Sarah zu trösten. Marie war jedoch vollkommen sicher, dass der Mann bloß seine Stimme verstellte. Was war das für ein sonderbares Spiel? Wollte er sie damit demütigen? »Deine Mama hat jetzt verstanden, dass sie sich benehmen muss. Nicht wahr?«

Marie war wie gelähmt. Die Brutalität des gefühllosen Mannes überforderte sie. Daniel trat einen Schritt an sie heran und nickte. Mit seinen Lippen formte er das Wort: *Ja.*

»Ja ... ja, ich habe verstanden«, brachte sie hervor. Was sie sagte, war kaum zu verstehen, weil ihre Stimme abermals den Dienst quittierte. Sie wollte tief durchatmen, doch ihre Lunge schien keinen Sauerstoff mehr aufnehmen zu können.

»Ich habe verstanden«, versuchte sie es noch einmal. Sie hatte erwartet, dass der Entführer etwas antworten würde. Doch stattdessen ertönte bloß ein Knacken und das Telefonat war beendet. Das Gefühl der Hilflosigkeit riss Marie den Boden unter den Füßen weg. Sie wollte schreien, brachte aber keinen einzigen Ton hervor. Schweiß trat auf ihre Stirn und alles um sie herum drehte sich. Sie suchte im Chaos nach Daniel, doch konnte sie nicht erkennen, wo er sich befand. Sie wollte ihn rufen, doch ihre Welt versank schon im Dunkeln, bevor das gelang.

Daniel

Es war mir gelungen, Marie in letzter Sekunde aufzufangen, als sie das Bewusstsein verlor. Vorsichtig hob ich sie hoch und trug sie zum Sofa hinüber. Dort nutzte ich einige Kissen und eine herumliegende Decke, um ihre Beine hochzulegen.

»Marie? Marie, kannst du mich hören?«, fragte ich und berührte sanft ihr Gesicht. Sie öffnete ihre Augen, blinzelte ein paar Mal und murmelte etwas Unverständliches. Sie war nur wenige Augenblicke weg gewesen.

»Bitte was?«, fragte ich.

»Wo bin ich? Was ist passiert?« Ihre Worte waren nur unwesentlich deutlicher. Sofort schien es ihr jedoch selbst einzufallen. Sie richtete sich auf, während ihr Blick suchend die Wohnung durchstreifte.

»D-das Telefon! Sarah!«, rief sie voller Panik. Das Zittern und ihr blasses Gesicht verrieten mir, dass sie noch nicht aufstehen sollte. Vermutlich stand sie unter Schock.

»Du musst dich erstmal beruhigen«, sagte ich und drückte ihre Schultern sanft nach unten. Sie versuchte augenblicklich, sich zu befreien.

»Ich will mich nicht beruhigen«, rief sie empört. »Wir müssen Sarah helfen.«

»Das werden wir auch«, versprach ich. »Aber du kannst ihr nicht helfen, wenn du dich nicht mal auf den Beinen halten kannst. Also gib dir ein oder zwei Minuten, um wieder zu dir zu kommen.« Mir war zwar bewusst, dass dies erheblich länger dauern würde, aber ich wollte sie nicht weiter aufregen.

Trotzdem bäumte sie sich abermals auf. Es war jener Kampfgeist, den ich stets an ihr bewundert hatte.

»Sarah hat vielleicht keine zwei Minuten mehr.«

»Doch, die hat sie!«, sagte ich entschieden, während mein Gehirn verzweifelt versuchte, eine vernünftige Begründung für diese These zu finden. »Alles zu seiner Zeit. Das hat der Entführer gesagt. Das heißt, er wird sich noch einmal melden. Und bis es so weit ist, können wir gar nichts tun. Das Telefonat ist beendet, eine Rufnummer hast du nicht und die Polizei können wir auch nicht rufen!«

»Trotzdem muss ich ...«

»Du musst dich beruhigen!«, befahl ich nun eindringlicher. »Für Sarah!«

Mit den letzten Worten gelang es mir, ihren Widerstand zu brechen.

»Okay«, sagte Marie und ließ sich auf das Sofa zurücksinken. »Kannst du mir ein Glas Wasser holen?«

»Klar, kein Problem«, bestätigte ich und machte mich auf den Weg zur Küche. Dort holte ich ein Glas aus dem Schrank und füllte es am Wasserhahn. Auf dem Weg zurück ins Wohnzimmer kam ich am Bad vorbei. Die Tür stand einen Spalt breit offen und mein Blick fiel auf den weißen Medizinschrank. Zunächst zögerte ich, doch dann trat ich ins Bad. Ich schaltete das Licht ein und öffnete die Schranktür. Dahinter türmten sich unzählige Pappschachteln jedweder Form und Größe. Kopfschmerztabletten, Durchfallmedikamente und Vitaminpräparate. Im obersten Fach fand ich eine kleine Schachtel mit der Aufschrift Diazepam. Ich nahm eine Tablette des Beruhigungsmittels aus der Verpackung, obwohl ich mir sicher war, dass meine Freundin diese niemals freiwillig schlucken würde. Zurück im Wohnzimmer erwartete mich eine Überraschung. Marie war offenbar eingedöst. Immer wieder zuckte sie und wimmerte im Schlaf. Leise stellte ich das Glas auf den Couchtisch und legte die Tablette daneben.

Trotz der frühen Uhrzeit fuhr draußen ein Auto vorbei, was ungewöhnlich laut zu hören war. In diesem Moment schreckte meine Freundin hoch.

»W-was ist?«, rief sie und schaute mich vollkommen desorientiert an.

»Das Wasser und die Tablette, die du wolltest«, log ich.

»Ah ja, danke.« Sie griff nach der kleinen weißen Pille und schob sie sich in den Mund. Ich half ihr beim Trinken. Sofort sank sie wieder auf das Sofakissen zurück und schloss ihre Augen. Sicherheitshalber wartete ich einen Moment, ob sie nochmal aufwachte, aber nichts passierte. Dann schleppte ich mich zu dem großen Sessel und ließ mich darauf sinken. Ich wollte auf keinen Fall einschlafen, bloß eine Sekunde lang ausruhen.

Dabei kamen mir die Worte aus dem Brief des Entführers in den Sinn. Diese gottlose Insel war mein Gefängnis. Was hatte er damit gemeint? Natürlich hatte ich bei dieser Formulierung sofort an Great Blasket Island gedacht. Aber war es überhaupt möglich, dass jemand außer Marie und mir diese Reise überlebt hatte und nun auf Rache sann? Wer sollte das sein? Draußen fuhr ein weiteres Auto vorbei. Das Geräusch der Reifen war deutlich zu hören. Es erinnerte mich an das Rauschen des Meeres. Diese gottlose Insel.

Montag, 18. Oktober, 14.22 Uhr (7 Wochen früher)

Die Wellen des Meeres rollten beständig auf den Sandstrand der Insel zu. Ihr gleichmäßiges Rauschen wirkte beruhigend. Ich atmete die salzige Meeresluft ein und blickte über das Wasser – hinüber nach Irland. Das Wetter hatte aufgeklart und ich erkannte jetzt sogar einzelne Häuser auf dem Festland. Nichts erinnerte mehr an den Sturm der vergangenen Tage.

»Kommen Sie klar?«, fragte die junge Frau, deren Namen ich schon wieder vergessen hatte. Sie war mir eine große Hilfe gewesen. Niemals hätte ich den Polizisten mit meinen bescheidenen Englischkenntnissen klarmachen können, was auf Great Blasket Island geschehen war. Zum Glück hatte sich an Bord der ersten Fähre zur Insel eine deutsche Touristin befunden. Sie war die ganze Zeit an meiner Seite geblieben und hatte mir als persönliche Übersetzerin geholfen.

Ich drehte kurz den Kopf zu ihr und nickte.

»Ich denke schon«, antwortete ich und wandte mich wieder dem Wasser zu.

»Die Polizei sagt, Sie können die Insel jetzt verlassen, wenn Sie möchten. Es steht ein Boot bereit, das Sie auf das Festland zurückbringt. Sie sollen sich aber morgen früh wieder auf dem Polizeirevier einfinden.« Mit diesen Worten kam sie ein paar Schritte näher. Sie stand nun direkt neben mir. »Das ist die Adresse«, sagte sie und reichte mir ein Stück Papier.

Ich nahm es entgegen und steckte es achtlos in meine Hosentasche.

»Vielen Dank«, sagte ich. »Für alles, äh …«

Mit einer Handbewegung deutete ich an, dass mir ihr Name entfallen war.

»Sylvia«, antwortete sie. »Nichts zu danken.« Sie lächelte kurz und wandte sich dann zum Gehen, merkte aber, dass ich nicht mitkam. Irritiert schaute sie mich an. »Ich habe gedacht, Sie wollen diese Insel so schnell wie möglich verlassen.«

Doch ich war noch nicht bereit aufzubrechen. Ich wartete auf die Rückkehr des Schlauchboots. Vor etwa einer halben Stunde waren zwei Mitarbeiter der Polizei in Taucheranzügen damit aufgebrochen, um das Wasser nach Leichen abzusuchen. Ich hatte ihren Start beobachtet und stand immer noch an der gleichen Stelle.

»Sie wollen wissen, ob Ihre Freunde gefunden werden, nicht wahr?«

Ich schüttelte den Kopf.

»Es waren nicht meine Freunde«, erwiderte ich, einem Impuls folgend, obwohl mir bewusst war, dass diese Aussage nicht stimmte. Zögerlich setzte ich zu einer Erklärung an. »Ich meine … sie waren schon meine Freunde, aber … sie haben …«

»Sie brauchen sich nicht zu rechtfertigen«, sagte Sylvia verständnisvoll. »Ich kenne Ihre Geschichte ja bereits. Sie haben genug erlebt, um ein ganzes Buch darüber zu schreiben. Und die Verarbeitung des Erlebten könnte vermutlich zwei weitere Bücher füllen.«

»Wer würde sowas lesen wollen?«, fragte ich sarkastisch. »Ich muss einfach wissen, ob …«

»Ob es wirklich vorbei ist?«

Ich nickte. Das Einfühlungsvermögen der jungen Frau war beeindruckend.

»Psychologie-Studentin?«, fragte ich.

»Sowas in der Art. Eigentlich bin ich …«

In diesem Augenblick war in weiter Ferne das Dröhnen des Außenbordmotors zu hören und kurz darauf erschien das Schlauchboot im Blickfeld. Es hielt direkt auf den Strandabschnitt zu. Hinter mir brach Hektik aus. Polizisten kamen herübergelaufen, setzten Funksprüche ab und breiteten dann zwei Plastikplanen nahe dem Wasser aus.

Sylvia beendete ihren Satz nicht mehr. »Sieht aus, als hätten die Taucher etwas gefunden«, sagte sie stattdessen. Wir gingen ebenfalls einige Schritte auf das Wasser zu, bis wir von einem der Polizisten zurückgehalten wurden.

Das Boot erreichte den Sandstrand. Einer der Froschmänner stieg aus und zog es an Land. Dann begannen die Männer, einen Körper aus dem Inneren zu heben und legten ihn auf der ersten Plane ab.

»Erkennen Sie, wer es ist?«, fragte Sylvia.

Ich schüttelte den Kopf. »Die Polizisten stehen im Weg.«

Kurz darauf wurde eine zweite Leiche aus dem Boot gehoben und auf die andere Folie gelegt. Ich merkte, wie mich die Situation innerlich anspannte. Bis zuletzt hatte ich gehofft, dass die Taucher alle drei Körper gefunden hatten. Doch es waren nur zwei Planen vorbereitet worden. Die Männer schlugen die Plastikfolien über den Toten zusammen und begannen, sie mit Reißverschlüssen zu schließen. Einer der Polizisten kam zu uns herüber und sprach mit Sylvia.

»Er sagt, Sie müssen die Leichen identifizieren und fragt, ob Sie dazu bereit sind.«

Ich antwortete nicht, sondern machte mich direkt auf den Weg zu den Planen. Beide waren etwa zur Hälfte geschlossen. Sylvia und der Polizist folgten mir. Mehr als einmal hatte ich dem Tod ins Auge geblickt, seit wir diese gottlose Insel betreten hatten. Und doch hatte dieser nichts von seinem Schrecken eingebüßt. Ich zwang mich, die auf dem Boden liegenden Körper anzuschauen. Das Gesicht der ersten Leiche war blass und ausdruckslos. Ihre Augen waren zu. Und dennoch sah es aus, als könne sie sie jeden Moment wieder öffnen. So wirkte der andere Tote nicht. Seine sterblichen Überreste waren von den Ereignissen der vergangenen Tage gezeichnet. Eine klaffende Wunde verlief quer über das Gesicht. An seinem Pullover war die Austrittswunde einer Kugel erkennbar. Wieder sprach der Polizist und Sylvia übersetzte.

»Er sagt, Sie sollen die Namen der Toten nennen.«

»Die Frau hieß Annika Weiß und der Mann hieß Sven …« Ich hielt inne und musste ernsthaft nachdenken, um mich an den Nachnamen von Annikas Freund zu erinnern. Ich hatte ihn nur einmal gehört, als er sich damals vorgestellt hatte. »Daub«, ergänzte ich schließlich. »Sven Daub.«

Der Polizist schien eine Rückfrage zu stellen.

»Also fehlt jetzt noch eine Person, richtig?«, übersetzte Sylvia.

Ich nickte. »Ja, es fehlt noch Marc Schulz.« Mein Blick wanderte dabei auf das Meer hinaus. Was mochte bloß mit ihm geschehen sein?

Samstag, 04. Dezember, 03:05 Uhr

Langsam öffnete ich meine Augen. Mir wurde klar, dass ich auf diese Frage bis heute keine Antwort erhalten hatte. Der Grund dafür war simpel und ein bisschen beschämend. Ich hatte bis jetzt nicht mehr danach gefragt. Marc Schulz war seit frühester Kindheit mein bester Freund gewesen. Ich hatte ihn stets für einen verpeilten, aber im Grunde seines Herzens gutmütigen Chaoten gehalten. Doch unsere Zeit auf Great Blasket Island hatte alles infrage gestellt.

»Marc war dein bester Freund«, sagte ich zu mir selbst in dem verzweifelten Versuch, mich zu beruhigen. »Nie im Leben würde er so etwas Schreckliches tun. Dazu wäre er gar nicht in der Lage.«

Es klang alles absolut logisch, aber meine Zweifel wurden dennoch stärker. Marc hatte Schreckliches getan. Mit Alexandra. Mit Annika. Und auch zu diesen Taten war er fähig gewesen. Dies war vermutlich der Grund dafür, weshalb ich seit der Rückkehr die Suche nach ihm nicht weiter fortgesetzt hatte. Ich hatte mich auf meine neue Freundschaft mit Marie konzentriert und ihn praktisch vergessen.

Das bereute ich jetzt. *Diese gottlose Insel war mein Gefängnis.* Bestand wirklich eine Chance, dass Marc noch lebte? Steckte er hinter der Entführung von Maries Tochter? Wäre er imstande, so etwas zu tun? Die Müdigkeit zwang mich, abermals meine Augen zu schließen. Die Umstände seines Todes kamen mir in den Sinn. Ich hatte versucht, ihn zu retten, und war dabei selbst in Lebensgefahr geraten. Den mächtigen Fluten des Atlantiks war ich bloß lebend entkommen, weil Sven mich gerettet und Alexandra mich reanimiert hatte. Ich konnte mir beim besten Willen nicht vorstellen, wie Marc all dies ohne Hilfe überlebt haben sollte. Und selbst wenn, welchen Grund könnte er haben, sich derart an Marie und mir zu rächen? All das ergab keinen Sinn. Das Nachdenken wurde schwerer und schwerer. Es schien mir vollkommen unvorstellbar, dass mich jemand so abgrundtief hasste. Doch genau das stand unumstößlich fest. Irgendwer war auf Rache aus und dabei offenbar wild entschlossen, zum Äußersten zu gehen. Ich fragte mich nach dem Grund, versuchte, mir auf all das einen Reim zu machen. Doch meine Gedanken schweiften immer wieder ab. Unzusammenhängende Bilder tauchten in meinem Kopf auf. Der Anblick meines ertrinkenden Freundes in den Fluten des Atlantiks. Das gespannte Tau mit dem Körper einer weiteren Leiche daran. Die Explosion der Hütte auf Great Blasket Island. Der Blick von Sven, der von blindem Hass getrieben auf den zerklüfteten Einschnitt der Insel zusteuerte. Immer neue Bilder erschienen – wie ein Karussell, das sich unaufhörlich drehte.

Kapitel 2

Ricky

Obwohl er angespannt war, gelang es ihm, die Türklinke lautlos herunterzudrücken. Er öffnete die Tür nur einen Spalt breit und schlich auf den Flur hinaus. Die Stimmen seiner Eltern wurden lauter, blieben aber dennoch unverständlich. Erinnerungen überrollten ihn, Bilder vom ersten Mal, als er einen Streit der beiden belauscht hatte. Das war inzwischen viele Jahre her. Ricky vermutete, dass er damals fünf oder sechs gewesen war. Weinend hatte er auf der Treppe gesessen, bis seine Mutter ihn entdeckt und ins Bett zurückgebracht hatte. Ihr Versprechen, dass sowas nie wieder vorkommt, hatte sie seither unzählige Male gebrochen. Er folgte dem hölzernen Geländer bis zur Treppe. Hier setzte er sich auf die oberste Stufe und lauschte.

»Das kann nicht dein Ernst sein«, sagte seine Mutter.

Ricky konnte ihre Worte nur deshalb verstehen, weil sie sie laut genug gesagt hatte. Die Antwort seines Vaters dagegen hörte er nicht. Seufzend zog er sich am Geländer hoch und schlich einige Stufen hinunter, bis er endlich alles mitbekam.

»Irgendwas muss mit dem Jungen passieren. Hast du vielleicht eine bessere Idee?«

»Eine bessere Idee als das?«, erwiderte seine Mutter jetzt. »Das dürfte nicht so schwer sein.«

»Besser das als den Knast!«

Bei dem Wort *Knast* setzte Rickys Herz einen Schlag aus. Was zur Hölle plante sein Vater da? Was hatte er mit ihm vor? Ricky zweifelte schon immer daran, dass er seinem Erzeuger wirklich wichtig war, aber die Härte in seiner Stimme erschütterte ihn.

»Es geht um unseren Sohn, Herrgott. Wir müssen bloß für ihn da sein«, argumentierte seine Mutter. Die Rollen in diesem Gespräch waren für Ricky klar verteilt. Sein Vater war der finstere Bösewicht. Er stellte ihn sich in einer schwarzen Weltraumrüstung vor. Seine Mutter war die Kämpferin für das Gute, die in einem weißen Gewand antrat. Ricky malte sich vor seinem inneren Auge eine Schlacht mit leuchtenden Schwertern aus.

»Ich will ihm doch auch helfen!«, donnerte der dunkle Lord und schwang sein Lichtschwert durch die Luft.

»Das ist nicht die Hilfe, die er braucht«, rief die Heldin voller Überzeugung und schleuderte ihm eine Welle der Macht entgegen. Doch er parierte den Angriff.

»Und welche Hilfe soll das sein?«, dröhnte die blecherne Stimme des finsteren Herrschers. Ihre Schwerter sausten durch die Luft, trafen sich in der Mitte. Ein gewaltiges Kräftemessen begann.

»Er braucht die Liebe und Aufmerksamkeit seiner Eltern. Beider Eltern!«

»Du hörst dich schon an wie seine Psychotante!«

»Du weißt, dass sie damit vollkommen Recht hat. Wir sind zu wenig für ihn da gewesen und er füllt die Lücke mit ... mit diesem Scheiß.«

Zu gerne wäre Ricky auf der Treppe noch ein Stück nach unten gerutscht, um seine Mutter sehen zu können. Doch er saß schon auf der letzten Stufe, die nicht vom Küchenlicht beschienen wurde. Bestimmt würden seine Eltern ihn entdecken, falls er sich weiter vorwagte. Er stellte sich vor, wie ihr Gesicht von Schmerzen gezeichnet war. Sie litt immer so furchtbar, wenn er in Schwierigkeiten geriet. Und Ricky bereute es jedes Mal. Und er nahm sich auch jedes Mal vor, es nie mehr zu tun, obwohl er natürlich wusste, dass es trotzdem wieder passieren würde.

»Der Junge ist inzwischen alt genug, um für seinen eigenen Mist geradezustehen. Du hast den Polizisten doch gehört. Er hat einen Menschen erschossen.«

»Einen Mörder … in Notwehr.«

»Und denkst du, er hat auch die Wohnungen in Notwehr ausgeräumt? Oder die Kleine von den Wagners in Notwehr geschwängert? Er ist ein notgeiler Krimineller!«

Der Kampf war vorüber. Der finstere Lord hatte der guten Ritterin das Schwert aus der Hand geschlagen und triumphierte jetzt ob seines Sieges. Ricky konnte bloß noch das Schluchzen seiner Mutter hören.

»Du bist grausam«, brachte sie weinend hervor. Zu gerne wäre er in die Küche gelaufen, um sie zu trösten. Doch er war sich nicht mal sicher, ob seine Anwesenheit überhaupt tröstlich sein konnte. Er spürte einen gewaltigen Kloß in seinem Hals. Diesmal hatte er es echt verbockt.

»Und du bist naiv! Du glaubst ernsthaft, dass *wir* das in den Griff kriegen können, aber erstens ist der Junge nicht mehr in den Griff zu kriegen und zweitens gibt es schon lange kein *Wir* mehr.«

Ricky konnte hören, wie der Stuhl nach hinten über den Boden schabte, als seine Mutter aufsprang.

»Dann geh doch zu deiner Schlampe zurück!«, schrie sie und ihre Stimme überschlug sich dabei.

»Das mache ich auch, aber vorher besorge ich dem Jungen die Hilfe, die er braucht!«, giftete er zurück.

Urplötzlich war Ricky wieder das kleine Kind, das vor zehn Jahren auf der obersten Treppenstufe gesessen und seinen Teddy nassgeheult hatte. Tränen liefen über sein Gesicht. Er hatte immer geahnt, dass seine Eltern Eheprobleme hatten. Doch erst in diesem Augenblick begriff er, dass diese Ehe längst Geschichte war. Bloß eine Show, die sie seinetwegen aufrechterhielten. Ricky hatte genug gehört. Er stand leise auf und kehrte in sein Zimmer zurück. Wie ferngesteuert hielt er auf das CD-Regal zu. Auf das, was er mit anhören musste, gab es nur eine Antwort. Er griff hinter die CDs in das mittlere Fach und zog eine kleine metallene Box hervor. Im Dunkeln tastete er die Gegenstände in ihrem Inneren ab. Die Papers, die Büchse mit dem *Zeug*, den Tabakbeutel. Darin befand sich noch eine Selbstgedrehte vom Vortag. Zuletzt suchte er alle Ecken der Kiste nach dem Feuerzeug ab. Als er es gefunden hatte, stellte er sie wieder sorgfältig zurück und schlich zur Verandatür hinüber. Leise öffnete er die Tür und trat auf den Balkon. Eisige Kälte schlug ihm entgegen. Ricky fröstelte. Er klemmte sich den Joint zwischen die Lippen und zündete ihn an. Allein das Einatmen des Rauchs beruhigte ihn schon ein wenig, obwohl er wusste, dass die eigentliche Wirkung noch ein oder zwei Minuten brauchte. Selbst die Kälte trat in den Hintergrund. Mit dem Fuß zog er sich einen der Plastikstühle heran und ließ sich darauf fallen. Die Beine legte er auf dem Balkongeländer ab. Erneut zog er an der Zigarette. Die Glut glomm auf und sein Mund füllte sich mit Rauch. Er sog ihn gierig ein. Es dauerte nicht lange, bis alle Anspannung von ihm abfiel. Ricky starrte in den Himmel und strich sich dabei gedankenverloren durch den schmalen Streifen seiner roten Haare auf dem ansonsten kahlrasierten Schädel. Es war verflixt dunkel in dieser Nacht. Ricky suchte nach dem Mond, der normalerweise da oben strahlte. Er fand bloß eine dunkle blassblaue Scheibe mit einer winzigen Sichel am Rand. Erneut füllte er seine Lunge mit Rauch und allmählich begann die Welt um ihn herum, in einem angenehmen Nebel aus Gleichgültigkeit zu versinken. Scheißegal-Stimmung, so nannte Ricky diesen Moment, wenn das Gras zu wirken begann. Alles war ihm auf einmal scheißegal. Der Stress mit der Polizei, seine streitenden Eltern, selbst der tote Wichser. Als Test schloss er kurz seine Augen. Kein Schuss. Kein zerplatzender Kopf. Bloß die Scheißegal-

Stimmung. Erst jetzt bemerkte er, dass er lächelte. Er öffnete seine Augen wieder und schaute gedankenverloren auf das rotglühende Wunder in seiner Hand. Es war wie ein Schalter, mit dem er die grausame Wirklichkeit ausknipsen konnte. Und in diesem Augenblick begriff er es. All die Termine, all die Besprechungen, all die Geschäftsreisen. Das waren die Schalter, die seine Eltern benutzten, um vor ihren Problemen zu fliehen. Es tröstete ihn, dass sie im Grunde gar nicht so verschieden waren. Vermutlich hatte er diese Art, allem zu entfliehen, sogar von seinen sogenannten Vorbildern übernommen. Er malte sich aus, wie er jetzt in die Küche ging, um diese Erkenntnis mit seinen Eltern zu besprechen. Er schloss abermals die Augen und die Szene lief wie ein Film in seinem Kopf ab. Wie er die Treppe hinunter spazierte und in die Küche platzte. Wie er sich direkt vor seinen Erzeugern aufbaute.

»Mum, Dad«, begann er die Ansprache an die Eltern seiner Filmszene und legte dann eine dramatische Pause ein. Er stellte sich vor, wie sie ihn dabei erwartungsvoll anschauten. »Fickt euch!«

Deutlich sah er den bescheuert fassungslosen Gesichtsausdruck des Film-Vaters vor seinem inneren Auge und dabei musste Ricky so sehr lachen, dass er beinah vom Stuhl fiel.

Samstag, 04. Dezember, 06:49 Uhr

Daniel

Es dauerte eine Weile, ehe ich begriff, wo ich mich befand. Ich hatte meine Augen nur kurz ausruhen wollen und war dann offenbar tief und fest eingeschlafen. Marie lag noch immer zusammengekauert auf der Couch. Unangenehme Träume schienen sie im Schlaf zu verfolgen. Sie verzog das Gesicht und wirkte dabei furchtbar angespannt.

Hin und wieder gab sie einen stöhnenden Laut von sich. Ihre Verzweiflung war schwer zu ertragen. Daher beschloss ich, zu ihr zu gehen, um sie zu trösten. Es bedeutete jedoch eine gewaltige Kraftanstrengung, auf die Beine zu kommen. Die Wunde an meinem Hinterkopf begann augenblicklich zu pochen und mir war entsetzlich schwindelig. Als ich meine Freundin endlich erreichte, strich ich ihr behutsam über das Haar. Das schien sie tatsächlich zu beruhigen.

Nur allzu gern hätte ich ebenfalls weitergeschlafen, doch ich hatte mir schon vor Stunden vorgenommen, Sarahs Zimmer zu durchsuchen. Ich hielt es für unverantwortlich, dieses Vorhaben erneut aufzuschieben. Also kramte ich rasch meine Schmerzmittel aus der Hosentasche und nahm eine mit dem Wasser, das noch immer auf dem Tisch stand. Dann schlich ich so leise wie möglich in Richtung des Treppenhauses. Auf dem Weg dorthin trat ich beinah auf das Telefon, das Marie heute Nacht fallengelassen hatte. Mein Kreislauf schlug Kapriolen, während ich es vom Boden aufhob. Einen kurzen Augenblick lang musste ich mich sogar an dem Beistelltisch festhalten, auf dem die Basisstation der Telefonanlage stand. Unfähig zu handeln, wartete ich, bis das Zimmer sich nicht mehr drehte.

»Du kannst ihr nicht helfen, wenn du dich nicht mal selbst auf den Beinen halten kannst«, mahnte meine innere Stimme mit denselben Worten, die ich heute Nacht zu Marie gesagt hatte.

»Keine Zeit, auszuruhen!«, erwiderte ich. Zu meiner Überraschung gehorchte mein Körper. Der Schwindel ließ nach und ermöglichte es mir, das Telefon auf den Couchtisch zu bringen und den Weg zum ersten Stock anzugehen. Trotzdem kam mir jede Stufe der Treppe wie eine unüberwindliche Hürde vor. Eine davon, etwa auf halber Höhe, gab ein lautes Knarzen von sich. Ich hielt inne und lauschte in der Hoffnung, dass ich Marie nicht geweckt hatte. Gott sei Dank blieb alles still, also stieg ich weiter hinauf. Schließlich erreichte ich Sarahs

Zimmer. Viele Spuren gab es hier nicht zu entdecken. Das Mädchen war erst wenige Tage zuvor bei ihrer Mutter eingezogen und das sah man diesem Raum deutlich an. Die Wände waren frisch gestrichen und strahlten in langweiligem Weiß. Statt einer Deckenlampe hing bloß eine notdürftig angeschraubte Fassung in der Mitte des Zimmers, die eine nackte Glühbirne hielt. Das Bett schien frisch bezogen, ein überdimensionierter Smiley mit einem Kopfhörer zierte den Kissenbezug. Ein Schriftzug sagte *Music is my life*. Auf dem Nachttisch am Kopfende lag eine umgefallene Lampe. Einige Umzugskartons standen in der Ecke. Der oberste war geöffnet, einzelne Wäschestücke hingen heraus. Andere Kartons stapelten sich leer oder bereits zusammengefaltet dahinter. Deren Inhalt hatte Maries Tochter, wie es aussah, achtlos in den Wandschrank an der gegenüberliegenden Seite des Zimmers gestopft. Neben der Tür stand ein kleiner Schreibtisch mit einem Computer darauf. Das Gerät wirkte überdimensioniert für das winzige Kinderzimmer oder die Bedürfnisse einer Jugendlichen. Ich vermutete, dass es sich um einen ausrangierten Rechner von Maries Arbeitsstelle handelte.

Ich ließ meinen Blick auf der Suche nach etwas Ungewöhnlichem ein weiteres Mal durch den Raum schweifen. Dabei bemerkte ich eine dunkle Stelle an der Zimmerdecke über Sarahs Bett. Was ich anfangs für einen Fleck hielt, entpuppte sich bei näherem Hinsehen als eine Collage. Maries Tochter hatte eine Ansammlung von Fotos an die Decke geklebt, sodass sie diese vor dem Einschlafen sehen konnte. Bei dem Versuch, mir die Bildersammlung genauer anzusehen, wurde mir derart schwindlig, dass ich mich sicherheitshalber auf die Bettkante setzte. So konnte ich nach oben schauen, ohne umzukippen. Im Zentrum der Anordnung klebte ein Foto, das Sarah und ein großes dunkelbraunes Pferd mit pechschwarzer Mähne zeigte. Das Mädchen stand in der Mitte des Bildes – ein schlanker, blonder Lockenkopf mit breitem Grinsen und auffälligen Sommersprossen. Sie wirkte neben dem gewaltigen Kopf des Tieres beinahe winzig. Eine Hand lag auf dem Nasenrücken des Pferdes, während sie ihm mit der anderen etwas zu fressen hinhielt. Seine volle Aufmerksamkeit gehörte dem Futter. Weitere Fotografien waren um das zentrale Bild herum angeordnet und zeigten, wie Sarah auf dem Pferd ritt, es am Zügel führte oder mit einer Bürste striegelte. Das Tier hieß *Matteo*, wie ein Schild am Eingang zu seiner Pferdebox verriet. Mädchen in diesem Alter verändern sich im Laufe eines Jahres sehr stark, sodass ich die Aufnahmen mühelos auf die letzten Wochen eingrenzen konnte. Meine Vermutung wurde durch das unterste Foto der Anordnung bestätigt. Es war an der gleichen Stelle aufgenommen worden wie das Bild in der Mitte. Was fehlte, war jedoch Sarahs Lächeln. Ihre Mimik wirkte traurig und ihre Augen schienen zu sagen: »Ich will dich nicht verlassen.«

Sie war aufgrund einer Erkrankung ihrer Oma zu Marie gezogen. Vermutlich zeigte das Bild ihren Abschied von dem Pferd.

Meine Sitzposition wurde allmählich unbequem und die Wunde begann aufs Neue zu pochen. Also setzte ich mich wieder aufrecht und schaute dabei direkt auf Sarahs Computer. Ein Gewirr schwarzer Kabel schlängelte sich über den Schreibtisch. Sie verbanden den Rechner mit der Tastatur und der Maus. In der Hoffnung, dort irgendeinen Hinweis zu finden, erhob ich mich und wankte zu dem Tisch hinüber. Das Gerät war nicht abgeschaltet worden, was ein blinkendes Lämpchen am Tower signalisierte. Ich drückte auf die Leertaste und sofort erschien der Sperrbildschirm und verlangte von mir die Eingabe eines Passwortes. Ich seufzte und war schon im Begriff, mich von dem Gerät abwenden, als mir eine Idee kam. Durch einen der langweiligsten Vorträge aller Zeiten, auf einer Fortbildung zum Thema Sicherheit im Internet, war ich bestens auf diese Aufgabe vorbereitet. Also beugte ich mich über die Tastatur, um mit beiden Händen zu tippen, und probierte es mit den häufigsten Passwörtern von Teenagern. Sie hatten auf einer Folie gestanden, die der Referent uns zum Einstieg in die Veranstaltung gezeigt hatte. Mein erster Versuch waren die Zahlen *12345*, doch es erschien bloß in weißen Buchstaben der Hinweis: »Bitte versuchen Sie es erneut.« Ich ergänzte nach und nach weitere Ziffern der Zahlenreihe. Ohne Erfolg. Auch die Worte *Passwort*, *iloveyou* und *qwertz* führten mich nicht zum gewünschten Ziel. An dieser Stelle hielt ich kurz inne und überlegte.

»Na los«, befahl ich mir selbst. »Tu, was du am besten kannst!«

Das Fresko an Sarahs Decke kam mir in den Sinn und da wusste ich, was ich tun musste. Triumphierend tippte ich die Zeichenfolge in den Computer: *M a t t e o*. Doch wieder erschien nur die Aufforderung zur erneuten Eingabe. Trotz meiner Ernüchterung war ich noch nicht bereit, mich geschlagen zu geben. Sarahs Blick auf dem letzten Bild kam mir in den Sinn. Wie würde ein Mädchen dieses Alters ihre Trauer über die Trennung von dem Tier ausdrücken? Nach kurzem Überlegen ergänzte ich das eingegebene Passwort um die Abkürzung IMY für *I miss you* und bestätigte abermals mit Return. Diesmal erschien eine kleine Sanduhr und Sekunden später wurde der Desktop freigegeben. Ein Browserfenster öffnete sich und zeigte die letzte Seite, die Sarah besucht hatte. Es handelte sich um ein bekanntes soziales Netzwerk aus Deutschland, das sich aktuell großer Beliebtheit bei Schülerinnen und Schülern erfreute. Die Zugangsdaten waren im Browser gespeichert, sodass ich ohne Schwierigkeiten auf die Profilseite von Maries Tochter kam. Es gefiel mir gar nicht, im Profil einer Elfjährigen herumzuschnüffeln, doch ich hoffte auf einen greifbaren Hinweis auf ihren Entführer. Offenbar hatte Sarah gestern Abend noch spät mit einer Freundin namens Annabella gechattet. Wie für Mädchen dieses Alters typisch, hatte sich die Unterhaltung bis in die Nacht hingezogen. Ich holte mir den Schreibtischstuhl heran und setzte mich, obwohl er für meine Statur deutlich zu klein geraten war. Sein Gestell ächzte bedrohlich. Ich scrollte den Dialog bis zu seinem Anfang und überflog die Nachrichten. Die Erste war kurz nach halb elf verschickt worden.

»Habe deinen Brief gelesen«, schrieb Sarah. »Hdagdvl.«

Es folgten wechselseitige Freundschaftsbekundungen.

»Und? Wie ist es so bei deiner Mum?«, fragte Annabella schließlich.

»Ganz toll. Habe endlich ein normales Zimmer.«

»Schick mal Fotos.«

Der Computer gab ein *Bing* von sich und ein Pop-up-Fenster erschien. Irgendjemand namens *WKWgangster* hatte Sarah geschrieben. Seine Nachricht lautete:

»Du bist ja on.«

Ich drückte die Mitteilung weg, ohne darauf zu antworten, und las weiter in dem Chat der Mädchen. Es folgte eine Reihe von Bildern dieses Zimmers. Jedes war von Sarahs Freundin mit einem Smiley oder einem Herzchen versehen worden. Ich klickte sie nacheinander an, bis schließlich ein Foto erschien, das die Pausenhalle meiner Schule zeigte.

»Alles in meiner neuen Schule ist einfach irre groß. Jeder Flur hat unzählige Abzweigungen und irgendwie führen alle in die Pausenhalle«, hatte Sarah dazu geschrieben. Es war eine überaus treffende Beschreibung.

Wieder ertönte ein *Bing* und abermals öffnete sich ein kleines Fenster. »Hallo?«, fragte der Junge darin.

»Ja, ja, hallo!«, brummte ich, während ich seine Nachricht schloss.

»Schicke Schule«, hatte Annabella geantwortet. »Und der Freund deiner Mutter ist da echt ein Lehrer?«

»Kein Lehrer. Eher sowas wie ein Berater. Die Schüler nennen ihn nur *Mister Kay*.«

»Und? Wie ist er so?«

»Ich glaube, er ist voll in Ordnung.«

Verlegen unterbrach ich das Lesen des Textes. Nun kam ich mir endgültig vor wie ein Stalker. Ich beeilte mich, die folgenden Bilder durchzuklicken. Sie zeigten Schülerinnen der fünften Klasse. Die Mädchen hatten sich gegenseitig vor dem Seebach fotografiert, einem zugewachsenen Rinnsal zwischen dem Schulgelände und dem Parkplatz. Sarah hatte jeweils die passenden Namen dazugeschrieben.

Bing. »Warum antwortest du nicht?«

Wer immer dieser Junge war, seine Nachrichten waren wirklich penetrant. Schnell drückte ich auf das X in der oberen rechten Ecke des kleinen Fensters, denn ich wollte möglichst rasch zu dem letzten Bild der Mädchen zurückkehren. Irgendetwas hatte meine Aufmerksamkeit erregt. Es dauerte einen Moment, bis ich begriff, was ich unbewusst wahrgenommen hatte. Unscharf im Hintergrund erkannte ich den Parkplatz der Schule. Dort stand ein Mann. Er hatte die Arme verschränkt, sein Gesicht war unter einer dunklen Kapuze verborgen und es sah beinah so aus, als beobachte er die Mädchen. Ich bewegte das Mausrad, um das Bild zu vergrößern. Doch meine Hoffnung, den Unbekannten dadurch zu erkennen, erfüllte sich nicht. Stattdessen erhielt ich nur riesige Pixel ohne jede Kontur.

Ich seufzte und verkleinerte das Bild wieder. Wer war dieser Kerl? Handelte es sich um Sarahs Entführer? Oder war er nur zufällig auf das Foto geraten, während er auf dem Parkplatz gewartet hatte? Schnell klickte ich auf das nächste Bild der Reihe, doch es war aus einer völlig anderen Perspektive aufgenommen worden und zeigte den Unbekannten gar nicht.

Abermals verkündete der schrille Ton den Eingang einer Chatnachricht und erneut unterbrach ein Pop-up-Fenster meine Konzentration auf das, was mir wichtiger war. Ich wollte die Nachricht schon wegdrücken, als ich ihren Inhalt realisierte.

»WENN DU MIR NICHT ANTWORTEST, DREHE ICH DER KLEINEN SCHEISS-GÖRE DEN HALS UM!«

Nach einer kurzen Schrecksekunde zog ich mit feuchten Fingern die Tastatur zu mir heran und tippte eine Antwort ein.

»Wer bist du?«

Die Reaktion des Unbekannten ließ nicht lange auf sich warten.

»Das weißt du nicht? Was ist los mit dir? Tappt der große Daniel Konrad etwa vollkommen im Dunkeln?«

Bei den Worten bekam ich eine Gänsehaut. Woher wusste er, wer vor dem Rechner saß? Während ich über diese Frage nachdachte, entdeckte ich das grüne Lämpchen neben der Webcam, die im Monitor des Computers fest verbaut war. Ich erinnerte mich nicht daran, dass es kurz zuvor geleuchtet hatte. Offenbar war diese Funktion per Fernzugriff gesteuert worden. Möglicherweise hatte der Entführer Sarah auf diese Weise schon tagelang beobachtet.

Eine weitere Nachricht erschien.

»Es ist nicht wichtig, wer ich bin«, schrieb der Unbekannte. »Wichtig ist, wer du bist. Und vor allem, was du getan hast.«

Fieberhaft suchte ich nach den richtigen Worten. Wenn es sie gab, fielen sie mir nicht ein. Trotzdem musste ich den Dialog unbedingt am Laufen halten.

»Und was habe ich deiner Meinung nach getan?«, fragte ich daher und schaute direkt in die Kamera. Ich war überzeugt, dass der Fremde mich nicht nur sah, sondern auch hörte.

Die Antwort erschien kurz darauf im Chat.

»Du hast mein Leben zerstört, hast mir alles genommen.«

Ich kannte diesen Vorwurf bereits aus dem Schreiben des Entführers, doch nun war klar, dass ich damit gemeint war. Mir saß ein gewaltiger Kloß im Hals, als ich darüber nachdachte. Tatsächlich hatte ich in den letzten Wochen unendlich viel Leid und Tod gesehen. Sicherlich hatten diese Ereignisse auch das eine oder andere Leben zerstört. Doch es schien nicht fair, mir die Schuld daran zu geben. Ich hatte mich stets bemüht, den Menschen um mich herum zu helfen. Sofort wurde mir klar, wie absurd diese Gedanken waren. Ich beklagte mich gerade über fehlende Fairness in den Worten eines Kindesentführers.

»Ich würde niemals jemandem Schaden zufügen ... oder ein Kind entführen.«

Sofort nachdem ich das gesagt hatte, biss ich mir auf die Zunge. Der zweite Teil meines Satzes war mir herausgerutscht, doch im Nachhinein bereute ich es, den Kriminellen provoziert zu haben. Wie gebannt, starrte ich auf den Bildschirm und wartete auf eine Reaktion.

Eine Minute verstrich ohne jede Antwort. Zwei Minuten. Dann endlich ertönte das erlösende Geräusch.

»Das stimmt. Du machst dir nie selbst die Hände schmutzig. Und doch sterben alle, die mit dir zu tun haben. Erschossen. Ertrunken. Erhängt. Überfahren.«

Jedes dieser Worte löste in meinem Kopf eine unerträgliche Abfolge von Bildern aus. Eine Mischung aus Trauer und Wut stieg in mir auf, während eine weitere Nachricht des Unbekannten einging.

»Freund oder Feind, am Ende liegen sie alle in einem Sarg, während du ihre Angehörigen tröstest.«

»Was zur Hölle willst du von mir?«, presste ich hervor.

»Ich will, dass du leidest. Ich will, dass du bereust, was du mir und anderen angetan hast!«

Unter dem Dialog erschien die Information, dass der Chatpartner offline gegangen war. Einen Moment lang spielte ich mit dem Gedanken, nun doch die Polizei anzurufen, aber ich hatte in meinem Job gelernt, dass die Chancen äußerst schlecht standen, den Inhaber eines Online-Accounts zu ermitteln. Marie hätte niemals zugelassen, dass ich ein solches Risiko einging. Und wenn ich ehrlich war, wollte ich das auch gar nicht. Eine Wut beherrschte mein Denken, die ich bisher nicht von mir kannte. Ich wollte diesen Dreckskerl selbst in die Finger bekommen. Aber wie? Ich hatte keine einzige Spur, die zu ihm führte. Abermals kamen mir die Worte des Entführerschreibens in den Sinn. *Die gottlose Insel war mein Gefängnis.* Und wie zuvor landete ich bei der Frage, ob Marc der Täter sein konnte. Nachdenklich überflog ich die Chatzeilen.

»Freund oder Feind, am Ende liegen sie alle in einem Sarg, während du ihre Angehörigen tröstest.«

Nein. Dies waren nicht die Worte meines alten Schulfreundes, denn er hätte sich niemals so gewählt ausgedrückt. Weitere Überlebende hatte es auf Great Blasket Island nicht gegeben. Folglich steckte eine andere Bedeutung hinter dem Hinweis auf die Insel. Aber welche?

»Na los«, befahl ich mir, doch kam ich nicht dazu, diesen Satz zu beenden. Ein plötzlicher Gedanke verriet mir, was ich schon vor Minuten hätte begreifen müssen. Nur zur Sicherheit las ich noch einmal diese Zeile im Chat. Es schien unmöglich, dass dies ein Zufall war.

»Freund oder Feind, am Ende liegen sie alle in einem Sarg, während du ihre Angehörigen tröstest.«

Ich hatte in den vergangenen Wochen unzählige Tote gesehen, doch nur ein einziges Mal hatte ich an einem Sarg gestanden und dabei eine Angehörige getröstet. Der Abschied von Alexandra war mir noch gut in Erinnerung. Es hatte sich um ein privates Zusammentreffen vor der eigentlichen Trauerfeier gehandelt, an dem nur wenige Menschen teilgenommen hatten. Martha Peters, Alexandras Mutter, hatte mich persönlich dazu eingeladen. Woher wusste der Entführer, dass ich bei diesem Treffen versucht hatte, sie zu trösten? Auf diese Frage fiel mir nur eine sinnvolle Antwort ein. Der Unbekannte war ebenfalls dabei gewesen. Ich schloss meine Augen, um mich an die anderen Teilnehmer des Abschiednehmens am offenen Sarg zu erinnern. Doch ich konnte bloß eine gesichtslose Gruppe älterer Männer abrufen. Ich hatte keinen der Herren persönlich gekannt.

Ein bisschen zu schnell sprang ich von dem Bürostuhl auf. Als ich wieder sicher stand, ohne mich festhalten zu müssen, zog ich mein Handy hervor und suchte in der Kontaktliste nach Marthas Nummer. Normalerweise hätte ich sie niemals vor acht Uhr angerufen, aber das war eine Ausnahme. Einer der Teilnehmer an der Trauerfeier war vermutlich Sarahs Entführer. Kurz darauf ertönte das Freizeichen. Wieder und wieder.

»Na komm schon, geh ran«, sagte ich ungeduldig, obwohl mir klar war, dass Martha es nicht hörte. Schließlich war ein Knacken in der Leitung zu hören.

»Dies ist der automatische Anrufbeantworter von …«, begann eine Stimme, die mir eine Gänsehaut verursachte. Ich beendete die Verbindung, ehe Alexandras Worte weitere Emotionen in mir wecken konnten, und eilte zum Treppenhaus. Dort stieg ich die Stufen hinunter, so schnell es mir möglich war. Marie lag immer noch schlafend auf der Couch. Einen Moment lang stand ich vor ihr und überlegte, ob ich sie wecken sollte. Zu gerne hätte ich ihr erzählt, was passiert war und was ich herausgefunden hatte. Doch ich fürchtete mich davor, Hoffnungen zu wecken, die womöglich gar nicht erfüllt wurden. Zögerlich ging ich daher zum Beistelltisch hinüber und kramte in der Schublade nach einem Notizblock und einem Kugelschreiber.

»Ich sehe kurz nach Martha. Bin sofort wieder da, Daniel«, kritzelte ich auf die oberste Seite und legte den Block leise neben das Telefon auf den Couchtisch. Doch im gleichen Moment kamen mir Zweifel. Was ich noch vor wenigen Sekunden für eine gute Idee gehalten hatte, kam mir jetzt total schäbig vor. Die Tochter meiner Freundin war entführt worden. Wie konnte ich es da wagen, Marie allein zu lassen? Ich folgte schließlich nur einer vagen Vermutung, dass Martha mir helfen konnte. Und was passierte, wenn der Entführer sich meldete und Marie Hilfe brauchte, während ich unterwegs war? Zähneknirschend hob ich den Block wieder auf und ging zu dem Sessel hinüber. Ich musste mich regelrecht zwingen, darauf Platz zu nehmen. Nervös wippte ich mit den Beinen. Vage Vermutung hin oder her, es bestand eine Chance, dass ich von Martha einen Hinweis auf den Entführer erhielt. Was, wenn ich dadurch Maries Tochter befreien konnte? War das nicht viel wichtiger? Ich starrte auf die Worte, die ich auf den Block geschrieben hatte. Das Ticken der Uhr an der Wand teilte mir unaufhörlich mit, wie die Zeit verstrich. Was sollte ich nur tun?

Marie

Ein Knacken ließ Marie hochschrecken. Hatte sie gerade die Haustür gehört? Im ersten Moment wusste sie weder, wo sie sich befand, noch, was zuletzt passiert war. Desorientiert sah sie sich um. Sie war in ihrem Wohnzimmer, lag auf der Couch und hatte wohl einige Stunden hier gelegen. Zumindest ließ das benommene Gefühl sie das vermuten. Doch wie war sie hierhergekommen? Und was war davor geschehen? Sie erkannte Daniel, der in dem Sessel am Kopf des Couchtisches saß und offenbar fest schlief. Mühsam richtete sie sich auf und stellte ihre Füße auf den Boden. Auf dem Tisch lag ein Telefon. Es weckte unangenehme Erinnerungen an das Telefonat mit Sarahs Entführer. Auf einen Schlag war Marie hellwach. Wieder ertönte das Knacken. Definitiv nicht die Haustür! Es klang eher, als bewege sich jemand durch das Haus. Sie erhob sich so leise wie möglich von der Couch. Auf Zehenspitzen schlich sie in den Flur. Mehrmals hielt sie dabei inne und lauschte in die Stille. Die ersten Male konnte sie nichts Ungewöhnliches hören, doch als sie nicht mehr weit von der Treppe entfernt war, waren da plötzlich rasche Fußschritte. Und sie kamen ohne jeden Zweifel aus dem oberen Stockwerk. Marie war vollkommen sicher, dass sich noch jemand im Haus befand. Aber wer? Daniel saß im Wohnzimmer und Joachim, der ebenfalls einen Schlüssel besaß, würde niemals unangemeldet ihre Wohnung betreten. Ein mulmiges Gefühl beschlich sie, doch ihre Neugier war größer. Leise ging sie weiter und erreichte kurz darauf den Fuß der Treppe. Es klang, als habe jemand die Tür zu Sarahs Zimmer geschlossen. Marie nahm die ersten Stufen. Etwa auf halbem Weg hielt sie inne, denn sie wusste, dass die mittlere Treppenstufe fürchterlich knarzte. Sie wollte keinesfalls darauf treten und so den Eindringling warnen. Also machte sie einen großen Schritt. Mit Erfolg. Das Knarzen blieb aus.

Erleichtert huschte sie weiter. Endlich erreichte sie das obere Stockwerk. Und tatsächlich war die Tür zu Sarahs Zimmer verschlossen, obwohl Marie sicher wusste, dass sie diese vorhin offengelassen hatten. Ein schwacher Lichtschein drang durch den Schlitz unter der Zimmertür. Wieder horchte sie auf. Eindeutig war das Murmeln eines Kindes zu hören. Die Stimme erkannte sie sofort. Sie gehörte ohne jeden Zweifel ihrer Tochter, doch wie war das möglich? Sie versuchte zu verstehen, was das Mädchen sagte, aber sie konnte kein einziges Wort verstehen. Langsam ging sie auf die Tür zu, die zitternde Hand nach dem Türgriff ausgestreckt. Sie holte tief Luft und drückte die Klinke herunter. Die Worte wurden klarer.

»Und bitte beschütze auch Papa und Mama«, betete Sarah.

Ihre Tochter war da. Sie lag in ihrem Bett, mit dem Gesicht zur Wand. Niemand hatte ihr etwas angetan. Nur noch das Abendgebet und ihr süßer Schatz würde behütet schlafen.

»Und bitte verzeih Mama, dass sie mich weggeben hat, als ich noch ein kleines Kind war.«

Sarahs Worte bohrten sich tief in das Herz ihrer Mutter. Marie musste schlucken. Tränen traten ihr in die Augen.

»Und vergib ihr auch, dass sie mich allein gelassen hat, als ich sie am dringendsten gebraucht habe ...«

Marie presste die Hand auf ihren Mund, um nicht schluchzen zu müssen. Sie hielt es nicht mehr aus zu schweigen. »Ich bin hier, mein Kind«, sagte sie sanft, doch das Mädchen ließ sich in ihrem Gebet nicht beirren.

» ... als der Mann gekommen ist und mich geholt hat.«

»Nein, Sarah ...« Maries Stimme brach ab. »Niemand ist gekommen. Niemand hat dich geholt. Du bist hier bei mir und ...«

»Als er mich geschlagen hat. Wieder und wieder. Bis ich schließlich starb.«

»Was redest du da?«, rief Marie und eilte zu Sarahs Bett hinüber. Sie legte die Hand auf die Schulter ihrer Tochter. Die Berührung fühlte sich unangenehm kalt an.

»Bitte vergib du ihr, denn ich kann ihr nichts mehr vergeben.« Nun schwieg das Kind und Marie ertrug die Stille noch weniger als die quälenden Worte davor. Sie hockte sich an Sarahs Bett, wollte ihr kleines Mädchen zu sich drehen, in den Arm nehmen und trösten. Doch sie wusste bereits, dass es zu spät war. Viel zu leicht ließ sich der Körper des Kindes bewegen. Maries Herz setzte einen Schlag aus, als sie den Grund dafür erblickte. Leichenblass mit geöffnetem Mund lag Sarah in ihrem Bett. Ihr Gesicht war mit blauen Flecken übersät. Eine Menge Blut war aus einer Platzwunde an der Lippe über Nachthemd, Kissen und Bettdecke gelaufen. Es war längst geronnen. Doch am schlimmsten waren die Augen. Leer und tot starrten sie an die Decke, zeugten von ihrer Angst vor dem nächsten Schlag ihres brutalen Mörders.

Samstag, 04. Dezember, 07:28 Uhr

Marie schreckte hoch, doch die grausamen Bilder ihres Traums verfolgten sie weiter. Sie wollte Daniel wecken, aber der Sessel war leer.

»Daniel?«, rief sie, erhielt jedoch keine Antwort. Wo mochte er hingegangen sein?

Ihr Magen krampfte und ihr Mund füllte sich mit saurer Flüssigkeit. In blinder Panik sprang sie von der Couch auf und stürzte ins Badezimmer. In letzter Sekunde schaffte sie es, den Toilettendeckel hochzuklappen und ihre Haare zusammenzuraffen. Sie übergab sich. Als es endlich vorüber war, rang sie erschöpft nach Luft, doch der säuerliche Geruch des Erbrochenen ließ sie immer wieder aufs Neue würgen. Es gab kein Entkommen, obwohl ihr Magen bereits vollkommen leer war. Verzweifelt tastete Marie mit einer Hand nach dem Spülknopf. Und tatsächlich ging es ihr besser, nachdem sie die Spülung gedrückt hatte. Dennoch wartete sie einen Moment, bis sich ihr Körper beruhigt hatte. Dann arbeitete sie sich zum Spiegelschrank hinüber. Dort spülte sie ihren Mund mit klarem Wasser aus. Als sie sich wieder aufrichtete, wurde ihr entsetzlich schwindlig. Ein Blick auf ihr Spiegelbild ließ sie regelrecht erschrecken. Sie war kreidebleich und das weckte unangenehme Erinnerungen an den furchtbaren Albtraum, den sie kurz zuvor durchlitten hatte. Sarahs entsetztes Gesicht und ihr panischer Blick an die Decke ließen sie nicht mehr los. Marie versuchte sich einzureden, dass es bloß die Bilder eines Traums waren, doch die Wirklichkeit holte sie rasch ein. So sehr sie sich danach sehnte, all diese Schrecken einer weit entfernten Traumwelt zuzuschreiben, ihre Tochter befand sich in der Hand eines gefährlichen Wahnsinnigen. Sie war seinen Launen schutzlos ausgeliefert. Und falls er sie bis jetzt nicht getötet hatte, konnte er es jederzeit tun. Marie klammerte sich an das Waschbecken. Tränen liefen über ihr Gesicht.

»Sarah«, schluchzte sie. Der Schmerz war so entsetzlich groß. Als habe man ihr einen Teil ihres eigenen Körpers herausgeschnitten. Die Worte aus dem Traum kehrten in Maries Bewusstsein zurück und bohrten sich tiefer und tiefer in ihr blutendes Herz.

»Und bitte verzeih Mama, dass sie mich weggeben hat, als ich noch ein kleines Kind war.«

Hatte sie dieses unschuldige Mädchen in die Welt gesetzt, bloß, um die meiste Zeit seines Lebens nicht da zu sein und es dann an einen brutalen Verbrecher zu verlieren? Jetzt gab es kein Halten mehr. Marie weinte und ihre Tränen liefen in Strömen. Sie wünschte sich nur, ihr Kind zurückzubekommen und es wieder in die Armen schließen zu können. Jedes Mal, wenn sie versuchte, sich Sarahs Gesicht vorzustellen, wurde es von jener grausam entstellten Fratze überlagert, die sie in ihrem Traum gesehen hatte. Einzig das Bild des niedlichen Babys, das sie vor elf Jahren an ihre Brust gedrückt hatte, blieb davon verschont. Daran klammerte sich Marie. Und dennoch tröstete es sie kaum. Nicht zum ersten Mal war ihr das Kind genommen worden. Schon einmal hatte die Trennung von Sarah tiefe Wunden hinterlassen. Aber sie nun in der Gewalt eines Unbekannten zu wissen, war mehr, als ihr Mutterherz ertrug. Rückblickend war Sarah genau das Wunder gewesen, das Marie gebraucht hatte, um ihr Leben in den Griff zu bekommen. Das Ziel, sie eines Tages zu sich zu holen, hatte sie beflügelt. Sie hatte ihre Schule beendet, eine Ausbildung angefangen und trotz aller Probleme bis zum Ende durchgezogen. Und was noch wichtiger war: Sie hatte endlich aufgehört, Loser und Kleinkriminelle wie Joachim zu daten. Eine Weile hatte sie praktisch zölibatär gelebt, bis Daniel in ihr Leben trat. Gegenüber ihrem früheren Umgang war der Erziehungsberater ein Quantensprung nach vorne. Marie war so in Gedanken versunken, dass sie regelrecht erschrak, als das Telefon plötzlich klingelte. Zuerst wunderte sie sich, weshalb Daniel nicht ranging, doch dann fiel ihr ein, dass er nur in ihrem Traum auf dem Sessel gesessen hatte. So schnell es möglich war, eilte sie ins Wohnzimmer zurück, wo das Mobiltelefon noch auf dem Couchtisch lag. Sie griff danach und bemerkte in diesem Augenblick den Block, der direkt daneben lag. Es war offenbar eine Nachricht von Daniel, aber ihr blieb keine Zeit, sich damit zu beschäftigen. Stattdessen schaute sie auf das Display des Telefons. Die Rufnummer wurde unterdrückt, wie schon bei dem Anruf des Entführers. Sie fürchtete sich davor ranzugehen. Doch sie fürchtete noch mehr, was andernfalls passierte. Mit zitternden Fingern drückte sie die Taste mit dem grünen Hörer.

Wie in der Nacht dröhnte nur ein entferntes Rauschen aus der Leitung.

»Hallo?«, fragte Marie mit zittriger Stimme.
Keine Antwort.
»Hallo?«, wiederholte sie. Das Schweigen des Anrufers war nervenzerfetzend. Er wusste offenbar genau, wie er sie zur Verzweiflung bringen konnte.
»Bitte!«, brachte Marie schließlich hervor. Sie bemühte sich bei den folgenden Worten um einen unterwürfigen Ton. Keinesfalls durfte sie fordernd oder provozierend klingen.
»Bitte tun Sie meinem Kind nicht weh. Ich werde alles tun, was Sie fordern. Sie können alles von mir haben, mein Geld, meinen Schmuck, was immer Sie wollen, aber ich flehe Sie an, tun Sie meinem Kind bitte nicht weh.«
Angespannt wartete sie auf eine Reaktion. Doch stattdessen ertönte bloß wieder das Klicken in der Leitung und das Telefonat war beendet. Marie schaffte es gerade so, das Telefon nicht vor Wut an die Wand zu werfen.

Kapitel 3

Samstag, 04. Dezember, 07:40 Uhr

Daniel

Die Ampel schaltete auf Grün. Ich beendete die Verbindung und legte mein Handy auf den Beifahrersitz. Dann fuhr ich langsam über die große Kreuzung. Nach einer Unterführung erreichte ich die langgezogene Landstraße, die unsere Stadt mit jenem Vorort verbindet, in dem Martha wohnt. Unwillkürlich wanderte mein Blick noch einmal zu meinem Mobiltelefon.

»Vielleicht ist Martha noch gar nicht aufgestanden«, überlegte ich. Ausschlafen schien zwar so gar nicht zu ihrer Persönlichkeit zu passen, aber ich hatte natürlich überhaupt keine Ahnung, ob und wie lange sie am Wochenende schlief. Es war also im Bereich des Möglichen, dass sie deshalb nicht ans Telefon ging. Womöglich waren meine wiederholten Anrufe sogar ziemlich lästig für sie.

Und sofort reihte sich dieser Gedanke bei den anderen ein, die bereits an meinem Gewissen nagten. Zum Desinteresse am weiteren Schicksal eines alten Schulkameraden. Und zur Entscheidung, Marie allein in ihrer Wohnung zurückzulassen. Was für eine Art von Freund war ich eigentlich? Hätte ich nicht bei meiner Partnerin bleiben müssen, um ihr beizustehen? Kam sie im Zweifelsfall ohne mich zurecht? Auch wenn ich Marc inzwischen als Täter ausschloss, war der Entführer dennoch jemand, der sich an mir rächen wollte. Ich malte mir aus, wie er Marie anrief und Forderungen stellte, die sie allein gar nicht erfüllen konnte.

Statt das unheilvolle Gefühl aufzulösen, verschlimmerte ich es mit meinen Überlegungen. Es lauerte wie ein dunkler Schatten über mir und verstärkte sich mit jedem Begrenzungspfahl, den ich auf der Landstraße passierte. Dieses Unbehagen war fast so etwas wie ein alter Bekannter. Es begleitete mich schon seit Kindertagen.

Freitag, 25. März, 10:48 Uhr (28 Jahre zuvor)

Heute sollte er sein, der Tag der Tage. Marc hatte diesen Freitag ausgewählt, denn die Schule hatte zum Start in die Osterferien früher geendet. Ich schlurfte mit einem gewaltigen Kloß im Hals neben ihm her. Einige Jungs aus meiner Klasse folgten uns. Ich war mir nicht sicher, ob sie aus Neugier mitkamen oder weil Marc ihnen keine andere Wahl ließ. Vielleicht sollten sie mich auch aufhalten, falls ich versuchte wegzulaufen.

»Muss das denn sein?«, fragte ich und war darum bemüht, es nicht ängstlich, sondern genervt klingen zu lassen.

»Da ist überhaupt nichts dabei!«, versicherte Marc noch einmal.

»Ü-überhaupt nichts dabei?«, brachte ich hervor und es war mir egal, dass es diesmal ängstlich klang.

»Ja, genau. Rein, raus und natürlich die Zigaretten nicht vergessen! Aber lass dir ja nicht einfallen, uns nachher eine mitgebrachte Kippe unterzuschieben«, erklärte Marc überheblich. »Wir merken, ob du sie vom Kettenraucher geholt hast!«

»Ja genau, das merken wir«, bestätigte einer unserer Begleiter und zwinkerte dem Jungen neben sich verschwörerisch zu.

Ich bereute beinah, dass mir die Idee mit einem falschen Zigarettenstummel nicht selbst gekommen war. Am ganzen Körper zitternd richtete ich meinen Blick wieder auf das Ziel. Nie im Leben hätte ich mir träumen lassen, dass ich dieses Grundstück jemals freiwillig betreten würde. Es genügte mir schon, jeden Morgen auf dem Weg zur Schule daran vorbeilaufen zu müssen. Immer wenn ich in die Schulstraße einbog, holte ich tief Luft und rannte so schnell ich konnte an dem Hoftor vorbei. Beinah jedes Mal verbellte mich der Riesenköter. Und mehr als einmal hatte sogar sein Besitzer neben ihm gestanden. Das Bild des finsteren Mannes erschien vor meinem geistigen Auge.

»Und was, wenn der Kettenraucher mich erwischt?«

Jedes Schulkind kannte diesen Mann, den wir alle nur den *Kettenraucher* nannten. Er war vor etwas mehr als einem halben Jahr in das Haus am anderen Ende der Schulstraße gezogen. Mit seinem düsteren Gesicht, den wildgewachsenen Haaren und dem ungepflegten Bart an Oberlippe und Kinn sah er aus, als wäre er direkt einer Geisterbahn auf dem Rummelplatz entsprungen. Dazu kamen seine stechenden blauen Augen und seine riesigen Pranken. Und natürlich der aggressive Schäferhund. Unzählige Gerüchte rankten sich um diesen Mann und alle stammten, soweit ich wusste, von Marc.

»Dann lauf!«, antwortete Marc auf meine Frage. »Lauf, als ginge es um dein Leben, denn genau darum geht es dann auch, mein Freund!«

»M-mein Leben, warum?« Ich ahnte schon, dass ich diese Nachfrage bereuen würde, doch nun war sie gestellt und zurücknehmen konnte ich sie nicht mehr.

»Na, weil es das ist, was dieser Kerl tut.« Er klang überheblich, so als müsse er etwas total Offensichtliches erklären. »Er lockt kleine Kinder auf sein Grundstück und verfüttert sie an die wilde Bestie.«

»Ja klar«, erwiderte ich mit einer abfälligen Handbewegung, doch musste ich feststellen, dass ich dabei nicht annähernd so souverän klang, wie ich es beabsichtigt hatte.

»Das glaubst du mir nicht?«, höhnte Marc. »Ich habe selbst schon mal ein Kind auf seinem Grundstück gesehen. Es war ein Junge, ich schwör's!« Vor seinem nächsten Satz legte er seinen Arm auf meine Schulter und zog mich näher zu sich heran. Er flüsterte jetzt nur noch.

»Und ich habe ihn nie wieder in der Schule gesehen!«

»Erzähl ihm von den Knochen!«, forderte Tobias, einer aus unserer Eskorte.

»Oh ja, die Knochen in der Hundehütte, Mann!«, rief Marc, und die Begeisterung sprudelte aus ihm heraus. »Solche Teile!« Er zeigte mit seinen Händen eine Größe, die höchstens als Oberschenkelknochen eines ausgewachsenen Tyrannosaurus Rex durchgegangen wäre. Egal wie langsam ich mich bewegte, das Ende der Schulstraße rückte unausweichlich näher. Mit einem Mal blieb die Gruppe stehen.

»Da vorne ist es!« Diesen Hinweis hätte Marc mir gar nicht zu geben brauchen. Ich wusste genau, wo es war. »Los geht's, Daniel. Zeig was du drauf hast.«

Das Herz schlug mir bis zum Hals und meine Finger fühlten sich unangenehm feucht und klebrig an. Ich hasste Marc und seine saublöden Ideen, denn selbstverständlich war er es, der diese gottverdammte Mutprobe erfunden hatte. Nur wer sich traute, auf das Grundstück zu schleichen und einen der Zigarettenstummel vom Kettenraucher zu klauen, die dort überall verstreut lagen, galt in unserer Schule als echter Junge. Ich wagte nicht zu atmen, als ich das Hoftor erreichte und vorsichtig um die Ecke lugte. Der Hof war anscheinend leer. Schnell suchte ich den Boden nach Zigarettenstummeln ab. Ich fand einen passenden, etwa zwei Meter vom Tor entfernt. Ich schloss die Augen und legte mir im Kopf meinen Plan zurecht.

»Tor auf, reinspringen, Kippe schnappen und dann nichts wie weg!« Doch ich war nicht annähernd so mutig, wie meine innere Stimme annahm. Sicherheitshalber öffnete ich die Augen und prüfte noch einmal, ob die Luft rein war. Sie war es. Leider.

»Auf drei!«, befahl ich mir selbst. »Eins – Zwei – Drei.«

Ich griff nach der Klinke und drückte sie herunter. Das Quietschen des Tores ging mir durch Mark und Bein. Den Lärm musste jeder in der Straße gehört haben. Irgendwie gelang es mir, meine Panik zu überwinden. Ich betrat den Hof und erreichte kurz darauf den Zigarettenstummel. Als ich mich danach bückte, hörte ich es plötzlich. Ein wütendes Knurren, gefolgt von durchdringendem Gebell. Der Hund stürzte aus seiner Hundehütte. Er war in Wirklichkeit noch viel größer als in meiner Erinnerung. Panisch griff ich nach dem Zigarettenfilter am Boden und rannte los. Ich erreichte das Hoftor, schlüpfte hindurch und schmiss es hinter mir zu. Leider hatte ich dabei meine lächerliche Beute verloren. Der Hund gauzte wie wahnsinnig und versuchte, durch die Gitterstäbe des Tores nach mir zu schnappen. Aus blanker Panik, abermals dort hineinzumüssen, suchte ich den Bürgersteig ab. Zu meiner Erleichterung fand ich das blöde Teil unweit meines linken Fußes. Es war keine der üblichen Zigarettenmarken, die ich von der Kasse des Supermarkts her kannte. Direkt am Filter war eine goldene Krone abgebildet. Nun wusste ich, wie Marc die Betrüger erkannte. In diesem Moment bemerkte ich einen dunklen Schatten hinter dem Tor. Ich realisierte zwei riesige Stiefel und als ich nach oben sah, blickte ich dem Kettenraucher direkt in die Augen. Er versuchte, mich über das Hoftor hinweg zu greifen. Ich ließ mich nach hinten fallen. So gelang es mir mit knapper Not, seinem Griff auszuweichen. Dafür landete ich aber schmerzhaft auf meinem Po.

»Was soll das, du kleiner Hosenscheißer?«, schrie er wütend. »Warte, wenn ich dich in die Finger kriege!«

Das wollte ich unbedingt verhindern. Auf allen vieren krabbelte ich ein Stück rückwärts. Dann drehte ich mich herum, arbeitete mich wieder auf die Füße und rannte los. Von Marc und meinen Klassenkameraden war weit und breit nichts mehr zu sehen. Vermutlich hatten sie sich aus dem Staub gemacht, als der Kettenraucher aufgetaucht war. Die bescheuerte Mutprobe war mir inzwischen vollkommen egal. Ich rannte davon, ohne mich noch einmal umzusehen. Dabei hallten mir Marcs Worte im Kopf herum: »Lauf, als ginge es um dein Leben!«

Samstag, 04. Dezember, 07:44 Uhr

Es war der gleiche Schauer wie damals, der mir jetzt über den Rücken lief. Aus dem Augenwinkel nahm ich ein Schild am Straßenrand wahr, das die Geschwindigkeit auf 80 Kilometer in der Stunde begrenzte. Erst in diesem Moment bemerkte ich das Dröhnen des Motors. Ein kurzer Blick auf den Tacho zeigte mir, dass ich deutlich zu schnell fuhr. Scheinbar hatte ich den Fluchtimpuls meiner Erinnerung aufgenommen und das Gaspedal voll durchgetreten. Ich schob die Gedanken an die Kindheit beiseite und trat auf die Bremse. Dabei nahm ich mir vor, mich den Rest der Fahrt lieber auf den Straßenverkehr zu konzentrieren.

Marie

Nervös tigerte Marie in ihrer Wohnung auf und ab. Ihre Gedanken kreisten ständig um die Frage, ob es ein Fehler gewesen war, den Entführer am Telefon um Gnade für ihr Kind zu bitten. Der Unbekannte hatte die Verbindung daraufhin ohne ein einziges Wort beendet. Wieso hatte sie nicht einfach geschwiegen? Hätte sie doch bloß gewartet, bis der Anrufer etwas sagte. In Maries Vorstellung tat er ihrem unschuldigen Engel genau in diesem Augenblick unaussprechliche Dinge an, nur weil seine dämliche Mutter nicht den Mund gehalten hatte. Diese Anspannung setzte ihr gewaltig zu. Die Übelkeit war inzwischen ihr ständiger Begleiter. Mehr als einmal war Marie kurz davor gewesen, sich erneut zu übergeben. Sie schwor sich, kein einziges Wort mehr an den Entführer zu richten, falls sie nochmal die Chance dazu erhielt. Dann würde sie nur sprechen, wenn sie ausdrücklich dazu aufgefordert wurde. Zu forsches Auftreten wurde von dem Unbekannten gnadenlos bestraft und die Leidtragende war immer ihre Tochter. Marie kam sich entsetzlich dumm vor, denn sie hätte diese Lektion schon in der Nacht lernen können.

Zum wiederholten Mal endete ihr Weg durch die Wohnung am Couchtisch. Und wieder schaute Marie auf das kleine Display des Telefons. Noch immer kein Anruf. Noch immer kein Lebenszeichen von Sarah.

»Was, wenn er sich nie wieder meldet?«, schoss es ihr durch den Kopf. Dieser Gedanke versetzte sie derart in Panik, dass sie nach dem Mobilteil griff. Doch nun hielt sie es bloß in der Hand und musste sich eingestehen, dass dies ein vollkommen nutzloser Aktionismus war. Es gab keine Nummer, die sie anrufen konnte, nicht die geringste Chance, Sarah zu helfen. Als sie das Telefon senkte, fiel ihr Blick auf den Notizblock.

»Ich sehe kurz nach Martha. Bin sofort wieder da, Daniel«, stand in krakeligen Buchstaben darauf. Als sie die Nachricht vorhin gefunden hatte, war es sehr verlockend gewesen, sauer auf ihren Freund zu sein. Und sie hätte dazu zweifellos alles Recht der Welt gehabt. Daniel hatte sie schließlich allein gelassen und damit seine Pflicht vernachlässigt, ihr in so einer Notlage beizustehen. Er hatte Marthas Wohl über das ihrer Tochter gestellt. Doch überraschenderweise war sie gar nicht sauer auf ihn. Marie konnte die Entscheidung ihres Freundes nur zu gut verstehen. Martha war ein herzensguter Mensch und sie hatte in den letzten Stunden ebenfalls viel durchgemacht. Ursprünglich hatte Daniel ja sogar bei ihr übernachten wollen, weil sie wegen Alexandras Tod vollkommen durcheinander war. Doch dann hatten sich die

Ereignisse überschlagen: Der Einbruch in Marthas Haus, der Kampf auf Leben und Tod mit dem Einbrecher und nicht zuletzt Daniels Moment der Erkenntnis, wer hinter all den schrecklichen Morden der vergangenen Tage steckte. Hals über Kopf hatten sie daraufhin das Haus verlassen, um einem gefährlichen Verbrecher nachzujagen. Marie konnte sich gar nicht vorstellen, wie es Martha nach all dem ergangen war. Hatte sie überhaupt geschlafen? Oder hatte sie die ganze Nacht gegrübelt, was mit ihnen passiert war? Marie war überzeugt, dass ihr Freund genau das Richtige tat. Wie immer. Es lag in Daniels Natur, den Menschen beizustehen, sich um sie zu kümmern und die Dinge in Ordnung zu bringen. Und das war wohl auch der wahre Grund, weshalb sie ihm seine Abwesenheit verzieh. Eben weil dies seine Natur war, konnte Marie auch für sich und ihre Tochter hoffen. Sie klammerte sich an die Hoffnung, dass er die Sache mit Sarah ebenfalls in Ordnung bringen würde. Deshalb hatte sie beschlossen, ihm einen Vertrauensvorschuss zu geben. Und ein bisschen beneidete sie ihn sogar, weil er nicht in diesem gottverdammten Haus festsaß und auf das Klingeln des Telefons wartete. Nur allzu gern wollte Marie ebenfalls da draußen sein, um sich selbst auf die Suche nach ihrer Tochter zu machen. Leider kam das nicht in Frage. Sie musste hierbleiben. Zu groß war ihre Sorge, einen Anruf des Entführers zu verpassen. Grimmig betrachtete sie das Telefon in ihrer Hand. Es war die Eisenkugel, die sie in ihrem Gefängnis hielt. Doch da kam ihr plötzlich eine Idee. Wenn sie während der Arbeitszeit nicht im Büro war, aber erreichbar bleiben musste, richtete sie einfach eine Weiterleitung auf ihr Handy ein. Schnell eilte sie zur Garderobe im Flur und holte es aus der Manteltasche. Gottlob, der Akku war mehr als halbvoll. Sie hoffte, dass ihr privates Telefon über die gleiche Funktion verfügte. Marie öffnete das Menü des Mobilteils und blätterte durch die Zeilen. Tatsächlich fand sie den Eintrag *Rufweiterleitung*.

Sie gab ihre Handynummer ein und drückte auf *Speichern*. Jetzt musste sie bloß sicherstellen, dass das Gerät an seiner Ladestation hing und konnte fahren, wohin sie wollte. Als sie es gerade darin platzieren wollte, bemerkte sie aus dem Augenwinkel einen Schatten. Ihr Herz begann sofort wie wild zu schlagen. Irgendwer war gerade durch ihren Vorgarten gelaufen und Marie musste unbedingt wissen, wer es war. Mit schnellen Schritten eilte sie ans Fenster. Dabei überlegte sie, ob Daniel möglicherweise schon wieder zurück war. Sie hielt das eher für unwahrscheinlich, obwohl sie nicht genau wusste, wann er losgefahren war. Sie schob die Gardine zur Seite und spähte in den Vorgarten. Nichts. Der Garten war menschenleer, soweit sie durch den Frühnebel erkannte. Sie zog in Betracht, dass ihre Sinne ihr einen Streich gespielt hatten, doch da ertönte ein Summen. Das Geräusch der Türklingel fuhr Marie in die Glieder. Damit hatte sie nicht gerechnet.

Sie wagte kaum zu atmen, während sie zur Haustür ging. Insgeheim hoffte sie, dass ihre Tochter davorstand, als sie die Tür öffnete. Doch sie wurde enttäuscht.

»Joachim?«, fragte Marie überrascht.

»Wen hast du denn erwartet?«, gab ihr Ex-Mann zurück. Wie gewohnt versuchte er, einen lässigen Eindruck zu machen. Sie konnte noch immer nicht fassen, dass sie mal auf dieses Gehabe gestanden hatte.

»Jedenfalls nicht mit dir«, antwortete sie und schaute an ihm vorbei in Richtung der Straße. Weit und breit war niemand zu sehen.

»Na super, ist die Kleine denn fertig?«

»Fertig?« Marie ahnte beim besten Willen nicht, was Joachim damit meinte. Sie war sogar versucht, seinen Satz mit Sarahs Entführung zusammenzubringen, obwohl sie wusste, dass das nicht möglich war.

»Alter, das kann doch nicht dein Ernst sein!«, stöhnte Joachim genervt. »Ihr habt es echt vergessen?«

»Vergessen?«, erwiderte Marie inzwischen ein bisschen gereizt. »Was denn?«

»Papa-Wochenende? Alle 14 Tage? Heute das erste Mal?« Er spulte diese Fragen ab, als spreche er mit einem kleinen, dummen Mädchen, das mal wieder seine Hausaufgaben nicht gemacht hatte.

Und genauso fühlte Marie sich in diesem Moment. Sie hatte tatsächlich Sarahs erstes Wochenende bei ihrem Vater vergessen, selbst wenn keine Entführung dazwischengekommen wäre.

»Oh ja, also ... äh«, stammelte sie, während sie fieberhaft überlegte, ob sie Joachim die ganze Wahrheit sagen sollte oder nicht. Er war mit Sicherheit kein Kandidat für den Titel *Vater des Jahres*, doch das gab ihr nicht das Recht, ihm so eine schwerwiegende Angelegenheit zu verschweigen. Andererseits fürchtete Marie sich davor, wie ihr Ex-Mann auf diese Information reagieren würde. Joachim konnte mitunter sehr impulsiv sein. Vielleicht machte er irgendeine Dummheit?

»Was wird denn nun? Holst du Sarah jetzt oder nicht?« Seine Geduld schien allmählich aufgebraucht.

»Weißt du, es ist so«, begann Marie nun. »Sarah übernachtet heute bei einer Freundin.« Ihre Entscheidung war also gefallen, ohne dass sie diese bewusst getroffen hatte. Sie hatte sich entschlossen, ihren Ex aus der Entführung seiner Tochter herauszuhalten. Sie spürte, wie ihr das Blut in die Wangen schoss und hoffte, dass er nicht mitbekam, wie sie knallrot anlief.

»Dein Ernst?«, seufzte Joachim genervt. »Ich bin den ganzen Weg hierhergefahren, mit meinem letzten Benzingeld – und dann ist sie gar nicht hier?« Bei diesen Worten streckte er seinen Kopf durch den Türrahmen und spähte in die Wohnung, als zweifele er ihre Aussage an.

Letztes Benzingeld? Es lag Marie auf der Zunge, ihn darauf hinzuweisen, dass es erst Anfang des Monats war, doch sie entschied sich dagegen. Es war kein Geheimnis, dass ihr Ex-Mann ständig pleite war, und es brachte nur weitere Auseinandersetzungen mit sich, wenn sie dies kommentierte. Und das wollte Marie auf keinen Fall. Im Gegenteil. Nun, da sie beschlossen hatte, ihn aus der Sache herauszuhalten, musste sie ihn so schnell wie möglich wieder loswerden.

»Ich gebe dir was«, sagte sie deshalb.

»Nee, nee.« Er winkte ab. »Ist schon gut.«

»Nein, es ist nur fair. Ich hätte an den Termin denken und dich anrufen müssen«, sagte Marie entschlossen und verschwand in der Wohnung. Sie öffnete die weißlackierte Tür des Garderobenschranks, der unter der Treppe eingebaut war. Dann zog sie ihren Geldbeutel aus der Tasche ihres Mantels und kramte daraus einen Zehneuroschein hervor. Ihr Blick fiel dabei auf das Foto von Sarah, das im vordersten Fach der Geldbörse steckte. Marie musste schlucken. Sie zog das Bild ein Stück heraus. Vorsichtig berührte sie die Wange des Mädchens. Dann gab sie sich einen Ruck und schob das Foto zurück. Sie wandte sich wieder der Haustür zu und erschrak, denn sie hatte nicht damit gerechnet, dass Joachim direkt hinter ihr stand. Wie zuvor war sein Blick in die Wohnung gerichtet.

»Bist du alleine?«, fragte er mit unverhohlener Neugier.

»Ja, wieso?«, gab Marie zurück. Seine Aufdringlichkeit wurde allmählich anstrengend, deshalb versuchte sie, ihn wieder Richtung Haustür zu drängen.

»Ach, nur so.« Er griff nach dem Geldschein in ihrer Hand. »Danke.« Achtlos steckte er den Schein in seine Hosentasche. Die Zurückhaltung, die er kurz zuvor gezeigt hatte, war wie weggeblasen. Marie blieb keine Zeit, sich darüber zu ärgern, denn bei der Rückwärtsbewegung rutschte seine Jacke ein wenig zur Seite und sie bemerkte die Schlinge um seinen Hals, die den linken Arm hielt.

»Was ist passiert?«, fragte sie.

Verlegen zog er die Jacke wieder über den Verband. »Ach nichts, nur ein kleiner Unfall«, antwortete er ausweichend. »Bei wem ist sie denn?«

»W-was meinst du?«

»Na, bei welcher Freundin übernachtet sie?«

Marie wollte irgendeinen Namen nennen, doch weil Joachim sie so durchdringend anstarrte, fiel ihr einfach keiner ein. Sie fühlte sich ertappt. Natürlich hatte sie vorher gewusst, dass sie nicht unbedingt eine überragende Lügnerin war, doch so schlecht hatte sie sich bisher selten geschlagen. »Kennst du nicht«, brummte sie viel zu spät und viel zu wenig überzeugend. »Aus ihrer neuen Klasse.«

»Hm, ist aber reichlich früh, findest du nicht?«

Marie zuckte ein bisschen zu theatralisch mit den Achseln. »Ist doch gut, wenn sie schnell neue Freunde findet, oder nicht?«

»Sag ihr, sie soll sich mal bei mir melden.« Endlich wandte sich Joachim wieder dem Ausgang zu und ging.

»Mach ich. Bis bald. Tschüss!«, rief Marie. Dann schloss sie hinter ihm die Tür und presste ihren Rücken dagegen. »Bis bald. Tschüss?«, tadelte sie sich selbst. Bei der Verabschiedung zweier Teenager nach einer Party wären diese Abschiedsworte angemessen gewesen. Angespannt wartete sie, bis sie endlich das Starten eines Motors hörte. Erst danach öffnete sie die Haustür einen Spalt und spähte hindurch. Sie beobachtete, wie er davonfuhr. Sein Auto war vollkommen verdreckt. Erdspritzer von den Reifen hatten die komplette Fahrerseite verschmutzt.

Ricky

Die Stimmen der anderen waren kaum noch hörbar, so laut rauschte es in seinen Ohren. Er hob seine Hände von der Tischplatte und bemerkte dabei, dass sie schweißnasse Flecken hinterließen. Nur noch fünf. Er versuchte, sich zu konzentrieren, auf der Suche nach einem coolen Spruch oder wenigstens einem Satz, der nicht vollkommen dämlich klang. Doch in seinem Kopf dröhnte nur dieses nervtötende Rauschen. Ricky war verloren. Nur noch vier. Er spürte schon jetzt unzählige Blicke auf sich. Oder bildete er sich das nur ein? Panisch schaute er zum Fenster hinüber. Von seinem Stuhl aus konnte er zwar das Sportfeld nicht sehen, aber er sah wenigstens die Basketballkörbe, die an den schmalen Seiten des roten Platzes angebracht waren. Wie gerne wäre er jetzt aufgesprungen und dort hingerannt. Da spielten immer irgendwelche Jungs Fußball. Ricky war nicht unbedingt sportbegeistert, aber alles wäre ihm lieber gewesen als dieser Moment. Noch drei.

»Verdammt nochmal! Reiß dich zusammen«, tadelte er sich selbst. Fast hätte er sich gegen den Kopf geschlagen, wie er es sonst in solchen Momenten tat. Er hatte sich gerade noch beherrschen können. Mit wachsender Verzweiflung durchsuchte er die sein Hirn nach einem brauchbaren Gedanken. Verfluchtes Kiffen. Es war genau diese Stille im Kopf, die er genossen hatte, als er damals mit dem Zeug anfing. Aber in solchen Momenten rächte sich das total. Ricky erinnerte sich immer noch gut an seine Grundschulzeit, als sein Hirn noch normal funktioniert hatte. Bevor er blöd wurde. Noch zwei. Wieder war da das Gefühl, beobachtet zu werden. Ricky ließ seinen Blick durch den Klassenraum schweifen. Seine neue Klasse saß im *Hufeisen*, wie die Lehrer diese Sitzordnung nannten. Alle anderen Kinder schauten den Jungen an, der zwei Plätze weiter saß und über sein Hobby, das Fahrradfahren schwadronierte. Ricky betete, dass er noch lange darüber sprach. Dann entdeckte er, weshalb er sich beobachtet fühlte. Sie sah ihn unverhohlen an. Ihm war das zierliche Mädchen am linken Ende des Hufeisens schon beim Hereinkommen aufgefallen, obwohl ihm Mädchen sonst total egal waren. Ricky konnte nicht mal genau sagen, warum. Vielleicht hatte es an ihrem T-Shirt gelegen. In dem grellgelben Oberteil schien sie förmlich zu leuchten – wie eine Figur im Computerspiel, mit der man interagieren konnte. Unwillkürlich warf er ihr ein Lächeln zu, das sie aber nicht erwiderte. Stattdessen schaute sie verlegen in eine andere Richtung. Er hasste sich dafür.

Der Vortrag über das Mountainbike endete und der nächste Junge war an der Reihe. »Hallo, mein Name ist Stefan«, begann er. Nur noch dieser eine Schüler, dann war Ricky dran. Warum bestand seine neue Klassenlehrerin auf dieser blöden Vorstellungsrunde? Mit grimmigem Blick schaute er zu ihr hinüber. Frau Maier erinnerte ihn an diese grellbunten, unförmigen Figuren, die sie letztes Jahr im Kunstunterricht aus Pappmaché hergestellt hatten. Wie hießen die doch gleich? Es war irgendein ganz einfaches Wort. So ähnlich wie Wauwau oder Lala. Erneut versuchte Ricky, scharf nachzudenken. Nana. Ja genau, das war es! Er beschloss, dass Frau Maier für ihn ab sofort nur noch Nana hieß. Ihr bunt gemustertes Blumenoberteil passte hervorragend dazu.

»Na? Und?« Ricky realisierte, dass die Lehrerin ihn jetzt direkt anschaute.

»Und ... was?«, fragte er verwundert. Einige Mitschüler kicherten, doch Nana brachte sie mit einem einzigen Blick zum Schweigen. Dann richtete sie ihre Aufmerksamkeit wieder auf ihn.

»Du bist dran«, sagte sie.

Wie gelähmt saß Ricky auf seinem Platz. Er spürte, wie ihm das Blut ins Gesicht schoss. Ihm klebte die Zunge am Gaumen und das Rauschen in seinen Ohren wurde lauter und lauter, bis es fast schon ein Dröhnen war.

»Wie heißt du denn?«, fragte Frau Maier geduldig.

»Richard Menke«, brachte Ricky hervor. Sofort bereute er es, den Mund aufgemacht zu haben. Warum hatte er das bloß gesagt? Er hasste es, wenn ihn jemand *Richard* nannte.

»Gut Richard«, wiederholte die Lehrerin gedehnt, als wollte sie ihn damit absichtlich quälen. »Und was machst du gerne in deiner freien Zeit?«

Auf diese Frage hatte er keine Antwort. Wieder musste er dem Drang widerstehen, sich gegen den Kopf zu schlagen. Wie konnte man bloß so hohl sein? Kiffen und Wohnungseinbrüche konnte er nicht nennen und das Chillen an der Seewiese galt bei Lehrern auch nicht unbedingt als Hobby. Und sonst machte er eigentlich gar nichts. Wieder fühlte es sich so an, als ob alle Blicke auf ihm ruhten, doch dieses Mal entsprach es leider der Wirklichkeit. Dann kam ihm der rettende Gedanke: Das Fitnessstudio! In den Sommerferien hatte sein Vater ihn einmal zum Training mitgenommen. Eigentlich durfte man erst mit 16 Jahren an die Geräte, aber weil zu dieser Zeit kaum jemand im Trainingsraum gewesen war, hatte er tatsächlich eine der Übungen selbst ausprobieren dürfen. Wie war doch gleich der Name des Trainingsgeräts? Es lag ihm auf der Zunge. Ricky hatte es genossen, wie ein Großer auf der Bank zu sitzen und die schweren Gewichte nach oben zu drücken, auch wenn sein Vater natürlich die geringste Belastung eingestellt hatte. Aber der Name des Gerätes … Brustpresse! Ja genau, so hieß es.

»Was machst du gerne?«, wiederholte die Lehrerin.

»Brustpressen!«, rief Ricky aus. Anfangs war er erleichtert, doch dann kam es ihm vor, als habe die gesamte Klasse gleichzeitig eingeatmet. Einen kurzen Augenblick lang herrschte entsetztes Schweigen, dann brach donnerndes Gelächter aus. Erst in diesem Moment begriff er, wie man seine Antwort noch verstehen konnte. »Verfluchte Kleinkinder«, schoss es ihm durch den Kopf. Rickys Ohren begannen zu glühen. Er wünschte sich so sehr ein Loch im Boden, das ihn und die gesamte Klasse verschlingen würde. Was hatte er sich nur dabei gedacht? Der Reihe nach schaute er in die Gesichter der lachenden Kinder. Er würde es jedem Einzelnen heimzahlen. Alle lachten. Bloß eine nicht. Das Mädchen in dem gelben T-Shirt. Sie saß noch immer regungslos an ihrem Platz. Ihr Blick war voller Verständnis und es schien ihm beinah so, als leide sie genauso unter der Situation wie er. Es gelang ihm fast, die Peinlichkeit dieses Moments auszublenden, seine gesamte Aufmerksamkeit gehörte nur ihr. Er musste unbedingt ihren Namen herausfinden.

»Ricky?«, rief die Lehrerin, doch passte ihre Stimme auf einmal so gar nicht mehr zu ihr.

Samstag, 04. Dezember, 07:56 Uhr

»Ricky, wach auf!«, rief seine Mutter und zog den Vorhang beiseite. Helligkeit durchflutete das Zimmer. Ricky öffnete einen Spalt breit die Augen, kniff sie aber sofort wieder zu. Er stöhnte.

»Dein Vater und ich haben mit dir zu reden!«

Der strenge Ton passte überhaupt nicht zu seiner Mutter. Außerdem sagte sie diese Worte so laut, dass Ricky sicher war, dass er nicht der einzige Zuhörer dieser Ansprache war. Ihre Augen waren gerötet, vermutlich hatte sie die ganze Nacht lang geweint.

»In fünf Minuten am Küchentisch!«

Gleich nachdem sie dies gesagt hatte, warf sie einen schnellen Blick zur Tür und hastete dann an seine Bettkante. Sie beugte sich über ihn.

»Dein Vater ist stinksauer und er plant drastische Maßnahmen«, flüsterte sie ihm zu. Jetzt wusste Ricky, dass ihre vorherige Strenge eine Show für seinen Vater gewesen war. Vermutlich stand er draußen im Flur und belauschte sie. »Besser du zeigst, dass es dir wirklich leidtut und …« Die folgenden Worte schien sie sorgsam auszuwählen. »… reiß dich in dem Gespräch ein bisschen zusammen!« Nachdem sie ihm diesen Rat gegeben hatte, verließ sie eilig das Zimmer.

Was meinte sie mit drastischen Maßnahmen? Sofort schossen Ricky die Worte seines Vaters in den Kopf, die er in der Nacht belauscht hatte.

»Irgendwas muss mit dem Jungen passieren. Hast du eine bessere Idee?«, hatte er gesagt. Ricky versuchte sich auszumalen, was sein Erzeuger wohl plante. Handyverbot? Hausarrest? Kein Taschengeld? Ricky verwarf all diese Gedanken. Er hatte derart oft solche Verbote kassiert, dass seine Mutter deshalb nicht so besorgt reagieren würde. Ihm schwante Übles. Dunkel erinnerte er sich daran, dass sein Vater vor einigen Wochen bei einem der seltenen gemeinsamen Abendessen von einer *besonderen* Schule gesprochen hatte. Ricky versuchte verzweifelt, sich an dieses Gespräch zu erinnern. Doch wie bei allem, was sein Vater jemals zu ihm gesagt hatte, klaffte auch hier ein großes Loch in seinen Erinnerungen. Wollte er ihn wirklich in eine andere Schule schicken? Womöglich gar in einer weit entfernten Stadt? Ja, das sah seinem alten Herrn ähnlich. Seit Ricky sich damals für die Punk-Szene entschieden hatte, war er von dem steifen Anzugträger bestenfalls noch toleriert worden. Er war eine Schande für seinen Vater. Ihn jetzt möglichst weit wegzuschicken, war der passende nächste Schritt.

Zornig warf Ricky seine Decke von sich. Er trug die gleichen Klamotten wie gestern und am Tag davor. Rasch schwang er seine Beine aus dem Bett und arbeitete seine Füße in die klobigen Springerstiefel, die er unter dem Bettkasten hervorzog. Nachdem er die Schnürsenkel verknotet hatte, stand er auf und sah zur Verandatür hinüber. Zeigen, dass es ihm wirklich leidtut? Darauf konnte das blöde Arschloch da unten lange warten. Stattdessen rannte er auf den Balkon hinaus. Auf dem Weg dorthin griff er nach seiner Jeansjacke, die über einem Stuhl hing. Früher war es Schwerstarbeit gewesen, in den Garten hinunterzuklettern, doch inzwischen wusste er, dass der Sprung zwar manchmal schmerzhaft, letztlich aber ungefährlich war. Und Schmerzen bereiteten ihm keine Angst. Sie verfolgten ihn schon sein ganzes Leben. Sein Aufprall auf der Wiese war derart laut, dass Ricky fürchtete, seine Eltern könnten es im Haus gehört haben. Also eilte er schnell den kleinen Pfad entlang zum Unterstand der Fahrräder. Er schnappte sich das Rad seiner Mutter, denn sein eigenes war seit dem Unfall vor zwei Tagen nicht mehr fahrtauglich. Ohne nachzudenken, schwang er sich auf den Sattel und radelte los.

Sein Vater kam aus der Haustür gestürmt. »Halt, Stopp!«, rief er ihm hinterher. »Na warte, dich kriege ich.«

Ricky wagte nicht einmal sich umzublicken, starrte nur auf die Straße vor sich und trat in die Pedale, als hinge sein Leben davon ab. In einiger Entfernung hörte er, wie ein Motor angelassen wurde. Sein Vater war offenbar zu allem entschlossen. Kurz darauf kam das Dröhnen des Fahrzeugs näher, begleitet von lautem Hupen. Panik stieg in Ricky auf. Die Situation erinnerte ihn an den Unfall, bei dem er vor ein paar Tagen von einem finsteren Dreckskerl über den Haufen gefahren worden war. Vom Kopf her wusste der Junge natürlich, dass sein Vater ihn niemals überfahren würde, aber so weit konnte er im Moment nicht denken. Er reagierte bloß noch. Als er die Abzweigung zu dem Feldweg erreichte, atmete Ricky erleichtert auf. Er brauchte nur abzubiegen und die beiden großen Felsbrocken zu passieren, die am Eingang des Weges lagen, und die Verfolgungsjagd würde augenblicklich enden. Die Kurve nahm er derart schnell, dass er um ein Haar vom Fahrrad geschleudert worden wäre. Das laute Quietschen der Bremsen bestätigte, dass sein Vater die Hindernisse rechtzeitig entdeckt hatte. Eine Autotür wurde aufgerissen, es folgte eine Reihe von wilden Flüchen und Drohungen. Sie wurden mit wachsender Entfernung leiser.

Daniel

Gleich nach dem Ortsschild begann ich, eine freie Parkbucht am Straßenrand zu suchen. Ich hatte beschlossen, an der Hauptstraße zu parken und in Marthas Wohnsiedlung hineinzulaufen. Schon bald fand ich eine Parklücke unweit der Abzweigung und stellte das Auto ab. Ich stieg aus, verriegelte das Fahrzeug und folgte dem Bürgersteig bis zu der Kurve. Ich hatte mir eine möglichst unauffällige Wollmütze aus Maries Garderobenschrank genommen und vorsichtig über meinen Verband gezogen. Sie verdeckte nicht nur die Kopfverletzung, sondern hatte darüber hinaus auch noch einen anderen, eher unerwarteten Effekt. Das Kratzen der Wolle war eindeutig unangenehmer als der Schmerz der Wunde und lenkte mich davon ab. Schon kurz darauf erreichte ich Marthas Haus in der Reihenhaus-Siedlung. Ehe ich zur Tür hinüber ging, blickte ich mich kurz um. Einen Augenblick lang hatte ich das unangenehme Gefühl verspürt, beobachtet zu werden, konnte aber keinen Grund dafür entdecken. Die Straße war menschenleer. Ebenso die geparkten Autos. Ich drückte auf den Klingelknopf. Deutlich nahm ich das Geräusch der Türglocke im Inneren des Gebäudes wahr, doch nichts tat sich. Abermals betätigte ich den Knopf und wartete so lange, bis ich es nicht mehr aushielt. »Martha?«, rief ich. »Martha, bist du da?« Keine Reaktion.

Ich holte mein Handy aus der Jackentasche und entsperrte es. Sofort wurde mir klar, dass es hier vollkommen nutzlos war. »Kein Netz«, stand in der oberen rechten Ecke des Displays. Ich stieß einen halbunterdrückten Fluch aus und steckte das Gerät wieder ein. Eigentlich hätte ich wissen müssen, dass ich an dieser Stelle keinen vernünftigen

Empfang hatte. Mit einem mulmigen Gefühl dachte ich daran, wie ich in der Nacht durch Marthas Haus geirrt war, auf der Suche nach wenigstens einem Balken zum Telefonieren. Schon mehrfach hatte ich Freunde und Kollegen um ihren zuverlässigen Handyempfang beneidet, doch diesmal machte ich mir eine gedankliche Notiz, bei nächster Gelegenheit den Anbieter zu wechseln.

Mir blieb nichts anderes übrig, als mich erneut der Türklingel zuzuwenden. Ich drückte den Klingelknopf im Sekundentakt. Wieder und wieder drang das Geräusch der Glocke durch die Haustür nach draußen. Falls Martha zu Hause war, konnte sie mein Klingeln nicht überhören. Ich hatte ein klares Bild vor Augen, wie die ältere Dame mich angucken würde, wenn sie jetzt an die Tür käme. Doch nichts dergleichen geschah. Ich klingelte noch etwa eine Minute lang weiter, bevor ich aufgab. In Marthas Haus kehrte Stille ein. Ich hielt kurz die Luft an und lauschte. Kein Geräusch war im Innern der Wohnung zu hören. Jetzt machte ich mir ernsthafte Sorgen. Warum reagierte Martha nicht? War sie überhaupt zu Hause? Und falls nicht, wo war sie? Ich malte mir aus, dass ihr irgendetwas zugestoßen war, dass sie zum Beispiel medizinische Hilfe brauchte. Und ich wusste genau, dass ich hier nicht ohne eine Antwort wegfahren würde. Doch was sollte ich tun? Irgendwie musste ich in dieses Haus gelangen. Ratlos wanderte mein Blick an der Hauswand entlang. Dabei kam mir eine Idee.

»Das Fenster«, sagte ich zu mir und setzte mich in Bewegung. Mir war eingefallen, dass der Einbrecher in der Nacht ein Seitenfenster eingeschlagen hatte. Auf diesem Weg war er in Marthas Schlafzimmer gelangt. Und genauso wollte ich nun in das Haus eindringen. Dort angekommen, zog ich die Ärmel meiner Jacke über die Handflächen, um mich vor möglichen Scherben am Fensterrahmen zu schützen. Das Fenster lag etwa auf Brusthöhe. Ich nahm drei Schritte Anlauf, rannte auf die Wand zu und sprang im richtigen Augenblick ab.

Ächzend und stöhnend versuchte ich, mich nach oben zu ziehen, um ins Innere des Hauses zu gelangen.

»Martha?«, keuchte ich dabei, erhielt aber weiterhin keine Antwort. Ich schob die alte Wolldecke zur Seite, die am oberen Rand des Fensters befestigt war. Vermutlich hatte Martha sie angebracht, um die kaputte Scheibe etwas abzudichten und so die Kälte draußen zu halten. Im Schlafzimmer brannte Licht. Ich ließ mich ins Innere gleiten und war heilfroh, als ich endlich wieder festen Boden unter den Füßen hatte. Das Bett war benutzt, die Decke lag darauf, als sei Martha erst vor kurzem aufgestanden. Diese Unordnung bereitete mir Unbehagen, denn sie passte nicht zu der älteren Dame. Zumindest hätte sie nach dem Aufstehen die Bettdecke zurückgeschlagen, ich vermutete sogar, sie hätte das Bett gleich gemacht. Ich wandte mich der Zimmertür zu. Der Hausflur war dunkel und menschenleer. Durch das kleine Fenster am anderen Ende drang nur ein schwacher Lichtschein. Mehrere Räume gingen von dem Flur ab. Alle Türen waren nur angelehnt.

Zögerlich hielt ich auf das erste Zimmer zu. Ich wusste, dass es die Küche war. Ich stieß die Tür auf und warf einen flüchtigen Blick in den schmalen, langgezogenen Raum. Niemand war dort. Die Dielen im Flur knarzten unter meinem Gewicht, während ich mich auf den Weg zum Wohnzimmer machte. Auch hier öffnete ich die Tür.

»Martha?«, rief ich noch einmal, obwohl ich inzwischen gar keine Antwort mehr erwartete. Ein letztes Mal schaute ich zum Schlafzimmer zurück. Ich kam mir vor wie ein Einbrecher, doch die Sorge um Martha trieb mich weiter an. Also betrat ich das Wohnzimmer und ließ meinen Blick durch den Raum schweifen. Alles war noch genauso, wie wir es am Vorabend verlassen hatten. Nun war ich sicher, dass etwas nicht stimmte, denn ich zweifelte keine Sekunde daran, dass

Martha spätestens an diesem Morgen die Karten und die benutzten Gläser weggeräumt hätte.

Mit wachsender Sorge kehrte ich in den Hausflur zurück. Das winzige Badezimmer war ebenfalls leer. Dann erreichte ich das Ende des Flures. Unter der hölzernen Treppe führte eine Tür in den Keller. Als ich davorstand, bemerkte ich, dass sie nicht verschlossen war. Dahinter war es vollkommen dunkel. Kalte Luft zog durch den Türspalt ins Haus.

Ich war nur ein einziges Mal in Marthas Keller gewesen, als sie mich nach einem gemeinsamen Einkauf gebeten hatte, einen Sack Kartoffeln hinunterzutragen. Ich meinte mich zu erinnern, dass der Lichtschalter auf der Innenseite links war. Also streckte ich meine Hand aus und begann, hinter dem Türrahmen danach zu suchen. Als ich ihn endlich fand und drückte, blieb es dennoch dunkel. Ich prüfte mit einem raschen Blick, ob ich ohne Licht hinuntergehen konnte, entschied mich aber dagegen. Ein verlassenes Haus, die Unordnung vom Vortag und nun ein defekter Schalter. Ich war mir inzwischen vollkommen sicher, dass hier irgendetwas Schlimmes passiert war. Wie so oft seit der unheilvollen Reise zu den Blasket Islands griff ich in diesem Moment unbewusst nach meinem Handy. Ich wusste zwar, dass ich im Haus keinen Empfang hatte, aber ich hatte es auf eine andere Funktion abgesehen. Ich zog das Gerät hervor und aktivierte vom Sperrbildschirm aus die Taschenlampe. Sofort strahlte ein grelles Licht auf. Ich musste meine Augen regelrecht vor der Helligkeit abschirmen. Ich leuchtete in den Keller hinunter. Gerade wollte ich den ersten Fuß auf die Treppe setzen, als mir aus dem Augenwinkel ein sonderbares Schimmern auffiel. Ich blieb abrupt stehen. Dann erst begriff ich, was ich gesehen hatte. Ich hockte mich hin, um die Treppenstufe näher zu untersuchen. Quer über die oberste Stufe war ein hauchdünner, beinahe unsichtbarer Metalldraht gespannt. Der

Draht hatte genau die richtige Höhe, um jemanden zum Stürzen zu bringen, der im Dunkeln die Treppe herabstieg. Mit wachsender Beklemmung richtete ich mich wieder auf und setzte meinen Weg fort. Dabei machte ich einen großen Schritt über den Draht hinweg. Obwohl ich bereits ahnte, was mich am Ende der Treppe erwartete, hoffte ich immer noch inständig, dass ich falsch lag. Doch dann erschienen im Schein des Handylichts zwei Füße. Sie ragten unweit der untersten Stufe hervor und warfen lange Schatten auf den reglosen Körper dahinter. Dessen Position ließ keinen Spielraum für Hoffnung. Ich hob den Arm ein Stück nach oben und beleuchtete so das ganze grauenhafte Szenario.

»Mein Gott, Martha!«, rief ich entsetzt und sprang die letzten Stufen der Treppe hinunter. Ich hockte mich neben sie, legte mein Handy zur Seite und tastete ihren Hals auf der Suche nach einem Puls ab. Dabei bemerkte ich die unnatürliche Kälte ihrer Haut, was mir das Blut in den Adern gefrieren ließ. Das Licht des Handys beleuchtete jetzt die Konturen von Marthas Gesicht. Ihre Augen waren weit aufgerissen und starrten leblos in die uns umgebende Dunkelheit.

Kapitel 4

Samstag, 04. Dezember, 08:18 Uhr

Ricky

Der Radweg schlängelte sich nach den großen Felsbrocken einige Kilometer lang durch weitläufige Felder und Wiesen. Dichter Frühnebel lag wie eine Decke auf der Umgebung. Er schien jedes andere Geräusch außer dem Klappern des Fahrrads zu verschlingen. Nach der Aufregung um seinen Vater genoss Ricky die Stille des Morgens. Hier, abseits der Autostraßen, war praktisch niemand unterwegs. Er begegnete lediglich einer älteren Dame, die ihn freundlich grüßte und ihren großen Hund maßregelte, weil er neugierig auf das Fahrrad zuhielt. Ricky musste scharf bremsen und ein Ausweichmanöver fahren, um das Tier nicht zu verletzen.

»Tut mir leid«, sagte die Dame lächelnd. »Lahja findet junge Menschen immer sehr spannend.«

»Schon gut, nix passiert«, kommentierte Ricky, ehe er wieder in die Pedale trat. »Einen guten Tag dir«, rief ihm die fremde Frau hinterher.

»Ja, was auch immer«, brummte der Jugendliche, denn er bezweifelte, dass dies noch ein guter Tag werden würde. Nicht nach dem, was ihm sein Vater nachgerufen hatte, nachdem er abrupt vor den Felsbrocken stehengeblieben und aus dem Auto gesprungen war.

»Wenn ich dich in die Finger kriege, setzt es was! Bleib stehen oder wir stecken dich ins Internat, bis du achtzehn bist!«

Ricky wusste genau, dass sein Vater niemals leere Drohungen aussprach. Das war also die Lösung, von der seine Eltern am Abend zuvor gesprochen hatten. Sie hatten vor, ihn in ein Internat zu geben. Das Wort kannte er nur aus einer amerikanischen Fernsehserie. Die jungen Menschen wohnten und lernten auf einem umzäunten Grundstück. Sie mussten strenge Regeln befolgen, allesamt die gleichen Klamotten tragen und durften ihre Eltern und Freunde nur in den Ferien besuchen. Lieber würde er sterben, als in so eine Schule zu gehen.

»Damit kommt der Wichser auf keinen Fall durch«, sagte er sich selbst in Gedanken und war von seinen Worten vollkommen überzeugt. Aus der Serie kannte Ricky nämlich auch die Schwachstelle von Internaten. Wer in einer solchen Schule gegen die Hausordnung verstieß, flog einfach raus. Vielleicht hatte er im Unterricht nicht immer so aufgepasst, wie seine Lehrer das wollten, aber er hatte auf jeden Fall gelernt, wie man Regeln brach. Mister Kay konnte sicher ein Lied davon singen.

Als er auf dem matschigen Untergrund ins Schlingern geriet, wurde ihm klar, dass er sich mehr auf den Weg konzentrieren musste. Er schob seine Gedanken zur Seite und radelte weiter. Wenig später tauchten die ersten Straßenlaternen aus dem Nebel auf. Vor ihm lag jener Vorort, in dem Nancy wohnte. Und mit einem Mal hatte seine Fahrt ein Ziel. Ricky wusste schon gar nicht mehr, wann er seine Freundin das letzte Mal gesehen hatte. Nach kurzem Überlegen fiel es ihm wieder ein. Es war wohl der Tag nach Bennis Tod gewesen. Da war sie überraschend in der Schule aufgetaucht. Niemals würde Ricky den Gesichtsausdruck vergessen, mit dem sie in der Tür des Klassenzimmers gestanden hatte. Ihm war sofort klar gewesen, dass sie Hilfe brauchte, doch bevor er etwas unternehmen konnte, hatte sich Herr Konrad schon um Nancy gekümmert. Anfangs hatte Ricky sich darüber furchtbar geärgert, denn es war doch wohl seine Aufgabe, sich um sein Mädchen zu kümmern. Trotzdem hatte er den ganzen Tag über einen großen Bogen um das Büro des Erziehungsberaters gemacht. Es fiel ihm nicht leicht, sich die Wahrheit einzugestehen, aber er wäre mit der Situation vermutlich heillos überfordert gewesen. Und er hatte gewusst, dass Nancy bei Mister Kay in guten Händen war. Seit diesem Morgen hatte er sie nicht mehr gesehen. Nur einmal hatten sie sich Kurznachrichten geschickt. »Liebe dich«, hatte er geschrieben und eine genauso knappe Antwort erhalten. »Dich auch.« Kurz darauf erreichte Ricky das Ende des Radweges. Er umfuhr gekonnt die Metallkonstruktion, die das Einfahren von Autos verhinderte, ähnlich wie die Felsbrocken am Anfang der Strecke. An der Hauptstraße bog er nach rechts in Richtung des Dorfzentrums ab. Ricky hasste es, wie sich diese Straße im letzten Jahr verändert hatte. Monatelang war hier eine Baustelle gewesen. Das heruntergekommene Dorf hatte sicherlich viel Geld investiert, um die Ortsdurchfahrt wie eine vornehme Wohngegend aussehen zu lassen. Die Straßenlaternen, die Haltestelle, ja sogar die Mülleimer – alles wirkte so gepflegt und nobel, dass es Ricky beim Anblick regelrecht hochkam. All dieser aufgesetzte Prunk erinnerte ihn an das halbe Schloss, das seine Eltern vor einigen Jahren gebaut und dann ihr *Zuhause* genannt hatten. Er fuhr auf dem rotgepflasterten Bürgersteig an der gläsernen Rückseite der Bushaltestelle vorbei, ehe er das Rad mit einem kraftvollen Sprung auf die Straße setzte. Er wünschte sich so sehr, dem makellosen Asphalt damit ein ordentliches Schlagloch verpassen zu können. Doch eher würde das klapprige Damenrad seiner Mutter zusammenbrechen, denn es war nicht wirklich für solche Manöver geeignet. Es schepperte bedrohlich und diese Geräuschkulisse passte hervorragend zu Rickys Gefühlen. Erst an der nächsten Abzweigung wurde die Umgebung wieder so, wie Ricky sie in Erinnerung hatte. Hier waren die Hauswände grau, die engen Bürgersteige schief und verwitterte Holztore führten zu grasüberwucherten Höfen. Am besten gefiel ihm das Haus von Familie Wagner. Das Mauerwerk lehnte sich bis zum Dach hin bestimmt dreißig Zentimeter über die Straße und an etlichen Stellen bröckelte der Putz von der Wand. Es war alt, gemütlich und aufrichtig, nicht bloß eine langweilige Fassade. Nein, Ricky war definitiv nicht für das Schickimicki-Leben geschaffen, auf das seine Eltern so abfuhren.

Ein lautes Krachen riss ihn aus seinen Gedanken. Erschrocken zog er an den Bremshebeln, die allerdings kaum Wirkung zeigten. Mit einem Quietschen hielt das Damenrad schließlich doch noch an. Ricky war sich absolut sicher, dass das Geräusch vom Grundstück der Wagners gekommen war. Er stieg ab und schob das Fahrrad bis an die Hauswand. Nachdem er es abgestellt hatte, krachte es hinter dem Hoftor erneut, diesmal aber ein bisschen gedämpfter. Mit einem mulmigen Gefühl ging Ricky zu dem offenen Tor und spähte wie ein Spion im Film um die Ecke. In der Mitte des Hofes türmte sich ein gewaltiger Haufen aus allerlei Zeug. Wäschestücke lagen dort ebenso wie Kissen, Decken und sonstiger Kram. Es sah aus, als werfe jemand den gesamten Hausrat in den Hof.

»Was zur Hölle?«, entfuhr es Ricky, als er eines der Kleidungsstücke erkannte. Genau in der Mitte des Berges lag eben jenes gelbe T-Shirt, das Nancy an ihrem ersten Tag in der neuen Klasse getragen hatte. Er überlegte, wer wohl all diese Sachen dorthin warf. Waren hier etwa Einbrecher am Werk?

Samstag, 04. Dezember, 08:38 Uhr

Daniel

Ich kniete im Halbdunkel des Kellers und weinte. Meine rechte Hand lag auf Marthas Schulter, die andere hatte ich zur Faust geballt. Eingetaucht in das kaltweiße Handylicht erschien mir dieses Grauen vollkommen unwirklich – beinah so, als könne ich jeden Augenblick daraus erwachen. Doch allmählich begriff ich, dass dieser entsetzliche Albtraum wirklich passierte. Die langgezogenen Schatten auf den Wänden überragten uns bedrohlich. Sie waren stille Zeugen einer himmelschreienden Ungerechtigkeit. Martha war eine Seele von Mensch gewesen, voller Ehrlichkeit, Einfühlungsvermögen und Güte. Sie hatte nicht verdient, so zu sterben. Unter Schmerzen. In der Dunkelheit. Allein. Was mir jedoch wirklich den Verstand raubte, war die Tatsache, dass mir dieser Horror nur allzu vertraut war. Nicht einmal zwei Monate zuvor hatte ich in genau derselben Haltung vor der Leiche von Marthas Tochter gesessen. In dem kleinen Zelt auf einem kargen Felsbrocken mitten im Atlantik hatte ich damals das gleiche Gefühl entsetzlicher Ungerechtigkeit empfunden. Mit dem Unterschied, dass ich bei Alexandras Tod von einem Selbstmord ausgegangen war, nicht von einem feigen, hinterhältigen Mord. Diesmal gab es jemanden, auf den ich meine Wut richten konnte. Und das tat ich.

»Was hat er dir bloß angetan?«, fragte ich Martha und schaute in ihr Gesicht. Ich wünschte mir so sehr, eine Antwort zu bekommen. Doch mir blieb keine andere Wahl, als selbst danach zu suchen. Mein Blick wanderte zum Treppenaufgang hinüber.

Martha war über die Schnur gestolpert und die Kellertreppe hinuntergestürzt. So viel war klar. Doch was hatte sie hier unten gewollt? Wieso war sie die Treppe hinuntergegangen, obwohl das Licht nicht funktioniert hatte? War sie womöglich von dem Täter gestoßen worden? Ich verwarf diesen Gedanken sofort wieder. Warum sollte jemand eine aufwändige Stolperfalle bauen und sein Opfer dann selbst hinunterstoßen? Das passte nicht zusammen. Mit dem Handrücken wischte ich mir die Tränen aus dem Gesicht. Ich griff nach meinem Handy und leuchtete damit zur Treppe hinüber. Anfangs schien es mir, als gäbe es auf den kargen, grauen Stufen nichts zu entdecken. Doch dann bemerkte ich ein kleines, schwarzes Etwas am äußersten Rand der letzten Treppenstufe. Ich ging näher heran und erkannte, was es war. Wieso lag dort ein Telefon? Ich hob es auf. Eine der Tasten leuchtete alle ein oder zwei Sekunden rot auf. Sie war mit einem Briefsymbol gekennzeichnet und meldete offenbar einen Anruf in Abwesenheit. Allmählich dämmerte mir der Zusammenhang. Dieses Gerät war der Köder für die hinterhältige Falle des Täters gewesen. Er hatte die Schnur gespannt, die Sicherung herausgedreht und das tragbare Telefon am Fuß der Treppe platziert. Vermutlich war Martha von dem Klingeln aufgewacht und hatte nachsehen wollen, woher es kam. Da das Licht nicht funktionierte, war sie über die Schnur gefallen und die Kellertreppe hinuntergestürzt.

Ich drückte auf die blinkende Taste. »Daniel Konrad« stand jetzt im Display und darunter Datum und Uhrzeit meines ersten Anrufs an diesem Morgen. Ein kleiner Pfeil zeigte an, dass noch weitere Anrufe eingegangen waren.

»Ich war das«, schoss es mir durch den Kopf. Schuldbewusst wanderte mein Blick zu Marthas Leiche. Dieser Gedanke war so unfassbar, dass ich ihn zunächst gar nicht verarbeiten konnte. Nicht das Telefon hatte sie in die Falle des Mörders gelockt, sondern mein Versuch, sie zu erreichen. Verzweifelt versuchte ich, mich zu beruhigen, wollte mir einreden, dass ihr Tod nicht meine Schuld war. Doch die Fakten sprachen dagegen. Es genügte allein, wenn ich an meinen Anrufversuch dachte. »Na komm schon, geh ran«, hatte ich gesagt. Martha war dieser Aufforderung gefolgt.

Der Täter hatte mich dazu benutzt, eine enge Freundin umzubringen. Doch war das bloß ein dummer Zufall oder Teil seines hinterhältigen Plans gewesen? Mein Magen rebellierte bei der Vorstellung, dass er es tatsächlich geplant haben könnte. War der Hinweis im

Chat, den ich für ein Versehen des Täters gehalten hatte, in Wahrheit eine bewusst gelegte Spur? Hatte er die beiläufige Erwähnung von Alexandras Beerdigung absichtlich platziert, damit ich seine Falle zuschnappen lasse? Mir schien dieser Gedanke vollkommen absurd, doch er ließ mich nicht mehr los.

»Ich will, dass du leidest«, hatte der Fremde im Chat geschrieben. Und genau das hatte er erreicht. Ich kam mir vor wie ein Schuljunge, der von seinem Lehrer in der Klasse vorgeführt wurde. Zu Wut und Trauer mischten sich nun auch noch Enttäuschung und Verzweiflung. Auf der Fahrt hierher hatte ich gehofft, einen Hinweis auf den Täter zu finden. Jetzt stand ich mit leeren Händen da. Martha war tot und ich hatte nicht die geringste Ahnung, wie es weitergehen sollte. Ich war wie gelähmt und starrte ratlos auf das Grauen, das mich umgab.

In diesem Moment klingelte das Telefon in meiner Hand und ließ mich vor Schreck zusammenfahren. *Unbekannt* stand auf dem Display. Mir war sofort klar, dass es nur der Entführer sein konnte. Mit zitternden Fingern drückte ich den grünen Knopf im Tastenfeld und hielt das Telefon an mein Ohr.

Anfangs drang nur ein Rauschen aus dem Lautsprecher, doch dann ertönte ein gehässiges Lachen. Eine unbeherrschbare Wut bahnte sich den Weg.

»Verfluchtes Arschloch«, presste ich hervor.

Augenblicklich verstummte das Lachen. »Hast du wirklich gedacht, es würde so einfach werden?«, höhnte der Unbekannte mit verstellter Stimme. »Der große Mister Kay entdeckt eine Spur, die direkt zu dem finsteren Mann im Hintergrund führt und als mutiger Held rettet er das arme Mädchen in Not?«

Darauf konnte und wollte ich nichts erwidern. Die Wahrheit war viel zu schmerzhaft, denn genau das hatte ich gedacht.

»Wach auf!«, rief er. »Es gibt keine Rettung. Keine Heldentaten. Nur den Tod.«

»Aber … Martha hatte dir nichts getan.«

»Und ich habe *ihr* nichts getan.« Ich erahnte seine nächsten Worte, ehe er sie aussprach. »Das warst du! In wenigen Minuten werden die Rettungskräfte dein nächstes Opfer finden. Und dann wirst du endlich für all deine Taten bezahlen.«

Die Verachtung in seinem Tonfall ließ mir das Blut in den Adern gefrieren. Ich versuchte, mich zu beruhigen, doch es gelang mir kaum. »Welche Taten?«, schrie ich verzweifelt. »Wer bist du? Und was zur Hölle soll ich dir angetan haben?«

Der Mann am anderen Ende der Leitung schwieg eine Weile. Es fühlte sich an, als genieße er jede Sekunde seiner Überlegenheit. »Du bist ein Monster, denn du bringst Leid und Tod über jeden, der das Pech hat, deinen Weg zu kreuzen«, antwortete er schließlich. »Du wirst noch früh genug erfahren, was du mir angetan hast. Doch zuvor werden weitere Menschen sterben. Menschen, die sich auf dich verlassen. Menschen, die du liebst. Es ist alles deine Schuld und du allein trägst die Verantwortung dafür.«

Ich musste schlucken. Es bestand kein Zweifel daran, dass jedes seiner Worte ernst gemeint war. Der Unbekannte schien wirklich zu glauben, dass ich sein Leben zerstört hatte. Wie gewaltig war der Hass, wenn er jemanden zu solchen Taten antrieb? Wem hatte ich einen Grund gegeben, mich für ein Monster zu halten? Wieso erinnerte ich mich nicht daran?

»Du bist ein Monster«, diese Worte klangen in meinem Kopf nach. Sie schienen mir etwas mitteilen zu wollen. Aber was?

»Na los! Tu, was du am besten kannst!«, befahl ich mir selbst. Ich wiederholte diesen Satz in meinem Kopf. Wieder und wieder. »Du bist ein Monster. Du bist ein Monster.«

Sonntag, 26. Mai, 10.35 Uhr (14 Jahre zuvor)

Ich schob mein Fahrrad in den Fahrradständer und öffnete das Schloss, das um den Sattel gewickelt war. Dann beugte ich mich über den Vorderreifen, um ihn an der Halterung zu befestigen. Kurze Zeit später lief ich mit einem mulmigen Gefühl den begrünten Weg zum Haupteingang der Psychiatrie entlang. Diesen Besuch hatte ich mehr als eine Woche vor mir hergeschoben. Ich war noch immer nicht bereit dafür, fühlte mich aber dazu verpflichtet. Mir war sogar der Gedanke gekommen, es mit einem Brief oder per Telefon zu erledigen. Ich hatte ihn verworfen, so verlockend er auch klang, denn ich hielt es für unausweichlich, diesen Schritt persönlich zu gehen. Unser letztes Zusammentreffen war mir noch lebhaft in Erinnerung. Unwillkürlich wanderte meine Hand zu meinem linken Auge. Es war inzwischen nicht mehr geschwollen, obwohl es nach wie vor dunkelblau war. Emotional hatte dieser Abend eine Freundschaft beendet, die vielversprechend angefangen hatte. Doch die wirkliche Trennung stand noch aus. Und Jenny hatte es verdient, dass ich ihr dies persönlich mitteilte.

Die automatischen Türen zum Empfangsbereich öffneten sich. Ich trat ein und ging zum Schalterbereich hinüber. Dort saß ein junger Mann vor einem Computerbildschirm. Er tippte auf seiner Tastatur und schaute erst zu mir auf, als er damit fertig war.

»Was kann ich für Sie tun?«, fragte er.

»Mein Name ist Daniel Konrad«, sagte ich und lächelte nervös. »Ich möchte eine Patientin besuchen. Ihr Name ist ...«

Ich hielt kurz inne. *Jenny* hatte ich sagen wollen, doch mir war gerade noch rechtzeitig eingefallen, dass ich hier ihren vollständigen Namen brauchte. Es dauerte einen Moment, bis ich mich sortiert hatte.

» ... Jennifer Groß.« Dieser Name klang ungewohnt und passte einfach nicht zu der Person, die ich an der Uni kennengelernt hatte. »Sie wird gern Jenny genannt«, fügte ich daher an, obwohl das vermutlich vollkommen überflüssig war.

Der Klinikmitarbeiter hörte mir schon gar nicht mehr zu. Er tippte wieder auf seiner Tastatur herum. Dann nickte er. »Folgen Sie diesem Gang bis zur ersten Glastür auf der rechten Seite«, sagte er schließlich. »Sie müssen klingeln, um eingelassen zu werden.«

Ich bedankte mich und machte mich gleich auf den Weg. Erneut zweifelte ich daran, ob es eine gute Idee war, Jenny zu besuchen. Doch ich fühlte mich weiterhin verpflichtet, die Sache vernünftig zu Ende bringen. Ich erreichte die Glastür und fand kurz darauf den angekündigten Klingelknopf. Ein kahlköpfiger Pfleger erschien auf der anderen Seite und ließ mich herein.

»Jennifer Groß?«, fragte ich.

Er nickte nur und deutete in den Flur hinter sich, während er die Ausgangstür wieder sorgfältig verschloss. »Sie ist im Aufenthaltsraum. Durch den Gang, erste Abzweigung links, dann gleich die nächste Tür links.«

»Vielen Dank.« Noch mehr Krankenhausflure, noch mehr Zeit, über das Für und Wider meines Vorhabens nachzudenken. Ich folgte der Wegbeschreibung und erreichte den angekündigten Aufenthaltsraum. Die Flügeltür war geöffnet, in dem hellen Raum waren mehrere Sitzgruppen mit Tischen. Hier und da saßen Patienten mit ihren jeweiligen Besuchern daran. Die Menschen unterhielten sich oder spielten Karten. Ich entdeckte Jenny, die mit dem Rücken zu mir am Fenster saß. Ein Bein hatte sie auf der metallenen Querstrebe der Fensterfront abgestellt. Es war nicht zu erkennen, ob sie irgendetwas in der Hand hielt oder nur so nach draußen schaute. Zögernd trat ich von hinten an sie heran. Sie schien von meiner Anwesenheit Notiz genommen zu haben, drehte ihren Kopf aber nicht weit genug, um mich sehen zu können.

»Hol dir einen Stuhl, Jojo«, sagte sie. »Dir entgeht ein großartiges Schauspiel.«

Ich warf einen Blick aus dem Fenster und sah, wovon sie sprach. Unweit des Parkplatzes standen zwei Personen und stritten miteinander. Der Mimik und Gestik nach zu urteilen, handelte es sich um einen heftigen Streit.

»Äh ... ich bin zwar kein Jojo, aber ...«, begann ich unsicher.

Jenny fuhr herum, erkannte mich und strahlte über das ganze Gesicht. »Daniel? Du bist es!« Ihre Freude schien echt. »Sorry, ich habe dich für jemand anderes gehalten.«

»Habe ich mitbekommen. Ich will dich auch gar nicht stören, wenn du schon Besuch erwartest, komme ich einfach ...«

Ich kam vorerst nicht dazu, diesen Satz zu beenden, denn Jenny sprang auf, schlang ihre Arme um meinen Hals und presste ihre Lippen auf meine. Ich erwiderte den Kuss nicht, ließ ihn aber über mich ergehen.

» ... gerne ein anderes Mal wieder«, ergänzte ich schließlich, als sie Luft holen musste.

»Red keinen Unsinn!«, rief sie aus und strahlte mich dabei an. »Jojo ist ein anderer Patient hier. Den sehe ich öfter, als mir lieb ist. Ehrlich, der Typ rückt mir ständig auf die Pelle und macht alles, was ich ihm sage. Setz dich doch«, sagte sie. Ehe ich etwas erwidern konnte, war sie schon losgerannt, um sich einen neuen Stuhl zu holen. Zögernd nahm ich Platz. Kurz darauf saßen wir zusammen am Fenster.

»Wie geht es dir? Was macht dein Auge?«, fragte Jenny und versuchte, es mit ihren Fingern zu berühren.

Ich wich aus. »Es geht schon«, brummte ich dabei.

Jenny machte ein mitleidiges Geräusch. »Jan hat dich ganz schön erwischt, wie? Aber du warst wirklich ein Held.«

»Äh, ja«, sagte ich und beeilte mich, das Thema zu wechseln. Es war mir äußerst unangenehm, dass ich zum Gesprächsgegenstand geworden war. Eigentlich sollte es bei diesem Besuch um etwas völlig anderes gehen. »Apropos Jan. Mach dir keine Sorgen wegen der Sache hier. Ich bin dir nicht böse.«

Das Lächeln verschwand aus Jennys Gesicht. »Sache?«, fragte sie ernst.

»Na, du weißt schon. Mit den Geschichten und so …«

»Daniel, ich verstehe nicht, wovon du sprichst«, antwortete sie und schaute mich dabei an, als hätte sie wirklich nicht die geringste Ahnung. Ihr Gesichtsausdruck war vollkommen glaubwürdig. Ohne mein Wissen über ihre Krankheit wäre ich mit Sicherheit darauf reingefallen. Jenny hatte eine psychische Störung, die sie dazu zwang, Lügen zu erzählen. Vor zehn Tagen hatte sie mich mit frei erfundenen Anschuldigungen in eine körperliche Auseinandersetzung mit ihrem Ex-Freund Jan manövriert. Erst danach hatte ich von dem Polizisten, den ich seit meiner Kindheit kenne und *Schnauzbart* nenne, die Wahrheit erfahren. Jennifer Groß war der Polizei seit Jahren wegen genau solcher Dramen bekannt. Sie war deswegen sogar schon mal verhaftet worden.

»Pseudologia phantastica«, sagte ich ruhig.

»Wovon zur Hölle sprichst du?«

»Na, warum bist du denn hier?«

»Ach so, darum geht es.« Jenny lächelte wieder. »Es ist ein bisschen peinlich, weißt du?«

Sofort bereute ich es, derart mit der Tür ins Haus gefallen zu sein. »Ich wollte dich nicht in Verlegenheit bringen«, sagte ich entschuldigend.

»Nein, nein, ist schon okay. Ich bin hier, weil ...« Jenny zögerte einen Moment, als fiele es ihr nicht leicht, die folgenden Worte auszusprechen.» ... ich ein Essproblem habe.«

Ich schwieg, weil ich beim besten Willen nicht wusste, wie ich darauf reagieren sollte. »Ein Essproblem?«, fragte ich schließlich und zog eine Augenbraue hoch.

»Ja, es ist keine große Sache, weißt du, wenn ich in Stress gerate, esse ich nicht genug. Die Ärzte haben Angst, dass ich eine Magersucht entwickle. Aber keine Sorge, so weit lasse ich es nicht kommen.« Sie zwinkerte mir zu.

Jennys Worte klangen harmlos und überzeugend. Ich begann zum ersten Mal, seit ich von dieser Störung gehört hatte, richtig zu begreifen, was sie bedeutete. Doch noch war ich nicht bereit, ihre permanente Verleugnung der Wirklichkeit einfach so hinzunehmen. Es war wie ein innerer Drang, sie mit den Fakten zu konfrontieren.

»Und was war das dann für eine Sache mit Jan?«, fragte ich, ahnte aber sofort, dass diese Erwiderung nicht gut gewählt war. Ich wusste bereits, wie ihre Antwort ausfallen würde, noch bevor sie sie gab.

»Das hatte ich dir doch an diesem Abend erklärt. Er wollte mich nicht gehen lassen. Er wurde sogar handgreiflich und versuchte, mich einzusperren. Gefangen. Allein.«

Mir fiel auf, dass sie genau dieselben Worte benutzte wie damals auf der Party. Selbst die Betonung war vollkommen identisch. Es waren typische Anzeichen einer Lüge. Mir wurde klar, wie aussichtslos das Unterfangen war, mit ihr über die Krankheit zu sprechen. Also besann ich mich auf den eigentlichen Grund meines Besuches.

»Wie dem auch sei«, sagte ich langsam und betont. »Ich wollte dir bloß sagen, dass wir gerne Freunde bleiben können.«

»Freunde bleiben?« Jennys Miene hatte sich mit einem Schlag vollkommen verändert. Ihr Gesicht war hochrot, ihre Augen funkelten mich wütend an. »Du machst Schluss mit mir, nur weil es mir mal nicht ganz so gut geht?«

Es klang aus ihrem Mund, als hätte sie bloß eine leichte Erkältung. Ich versuchte zu begreifen, wie ich plötzlich der Böse in diesem Gespräch geworden war. »Als du hier eingewiesen wurdest, da ...«

»Niemand hat mich eingewiesen, hörst du? Niemand!« Sie spuckte diese Worte förmlich aus, jeder Muskel ihres Körpers schien angespannt zu sein. In dem Aufenthaltsraum war es vollkommen still geworden, alle Blicke waren auf uns gerichtet.

»Ich lasse mich von niemandem einsperren!«, brüllte sie.

Ich zögerte, bevor ich die nächsten Worte aussprach. Doch ich entschied, dass es darauf auch nicht mehr ankam. »Da hat mir die Polizei aber etwas ganz anderes erzählt«, sagte ich.

Unvermittelt schoss Jenny auf mich zu und packte meinen Hals. Dabei gab sie einen wütenden Schrei von sich. Ich wurde durch die Wucht ihres Angriffs mitsamt dem Stuhl nach hinten gerissen.

»Du verfluchtes Arschloch!«, brüllte sie, während sie in einer sonderbaren Mischung aus Schlagen und Kratzen auf mich einprügelte. Ich war vor Schreck wie gelähmt und ertrug es ohne Gegenwehr. Jenny geriet immer mehr in Rage. »Du wirst mein Leben nicht zerstören!«

»Was ist denn hier los?«, rief eine männliche Stimme von der Tür des Aufenthaltsraums her. Ich erkannte den kahlköpfigen Pfleger. Er zögerte nicht, machte ein paar schnelle Schritte auf Jenny zu und zog sie von mir herunter. »Ich brauche hier Hilfe!«, rief er dabei in den Flur hinaus. Als er sie einigermaßen im Griff hatte, schaute er mich eindringlich an. »Es ist besser, wenn Sie jetzt gehen!«

Es gelang Jenny, einen Arm zu befreien. Sie schlug und kratzte nach dem Pfleger, doch ihre Wut galt unverändert mir.

»Ich mach dich fertig, wenn ich dich jemals wiedersehe!«, schrie sie. Ein Mann, offenbar ein anderer Patient, stürzte von einem der Tische des Aufenthaltsraums herüber. In dem Tumult konnte ich ihn nicht richtig sehen, doch er schien den Krankenpfleger zu unterstützen. Jenny wandte sich ihm zu. »Jojo!«, rief sie. »Bitte hilf mir. Ich bin nicht verrückt. Er ist es. Er ist ein Monster!«
Ich konnte förmlich spüren, wie der Blick des Mannes zu mir hinüberwanderte. Nur für den Bruchteil einer Sekunde hatten wir Augenkontakt. Verachtung und Wut durchbohrten mich regelrecht, ließen mich von einem Moment auf den anderen um mein Leben fürchten. Panisch floh ich aus dem Raum und stieß dabei mit zwei weiteren Pflegern zusammen.

»Du bist ein Monster, Daniel Konrad!«, schrie Jenny. »Wenn ich hier rauskomme, bist du tot! Hörst du? Du bist tot!« Ihre Drohungen hallten durch den Flur, während ich panisch das Weite suchte.

Samstag, 04. Dezember, 08:42 Uhr

Mein Pulsschlag beschleunigte sich, als die Erinnerung an den Vorfall in der Psychiatrie in mein Bewusstsein zurückkehrte.

»Er ist ein Monster.« Jenny hatte in der Klinik die gleiche Formulierung benutzt wie der Entführer. Als ich darüber nachdachte, fiel mir eine weitere Parallele auf. »Du wirst mein Leben nicht zerstören«, hatte sie gesagt. Dieser Vorwurf fand sich auch in dem Entführerschreiben. Das konnte kein Zufall sein. Alles passte auf einmal wie die Faust aufs Auge. Ich war mir nun vollkommen sicher, dass der Mann am anderen Ende der Leitung Jennys Mitpatient war. Mit einer Gänsehaut erinnerte ich mich an seinen hasserfüllten Blick. Wie hatte sie ihn nochmal genannt? *Jojo?*

»Na, hat es dir die Sprache verschlagen?«, spottete der Anrufer.

Ich beschloss, meine neue Theorie sofort zu testen. Also holte ich noch einmal tief Luft, ehe ich die nächsten Worte sagte.

»Nein, das hat es nicht, *Jojo!*«

»W-wie hast du mich gerade genannt?« Er erinnerte mich an ein kleines Kind, das beim Lügen ertappt worden war. Die deutliche Verunsicherung des Entführers gab mir Auftrieb.

»Du hast mich schon verstanden, *Jojo*«, wiederholte ich den Spitznamen.

»Hör auf damit! Nur Freunde dürfen mich so nennen.«

»Freunde wie Jenny?«, höhnte ich. »Du kannst ihr sagen, dass das Spiel aus ist. Ich werde euch finden. Und wenn ihr Sarah auch nur noch ein Haar krümmt, dann wird es keinen Ort auf der Welt geben, wo ihr euch vor mir verstecken könnt!«

Abermals schwieg die Person am anderen Ende der Leitung, doch diesmal kam es mir nicht wie Überlegenheit vor. Ich konnte förmlich spüren, dass sich das Blatt gewendet hatte. Gebannt wartete ich auf seine Reaktion. Schließlich war das gleiche höhnische Lachen zu hören, mit dem er das Telefonat begonnen hatte.

»Das ändert überhaupt nichts«, sagte er. Wenn es mir gelungen war, ihn zu verunsichern, dann war es nur von kurzer Dauer gewesen. »Ein Wort zur Polizei und das Mädchen ist tot!«

Ehe ich etwas erwidern konnte, endete das Telefonat mit einem Knacken in der Leitung.

Marie

Statt wie zuvor ziellos hin und her zu laufen, saß Marie wie gelähmt im Flur ihrer Wohnung. Sie lehnte mit dem Rücken an der Haustür, immer noch an der gleichen Stelle, an der sie nach Joachims Abfahrt kraftlos zu Boden gesunken war. Ein eisiger Windhauch zog unter der Tür hindurch ins Haus. Marie hatte bisher nicht wahrgenommen, dass der Eingangsbereich so viel Kälte hereinließ. Es tat weh, dort zu sitzen, doch sie ertrug es. Der Schmerz war eine angemessene Bestrafung für ihre Lüge. Ihr Gedankenkarussell drehte sich um die Ereignisse der vergangenen Stunden. Zur Sorge um Sarah hatte sich nun auch noch das Schuldgefühl gegenüber Joachim gemischt. Hätte sie ihrem Ex-Mann von der Entführung erzählen müssen? Hätte er vielleicht sogar helfen können? Egal wie diese Sache ausging, es schien Marie vollkommen unmöglich, ihre Lüge für immer aufrechtzuhalten. Früher oder später würde er erfahren, was mit seiner Tochter passiert war, und sie malte sich aus, wie er darauf reagieren würde. Die Übelkeit war zurück und schlimmer denn je.

Marie versuchte, sich selbst davon zu überzeugen, dass sie das Richtige getan hatte. Joachim war ein Idiot, so viel stand fest. Unzählige Male hatte er in den vergangenen Jahren bewiesen, dass er keine wirkliche Unterstützung bei Sarahs Erziehung war. Seine Pflichten, wie das für heute geplante Papa-Wochenende, nahm er bestenfalls widerwillig wahr. Marie hatte ihn sogar im Verdacht, dass diese Termine für ihn bloß willkommene Gelegenheiten waren, sie anzuschnorren. Fast schon automatisch griff sie zum Geldbeutel, wenn er vor der Tür stand. So wie heute. Er zierte sich immer, nahm das Geld dann aber trotzdem. So wie heute. Und den Rest des Tages ärgerte sie sich darüber. So wie heute. Ja, Joachim war ein Idiot, doch ihre Schuldgefühle konnte Marie damit nicht so einfach abschütteln. Das lag vermutlich auch daran, dass er sich in der letzten Woche, vielleicht zum ersten Mal, wie ein Vater verhalten hatte. Er hatte ihr bei Sarahs Umzug geholfen, hatte sie bei der Anmeldung in die Schule begleitet und sogar die Ummeldung im Stadtbüro organisiert. Vermutlich wäre sie heute noch mit ihm zusammen, wenn er sich vor elf Jahren ähnlich bemüht hätte. Insofern war Daniels Eifersucht in den vergangenen Tagen zwar unbegründet, aber sicher nicht vollkommen aus der Luft gegriffen. Für Marie stand unumstößlich fest, dass sie nie wieder etwas mit Joachim anfangen würde. Und dennoch musste sie anerkennen, dass er sich weiterentwickelt hatte. Nicht zum ersten Mal kamen ihr Daniels Worte in den Sinn, die er auf dem Rückweg vom Flughafen gesagt hatte. Sie gossen zusätzliches Wasser auf die Mühlen ihres schlechten Gewissens.

»Es gibt nichts Schlimmeres als Trennungseltern. Wenn du das Leben deines Kindes zerstören willst, ist das das beste Mittel.«

Es tröstete sie zwar, Daniel in dieser Situation an ihrer Seite zu wissen, doch seine moralische Einstellung war, wie so oft, eine Herausforderung. Marie malte sich aus, wie er reagieren würde, wenn er von ihrer Lüge erfuhr. Das Karussell drehte sich munter weiter. Wieder sammelte sich Spucke in ihrem Mund, wieder kämpfte sie gegen den Würgereiz an. Irgendwie musste sie sich in den Griff bekommen, wenn sie eine Hilfe für Sarah sein wollte.

»Es war die richtige Entscheidung, Joachim da rauszuhalten«, sagte sie sich noch einmal. Doch es fiel ihr schwer, das zu glauben. Zur Bestätigung kramte sie in den schlechten Erfahrungen, die sie mit ihm gemacht hatte. Der Tag ihrer Trennung eignete sich hervorragend dafür. Wie so oft in dieser Phase ihres Lebens war Marie mit einem gewaltigen Kater in der gemeinsamen Wohnung aufgewacht. Joachim hatte nichts anderes gesagt oder getan als an den Tagen davor, doch diesmal waren ihr Ekel und der Selbsthass stark genug gewesen, sich von ihm zu trennen. Zumindest für eine Weile.

Donnerstag, 15. April, 20.58 Uhr (11 Jahre zuvor)

Regentropfen perlten an den großen Scheiben herunter. Dann wurde es plötzlich hell. Der Bus hielt und öffnete seine Türen. Hektisches Treiben setzte ein. Marie beobachtete, wie die Menschen ein- und ausstiegen. Jeder von ihnen schien ein klares Ziel vor Augen zu haben. Jeder schien zu wissen, wo er hingehörte. Nur sie selbst saß hier – kreidebleich und zitternd – in der vorletzten Reihe des Busses, um in ihr eigenes kleines Gefängnis zurückzukehren. Sie wünschte sich so sehr, eine andere zu sein, ein anderes Leben zu führen. Doch sie hatte in den vergangenen Stunden überdeutlich gemerkt, dass es ihr nicht möglich war. Wie zur Bestätigung dieses Gedankens schlossen sich die Bustüren zischend und das Licht verlosch. Der Bus setzte sich gnadenlos in Bewegung, um Marie in ihr altes Leben zurückzubringen. Dort, wo sie hingehörte.

Nachdem sie aus der gemeinsamen Wohnung geflohen war, hatte eine Freundin sie bei sich aufgenommen. Susanne war fantastisch gewesen. Sie hatte sich rührend um Marie gekümmert, obwohl sie ihr nur stundenlang das Ohr abgekaut, die Couchkissen vollgeheult und den Schnapsvorrat geplündert hatte. Von wegen *ein neues Leben beginnen*! Der Vorsatz, nicht mehr zu trinken, hatte gerade einmal zehn Stunden gehalten. Und so war schließlich auch der Gedanke entstanden, wieder zu Joachim zurückzugehen. Marie klangen noch die Worte ihrer Freundin im Ohr.

»Tu das nicht, Marie. Du hast etwas Besseres verdient! Und du findest bestimmt spielend leicht einen Typen, der wirklich zu dir passt.«

Aber tief in ihrem Herzen wusste sie, dass das nicht stimmte. Sie hatte nichts Besseres verdient. Das Verliererdasein, das sie am Morgen aus einer spontanen Laune heraus als Trennungsgrund hergenommen hatte, war in Wahrheit auch ihr Leben.

Abermals hielt der Bus. Die digitale Anzeige wies auf die Haltestelle *Kaiserstraße* hin. Marie griff nach der Tasche, die auf dem Beifahrersitz stand. Sie enthielt alle Habseligkeiten, die sie auf der Welt besaß. Am Morgen eilig zusammengerafft, waren sie seither nicht einmal angerührt worden. Damit ausgerüstet, quetschte sie sich durch den schmalen Mittelgang des Busses, drückte auf den Knopf des automatischen Türöffners und stieg aus. Feine Regentropfen fielen ihr ins Gesicht. Marie zog sich die Kapuze ihrer Jacke über und machte sich auf den Weg. Von hier aus waren es ungefähr fünf Minuten Fußweg bis zu der kleinen Kellerwohnung. Mit jedem Schritt auf der nassen, abschüssigen Straße spürte sie, wie ihr Herz schneller schlug und ihre Aufregung wuchs. Tausend Fragen schossen ihr durch den Kopf. War Joachim überhaupt da? Und falls ja, würde er ihr die Tür aufmachen? Hatte er sie vielleicht sogar vermisst? Sein enttäuschter Gesichtsausdruck kam ihr in den Sinn. Sie hatte ihm das Herz gebrochen, als sie mit ihm Schluss gemacht hatte. Ihr blieb nur zu hoffen, dass er sich über das Wiedersehen freute.

Marie erreichte die Kreuzung und bog in die kleine Seitenstraße ein. Schon von weitem sah sie das Licht, das aus den Kellerfenstern drang und den halben Bürgersteig beleuchtete. Joachim war da, soviel stand fest. Trotzdem zögerte sie und blieb schließlich im orangefarbenen Schein der Straßenlaterne stehen. Sie kramte in ihrer Jackentasche nach dem verbeulten Zigarettenpäckchen. Eine Kippe konnte nicht schaden, um die Nerven zu beruhigen. Doch schon, als sie das Feuerzeug an die Zigarette hielt und den ersten Rauch einzog, kehrte die Übelkeit dieses Morgens zurück. Hatte sie sich etwas eingefangen? Fast zwölf Stunden war es her, dass sie mit quälenden Kopfschmerzen und rebellierendem Magen aufgewacht war. Nie zuvor hatte sie sich so mies gefühlt und deshalb beschlossen, dass sie so nicht weitermachen wollte. Deshalb hatte sie Joachim verlassen. Nun überlegte sie, ob ihre große Erkenntnis beim Aufwachen vielleicht nicht mehr gewesen war, als ein gewöhnlicher Magen-Darm-Infekt. Angewidert warf sie die Kippe in die Pfütze und setzte sich wieder in Bewegung. Der Hof war stockdunkel, doch Marie kannte den Weg auch so. Erst als sie die Treppe zur Eingangstür hinunterstapfte, reagierte der Bewegungsmelder. Eine eckige, weiße Lampe leuchtete von der Stirnseite des Treppenlochs auf die verbliebenen Stufen. Diese waren moosbesetzt und rutschig. *Körbel* stand in krakeligen Buchstaben auf einem schiefen Zettelchen unter der Abdeckung des beleuchteten Klingelknopfs. Mit zitternden Fingern drückte Marie darauf. Sie besaß immer noch einen Schlüssel, doch Klingeln schien ihr passender. Ein durchdringender Summton ertönte.

»Wer ist das?«, fragte eine Frauenstimme im Inneren der Wohnung.

»Keine Ahnung, ich schau mal nach«, antwortete Joachim. »Bleib ruhig liegen, Babe.«

Babe. Von einer Sekunde auf die andere schoss Maries Blutdruck in die Höhe. Dieser Mistkerl hatte keine 24 Stunden gewartet, um sie zu ersetzen! Und er hatte sich nicht einmal die Mühe gemacht, sich wenigstens einen eigenen Spitznamen für die Neue auszudenken! Am liebsten hätte sie gewartet, bis er die Tür aufmachte, um ihm direkt eine zu verpassen. Doch stattdessen umklammerte Marie den Griff ihrer Tasche und sprintete die glitschigen Stufen hinauf. In letzter Sekunde erreichte sie die Hausecke. Sie presste sich mit dem Rücken an die Wand und hielt den Atem an.

»Hallo? Ist da jemand?«, rief Joachim. Das Summen der Klingel ertönte, als habe er geprüft, ob sie noch richtig funktionierte. Dann wurde die Haustür wieder geschlossen.

Marie schlich an der Hauswand entlang bis zum ersten Kellerfenster. Dort kniete sie sich hin, um durch das Gitter hindurch ins Innere der Wohnung zu schauen. Von hier aus konnte sie das Bett sehen – und darauf lag sie, ihre Nachfolgerin. Bloß mit einem Slip bekleidet. Sie war wesentlich älter als erwartet, am halben Körper tätowiert und geschminkt wie eine Professionelle. Gewaltige Brüste hingen ihr bis auf den Bauchnabel herunter. Alles an ihr erinnerte Marie an Joachims Mutter. Selbst die rotgefärbten Haare schienen genau den gleichen Farbton zu haben. Ihr Ex schlurfte ans Bett heran und zuckte mit den Achseln, offenbar als Antwort auf die Frage, wer es denn gewesen sei. Dann legte er sich neben seine Neue. Sekunden später waren sie eng ineinander verschlungen und das rothaarige Monster fingerte an Joachims Boxershorts herum.

Angewidert und verletzt erhob sich Marie. Zum Glück würde Susanne sie mit Sicherheit wieder aufnehmen.

Samstag, 04. Dezember, 08:48 Uhr

Wie immer, wenn sie an diesen Tag zurückdachte, spürte sie die damalige Wut in sich aufsteigen. Sie überdeckte jedwedes Gefühl der Reue. Ja, es war richtig, Joachim aus der Angelegenheit herauszuhalten, denn er war Meister darin, falsche Entscheidungen zu treffen. Daniel war in jeder Hinsicht die bessere Wahl, auch für die Aufgaben, die vor ihr lagen. Marie beschloss, ihn anzurufen und die nächsten Schritte mit ihm zu planen. Das war jedoch leichter gesagt als getan, denn sie hatte wohl zu lange in der kalten Zugluft gesessen. Alles unterhalb ihrer Hüfte fühlte sich fast taub an. Langsam streckte sie die Beine aus und begann, sie vorsichtig zu bewegen. Gerade als ein kribbelndes Gefühl in ihre eingeschlafenen Glieder zurückkehrte, bemerkte sie eine sonderbare Berührung an der Seite. Sie dachte zuerst an ein Tier, das dort krabbelte, und fuhr trotz ihrer Steifheit herum. Dann erkannte sie, was sie wirklich berührt hatte. Jemand hatte einen großen braunen Umschlag unter der Tür hindurchgeschoben. Wer immer das getan hatte, konnte noch nicht weit gekommen sein. Also stemmte sie sich stöhnend nach oben. Sie musste jedoch erst das Gleichgewicht wiederfinden, bevor sie die Haustür öffnen konnte. Ihr Vorgarten war menschenleer. Vermutlich hatte der Bote ihre Bewegung hinter der Tür wahrgenommen und eilig das Weite gesucht. Marie ging ein paar Schritte auf das Hoftor zu und kontrollierte die nähere Umgebung. Auf der anderen Seite, einige Häuser die Straße hinunter, entdeckte sie einen älteren Mann. Er schied jedoch sowohl als Zeuge als auch als Überbringer des Briefes aus. Er war viel zu weit entfernt, um etwas gesehen zu haben, und hätte vollkommen außer Atem sein müssen, wenn er in der kurzen Zeit so weit gelaufen wäre. Es war zwecklos. Marie blieb nichts anderes übrig, als ins Haus zurückzukehren und sich nach dem Umschlag zu bücken. Er war nicht verschlossen. Im Inneren fand sie ein Blatt Papier, das mit großen, krakeligen Buchstaben beschrieben war.

»Komm allein. Keine Polizei. 10 000 Euro. Bring das Geld bis 12 Uhr ans Grab deiner Freundin. Fahre dann wieder nach Hause und warte auf weitere Anweisungen.«

Kapitel 5

Ricky

Was immer im Haus der Wagners vor sich ging, es war an ihm, hier nach dem Rechten zu sehen. Ricky nahm all seinen Mut zusammen und machte den ersten Schritt auf das unebene Kopfsteinpflaster des Grundstücks. Die hintere Hausecke war noch einige Meter entfernt. Erst ab da würde er mitbekommen, was im Innenhof passierte. Doch schon auf halbem Weg dorthin hielt der Jugendliche inne, als eine weitere Ladung Hausrat auf dem Hof landete. Durch die Flugbahn der Sachen hatte er ein klares Bild vor Augen, wo sich der Unbekannte befand. Er selbst stand gerade im schmalen Teil des Hofes, zwischen diesem Haus und dem des Nachbargrundstücks. Hinter der Hausecke wurde der Hof nach rechts hin breiter und führte zu einem Anbau, in dem sich unter anderem Nancys Schlafzimmer befand. Entlang der Außenwand dieses Anbaus verlief eine Art hölzerner Balkon. Seine langen Balken reichten bis zum Boden hinunter und stützten die Konstruktion. Um seine Freundin von ihren Eltern unbemerkt zu besuchen, war Ricky schon oft an diesen Pfeilern hinaufgeklettert und hatte von außen an die Verandatür ihres Zimmers geklopft. Und eben diese Tür verwendete der Unbekannte offenbar, um die Sachen der Familie in den Hof zu werfen.

Da kam Ricky eine Idee. Er wartete, bis die nächste Ladung auf dem Haufen landete. Diesmal waren es keine Kleidungsstücke, sondern eine Kiste voller Bücher, die beim Aufprall auseinanderbrach. Ab jetzt hatte er etwa zwei Minuten. Ohne weiter nachzudenken, rannte er los, sprintete an dem Haufen vorbei zum hinteren Stützbalken und machte sich an den Aufstieg. Es war leicht, wenn man die Beine um den Pfeiler schlang und sich mit den Armen hinaufzog. In Windeseile war er oben angekommen, doch der schwierigste Teil der Kletterpartie lag noch vor ihm. Ricky musste seinen Fuß auf einen Querbalken setzen, sich dabei aufrichten und das Geländer des Balkons zu fassen bekommen. Zum Glück hatte er dieses waghalsige Manöver inzwischen oft genug geübt. Schnell zog er sich nach oben und schwang sich dann erleichtert über die Brüstung. Ihm blieb keine Zeit durchzuatmen, denn der Verursacher der Unordnung tauchte früher als erwartet auf. Gerade noch rechtzeitig bemerkte Ricky seine Schritte und huschte zur Hauswand, um nicht gesehen zu werden.

»Herr Wagner?«, entfuhr es ihm, als er den Mann erkannte. Sofort bereute er, nicht die Klappe gehalten zu haben.

Nancys Vater schaute verwundert in seine Richtung. Es schien ewig zu dauern, bis er kapierte, wen er vor sich hatte. »Du bist das!«, donnerte er und warf eine Holzkiste über die Brüstung, die Ricky für das Nachtschränkchen seiner Freundin hielt. Im Blick des Mannes lag etwas Bedrohliches.

Der Jugendliche kratzte sein letztes bisschen Mut zusammen. »Ja, ich bin das!«, rief er. »Was tun Sie hier? Warum werfen Sie Nancys Sachen in den Hof?«

Herr Wagner schwankte ein wenig und schaute zu dem Müllhaufen hinunter, als realisiere er gerade erst, was er tat.

»Nancy wohnt nicht mehr hier!«, lallte er, und seine Stimme klang aggressiv. »Genauso wenig wie ihre Hure von Mutter.« Bei dem Wort *Mutter* schoss ihm Spucke aus dem Mund und landete klatschend auf den Holzdielen des Vorbaus. »Und wenn se nich' mehr hier wohnen, dann gehör'n die Sachen auch nich' mehr in *mein* Haus!«

Der Blick des Mannes war furchteinflößend. Nancy hatte oft berichtet, wie jähzornig ihr Vater wurde, wenn er getrunken hatte. Doch zum ersten Mal erlebte Ricky ihn in diesem Zustand. Jetzt konnte er verstehen, warum sie immer so eine Angst vor ihm hatte.

Ricky überlegte, was er sagen oder tun konnte, um den Mann zu beruhigen. Er versuchte sich vorzustellen, was Mister Kay wohl an seiner Stelle machen würde. »Egal, was da passiert ist, man kann die Sache bestimmt irgendwie …«

»Passiert?«, zischte Herr Wagner. »Da ist nix *passiert*!« Er richtete seinen Zeigefinger bedrohlich auf Ricky. »Du und der feine Herr Konrad. Ihr habt alles kaputt gemacht!«

»W-was meinen Sie damit?« Der Jugendliche versuchte, unschuldig zu klingen, obwohl ihm das Herz bis zum Hals schlug.

»Du hast meine Tochter gefickt und Herr Konrad mein ganzes verdammtes Leben.«

Während Ricky noch überlegte, was er darauf erwidern sollte, stürmte der kräftige Kerl einen Schritt auf ihn zu und packte ihn am Kragen.

»Lassen Sie mich los!« Panik stieg in ihm auf, denn der Mann war vollkommen unberechenbar.

»Loslassen? Nein!«, höhnte er. »Du siehst doch, ich entsorge gerade den Müll!« Mit diesen Worten riss er an Rickys Jacke. Offenbar versuchte er tatsächlich, ihn über die Brüstung zu werfen. Ricky klammerte sich in Todesangst an dem Geländer fest.

»Hören Sie auf!«, flehte er.

»Lass los, du kleiner Wichser!«

Ricky roch den Atem des Mannes. Von dem Gestank nach Alkohol wurde ihm schwindelig. Da es Herrn Wagner nicht gelang, ihn über das Geländer zu werfen, schlang er seinen Arm um Rickys Hals. Er zerrte jetzt mit aller Kraft in die andere Richtung. Der Jugendliche röchelte und verlor den Halt. Gemeinsam stürzten sie zu Boden.

Der Aufprall presste Ricky die Luft aus den Lungen. Er war nur kurz benommen, doch das reichte schon. Ehe er reagieren konnte, hatte sich sein Gegner bereits mit unerwarteter Leichtigkeit aufgerichtet und beide Hände um seinen Hals gelegt. Er drückte erbarmungslos zu. Ricky rang nach Luft.

»Ich mach dich kalt!«

Rickys Hände fuchtelten hilflos in der Gegend herum. Dabei stieß er eine Schnapsflasche um, die offenbar hinter ihm auf dem Boden stand. Verzweifelt versuchte er, den Flaschenhals zu greifen. Als es endlich gelang, schlug er ohne Zögern zu. Er hatte erwartet, dass die Flasche, wie im Film, auf dem Kopf des Mannes in unzählige Scherben zerbrechen und ihn dabei bewusstlos schlagen würde. Doch stattdessen gab es nur einen heftigen Aufprall und sein Gegner taumelte nach hinten. Er fiel rückwärts auf den Boden. Eine blutende Platzwunde klaffte an seiner Stirn. Sie war nicht lebensbedrohlich, sah aber schmerzhaft aus. Sofort stand Ricky wieder auf und hob die Fäuste in Erwartung des nächsten Angriffs. Doch Herr Wagner starrte nur auf die leere Schnapsflasche neben sich.

»Mein ganzes Leben habt ihr gefickt. Dafür werdet ihr bezahlen, schon bald, schon bald«, lallte er und fing an zu weinen. »Schon bald werdet ihr dafür bezahlen.« Er versuchte, sich aufzurichten, sah aber aus wie ein Käfer auf dem Rücken. Der bedrohliche Mann war weg, es blieb bloß ein jämmerliches Häufchen Elend. Ricky hatte kein Interesse daran, auf den nächsten Stimmungsumschwung zu warten. Er griff beherzt nach dem Geländer und machte sich an den Abstieg.

Unten angekommen, floh er eilig von dem Grundstück, denn er wollte nicht herausfinden, ob der betrunkene Mann ihm folgte. Ricky musste jemanden finden, mit dem er über den Zustand von Nancys Vater sprechen konnte. Jemanden, der eingreifen und das Schlimmste verhindern würde. Und da gab es nur eine Person, die für ihn infrage kam. Mister Kay.

Daniel

Das Telefonat war beendet. Ich hielt die Drohungen und das plötzliche Auflegen für entlarvende Reaktionen des Anrufers, die bestätigten, dass ich richtig gelegen hatte. Trotzdem war ich unruhig und meine Selbstsicherheit fiel Stück für Stück in sich zusammen. Was hatte ich mir bloß gedacht, den Unbekannten derart plump mit meinem Verdacht zu konfrontieren? Was würde er jetzt wohl tun? Und wie sollte ich ihn und Jenny rechtzeitig aufspüren, bevor sie Sarah etwas antaten? Zweifellos hätte es geschicktere Wege gegeben, die Wahrheit herauszufinden.

In der Ferne hörte ich das Martinshorn eines Krankenwagens. Ich zweifelte keine Sekunde daran, dass er auf dem Weg hierher war.

»In wenigen Minuten werden die Rettungskräfte dein nächstes Opfer finden. Und dann wirst du endlich für all deine Taten bezahlen«, hatte der Entführer gesagt. Doch erst jetzt dämmerte mir, dass er diese Sätze wortwörtlich gemeint hatte. Mein Blick fiel auf das Telefon in meiner Hand. Sein Plan war ebenso brillant wie hinterhältig. Die Einsatzkräfte würden Marthas Leiche und die tödliche Falle entdecken und daraufhin die Polizei einschalten. Die konnte ohne Probleme feststellen, dass ich sie an diesem Morgen angerufen hatte, und damit wäre ich automatisch der Hauptverdächtige. Und den wahren Schuldigen konnte ich nicht benennen, weil ich sonst Maries Tochter in Gefahr brachte. Womöglich war das sogar der Grund für die Entführung. Es ermöglichte dem Täter, mein Verhalten zu kontrollieren.

Die Sirene kam rasch näher, die Zeit bis zum Eintreffen der Einsatzkräfte war äußerst knapp bemessen. Ich geriet in Panik. Wenn es mir nicht gelang, die Polizei von Ermittlungen abzuhalten, würde ich verhaftet werden und Marie würde ihre Tochter womöglich niemals wiedersehen. Ich durfte keine Zeit verlieren! Zuerst musste ich den Sicherungskasten finden, um das Licht wieder einzuschalten, dann die Stolperfalle entfernen und schließlich unbemerkt aus dem Haus gelangen. Ich hob die Handylampe über meinen Kopf und blickte mich um. Der Grundriss des Kellers entsprach dem des Erdgeschosses. Die einfachen Türen aus verschraubten Holzlatten waren offenbar nicht verschlossen. Ich vermied es, Marthas Leiche noch einmal anzuschauen, als ich an ihr vorbeiging. Ich war im Begriff, den feigen Mord an ihr zu vertuschen und als Unfall einer gebrechlichen alten Frau darzustellen. Ich wurde gerade unweigerlich zum Mittäter. Es fühlte sich an wie ein entsetzlicher Verrat. Doch tief im Inneren kannte ich Martha besser. Wenn es mir gelang, dadurch Maries Tochter zu retten, wäre sie zweifellos mit allem einverstanden.

Zu meiner Erleichterung entdeckte ich bereits hinter der ersten Holztür, die ich öffnete, den Sicherungskasten. Die Sicherungen darin waren sorgfältig beschriftet. Diejenige mit der Aufschrift *Keller* zeigte als Einzige nach unten. Ich schob den Hebel nach oben und sofort umgab mich ein unangenehm grelles Licht, das in meinen Augen brannte. Ich schaltete die Taschenlampe des Handys aus und steckte das Gerät weg. Auf dem Weg zur Treppe musste ich ein letztes Mal an Marthas Leiche vorbeigehen. Ich zögerte. Zu gerne hätte ich mehr Zeit gehabt, um mich von ihr zu verabschieden, doch das Martinshorn verstummte. Just in diesem Moment war der Wagen vor dem Haus angekommen. Also versprach ich mir selbst, dass der Zeitpunkt zum Trauern kommen würde. Und ich versprach Martha, ihren Tod zu rächen, was immer mich das kosten würde. Dann wandte ich meinen Blick ab und eilte die Stufen hinauf. Oben angekommen, entfernte ich rasch den Metalldraht und steckte ihn in die Jackentasche. Als ich durch den Flur lief, klingelte es an der Haustür. Ich schlich an den Türspion und spähte hinaus. Zwei Sanitäter standen dort und wirkten ziemlich ratlos, einer war schon dabei, sich in der Umgebung des Hauses zu orientieren. Ich musste mich beeilen, wenn ich unbemerkt ins Freie gelangen wollte. Ich lief zu Marthas Schlafzimmer. Es schien nicht mehr derselbe Raum zu sein, in den ich vor wenigen Minuten hineingeklettert war. Hier hatte ich eine liebe Freundin das letzte Mal lebend gesehen. Mein Blick blieb an einem Bild über dem Kopfteil ihres Bettes hängen. Es zeigte Martha mit einem Baby auf dem Arm. Sie hatte volles, dunkles Haar und strahlte mit jugendlicher Frische in die Kamera. Meine Augen wurden feucht, doch ich zwang mich, die aufsteigende Trauer abzuschütteln. Ein kalter Wind schlug mir entgegen, als ich die Wolldecke am Fenster zur Seite schob. Ich lehnte mich hinaus und warf einen schnellen Blick zur Straße hinüber. Niemand war zu sehen, also kletterte ich ins Freie.

»Hallo?«, rief eine von der Haustür kommende Stimme. Ich erstarrte vor Schreck. »Ist jemand zu Hause?«

Gott sei Dank hatte der Ruf nicht mir gegolten. Ich setzte meinen Abstieg fort und landete kurz darauf mit beiden Füßen im nassen Gras. Ich hoffte, dass der Aufprall nicht zu laut gewesen war. Erst, als ich das Blut entdeckte, drang auch der Schmerz in mein Bewusstsein. Es quoll aus einer Schnittwunde an meiner rechten Hand. Ich hätte mich wohl besser vor den Scherben schützen müssen. Selbst auf dem Fensterrahmen hatte ich einen riesigen Blutfleck hinterlassen. Aus meiner Jackentasche kramte ich ein Päckchen Papiertaschentücher hervor. Mit einem der Tücher bedeckte ich die Verletzung und versuchte mit einem weiteren, das Blut am Fenster wegzuwischen. Erfolglos. Ich verteilte es bloß.

»Ich geh mal ums Haus und schaue, ob hinten noch eine Tür ist«, hörte ich einen der Sanitäter sagen. Schon kamen Schritte näher. Ich fluchte lautlos und gab meinen Versuch auf, die Spuren zu beseitigen. Stattdessen eilte ich in kopfloser Panik in die entgegengesetzte Richtung. Dabei versuchte ich, nur auf die vereinzelt verlegten Platten zu treten, obwohl es längst überflüssig war, Hinweise auf meine Anwesenheit zu vermeiden. Ich umrundete das Haus auf dem Plattenweg und hoffte, auf der anderen Seite irgendwie zu entkommen. Als ich die gegenüberliegende Hausecke erreichte, hielt ich an und lugte zum Eingangsbereich hinüber. Es war niemand zu sehen. Der zweite Sanitäter hatte sich offenbar auf den Weg zu seinem Kollegen gemacht, also beschloss ich, alles auf eine Karte zu setzen. Ich rannte los, vorbei an der Haustür und dann hinter dem Krankenwagen entlang. So gelangte ich ungesehen bis zum Gehweg vor dem Nachbargrundstück. Dort angekommen, bremste ich jäh ab. Ab jetzt war ich bloß ein normaler Passant auf der Straße, ohne jeden Zusammenhang mit dem Einsatz der Sanitäter.

Nachdem ich mich ein letztes Mal umgesehen hatte, zog ich mein Handy aus der Jackentasche. Dabei erinnerte mich ein kurzer, aber heftiger Schmerz an die Schnittwunde. Sie hatte aufgehört zu bluten, brannte allerdings wie Feuer. Ich wollte die Gelegenheit nutzen, Marie über meine Erkenntnisse zu informieren, denn ich hatte nicht vor, zu ihr zurückzukehren. Stattdessen plante ich, direkt zu Jenny zu fahren.

»Daniel?« Meine Freundin meldete sich schon nach dem ersten Klingeln. Es rauschte und knackte in der Leitung. Hin und wieder schien die Verbindung sogar ganz abzubrechen. In den Nebengeräuschen erkannte ich das Dröhnen eines Motors.

»Ja, ich bin es«, sagte ich. »Sitzt du im Auto?«

»Ja, das stimmt. Ich habe einen Brief des Entführers bekommen. Er verlangt 10 000 Euro Lösegeld. Ich soll es bis zwölf Uhr an Alexandras Grab bringen.«

»10 000 Euro?«, rief ich aus, während ich das Handy in die andere Hand nahm. »Wo willst du denn so schnell 10 000 Euro herkriegen, noch dazu an einem Samstag?«

»Überlass das mir. Ich kriege das hin.«

Mein Besuch bei Jenny erschien mir mit einem Mal gar nicht mehr so wichtig. Ich war fest entschlossen, Marie zu unterstützen, denn ich hielt es für offensichtlich, dass an der Sache etwas faul war. Es schien so gar nicht zu diesem eiskalten Killer zu passen, dass er einfach nur auf Geld aus war. Und selbst wenn, ergab es keinen Sinn, das erst in einem zweiten Erpresserbrief zu schreiben. Nie im Leben hatte er die Lösegeldforderung im ersten Brief einfach vergessen. Die Aufforderung, dieses Geld an Alexandras Grab zu deponieren, konnte nur eine Falle sein.

»Soll ich zu dir kommen und dir helfen?«, bot ich daher an.

»Das würde nichts bringen«, erwiderte Marie nach einer kurzen Pause. »Ich denke, ich weiß, wie ich an das Geld komme, und in dem Brief steht ja, ich soll es alleine übergeben.«

»Ja, aber ...«

»Daniel, halt dich da raus! Wir bringen Sarah unnötig in Gefahr, wenn du mitkommst.«

Maries Worte duldeten keinen Widerspruch. Ich musste es dennoch versuchen. »Aber so bringst du dich selbst in Gefahr«, sagte ich. »Ich könnte für deine Sicherheit sorgen.«

»Und Sarah? Wer sorgt für ihre Sicherheit? Kannst du mir garantieren, dass ihr nichts passiert?«

Ich seufzte. »Nein, natürlich nicht«, gab ich kleinlaut zu.

»Also sind wir uns einig, dass das die einzige Lösung ist. Ich bezahle einfach das Geld und der Kerl lässt Sarah frei.«

»Und genau das glaube ich eben nicht.«

»Mir ist egal, was du glaubst. Ich werde doch das Leben meiner Tochter nicht aufs Spiel setzen, bloß weil du dir nicht vorstellen kannst, dass ...«

»Martha ist tot«, fiel ich ihr ins Wort. Marie beendete ihren Satz abrupt und schwieg eine Weile. Es war mir nicht leichtgefallen, ihr die Wahrheit zu erzählen, denn ich wusste, dass ich ihr damit den letzten Rest Hoffnung rauben würde. Dennoch musste sie wissen, worauf sie sich einließ.

»Tot?«, fragte sie schließlich und klang dabei vollkommen verunsichert. »Was ist passiert?«

»Es war Mord. Sie sollte sterben, damit ich leide.«

»Oh Gott, wie furchtbar! Das hat Martha nicht verdient.« Ich konnte förmlich hören, wie meine Freundin mit der Fassung rang. »Warst du dabei, als ...«

»Nein, sie war schon tot, als ich bei ihrem Haus ankam. Der Täter hatte ihr eine heimtückische Falle gestellt. Alles war von langer Hand geplant. Deshalb glaube ich auch nicht, dass es mit einer simplen Lösegeldforderung getan ist. Und ich befürchte, der Friedhof ist ebenfalls eine Falle.«

»Aber was, wenn nicht?«

Ich schluckte. Es gab auf diese Frage keine richtige Antwort. Sollte ich darauf beharren, dass Marie nicht zum Friedhof fuhr, wohl wissend, dass ich damit Sarahs Leben aufs Spiel setzte? Sie würde mir niemals verzeihen, wenn ich falschlag. Vermutlich würde ich das nicht einmal selbst können. Die Alternative war jedoch auch nicht besser, denn sie bedeutete, Maries Leben zu riskieren. Wieder kam mir der Satz des Entführers aus dem Chat in den Sinn: »Ich will, dass du leidest.«

»Lass uns in Ruhe überlegen, wie wir weiter vorgehen«, stammelte ich. In Anbetracht der kurzen Frist, die im Brief für die Zahlung des

Lösegeldes gesetzt wurde, war mir sofort klar, wie dämlich diese Worte waren.

»Dafür ist keine Zeit, Daniel. Meine Entscheidung steht fest«, sagte Marie. Jeder Zweifel war aus ihrer Stimme verschwunden. »Ich besorge das Geld und übergebe es wie befohlen und du hältst dich da raus, verstanden?«

»Ich denke …«

»Verstanden?«, insistierte sie.

»Ja, ich habe es verstanden.«

»Versprich es mir, Daniel!«

Meine Freundin war fest entschlossen. Es schien nichts zu geben, was ich sagen oder tun konnte, um sie umzustimmen. Also fügte ich mich in mein Schicksal.

»Ich verspreche es«, sagte ich widerwillig. »Dann verfolge ich meine Spur weiter.«

»Gut. Halt dich aber auch daran, hörst du?«

»Ja, das werde ich. Und du gehst bitte keine unnötigen Risiken ein! Und meld dich, wenn du etwas herausfindest.«

»Ebenso.« Es entstand eine kurze Pause in unserem Telefonat. »Was ist das überhaupt für eine Spur, die du verfolgen willst?«

Es schien mir nur fair, dass ich Marie genauso informierte, wie ich es von ihr erwartete. Also holte ich tief Luft. »Der Entführer hat mich in Marthas Haus angerufen und am Telefon verhöhnt«, erklärte ich. »Dabei hat er etwas gesagt, das mich an einen Vorfall vor einigen Jahren erinnerte.«

»Vorfall? Was für ein Vorfall?«

»Ich habe dir doch mal von meiner Ex-Freundin Jenny erzählt, oder?«

»Du meinst die Verrückte, die zwanghaft über sich und ihr ganzes Leben gelogen hat?«

»Ja, die meine ich.«

»Ist sie nicht damals in der Klapse gelandet, nachdem sie dich und ihren Ex aufeinandergehetzt hat? Was hat die mit Sarah zu tun?«

»Eine Sache habe ich dir bisher nicht erzählt. Ich habe sie nach dem Vorfall mit ihrem Ex-Freund noch einmal wiedergesehen. Damals, in der Psychiatrie, ist sie vollkommen ausgerastet und hat damit gedroht, sich an mir zu rächen. Sie wollte mich sogar umzubringen.«

»Krass«, sagte Marie nach einer kurzen Pause. »Ich dachte schon, mein Ex hätte einen an der Klatsche! Und du denkst jetzt, die Entführung von Sarah wäre eine späte Rache von dieser Jenny? Aber ... der Täter ist doch eindeutig ein Mann?«

»Jenny hatte damals einen Mitpatienten in der Klinik. Ich denke, sie hat ihn für ihre Sache eingespannt.«

»Ist ein bisschen weit hergeholt, findest du nicht?«

»Anfangs dachte ich das auch, aber ich habe meine Theorie getestet. Den anderen Patienten nannte sie *Jojo* – und ich habe den Entführer vorhin am Telefon genauso genannt.«

»Und?«

»Er ist voll darauf angesprungen, hat mir sogar gesagt, nur seine Freunde dürften ihn so nennen. Und danach hat er das Telefonat ganz schnell beendet.«

»Okay«, sagte Marie gedehnt. Sie klang keineswegs überzeugt. »Und du bist dir sicher, dass er nicht einfach nur mitgespielt hat?«

»Was ist schon sicher?«, gestand ich zu. »Aber Jennys Drohung hat mich damals wirklich erschreckt, denn ich habe keine Sekunde daran gezweifelt, dass sie es ernst meinte. Zwei Männer mussten sie in der Klinik zurückhalten, damit sie mir nicht an Ort und Stelle was antut.«

»Heftig. Ich kann mir gar nicht vorstellen, wie man mit sowas umgeht?«

»Wie man damit umgeht?«, wiederholte ich die Frage. »Na ja, man schaut, dass man nicht mehr gefunden werden kann. Ich war zu dieser Zeit Student und gerade erst in ein Wohnheim nahe der Uni gezogen. Zum ersten Mal hatte ich versucht, auf eigenen Füßen zu stehen. Abends fuhr ich dann oft mit dem Zug zu Tante Ruth zurück. Nach Jennys Drohung habe ich meine Wohnung wieder gekündigt, bin hierher zurückgezogen, um dann täglich an eine andere Uni in der entgegengesetzten Richtung zu pendeln.«

»Ach du lieber Himmel, wie lange warst du denn dann jeden Tag unterwegs?«

»Frag nicht«, antwortete ich knapp. »Der Aufwand war es mir wert, um vor der Irren sicher zu sein. Außerdem habe ich meine Telefonnummer aus dem Telefonbuch nehmen lassen und alle Profile auf Social-Media-Portalen gelöscht. Ich achte bis heute darauf, dass nichts über mich in der Öffentlichkeit landet.«

»Ach deshalb«, sagte Marie eher beiläufig. Ihre Worte schienen mehr an sie selbst als an mich gerichtet, doch meine Neugier war geweckt.

»Deshalb was?«, fragte ich.

Sie zögerte. »Ach nichts, vergiss es.«

»Nein, was meinst du mit…«

»Vergiss es, Daniel«. Ihre Betonung duldete abermals keinen Widerspruch, doch ich ahnte, dass etwas anderes dahintersteckte. Ihrer Stimmlage nach war Marie die Information peinlich. Ich beschloss daher, nicht weiter nachzubohren.

»Ist ja gut«, sagte ich beschwichtigend.

»Hör zu, ich muss jetzt Schluss machen und mich um das Geld kümmern. Meld dich bitte, wenn du was herausfindest, ja?«

»Du aber auch.«

»Versprochen.«

»Ich liebe dich.«

Das Telefonat war beendet. Ich redete mir ein, dass sie schon die Auflegen-Taste gedrückt hatte, bevor sie meine letzten Worte erwidern konnte. Mit einem mulmigen Gefühl setzte ich mich wieder in Bewegung. Es gefiel mir gar nicht, Marie allein zu der Geldübergabe fahren zu lassen, doch blieb mir keine andere Wahl. Trotzdem wollte ich so bald wie möglich zurück sein. Ich erreichte mein Auto, stieg ein und startete den Motor. Dann trat ich das Gaspedal voll durch.

Marie

Marie bereute es, das Telefonat so abrupt beendet zu haben, aber eine Antwort auf Daniels Frage wäre dann doch zu peinlich geworden. »Ach deshalb.« Wie hatte sie nur so blöd sein können, diesen Gedanken laut auszusprechen? Ja, sie wusste bereits vorher, dass ihr Freund die mediale Öffentlichkeit scheute. Schon vor ihrer gemeinsamen Reise nach Irland hatte Marie versucht, etwas über diesen *Daniel Konrad* herauszukriegen. Absolute Fehlanzeige. Keine Profile in sozialen Medien, keine sonstigen Informationen im Internet. Daniel war nicht einmal auf dem Kollegiumsfoto auf der Homepage seiner Schule abgebildet.

Als er von dem Ärger mit seiner Ex berichtete, waren ihr diese erfolglosen Versuche wieder eingefallen. Die Reaktion darauf war ihr einfach herausgerutscht, doch was hätte sie auf seine Rückfrage erwidern sollen?

»Hey, ich hab dich mal ein bisschen gestalkt, aber leider nichts herausgefunden.«

Das Dröhnen einer Hupe holte Marie ins Hier und Jetzt zurück. In Gedanken versunken hatte sie gar nicht bemerkt, dass die Ampel bereits umgesprungen war. Schnell legte sie den Gang ein, fuhr los und entschuldigte sich bei dem anderen Autofahrer mit einer kurzen Geste in den Rückspiegel. Doch als sie ihren Blick nach vorne richtete, trat sie sofort wieder auf die Bremse. Die Reifen quietschten und der Wagen kam zum Stehen. Gerade noch rechtzeitig. Ärgerlich hupte sie den blöden Radfahrer an, der versucht hatte, trotz Rotphase die Straße zu überqueren. Vor Schreck war er daraufhin mitten auf der Fahrbahn stehengeblieben.

Zu ihrer Überraschung stellte Marie fest, dass sie den jungen Mann auf dem klapprigen Damenfahrrad kannte. Die auffälligen roten Borsten, die in der Mitte seines ansonsten kahlrasierten Schädels hochstanden, waren unverkennbar. Der Name des Jungen fiel ihr nicht ein, aber es war derselbe Schüler von Daniel, den sie in dieser Nacht getroffen hatten. Der Jugendliche wandte sich wieder der Straße zu und trat in die Pedale. Offenbar hatte er sie nicht wiedererkannt. Erneut hupte der andere Autofahrer und Marie fuhr nun endlich weiter.

Einige Zeit später erreichte sie ihr Ziel. Sie hielt nahe der Einfahrt an und schaute mit einem mulmigen Gefühl zu dem Haus hinüber. Zwölf Jahre war es her, seit sie das letzte Mal hier gewesen war. Der Tag hatte sich in ihre Erinnerungen eingebrannt. Ihr Wagen stand genau dort, wo sein dreckiger alter Pick-up gestanden hatte. Alles war wieder da. Das Kratzen seines Bartes, als sie ihn küsste. Der Krampf im Magen, als sie sich ihrer Mutter stellte. Ja, sogar das sonderbare Gemisch der Gefühle, die sie an diesem Tag heimsuchten. Liebe und Hass. Sehnsucht und Aufbruch. Hoffnung und Befreiung.

Vor zwölf Jahren hatte sie das Haus ihrer Mutter verlassen, um mit Joachim zusammenzuziehen. Sie hatte sich damals geschworen, niemals zu ihr zurückzukehren. Ihr Ordnungswahn und ihre Gleichgültigkeit hatten ihr Leben lang gedroht, Marie zu ersticken. An diesem Tag hatte sie es geschafft, der unerträglichen Dominanz ihrer Mutter zu entkommen. Jetzt fühlte sie sich wie eine Fliege, die freiwillig wieder in das Netz der Spinne zurückkehrt. Wie damals musste sie sich zum Aussteigen zwingen. Mit dem gleichen Herzklopfen öffnete Marie die Seitentür ihres Autos.

»Es ist für Sarah«, sagte sie zu sich selbst. Die Bilder des entsetzlichen Traums kehrten in ihr Bewusstsein zurück. Das entstellte Gesicht des toten Kindes. Die Angst um das Leben ihrer Tochter gab Marie die Kraft, ihren Stolz herunterzuschlucken. Sie kannte sonst niemanden, der genug Geld bei sich zu Hause hortete, um mal eben 10 000 Euro bezahlen zu können. »Für Sarah.«

»Man kann den Banken nicht trauen«, hatte Agnes Becker ihr damals erklärt, als die Männer in blauen Overalls einen riesigen Safe im Haus installierten. Maries Vater war ein erfolgreicher Geschäftsmann gewesen. Er hatte der Familie nach seinem Verschwinden ein stattliches Vermögen hinterlassen. Doch während er sein ganzes Leben lang geschuftet und investiert hatte, lagerte Agnes das Geld, als wären es Getreidesäcke. Konservative Sparbücher und eine gewaltige Metallkiste in der Wand. Hin und wieder holte sie ein paar Scheine heraus, um Rechnungen damit zu bezahlen. Marie wusste nicht, wie viel es war, zweifelte jedoch nicht daran, dass es reichen würde.

Mehr als einmal hatte sie während ihrer Ehe mit Joachim wegen dieses Geldes gestritten. Ihr Ex-Mann hatte nie verstanden, weshalb sie es selbst in Notlagen ablehnte, ihre Mutter um Unterstützung zu bitten. Immer wieder hatte er ihr Vorträge über ihr rechtmäßiges Erbe gehalten. Doch Marie war nie auf seine Argumente eingegangen. Bis heute hatte sie gedacht, es gäbe nichts auf dieser Welt, dass sie dazu bringen konnte, bei ihrer Mutter um Geld zu betteln. Nun wusste sie es besser.

Sie erreichte das kleine Tor zum Vorgarten und öffnete es langsam. Einen Augenblick zögerte sie noch, dann setzte sie zum ersten Mal seit zwölf Jahren einen Fuß auf das Grundstück. Damit gab es kein

Zurück mehr. Sie folgte dem schmalen Weg zur Haustür. Der Schotter knirschte unter ihren Füßen. »Reingehen, betteln, Geld mitnehmen und abhauen«, sagte sie zu sich selbst und ergänzte das Vorhaben um ihr neues Mantra: »Für Sarah.«

Nichts hatte sich in den vergangenen Jahren verändert. Noch immer hing das dämliche Schild dort, das Marie als kleines Mädchen in der Grundschule aus Ton geformt hatte. »Becker«, stand darauf. Es weckte weitere Erinnerungen an diesen Tag. Beinah erwartete sie, dass die Haustür aufgerissen wurde und der wütende Blick ihrer Mutter sie traf. So wie damals. Sie hatte sogar wieder das Klackern dieses dämlichen Namensschildes im Ohr. Doch nichts geschah. Sie kramte in ihrer Manteltasche nach dem Schlüssel. Klingeln wäre mit Sicherheit angemessener gewesen, aber das hätte für Marie die endgültige Demütigung bedeutet. Sie fand den Türschlüssel, der all die Jahre unbeachtet in dem Schlüsselkästchen im Flur gehangen hatte. Er war mit einem dieser billigen weißen Plastikanhänger versehen, die man als Zehnerpack in jedem Supermarkt kaufen kann. Das Pappschildchen unter der Klarsichtfolie war nicht mal beschriftet. Wieso nur hatte sie den Schlüssel überhaupt aufgehoben? War sie im Grunde ihres Herzens immer davon ausgegangen, dass dieser Tag einmal kommen würde? Oder hatte sie es bloß nicht geschafft, auch dieses letzte Bindeglied zwischen sich und ihrer Mutter zu entsorgen? Was immer der Grund war, in ihrer Ausnahmesituation war Marie unendlich dankbar dafür und hoffte inständig, dass ihre Mutter die Schlösser nicht ausgewechselt hatte. Sie steckte den Schlüssel in das Türschloss. Eine grenzenlose Erleichterung durchfuhr sie, als er sich drehen ließ und die Haustür mit einem hörbaren Knacken entriegelte. Weitere Bilder jenes Tages kehrten zurück, als sie die Tür aufstieß. Marie sah vor ihrem geistigen Auge, wie ihre Mutter ihr damals den Weg versperrte und mit finsterstem Blick zu Joachims Auto schaute. Plötzlich war jedes Detail wieder da.

»Wer ist das?«

»Mein Freund.«

»Der ist nichts für dich. Du wirst ihn nicht wiedersehen.«

Marie folgte den Bildern ihrer Erinnerung und trat ins Haus. Diesmal musste sie sich jedoch nicht an der älteren Frau vorbeiquetschen.

»Hast du mich verstanden, junge Dame?« Marie schloss die Tür. Beinah hätte sie sie genauso zugeworfen, wie ihre Mutter es damals getan hatte.

»Was ist das?«

»Mein Koffer, ich gehe.«

»Du gehst nirgendwo hin!« Sogar den Schmerz konnte Marie wieder fühlen, die Stelle am Arm, an der ihre Mutter sie gepackt und zurückgezerrt hatte. Noch einmal durchlebte sie die Wut, mit der sie sich losgerissen und diese weggestoßen hatte.

»Was fällt dir ein ...«, hatte Frau Becker daraufhin mit fassungsloser, fast kleinlauter Stimme gesagt.

»Der einzige Mensch, den ich niemals wiedersehen werde, bist du.« Auf keinen anderen Satz, den Marie jemals ausgesprochen hatte, war sie so stolz wie auf diesen. Dieser Befreiungsschlag hatte ihr Leben von Grund auf verändert. Es nagte an ihr, dass sie eben jenen Meilenstein nun für immer als Lüge abstempelte. Sie war nicht nur im Begriff, ihre Mutter wiederzusehen, sie wollte sie sogar um Hilfe und Unterstützung bitten.

»Für Sarah«, rief sie sich noch einmal in Erinnerung und ging zum Wohnzimmer hinüber, bevor sie es sich anders überlegen konnte. Vor den nächsten Worten holte sie tief Luft und schloss ihre Augen.

»Mum, bist du da?«, rief sie. »Ich bin es, Marie.«

Keine Antwort. Was, wenn ihre Mutter gar nicht zu Hause war? Sie besaß zwar den Schlüssel zur Haustür, aber die Kombination des Safes hatte sie nie bekommen.

»Mum?« Es lag beinah schon Panik in ihrem Rufen.

Sie öffnete die Wohnzimmertür und trat in das Allerheiligste. Spielsachen im Wohnzimmer waren undenkbar gewesen. Ebenso Rennen und Toben oder auch nur das Eintreten mit Schuhen. Marie genoss es förmlich, ihren dreckigen Straßenschuh auf das teure Parkett zu setzen. Sie war sich bewusst, wie armselig dieser Gedanke war, doch dieser kleine Verstoß gegen die Regeln ließ das Gefühl der Niederlage weniger herb erscheinen.

»Mum?«, fragte sie erneut und schaute sich in dem dunkel möblierten Zimmer um. Sie musste noch ein paar Schritte weitergehen, um an dem Bücherregal vorbei den gesamten Raum sehen zu können. Erst jetzt entdeckte sie ihre Mutter. Sie saß in ihrem Lehnstuhl und starrte mit versteinerter Miene vor sich hin.

»Ach, hier bist du«, brachte Marie erleichtert hervor. »Ich hatte mir schon Sorgen gemacht.« Sie biss sich auf die Zunge. Wieso hatte sie das gesagt? Es kam ihr vor wie ein Verrat an ihrem jüngeren Ich. Ihre Mutter schwieg weiterhin beharrlich. Hatte sie beschlossen, nicht mehr mit ihrer Tochter zu sprechen? Zuzutrauen war es ihr. Marie begriff, dass sie etwas sagen musste, wenn sie das Geld bekommen wollte. Sie schluckte. In ihrem Kopf ging sie verschiedene Sätze durch, doch keiner schien passend. »Du fragst dich sicher, warum ich hier bin?«, begann sie schließlich kleinlaut.

Schweigen.

»E-es geht um Sarah, meine … deine Enkeltochter.«

Keine Reaktion.

»Sie ist in großer Gefahr.«

Nichts. Diese entsetzliche Gleichgültigkeit brachte Maries Blut zum Kochen.

»Himmelherrgott nochmal, sag doch endlich was!«, entfuhr es ihr. Ehe sie kapierte, was sie da tat, war sie zu ihrer Mutter hinübergelaufen und hatte sie am Arm gepackt. Es war fast die gleiche Stelle, an der ihre Mutter sie vor Jahren festgehalten hatte. Die alte Frau zuckte zusammen und schaute sich erschrocken um. Entsetzt von ihrem eigenen Tun wich Marie zurück. Erst jetzt bemerkte sie, wie gebrechlich ihr Gegenüber wirkte. Ihre Mutter war bloß noch ein Schatten ihrer selbst. Mit leeren Augen starrte sie ihre Tochter an und es dauerte eine ganze Weile, bis sie sie zu erkennen schien.

»Du kommst spät«, sagte sie und es klang, als wären keine zwölf Jahre vergangen, seit sie fortgezogen war. »Wo bist du so lange gewesen, Marie?«

»Dafür haben wir jetzt keine Zeit, Mum! Sarah braucht unsere Hilfe.« Sofort bereute sie ihre Wortwahl. »Deine Hilfe«, korrigierte sie schnell.

Jedes einzelne Wort schien Agnes Becker zu überfordern. »Sarah?«, wiederholte sie. »Ich kenne keine Sarah.«

»Deine Enkeltochter? Mein Kind?«

Eine Weile schaute die ältere Frau hilflos zu Marie. Dann winkte sie ab, was nicht mehr als ein kaum merkliches Zucken der rechten Hand war. »Was redest du da Kind?«, sagte sie. »Ich habe doch keine Enkeltochter!« Es folgte ein Ausatmen, das offenbar ein abfälliges Lachen darstellen sollte.

Marie war gar nicht zum Lachen zumute. Die Worte ihrer Mutter hatten eingeschlagen wie eine Bombe. Obwohl sie selbst seit jenem Tag nicht mehr hier gewesen war, hatte sie Sarah nicht verwehrt, ihre Großmutter kennenzulernen. Joachim hatte sie vor ein paar Jahren zwei oder dreimal zu Agnes gefahren, bis das Kind von sich aus beschlossen hatte, dass sie nicht mehr zur »anderen Oma« wolle.

»Die ist komisch«, hatte Sarah damals erklärt und Marie hatte sie nur allzu gut verstanden. Jetzt überlegte sie, ob Agnes deshalb ihre Enkeltochter verleugnete. Doch ihre Worte klangen nach etwas anderem, so als habe sie sie schlicht vergessen. Intensiv musterte sie ihre Mutter. Hatte die alte Dame den Verstand verloren?

»Mum, bitte versteh doch, …«

»Du kommst spät«, sagte Agnes in genau der gleichen Betonung wie beim ersten Mal. »Wo bist du so lange gewesen, Kind?«

»D-du weißt schon noch, dass ich ausgezogen bin?«, fragte Marie.

Wieder zuckte die rechte Hand. »Was redest du bloß? Zieh deine Schuhe aus, ich mache uns Abendbrot.«

»Mum, es ist gerade mal halb zwei.«

Als ihre Mutter sich aus dem Sessel erhob, wurde das volle Ausmaß ihres Verfalls sichtbar. Sie schaffte es kaum, aus eigener Kraft hochzukommen und schlurfte dann gebeugt an ihrer Tochter vorbei. Marie schaute ihr nach, wie sie das Wohnzimmer verließ. Ihre Wut war mit einem Schlag verschwunden. Sie war sogar dicht daran, ihre starrköpfige Haltung der vergangenen Jahre zu bereuen. Das Dröhnen eines Gongs riss sie aus ihren Gedanken. Sie erinnerte sich noch gut an dieses Geräusch. Jemand hatte an der Tür geklingelt. Schnell eilte sie zum Flur hinüber.

Agnes Becker hatte schon geöffnet.

»Das Essen ist da«, sagte ein kleiner, untersetzter Glatzkopf. Er trug die Uniform eines bekannten Pflegedienstes und hielt eine große Kiste aus Styropor in den Händen.

»Ah, vielen Dank, junger Mann«, sagte Agnes und gab ihm den Weg in den Hausflur frei.

Zielstrebig lief er zum Esszimmer hinüber. Marie konnte hören, wie der Kasten geöffnet wurde.

»Ich habe es auf den Tisch gestellt. In der Packung sollte es noch eine Weile warm bleiben«, sagte der junge Mann fürsorglich, als er wieder in den Flur zurückkehrte. Erst jetzt bemerkte er Marie.

»Oh«, rief er verwundert aus. »Sie haben ja Besuch.«

»Kein Besuch«, tadelte Agnes ihn. »Das ist meine Tochter Marie.«

Ein wissendes Lächeln erschien auf seinem Gesicht. »Freut mich, Sie kennenzulernen«, sagte er. »Ich wusste zwar, dass Frau Becker eine Tochter hat, aber ich glaube, wir haben uns noch nie getroffen.«

Ihre Mutter schlurfte Richtung Esszimmer und Marie beschloss, diese Situation auszunutzen. »Was ist mit meiner Mutter?«, fragte sie.

»Sie wissen nicht, dass sie …«, er unterbrach sich selbst, als wolle er, dass Marie den Satz zu Ende brachte. Sie hatte jedoch keine Lust auf derartige Spielchen.

»Passen Sie auf, wir haben nicht unbedingt das beste Verhältnis, verstanden? Also, was ist los mit meiner Mutter?«

»Alzheimer«, sagte er schließlich. »Ziemlich weit fortgeschritten.«

»Was meinen Sie mit *ziemlich weit*?«

»Hören Sie«, begann er. »Ich bringe ihr nur das Essen. Wenn Sie beschlossen haben, endlich für Ihre Mutter da zu sein, dann reden Sie mit ihrem Arzt.«

Für ihre Mutter da sein? Dieser Gedanke klang so entsetzlich falsch. Dennoch hatten die vergangenen Minuten ihr ganzes Gefühlsleben auf den Kopf gestellt. »Das werde ich«, sagte sie schließlich. Der Mann nickte und verabschiedete sich. Marie schloss die Tür hinter ihm und lief dann wie ferngesteuert zum Esszimmer. Sie fand eine alte Frau vor, die trotz der frühen Stunde gebeugt über der Plastikschale saß und sich mit zittrigen Fingern Kartoffelbrei in den Mund schaufelte. Von Marie nahm sie keine Notiz, vermutlich hatte sie schon wieder vergessen, dass sie überhaupt da war. Eine Weile stand sie dort und starrte wie gebannt auf die Überreste dessen, was einmal ihre verhasste Mutter gewesen war. Dann kam ihr in den Sinn, warum sie hierhergekommen war. Sarah. Sie musste Sarah retten.

Ohne ein weiteres Wort drehte sie sich um und kehrte ins Wohnzimmer zurück. Dort klappte sie eines der Gemälde zur Seite, um an den Safe zu gelangen. Während sie noch überlegte, wie sie das gottverdammte Zahlenschloss öffnen sollte, bemerkte sie einen kleinen Zettel an der Rückseite des Bildes. Drei zweistellige Ziffern standen dort. Marie kamen Zweifel. Was sie hier vorhatte, war Diebstahl.

»Du leihst es dir nur«, versuchte sie sich selbst zu beruhigen. »Für Sarah.« Doch der Selbstbetrug wollte nicht gelingen.

Erneut fiel ihr Blick auf die Zahlen. Marie hatte es nicht sofort kapiert, doch jetzt wurde ihr klar, dass der Code das Geburtsdatum von Sarah war. Je zwei Stellen für den Tag, den Monat und das Jahr. Es schien ihr wie ein Zeichen, so als habe ihre Mutter ihr durch die Auswahl der Zahlen die Erlaubnis gegeben, das Geld im Safe für ihre Enkeltochter zu verwenden. Sie schob ihr schlechtes Gewissen zur Seite und begann, die Kombination einzustellen.

Für ihre Mutter da sein. Ja, das würde sie wirklich tun. Nach der Sache hier.

Kapitel 6

Samstag, 04. Dezember, 09:44 Uhr

Ricky

Sein Körper bebte. Er hatte das durchdringende Hupen des Autos noch immer im Ohr. Die grauenhaften Bilder, die der Beinah-Zusammenstoß wachgerüttelt hatte, verfolgten ihn weiter. Die Scheinwerfer des heranrasenden Wagens. Der Aufprall. Der Moment, als die Lichter ausgingen. Keine zwei Tage war es her, dass Ricky mit knapper Not einem feigen Mordanschlag entkommen war. Er brauchte dringend eine Kippe, um wieder runterzukommen. Deshalb schlug er sich auf der anderen Seite der Straße in die Büsche. Ein kleiner Trampelpfad führte ihn hinauf an den Rand des Feldes. Als vor ihm eine Parkbank auftauchte, hielt der Jugendliche direkt auf sie zu. Er fiel mehr vom Fahrrad, als dass er abstieg, und stolperte zu der Bank hinüber. Vom Regen und Schnee der letzten Tage war sie noch immer nass, also hockte er sich auf die Lehne. Dann zog er mit zitternden Fingern seinen Tabak hervor. Es bereitete ihm schon Mühe, das Paper zu halten, geschweige denn eine brauchbare Zigarette zu fabrizieren. Es gelang erst nach mehreren Anläufen. Endlich konnte er die Mischung von Rauch und Nikotin in seine Lunge ziehen und spürte sofort, wie sie ihn beruhigte.

Erst als die Glut der Kippe ihm beinah die Finger verbrannte, warf er den Stummel in den Matsch. Es war an der Zeit, sich wieder auf den Weg zu machen. Mister Kays Wohnung war noch ein ganzes Stück entfernt. Ricky schwang sich auf das Fahrrad seiner Mutter und radelte weiter. Er folgte dem Feldweg bis zur nächsten Straße, vorbei an dem Supermarkt und hinein in das dahinterliegende Wohnviertel. Mister Kay wohnte in einem Mehrparteienhaus am anderen Ende dieses Viertels. Ricky wusste genau, wo es war, denn er hatte den Beratungslehrer schon einmal zu Hause aufgesucht.

Wenige Minuten später fuhr er die Straße entlang, in der Herr Konrad wohnte. Dabei bemerkte er einen alten grünen Wagen, der unmittelbar vor den Treppenstufen zu dessen Wohnung parkte. Das Nummernschild war aus der Gegend. Vielleicht hatte Mister Kay ja Besuch und wollte nicht gestört werden? Ricky erinnerte sich daran, dass der Erziehungsberater es beim letzten Mal auch nicht gut fand, von ihm besucht zu werden. Er hatte ihn damals weggeschickt und gebeten, am nächsten Schultag in sein Büro zu kommen. Ricky hatte das ganz schön fies gefunden. Inzwischen konnte er es aber verstehen.

»Würden mich alle zu Hause aufsuchen, die ich jemals beraten habe, brauchte ich gar nicht mehr nach Hause zu fahren«, hatte Mister Kay ihm am nächsten Tag erklärt und sich danach extra viel Zeit für sein Problem genommen. Ricky überlegte sogar kurz, ob es nicht besser sei, ihn am Montag in der Schule anzusprechen. Doch dann redete er sich erfolgreich ein, dass die Information über Nancys Vater so dringend war, dass sie keinen Aufschub erlaubte. Er wusste aber, dass das nicht der wirkliche Grund war, weshalb er ihn sofort sehen wollte. Nach dem Ärger mit seinen Eltern, dem Zusammenstoß mit dem wütenden Alkoholiker und seinem Beinah-Unfall sehnte Ricky sich danach, die ruhigen und klaren Worte des Erziehungsberaters zu hören. Als er schließlich das Haus erreicht hatte, lehnte er das Fahrrad einfach an die kleine Mauer, die den Treppenaufgang säumte. Dabei gab er sich keine Mühe, es irgendwie zu sichern. Niemand würde so ein klappriges, altes Damenrad klauen. Mit schnellen Schritten lief er zur Betontreppe hinüber und nahm auf dem Weg nach oben immer zwei Stufen auf einmal. Drei Parteien wohnten in diesem Haus, auf dem mittleren Klingelknopf stand der Name *Konrad*. Ricky drückte darauf und hörte das Summen im Inneren des Gebäudes. Er wartete, dass die Haustür geöffnet wurde, doch nichts geschah. Nachdem er für sein Gefühl lange genug gewartet hatte, klingelte er erneut. Wieder ohne Erfolg. Schließlich wandte er sich frustriert zum Gehen. Dabei bemerkte er aus dem Augenwinkel eine Bewegung an einem der Fenster im zweiten Stock. Hatte sich da gerade die Gardine bewegt? War Daniel Konrad etwa zu Hause und ignorierte sein Klingeln absichtlich? Ricky spürte, wie ein Anflug von Ärger in ihm aufstieg und nahm sich abermals die Klingel vor. Er malträtierte den Knopf und rief dabei laut nach oben:

»Herr Konrad, bitte, es ist wichtig! Ich hab gesehen, dass Sie da sind!«

Noch immer keine Reaktion.

»Ich muss mit Ihnen reden und ich gehe hier nicht weg, bis Sie rauskommen!«, rief er trotzig. Endlich klickte das Schloss und die Haustür wurde von innen geöffnet. Ricky erstarrte. Er hatte mit Herrn Konrad gerechnet, doch stattdessen stand er nun vor einer Gestalt, die längst vergessen geglaubte Erinnerungen in ihm weckte. Er widerstand dem Drang, sofort das Weite zu suchen.

»Ja bitte?«, fragte der grauhaarige Mann schroff und schaute den Jugendlichen durchdringend an. Seine finstere Miene, die ungekämmten grauen Haaren und der stechende Blick unter den grimmigen Augenbrauen ließen Ricky das Blut in den Adern gefrieren. Er sah aus wie das Monster im Wandschrank, das seine Eltern früher etliche Nächte Schlaf gekostet hatte. Als kleines Kind hatte er oft von dieser Schreckensgestalt geträumt. Unzählige Male war er damals aufgewacht, felsenfest überzeugt, sie tatsächlich gesehen zu haben. Panisch hatte er dann nach seiner Mutter geschrien und war erst wieder eingeschlafen, nachdem sie den Schrank gründlich durchsucht und sich zu ihm ans Bett gesetzt hatte. Mit dem starren, kalten Blick des Fremden kehrten auf einen Schlag all die Ängste von damals zurück.

»Äh ... Entschuldigung ...«, stammelte er. »I-ich wollte eigentlich zu Herrn Konrad.«

Als er die Verunsicherung des Jungen bemerkte, bemühte sich der Fremde um ein freundliches Lächeln, das ihn aber noch unheimlicher wirken ließ. Genauso hatte auch das Monster in seinen Albträumen immer gegrinst, kurz bevor es ihn packte.

»Herr Konrad ist gerade nicht da«, erklärte er. »Kann ich vielleicht etwas ausrichten?«

Ricky wunderte sich darüber, was der Mann in der Wohnung des Erziehungsberaters machte, wenn der gar nicht da war. Er schüttelte den Kopf. »Äh nein, ich kann das nur mit Mister K ... äh ... Herrn Konrad selbst besprechen. Wann kommt er denn wieder?«

»Das weiß ich nicht«, antwortete der Fremde. Das befeuerte die Neugier des Jungen.

»Sind Sie ein Freund von Herrn Konrad?«, fragte er und bemühte sich, die Frage beiläufig klingen zu lassen.

»Nein, ich bin ein Nachbar und sehe nach seiner Wohnung, wenn er eine Weile nicht da ist.«

»Eine Weile? Oh Gott, geht es Mister Kay gut?«, fragte Ricky besorgt. Erst vor wenigen Stunden war er in seiner Gegenwart umgekippt und von einem Krankenwagen weggebracht worden. Ricky malte sich jetzt die schlimmsten Horrorszenarien aus.

»Ja, ja, Herrn Konrad geht es gut«, sagte das Schrankmonster und wollte dabei offenbar beruhigend klingen. »Er ist übers Wochenende dienstlich unterwegs. Das war schon länger geplant.«

»Dienstlich, am Arsch«, dachte Ricky, sprach es aber nicht laut aus. Er hatte oft genug selbst gelogen, um zu erkennen, wenn es ein anderer tat. Und dieser Mann war nicht besonders gut darin. Falls Erziehungshilfe-Lehrer am Wochenende dienstlich unterwegs waren, was Ricky bezweifelte, hätte Herr Konrad das nach dieser Nacht mit Sicherheit abgesagt. Wieso log der Mann? Und was machte er wirklich in der Wohnung von Mister Kay? Der Jugendliche beschloss, dieser Sache auf den Grund zu gehen. Doch erst einmal musste er den Fremden glauben lassen, er hätte ihn überzeugt.

»Also gut, dann komme ich einfach ein anderes Mal wieder«, antwortete er und drehte sich zum Gehen herum.

»Hey Junge«, rief ihm der Fremde hinterher.

Ricky blieb stehen und schaute noch einmal zurück. »Ja?«

»Bist du sicher, dass ich nichts ausrichten soll? Falls etwas Schlimmes passiert ist, könnte ich Herrn Konrad auch eine Nachricht zukommen lassen.«

Die Art, wie der Mann diesen Satz betonte, jagte dem Jugendlichen einen Schauer über den Rücken. Irgendetwas stimmte ganz und gar nicht mit diesem Kerl.

»Nein, danke«, bestätigte Ricky schnell und machte sich auf den Weg die Treppe hinunter. Er spürte förmlich, wie der Blick des Monsters ihm weiter folgte. Da der Mann offenbar nicht vorhatte, ins Haus zurückzukehren, bevor er verschwunden war, blieb Ricky nichts anderes übrig, als auf sein Fahrrad zu steigen und loszufahren. Er folgte der Straße bergab, bis er sich außer Sichtweite wähnte. Dann hielt er an, stieg ab und lehnte das Rad an die Hecke eines Grundstückes. Wie sollte er jetzt weiter vorgehen? Der Fremde hatte ihn angelogen, das stand für Ricky unumstößlich fest. Vielleicht war er in Wirklichkeit ein Einbrecher, der sich unerlaubt in Mister Kays Wohnung aufhielt. Dann musste er die Chance nutzen, ihn zu überführen. Einen Augenblick lang überlegte der Jugendliche, ob es nicht besser wäre, die Polizei zu verständigen, doch seine Neugier überwog. Leise schlich er die Straße wieder zurück. Schon von weitem erkannte er den rostigen alten PKW, der bestimmt dem Unbekannten gehörte. Mann und Auto waren gleichermaßen in die Jahre gekommen. Und ähnlich ungepflegt. Eine sonderbare Mischung aus angespannter Neugier und wachsendem Unbehagen hatte Ricky ergriffen und ließ sein Herz wie wild schlagen. Sorgfältig achtete er darauf, immer möglichst nah an den Grundstücken zu bleiben, während er in geduckter Haltung weiterging. Der Fremde sollte ihn auf keinen Fall zuerst sehen. Nur noch ein paar Meter und der Eingangsbereich des Hauses würde in sein Sichtfeld kommen.

In diesem Moment fuhr ein Auto die Straße entlang. Der Fahrer verlangsamte sein Tempo und starrte Ricky unverhohlen an. Er überlegte sich vermutlich schon, ob er der Polizei melden sollte, dass hier ein gefährlich aussehender Punk durch ein Wohngebiet schlich. Dieser Gedanke entlockte ihm ein Schmunzeln. Einmal war sogar ein Streifenwagen gerufen worden, bloß weil er auf einer Bank in der Nähe eines Kinderspielplatzes gesessen hatte. Dem Jugendlichen blieb keine Wahl. Er tat so, als würde er seinen Schnürsenkel binden, bevor er sich aufrichtete und möglichst unauffällig weiterging. Dabei nahm er in Kauf, dass der Einbrecher ihn zuerst entdeckte, falls er noch vor der Haustür stand.

Endlich fuhr das Fahrzeug weiter. Ricky riskierte einen Blick zum Eingangsbereich des Wohnhauses. Zu seiner Erleichterung stellte er fest, dass das Schrankmonster nicht mehr vor der Tür stand. Kurz darauf erreichte der Jugendliche den abgestellten Wagen und warf einen raschen Blick ins Innere. Er musste sein Gesicht an das Seitenfenster drücken und mit der Hand gegen das Umgebungslicht abschirmen, um überhaupt etwas zu erkennen. Die Sitzbezüge und Armaturen wirkten alt und staubig. Die Türen des Autos schienen nicht verschlossen zu sein, zumindest ragten die schwarzen

Verriegelungsknöpfe weit aus der Türverkleidung. Ehe Ricky begriff, was er da tat, hatte er die Seitentür geöffnet und sich auf den Beifahrersitz gesetzt. Sicherheitshalber zog er die Tür hinter sich wieder zu. Dann erst durchsuchte er das Innere des Wagens. Leider gab es hier nicht wirklich viel zu entdecken. Schließlich warf er auch einen Blick in das Handschuhfach. Neben dem üblichen Kram, der immer in solchen Fächern liegt, fand er eine braune Versandtasche in der Größe eines Schreibhefts. Sie war unverschlossen und Ricky spähte neugierig hinein. Es war ein Foto darin. Er zog das Bild ein Stück heraus. Das Mädchen, das darauf zu sehen war, kam ihm irgendwie bekannt vor. Ein blonder Lockenkopf, der schüchtern in die Kamera lächelte. Es war die Neue, die Ricky erst vor ein paar Tagen in der Schule getroffen hatte. Wie hieß sie doch gleich? Es fiel ihm beim besten Willen nicht mehr ein. Er nahm die Fotografie ganz aus dem Umschlag, um sie sich näher zu betrachten. An den oberen Ecken entdeckte er kleine Löcher, so als stamme sie von einer Pinnwand. Erst jetzt bemerkte er, dass noch ein weiteres Bild in dem Kuvert steckte. Er erkannte sofort die Person, die darauf abgebildet war. Wieso hatte der Fremde ein Foto von Mister Kay in seinem Handschuhfach? Die Sache wurde von Minute zu Minute unheimlicher. Irgendetwas ganz Merkwürdiges ging hier vor sich. Ricky schob die Bilder wieder in den Umschlag. Als er ihn zurücklegen wollte, gefror ihm das Blut in den Adern, denn erst jetzt bemerkte er, was darunter gelegen hatte. Ratlos betrachtete er die Pistole und wagte nicht, sie anzufassen. In diesem Moment bemerkte er, dass sich die Tür des Hauses öffnete. Das Monster tauchte mit seiner ungekämmten weißen Mähne im Türrahmen auf. Sofort duckte Ricky sich hinter die Verkleidung der Wagentür, so wie er sich als kleines Kind unter der Bettdecke versteckt hatte. So konnte der Unbekannte ihn zwar nicht sehen, doch das zögerte das Unvermeidliche nur für kurze Zeit hinaus. Panik machte sich in Ricky breit. In wenigen Sekunden würde der Mann das Auto erreichen und dann war ein Verstecken nicht mehr möglich. Jede Faser seines Körpers schien zu schreien: »Du musst hier abhauen!« Aber wie? Er hatte keine Chance, aus dem Fahrzeug zu entkommen, ohne entdeckt zu werden. Wie um alles in der Welt sollte er erklären, warum er im Auto des Mannes saß?

Die Zeit war zu kurz für überlegte Entscheidungen. In seiner Not fiel der Blick des Jungen auf die Rückbank. Zwischen ihr und den Vordersitzen war genug Platz. Eilig schloss er die Klappe des Handschuhfachs. Dann machte er sich daran, über die Mittelkonsole hinweg in den hinteren Bereich des Fahrzeugs zu klettern. Dabei achtete er darauf, den Kopf unten zu halten, um nicht gesehen zu werden. Schließlich kauerte er sich hinter dem Fahrersitz zusammen. Er zog seine Knie an den Brustkorb und prüfte noch einmal, dass seine Füße nicht zu weit hervorragten. Für den Fahrer war er jetzt mit Sicherheit unsichtbar, doch ihm blieb nur zu hoffen, dass der Fremde nichts aus der Wohnung des Erziehungsberaters entwendet hatte, das er auf der Rückbank verstauen wollte. Dann würde er regelrecht auf dem Präsentierteller sitzen. Mit klopfendem Herzen kauerte er dort und wartete darauf, dass der alte Mann sein Auto erreichte. Dabei stiegen Zweifel in ihm auf. Es war sicher nicht die schlaueste Idee, sich ausgerechnet hinter dem Fahrersitz des Autos zu verstecken, doch ihm war keine andere Wahl geblieben. Nun war es eh zu spät, denn er hörte bereits, wie Schritte näherkamen. Vor Aufregung wurde ihm mit einem Mal speiübel. Was, wenn er doch in der Falle saß? Es klackte, als eine Wagentür geöffnet wurde. Ricky rechnete fest damit, dass jeden Augenblick die Tür zu seinem Versteck aufgerissen wurde und der Unbekannte nach ihm griff. Aber stattdessen spürte er bloß einen Druck von der Seite. Zeitgleich hörte er ein quietschendes Geräusch aus dem vorderen Teil des Wagens. Offenbar hatte sich der alte Mann auf den Fahrersitz gesetzt, dessen Federung wie auch das restliche Auto nicht mehr die allerneuste war. Nun wurde der Motor gestartet und das Gefährt setzte sich mit einem lauten Scheppern des Auspuffs in Bewegung.

Samstag, 04. Dezember, 10:23 Uhr

Daniel

Ich lenkte den Wagen in die kleine Seitenstraße, in der Jenny während unserer Studienzeit gewohnt hatte. Gleich nach der Kurve fand ich eine Haltemöglichkeit und setzte den Blinker. Falls meine Ex-Freundin wirklich hinter Sarahs Entführung steckte, war es ohne Zweifel besser, nicht direkt vor ihrem Haus zu parken. Ein Teil von mir hoffte nach wie vor, dass ich mich irrte. Oft genug hatte ich in der Beratung gesehen, wie Wut und Enttäuschung die Seele der Menschen zerfraßen. Das wünschte ich Jenny nicht. Ich war mir zwar sicher, dass sie damals abgrundtiefen Hass empfunden hatte, doch all das lag inzwischen Jahre zurück. Es schien mir unmöglich, selbst das stärkste Gefühl so lange aufrechtzuhalten. Ich versuchte, mir vorzustellen, wie sie die ganze Zeit über in einer stillen Kammer gesessen und Rachepläne geschmiedet hatte. Eine einsame Gefangene ihrer Emotionen. »Diese gottlose Insel war mein Gefängnis. Verängstigt. Gebrochen. Allein«, hatte in dem Schreiben des Entführers gestanden. Es schien perfekt zu passen, obwohl mir diese Vorstellung widerstrebte. »Verängstigt. Gebrochen. Allein«, wiederholte ich in Gedanken. Diese Worte klangen vertraut. Hatte Jenny nicht eine ähnliche Formulierung gebraucht, als sie in der Psychiatrie über ihren Ex-Freund sprach? Abermals spielte ich diese Szene in meinem Kopf ab. »Er wollte mich nicht gehen lassen. Er wurde sogar handgreiflich und versuchte, mich einzusperren. Gefangen. Allein.« Ich schluckte. Natürlich war auch das nicht mehr als ein unbedeutendes Indiz, doch die vielen kleinen Puzzleteile ergaben allmählich ein eindeutiges Bild.

Ich öffnete die Wagentür und stieg aus. Jenny wohnte, soweit ich mich erinnerte, in der Hausnummer zwölf. Ich parkte vor der

Nummer vier. Während ich den Bürgersteig entlanglief, betrachtete ich die Gegend genauer. Sie hatte sich seit damals kaum verändert. Es schien praktisch unmöglich, dass Maries Tochter in einem dieser Häuser gefangen gehalten wurde. Sie waren zwar nicht so dicht aneinandergebaut, wie es im Zentrum solcher Kleinstädte der Fall ist, dennoch reihte sich hier ein kleines Grundstück an das nächste. In diesem Stadtteil kannten die Menschen noch die Bedeutung des Wortes Nachbarschaft. Irgendwer hätte mitbekommen, wenn jemand hier ein Kind gefangen halten würde. Dessen war ich mir sicher.

Kurz darauf erreichte ich das Haus. Es sah noch genauso aus wie in meiner Erinnerung. Das Hoftor stand offen, ein uralter japanischer Wagen parkte in der Einfahrt. Im Vorbeigehen legte ich eine Hand auf die Motorhaube. Sie fühlte sich warm an. Das Auto war erst vor kurzem hier abgestellt worden. Ich überlegte, wie ich weiter vorgehen sollte. Einfach klingeln? Ums Haus schleichen und nach einem offenen Fenster suchen? Mich erstmal verstecken, um die Lage zu beobachten? Ich wählte den direktesten Weg. Entweder steckte Jenny hinter der Entführung oder nicht. Es brachte keinen Vorteil, die unvermeidliche Konfrontation hinauszuzögern. Trotzdem war mir nicht ganz wohl dabei, als ich auf die Metalltreppe zuhielt, die zur Haustür hinaufführte. Ich drückte den Klingelknopf und ein elektronisches Summen ertönte. Kurz darauf wurde von innen ein Schlüssel herumgedreht.

Jenny erschien mit einem freundlichen Lächeln in der Tür. »Ja, bitte?«, fragte sie. Es schien, als habe sie mich überhaupt nicht erkannt.

»Hallo Jenny«, antwortete ich und schaute ihr direkt in die Augen. Ihr Lächeln wich einem erstaunten Gesichtsausdruck.

»Daniel? Daniel Konrad?« Ihre Stimme klang, als wüsste sie es tatsächlich nicht, sie wirkte jedoch freudig überrascht. Wenn ihr mein plötzliches Auftauchen Angst machte, verbarg sie es hervorragend.

Trotzdem blieb ich misstrauisch, denn ich wusste ja, wie überzeugend sie lügen konnte.

»Ja, ich bin es«, antwortete ich daher schnell. Ich wollte ihr keine Zeit lassen, sich irgendeine Geschichte auszudenken. »Ich nehme an, du weißt, weshalb ich gekommen bin?«

»Äh, nein, keine Ahnung«, erwiderte sie. »Kann ich dir irgendwie helfen?« Weder lag auch nur ein Anflug von Unsicherheit in ihrem Blick, noch zeigte sie ein verräterisches Blinzeln oder Ähnliches. Nicht ein einziger Muskel in ihrem Gesicht verriet mir Hinweise auf eine Lüge. Wäre es nicht Jenny gewesen, hätte ich sofort geglaubt, dass sie mir die Wahrheit sagte. Doch sie hatte mich schon einmal reingelegt.

Ich beschloss daher, alles auf eine Karte zu setzen. Zunächst deutete ich ein Nicken an. Dann neigte ich mich ein Stück nach vorn, als wolle ich ihr ein Geheimnis anvertrauen. Wie von mir geplant, reagierte Jenny auf diese Bewegung und beugte sich ebenfalls vor. Dadurch sah ich ihre Reaktion auf die folgenden Worte aus nächster Nähe.

»Ich komme wegen *Jojo*.«

Das Theater von der ahnungslosen Ex-Freundin endete abrupt. Es hätte nicht einmal der Erfahrung eines Erziehungsberaters bedurft, um ihre plötzliche Verunsicherung zu erkennen. Ihre Pupillen weiteten sich und sie warf einen raschen Blick über meine Schulter hinweg zur Hofeinfahrt, als wolle sie prüfen, ob ich allein gekommen war. Eilig wich sie ins Haus zurück. Sie stieß die Tür zu, doch ich war schneller. Ich trat einen Schritt nach vorn, sodass mein Fuß den Türrahmen blockierte.

»Was soll das?«, donnerte Jenny. »Verschwinde Daniel!«

»Das werde ich nicht!«, rief ich. Mit aller Kraft stemmte ich mich gegen die Tür. Statt sich auf ein Kräftemessen einzulassen, ließ sie von einer Sekunde auf die andere los. Ich verlor das Gleichgewicht, stolperte in den Hauseingang. Jenny nutzte den Augenblick der

Überraschung. Schnell packte sie meine Schulter und rammte mir das Knie in den Unterleib. Der plötzliche Schmerz setzte mich einen Moment außer Gefecht. Ich konnte nicht verhindern, dass sie an mir vorbei aus dem Haus stürzte und die Metalltreppe hinunterpolterte. Bis ich mich aufgerichtet und der Haustür zugewandt hatte, lief sie schon die Einfahrt entlang.

»Die schnappe ich mir«, dachte ich und rannte los.

Jenny erreichte bereits ihr Auto und fingerte mit dem Schlüssel an der Tür herum. Obwohl mir alles wehtat, beschleunigte ich mein Tempo. Gott sei Dank war es ein alter Wagen, der sich nicht einfach per Knopfdruck entriegeln ließ. Trotzdem gelang es ihr, die Tür des Autos aufzureißen, bevor ich dort ankam. Ich musste jäh abbremsen, um nicht dagegen zu rennen.

»Bleib hier!«, rief ich.

Jenny blickte kurz auf. Als sie erkannte, wie nah ich schon war, hechtete sie in den Wagen. Die Tür fiel mit einem dumpfen Schlag ins Schloss. Ich riss mit aller Kraft am Türgriff, doch es war zu spät. Sie hatte es geschafft, den Verriegelungsknopf zu drücken. Siegessicher grinste sie mich an. Dann wandte sie sich dem Zündschloss zu. Wütend holte ich aus und schlug mit beiden Händen gegen die Fensterscheibe. Der Schlag erschreckte sie, blieb aber sonst ohne Wirkung. Meine Handfläche brannte, als wäre die Schnittwunde erneut aufgerissen. Also nahm ich stattdessen den Ellbogen. Wieder und wieder hämmerte ich mit aller Kraft gegen das Glas. Es hielt stand. Es gelang Jenny, den Zündschlüssel ins Schloss zu stecken. Ich versuchte weiterhin, die Scheibe aufzubrechen, obwohl ich bereits wusste, dass das nutzlos war. Der Motor des Wagens wurde gestartet. Ich hörte, wie das Getriebe knirschte, als Jenny den Rückwärtsgang einlegte. Mit quietschenden Reifen fuhr sie rückwärts aus der Einfahrt. Ich konnte gerade noch zurückweichen. Wütend rannte ich hinter ihr her auf die

Straße und versperrte ihr den Weg. Wieder war ein Schaltgeräusch zu hören. Sie ließ den Motor absichtlich aufheulen. Dann raste sie direkt auf mich zu. Erst in letzter Sekunde sprang ich zur Seite und stürzte auf den Bordstein. Ihr Auto geriet kurz ins Schlingern, weil sie ebenfalls ausgewichen war. Ich richtete mich auf und musste hilflos zuschauen, wie der Wagen davonjagte. Am Ende der Straße bog er nach rechts ab und verschwand aus meinem Blickfeld. Ich rief mir die Details dieser Gegend ins Gedächtnis. Ich war sicher, dass Jennys Weg sie wieder auf die Hauptstraße führen würde. Dort konnte sie eigentlich nur abermals nach rechts abbiegen, denn eine bauliche Trennung versperrte den Weg zur anderen Seite. Ich witterte eine Chance, musste mich aber beeilen, wenn ich sie noch abfangen wollte. Stöhnend zwang ich mich auf die Beine und rannte los. Obwohl sich jede Faser meines Körpers gegen das Rennen sträubte, erreichte ich mein Auto in Rekordzeit. Ich öffnete die Zentralverriegelung schon von weitem, riss die Fahrertür auf und ließ mich hineinfallen. Dann startete ich den Motor. Es war unmöglich, den Wagen auf der engen Straße in einem Zug zu wenden. Also fuhr ich einmal vor und zurück, ehe ich endlich aufs Gas treten und die Verfolgung aufnehmen konnte. Kurz darauf erreichte ich eine Kreuzung. Ohne zu bremsen, bog ich nach links ab. Einen Moment lang drohte der Wagen auszubrechen, doch gelang es mir, die Kontrolle zu behalten. Nun führte die Straße pfeilgerade bergab auf die große Hauptstraße zu. Von weitem sah ich, wie dort Jennys alter Japaner vorbeijagte, und trat das Gaspedal voll durch. Die Beschleunigung presste mich in den Sitz. Passend dazu meldete sich in diesem Moment ein Warnsignal meines Autos. Ich war nicht angeschnallt. Hektisch tastete ich nach dem Gurt. Dadurch war ich für einen kurzen Augenblick abgelenkt. Dennoch schien ein Zusammenstoß bereits unvermeidlich, als ich das Fahrzeug bemerkte, das aus einer Querstraße kam. Adrenalin schoss durch

meinen Körper. Zum Glück war der andere Fahrer aufmerksamer als ich. Er legte eine Vollbremsung hin und kam mitten auf der Fahrbahn zum Stehen, sodass ich mit einem waghalsigen Schlenker die Katastrophe noch abwenden konnte. Nun hupte er mir wütend hinterher.
»Okay, okay, alles okay!«, rief ich aus, um mich selbst zu beruhigen. Endlich gelang es mir, meinen Gurt in das Gurtschloss zu stecken. Er rastete mit einem Klicken ein.
Bis zur großen Abzweigung folgten noch drei weitere Querstraßen. An jeder hielt ich die Luft an und hoffte, dass kein Auto herauskam. Um Jenny einzuholen, durfte ich keinesfalls langsamer werden oder gar anhalten. Endlich erreichte ich die Hauptstraße und bog nach rechts ab. Ich entdeckte Jennys Wagen mit gehörigem Abstand vor mir. Wegen des ungleichmäßigen Gefälles der Straße verschwand er immer wieder kurz aus meinem Blickfeld. Meine Erinnerungen an diesen Teil der Stadt waren lückenhaft. Doch ich war mir sicher, dass Jenny in Richtung Innenstadt fuhr. Soweit ich noch wusste, folgten auf dieser Straße eine Ampel und ein Stück dahinter ein Bahnübergang. Ich witterte eine Chance, denn die Ampeln dieser Stadt zeigten eigentlich immer Rot. Und tatsächlich tauchte kurz darauf die erwartete Fußgängerampel auf und signalisierte uns, stehenzubleiben. Leider war weit und breit kein Mensch zu sehen, sodass Jenny, ohne ihr Tempo zu drosseln, einfach über die rote Ampel donnerte. Statt der Hauptstraße zu folgen, bog sie dahinter in eine Seitenstraße ein – vermutlich, um einem Halt am Bahnübergang zu entgehen. Ich beschleunigte ebenfalls und nahm dann dieselbe Abzweigung. Wie aus dem Nichts tauchte nach der Kurve eine Joggerin zwischen zwei parkenden Autos auf. Offenbar hörte sie Musik mit einem Kopfhörer und hatte mich deshalb nicht kommen hören.
»Scheiße!«, brüllte ich und riss das Lenkrad herum. Abermals entging ich der Katastrophe um Haaresbreite. Mit einem Blick in den

Außenspiegel versicherte ich mich, dass die junge Frau unverletzt geblieben war. Sie stand starr vor Schreck auf der Fahrbahn und schaute in meine Richtung. Ein altes, grünes Auto fuhr gerade an ihr vorbei, sein Fahrer schien aber keinen Grund zu sehen, anzuhalten oder Hilfe anzubieten. Ich konnte bloß hoffen, dass sie es in der Kürze der Zeit nicht geschafft hatte, sich mein Nummernschild zu merken. Die Straße, die wir nun befuhren, führte zu einer alten Eisenbahnbrücke. Dahinter konnte Jenny praktisch in jede Richtung abbiegen. Sie kannte die Gegend besser als ich. Früher oder später würde sie es sicher schaffen, mir zu entkommen. Ich musste irgendetwas unternehmen. Also warf ich einen kurzen prüfenden Blick in den Rückspiegel, beschleunigte den Wagen und fuhr bis auf wenige Zentimeter an Jennys Stoßstange heran. Sie schaute sich mehrmals zu mir um und schien sich zu fragen, ob ich sie rammen wollte. Doch stattdessen wich ich plötzlich auf die Gegenfahrbahn aus. Wegen des Gefälles konnte ich weit genug sehen, um auszuschließen, dass mir ein Auto entgegenkam. Mein Wagen war zweifellos der stärkere. Obwohl Jenny ebenfalls Gas gab, schob er sich langsam neben ihren. Eine Weile rasten wir nebeneinander auf der engen Straße dahin. Ich schaute zu meiner Ex-Freundin hinüber. Zuerst blickte sie zornig, doch kurz darauf erschien ein anderer Ausdruck auf ihrem Gesicht. Ein Lächeln. Während ich noch überlegte, was sie im Schilde führte, verschwand der Wagen urplötzlich. Ich sah in den Außenspiegel und verstand, was passiert war. Jenny hatte eine Vollbremsung gemacht und war in eine kleine Seitenstraße auf der rechten Seite eingebogen.

»Verfluchte Scheiße!«, rief ich und schlug mehrmals mit der Hand auf das Lenkrad. Ihr Wagen war inzwischen nicht mehr zu sehen. Ein Wendemanöver würde zu lange dauern, um sie noch einzuholen. Frustriert kehrte ich auf die richtige Fahrbahnseite zurück. Ich erreichte die Eisenbahnbrücke und donnerte darüber. An deren Ende befand sich eine T-Kreuzung. Da kein Auto hinter mir war, blieb ich stehen, um zu überlegen, was ich tun sollte. Die Antwort hing davon ab, wohin Jenny jetzt fuhr. Leider war mir die Seitenstraße, die sie genommen hatte, vollkommen unbekannt. Ich vermutete allerdings, dass sie letztlich zur Hauptstraße zurückführte. Wenn das stimmte, konnte sie sich dort abermals Richtung Innenstadt oder zum Stadtausgang hin orientieren. Ich überlegte, was ich an ihrer Stelle tun würde. Da sie immer noch auf der Flucht war, hielt ich das Verlassen der Stadt für wahrscheinlicher, war mir aber keineswegs sicher. Einen kurzen Augenblick schwankte ich zwischen den beiden Möglichkeiten. Dann traf ich eine Entscheidung und bog nach links ab. Diese Straße verlief durch ein kleines Industriegebiet. Ich erinnerte mich dunkel an eine Unterführung, die wieder zum Ortsausgang führte. Im Zickzack fuhr ich durch die engen Gassen, bis vor mir der erwartete Tunnel auftauchte. Die Einfahrt wurde von einer Ampel geregelt, denn er war eng und von der Straße aus nicht einsehbar. Zwei Autos passten hier nicht aneinander vorbei. Ich hatte Rot, konnte mir aber wie zuvor nicht leisten, stehenzubleiben. Meine Hand wanderte zum Gurtschloss. Falls ein anderes Auto zeitgleich die Unterführung passierte, wäre ein Zusammenstoß unvermeidlich. Schnell prüfte ich, ob der Gurt richtig eingerastet war, dann umklammerte ich wieder mit beiden Händen das Lenkrad. Mir fiel ein Stein vom Herzen, als ich den leeren Tunnel erblickte. Ich rauschte durch bis zur nächsten Abzweigung. Endlich tauchte etwa 200 Meter vor mir die Hauptstraße auf. Weit und breit war kein anderes Auto zu sehen. Zum ersten Mal verlangsamte ich mein Tempo und hielt in beide Richtungen Ausschau.

»Na komm schon«, flehte ich. »Bitte, bitte, komm!« Ich hatte darauf gesetzt, dass meine Ex-Freundin zum Stadtausgang fuhr. Nun hing alles davon ab, wie sie sich entschieden hatte. War sie doch zur Stadtmitte hin abgebogen? Oder kam ich zu spät und Jenny war längst über alle Berge? »Verdammt, ich habe recht!«, sagte ich, um mich selbst zu überzeugen. »Sie muss einfach kommen.« Wie aufs Stichwort rauschte in diesem Moment Jennys alter PKW an mir vorbei.

»Yes!«, rief ich freudig aus und nahm erneut die Verfolgung auf. Wir passierten die letzten Häuser der Stadt und erreichten schließlich das Ortsausgangsschild. Es folgte ein Kreisverkehr, den Jenny durch die dritte Ausfahrt verließ. Hier endete mein Wissen über die Gegend, denn diese Straße ins Hinterland hatte ich niemals genommen. Sie konnte praktisch überall hinführen.

Kurz darauf wurde die Fahrbahn nur noch von Feldern und Wiesen gesäumt. Die langgezogene Landstraße führte geradewegs bergauf. Keine Querstraßen, kein Gegenverkehr, nicht einmal eine Leitplanke gab es hier. Erstmals seit Beginn der Fahrt fühlte ich mich einigermaßen sicher. Meine Fingergelenke schmerzten regelrecht, als ich den verkrampften Griff um das Lenkrad löste. Mir war zuvor gar nicht aufgefallen, dass ich klatschnasse Hände hatte.

Einige hundert Meter vor uns entdeckte ich den Anfang eines Waldgebiets. Es fing unmittelbar hinter der Bergkuppe an. Weiter konnte ich von hier aus nicht sehen, denn von da an führte die Straße offenbar wieder bergab. Mir wurde klar, dass Jenny mir in diesem Teil der Welt vollkommen überlegen war. Eine erneute unerwartete Abzweigung und ich hätte keine Chance, sie nochmals aufzustöbern. Ich musste diese Verfolgungsjagd beenden, solange ich noch die Möglichkeit dazu hatte. Also trat ich das Gaspedal voll durch. Ich wurde in den Sitz gepresst und der Abstand zwischen den Fahrzeugen verringerte sich rasch. Diesmal würde ich nicht ausweichen. Auf Höhe des Waldes stieß mein Auto mit einem lauten Krachen gegen Jennys Stoßstange. Sie warf einen zornigen Blick in den Rückspiegel. Dabei gab sie ebenfalls Vollgas. Es gelang ihr tatsächlich, den Abstand zu vergrößern, denn sie passierte in diesem Moment die Bergkuppe. Quälende

Sekunden lang war ihr Auto für mich unsichtbar, bis ich endlich den höchsten Punkt erreichte und in das Waldstück schauen konnte. Ab hier schlängelte sich die Straße kilometerweit bergab. Jenny raste, als sei der Teufel hinter ihr her. Die Distanz zwischen unseren Autos vergrößerte sich immer mehr. Ich hatte alle Mühe, auf der kurvigen Strecke dranzubleiben. Ihre Geschwindigkeit war lebensgefährlich, denn neben der Fahrbahn fiel die Böschung auf der rechten Seite steil ab. Die erste Baumreihe begann etliche Meter weiter unten, sodass ich das Gefälle nicht einmal abschätzen konnte. Freiwillig wäre ich auf einer solchen Straße niemals derart schnell gefahren.

Erst das durchdringende Quietschen ihrer Bremsen machte mir klar, dass Jennys Auto ins Schleudern geraten war. Ich reagierte sofort und verlangsamte mein Tempo. Das andere Fahrzeug schoss nach rechts über den Straßenrand hinaus. Ich hörte den Aufprall, konnte aber nicht sehen, was genau passierte.

Samstag, 04. Dezember, 10:35 Uhr

Marie

Marie lenkte ihr Auto den Pfad zum Friedhof hinauf. Immer wieder fiel ihr Blick dabei auf die riesige Plastiktüte, die neben ihr auf dem Beifahrersitz lag. Sie war so gut wie leer. Bloß ein lächerlich dünnes Geldbündel steckte darin. 10 000 Euro. Das waren gerade einmal zwanzig lila bedruckte Scheine. Als Marie die große Kaufhaustüte aus dem Wandschrank ihrer Küche geholt hatte, war sie von anderen Mengen ausgegangen. Sie hatte sich Berge von Geldscheinen vorgestellt, wie sie von Bankräubern in Kinofilmen erbeutet wurden. Und genau dieser Denkfehler bereitete ihr Kopfzerbrechen. Klang das geforderte Lösegeld vorher noch nach einer gewaltigen Summe, kam es ihr jetzt fast schon lächerlich vor. Konnte das tatsächlich die Lösung sein? Wer zur Hölle würde die Entführung eines Kindes auf sich nehmen, um diese läppischen paar Scheine dafür zu bekommen? Hatte Daniel am Ende doch recht und sie steuerte geradewegs in eine Falle?

Als sie sich dem Parkplatz des Friedhofs näherte, sah sie dort eine ältere Dame mit einem schwarzen Filzhut entlanglaufen. Die unbekannte Frau trug ein Gesteck mit einer roten Kerze vor sich her. Ein dunkler Schleier, der an dem Hut befestigt war, verbarg ihr Gesicht. Marie atmete erleichtert auf. Sie würde nicht allein auf dem Gelände sein und dieser Gedanke beruhigte sie ein wenig. Der Entführer hatte einen öffentlichen Ort ausgesucht und das war nicht unbedingt die erste Wahl für eine Falle.

»Wird schon gut gehen«, sagte sie sich selbst und steuerte das Auto auf einen der freien Stellplätze. Direkt vor ihrer Kühlerhaube türmte sich ein riesiger Komposthaufen. Marie zögerte, nachdem sie den Motor ausgestellt hatte. Alles in ihr sträubte sich dagegen, den Wagen zu verlassen. Doch ihr blieb keine andere Wahl. Falle oder nicht, sie musste die Sache jetzt durchziehen.

»Für Sarah«, sagte sie sich ein letztes Mal und öffnete die Fahrertür. Dann schnappte sie sich die überdimensionierte Tüte und stieg aus. Ein eisiger Wind schlug ihr entgegen. Fröstelnd zog sie ihre Jacke zu, bevor sie sich auf den Weg zu Alexandras Grab machte. Die Dame mit dem auffälligen Hut hatte das Gesteck an einem der unteren Grabsteine abgelegt und versuchte gerade, mit einem Feuerzeug die Kerze anzuzünden. Es war die Reihe mit den Kindergräbern und Marie kämpfte abermals darum, die Bilder ihres Traums zu vertreiben. Schnell ging sie weiter und erreichte schon bald die trostlose graue Grabstätte ihrer Freundin Alexandra. Wie jedes Mal, wenn sie dort

ankam, fühlte Marie sich gezwungen, den ungewöhnlichen Satz zu lesen, der in goldenen Lettern auf dem Stein geschrieben stand:
*Ohne Abschied von den Deinen riss ein jäher Tod dich fort,
ruhe sanft, Gott wird vereinen, uns an einem andern Ort.*
Ein unheimlicher Schauer lief ihr dabei über den Rücken. Es fühlte sich an, als wäre sie vom Tod umzingelt, einer geheimnisvollen Macht, die ihr irgendwo im Nebel auflauerte. War der Entführer ebenfalls hier? Beobachtete er sie vielleicht gerade in diesem Moment? Marie gab dem Drang nach, sich kurz umzusehen. Soweit sie erkennen konnte, war sie vollkommen allein. Die einzige andere Person auf diesem Friedhof, die Dame mit dem Hut, stand an einem Grab außerhalb ihrer Sichtweite. Mit einem Mal fühlte sie sich so entsetzlich angreifbar und verletzlich. Sie bereute es, Daniels Angebot nicht angenommen zu haben. Voller Angst dachte sie an seine Worte.

»Ich könnte für deine Sicherheit sorgen«, hatte er gesagt. Wie gerne sie ihn jetzt an ihrer Seite gewusst hätte. Eine übermächtige Panik stieg in ihr auf. Eilig wickelte sie die Plastiktüte um das Geldbündel. Abermals schaute sie sich prüfend um und beugte sich dann rasch nach vorn. Sie platzierte das Päckchen neben dem Kranz, den sie erst vor ein paar Tagen mit Daniel hier abgelegt hatte. Danach machte sie sich eilig auf den Rückweg zum Auto. Sie erreichte das Grab mit der rotleuchtenden Kerze und musste feststellen, dass sie tatsächlich allein auf dem Friedhof war. Die Angst raubte ihr die Luft. Es fühlte sich an, als müsse sie jeden Augenblick ersticken. Unwillkürlich wanderte ihr Blick zu dem entsetzlich kleinen Grabstein. *Josefine Weiß* war der Name des Kindes, das hier begraben lag. Das Mädchen hatte gerade einmal vier Monate gelebt, bevor es gestorben war. Ihr grausames Schicksal weckte unweigerlich erneut Erinnerungen an Maries Albtraum.

»Und vergib ihr auch, dass sie mich alleingelassen hat, als ich sie am dringendsten gebraucht habe ...«

Trauer und Angst tauchten sie in ein Wechselbad der Gefühle. Verzweifelt rang Marie nach Luft, dabei wurde ihr unerträglich schwindelig. Ihre Ohren rauschten und wilde Lichtblitze zuckten vor ihren Augen. Sie wollte bloß noch weg von diesem furchtbaren Ort. Trotz der drohenden Ohnmacht beschleunigte sie ihren Schritt. In wilder Panik stieß sie das quietschende Friedhofstor auf und eilte zum Parkplatz hinüber. Mit zitternden Händen zog sie ihren Autoschlüssel aus der Manteltasche. Es gelang ihr irgendwie, die Fahrertür zu entriegeln. Als sie endlich im Auto saß und den Knopf der Zentralverriegelung gedrückt hatte, ließ ihre Angst ein wenig nach und überließ der Trauer das Feld. Die Dämme brachen. Marie konnte die Tränen nicht mehr zurückhalten. Was war das für eine abartige Bestie, die sie durch diese entsetzliche Hölle trieb? Wer tat einem unschuldigen Kind so etwas Schreckliches an? All die Anspannung, all die Wut, all die Verzweiflung bahnte sich einen Weg nach draußen. Marie schrie, so laut sie konnte. Es dauerte eine Weile, bis sie wieder zu sich fand. Als ihr Verstand die Oberhand zurückgewann, kehrten die Worte des Erpresserschreibens in ihr Bewusstsein zurück: »Bring das Geld bis 12 Uhr ans Grab deiner Freundin. Fahre dann wieder nach Hause und warte auf weitere Anweisungen.«

Es war noch genug Zeit, aber sie musste wegfahren, um seine Forderungen zu erfüllen. Mit zitternden Händen steckte sie den Schlüssel ins Zündschloss und startete den Motor. Im Rückspiegel sah sie, wie das Friedhofstor im grauen Nebel versank. Irgendwo dahinter würde gleich der Mensch auftauchen, der all das Leid verursacht hatte. Er würde sich das Geld holen und dann hing es nur von seiner Gnade ab, ob er ihr Sarah zurückgab oder nicht. Ganz plötzlich kam es Marie total dämlich vor, darauf zu hoffen. Und in diesem Moment wusste sie, was sie zu tun hatte. Sie lenkte ihren Wagen um die nächste Kurve. Ab hier ging der Weg steil bergab bis hinunter in die Stadt. Marie suchte nach einem geeigneten Ort, ihr Auto abzustellen, doch links und rechts des viel zu engen Weges wuchs nur wildes Gestrüpp. Als auf einer Seite ein schmaler, geschotterter Randstreifen auftauchte, hielt sie entschlossen darauf zu. Dornige Äste kratzten an der Seitentür des Fahrzeuges, bis es endlich zum Stehen kam. Marie stieg aus, verriegelte eilig die Fahrertür und machte sich auf den Weg zurück zum Friedhof. Es würde etwa fünf Minuten dauern, um dorthin zu gelangen, und sie konnte nur hoffen, dass sie nicht zu spät kam. Hinter der Kurve lief sie nah an den Bäumen entlang, damit der Entführer sie im Zweifelsfalle nicht sehen konnte. Dabei schaute sie sich immer wieder in alle Richtungen um. Bald schon näherte sie sich dem Friedhofstor. Doch anstatt hindurchzugehen, folgte sie weiter dem Weg entlang der Büsche, die den Friedhof umgaben. Nach einigen Metern blieb sie stehen. Sie war sich sicher, dass sie etwa die Höhe erreicht hatte, auf der das Grab ihrer Freundin Alexandra lag. Marie fand eine Lücke in der Hecke, durch die sie hoffte, etwas erkennen zu können. Ihr Atem stockte, als sie einen Ast zur Seite schob und freien Blick auf die Grabreihe erhielt. Tatsächlich stand dort ein Mann. Er hatte die Tüte aufgehoben und prüfte gerade ihren Inhalt. Sie erkannte ihn erst, als er sich zum Gehen wandte. Joachim.

Kapitel 7

Samstag, 04. Dezember, 10:57 Uhr

Alles passte auf einmal zusammen. Als Daniel vorhin am Telefon über den Verdacht gegen seine Ex-Freundin gesprochen hatte, war auch der Spitzname eines Mitpatienten gefallen: *Jojo*. Das konnte durchaus eine Kurzform von Joachim sein, selbst wenn sie diesen Namen niemals für ihn verwendet hatte. Aber was wusste Marie schon? Vielleicht nannte ihn ja ein bisher unbekannter Freundeskreis so? Sie ärgerte sich darüber, dass sie nicht gleich darauf gekommen war. Im Nachhinein schien es ihr vollkommen klar, dass Joachim hinter dem Erpresserbrief stecken musste. Woher sollte der Entführer denn sonst wissen, dass sie in der Lage war, bis zum Mittag 10 000 Euro zu beschaffen? Zornig beobachtete sie ihren Ex-Mann, wie er das Geld in der Tüte nachzählte. Zu gerne hätte sie ihn gepackt und ihm den Hals umgedreht, doch das Gebüsch und vermutlich ein darin verborgener Zaun trennten sie voneinander. Wie gewissenlos musste man sein, um der eigenen Tochter so etwas Furchtbares anzutun? Noch dazu für ein paar lumpige Geldscheine. Nachdem er sich vergewissert hatte, dass die geforderte Summe vollständig war, stopfte Joachim das Geld mitsamt der Tüte in seine Jacke und wandte sich zum Gehen. Jetzt hielt es Marie nicht mehr aus.

»Bleib stehen, du verfluchter Scheißkerl!«, entfuhr es ihr.

Erschrocken drehte sich ihr Ex-Mann um. Blankes Entsetzen stand in seinem Gesicht geschrieben, als er sie erkannte. Er machte ein paar Schritte nach hinten, stolperte beinah über den Rand des Grabes. Dann fuhr er herum und rannte los. Marie setzte sich ebenfalls in

Bewegung, blieb aber immer wieder kurz stehen, um durch das Astwerk hindurchzusehen, wohin er floh. Soweit sie erkennen konnte, lief er nicht zum unteren Tor, durch das sie vorhin den Friedhof betreten hatte, sondern in die entgegengesetzte Richtung. Marie vermutete, dass es dort einen weiteren Ausgang gab. Das war eine schlechte Nachricht. Sie bedeutete, dass sie das halbe Gelände umrunden musste, während ihr Ex es bloß zu durchqueren brauchte. Vom Zorn getrieben, rannte sie den geschotterten Feldweg entlang. Vor ihrem geistigen Auge malte sie sich aus, was sie Joachim alles antun würde, wenn sie ihn in die Finger bekam. Er würde definitiv dafür büßen, was er ihrer gemeinsamen Tochter angetan hatte. Atemlos erreichte Marie die Abbiegung und folgte dem Weg, der kurz darauf wieder geteert war. Das erleichterte ihr das Rennen erheblich. Vor ihr tauchte ein Gebäude auf, vermutlich die Friedhofskapelle. Das Design war in den siebziger Jahren sicherlich einmal bahnbrechend modern gewesen. Als sie an der Kapelle vorbeilief, hörte sie das Starten eines Motors. Wenige Sekunden später erschien die verdreckte Rostlaube ihres Ex-Mannes in Maries Blickfeld. Er bog rückwärts aus einer Parklücke auf der anderen Seite des Gebäudes.

»Stehenbleiben!«, brüllte sie, und wie auf Kommando leuchteten die Bremslichter des Fahrzeuges auf. Für einen kurzen Moment hoffte Marie tatsächlich, Joachim wäre zur Vernunft gekommen. Doch dann wurde unter hörbarem Protest des Getriebes ein Gang eingelegt. Sie beschleunigte ihr Tempo. So schnell war sie seit einer Ewigkeit nicht mehr gerannt. Sie war schon so nah dran, dass sie sich bereitmachte, die Fahrertür aufzureißen, als der Motor schließlich aufheulte und das Fahrzeug davonjagte. Marie brauchte einige Meter, bis sie zum Stehen kam. Sie keuchte und stützte sich dabei auf ihren Oberschenkeln ab. Ihr zorniger Blick war weiter auf Joachims Auto gerichtet.

»Scheiße«, brüllte sie. Trotz der eisigen Kälte war sie vollkommen verschwitzt. Ihr Herz hämmerte wie ein Maschinengewehr und Marie hatte das Gefühl, jeden Augenblick bewusstlos zu werden. Nichts ließ in diesem Moment erkennen, dass sie seit Jahren regelmäßig trainierte. Es verging ungewöhnlich viel Zeit, bis ihr Körper sich wieder beruhigte. Und es dauerte noch wesentlich länger, bis genug Sauerstoff in ihr Gehirn gelangt war, um über die nächsten Schritte nachzudenken. Nie zuvor hatte sie sich derart hilflos gefühlt. Ihr Kind war einem Mann ausgeliefert, der offenbar vollkommen den Verstand verloren hatte. Ihr kam in den Sinn, ihn anzurufen, um ihn zur Vernunft zu bringen. Sie griff nach ihrem Handy, fand es aber nicht. Frustriert erinnerte sie sich daran, dass sie es auf dem Beifahrersitz abgelegt hatte. Vermutlich lag es immer noch dort.

Ob persönlich oder am Telefon, sie wollte Joachim unbedingt zur Rede stellen und dafür musste sie zum Auto zurück. Entschlossen kehrte sie um und rannte erneut an der Friedhofskapelle vorbei, so schnell es ihr möglich war. Ihr Atem kondensierte an der kalten Luft, während Marie den Schotterweg entlanglief. Kurz darauf erreichte sie das Tor, das nun seltsamerweise offenstand. Sie war sich vollkommen sicher, dass es vor wenigen Minuten noch geschlossen gewesen war, doch sie hatte keine Zeit, sich damit zu beschäftigen. Stattdessen folgte sie der Abbiegung nach links. Ab hier verlief der Weg glücklicherweise bergab, was ihr das Laufen etwas erleichterte. Trotzdem kam ihr die Baumreihe diesmal länger vor. Auf dem Hinweg hatte Marie gar nicht gemerkt, dass sie ihr Auto in einer solchen Entfernung zum Friedhof abgestellt hatte. Atemlos erreichte sie die nächste Kurve. Von hier aus sah sie ihren Wagen, der aus dem Gebüsch herausragte. Sie überwand die letzten Meter und öffnete die Zentralverriegelung, bevor sie ankam. Die Warnblinker leuchteten kurz auf. Marie stieg ein, startete den Motor und trat aufs Gaspedal.

Zunächst drehten die Reifen auf dem Schotter durch, dann aber schoss das Auto nach vorne. Steinchen klackerten im Radkasten und Zweige kratzten an der Seitentür. Ein Hase war aus den Büschen am Rand des Weges gehoppelt und erstarrte, als er die näherkommende Gefahr witterte. Marie lenkte ruckartig in Richtung Fahrbahnmitte. Jetzt endlich konnte sie sich ihrem Telefon zuwenden. Wie vermutet, hatte es die ganze Zeit über auf dem Beifahrersitz gelegen. Mit dem Daumen entsperrte sie das Display, während ihr Blick zwischen dem Gerät und der Straße hin und her wechselte. Eilig suchte sie Joachims Nummer aus dem Telefonbuch heraus. Es dauerte eine Weile, bis ein Freizeichen ertönte. Dann endlich wurde auch die Verbindung hergestellt.

»Joachim Körbel«, sagte ihr Ex-Mann. Marie wollte direkt losbrüllen, doch eine blecherne Computerstimme beendete den Satz, »…ist im Augenblick nicht zu erreichen. Bitte hinterlassen Sie eine Nachricht nach dem Signalton.«

Sie nahm das Telefon herunter und war schon kurz davor, die Verbindung zu beenden. Doch dann besann sie sich eines Besseren. Der Mistkerl sollte ruhig wissen, was ihm bevorstand.

Der schrille Signalton erklang.

»Pass auf, du Scheißkerl!«, fauchte Marie. Es überraschte sie, wie sehr sie noch immer außer Atem war. »Wenn du Sarah auch nur ein weiteres Haar krümmst, mach ich dich kalt. Ich schwöre es dir. Ich bringe dich einfach um, hörst du?« Sie suchte verzweifelt nach Worten, um ihre Morddrohung noch drastischer klingen zu lassen. Irgendetwas Gewaltiges, Brutales, Furchteinflößendes. Doch es fiel ihr nichts Passendes ein. Stattdessen führte die kurze Denkpause dazu, dass Marie ihre Strategie überdachte. Ihr Ex-Mann war offenbar ein gefährlicher Krimineller und bereit, zum Äußersten zu gehen. Wieso um alles in der Welt sollte er nach einem Anruf mit wüsten

Drohungen plötzlich Angst vor ihr haben? Und auf einmal wusste sie, was sie zu sagen hatte.

»Wie hast du es überhaupt fertiggebracht, deinem eigenen Kind so etwas Schreckliches anzutun? Ich hätte niemals gedacht, dass du zu so etwas fähig bist. All die Schmerzen. All die Schreie. Nur ein Wahnsinniger würde sowas tun. Du wirst deines Lebens nicht mehr froh. Das ist ein …« Maries Stimme überschlug sich. Sie schluckte. Es kostete sie unendlich viel Energie, die folgenden Worte auszusprechen. »Das ist ein Versprechen!«, brachte sie ihren Satz zu Ende und unterbrach die Verbindung. Sie war wildentschlossen, dieses Versprechen wahrzumachen.

Das Telefonbuch erschien wieder im Display. Noch immer war der Name ihres Ex-Mannes ausgewählt. *Joachim Körbel* stand dort und Marie realisierte, dass es nicht mehr sinnlos war, die Polizei einzuschalten. Sie kannte den Namen des Entführers, seine Handynummer, einfach alles. Sie wechselte zum Tastenfeld und tippte die 110 ein. Bereits nach dem zweiten Klingeln knackte es in der Telefonleitung und eine Bandansage war zu hören.

»Hier ist der Notruf der Polizei«, sagte eine männliche Stimme. »Wir sind gleich für Sie da. Bitte bleiben Sie in der Leitung!«

Wieder war das Freizeichen zu hören. Mit jedem langgezogenen Signalton wuchs Maries Anspannung. War es wirklich die richtige Entscheidung, die Polizei zu informieren? Brachte sie Sarah dadurch vielleicht sogar in Gefahr? Doch wie sollte sie ihren Ex-Mann ohne Hilfe aufspüren?

»Polizei-Notruf, was kann ich für Sie tun?«, fragte eine weibliche Stimme jetzt. Marie nahm das Handy vom Ohr, als sei es plötzlich glühend heiß geworden. Dann betätigte sie den roten Knopf und warf das Gerät auf den Beifahrersitz zurück.

Am Ende des Weges erreichte sie die Hauptstraße. Nach einem flüchtigen Blick bog sie zur Stadt hinab. Sie hatte beschlossen, selbst zu Joachims Wohnung zu fahren. Sie rechnete zwar nicht damit, ihn dort anzutreffen, doch sie würde seine gesamte Einrichtung auseinandernehmen, bis sie einen Hinweis auf Sarahs Aufenthaltsort fand. Schon wenige Minuten später fuhr sie die Haupteinkaufsstraße entlang. Zwischen einer Boutique und einer Imbissbude führte eine verwinkelte Seitengasse in die Altstadt. Marie erreichte den Altbau, in dem sie nach ihrer Hochzeit mit Joachim gelebt hatte. Das Auto stellte sie direkt davor ab, obwohl sie damit die ganze Straße blockierte. Es war ohnehin eine Sackgasse und wer an eines der hinteren Häuser wollte, hatte eben Pech gehabt. Es dauerte einen Moment, bis sie sich erinnerte, welcher von den vielen Schlüsseln an ihrem Bund zu Joachims Wohnung gehörte. Als sie ihn endlich in der Hand hielt, stieg sie aus und rannte zu der Treppe hinüber, die zur Eingangstür der Kellerwohnung führte. Sie schloss auf und stürmte hinein. Eine Mischung aus kaltem Rauch und modrigem Schimmelgeruch schlug ihr entgegen. Sie kannte diesen Gestank noch von früher. Am liebsten wäre Marie sofort wieder nach draußen gegangen. Ihr Blick wanderte über das Chaos ihres Ex-Mannes, das ihr ebenfalls viel zu vertraut war. Sie hatten lange genug zusammengelebt. Überall lagen Wäschestücke auf dem Boden verstreut. Körbe, Kisten und Kartons waren kreuz und quer aufgetürmt und mit allerlei Kram vollgestopft. Aus Erfahrung wusste Marie, dass nichts davon jemals wieder gebraucht wurde und man es genauso gut einfach wegwerfen konnte. Umgeben von all dem Chaos griff sie sich an die Stirn. Selbst wenn es hier irgendeinen Hinweis auf Sarahs Verschwinden gab, wie sollte sie ihn finden? Marie wagte es kaum, zu atmen. In all dem Durcheinander sah sie den über und über mit Briefen und Zeitungen bedeckten Küchentisch. Sie beschloss, dort mit der Suche zu beginnen. Unzählige Rechnungen lagen darauf verstreut, fast jede war bereits die zweite oder dritte Mahnung. Ihr fiel ein Papier in die Hände, das sie aufmerken ließ. Die fett gedruckten Buchstaben im Betreff des Anschreibens sprangen sofort ins Auge: *Vaterschaftstest*. Es handelte sich offenbar um den Bericht einer Arztpraxis. Die untersuchten Personen waren Joachim und Sarah. Es überraschte Marie nicht besonders, dass ihr Ex-Mann einen solchen Test veranlasst hatte. Mehr als einmal hatte er in der Vergangenheit seine Vaterschaft angezweifelt. Wenn überhaupt verwunderte es sie, dass er die entsprechende Untersuchung nicht schon vor Jahren in Auftrag gegeben hatte. Trotzdem ärgerte es sie. Waren die Testergebnisse der Grund, weshalb Joachim derart herzlos handeln konnte? Auf der Suche nach einer halbwegs verständlichen Zusammenfassung überflog Marie die Zahlenreihen und Prozentangaben, obwohl sie die Wahrheit längst kannte.

Daniel

Ich parkte so nah wie möglich am Straßenrand und wartete, bis ein von hinten kommendes Fahrzeug vorbeigefahren war. Dann löste ich den Gurt, stieg aus und folgte den beiden schwarzen Bremsspuren zur Unfallstelle. Erst jetzt konnte ich sehen, was passiert war. Das Autowrack hing etliche Meter unter mir am Hang. Ein Baumstamm befand sich dort, wo die Motorhaube sein sollte. Offensichtlich war Jennys Wagen geradewegs die Böschung hinuntergerast und frontal mit dem Baum zusammengeprallt. Ich zweifelte daran, dass die Fahrerin diesen Aufprall überlebt hatte. Trotzdem musste ich versuchen, irgendwie zu ihr zu gelangen. Ich setzte all meine Hoffnung darauf, dass Jenny durch ein Wunder noch am Leben war. Ohne sie würden wir Maries Tochter vermutlich niemals finden. Also begann ich, die Böschung hinunterzusteigen. Der Abhang war an dieser Stelle extrem steil und ich musste mich weit zurücklehnen, um nicht ins Rutschen zu geraten. Vorsichtig setzte ich einen Fuß vor den anderen und prüfte jedes Mal, ob ich auch sicher stand, denn ich traute den Sohlen meiner Schuhe nicht. Sie waren eher für die Stadt geeignet als für rutschigen Waldboden. Dabei meldeten sich auch die Schmerzen in meinem Fuß wieder. Ich versuchte, nicht an die Gefahren zu denken, sondern konzentrierte mich stattdessen lieber auf mein Ziel. Das Autowrack war immer noch etliche Meter von mir entfernt. Ich konnte kaum etwas erkennen. Qualm stieg aus dem vollkommen zerstörten Motorraum auf. Ich wollte mir einreden, dass es bestimmt bloß Wasserdampf aus dem Kühler sei, obwohl die dunkle Farbe gar nicht dazu passte. Der Bereich um den Fahrersitz schien unbeschädigt, um jedoch festzustellen, ob Jenny den Unfall überlebt hatte, musste ich sie erst einmal erreichen.

Abermals fiel mein Blick auf den Rauch. Ich hoffte inständig, dass der Wagen nicht explodierte, tadelte mich aber sofort für diesen lächerlichen Gedanken. Explodierende Autos gehörten wohl eher in die Welt des Kinos. Nur noch ein querliegender Ast trennte mich von meinem Ziel. Es bereitete mehr Mühe als erwartet, darüberzuklettern. Endlich erreichte ich die Fahrertür und schaute durch das Seitenfenster ins Innere des Fahrzeugs. Der Airbag hatte sich geöffnet. Jenny hing reglos in ihrem Gurt. Aufgrund der Körperhaltung befürchtete ich das Schlimmste. Ich riss an dem Türgriff, doch die Tür ließ sich nur wenige Zentimeter bewegen. Offenbar hatte sich der Wagen verzogen. Mit beiden Händen zerrte ich daran. Erfolglos. Ich brauchte etwas, das ich als Hebel einsetzen konnte, und suchte den Boden danach ab. Ein Stück weiter unten am Hang fand ich einen kräftigen Ast. Er sah aus, als könnte es damit funktionieren, falls er nicht durch die feuchte Witterung vollkommen morsch war. Ich rutschte mehr zu ihm hinunter, als dass ich lief. Ich hatte Glück. Das Holz fühlte sich schwer und stabil an.

Der Rückweg zum Auto bereitete weniger Probleme, als ich erwartet hatte. Ich war mir zwar sicher, dass mein Aufstieg nicht sehr elegant aussah, doch ich kam zügig voran. Schließlich erreichte ich erneut die Überreste des japanischen Fahrzeugs. Ich klemmte den Ast zwischen die Fahrertür und den unteren Bereich des Rahmens. Dann zog ich mit aller Kraft daran. Das Metall gab mit einem Ächzen nach. Erstmals konnte ich einen ungehinderten Blick auf meine Ex-Freundin im Inneren des Wracks werfen. Ihr Kopf hing zur Seite und es war kein Anzeichen von Leben zu entdecken. Dabei erschienen unangenehme Bilder vor meinem geistigen Auge. Marthas verrenkte Leiche am Fuß der Treppe. Der Schuss, der sich in der vergangenen Nacht gelöst hatte. Mein Kollege, wie er auf dem Parkplatz der Schule in seinem eigenen Blut lag. Ich versuchte, diese Erinnerungen zu verdrängen, doch sie hatten sich tief ins Unterbewusstsein gegraben und würden mich vermutlich bis ans Lebensende verfolgen.

Endlich überwand ich meine Schockstarre und trat einen Schritt nach vorn. »Jenny?«, sagte ich und berührte sie an der Schulter. Ich erschrak, als sie plötzlich die Augen aufriss und mich desorientiert anschaute.

Ricky

Die Fahrt als blinder Passagier zog sich in die Länge. Ricky kauerte auf dem Boden vor der Rückbank des Fahrzeugs. Sein Bein war seit geraumer Zeit eingeschlafen, doch er wagte nicht, es in eine bequemere Position zu bringen. Zu groß war seine Angst, von dem Unbekannten entdeckt zu werden. Hin und wieder erschütterte eine Bodenwelle das Auto und Ricky musste aufpassen, keine Geräusche zu machen. Er wollte sich ablenken und an etwas Schönes denken, doch die Bilder in seinem Kopf waren selten einfach nur schön. In diesem Augenblick kam ihm das unsichere Lächeln des Mädchens auf dem Foto im Handschuhfach in den Sinn. Während er sich mit einer Hand an der Rückbank festhielt, konzentrierte er sich darauf, wie ihr Name war. Sie hatte ihn gesagt, das wusste Ricky noch genau. Dann endlich machte es *klick*.

Mittwoch, 01. Dezember, 12.15 Uhr (3 Tage früher)

Ricky rannte, als wäre der Teufel hinter ihm her. Nach dem peinlichen Zusammentreffen mit Mister Kay in der Bibliothek der Schule wollte er nur noch so weit wie irgend möglich weg. Der Pausengong hatte ihn förmlich gerettet, bevor der Beratungslehrer mehr von seinen unangenehmen Fragen stellen und vielleicht sogar sein Geheimnis aufdecken konnte. Zum ersten Mal in seinem Leben hatte Ricky darauf gedrängt, pünktlich in die Schulstunde zu kommen. Mister Kay hatte logischerweise nichts dagegen gesagt. Was hätte er auch sagen sollen? Ihm verbieten, in den Unterricht zu gehen?

Der Weg von der Bibliothek zum Klassenraum führte Ricky direkt an dem Flur vorbei, in dem das Büro des Erziehungsberaters lag. Er vermutete, dass Nancy immer noch dort war. Bestimmt wartete sie darauf, dass ihre Eltern sie abholten. Zu gerne wäre er jetzt durch die Glastür gegangen und hätte an der Bürotür geklopft, bloß um sie kurz zu sehen und ihr zu zeigen, dass er sich um sie sorgte. Doch ihm war klar, dass Herr Konrad jeden Augenblick zurückkommen konnte. Ihm wollte er keinesfalls noch einmal über den Weg laufen. Er beschleunigte seinen Schritt sogar, um möglichst schnell an der Höhle des Löwen vorbeizukommen.

»Entschuldigung?«

Obwohl es eine sanfte Mädchenstimme war, die ihn da ansprach, fuhr Ricky der Schreck in die Glieder. Entsetzt blieb er stehen und drehte sich um. Vor ihm stand ein kleines, blond gelocktes Mädchen, das ihn mit großen, blauen Augen anschaute.

»Was ist?«, zischte er. Seine Reaktion war wohl ein wenig zu barsch ausgefallen, denn das Kind sah mit einem Mal kreidebleich aus und schien nicht zu wagen, etwas zu antworten. Es war einer der seltenen Momente, in denen sich Rickys schlechtes Gewissen zu Wort meldete. Er hasste diese Momente. Also warf er einen kurzen Blick zu dem Flur hinüber, in dem das Büro des Erziehungsberaters lag. Mister Kay war weit und breit nirgends zu sehen und zum Glück auch sein neuer Kollege Herr Keller nicht. Ricky beschloss, kurz mit dem Mädchen zu sprechen.

»Was ist denn?«, fragte er nun deutlich milder. »Ich muss in den Unterricht.«

»T-tut mir leid«, stammelte die Kleine. Sie schien immer noch Angst vor ihm zu haben. »Ich finde es zur Not auch allein.«

»Schon gut«, antwortete Ricky und rang sich sogar eine Art Lächeln ab. »Ich fress dich schon nicht auf. Was suchst du denn?«

»Die Wegbeschreibungen an der Decke sind alle total verwirrend«, sagte das Mädchen und deutete auf ein paar Schilder, die an den Deckenplatten befestigt waren. Ricky waren sie bisher nicht einmal aufgefallen. Sie wirkten uralt und hingen vermutlich schon dort, als die Lehrer dieser Schule selbst noch Schüler waren. Das Schild direkt über ihm wies den Weg zu einem *Sprachlabor*. Ricky hatte keinerlei Ahnung, was das überhaupt war.

»Ich suche das Büro von Herrn Konrad.«

»Was auch sonst?«, dachte Ricky sich, sprach es aber nicht aus. »Da bist du schon genau richtig hier.« Er deutete über seine linke Schulter.

»Du gehst durch die Glastür hinter mir und dann ist es die letzte Tür auf der linken Seite. Aber Mister Kay ist noch nicht da.«

Die Schülerin schaute an ihm vorbei in den Gang. Es wirkte, als wäre sie noch beschäftigt, seine Worte in ihre eigene Sprache zu übersetzen. Dann schien sie zu verstehen.

»Ich vermute, das *Kay* seht für Konrad?«, fragte sie zögerlich.

»Hmhm«, Ricky nickte. »Das erste Mal?«

»Äh, was?«

»Na, ist es das erste Mal, dass du zu Herrn Konrad gehst?« Es war tatsächlich nicht einfach, den richtigen Namen des Erziehungsberaters auszusprechen.

Der Lockenkopf nickte eifrig und Ricky bewunderte, wie ihre Haare dabei tanzten.

»Probleme oder Predigt?«, fragte er nun.

»Was meinst du?«

»Na, bist du freiwillig hier oder ham se dich für eine Predigt hergeschickt?«

Das Mädchen schien noch immer nicht recht zu verstehen, was er damit meinte. »Freiwillig«, antwortete sie trotzdem.

Diesmal nickte Ricky. »Keine Angst«, erklärte er. »Mister Kay ist eigentlich voll in Ordnung. Er kümmert sich, wenn du Probleme hast. Du musst nur aufpassen, wenn du was ausgefressen hast. Der Kerl kriegt alles raus!«

Bisher hatte die jüngere Schülerin es vermieden, ihn länger anzuschauen, doch jetzt riskierte sie einen Blick. Ihre Augen wanderten über sein zerrissenes Jeans-Outfit und blieben an den verschiedenen Aufdrucken, Nieten und Ketten hängen. Dann schien sie etwas zu lesen. Ricky wusste sofort, was es war. Auf seine Jacke hatte er mit einem wasserfesten Stift die Buchstaben *ACAB* geschrieben. Es war ihm fast ein bisschen unangenehm, derart studiert zu werden. Nervös kaute er auf seinem Lippenpiercing herum. Auch dieses Detail blieb von ihr nicht unbemerkt. Sie verzog dabei leicht das Gesicht, als stelle sie sich vor, wie schmerzhaft das Stechen gewesen sein muss.

»Und woher kennst du Mister Kay?«, fragte sie dann. Sie klang ehrlich interessiert. Irgendwie gefiel ihm die Kleine, schon allein, weil sein Äußeres sie nicht abzuschrecken schien. Offenbar hatte sie deswegen weniger Vorurteile als andere Kinder ihres Alters.

Ricky hatte nicht vor, ihr sein ganzes Leben zu erzählen. Also wollte er schnell das Thema, wechseln. »Probleme mit einem Mitschüler«, antwortete er knapp. »Du bist neu an der Schule, oder?«

»Mein zweiter Tag«, bestätigte sie.

»Na dann, willkommen in der Hölle.« Er grinste sie schief an.

Sie rang sich ebenfalls ein verlegenes Lächeln ab. »Danke. Ist es denn so schlimm hier?«

»Ach, naja, meistens nicht. Halt dich von dem glatzköpfigen Sportlehrer fern, der hat 'n Knall. Und der stellvertretende Schulleiter ist …«

In diesem Moment wurde die Glastür hinter Ricky geöffnet. Der Punk drehte sich kurz um, denn er befürchtete, doch noch Mister Kay in die Arme zu laufen. Aber stattdessen kam ein junger Mann forschen Schrittes aus dem Flur und hielt direkt auf die beiden Jugendlichen zu. Er hatte auffällige Geheimratsecken, abstehende Ohren und einen ungepflegten Drei-Tage-Bart.

»Ist das Herr Konrad?«, fragte das Mädchen schnell, bevor er bei ihnen war. Ihr Blick wirkte aus irgendeinem Grund entsetzt.

»Nee«, beeilte sich Ricky mit der Antwort, »das ist Herr Keller. Ein Referendar. Der arbeitet seit dieser Woche mit Herrn Konrad zusammen. Sehr bemüht, aber harmlos!«

Das Wort *harmlos* war keineswegs positiv gemeint. Bestimmt gab er sich große Mühe, professionell auf seine Schüler einzugehen, doch an das Verständnis von Mister Kay kam er nicht ran.

»Na, was ist denn hier für eine Versammlung?«, fragte Herr Keller und baute sich direkt vor den beiden auf.

»Keine Versammlung«, antwortete Ricky knapp. »Ich will gerade in den Unterricht gehen und sie hat mich nach dem Büro von Herrn Konrad gefragt.«

»Aha. Herr Konrad ist gerade nicht da. Kann ich dir vielleicht helfen?«

»Also ich, äh ...« Das Mädchen wirkte verunsichert. Es schien, als sei sie durch irgendetwas im Flur hinter seinem Rücken abgelenkt. Ricky warf ebenfalls einen Blick in diese Richtung und erkannte Nancy, die ihren Kopf aus der Bürotür streckte. Ihre Augen waren vollkommen verweint. Es zerriss ihm das Herz, seine Freundin so am Boden zerstört zu sehen, ohne ihr irgendwie helfen zu können. »Nein, i-ich komme später nochmal«, sagte das Mädchen und wandte sich dann rasch zum Gehen. Als Ricky sich wieder zu Nancy umdrehte, war sie im Büro des Erziehungsberaters verschwunden.

»Also, ich muss dann auch los«, sagte er schnell, ohne Herrn Keller anzuschauen. Mit eiligen Schritten holte er das Mädchen ein und folgte ihr zu den Klassenzimmern. Nachdem sie die Treppe hochgegangen waren, trennten sich ihre Wege, denn die Räume der Fünftklässler befanden sich im grünen Trakt.

»Danke für die Auskunft eben«, sagte die Kleine, ehe sie abbog, und warf ihm dabei ein freundliches Lächeln zu. Ricky fand sie wirklich nett. Obwohl sie aus völlig verschiedenen Welten kamen, behandelte sie den Punk ohne jedes Vorurteil. Ihre Offenheit war beeindruckend. Er konnte sie nicht einfach ziehen lassen, wollte ebenfalls etwas Nettes zu ihr zu sagen.

»Hey«, rief er ihr deshalb nach. Sie blieb stehen und schaute ihn neugierig an. »Wenn dich an der Schule mal einer blöd anmacht oder so … komm zu mir, ich kümmer mich um den!«
Seine Direktheit schien das Mädchen in Verlegenheit zu bringen. Sie wurde tatsächlich ein bisschen rot.
»Danke«, antwortete sie schließlich knapp. »Äh … ich weiß noch nicht mal, wie du heißt.«
»Ricky«, sagte er.
Sie nickte ihm zu. »Und ich bin Sarah.«

Samstag, 04. Dezember, 11:18 Uhr

Sarah. Wie hatte er den Namen nach dieser Begegnung bloß so schnell vergessen können? Er schob es auf die wahnwitzigen Ereignisse der vergangenen Tage. Der alte PKW verließ offenbar die Straße und holperte über einen unbefestigten Feldweg. Die Stoßdämpfer des Fahrzeugs waren ebenso alt und reparaturbedürftig wie sein Auspuff. Die Unebenheiten des Weges schüttelten den Wagen ordentlich durch. Ricky wurde unsanft hin und her geschleudert. Wo zur Hölle fuhr der alte Mann eigentlich hin? Und was hatte er dort vor? Ging es bei dieser Sache um Sarah? Der Jugendliche versuchte, das Chaos in seinem Kopf zu ordnen. Das Mädchen war eine Beratungsschülerin von Mister Kay. So viel schien klar. Doch wieso besaß das Monster Fotos von beiden? Und warum war er in die Wohnung des Erziehungsberaters eingebrochen? Was war so wichtig an der Kleinen, dass jemand dafür eine Straftat beging? Auf keine dieser Fragen fand er irgendeine Antwort und ihm brummte schon ordentlich der Schädel. Seit der letzten Mathearbeit hatte er nicht mehr so viel nachgedacht. Und ebenso wie diese blöden Matheaufgaben, schien auch dieses Rätsel unlösbar.

Daniel

»Daniel?«, fragte Jenny. »W-was ist passiert?« Zittrig tastete sie nach ihrem Sicherheitsgurt und versuchte, sich daraus zu befreien. Ich beugte mich ins Innere des Autos und suchte das Gurtschloss. Es gelang mir tatsächlich, sie abzuschnallen.

»Kannst du aufstehen?«, fragte ich. Sie nickte und griff nach meiner Hand. Mit Hilfe schaffte sie es, aus dem Auto zu klettern. Dabei warf sie mir immer wieder unsichere, fast ängstliche Blicke zu, so als wäre ich der Verbrecher und sie das unschuldige Opfer. Schließlich ließ sie mich los und hielt sich stattdessen lieber am Dach ihres Wagens fest. Mit dem anderen Arm stützte sie sich auf der verbogenen Tür ab. Ich bemerkte eine Glasscherbe auf ihrem Kragen und wollte sie entfernen. Jenny wich panisch zurück.

»Bitte, tu mir nichts«, flehte sie.

Ihre Worte verblüfften mich.

»*Ich* soll *dir* nichts tun?«, brachte ich konsterniert hervor. Die verzweifelten Schreie von Sarah klangen in meinen Ohren. »Was ist mit dem Kind?«

»Kind?«, fragte Jenny mit erschrockenem Gesichtsausdruck, Sie schien tatsächlich nicht zu wissen, wovon ich sprach. Vermutlich wäre ich auf diese lächerliche Scharade sogar reingefallen, wenn sie mir nicht gerade eine Verfolgungsjagd durch die halbe Stadt geliefert hätte. Ihre gespielte Ahnungslosigkeit machte mich wütend.

»Spiel jetzt ja nicht die Unschuldige«, presste ich hervor. »Sag mir, wo Sarah ist, oder ich schwöre bei Gott, ich …« Bei diesen Worten ballte ich meine Hand zur Faust.

»Bitte«, flehte Jenny und hob ihren Arm zur Abwehr. »Ich weiß wirklich nicht, worum es hier geht.«

Verzweifelt versuchte ich, ihre Behauptung einzuordnen. Ihre Flucht bewies eindeutig, dass sie etwas zu verbergen hatte. Schließlich war sie ja erst geflohen, nachdem ich den Namen ihres früheren Mitpatienten gebraucht hatte. Log sie jetzt, um ihre Beteiligung an Sarahs Entführung zu vertuschen? Oder war es wieder einmal die Krankheit, die aus meiner Ex-Freundin sprach?

»Jenny, bitte!«, sagte ich eindringlich. »Wir sind gerade kilometerweit durch die Gegend gejagt, bloß weil ich dich nach diesem *Jojo* gefragt habe. Du wirst dich aus dieser Sache nicht herauslügen! Ich habe mit dem Kerl telefoniert, der Sarah für dich entführt hat, und er hat sogar zugegeben, dass das sein Name ist. Und nun rate mal, wo ich diesen Namen schon einmal gehört habe?«

Ich konnte sehen, wie Jennys Gegenwehr in sich zusammenbrach.

»Damals im Krankenhaus«, bestätigte sie kleinlaut. Ich hatte darauf gehofft, dass sie endlich mit der Sprache herausrückte. Doch stattdessen erschien ein neuer Ausdruck auf ihrem Gesicht. Es war eine Miene des Entsetzens.

»Oh mein Gott, er hat ein Kind entführt?«, fragte sie. Ihre Entrüstung wirkte ebenso echt wie ihr vorheriges Leugnen. Ich kam nicht umhin zu bewundern, wie schnell sie sich an die Konfrontation mit der Wahrheit angepasst hatte. Es schien aussichtslos, mit ihr ein vernünftiges Gespräch zu führen.

»Mir reicht es jetzt«, sagte ich daher. »Ich rufe die Polizei! Die werden schon aus dir herausholen, wo ihr Sarah versteckt haltet.« Demonstrativ zog ich mein Handy hervor und entsperrte das Display.

»Nein, warte!«, rief Jenny. Sie griff nach meiner Hand und verhinderte so, dass ich eine Nummer wählen konnte.

»Ich verstehe ja, dass du mir nicht glaubst, aber …«

»Ich habe noch nichts gehört, was ich dir glauben oder nicht glauben könnte«, erwiderte ich. Ich versuchte, meine Hand loszureißen, um endlich die Polizei einzuschalten. Doch dann sagte Jenny etwas, das mich zurückhielt.

»Wenn du dir hundertprozentig sicher bist, dass ich mit dem Entführer zusammenarbeite, dann ruf halt an, Daniel.« Wie zur Bestätigung ihrer Worte ließ sie meinen Arm los. Ich musste mir widerwillig eingestehen, dass sie recht hatte. Was passierte, falls ich mich irrte? In meinem Kopf hörte ich nochmal die entsetzlichen Schreie, als der Kidnapper auf Sarah einschlug. Keinesfalls wollte ich Maries Tochter noch einmal solches Leid zumuten. Langsam ließ ich das Handy sinken und nickte ihr zu.

»Okay Jenny«, sagte ich. »Aber dann mach jetzt verdammt nochmal den Mund auf!«

Meine Ex-Freundin holte tief Luft und schien dabei zu überlegen, wo sie mit ihrer Geschichte anfangen sollte. »Ich heiße nicht Jenny«, erklärte sie schließlich. Sie schaute mir bei diesen Worten direkt in die Augen. »Mein Name ist Jennifer. Jennifer Groß.«

»Ich weiß, wie du wirklich heißt, aber …«

»Versteh doch, Daniel«, flehte sie. »Jenny ist Vergangenheit. Kein Mensch nennt mich mehr so. Ich bin nicht mehr die Person, die du damals an der Uni kennengelernt hast. Und ich bin auch nicht mehr die Durchgeknallte, der du in der Psychiatrie den Laufpass gegeben hast. Ich war krank. Und ja, ich habe dich gehasst. Ich hätte dich damals mit meinen eigenen Händen erwürgt, wenn ich dich zu fassen bekommen hätte.«

Intuitiv griff ich mir bei ihren Worten an den Hals, bereute diese Geste aber sofort wieder. Verschämt ließ ich meine Hand sinken.

»Es hat Jahre gedauert, bis die Behandlung abgeschlossen war. Ich führe heute ein ganz normales Leben. Ich bin sogar verheiratet, Daniel.«

Wie zum Beweis streckte sie den Finger mit einem Ehering in die Luft. Es entstand eine kurze Pause. Ich fürchtete schon, dass das alles nur dazu diente, erneut jede Beteiligung an der Entführung zu leugnen. Ich beschloss daher, das Gespräch an dieser Stelle zu übernehmen.

»Mag ja sein«, sagte ich. »Aber du wusstest sofort, wovon ich sprach, als ich vorhin diesen *Jojo* erwähnte. Er war mit dir in der Psychiatrie. Willst du behaupten, der Täter wäre jemand völlig anderes, der rein zufällig denselben Spitznamen hat?«

Sie schüttelte den Kopf und seufzte. »Nein«, sagte sie entschlossen. »Ich bin mir sogar sicher, dass er es war. Er ist zu allem fähig! Aber Daniel, ich schwöre dir, dass ich nichts …«

»Jenny, bitte!«, rief ich. Es gelang mir inzwischen nicht mehr, meine fehlende Geduld zu verbergen.

»Jennifer!«, korrigierte sie mich.

Ich atmete tief durch. Um das Gespräch zu vereinfachen, beschloss ich, ihren Namen in meinem Kopf zu ändern. »Jennifer«, wiederholt ich übertrieben betont. »Bitte sag mir jetzt die Wahrheit.« Doch statt zu reden, schaute sie mich nur unsicher an. Ihr Zögern passte nicht zu einer Unschuldigen und schürte meine Wut.

»Warum bist du weggerannt?«, fragte ich. Die Worte hallten durch den uns umgebenden Wald, so laut hatte ich geschrien.

»Weil ich Angst hatte, Daniel!«, platzte es aus ihr heraus. Die Verzweiflung in ihren Worten ließ mich verstummen. »Ich wusste, dass er dir etwas Schlimmes angetan hat, als du seinen Namen erwähnt hast. Und ich bin sicher nicht unschuldig daran. Aber ich hätte im Leben nicht damit gerechnet, dass er so weit gehen würde, dein Kind zu entführen.«

»Dein Kind«, wiederholte meine innere Stimme. Jennifer wusste offenbar gar nicht, dass Sarah die Tochter meiner Freundin war. Für eine gezielte Lüge waren diese Worte viel zu beiläufig gefallen. Ich ertappte mich dabei, dass ich anfing, ihr zu glauben. Aber wie war es möglich, dass sie nichts davon wusste?

»Was meinst du damit, dass du nicht unschuldig daran bist?«, fragte ich.

»Damals in der Psychiatrie«, begann Jennifer nun zu erklären. Es war deutlich zu sehen, dass ihr diese Geschichte entsetzlich peinlich war. »Da warst du für mich der Böse. Du hattest mich verlassen und ich hätte dich wirklich gerne tot gesehen.« Sie traute sich offenbar nicht, mir bei diesen Worten in die Augen zu schauen. »Ich war wie besessen von diesem Gedanken! Und in dieser Phase habe ich einen Mann kennengelernt, der dich genauso hasste, wie ich es tat – vielleicht sogar noch mehr!«

»Jojo?«, fragte ich und Jennifer nickte. »Aber ich kenne niemanden, der so heißt. Wofür steht das überhaupt? Josef? Jonas?«

Meine Ex-Freundin schüttelte den Kopf. »Ich weiß es nicht.«

»Ach komm schon!«, rief ich.

»Ich weiß es wirklich nicht! In der Psychiatrie benutzten wir alle nur unsere Vornamen oder irgendwelche Spitznamen. Er weiß mit Sicherheit auch nicht, wie ich in Wirklichkeit heiße.«

»Aber du weißt, dass er zu allem fähig ist? Und du bist dir sicher, dass er mir etwas Schlimmes angetan hat, wenn ich seinen Namen erwähne. Wieso? Woher?«

Jennifer warf mir einen flüchtigen Blick zu. Es schien nicht leichter zu werden, die ganze Wahrheit zu erzählen.

»Ich habe ihn damals darum gebeten«, brachte sie schließlich frustriert hervor. »Alles, was uns in der Psychiatrie verband, war der Hass auf *Daniel Konrad*. Er nannte dich nur *das Monster*. Wir haben stundenlang Pläne geschmiedet, was wir dir alles antun wollten. Die meisten davon endeten mit deinem Tod. *Irgendwann* hat er immer gesagt. *Irgendwann wird er für das bezahlen, was er uns angetan hat.*«

Mir wurde regelrecht schwindelig von dem Hass, der in diesen Worten steckte. »Aber wieso …«, brachte ich hervor, konnte den Satz jedoch nicht zu Ende sprechen.

»Ich war krank, Daniel. Ich bereue so einiges, was ich damals gesagt und getan habe. Aber so war es und ich kann es nicht rückgängig machen.«

Alle Unsicherheit war plötzlich aus ihrem Auftreten verschwunden. Ihre Stimme klang nach jenem Selbstbewusstsein, das nur ein Mensch besitzt, der seine Krankheit besiegt hat. Ich konnte nicht fassen, dass ich dieser Frau diese Geschichte tatsächlich glaubte.

»Das soll jetzt keine Entschuldigung sein, aber eine psychische Erkrankung zu durchleiden und dazu noch verlassen zu werden, ist keine gute Kombination«, fuhr Jennifer fort. »Ja, ich habe ihn gebeten, auch in meinem Namen Rache zu nehmen. Und ja, ich habe ihm gesagt, er soll dich wissen lassen, dass ich beteiligt war, wenn er es getan hat! Aber das ist doch alles schon Jahre her. Die Ärzte haben damals sehr schnell rausgefunden, dass er mir nicht guttat. Daraufhin haben sie uns voneinander getrennt.«

Endlich verstand ich die ganze Tragweite ihrer Geschichte. »Und als ich vor der Tür stand, hast du gedacht, der Tag wäre gekommen?«

Jennifer nickte. »Ich hätte im Leben nicht mehr damit gerechnet. Herrgott, wer denkt denn, dass etwas eintritt, was er vor fünfzehn Jahren gesagt hat?«

»Also hast du ihn seit damals nicht wiedergesehen?«

»Nein«, antwortete sie, schien aber zu überlegen, ob das die ganze Wahrheit war. »Er hat sich noch ein paar Mal bei mir gemeldet. Hat gefragt, ob ich dabei bin, wenn er dich eines Tages aufspürt.«

»Was hast du ihm geantwortet?«

»Ich habe ihm gesagt, dass ich mit all dem nichts mehr zu tun haben will. Und ich habe ihm erklärt, dass mein Hass auf dich längst der Vergangenheit angehört. Daraufhin ist er furchtbar wütend geworden, hat mir sogar gedroht, mir ebenfalls etwas anzutun oder mich in die Sache hineinzuziehen. Aber allmählich ließen die Anrufe nach und irgendwann hatte ich ihn vergessen ... bis heute.«

Einen Moment lang schaute ich ihr direkt in die Augen, ob ich irgendeinen Anflug von Unsicherheit, irgendeinen Hinweis auf eine Täuschung entdecken konnte. Doch da war nichts. »Also war es eine Kurzschlussreaktion, als du mich vorhin wiedergesehen hast?«

»Kann man wohl sagen«, bestätigte sie und betrachtete dabei ihr vollkommen zerstörtes Auto.

»Weißt du denn, warum er mich so abgrundtief hasst?«

»Keine Ahnung. Aber wenn du auf ihn triffst, Daniel, dann lauf um dein Leben! Ich glaube, der Typ ist zu allem fähig.«

Ich schluckte. In den vergangenen Wochen hatte ich eine Menge Hass und Zerstörung gesehen, doch noch nie hatten die vernichtenden Emotionen mir persönlich gegolten. Sarahs Entführung. Ihre entsetzlichen Schmerzensschreie. Der Mord an Martha. All das diente nur dazu, mir Schaden zuzufügen. Diese Erkenntnis war zu gewaltig, um sie zu verarbeiten. Verzweifelt suchte ich nach irgendeinem Fehler in Jennifers Geschichte, einem Puzzleteil etwa, das nicht zu den anderen passte. Doch ich fand keines. Also blieb mir nichts übrig, als mich auf die nächsten Schritte zu konzentrieren. Sie kannte vielleicht nicht seinen richtigen Namen, aber sie hatte den Menschen getroffen, der für all das verantwortlich war.

»Was kannst du mir über diesen *Jojo* sagen?«, fragte ich daher. »Wie sieht er aus? Wo wohnt er? Hast du eine Rufnummer? Jedes Detail kann wichtig sein.«

Jennifer holte tief Luft, während sie ihre Gedanken zu ordnen schien.

»Das wird dir alles nichts bringen, Daniel«, begann sie zu erklären. »Es ist doch schon viele Jahre her, seit ich ihn das letzte Mal gesehen habe. Er hatte lange Haare und einen Bart. Aber die könnte er mittlerweile natürlich abgeschnitten haben. Ich wüsste nicht mal, ob ich ihn dann wiedererkennen würde. Er hat mir nur wenig von sich erzählt, weißt du? Er ist in einem Heim aufgewachsen. Das war wohl die Hölle für ihn. Aber da gibt es sicher auch viele.«

»Und das ist alles?«, fragte ich frustriert.

Abermals schien sie ihre Erinnerungen nach brauchbaren Informationen zu durchsuchen. »Eins noch«, sagte sie dann. »Ich weiß nicht, ob es dir hilft, aber er ...«

Ein lauter Knall zerriss die Stille, ehe Jennifer weitersprechen konnte. Mit weit geöffneten Augen schaute sie mich an, während ihr Kopf nach hinten gerissen wurde.

Kapitel 8

Samstag, 04. Dezember, 11:39 Uhr

Ein weiterer Knall war zu hören. Wie in Zeitlupe beobachtete ich den Einschlag in das Seitenfenster des Autowracks und ließ mich nach vorne fallen. Ich landete direkt neben dem reglosen Körper meiner Ex-Freundin. Auf ihrer Stirn prangte ein gewaltiges Loch. Dann kehrte Stille ein. Ich kauerte auf dem Boden und schützte meinen Kopf mit den Händen, obwohl ich wusste, dass das gegen eine Kugel vollkommen nutzlos war.

Da ich nichts sehen konnte, lauschte ich und überlegte, ob der Kerl wohl schon verschwunden war. Endlich gelang es mir, meine Schockstarre zu überwinden und mich zu bewegen. Ich robbte zur Fahrertür hinüber und zog mich daran hoch. Kaum, dass ich durch das Seitenfenster hindurch zur Straße hinaufgeschaut hatte, war der nächste Schuss zu hören. Sofort ging ich hinter der Tür in Deckung. Ich zitterte am ganzen Körper und überlegte fieberhaft, was ich tun könne, um diesen Wahnsinn zu überleben. In diesem Moment hörte ich das Rauschen eines vorbeifahrenden Autos. Ich hoffte auf Hilfe, doch ich wurde enttäuscht. Das Geräusch entfernte sich genauso schnell, wie es gekommen war. Mir wurde klar, dass ich das abgestürzte Auto meiner Ex-Freundin erst gesehen hatte, nachdem ich ausgestiegen und zum Straßenrand gelaufen war. Wenn der Angreifer im richtigen Moment seine Waffe verbarg und sich unauffällig verhielt, würde einem zufällig vorbeikommenden Autofahrer vermutlich überhaupt nichts auffallen. Da kam mir eine Idee. Auffallen. Ich musste unbedingt auffallen.

Ich legte mich wieder flach auf den Boden und robbte unter der Fahrertür hindurch. Dann vergewisserte ich mich, dass ich von der Straße aus nicht gesehen werden konnte. Die Chancen standen gut. Schnell kletterte ich ins Innere des Fahrzeugs. Dort angekommen, tastete ich nach der Hupe am Lenkrad. Ihr Ton war durchdringend und sicher kilometerweit zu hören. Plötzlich peitschten weitere Schüsse durch den Wald. Mein Plan schien aufzugehen, das Dröhnen der Autohupe versetzte den Angreifer in Panik. Ich spürte, wie der Wagen unter den Einschlägen vibrierte. Statt darauf zu warten, dass ich auftauchte, schoss der Unbekannte nun blindlings auf das Auto. Nach einer Weile stellte er das Feuer ein. Ich unterbrach das Hupen und konnte hören, wie eine Wagentür zugeschlagen wurde und ein Fahrzeug mit quietschenden Reifen davonfuhr. Mir wurde klar, dass damit meine einzige Chance entkam, die Identität des Angreifers herauszufinden. Sofort kletterte ich aus dem Auto und machte mich an den beschwerlichen Aufstieg zur Fahrbahn. Nur mit Mühe konnte ich mich dabei auf den Beinen halten. Immer wieder rutschten meine Füße auf dem feuchten Laub weg. Die letzten Meter kroch ich auf allen vieren, um schneller voranzukommen. Keuchend erreichte ich die Straße. Die Abgaswolke des davonjagenden Autos lag noch in der Luft, doch es war in keiner Richtung mehr zu sehen.

Ricky

Der Motor dröhnte, während sich die holprige Fahrt in die Länge zog. Ricky kam es vor, als würde sie niemals enden. Einmal, bei einer besonders heftigen Bodenwelle, wurde sein Kopf mit voller Wucht gegen die Plastikverkleidung der Wagentür geknallt. Der Junge stöhnte vor Schmerzen auf, hielt aber sofort die Luft an. Der Unbekannte durfte ihn nicht bemerken, also umklammerte er seine Knie und versuchte, keinen Mucks mehr zu machen. Er hoffte darauf, dass der Wagen endlich einmal anhielt. Vielleicht war es ja doch noch möglich, unbemerkt zu fliehen, obwohl die Chancen dafür denkbar schlecht standen. Sein rechter Fuß war vollkommen taub und es würde sicher einige Minuten dauern, bis er ihn wieder bewegen konnte.

Plötzlich hörte Ricky noch etwas anderes als das eintönige Dröhnen des Motors. Mit wem sprach der unheimliche alte Mann? Der Jugendliche hatte nicht mitbekommen, dass jemand eingestiegen war. Er lauschte angestrengt, konnte aber kein einziges Wort verstehen. Was der Unbekannte sagte, wurde erst deutlicher, als der Wagen abgebremst wurde und schließlich bei laufendem Motor anhielt.

»Warum zur Hölle rufen Sie mich an?«, fauchte er. »Es interessiert mich nicht, was Sie zu sagen haben ...«

Das Monster sprach nicht weiter. Ricky reckte seinen Hals, um zwischen Tür und Rückenlehne des Fahrersitzes einen kurzen Blick in den vorderen Teil des Fahrzeuges zu werfen. Der Fremde hielt sich ein Mobiltelefon ans Ohr. Offenbar sprach gerade der Anrufer. Zu gerne hätte Ricky gewusst, was dort gesagt wurde. Neugierig stemmte er sich so weit nach oben, wie er konnte, und lauschte angestrengt. Vergeblich. Die Stimme aus dem Telefon klang wie damals, als er mit ein paar Freunden versucht hatte, ein Dosentelefon zu bauen. Ricky hörte zwar, dass gesprochen wurde, doch blieben die Worte dumpf und unverständlich. Der Jugendliche ärgerte sich darüber, denn er war fest überzeugt, dass ihm etwas Wichtiges entging. Er hatte keine andere Wahl, als weiter zu lauschen und zu hoffen, dass er irgendeinen Gesprächsfetzen aufschnappen konnte. Aus der Stimmlage des Mannes am anderen Ende der Leitung konnte er schließen, dass er sehr aufgeregt war. Vielleicht würde er ja auch noch lauter werden?

»Na klar«, fiel das Monster jetzt seinem Gesprächspartner ins Wort. »Es ist alles nur ein großes Missverständnis. Genau wie damals.« Seine Stimme klang dabei wie die von Rickys Vater, wenn er ihn wegen einer schlechten Note fertigmachen wollte und deshalb für sein hervorragendes und gründliches Lernen *lobte*. »Ich weiß, was ich zu tun habe und werde jetzt auflegen!«

Diese Drohung schien zu wirken, die Stimme aus dem Telefon klang nun noch aufgeregter als zuvor. Ricky nutzte die Chance, sein eingeschlafenes Bein ein kleines Stück auszustrecken. Vorsichtig verlagerte er sein Gewicht auf die andere Pobacke. Viel zu langsam wurde der Fuß wieder durchblutet. Auch die neue Haltung wurde schnell unbequem. Schon drohte das linke Bein zu verkrampfen. Um es ebenfalls zu entlasten, suchte er irgendeinen Halt. Er fand eine Art Griff an der Seitenverkleidung der Tür und hielt sich daran fest. Doch während er seine Position änderte, zerbrach das Plastik mit einem lauten Krachen. Offenbar war der Bügel nicht dafür vorgesehen, einen Jugendlichen mit seinem gesamten Körpergewicht zu halten. Erschrocken drehte sich der alte Mann zur Rückbank um. Ricky und er schauten sich direkt in die Augen.

»Du bist das!«, fauchte das Schrankmonster und warf sein Handy auf den Beifahrersitz. Er unternahm einen Versuch, den Jungen vom Fahrersitz aus zu greifen, doch er bekam ihn nicht richtig zu fassen. Deshalb stellte er den Motor aus, löste seinen Gurt und öffnete die Wagentür. Voller Panik begriff Ricky, dass er in der Falle saß, wenn er nicht sofort aus dem Auto herauskam. Er stemmte sich nach oben und robbte auf der Rückbank zur anderen Seite. Dort angekommen, zog er an dem Entriegelungsgriff und stieß die Tür mit Schwung auf. Ein dumpfer Schlag war zu hören, gefolgt von einem metallischen Klimpern. Der Fremde war um das Auto gelaufen und hatte die Wagentür mit voller Wucht abbekommen.

»Jetzt oder nie!«, schoss es Ricky durch den Kopf. Er musste hier verschwinden, ehe der alte Mann sich von seinem Zusammenstoß erholte. Ohne zu zögern, sprang er aus dem Auto. Der Wagen stand auf einem Schotterweg mitten in einem Waldstück. Dem Jugendlichen blieb keine Zeit, sich groß zu orientieren. Als er einen Schritt nach vorn ging, stieß er mit dem Fuß gegen die Ursache des Klimperns. Unmittelbar vor ihm lag ein Schlüsselbund auf dem Weg. Kurzentschlossen kickte er ihn mit einigen Steinchen ins nächste Gebüsch. Dann rannte er los. Ricky hielt auf die Bäume zu. Das Herz hämmerte wie wild in seiner Brust und er keuchte wie ein alter Mann. Ein schmaler Graben trennte den Weg von der ersten Baumreihe. Es gelang ihm, mit einem Satz darüber zu springen. Er gönnte sich nur einen kurzen Augenblick, um wieder zu Atem zu kommen. Wie jetzt weiter? Sollte er den Bäumen folgen oder tiefer in den Wald rennen? Entlang des Weges würde er wie auf dem Präsentierteller sitzen. Vielleicht hatte das Monster sogar seine Pistole aus dem Handschuhfach genommen. Ricky entschied sich dafür, in das Waldstück hineinzulaufen, um die Deckung der Bäume zu nutzen. Mit den Händen wehrte er Äste und Zweige von seinem Gesicht ab. Trotzdem kam er langsamer voran, als ihm lieb war. Anfangs wagte er es nicht einmal, sich umzusehen.

»Bleib stehen! Ich will nur mit dir reden, Junge«, rief das Monster. Es klang ungeheuer bedrohlich und nah.

»Ja klar«, murmelte Ricky, mehr zu sich selbst als zu dem Unbekannten. Dabei beschleunigte er seinen Schritt, doch das Rennen war unglaublich anstrengend. Er war schon nach kurzer Zeit völlig außer Atem.

»Junge, sei doch vernünftig«, keuchte der ältere Mann und es schien, als sei der Abstand zwischen ihnen größer geworden. Das beruhigte den Jugendlichen. Er verringerte sein Tempo ein wenig und riskierte einen kurzen Blick. Er hatte sogar gehofft, dass der Mann ihm gar nicht mehr folgte, doch diese Hoffnung wurde enttäuscht. Die Augen starr auf sein Ziel fixiert, rannte der Unbekannte unbeirrt hinter ihm her. Die Zweige der Bäume, die dabei in sein Gesicht schlugen, kümmerten ihn gar nicht. Für sein Alter bewegte sich der Mann mit einem irrsinnigen Tempo. Ricky hatte zwar einen Vorsprung, doch den verspielte er gerade. Also drehte er sich wieder in Laufrichtung und legte einen Gang zu. Dabei malte er sich die wildesten Gemeinheiten aus, die der Kerl mit ihm anstellen würde, wenn er ihn in die Finger bekäme. Die Angst verlieh dem Flüchtenden zusätzliche Kraft. Als er sich erneut umschaute, stellte er fest, dass sich der Abstand zwischen ihm und seinem Verfolger weiter vergrößert hatte.

Er schöpfte schon Hoffnung, tatsächlich zu entkommen, doch wurde ihm plötzlich der Boden unter den Füßen weggerissen. Er schlug hart auf den Waldboden, wo er benommen liegenblieb. Nur langsam kapierte Ricky, was passiert war. Er hatte wohl eine hervorstehende Wurzel übersehen. Keuchend versuchte er, wieder aufzustehen. Seine Handflächen brannten wie Feuer. Er hatte den Sturz wohl instinktiv mit den Händen abgefangen und sich diese dabei vollkommen verschrammt. Blut quoll aus unzähligen kleinen Schürfwunden. Erst jetzt fiel ihm das Monster wieder ein. Panisch drehte er sich um und schaute über seine Schulter. Der Unbekannte hatte ihn fast eingeholt. Ricky stieß einen Fluch aus, rollte auf die Seite und stemmte sich auf die Beine. Jede Bewegung tat höllisch weh. Dennoch schaffte er es, wieder loszulaufen, bevor der Fremde ihn erwischte. Es kam ihm vor, als könnte er schon dessen Atem in seinem Nacken spüren.

Ricky rannte und rannte. Ihm blieb keine Zeit mehr, sich umzudrehen. Das stärker werdende Stechen auf der linken Seite versuchte er, so gut es eben ging, zu ignorieren. Er rechnete damit, jeden Augenblick gepackt und zu Boden gerissen zu werden. Doch nichts geschah.

Allmählich wurde ihm schwarz vor Augen, er musste langsamer laufen, wenn er nicht umkippen wollte. Ängstlich wagte er nun doch einen Blick über die Schulter. Der Fremde nicht mehr da. Ricky nahm all seinen Mut zusammen und blieb keuchend stehen. Er versuchte herauszufinden, wohin der alte Mann gelaufen war, aber er konnte ihn nirgendwo entdecken.

Während er nach Luft rang, bemerkte er auch, worüber er vorhin gestolpert war. Der Schnürsenkel seines rechten Stiefels war offen und hing bis auf den Boden hinunter. Es dauerte jedoch eine ganze Weile, bis Ricky sich darum kümmern konnte, ohne bewusstlos zu werden. Ächzend kniete er sich hin. Seine Handflächen brannten wie Feuer, als er an dem Bändel herumknotete.

»Wohin als Nächstes?«, fragte er sich, um sich von den Schmerzen abzulenken. Er reckte seinen Hals und schaute in jede Richtung, doch er konnte nicht einmal erkennen, aus welcher er gekommen war. Und erst recht hatte er keine Ahnung, wie er wieder zu dem Schotterweg zurückkommen sollte. Mit wachsender Unsicherheit richtete er sich auf.

»Fuck!«, entfuhr es ihm. Er drehte sich einmal um die eigene Achse. Er war allein. Mitten im Wald. »Fuck! Fuck! Fuck!«

Schließlich gab er es auf, nach einer Spur zu suchen. Hier konnte er nicht bleiben. Also entschied er sich für die Richtung, die ihm am wahrscheinlichsten schien. Als er sich in Bewegung setzte, wurde ihm klar, wie erschöpft er war. Quälend langsam schleppte er sich durch den Wald. Anfangs befürchtete er noch, dass der Fremde plötzlich auftauchen und ihn angreifen würde. Wieder und wieder drehte er sich um und suchte die Umgebung nach ihm ab. Doch mit der Zeit war er sicher, allein in diesem Wald zu sein. Ohne das Adrenalin, das ihn antrieb, kam rasch ein weiteres Problem dazu. Die klirrende Kälte. Seine Zähne klapperten und sein ganzer Körper bebte im gleichen Takt. Am schlimmsten fror er an den Beinen, die von der dünnen Hose kaum geschützt wurden.

Ein entwurzelter Baum versperrte ihm den Weg. Ricky blieb stehen und rieb sich über die Oberschenkel, um sie aufzuwärmen. Das war keine gute Idee, denn sofort war auch das Brennen der Handflächen wieder da. Trotzdem machte er weiter, um nicht das Gefühl in den Beinen zu verlieren. Es funktionierte nur mäßig. Er musste diesem Wald entkommen, wenn er hier nicht erfrieren wollte. Sein Blick fiel auf das Wurzelgeflecht, das dunkel und drohend vor ihm aufragte. Es hatte ein gewaltiges Loch im Boden hinterlassen. Der Baum war riesig gewesen und sicherlich uralt. Sehr viel größer und älter als Ricky und trotzdem hatte er es nicht geschafft. Er war in diesem Wald gestorben. Dieser Gedanke ängstigte den Jugendlichen mehr, als er sich eingestehen wollte.

»Irgendwie kommst du schon aus diesem Scheißwald raus«, ermutigte er sich selbst. »Du musst einfach nur den Weg finden!«

Vielleicht würde er von dort oben einen besseren Überblick haben? Ricky suchte nach einer passenden Stelle, um auf den Baumstamm zu klettern. Er nahm etwas Anlauf, griff einen der hochstehenden Äste und schaffte es tatsächlich, sich auf den Stamm zu ziehen. Oben angekommen, reckte er seinen Hals und schaute sich um. Jetzt konnte er zwar weiter sehen als vorher, doch von dem Schotterweg, den er mit dem Monster befahren hatte, fehlte dennoch jede Spur. Stattdessen versuchte Ricky, seinen eigenen Weg durch den Wald nachzuvollziehen. Er war vom Auto aus nach links gelaufen, also musste er sich jetzt in die entgegengesetzte Richtung orientieren. Und tatsächlich schien dort eine Art Lichtung zu sein. Oder war es sogar ein Weg aus dem Wald heraus? Ein Ziel vor Augen zu haben, machte ihm Mut. Er kletterte von dem Baumstamm herunter und setzte sich mit neuem Schwung in Bewegung. Doch sein anfängliches Tempo ließ rasch nach. Allmählich spürte er seine Füße. Die Springerstiefel sahen vielleicht cool aus, waren aber nicht gerade für Joggingrunden oder längere Wanderungen gemacht. Ricky hatte sie vor einigen Monaten in einem Sammelcontainer gefunden. Sie waren ihm mindestens drei Nummern zu groß. Seine Füße fanden keinen Halt in den Stiefeln und die Reibung verursachte jetzt schmerzhafte Blasen. Trotzdem biss Ricky die Zähne zusammen und setzte tapfer einen Fuß vor den anderen. Nachdem er so eine Weile seiner ursprünglichen Richtung gefolgt war, bemerkte er vor sich eine Erhebung. Hoffnungsvoll hielt er darauf zu, denn er vermutete die Abgrenzung eines Weges. Doch als er näher herankam, erkannte er totes Geäst und eine herausgerissene Wurzel. Ihm wurde klar, dass er minutenlang im Kreis gelaufen war. Frustriert lehnte er sich an den Stamm des umgestürzten Baums. Es schien aussichtslos, jemals wieder aus dem Wald herauszufinden. Fast sehnte er sich danach, dass der Fremde auftauchen und ihn schnappen würde. Doch die Wahrheit war, dass er diesen Kerl genauso wenig wiedersehen würde wie sein Zuhause oder seine Eltern. Er hatte sich verlaufen.

Samstag, 04. Dezember, 11:52 Uhr

Daniel

Ein letztes Mal schaute ich von der Straße aus zu meiner Ex-Freundin hinunter. Dabei kam mir ihre Warnung in den Sinn. Worte, die mir eine Gänsehaut bereiteten.

»Lauf um dein Leben!«, hatte sie gesagt. Irgendwo da draußen gab es jemanden, der selbst vor Kindesentführung und Mord nicht zurückschreckte, bloß um sich an mir zu rächen. Und ich wusste, dass ich mich diesem Wahnsinnigen stellen musste. Für Marie. Für Sarah. Und natürlich auch für Jennifer und Martha.

Ich zwang mich dazu, meinen Blick von der Leiche abzuwenden. Es fühlte sich falsch an, sie einfach so liegenzulassen – allein im Wald, neben ihrem zerstörten Auto. Doch mir blieb keine andere Wahl. Die Polizei konnte ich natürlich nicht rufen, denn das verstieß gegen die Auflagen des Kidnappers. Außerdem hätten die Polizisten eine Menge Fragen gestellt. Fragen, die ich niemals beantworten konnte, ohne über Sarahs Entführung zu sprechen. Schließlich war meine Ex-Freundin nach ihrem Unfall erschossen worden. Ich musste um jeden Preis verhindern, Maries Tochter in noch größere Lebensgefahr zu bringen.

Also hatte ich wieder einmal versucht, alle Spuren meiner Anwesenheit an einem Tatort zu verwischen. Dabei war ich mir – nicht zum ersten Mal an diesem Tag – wie ein gewöhnlicher Krimineller vorgekommen. Und ebenfalls nicht zum ersten Mal war es ein aussichtsloses Unterfangen gewesen. Ich hatte kurz zuvor den alten japanischen Wagen kreuz und quer durch die Stadt gejagt. Früher oder später würde selbst der unfähigste Polizist der Welt eine Spur zu mir finden. Doch später war mir lieber als früher. Schließlich hatte ich anonym bei der Notrufnummer angerufen. Sicher waren die Rettungskräfte schon auf dem Weg hierher. Ich kehrte also zu meinem Auto zurück und startete den Motor. Das Zittern meiner Hände hatte allmählich nachgelassen, doch die Anspannung in meinem Körper war geblieben. Ich wendete den Wagen in mehreren Zügen, um mit den Reifen nicht in den Matsch am Straßenrand zu fahren. Dadurch hätte ich der Polizei weitere verwertbare Spuren hinterlassen. Während ich die langgezogene Straße zurück in die Stadt nahm, rief ich Marie an. Ich wollte unbedingt erfahren, ob sie das Lösegeld schon übergeben hatte. Leider meldete sich nur ihre Mailbox. Ich beschloss, ihr eine Nachricht aufzusprechen und wartete auf den Signalton.

»Hallo Marie. Meld dich bitte bei mir, wenn du das abhörst. Die Sache mit meiner Ex-Freundin war die Hölle.« Ich geriet ins Stocken. *Hölle*. Meine eigene Wortwahl schien mich an etwas zu erinnern, denn das Wort echote in meinem Kopf. Ich beschloss, das Telefonat zügig zu beenden, um der Sache auf den Grund zu gehen. »Naja, sagen wir einfach, es war ein Fehlschlag«, erklärte ich daher knapp. »Ich fahre jetzt zu meiner Wohnung, vielleicht können wir uns dort treffen und gemeinsam überlegen, wie es weitergeht? Ich bin in einer halben Stunde da.«

Ich beendete die Verbindung, war aber gedanklich schon kilometerweit entfernt. Wieder und wieder spulte ich in meinem Kopf die Szenen vor und zurück, die ich vorhin im Wald erlebt hatte. Jennifer hatte mir erzählt, dass dieser ominöse Mitpatient in einem Heim aufgewachsen war und dass diese Zeit eine Art persönliche Hölle für ihn war. Und da war es wieder, dieses sonderbare Gefühl, dass mir ein Wort etwas mitzuteilen hatte. Es kam mir vor wie eine juckende Stelle im Kopf, die ich unmöglich kratzen konnte. Doch ich kannte einen anderen Weg, es loszuwerden.

»Na los«, befahl ich mir in Gedanken. »Tu, was du am besten kannst!« Sofort begann das Wort *Hölle* aufs Neue in meinem Kopf herumzuspuken. »Das war wohl die Hölle für ihn«, wiederholte ich Jennifers Worte laut, bloß um sie nochmal zu hören. »Er ist wohl in einem Heim aufgewachsen ... das kann wirklich die Hölle sein ...«

Mittwoch, 01. Dezember, 13.28 Uhr (3 Tage früher)

Ich kehrte in den Speisesaal zurück. Mein Geruchssinn hatte sich inzwischen an den beißenden Gestank des Essigreinigers gewöhnt, obwohl er mit Sicherheit noch genauso stark war wie vorher. Manuel Keller, der neue Referendar an unserer Schule, saß bereits an einem der Tische. Er hatte einen Platz in der Nähe der Fensterfront gewählt und mein Tablett mit Essen gegenüber abgestellt. Ich ging zu ihm und setzte mich. Wie gewünscht, fand ich auf dem Teller das vegetarische Gericht, Nudeln mit Tomatensoße. Das überraschte mich nicht besonders, denn das war das für Vegetarier vorgesehene Essen an jedem zweiten Tag. Der Küchenchef der Mensa war ein netter Kerl, aber nicht unbedingt der geborene Drei-Sterne-Koch. Herr Keller hatte sich auch für diese Wahlmöglichkeit entschieden. Vermutlich mochte er keine Fischstäbchen mit Pommes frites.

»Guten Appetit«, sagte ich und stach mit der Gabel in die Nudeln. Sie waren wie immer ein wenig zu weich. Mein neuer Kollege begann ebenfalls zu essen.

»Und? Ihr erster Eindruck?«

»Von den Nudeln?« Herr Keller schaute nicht von seinem Teller hoch. »Ein bisschen verkocht. Und die Soße könnte Salz vertragen.«

Ich musste grinsen »Ein Feinschmecker, wie?«

»Aber Spaß beiseite. An Ihrer Schule scheint ja echt einiges los sein.« Er machte eine kurze Pause und schien über seine eigene Antwort nachzudenken. »Doch, ich glaube, die Arbeit hier könnte mir gefallen.«

Ich kaute meinen Mund leer. »Bis jetzt schlagen Sie sich auch ganz gut«, antwortete ich, um seine bisher gezeigte Motivation zu honorieren. »Doch jetzt interessiert mich erst einmal, mit wem ich künftig zusammenarbeiten werde.«

»Sicher haben Sie sich schon gewundert, wieso man in meinem Alter noch einmal ein Referendariat beginnt?«

»Der Gedanke war mir gekommen«, bestätigte ich, denn der Referendar war nur unwesentlich jünger als ich.

»Ich habe bis jetzt in einem anderen Bereich gearbeitet«, begann er zu erzählen. »Wissen Sie, ich war ein Waisenkind. In einem Heim aufzuwachsen, kann für ein Kind echt die Hölle sein. Deshalb war es immer mein Ziel gewesen, Kindern zu helfen, die wie ich ohne Eltern klarkommen müssen.«

Ich nickte. »Verstehe«, sagte ich. Und das meinte ich vollkommen ernst. »Viele von uns sind aufgrund persönlicher Erfahrungen in diesen besonderen Bereich der Pädagogik gekommen.« Ich ließ an dieser Stelle weg, dass wir im Grunde fast dieselbe Lebensgeschichte hatten. Auch ich war ohne meine Eltern großgeworden. Allerdings hatte ich das Glück gehabt, bei Tante Ruth untergekommen zu sein.

»Nach der Ausbildung habe ich Praktika in verschiedenen Heimen gemacht und bin schließlich dort fest angestellt worden. Das war echt eine spannende Zeit!«

»Kann ich mir vorstellen. Und wieso haben Sie den Bereich gewechselt?«

»Wissen Sie, die Kinder im Heim zu begleiten, war eine tolle Sache, aber ich habe mehr und mehr festgestellt, dass gerade bei den aggressiveren Jugendlichen eine engere Vernetzung mit dem System Schule notwendig ist.«

Auch diesen Gedankengang konnte ich gut nachvollziehen. Ähnliche Überlegungen hatte ich schon in umgekehrter Richtung angestellt. Manuel Keller war mir aber einen Schritt voraus, denn er hatte sich an die Lösung des Problems begeben. Das bewunderte ich.

»Also spionieren Sie hier im Grunde den Feind aus?«, fragte ich und grinste.

Er erwiderte mein Lächeln nicht. »Oh ja«, sagte er ernst. »Alles, was Sie sagen, kann und wird gegen Sie verwendet werden!«

Jetzt hielt er es nicht mehr länger aus und begann ebenfalls zu lachen.

»Naja, jedenfalls wollte ich lernen, wie Schule funktioniert. Aber das Studium der Sonderpädagogik war … naja … wie soll ich sagen?«

»Abgehoben?«, schlug ich vor.

Er nickte eifrig. »Gott, bin ich erleichtert, dass Sie das sagen. Ich dachte, das wäre nur mir so gegangen.«

»Eher nicht«, erwiderte ich. »Man studiert theoretisches Wissen über alle möglichen Arten von Krankheiten, Behinderungen und Auffälligkeiten, aber der Umgang damit in der Praxis wird immer auf den zweiten Teil der Ausbildung verschoben.«

Manuel Keller nickte. »Als würde man Kleinkindern alles über Schwerkraft, Aufbau des Bewegungsapparats und Abfolge des Gehvorgangs vermitteln und erwarten, dass sie mit diesem Wissen ausgestattet dann ihre ersten Schritte frühestens in der Grundschule versuchen.«

»So ungefähr«, bestätigte ich. »Das Wissen ist schon wichtig, aber ich fände es auch besser, man würde Theorie und Praxis enger verschränken.«

»Das habe ich dann selbst gemacht. Wie war ich froh, dass ich in dieser Zeit weiter im Heim arbeiten durfte.«

Der junge Mann beeindruckte mich. Er war keiner dieser ahnungslosen Studenten, die direkt von der Uni kamen und meinten, alles besser zu wissen. Jetzt freute ich mich regelrecht auf die Zusammenarbeit.

»Und bei Ihnen?«, fragte Herr Keller schließlich. »Wie war Ihre Studienzeit?«

Samstag, 04. Dezember, 11:58 Uhr

Die Strohhalme, an die ich mich klammerte, wurden dünner und dünner. Fakt war jedoch, dass Manuel Keller die einzige Person in meinem Bekanntenkreis war, die, soweit ich wusste, in einem Heim aufgewachsen war. Und er hatte dies mir gegenüber ebenfalls als *Hölle* bezeichnet. Im Kopf prüfte ich jede Begegnung mit dem Referendar darauf, ob ich weitere Hinweise entdecken konnte. Es fiel mir nicht besonders schwer, mich an alle unsere Treffen zu erinnern, denn, obwohl es mir viel länger vorkam, kannte ich ihn eigentlich erst seit drei Tagen. Er hatte sich am Mittwoch im Büro vorgestellt, nachdem meine Chefin ihn am Dienstag telefonisch angekündigt hatte. Ich sah vor mir, wie er an dem Besprechungstisch gesessen hatte, als ich an diesem Tag viel zu spät dort ankam. Seine Körperhaltung, zurückgelehnt in einem der Stühle, die Arme hinter dem Kopf verschränkt, war mir damals lässig und selbstbewusst vorgekommen. Und das breite Grinsen hatte sympathisch auf mich gewirkt. Jetzt versuchte mein Gehirn, hier andere Signale hineinzulesen, und das gelang überraschend einfach. Die lässige Haltung hätte genauso gut Dreistigkeit gewesen sein können und sein breites Grinsen eine Form von Überheblichkeit. Auch seinen Scherz beim Mittagessen – alles, was ich sagte, würde gegen mich verwendet werden – sah ich plötzlich in einem anderen Licht.

Strohhalm hin oder her, ich beschloss, dieser Spur nachzugehen. Also griff ich erneut nach meinem Handy. Im Telefonbuch suchte ich die Nummer des Referendars.

»Keller?«, meldete er sich bereits nach zweimaligem Klingeln. Das gleichmäßige Rauschen in der Leitung ließ mich aufhorchen. Es klang, als säße mein Kollege gerade im Auto.

»Daniel Konrad hier«, sagte ich.

Es entstand eine kurze Pause. »Oh, Herr Konrad, was kann ich denn für Sie tun?« Die Überraschung meines Gesprächspartners schien mir ein bisschen übertrieben.

»Sind Sie zu Hause?«, fragte ich. »Es klingt, als säßen Sie gerade im Auto.«

»Nein, nein«, erwiderte er. »Ich bin zu Hause. Mein Telefon hat manchmal eine Macke, wissen Sie.«

Sowohl der Inhalt seiner Worte als auch die Stimmlage und das Sprechtempo ließen mich an seiner Aufrichtigkeit zweifeln. Ich beschloss, ihn ein wenig unter Druck zu setzen.

»Das trifft sich ja hervorragend«, sagte ich. »Ich bin nämlich gerade auf dem Weg zu Ihnen. Wir müssen eine dringende Angelegenheit besprechen. Dann sehen wir uns in ein paar Minuten.«

»Äh, ja …«, stammelte er. Es war deutlich zu hören, dass meine Dreistigkeit ihn vollkommen überfahren hatte.

»Super, bis dann«, fügte ich schnell hinzu und beendete das Gespräch, ehe er etwas erwidern konnte. Sicherheitshalber stellte ich mein Handy in den Flugmodus um, damit er mich nicht zurückrufen konnte. Zuversichtlich trat ich das Gaspedal voll durch, während ich überlegte, wie ich von hier aus auf dem kürzesten Weg zur Wohnung des Kollegen gelangte. Aus meinem dünnen Strohhalm war mindestens ein ausgewachsenes Schilfgras geworden.

Marie

Marie saß inmitten des sie umgebenden Unrats. Sie hatte für sich ein kleines Stück der fleckigen Couch vom Chaos befreit. Zuvor hatte sie die Wohnung ihres Ex-Mannes gründlich durchsucht. Ohne Erfolg. Es gab hier nicht den geringsten Hinweis darauf, wo Joachim seine Tochter gefangen hielt. Zimmer für Zimmer hatte sie kontrolliert, sogar das Badezimmer, obwohl dieses den Gipfel der Abscheulichkeiten darstellte. Schließlich war sie zu dem alten Klapptisch im Wohnzimmer zurückgekehrt und hatte sich jenen Arztbrief geschnappt, den sie schon am Anfang ihrer Suchaktion gefunden hatte. Frustriert starrte sie jetzt wieder auf die Prozentzahl. Sie war zwar hoch, nach Maries Meinung aber immer noch zu niedrig. Laut Befund lag die Wahrscheinlichkeit bei 99,997 Prozent, dass Joachim Sarahs Vater war. Natürlich war er das! Und das zu vollen 100 Prozent! Marie hatte mit keinem anderen Ergebnis gerechnet. Seit Jahren erzählte sie ihrem Ex gebetsmühlenartig, dass es im fraglichen Zeitraum einzig und allein ihn gegeben hatte. Noch vor einer Stunde wäre es eine gute Nachricht gewesen, dass der Beweis dafür nun schwarz auf weiß vorlag. Doch inzwischen war die Welt eine andere. Jetzt saß Marie auf dieser versifften Couch und war am Boden zerstört. Beinah hätte sie sich sogar ein negatives Ergebnis gewünscht, denn dann wären Joachims Handlungen wenigstens halbwegs verständlich gewesen. So jedoch war er einfach nur ein herzloser Mistkerl, der sein eigen Fleisch und Blut quälte, um an das schnelle Geld zu kommen. Diese Erkenntnis machte Marie genauso ratlos wie das Fehlen jedweder Spur zu ihrer Tochter. Was sollte sie jetzt bloß machen? Erneut spielte sie mit dem Gedanken, die Polizei anzurufen, doch es hatte sich seit ihrem letzten Versuch nichts geändert. Sie würde es sich wieder nicht trauen. Zu tief saß der Schock über die brutale Gewalt des Entführers in dieser Nacht.

»Marie?«

Joachims zaghafte Frage kam von der Wohnungstür. Marie hielt sie zuerst für ein Produkt ihrer Fantasie. Doch sie war real. Ihr Ex-Mann stand kreidebleich im Türrahmen und schaute sie fast schon panisch an. Weshalb war er zurückgekehrt? Hatte er ihre Nachricht abgehört und tatsächlich ein schlechtes Gewissen bekommen? Wollte er reinen Tisch machen? Es war Marie vollkommen egal, was seine Beweggründe waren. Sie sprang von dem Sofa auf und schoss direkt auf ihn zu. Joachim hob rechtfertigend die Hände und begann in scheinbar ausreichender Entfernung, auf sie einzureden.

»Bitte Marie. Hör erstmal zu. Ich kann dir alles erklären, okay?«

»Okay?«, brüllte sie. Den letzten Meter bis zu ihrem Ex rannte sie regelrecht. »Okay?« Mit gewaltigem Schwung stieß sie ihn nach hinten, dass er rückwärts in den Eingangsbereich stolperte. Obwohl er größer und schwerer war, taumelte er und musste sich erst einmal stabilisieren. »Gar nichts ist okay! Hörst du? Gar nichts! Gib mir mein Kind zurück!«

Sie trommelte mit ihren Fäusten auf seine Brust ein. Joachim ertrug es ohne Gegenwehr. Ohne den Schwung des Anlaufs taten ihm diese Schläge vermutlich nicht einmal richtig weh. Diese Erkenntnis ließ Maries Wut überkochen.

»Wo ist Sarah?«, brüllte sie.

»Ich weiß nicht, wo Sarah ist!«, schrie er.

Die Dreistigkeit dieser Lüge verblüffte Marie vollkommen. Fassungslos schaute sie ihren Ex-Mann an und war dabei wie erstarrt.

»Ja klar!«, erwiderte sie schließlich, als sie endlich wieder Worte gefunden hatte. »Du warst nur rein zufällig am Grab, weil du Alexandra ja so nahestandst, und warst dann völlig überrascht, dass da eine Tüte mit Geld lag, wie?«

»Hör mir doch mal zu, Marie«, flehte Joachim. »Natürlich war ich nicht zufällig da. Ja, ich habe diesen Brief geschrieben. Und ja, ich wollte das Geld am Grab abholen, aber ich schwöre bei allem, was mir lieb und teuer ist, ich habe Sarah nicht entführt. Und ich habe ihr auch bestimmt kein Haar gekrümmt. Das könnte ich gar nicht!«

Marie war dicht daran zu explodieren. Mittlerweile standen ihr Tränen der Verzweiflung in den Augen.

»Lieb und teuer? Genauso lieb und teuer wie dein eigenes Kind? Hörst du dir denn auch selbst hin und wieder zu? Deine ganze

Geschichte ergibt doch überhaupt keinen Sinn! Du konntest doch nur dann einen Erpresserbrief schreiben, wenn du von Sarahs Entführung gewusst hast. Woher willst du davon gewusst haben, wenn du es nicht getan hast?«

»Du hast es mir erzählt«, erklärte er trocken.

Dieser Satz warf Marie endgültig aus der Bahn.

»Ich?«, rief sie entsetzt aus.

»Ja du!«

Maries Gedanken überschlugen sich. Was musste sie bloß erwidern, damit dieses Schmierentheater endlich aufhörte? Es blieb ihr nichts anderes übrig, als erstmal weiter mitzuspielen.

»Joachim, wir haben überhaupt nicht darüber gesprochen, dass …«

»Nein, haben wir nicht«, fiel er ihr ins Wort. »Und trotzdem hast du es mir gesagt. Heute Morgen. Am Telefon.«

Spontan wollte Marie erwidern, dass sie an diesem Tag auch nicht miteinander telefoniert hatten. Doch dann fiel ihr der Anruf ohne Nummer ein. Sie erinnerte sich daran, wie sie ein Rauschen in der Leitung gehört und daraufhin um Gnade für Sarah gebettelt hatte.

»Sie können alles von mir haben, mein Geld, meinen Schmuck, was immer Sie wollen«, hatte sie dem Anrufer gesagt. Jetzt ahnte sie, dass in Wirklichkeit ihr Ex-Mann angerufen hatte. Trotzdem ergab seine Geschichte einfach keinen Sinn.

»A-aber … wieso?«, brachte sie hervor.

»Ich wollte dich anrufen, um zu fragen, ob Sarah bereit zum Abholen ist. Aber du hast mich scheinbar nicht gehört. Vermutlich lag es an der Verbindung. Schließlich hast du gesagt, ich solle Sarah nicht wehtun und dass du alles bezahlen würdest, um sie wiederzubekommen. Da wurde mir klar, was sie getan haben.«

Joachims Erklärung warf genauso viele neue Fragen auf, wie sie beantwortete. Offenbar wusste er, wer hinter der Entführung steckte.

»Sie?«, wiederholte Marie. »Wen meinst du mit *sie*?«

Ihr Ex-Mann zögerte. Es war ihm sichtlich peinlich, darüber zu sprechen, doch Marie wollte jetzt nicht lockerlassen. »Raus mit der Sprache!«, donnerte sie. »Sag mir die ganze Wahrheit oder ich schwöre bei Gott …« Drohend reckte sie ihre Faust in die Luft.

»Schon gut, schon gut!« Joachim atmete tief durch. »Ich schulde ein paar Typen noch Geld. Die haben mir auch das hier angetan.« Er hob den verbundenen Arm ein Stück. Marie hatte seine Verletzung heute Morgen schon einmal gesehen, danach aber wieder vollkommen vergessen. Sie fand, dass ihm die Unbekannten bei weitem nicht genug wehgetan hatten. »Jedenfalls sind die zu allem bereit, wenn ich ihnen das Geld nicht zurückzahle.«

Allmählich fügten sich die Teile seiner Geschichte zu einem Gesamtbild. Leider ergab es sogar einen Sinn. »A-aber, wie kamst du darauf, dass diese Männer auch hinter der Entführung von Sarah stecken?«

»Es ist so«, begann Joachim und wirkte dabei zerknirscht. »Ich habe denen erzählt, dass ich über meine Ex-Frau an die geschuldete Summe kommen könne, dass ich aber etwas Zeit brauche, um das zu organisieren.«

»Du hast ihnen vom Safe meiner Mutter erzählt?«, brachte Marie fassungslos hervor.

»Nein, natürlich nicht. Bloß, dass ich das Geld beschaffen kann. Das war vor einer Woche. Als ich heute Morgen erfahren habe, dass Sarah entführt wurde …«

» …hast du natürlich gedacht, deine Gläubiger wollten dich damit unter Druck setzen.«

Joachim nickte und schaute verlegen zu Boden.

»Das sind echt fiese Typen«, sagte er jetzt. »Eine gewalttätige russische Gang. Keiner von denen spricht auch nur halbwegs Deutsch. Ich schwöre, ich wollte Sarah nur unbeschadet da rausholen. Aber dann hast du mich auf dem Friedhof erkannt und ich habe die Nerven verloren. Als ich kurz darauf auf meiner Mailbox gehört habe, dass sie ihr bereits wehgetan haben, da wusste ich, dass ich zurückkommen und dir alles erklären muss.«

»Was sagst du da?«

»Ich sagte, als ich auf meiner Mailbox gehört habe …«

»Nein, nicht das. Davor. Du sagtest, die Typen sprechen kein Deutsch?«

Marie war mit einem Schlag klargeworden, dass Joachims Geschichte und Sarahs Entführung überhaupt nicht zusammenpassten. Der Mann am Telefon hatte ohne jeden Akzent gesprochen.

»Äh, ja wieso?«

Sie kramte den Brief des Kidnappers aus der Innentasche ihres Mantels. Sie hatte ihn vorhin sicherheitshalber eingesteckt, bevor sie ihre Wohnung verließ. Wortlos reichte sie ihn an Joachim weiter. Der überflog die Zeilen.

»Klingt das nach deiner russischen Gang?«, fragte Marie, obwohl sie die Antwort längst kannte. Sie wartete darauf, dass er ebenfalls kapierte, was für einen entsetzlichen Fehler er begangen hatte. Er hatte eine Verbindung zwischen seinen eigenen krummen Geschäften und der Entführung seiner Tochter hergestellt, die in Wirklichkeit gar nicht existierte. Und damit hatte er Sarahs Leben erst recht in Gefahr gebracht. Gott allein wusste, was in der Zwischenzeit alles passiert war, während sie seinem gefälschten Erpresserbrief nachgejagt war. Marie fühlte eine unbändige Wut in sich aufsteigen.

Endlich schüttelte Joachim den Kopf. »Nein«, sagte er und schluckte. Ihm standen nun ebenfalls Tränen in den Augen. »Marie, echt … es tut mir leid, … ich dachte, wirklich …«

Sie holte aus und schlug ihm mit voller Wucht ins Gesicht. Er ertrug es wortlos. Seine ausbleibende Reaktion brachte sie noch mehr in Rage und ließ sie erneut zuschlagen. Wieder und wieder landete ihre Hand auf seiner Wange, bis sie knallrot war.

»Bist du fertig?«, fragte er in dem aussichtslosen Versuch, sich seine Gefühle nicht anmerken zu lassen. »Können wir stattdessen lieber nachdenken, wie wir Sarah helfen können?«

»Wir?«, zischte Marie. »Es gibt kein *Wir*!«

»Was?«

»Es gibt kein gottverdammtes *Wir*«, wiederholte sie. »Und es wird auch nie wieder eines geben! Ich kriege die Sache ohne dich hin, Joachim. Wie alles in Sarahs Leben. Das Scheißgeld kannst du von mir aus behalten, aber lass dich nie wieder in der Nähe von Sarah erwischen.«

Ohne ihn eines weiteren Blickes zu würdigen, riss sie ihm den Brief aus der Hand und quetschte sich an ihm vorbei aus dem Wohnzimmer. Mit erhobenem Kopf schritt sie zur Ausgangstür. Er fand erst wieder Worte, als sie diese bereits geöffnet hatte.

»W-wie willst du Sarah erklären, dass sie ihren Vater nicht mehr treffen darf?«, fragte er, und es war deutlich zu spüren, dass ihm dieser endgültige Schlussstrich gewaltig zusetzte. Das verschaffte Marie einiges an Genugtuung.

Sie fuhr herum und ein gefährliches Funkeln lag in ihrem Blick. »Ich sage ihr ganz einfach die Wahrheit, Joachim.« Sie wendete sich einem imaginären Kind zu. »Weißt du, Sarah, dein Vater ist ein hoffnungslos verschuldeter Kleinkrimineller, der deine Entführung schamlos ausgenutzt hat, um seine dämlichen Schulden zu bezahlen! Ob du lebst oder stirbst, war ihm dabei scheißegal.«

Sie genoss jedes einzelne Wort dieses fiktiven Gesprächs mit ihrer Tochter. Doch noch mehr genoss sie Joachims panischen Gesichtsausdruck. Es belastete sie in dieser Sekunde nicht einmal, dass sie das Schicksal ihres Kindes dafür missbrauchte.

»Bitte, tu das nicht«, flehte er.

»Oh doch! Genau das mache ich, wenn ich dich auch nur noch ein einziges Mal in ihrer Nähe sehe. Hast du mich verstanden?« Einen Moment starrte er sie schweigend an. »Hast du mich verstanden?«, wiederholte Marie noch einmal und versuchte, mit ihrem Blick ein Loch in sein dämliches Gesicht zu bohren.

Endlich nickte er. Seine gesamte Körperhaltung fiel dabei in sich zusammen.

»Ja, ich habe dich verstanden«, bestätigte er.

Um ihm keine Chance auf eine weitere Reaktion zu lassen, drehte sich Marie wieder zur Haustür um und trat ins Freie. Schwungvoll schlug sie die Tür hinter sich zu, sodass sie krachend ins Schloss fiel. Dann lief sie die Kellertreppe zur Straße hoch. Am Auto angekommen, griff sie als Erstes nach ihrem Handy, das noch immer auf dem Beifahrersitz lag. Es zeigte eine Nachricht in Abwesenheit. Mit zitternden Fingern drückte sie auf die Information. Es war eine Mitteilung von Daniel, der Entführer hatte nicht angerufen. Marie wusste nicht so recht, ob sie deswegen jubeln oder schreien sollte. Einerseits bedeutete es, dass sie keinen lebenswichtigen Anruf verpasst hatte. Der Schaden durch Joachims dämliche Aktion hielt sich damit offenbar in Grenzen und Sarah musste nicht für die Dummheit ihres Erzeugers zahlen. Andererseits hieß es aber auch, dass der Entführer sich jetzt seit beinah zwölf Stunden nicht mehr gemeldet hatte. Und diese Ungewissheit war nur schwer zu ertragen.

Marie hörte die Nachricht auf ihrer Mailbox ab. Daniel hatte sie erst vor wenigen Minuten aufgesprochen. Er forderte sie auf, sich bei ihm zu melden. Offenbar war seine Spur mit der Ex-Freundin genauso eine Sackgasse gewesen wie ihre Übergabe des Lösegelds. Er schlug vor, sich in seiner Wohnung zu treffen und dort zu besprechen, wie es weitergehen konnte. Sie legte auf, navigierte durch die Anrufliste des Telefons und wählte Daniels Nummer. Es ertönte nicht einmal das Freizeichen. Stattdessen meldete sich direkt die Mailbox. Die Stimme ihres Freundes forderte den Anrufer auf, Name und Rufnummer zu hinterlassen.

»Hallo Daniel, ich bin's«, begann Marie. »Ich habe deine Nachricht abgehört und fahre jetzt zu deiner Wohnung. Bis gleich.«

Erst nachdem sie aufgelegt hatte, bemerkte sie im Rückspiegel ihren Ex-Mann, der am Straßenrand stand und sie offenbar die ganze Zeit beobachtet hatte. Sie startete den Motor, legte den Rückwärtsgang ein und trat aufs Gas. Joachim wich sicherheitshalber einen Schritt zurück, als der Wagen auf ihn zu schoss. Marie war sich nicht einmal sicher, ob sie andernfalls gebremst hätte. Ohne ihn eines Blicks zu würdigen, rauschte sie an ihm vorbei. Sie wendete in der nächsten Einfahrt und nahm dann aus dem Augenwinkel heraus wahr, wie seine erbärmliche Gestalt im Rückspiegel immer kleiner und kleiner wurde.

Kapitel 9

Samstag, 04. Dezember, 12:46 Uhr

Daniel

Ich verließ die Schnellstraße und fuhr in die Siedlung, in der die Wohnung meines Referendars lag. Die Fahrt hatte wesentlich länger gedauert, als ich ihm telefonisch angekündigt hatte. Aber zum Glück kam es darauf ja nicht an. Herr Keller würde in Erklärungsnot geraten, wenn er nicht zu Hause wäre. Diesen Trick hatte ich bei gesprächsunwilligen Eltern meiner Schülerinnen und Schüler perfektioniert. Besonders hartnäckige Fälle hatte ich mitunter sogar angerufen, wenn ich schon vor der Haustür stand. Dadurch konnten sie nicht mehr so tun, als wären sie nicht zu Hause.

Ich fieberte dem Moment entgegen, endlich persönlich mit meinem Kollegen zu sprechen. Steckte er hinter Sarahs Entführung? War er tatsächlich der heimtückische Killer, für den ich ihn hielt? Oder tat ich ihm Unrecht, bloß weil er zufällig die gleiche Formulierung gebraucht hatte wie ein Mitpatient meiner Ex-Freundin vor langer Zeit? Ich war fest entschlossen, die Wahrheit herauszubekommen und versuchte, weitere Hinweise auf seine Schuld oder Unschuld zu finden. Da er nur wenige Jahre jünger war als ich, hielt ich es für durchaus möglich, dass wir uns schon einmal begegnet waren. Aber wo? Und wann? Auf der Suche nach einer solchen Verbindung stellte ich mir sein Gesicht vor. Die abstehenden Ohren, die Geheimratsecken, sein markantes Lächeln.

»Na los. Tu, was du am besten kannst«, befahl ich mir selbst und fragte mich, wo ich ihn schon einmal gesehen hatte. Leider funktionierte das nicht besonders gut. Es scheiterte jedoch nicht daran, dass mir zu wenig einfiel, sondern eher an der Fülle von Bildern. Ich sah Herrn Keller als Kind in meiner Klasse sitzen. Ich fand ihn auch auf der Uni-Party, in der Sitzreihe hinter mir während des Flugs nach Irland und sogar mit Martha und mir am offenen Sarg von Alexandra. Keine dieser Erinnerungen hielt einer intensiven Prüfung stand. Sein Platz in der Grundschule war in Wirklichkeit der meines besten Freundes Marc. Ebenso im Flugzeug. Auf der Party war er genauso gekleidet wie Jennifers Ex-Freund. Die Verknüpfung mit Alexandras Trauerfeier war bei weitem die hartnäckigste, obwohl sie mit Sicherheit ebenfalls nicht stimmte. Außer Martha und mir waren dort bloß ein paar ältere Herren gewesen, daran erinnerte ich mich genau. Im Kopf ging ich jeden Einzelnen von ihnen durch. Ohne Erfolg. Schließlich schüttelte ich die Erinnerungen ab. Bei keinem dieser Ereignisse hatte ich Manuel Keller tatsächlich gesehen. Offenbar war meinem Gehirn in dieser Sache nicht zu trauen. Ich musste die Wahrheit auf einem anderen Weg herausfinden.

Marie

Marie erreichte Daniels Wohnung. Sie bemerkte schon von weitem, dass er noch nicht da war, denn sein Auto stand nicht auf dem Stellplatz. Kurzerhand parkte sie ihren Wagen darauf und machte sich auf den Weg zum Eingang.

Als sie an der steilen Betontreppe ankam, die zur Haustür hinaufführte, hatte sie das sonderbare Gefühl, beobachtet zu werden. Es verursachte ihr eine Gänsehaut. Marie blieb kurz stehen und schaute sich eilig um. In der Straße war nichts Ungewöhnliches zu entdecken.

Also wendete sie sich wieder der Treppe zu. Der Aufstieg war ihr schon immer beschwerlich vorgekommen, doch heute schien er beinah unüberwindlich. Ihr Herz hämmerte wie wild und sie bekam kaum noch Luft. Mit letzter Kraft erreichte sie endlich die Haustür. Es erinnerte sie an den Moment, als sie vorhin hinter ihrem Ex-Mann hergejagt war.

Sie musste sich die Zeit nehmen, kurz durchzuatmen. Dann erst schloss sie die Tür auf und nahm die nächsten Treppenstufen in Angriff, die hinauf zu Daniels Wohnung führten. Sie hatte gehofft, es würde ihr gleich wieder bessergehen, nachdem sie die Wohnungstür erreicht hatte, doch sie wurde enttäuscht. Ihre Kurzatmigkeit war schlimmer denn je und ihr wurde richtig schwindelig davon. Selbst die Übelkeit setzte wieder ein. Erst jetzt wurde ihr klar, dass sie seit dem Vorabend nichts mehr gegessen hatte. Marie seufzte. Sie musste ohnehin auf Daniel warten, also konnte sie in der Zwischenzeit auch dafür sorgen, dass sie bei Kräften blieb. Bestimmt würde sie in der Küche ihres Freundes eine Kleinigkeit zum Essen finden. Sie war hier ja sowieso fast schon zu Hause. Seit ihrer Rückkehr nach Deutschland hatte sie die meisten Nächte bei Daniel verbracht und morgens mit ihm zusammen gefrühstückt. Im Brotkasten lag ein Vollkornbrot, das noch einigermaßen frisch schien. Normalerweise hätte sie sich davon eine Schreibe abgeschnitten und ein bisschen Frischkäse aus dem Kühlschrank darauf gestrichen, doch ihr stand der Sinn nach etwas anderem. Sie öffnete das Frühstücksfach des Hängeschranks darüber und holte das Glas Nuss-Nougat-Creme hervor, das Daniel beim letzten Einkauf mitgenommen hatte. Ihr Freund liebte diesen süßen Brotaufstrich.

»Wie kannst du sowas bloß essen?«, hatte Marie ihn im Laden aufgezogen. Gierig schraubte sie den Deckel des Glases auf. Sie war heilfroh, dass er jetzt nicht hier war und ihr eine Retourkutsche verpassen konnte. Eine Folie schützte den Inhalt. Marie entfernte sie rasch mit dem Daumennagel. Die Creme roch herrlich nussig und ließ ihr das Wasser im Mund zusammenlaufen. Ehe sie begriff, was sie da eigentlich tat, hatte sie bereits einen Löffel aus der Besteckschublade genommen und eine große Portion der braunen Masse aus dem Glas gelöffelt. Das Geschmackserlebnis aus Zucker und Haselnüssen explodierte in ihrem Mund. Marie versank in einem Meer aus wohliger Süße. Es war der erste Augenblick dieses Tages, der nicht schrecklich war, und sie genoss jede Sekunde davon. Gierig führte sie den Löffel noch einmal ins Glas und versuchte, das Hochgefühl zu wiederholen. Leider mit deutlich geringerem Erfolg. Dennoch musste sie weitermachen. Als sie endlich wieder zu sich kam, hatte sie schon das halbe Gefäß geleert. Trotz eines erneuten Anflugs von Übelkeit musste sie sich regelrecht zwingen, es wegzustellen.

»Was zur Hölle mache ich hier?«, dachte sie und wischte sich verschämt einen Rest Nuss-Nougat-Creme vom Mund. Dann traf sie die Erkenntnis mit voller Wucht.

»Nein, ausgeschlossen!«, sagte sie zu sich selbst, fühlte sich dabei aber wie ein kleines Kind, das die Wirklichkeit leugnete. Wie hatte sie nur so blind sein können? Alle Anzeichen waren klar erkennbar, das morgendliche Übergeben, die ständige Übelkeit und nicht zuletzt die Kurzatmigkeit – vorhin auf der Treppe und beim Friedhof, nachdem sie ein kleines Stück gerannt war. Dazu kam jetzt noch der Zuckerexzess. Sie musste sich eingestehen, dass es nicht der Erste seiner Art war. Hatte sie nicht gestern schon ein Croissant verputzt, obwohl sie in ihrer Mittagspause eigentlich nur einen Kaffee trinken wollte?

Maries Verstand versuchte verzweifelt, die Erkenntnis zu verarbeiten. Wie war das überhaupt möglich? Sie hatte sich doch geschworen, dass ihr so etwas nicht noch einmal passieren würde. Und sie hatte aufgepasst. Immer. Bis auf jene Nacht im Zelt natürlich. Ihr Blick fiel auf den Kalender, den Daniel neben seiner Kühlschranktür aufgehängt hatte. Sie stürmte hinüber und blätterte zurück, bis sie den Oktober erreichte. Ihre Reise zu den Blasket Islands hatte in der Mitte des Monats stattgefunden. Marie zählte die Kalenderwochen ab. Es war nicht nur möglich, sondern passte hundertprozentig. Die Nacht im Zelt war heute auf den Tag genau acht Wochen her. Wie auf Kommando meldete sich plötzlich ihr Unterleib zu Wort und begann unangenehm zu ziehen. Marie wurde klar, dass sie dieses Gefühl in den vergangenen Stunden schon mehrfach gespürt, aber nicht weiter beachtet hatte. Ihre Tage waren längst überfällig und es wäre genauso gut möglich gewesen, dass das Ziehen den Beginn der Blutungen ankündigte. Jetzt ärgerte sie sich über ihre Naivität. Alles passte zusammen. Natürlich würde sie noch einen Schwangerschaftstest machen, doch eigentlich brauchte sie ihn nicht, um sicher zu sein. Maries Knie wurden weich. Sie war schwanger. Erneut ungewollt. Es fühlte sich an, als würde ihr der Boden unter den Füßen weggerissen. Panisch tastete sie nach dem Küchenstuhl. Nachdem sie sich gesetzt hatte, wanderte eine Hand zu ihrem Bauch. Schwanger. Wie konnte sie jetzt schwanger sein? Der Zeitpunkt war denkbar schlecht gewählt. Nicht nur wegen der furchtbaren Sache mit Sarah. Auch ihre Beziehung zu Daniel Konrad stand praktisch noch am Anfang. Sie hatte unter äußerst rauen Bedingungen auf einer einsamen Insel mitten im Atlantik begonnen. Umgeben von mordlustigen Wahnsinnigen hatten sie sich aneinandergeklammert. Doch schon die ersten Wochen zurück in Deutschland waren für ihre Liebe eine Zerreißprobe gewesen. Und jetzt sollte sie mir nichts, dir nichts die Basis sein, um dem kleinen Wesen in ihrem Bauch einen guten Start ins Leben zu verschaffen? Marie spürte Panik in sich aufsteigen. Würde ihre Beziehung diese Feuertaufe überstehen? Unweigerlich musste sie in diesem Moment an Joachim denken.

Montag, 19. April, 11.52 Uhr (11 Jahre zuvor)

Marie saß auf dem gefliesten Boden neben der Toilettenschüssel. Sie hatte die Beine angewinkelt und eng mit ihren Armen umschlungen. Um sie herum herrschte dasselbe Chaos wie in ihrem Inneren. Die Schachteln von zwei Schwangerschaftstests lagen auf dem Boden verstreut, ebenso die Gebrauchsanleitungen und die Plastikfolien, in denen die Teststreifen eingeschweißt waren.

»Hallo?« Joachims Rufen kam von der Haustür. Marie hatte sie einen Spalt offengelassen, nachdem sie ihn vorhin angerufen hatte. Erwartungsvoll schaute sie jetzt durch die Badezimmertür in den Flur hinaus. Seit der Trennung hatte sie die Stimme ihres Ex-Freundes nicht mehr gehört und bis vor wenigen Stunden hatte sie sie auch nie wieder hören wollen. Doch in diesem Moment fühlte es sich unwahrscheinlich gut an, dass er hier war.

»Marie? Bist du hier?«

Sie musste all ihre Kraft zusammennehmen, um ihm zu antworten. »Im Bad«, rief sie, so deutlich ihr Schluchzen es zuließ. Gleich würde Joachim es wissen. Falls die Unordnung auf dem Boden nicht genug Hinweise bot, lagen die Teststreifen ordentlich nebeneinander auf dem Waschbecken. Drei Minuten dauerte es laut Anleitung, bis der erste Test ein Ergebnis lieferte, doch schon nach wenigen Sekunden war der verfluchte zweite Balken im Kontrollkästchen erschienen. Marie hatte trotzdem bis zum Ende der vorgegebenen Zeit gewartet und vergeblich gehofft, dass der Streifen wieder verschwinden würde. Natürlich war das nicht passiert. Der zweite Test hatte etwas länger gebraucht, aber auch hier war das Ergebnis eindeutig gewesen. Marie war schwanger. Noch immer erschreckte sie dieser Gedanke jedes Mal, wenn er in ihr Bewusstsein drang. Schwanger. Von Joachim. Von eben jenem Mann, den sie vor nicht einmal einer Woche verlassen hatte. Wieder begann Marie zu heulen, wieder vergrub sie ihr Gesicht zwischen den Knien.

»Ach hier bist du. Was'n los?« Er klang so teilnahmslos wie eh und je. Marie konnte es immer noch nicht fassen, dass sie diese träge Passivität einmal mit Coolness verwechselt hatte.

»Bist du krank?«, fragte er jetzt. Obwohl sie ihr verheultes Gesicht lieber verbergen wollte, konnte Marie nicht anders tun, als zu ihm hochzuschauen. Sein unfassbar dummer Gesichtsausdruck machte sie rasend.

»Bist du blind?«, donnerte sie und beschrieb mit ihren Händen vor sich einen Halbkreis, der auf das sie umgebende Chaos hinwies. In diesem Moment schien Joachim die Verpackungen auf dem Boden überhaupt erst zu bemerken. Sein verständnisloser Blick wanderte von den Pappschachteln zu Marie, dann schließlich zu den Teststreifen auf dem Waschbecken. Sie konnte ihm förmlich beim Denken zuschauen.

»Sind das ...«, begann er. »I-ich meine, bist du ...«

»Ja, Joachim«, stöhnte Marie genervt auf. »Ich bin schwanger.«

Der ratlose Ausdruck in seiner Mimik verwandelte sich jetzt in schiere Überforderung.

»A-aber wie?«, brachte er hervor.

Wäre sie nicht die Betroffene gewesen, hätte Marie mit Sicherheit laut losgelacht.

»Du weißt schon, wie«, sagte sie mit herablassender Betonung. »Die Bienchen und die Blümchen?!«

»Wie ist denn sowas möglich? Wir hatten uns doch getrennt!«

»Vor gerade mal vier Tagen, du Genie. Und in den Wochen davor haben wir keine Nacht ausgelassen, wie du sicher noch weißt.«

Joachim fuhr sich mit der Hand über das Gesicht, als müsse er sich Schweiß abwischen, um wieder klar sehen zu können. Dann stemmte er seine Arme in die Seite.

»Wir haben doch verhütet?«

»Ja, das haben wir«, bestätigte Marie. »Außer in den Nächten, in denen wir es nicht getan haben, weil wir zu blau waren oder die Kondompackung leer war oder wir woanders waren und nichts dabeihatten.« Keine dieser Erklärungen war frei erfunden. Es hatte in der Tat unzählige Vorkommnisse dieser Art gegeben und das waren nur die, an die Marie sich erinnern konnte. Inzwischen bereute sie es, so leichtfertig damit umgegangen zu sein.

Auch Joachim schien allmählich zu begreifen, dass das hier keine kurze Episode in seinem ansonsten so unbeschwerten Leben sein würde. Er lehnte sich mit dem Rücken gegen die Wand an der anderen Seite der Toilette und glitt hinunter, bis er ebenfalls auf dem Boden saß. Eine Weile starrten sie beide auf die leeren Pappschachteln.

»Irrtum ausgeschlossen?«, fragte Joachim schließlich und zum ersten Mal klang er vernünftig.

Marie nickte. »Ich habe zwei Tests gemacht. Jeder davon über 99 Prozent sicher«, erklärte sie.

»Nein, das meine ich nicht«, erwiderte er daraufhin.

»Was denn sonst?«

»Ich meine, bist du sicher, dass du von mir schwanger bist?«

Marie hätte in diesem Moment nicht sagen können, wen sie lieber ohrfeigen wollte. Ihn für diese bodenlose Frechheit oder sich selbst, weil sie ernsthaft angenommen hatte, Joachim würde ihr in dieser schwierigen Situation zur Seite stehen. Die rasende Wut, die jetzt in ihr aufstieg, gab ihr die Kraft aufzustehen.

»Was soll das heißen? Denkst du, ich vögele in der Gegend herum, oder was?« Es war ihr egal, dass sie inzwischen schrie.

Auch Joachim war aufgestanden. Vermutlich, damit er sich im Falle eines körperlichen Angriffs verteidigen konnte. »Jetzt beruhig dich erstmal!«, stammelte er.

»Ich soll mich beruhigen? Du stellst mich hier als Schlampe hin, die es mit jedem treibt, aber ich soll mich beruhigen?« Maries Stimme überschlug sich.

»Ich habe doch nur...«

»Verpiss dich, Joachim!« Sie verspürte den unwiderstehlichen Drang, etwas nach ihm zu werfen. Also griff sie das Erstbeste, das ihr in die Finger kam. Es war die Toilettenpapierrolle, die auf dem Spülkasten lag. Er wehrte ihren Wurf mühelos ab, was Marie bloß noch wütender machte. »Verpiss dich!«, schrie sie aufs Neue. Statt etwas anderes zum Werfen zu suchen, ging sie jetzt direkt in den Angriff über. Sie stieß ihn mit beiden Händen vor die Brust. Ihre Kraft reichte nicht aus, ihn auch nur ins Wanken zu bringen, dennoch zeigte ihre Aggressivität Wirkung. Joachim wich zurück und stolperte rückwärts in den Flur hinaus.

»Hey, komm mal runter«, sagte er dabei perplex.

»Hau ab!« Ein weiteres Mal stürzte sich Marie nach vorn und stieß ihn mit aller Kraft von sich weg. Endlich wendete sich ihr Noch-Ehemann zum Gehen und floh in Richtung der Haustür. »Und lass dich hier ja nie wieder blicken!«

Die Tür fiel mit einem lauten Knall ins Schloss. Marie wollte diesen egoistischen Drecskerl nie im Leben wiedersehen und war mehr denn je entschlossen, die Scheidung einzureichen. Doch nun war sie auch wieder allein mit sich und ihrem Problem. Die Wut verrauchte genauso schnell, wie sie gekommen war. Die Verzweiflung blieb.

»Was mache ich nur?«

Samstag, 04. Dezember, 12:50 Uhr

»Daniel ist ein toller Mann«, versuchte sie sich selbst zu beruhigen. Und das stimmte ja auch. Er hatte viel Erfahrung im Umgang mit

Kindern und seine fürsorgliche Art machte ihn zu einem idealen Familienvater. Mit Sicherheit würde er ganz anders reagieren als Joachim. Sie malte sich aus, wie seine Augen vor Glück strahlten, während er ihren Bauch streichelte und ihr seine Liebe gestand. Natürlich würde er sich freuen. Am Anfang zumindest. Doch wie würde es dann weitergehen? Wenn Marie eine Zeit lang auf das Arbeiten verzichten musste. Wenn Daniel gezwungen war, für den gemeinsamen Unterhalt zu sorgen. Wenn ihr ganzes Leben in den Hintergrund trat, um einen schreienden Säugling zu versorgen. Wenn sich alles, wirklich alles veränderte. Sie malte sich seine Reaktion aus und ihre Gedanken schwankten dabei zwischen den Extremen hin und her. Daniel war lieb und verantwortungsvoll, keine Frage. Aber auch unberechenbar und ständig unterwegs, um irgendwelchen Menschen zu helfen. Das machte es nicht gerade einfach, ihn in der Rolle des beständigen Familienvaters zu sehen. Dennoch war er zweifellos ein anderer Typ als ihr Ex-Mann. Er stand mitten im Leben und würde sich dieser Sache bestimmt stellen. Oder etwa doch nicht? Was, wenn er wieder weglief, wie damals auf der Insel und vor ein paar Tagen, nachdem er sie mit Joachim gesehen hatte? Würde er auch daran zweifeln, dass das Kind von ihm ist? Nein! Das passte nicht zu Daniel. Oder etwa doch? Vom beständigen Richtungswechsel ihrer Gedanken wurde Marie allmählich schwindelig. Ihr Blick fiel auf die Uhr über der Zimmertür. Nervös fragte sie sich, wo ihr Freund blieb. Er hatte von einer halben Stunde gesprochen und die war längst um. Sie überlegte, ihn erneut anzurufen, rechnete aber nicht damit, dass sein Handy inzwischen erreichbar war. Und selbst wenn, was wollte sie ihm sagen?

»Ich habe gerade ein halbes Glas Nuss-Nougat-Creme verschluckt und glaube jetzt, dass ich schwanger bin.«

Nein. Es war unmöglich, dieses Thema am Telefon zu besprechen. Also stand sie auf und ging zum Küchenfenster hinüber. Von hier aus hatte sie einen direkten Blick auf die Straße. Daniels Auto war nirgends zu sehen.

»Scheiße, wo bist du, Daniel?«, fragte sie frustriert.

Ricky

Eine Zeit lang hatte er versucht, den coolen Abenteurer zu mimen, so einen verwegenen Kerl, wie er ihn aus dem Kino kannte. Einen, der die Lage jederzeit voll im Griff hat. Fast wäre er sogar selbst auf seine Darstellung reingefallen. Inzwischen hatte ihn die Wirklichkeit jedoch längst wieder eingeholt. Von wachsender Panik getrieben, hetzte Ricky weiter durch den Wald. Er fürchtete sich davor, wieder im Kreis zu laufen, ohne es zu merken. Deshalb achtete er auf jeden Ast an den Bäumen und jeden Busch oder Stein auf dem Boden. Doch sein Verstand hatte längst aufgegeben, neue Informationen zu verarbeiten. Alles versank in einem hektischen Taumel. Der Jugendliche keuchte vor Anstrengung. Allmählich verlor er jede Orientierung. Als der Wald plötzlich anfing, sich um ihn herum zu drehen, griff er hilfesuchend nach einem dünnen Baumstamm. Doch so sehr er sich auch daran klammerte, die Umgebung wollte einfach nicht stillstehen. Es rauschte in seinen Ohren und wilde Lichtblitze flimmerten vor seinen Augen. Nur langsam beruhigte sich sein Körper wieder.

»Was für ein Horrortrip«, stöhnte er und griff in die Tasche seiner Jeansjacke. Eine Zigarette würde ihm sicher helfen, runterzukommen. Doch er kam nicht dazu. Plötzlich bemerkte er ein Geräusch, das er bis jetzt nicht wahrgenommen hatte. Er hielt es zunächst für das beständige Rascheln der Blätter im Wind, aber dann wurde ihm klar, was es wirklich war. Wasser. Irgendwo in der Nähe gab es Wasser. Ricky schüttelte seine Beklommenheit ab und versuchte, das Plätschern zu orten. Er schloss sogar einen Moment lang die Augen, obwohl das

Schwindelgefühl dadurch wieder stärker wurde. Dann öffnete er sie und schaute in die Richtung, aus der das Geräusch zu kommen schien. Mit wackeligen Beinen setzte er sich in Bewegung. Er kam sich vor wie einer dieser Zombies, die er vor kurzem in einem Horrorfilm gesehen hatte, wie er Schritt für Schritt mit den Armen voran durch den Wald stolperte. Schon bald erreichte er den Bachlauf. Es war nicht unbedingt ein reißender Strom, doch sein Wasser floss beständig. »So ein Bach kann ja wohl nicht im Kreis fließen«, dachte er, »er muss ja schließlich irgendwo hinführen.« Von der Aussicht auf Rettung beflügelt, stürmte er los. Noch immer schmerzten seine Füße, noch immer fror er entsetzlich, doch all das spielte ab diesem Zeitpunkt keine Rolle mehr. Der Bachlauf führte vielleicht nicht zu dem Weg, den er gesucht hatte, dennoch war es eine Chance, dem Wald zu entkommen. Ricky musste ihm nur folgen, doch das wurde von Minute zu Minute schwieriger. Immer öfter versperrten Bäume oder Felsen seinen Weg, als wollte der Wald verhindern, dass er ihm entfloh. Mit jedem Schritt schien das Unterholz dichter zu werden. Dornige Zweige ragten aus dichtwachsenden Büschen. Sie zerrissen seine Jeans und stachen ihm in die Beine. Das kostete zusätzliche Kraft, die er nicht hatte. Immer wieder musste er sich zwischen abknickenden Ästen hindurchzwängen und sein Gesicht dabei mit den Händen schützen. Schließlich erreichte der Bach eine Felskante und rauschte über große Steinbrocken hinweg einen Abhang hinunter.

»Fuck«, fluchte Ricky. Er kletterte auf einen der Steine und schaute nach unten. Dabei machte er eine Entdeckung, mit der er schon gar nicht mehr gerechnet hatte. Ein Weg! Es war nur ein schmaler Pfad, der sich etliche Meter unterhalb seiner Position durch den Wald schlängelte. Aber es war unverkennbar ein Weg. Ricky bemerkte sogar Spuren von Autoreifen. Nur der Abhang trennte ihn davon. Es blieb ihm nichts anderes übrig, er musste klettern, um dorthin gelangen.

Und das wollte er unbedingt. Trotzdem zögerte er. »Stell dich nicht so an«, tadelte er sich selbst. »Es sind doch nur ein paar Steine. Du hast schon schlimmere Kletterpartien überlebt!« Also stieg er auf den großen Felsen zu seiner Linken und hockte sich an dessen Kante. Von da aus suchte er eine geeignete Stelle, um seinen Fuß auf einen der darunterliegenden Felsbrocken zu setzen. Vorsichtig prüfte er, ob der auch sein Gewicht trug. Erst als er sicher war, begann er mit dem Abstieg. Das nasse Gestein war glitschig und Ricky musste höllisch aufpassen, nicht abzurutschen. Mit den Beinen voran glitt er stufenartig den Abhang hinunter. Auf halbem Weg fand er keinen geeigneten Trittplatz mehr. Langsam überquerte er deshalb den Bachlauf und war heilfroh darüber, die wasserdichten Stiefel zu tragen. Seine Kleidung war klatschnass, als er unten ankam, doch er hatte sein Ziel erreicht. Ricky blickte sich um. Der Weg schlängelte sich ohne Unterbrechungen durch das Waldgebiet, soweit sein Auge reichte. Es gab also tatsächlich Hoffnung, dass er ihn aus dem Wald herausführen würde. Der Jugendliche prüfte noch einmal die Richtung und folgte dem Weg bergab. Er kam rasch voran und das machte ihm Mut. Doch da spürte er einen eiskalten Tropfen auf einer kahlen Stelle seines Kopfes. Grimmig schaute er zum Himmel, musste die Augen aber sofort wieder zusammenkneifen. Ein Regentropfen nach dem anderen landete in seinem Gesicht.

»Echt jetzt?«, stöhnte er genervt. Ein lautes Prasseln setzte ein. Hätte Ricky an Gott geglaubt, hätte er sich wohl spätestens jetzt gefragt, wofür er ihn bestrafte. Missmutig schlich er weiter. Seine Kleidung war schnell klatschnass, sodass die Kälte ungehindert hindurchdrang. Ricky verschränkte seine Arme vor der Brust und lief nach vorne gebeugt, um dem Regen möglichst wenig Angriffsfläche zu bieten. Nur hin und wieder schaute er kurz auf und prüfte, ob er auch wirklich noch dem Weg folgte. Dabei machte er eine Entdeckung, mit der er niemals gerechnet hätte. Etwa zweihundert Meter abseits des Weges stand eine Hütte. Es war keines jener festen Häuser wie die Grillhütte, in der seine Freundin Nancy sich vor einigen Tagen versteckt hatte, eher eine schlichte, kleine Blockhütte. Sie schien vollständig aus Holzbalken zu bestehen, die an den Ecken des Baus auf sonderbare Weise ineinander verschränkt waren. Die Eingangstür machte mehr als ein Drittel der Frontseite aus. Das war zwar nicht unbedingt der ersehnte Weg aus dem Wald heraus, aber zumindest konnte er sich dort unterstellen, bis der Regen nachgelassen hatte. Voller Hoffnung rannte er darauf zu und malte sich aus, was er alles im Inneren finden würde: Eine wärmere Jacke, Lebensmittel, ein Telefon oder wenigstens ein Funkgerät. Doch schon an der Eingangstür erwartete ihn eine herbe Enttäuschung. Die Tür war mit einem riesigen Vorhängeschloss gesichert. Ricky erinnerte sich daran, wie er mit ein paar Freunden zusammen einmal die Schlösser an den Schließfächern der Schule geknackt hatte. Doch dieses Teil war viel größer und auch wesentlich stabiler. Er hob es ein Stück an, allein das Gewicht des Metalls überraschte ihn. Es schien vollkommen aussichtslos, das Monstrum ohne Schlüssel zu öffnen. Also begann Ricky, die Tür zu untersuchen. Sie wirkte ebenfalls massiv. Nur zur Probe warf er sich mit seinem gesamten Körpergewicht dagegen. Sie war genauso robust, wie sie aussah, und rührte sich nicht ein kleines Stück. Dafür tat seine Schulter schon nach diesem ersten Versuch ordentlich weh. Was war das für eine sonderbare Hütte? Und wieso war sie mitten im Wald so gut gesichert? Welche Geheimnisse enthielt sie? Er würde es wohl niemals erfahren.

»Scheiße!«, stieß der Jugendliche aus und fuhr sich frustriert mit der Hand durch das Büschel Haare auf der Mitte seines Schädels. Fast hätte er sich ein paar davon ausgerissen, bloß um seine Wut herauszulassen. Hier würde er keinen Unterschlupf finden, also konnte er genauso gut weitergehen. Schließlich seufzte er und kehrte auf den

Weg zurück, der sich weiter durch den Wald schlängelte. Er schien endlos zu sein, und auch der Regen machte keine Anstalten, nachzulassen. Ricky begann sich schon zu fragen, wie lange er das alles noch ertragen konnte. Da tauchte ein neuer Hoffnungsschimmer am Horizont auf. Vielleicht ein paar hundert Meter vor ihm schien es tatsächlich so, als führe der Weg aus dem Wald heraus. Er traute diesem Glück noch nicht, aber er beschleunigte dennoch seinen Schritt. Je näher er kam, desto überzeugter war Ricky, dass da vorn wirklich keine Bäume mehr wuchsen. Die schmerzenden Füße waren mit einem Mal vergessen, ebenso der Regen und die Kälte, obwohl beides immer noch erbarmungslos nach ihm griff.

»Ich habe es geschafft!«, sagte er sich hoffnungsvoll.

Schließlich erreichte er das Ende der abschüssigen Strecke. Tatsächlich hörte der Wald hier einfach auf. Der Weg wurde etwas breiter und führte geradewegs zu einem alten Haus. Ricky musste schlucken und ein kalter Schauer lief über seinen Rücken. Das Gemäuer wirkte völlig fehl am Platz. Düster und bedrohlich lag es vor ihm. Es schien einem Horrorfilm entsprungen, wo es von Geistern, Vampiren oder Monstern bewohnt wurde. Der Jugendliche war hin- und hergerissen. Einerseits bot das Gebäude eine Zuflucht und Hoffnung auf Hilfe. Andererseits wirkte es, als würde er nicht wieder lebend herauskommen, wenn er es einmal betreten hatte. Mit gemischten Gefühlen traf Ricky eine Entscheidung und folgte dem Weg. Sein Herz klopfte vor Angst, während er langsam weiterging. Dabei wandte er seinen Blick keine einzige Sekunde von dem sonderbaren Gemäuer ab. Je näher er kam, desto seltsamer kam es ihm vor. Er näherte sich dem Anwesen offenbar von hinten. Hier bestand es hauptsächlich aus einem großen klobigen Anbau, der zwar alt und unansehnlich aussah, aber dennoch wesentlich moderner wirkte als der Rest des Gebäudes. Ricky lief an dem Monstrum vorbei, dann erst konnte er den vorderen Teil des Hauses in Augenschein nehmen. Vor dem Umbau war es wohl ein vornehmes Herrenhaus gewesen – genau die Art übertriebene Prunkvilla, auf die seine Eltern standen. Es hatte jedoch seine besten Jahre längst hinter sich. Überall fiel schon der Putz von den Wänden, viele Scheiben waren zersplittert und die hölzernen Fensterrahmen waren mittlerweile grau und morsch. Das Mauerwerk der bogenförmig angelegten Erker war teilweise eingestürzt. Es sah aus wie die alten Spukhäuser, die Ricky in Filmen gesehen hatte. Prüfend suchte er nach blassen Geistergestalten, die womöglich hinter den hohen Fenstern des Anwesens auf ihn lauerten.

Die groben Schottersteine knirschten unter seinen Springerstiefeln, während er das Gemäuer umrundete. Schließlich erreichte er die mächtigen Treppenstufen, die zu einer großen, alten Eingangstür führten. Darüber stand etwas geschrieben.

»Kein Mensch ist eine Insel, nur für sich ein Ganzes – Donne«
Ricky verstand nicht, was dieser Satz bedeutete. Er überlegte, ob das letzte Wort wohl *Donner* heißen sollte. Falls ja, war das *r* vollkommen verschwunden. Die riesige steinerne Inschrift war ansonsten zwar verwittert, aber immer noch gut zu erkennen. Die Tür stand einen Spaltbreit offen, doch obwohl er weiter dem strömenden Regen ausgesetzt war, zögerte Ricky. Was, wenn diese Bruchbude einfach über ihm zusammenbrach? Seine eigene Feigheit erstaunte ihn. Normalerweise wäre er ohne zu zögern durch die Ruine gerannt oder hätte sie zum Klettern benutzt. Der Regen wurde stärker und endlich schaffte er es, seine Angst zu überwinden. Der Jugendliche ging zu der Tür hinüber und streckte seinen Kopf ins Innere des Gebäudes. An einem Bewegungsmelder hinter der Tür blinkte, für ihn unsichtbar, ein rotes LED-Licht auf. Ein modriger Gestank schlug ihm entgegen und Ricky meinte sogar, den Geruch von Schimmel wahrzunehmen. Er musste sich regelrecht zwingen weiterzugehen. Das Anwesen sah im Inneren

noch erbärmlicher aus. Überall bröckelte der Putz von den Wänden. Durch die verschmutzten Fenster fiel nur ein düsteres Licht in den unheimlichen Flur.

»Hallo?«, versuchte er zu rufen, aber seine Stimmbänder waren von der Kälte belegt und kraftlos. Er räusperte sich. »Ist hier jemand?« Einige Sekunden lang stand er dort und lauschte. Das einzige Geräusch war der Wind, der Regentropfen an die Fassade des Hauses schleuderte.

Als Ricky gerade weitergehen wollte, bemerkte er ein Klopfen. Es kam eindeutig aus dem Inneren des Gebäudes. »Hilfe!«, ertönte plötzlich ein entfernt klingendes Rufen. Es war genauso leise wie das Hämmern, aber trotzdem deutlich zu verstehen. Es klang wie ein Mädchen, das aus einem der hinteren Räume des Hauses rief. Weitere Bilder aus längst vergessenen Horrorfilmen kehrten in Rickys Bewusstsein zurück. »Bitte helfen Sie mir!«

Daniel

Für einen Samstagmittag waren erstaunlich viele Parkbuchten an der breiten Straße belegt. Nachdem ich endlich einen Parkplatz gefunden hatte, musste ich noch einige Minuten zu meinem Ziel laufen. Plötzlich hörte ich hinter mir ein metallisches Rasseln. Irritiert schaute ich mich um. Ein Obdachloser kam aus einer schmalen Gasse und schob einen alten Einkaufswagen vor sich her. Er trug einen viel zu weiten schwarzen Baumwollmantel, der allerlei Flecken und Risse aufwies, und eine braune, völlig versiffte Wollmütze. Eine Menge Unrat lag in dem Wagen, unter anderem eine große Einkaufstasche mit leeren Pfandflaschen.

»En'schuldichen Se«, lallte er, als er mich bemerkte. »Hamm Se nich' ma'n büschen Kleinjeld für mich?«

Fast schon automatisch griff ich in die Hosentasche und holte eine der Münzen hervor, die ich stets für die Kaffeekasse meiner Schule darin sammelte. Der Mann bedankte sich überschwänglich, als ich ihm das Zwei-Euro-Stück in die Hand drückte. Dann zog er seiner Wege.

Der Eingang zu Manuel Kellers Wohnung lag etwas versteckt in einem Hinterhof. Eine Reihe Türen des flachen Nebenbaus führte zu kleinen Wohneinheiten. Ich nahm an, dass sie meist an Studenten vermietet wurden. Erst nach mehrmaligem Klingeln wurde die rotgestrichene Haustür geöffnet. Manuel Keller lugte durch einen schmalen Türspalt. Ein Ausdruck der Verwunderung erschien auf seinem Gesicht. Der wirkte irgendwie unpassend, da ich meinen Besuch ja angekündigt hatte.

»Herr Konrad?«, fragte er und öffnete die Tür ein weiteres Stück. »Sie klangen ja unglaublich aufgeregt am Telefon. Was führt Sie zu mir ... und das an einem Samstag?«

Erst jetzt wurde mir klar, dass ich noch gar keine passende Ausrede erfunden hatte, warum ich am Wochenende an der Privatwohnung eines Arbeitskollegen klingelte. Mit der Frage, ob er ein psychopathischer Mörder und Kindesentführer sei, konnte ich wohl schlecht beginnen. Fieberhaft überlegte ich daher, was ich stattdessen sagen konnte.

»Hi!«, begann ich, um Zeit zu schinden. Im Hintergrund bastelte ich verzweifelt an einer halbwegs glaubwürdigen Geschichte. Doch mir fielen nur absurde Erklärungen ein, die mein Referendar vermutlich niemals geglaubt hätte. Schließlich gab ich auf und entschloss mich dazu, die Wahrheit zu sagen – oder zumindest einen Teil davon.

»Bitte verzeihen Sie den ungewöhnlichen Überfall, aber es ist wirklich dringend. Erinnern Sie sich noch an das kleine Mädchen mit den blonden Locken, das vor ein paar Tagen in unser Büro kam?«

Ich zwang mich zu einem freundlichen Lächeln, das von meinem Gegenüber jedoch nicht erwidert wurde. Stattdessen schaute er fragend drein. Es wirkte, als müsse er angestrengt nachdenken. Überlegte er gerade, welches Kind ich meinte oder bastelte Manuel Keller jetzt ebenfalls an einer Geschichte? Mein Blutdruck schoss allein bei der Vorstellung in die Höhe, tatsächlich den Schuldigen all der Brutalität und Zerstörung vor mir zu haben. Gleichzeitig war ich auf das Äußerste angespannt. Es war gut möglich, dass jeden Augenblick die Fassade zusammenbrach und ich in einen Kampf auf Leben und Tod mit einem wahnsinnigen Mörder geriet.

»Äh, ja?«, sagte er schließlich und klang dabei verunsichert. Er wirkte jedoch nicht, als würde ihn das Thema irgendwie belasten. »Hatten Sie nicht gesagt, sie sei die Tochter Ihrer Freundin, die bisher bei ihrem Vater lebte?«

Ich erinnerte mich noch gut an das Gespräch. Es hatte erst am Morgen des Vortages stattgefunden. Vor allem erinnerte ich mich aber an das geistesabwesende Lächeln meines Kollegen währenddessen. Hatte er zu diesem Zeitpunkt den Plan mit der Entführung von Maries Tochter gefasst?

»Genau die«, antwortete ich knapp.

»Was ist mit ihr?«

Ich seufzte, vielleicht ein klein wenig zu theatralisch. »Das ist wirklich eine lange Geschichte. Dürfte ich dafür bitte reinkommen?«

»Oh ja, natürlich«, sagte er. Dabei deutete er ins Innere der Wohnung. »Kommen Sie gerne rein.«

Er führte mich ins Wohnzimmer und bot mir einen Stuhl an einem großen Esstisch an. »Nehmen Sie doch Platz.« Hektisch räumte er einige Papiere zur Seite. Soweit ich erkennen konnte, handelte es sich um Notizen zur Unterrichtsvorbereitung. »Bitte verzeihen Sie die Unordnung, ich hatte nicht mit Besuch gerechnet.«

Ich beobachtete ihn die ganze Zeit über genau. Falls es irgendwelche Hinweise auf Lügen oder Täuschungen in seinem Verhalten gab, konnte ich sie nicht entdecken. Augenscheinlich war Manuel Keller wirklich nur ein Referendar, den ich an seinem wohlverdienten Wochenende störte. Dennoch blieb ich skeptisch.

»Möchten Sie einen Kaffee trinken?«, fragte er. Dem anderen einen Kaffee anzubieten, ist unter Lehrern fast schon sowas wie ein Erkennungsmerkmal.

»Gerne«, sagte ich nickend, obwohl ich das Zeug niemals anrühren würde, solange ich nicht wusste, ob Manuel Keller hinter den Morden steckte. Doch ich gewann dadurch etwas Zeit. Ich hatte mir bereits überlegt, ihm eine Geschichte vom Weglaufen des Kindes zu erzählen, musste aber noch an den Details feilen. Er verließ den Raum. Ich nutzte die Gelegenheit, den Flugmodus meines Telefons zu beenden. Praktisch sofort erschienen mehrere Anrufe in Abwesenheit. Es war jedoch nicht wie erwartet Herr Keller, der versucht hatte, mich anzurufen, sondern Marie. Ich nahm mir vor, sie später zurückzurufen. Dann ließ ich meinen Blick durch das Zimmer schweifen. Es war das typische Wohnumfeld eines jungen Mannes, der gerade sein Studium beendet hatte und nun das Referendariat begann. Die Einrichtung war billig, aber gemütlich. Ein kleines Sofa, ein Fernseher, viele Bücher. Das Wohnzimmer war gleichzeitig sein Büro. In einer Ecke des Raumes stand ein metallener Computertisch mit einem modernen Rechner darauf. Einige Holzregale waren mit Ordnern, Schnellheftern und Schubkästen vollgestopft. Falls hier ein psychopathischer Mörder lebte, war seine Tarnung perfekt.

»Fangen Sie ruhig schon an zu erzählen«, rief Herr Keller. Er hätte gar nicht so laut sprechen müssen, denn die Küche schien nicht weit vom Wohnzimmer entfernt zu liegen. Meinem Eindruck nach war die gesamte Wohnung recht überschaubar.

»Was ist denn nun mit dem Mädchen?«

»Es ist so«, begann ich zu erzählen. Dann musste ich die Details eben improvisieren. »Das Mädchen heißt Sarah und ist letzte Nacht von zu Hause weggelaufen. Ich bin auf der …«

Ein ohrenbetäubender Knall unterbrach meine Ausführungen. Ich wurde von einer Druckwelle nach hinten gerissen. Den Aufprall auf dem Boden bekam ich nicht mehr mit.

Kapitel 10

Samstag, 04. Dezember, 13:18 Uhr

Marie

Marie stand immer noch am Küchenfenster und wartete auf die Rückkehr ihres Freundes. Seine ungewöhnliche Verspätung, sein ausgeschaltetes Handy ..., alles war seltsam und machte ihr Angst. Sie zweifelte allmählich daran, dass er überhaupt noch kommen würde. Irgendetwas war passiert, das spürte sie. Sie malte sich aus, in welcher Gefahr ihr Freund wohl gerade steckte, als ein schrilles Geräusch sie aus ihren Gedanken riss. Irgendwo in der Wohnung klingelte ein Telefon. Vielleicht versuchte Daniel gerade, sie zu erreichen? Doch warum rief er dann nicht auf ihrem Handy an? Rasch verließ sie die Küche und orientierte sich im Flur. Das Klingeln kam von einem kleinen Tischchen nahe der Garderobe. Dort stand Daniels Festnetztelefon. Das Display des Telefons zeigte ihr einen Namen. Walther. Marie überlegte, ob sie rangehen sollte, entschied sich aber dagegen. In diesem Moment meldete sich der Anrufbeantworter, der neben dem Telefon auf dem örtlichen Telefonbuch stand. Eine weibliche Computerstimme forderte den Anrufer auf, eine Nachricht zu hinterlassen. Die abgehackte Betonung der einzelnen Silben war nur schwer zu ertragen. Endlich ertönte der Signalton.

»Daniel, hier ist Benjamin Walther. Ich versuche seit ein paar Tagen, dich zu erreichen.« Der Mann war gut zu verstehen, seine Worte klangen aber dünn und heiser. Es schien die typische Erschöpfung der Stimmbänder zu sein, die oftmals im Alter auftrat. Marie schätzte ihn daher auf mindestens 70 Jahre. Sie überlegte, ob ihr Freund diesen Namen irgendwann einmal erwähnt hatte, erinnerte sich aber nicht daran. »Keine Ahnung, ob du die Nachricht schon gehört hast? Ich bin wirklich beunruhigt und brauche deine Hilfe. Bitte ruf mich dringend zurück.«

Maries Interesse war geweckt. Was mochte das für eine beunruhigende Nachricht sein, über die dieser Benjamin Walther so dringend sprechen wollte? Bestand vielleicht sogar eine Verbindung zu Sarahs Entführung? Sie konnte es sich nicht leisten, einen solchen Hinweis zu ignorieren. Erst recht nicht jetzt, da der letzte Anruf des Kidnappers schon etliche Stunden zurücklag und nun auch noch Daniel verschwunden war. Eilig griff sie nach dem Telefonhörer und hob ihn ab. »Hallo, sind Sie noch dran?«, rief sie.

»Äh, ja. Mit wem spreche ich bitte?« Die Hintergrundgeräusche ließen vermuten, dass der Mann im Freien unterwegs war.

»Guten Tag«, sagte Marie, während sie noch ihre Gedanken ordnete. »Sie kennen mich vermutlich nicht, mein Name ist Marie Becker-Körbel.«

»Marie Becker-Körbel?«, wiederholte der Angerufene und es klang, als suche er in seinen Erinnerungen nach diesem Namen. »Sie sind die Freundin von Daniel Konrad, nicht wahr?«

»Ja, genau. Die bin ich.«

»Daniel hat Sie vor einiger Zeit mal erwähnt. Es freut mich, Sie kennenzulernen.« Die wenigen Worte reichten, um ihren Gesprächspartner einzuschätzen. Er war sehr höflich und wählte seine Formulierungen sorgfältig.

»Leider sind Sie mir gegenüber im Vorteil«, gestand Marie. »Ich kann mich nicht erinnern, dass mein Freund Sie schon einmal erwähnt hat.«

»Vielleicht hat er das ja doch, nur eben nicht unter diesem Namen.« Es hörte sich an, als schmunzele er.

»Okay?«, fragte Marie, denn sie konnte diese Andeutung nicht entschlüsseln.

»Ich war früher Polizist und seinerzeit an der Ermittlung im Fall von Daniels Eltern beteiligt.«

»Schnauzbart?«, rutschte es Marie heraus, bevor sie sich bremsen konnte. »Ich meine …, äh …, tut mir leid, ich wollte nicht …«

Der alte Mann musste so laut lachen, dass es unvermittelt in ein Husten überging. Schließlich räusperte er sich. »Ist schon gut«, sagte er amüsiert. »Daniel nennt mich bis heute so. Nachdem wir nun klären konnten, wer wir sind, steht immer noch die Frage im Raum, weshalb Sie den Anruf angenommen haben. Ich wollte Daniel sprechen oder ihm, falls er nicht da ist, eine Nachricht hinterlassen. Ist er denn zu Hause?«

»Nein, leider nicht.« Marie überlegte kurz, wie sie das Thema ansprechen sollte, doch sie entschied sich für den direktesten Weg. Daniel sprach stets voller Respekt von Schnauzbart. Sicher konnte sie dem ehemaligen Polizisten vertrauen. »Ich habe Ihre Nachricht gehört«, begann sie. »Sie sagten etwas von beunruhigenden Nachrichten. Darf ich fragen, was Sie damit meinen?«

Der alte Mann seufzte hörbar. »Nehmen Sie es mir bitte nicht übel, junge Frau, aber ich würde diese Angelegenheit gerne mit Daniel persönlich besprechen.«

»D-das verstehe ich natürlich. Es ist nur so, dass in den letzten Tagen hier wirklich schlimme Dinge geschehen sind und ich gehofft hatte, dass Sie vielleicht eine Erklärung dafür haben.«

»Schlimme Dinge?«, hakte der Mann nach. »Was ist passiert? Geht es Daniel gut?« Er klang aufrichtig besorgt und zu gerne hätte sie sich ihm anvertraut. Dennoch zögerte Marie. Der Entführer hatte nur eine einzige klare Regel vorgegeben. Keine Polizei. Und obwohl Schnauzbart zweifellos seit vielen Jahren im Ruhestand war, fürchtete sie die

Konsequenzen für Sarah. Was, wenn der Verbrecher sie in irgendeiner Weise belauschte? Vielleicht war sogar schon dieses Telefonat gefährlich. Unwillkürlich schaute sie sich um.

»Äh ... ja, e-er ist ...«, stammelte sie, wusste aber noch nicht, was sie sagen sollte. Es ging hier schließlich um das Leben ihrer Tochter. Andererseits musste sie unbedingt herausfinden, was das für Neuigkeiten waren, die Schnauzbart nur mit Daniel teilen wollte. Letztlich besiegte die Angst ihre Neugier. Und so traf Marie eine Entscheidung. Sie räusperte sich, um eine klare Stimme zu haben. »Es ist alles in Ordnung mit ihm«, log sie. »Daniel meldet sich in den nächsten Tagen bei Ihnen. Ich muss jetzt auflegen.«

»Wenn Sie Hilfe brauchen, dann kann ich vielleicht einen Kollegen ...«

»Keine Polizei!«, entfuhr es Marie, ehe sie realisierte, was sie da sagte. Ärgerlich biss sie sich auf die Lippe. Da hätte sie auch genauso gut die ganze Geschichte ausplaudern können. Es blieb ihr nichts anderes übrig, als auf die Zurückhaltung des alten Mannes zu hoffen. »Bitte!«, ergänzte sie und wischte sich eine Träne aus dem Auge.

»Jemand, den Sie lieben, ist in Gefahr, nicht wahr? Geht es dabei um Daniel?«

Marie antwortete nicht. Seine Kombinationsgabe war beeindruckend und er war der Wahrheit damit schon viel zu nahegekommen.

»Hm ... nein, wohl eher um jemanden, der Ihnen viel nähersteht. Ihr Kind?«

Sie konnte nicht verhindern, dass der Mann am anderen Ende der Leitung ihr Schluchzen hörte.

»So etwas hatte ich befürchtet«, sagte er schließlich. »Aber ich hätte im Leben nicht damit gerechnet, dass er so schnell zuschlägt oder so weit geht.«

»Wer?«, fragte Marie. »Von wem sprechen Sie?«

Es entstand eine Pause, die ihre Nerven aufs Äußerste strapazierte. »Bitte!«, brachte sie erneut hervor, doch sie fand kaum die Stimme dafür. »Wenn Sie irgendetwas wissen, dann sagen Sie es mir einfach, und danach halten Sie sich aus der Sache raus.«

»Ich fürchte, dass ich tatsächlich etwas darüber weiß, aber wenn ich es Ihnen sage, bringe ich Sie nur in Gefahr.«

»Was kümmert Sie das? Es geht hier um meine Tochter. Sie müssen mir sagen, was Sie wissen!«, bettelte Marie.

Der alte Mann seufzte hörbar. »Na gut«, lenkte er ein. »Aber Sie müssen mir versprechen, dass Sie nichts auf eigene Faust unternehmen.«

Obwohl es vollkommen gegen ihre Natur war, überlegte Marie, ihm dieses Versprechen einfach zu geben. Sie wusste bereits, dass sie es nicht halten würde, aber nur so konnte sie das Geheimnis des ehemaligen Polizisten erfahren. »Einverstanden«, sagte sie.

»Versprechen Sie es«, forderte er nachdrücklich, als hätte er ihren inneren Zwiespalt erahnt. Marie war sich nicht einmal mehr sicher, ob er selbst sich überhaupt an die Vereinbarung halten und ihr die Wahrheit sagen würde. Dieser Gedanke erleichterte ihr die Entscheidung.

»Ich verspreche es«, sagte sie und kam sich vor wie ein kleines Kind in der Schule.

»Also gut. Ein ehemaliger Kollege hat mich informiert, dass Tom Hartmann vor ein paar Tagen aus dem Gefängnis entlassen wurde.«

»Tom Hartmann?«, wiederholte Marie. »Wer ist das?«

»Er war der Bankräuber, der vor 28 Jahren Daniels Eltern erschossen hat.«

»Oh mein Gott!«, entfuhr es ihr. Daniel hatte ihr auf Great Blasket Island von den damaligen Ereignissen erzählt. Sie wusste daher, dass er als Kind dabei geholfen hatte, den Mörder seiner Eltern zu fassen.

Sofort erinnerte sie sich an die Zeilen jenes grauenvollen Briefes, den sie in Sarahs Bett gefunden hatte. Er enthielt den Vorwurf, das Leben des Kidnappers zerstört und ihm alles genommen zu haben. Und war nicht sogar das Wort *Gefängnis* vorgekommen? Auf einmal ergaben diese Sätze einen Sinn. Wie ihr Freund schon vermutet hatte, war es nie um Marie oder Sarah gegangen, sondern immer nur um die Rache an ihm.

»Wissen Sie, wo dieser Mann nach seiner Entlassung aus dem Gefängnis lebt?«

Ihr Gesprächspartner zögerte. »Ja, das weiß ich.«

»Haben Sie eine Adresse?«

»Bitte denken Sie an Ihr Versprechen«, mahnte Schnauzbart. »Ich könnte es mir niemals verzeihen, wenn ich Sie durch diese Informationen in Gefahr bringe. Sie können es nicht alleine mit diesem Mann aufnehmen«, insistierte der ehemalige Polizist. »Wenn Sie wollen, kann ich ...«

»Fangen Sie jetzt nicht wieder mit der Polizei an!«, fauchte Marie. Die Schärfe ihrer Worte überraschte sie selbst. Als sie weitersprach, bemühte sie sich um eine deutlich mildere Betonung. »Sagen Sie mir einfach, wo ich ihn finden kann, und dann halten Sie sich aus der Sache raus.«

»Es würde ohnehin nichts bringen, wenn Sie zu der Wohnung fahren. Ich war bereits dort und ...«

»Sie waren dort?«, fragte Marie überrascht. In ihr keimte die Hoffnung auf, dass er dabei irgendeine Spur von Sarah gefunden hatte. Vielleicht wurde das Mädchen ja sogar in eben dieser Wohnung gefangen gehalten. »Haben Sie dort jemanden angetroffen?«

Wieder ließ sich der Mann am anderen Ende der Leitung entsetzlich viel Zeit mit seiner Antwort. »Nein«, antwortete er schließlich zögernd, als stimme nicht, was er sagte. »Aber jetzt, da ich weiß, dass es

hier um die Entführung eines Kindes geht, glaube ich trotzdem, ich könnte Hinweise auf seinen Aufenthaltsort haben. Doch leider konnte ich das Puzzle bisher noch nicht zusammensetzen.«
»Dann geben Sie mir die Informationen. Vielleicht kann ich ja etwas damit anfangen!«
»Hören Sie, ich schlage Ihnen vor, wir treffen uns. Dann zeige ich Ihnen alles, was ich herausgefunden habe, und wir können besprechen, wie wir weiter vorgehen.«
Der alte Mann war hartnäckig. Obwohl sie wusste, dass er bloß das Beste für sie wollte, fand Marie seine fürsorgliche Art mehr als nervig. Doch ihr blieb keine andere Wahl, als sich auf den Vorschlag einzulassen. Schließlich musste sie ihn davon abhalten, direkt die Polizei anzurufen. Also sagte sie das, was der Mann gerne hören wollte. »Einverstanden.«
»Nun gut, also«, erwiderte er und es klang, als glaube er ihr nicht wirklich. »Ich habe hier noch eine Sache zu erledigen, dann hole ich meine Unterlagen und komme direkt zu Daniels Wohnung. Ich denke, ich bin in einer Stunde da, seien Sie aber nicht beunruhigt, falls es etwas länger dauern sollte.«
Bevor der ehemalige Polizist das Telefonat beendete, warnte er sie erneut eindringlich davor, auf eigene Faust zu handeln. Seine Warnung stieß auf taube Ohren. Sie hatte jetzt immerhin eine Vorstellung davon, wer hinter Sarahs Entführung steckte. Dachte dieser Schnauzbart etwa ernsthaft, dass sie hier über eine Stunde herumsaß und auf ihn wartete? Versprechen hin oder her, Marie war fest entschlossen, vorher etwas zu unternehmen. Falls sie keinen Erfolg hatte, konnte sie ja immer noch in Daniels Wohnung zurückkehren und mit dem ehemaligen Polizisten sprechen. Also zog sie das Telefonbuch unter dem Anrufbeantworter hervor und schlug es auf. Tom Hartmann wohnte bei Angehörigen. Es gab dreizehn Einträge mit diesem Nachnamen.

Marie überflog sie rasch, doch keiner davon wirkte irgendwie auffällig. Sie musste sich eingestehen, dass es wohl eine Sackgasse war. Schließlich wusste sie nicht einmal, ob die Familienmitglieder genauso hießen wie der Verdächtige.

Sie erinnerte sich daran, was der ehemalige Polizist gesagt hatte. Irgendwo wollte er vor dem Treffen noch seine Unterlagen abholen. Es war gut möglich, dass er die gefundenen Beweise bei sich zu Hause aufbewahrte. Schnell blätterte sie vorwärts zu dem Buchstaben W. Es gab vier Einträge mit dem Nachnamen Walther, darunter nur eine Person mit dem Vornamen *Benjamin*. Marie überlegte kurz, wo sich die angegebene Straße befand. Es waren nur wenige Minuten Fahrzeit von hier. Bevor sie die Wohnung verließ, fiel ihr Blick noch einmal auf das Telefon. Sollte sie Daniel eine Nachricht hinterlassen? Marie entschied sich dagegen. Er würde sie bestimmt anrufen, wenn er hier ankam und sie nicht mehr da war.

Daniel

Marthas Essen war gut und reichlich gewesen. Das Völlegefühl machte mich ein wenig träge. Müde und satt starrte ich auf die Karten in meiner Hand. Ich hatte die Spielregeln zwar einigermaßen kapiert, doch ich war weit davon entfernt, Rommé auch nur ansatzweise zu verstehen. Ich musste die Spielkarten zu Reihen oder Gruppen anordnen. So viel hatte ich begriffen. Aber wann durfte ich einen Joker benutzen? War ich vollkommen frei darin, wie ich die Symbole zusammenstellte? Konnten auch zwei Karten derselben Farbe an einer Gruppe beteiligt sein? Das Spiel schien unzählige Sonderregeln zu haben, die jeder ein bisschen anders gelernt hatte. Martha und Sarah hatten eine Viertelstunde lang ausdiskutiert, welche Regeln an diesem Abend galten.

»Drei Könige«, sagte das Mädchen und legte mit einem triumphierenden Lächeln zwei Könige und einen Joker aus. »Der Joker ist der Kreuzkönig«, bemerkte sie noch, bevor sie eine Karte abwarf.

»Das trifft sich gut«, stellte Martha fest, während sie sich vom Nachzugstapel bediente. Dann legte sie einen Kreuzkönig an die Stelle des Jokers, sortierte damit ihre verbliebenen Handkarten und breitete diese auf dem Tisch aus. Es war eine vollständige Reihe in Herz. Die letzte Karte davon wählte sie als Abwurfkarte.

»Ich merke schon, wir haben nicht die leiseste Chance heute Abend«, bemerkte Marie und schaute mich mit einem übertrieben zerknirschten Gesichtsausdruck an.

»Du spielst wirklich gut, Martha«, lobte Sarah.

»Tja, gelernt ist gelernt«, kommentierte die ältere Dame nur und griff sich die leere Wasserflasche vom Tisch. »Will noch jemand etwas trinken?« Sie wartete nicht auf die Antwort, sondern machte sich direkt auf den Weg zum Flur. Durch den Türspalt sah ich, wie sie die Kellertür öffnete. Sie verschwand in der Dunkelheit. Ein gellender Schrei war zu hören, gefolgt vom Poltern ihres fallenden Körpers und dem Knacken ihres Genicks.

»Martha«, rief ich voller Entsetzen und sprang auf. Ich wollte zu ihr rennen, doch Marie hielt mich an der Hand fest.

»Wenn du auf ihn triffst, Daniel, dann lauf um dein Leben!«, sagte sie, ehe ihr Kopf von einer Kugel nach hinten gerissen wurde. Der Knall war so laut, dass meine Trommelfelle zu platzen schienen. Nur dumpf nahm ich die Schreie von Sarah wahr. Als ich mich zu ihr wandte, lag sie gefesselt auf der Couch. Ihr Gesicht war mit blutenden Wunden übersät, ebenso ihre Arme und Beine. Ich wollte sie befreien, doch ehe es gelang, spürte ich ein Brennen auf meiner Haut. Ich war von den Flammen einer Explosion umgeben. Direkt vor mir stand Manuel Keller. Er schaute mich mit einem finsteren Blick an, während das Feuer sein Gesicht verzehrte. Dann griff er mit beiden Händen nach meinem Hals. Seine Arme wirkten, als würden sie glühen. Die sengende Hitze verbrannte auch mich. Mit unbändiger Kraft drückte er mir die Luft ab, bis ich röchelnd zusammenbrach.

»Du hast mein Leben zerstört, hast mir alles genommen und mich dann einfach vergessen«, rief er mit einer finsteren, diabolischen Stimme. Mir wurde schwarz vor Augen und alles um mich herum versank in Dunkelheit. Die Zeit schien stillzustehen. Ich genoss die Ruhe nach all dem Chaos, wünschte mir sogar, für immer in diesem Zustand zu verweilen.

Samstag, 04. Dezember, 13:25 Uhr

Als ich wieder zu Bewusstsein kam, hätte ich nicht sagen können, ob Sekunden, Minuten oder gar Stunden vergangen waren. Ein lautes Pfeifen dröhnte in meinen Ohren. Die Atemluft brannte in meiner Kehle, bis ich würgen musste, und die Wunde an meinem Hinterkopf pochte. Ich versuchte, ruhig zu atmen, doch das Gefühl des Erstickens versetzte mich in Panik. Hier konnte ich nicht bleiben, wenn ich überleben wollte. Ächzend rollte ich mich auf die Seite und hustete noch einige Male, ehe ich es schaffte, einen richtigen Atemzug zu nehmen. Er kratzte fürchterlich in meinem Rachen. Als es mir endlich gelang, die Augen zu öffnen, konnte ich kaum etwas erkennen. Alles um mich herum war grau und trüb. Ein beißender Qualm hing in der Luft. Wo zur Hölle lag ich? Wie war ich hierhergekommen? Und was war geschehen? Irgendetwas bohrte sich schmerzhaft in meine Rippen. Ich tastete danach und entdeckte unter mir die Trümmer des Holzstuhls. Vage erinnerte ich mich daran, dass ich auf diesem Stuhl gesessen hatte. Doch bevor ich die Erinnerung zu greifen bekam, setzte das Husten wieder ein. Ich begriff, dass mich die giftigen Gase des Rauchs innerhalb kürzester Zeit töten würden. Also zwang ich mich auf alle viere, zog mir den Pullover über das Gesicht und presste meine Hand darauf. Diese improvisierte Atemmaske würde kaum Schutz bieten. Das wusste ich natürlich. Doch sie gab mir vielleicht die Chance, diesem Inferno zu entkommen. Im Zeitlupentempo kroch ich los. Dabei versuchte ich, mich in dem Raum zu orientieren. Ich entdeckte eine Lücke im Rauch, die etwas heller wirkte. Ich hielt das für den Türrahmen, durch den ich vorhin das Wohnzimmer betreten hatte. Während ich darauf zu robbte, fiel mir wieder ein, weshalb ich hierhergekommen war. Manuel Keller. Hatte er mich töten wollen oder war er selbst ein Opfer dieser Explosion geworden? Ich hatte das Gefühl, als käme ich gar nicht voran, doch schließlich wurde der Boden unter mir etwas kühler. Ich hatte die Bodenfliesen des Flurs erreicht. Ich schaffte es tatsächlich aufzustehen, obwohl mir entsetzlich schwindlig war. Ich klammerte mich an den Türrahmen, um nicht umzukippen, während ich mich orientierte. Rechter Hand ging es nach draußen. Trotz des dichten Rauchs erkannte ich das Glasfenster in der Mitte der Haustür. Der Qualm kam aus einem Raum, wenige Meter von mir entfernt. Vermutlich war es die Küche. Flammen züngelten bis in den Flur und giftige Dämpfe machten das Atmen beinah unmöglich. Dennoch musste ich herausfinden, was mit meinem Kollegen passiert war. Also tastete ich mich an der Wand entlang in Richtung des Feuers. Die Hitze brannte in meinem Gesicht und ich schirmte es mit dem Unterarm ab. Dafür gab ich aber den improvisierten Atemschutz auf. Hustend und keuchend erreichte ich den Eingang der Küche. Dort lag Manuel Keller – mit dem Rücken zu mir auf dem Fußboden. Ich erkannte den gestreiften Pullover, den er vorhin an der Haustür getragen hatte. Die gesamte Einrichtung stand bereits in Flammen. Es war unmöglich, ihn zu retten. Ich versuchte es dennoch, aber die Hitze ließ mich nicht einmal in seine Nähe gelangen. Schließlich gab ich frustriert auf und wollte umkehren. Doch ich wusste nicht mehr, in welche Richtung. Alles begann sich zu drehen und ich fand mich auf dem Boden wieder. Hatte ich kurz das Bewusstsein verloren? Ich atmete inzwischen seit Minuten den Rauch ein. Panisch griff ich nach dem Kragen meines Pullovers, erinnerte mich aber nicht mehr, warum ich dies tat. Ich sackte kraftlos zusammen und versank in der Dunkelheit. Plötzlich wurde ich gepackt, herumgewirbelt und in die Luft gehoben. Hatte Manuel Keller doch überlebt? Ich versuchte, die Augen zu öffnen, aber der beißende Qualm brannte derart, dass ich sie sofort wieder zusammenkniff. Ich hing auf den Schultern eines Mannes. Er hatte schwere Schutzkleidung angelegt, ich erkannte Stiefel und

Handschuhe. Mir wurde klar, dass es wohl nicht Manuel Keller war, der mich aus dem brennenden Haus trug. Weiter hinten im Flur bemerkte ich einen zweiten Feuerwehrmann. Er hob etwas vom Boden auf, das aussah wie eine Pistole.

»Die war eben noch nicht da«, lallte ich. Das Sprechen war derart anstrengend, dass ich sofort wieder das Bewusstsein verlor. Als ich mich erneut in die Dunkelheit sinken ließ, tauchte aus ihrer endlosen Weite ein wild tanzender Punkt gleißenden Lichts auf. Er kam näher und näher, bis er schließlich alles umstrahlte und mich blendete.

»Können Sie mich hören?«, fragte ein Mann. Er hielt mein Auge mit seinem Daumen offen und leuchtete direkt mit einer kleinen Taschenlampe hinein.

»Ja, ich höre Sie«, sagte ich. Ich klang wie eine uralte Radioübertragung. Erst jetzt entdeckte ich die sonderbare Vorrichtung aus Plastik über meinem Gesicht. Ich versuchte, mich davon zu befreien, doch sie war mit Gummibändern befestigt. Der Unbekannte reagierte sofort und drückte mir das Teil wieder fest auf Mund und Nase.

»Es ist bloß eine Sauerstoffmaske«, sagte er und in diesem Moment bemerkte ich auch das beständige Zischen der Sauerstoffzufuhr. »Sie sollten die Maske noch eine Weile drauflassen.«

Seine Stimme klang beruhigend. An seiner Jacke erkannte ich, dass er Sanitäter war. Mein Blick wanderte an ihm vorbei. Ich lag offenbar in einem Krankenwagen. Als ich versuchte, mich aufzusetzen, verhinderte er das mit sanftem Druck.

»Bitte bleiben Sie liegen. Sie haben sehr viel Rauch eingeatmet und leiden vermutlich an den Folgen einer Rauchvergiftung.«

Ich gab den Widerstand auf und ließ mich auf die Trage sinken. Der Versuch, tief durchzuatmen, scheiterte. Meine Lunge brannte und mein Hals fühlte sich derart kratzig an, dass ich husten musste.

»Sie hatten Glück«, bemerkte der Mann.

»Oh ja«, brachte ich hervor, nachdem ich es geschafft hatte, den Hustenreiz zu kontrollieren. »So fühlen sich nur wahre Glückskinder!« Der Sanitäter grinste schief. Dann schaute er plötzlich in eine andere Richtung, offenbar hatte etwas seine Aufmerksamkeit erregt. Ich hatte es nicht mitbekommen, weil das Geräusch des einströmenden Sauerstoffs alles übertönte.

»Bleiben Sie bitte liegen und versuchen Sie, sich nicht anzustrengen«, sagte er, ohne mich noch einmal anzuschauen. »Ich bin sofort wieder bei Ihnen.«

Nachdem er davongeeilt war, machte ich umgehend das genaue Gegenteil von dem, was er mir gesagt hatte. Ich stemmte meinen Oberkörper in die Höhe, denn ich wollte unbedingt mitbekommen, was vor sich ging. Es war unglaublich anstrengend. Sofort wurde mir klar, was er mit den Folgen einer Rauchvergiftung gemeint hatte. Alles drehte sich und mir war von einer Sekunde auf die andere speiübel. Ich versuchte dennoch weiter, mich aufzurichten. Durch die offenen Hecktüren des Krankenwagens konnte ich sehen, wohin er gelaufen war. Einige Meter von mir entfernt hatten zwei Feuerwehrmänner einen Körper auf eine andere Trage gelegt. Ein Arm hing herunter und das Streifenmuster des Ärmels verriet mir, wer es war. Hatte Manuel Keller das Feuer überlebt? Ein Mann in der typischen orangefarbenen Jacke der Rettungsdienste beugte sich darüber und schien nach Lebenszeichen zu suchen. Der Sanitäter, der kurz zuvor noch bei mir gewesen war, eilte seinem Kollegen zu Hilfe. Offenbar atmete der Verletzte nicht mehr, denn sie begannen umgehend mit der Reanimation. In einem überraschend schnellen Rhythmus presste der eine Rettungshelfer seine Hände auf den Brustkorb des Patienten. Dabei schien er jeden einzelnen Druck mitzuzählen, was ich aber wegen des Sauerstoffgeräusches ebenfalls nicht hören konnte.

Also zählte ich in Gedanken mit.

» ... einundzwanzig, zweiundzwanzig, dreiundzwanzig, vierundzwanzig ...«

Der zweite Sanitäter hatte sich neben den Kopf des Verletzten gekniet. Vermutlich wartete er darauf, mit der Beatmung zu beginnen. In meiner Zählung kam ich bis dreißig. Die Herz-Druck-Massage wurde unterbrochen. Der eine Mann nickte dem anderen auffordernd zu. Der überstreckte den Hals des Patienten, setzte ihm eine Art Plastikmaske auf Mund und Nase und drückte dann einen daran befestigten Beatmungsbeutel zweimal zusammen.

»Kommen Sie schon«, forderte ich meinen Referendar auf. Dabei versuchte ich, einen Blick auf sein Gesicht zu erhaschen. Ich wollte sehen, ob die Maßnahmen irgendeinen Erfolg zeigten. Es war aussichtslos. Die Rettungskräfte verdeckten mir vollständig die Sicht.

»Wenn ich doch wenigstens etwas hören könnte«, dachte ich und verfolgte den Schlauch an meiner Atemmaske bis zu einem sonderbaren Gerät. Es hing über mir aus der Verkleidung heraus. Offenbar steuerte es die Sauerstoffzufuhr und war verantwortlich für das störende Zischen. Es hatte unzählige Knöpfe und Kontrollleuchten. Einer der Schalter war mit demselben Symbol gekennzeichnet wie die Ausschalttaste an der Fernbedienung meines Fernsehers. Es dauerte eine Weile, bis ich mich so weit hochgestemmt hatte, dass ich ihn erreichte. Sofort verstummte das Geräusch des ausströmenden Sauerstoffs. Triumphierend wandte ich mich wieder der Rettungssituation zu, doch konnte ich nun gar nichts mehr sehen oder hören. Einige Feuerwehrmänner verdeckten meinen Blick. Gerade kam ein weiterer Mann hinzu.

»Die Lage ist unter Kontrolle«, meldete er. »Wir konnten den Brandherd in der Küchenzeile lokalisieren. Vermutlich war es der Gasherd.«

Der Angesprochene nickte. Ich hielt ihn für einen Vorgesetzten, vielleicht einen Hauptmann. Er wandte sich dem Sanitäter zu, der gerade aufgestanden war. Dessen Blick ließ nichts Gutes erahnen.

»Gibt es hier schon was Neues?«

Der Mann schüttelte den Kopf. »Er hat es nicht geschafft«, stellte die Rettungskraft nüchtern fest. »Er war wohl zu lange dem Rauch ausgesetzt.«

»Was ist mit dem anderen?«

Ich ahnte, dass ich damit gemeint war.

»Der wird schon wieder.«

»Das ist gut. Ich denke, die Polizei wird einige Fragen an ihn haben.«

»Wissen wir schon, wann die eintrifft?«, fragte einer der Feuerwehrmänner.

»Sind auf dem Weg, aber es kann noch ein paar Minuten dauern. Wir sollen ...«

Unwillkürlich hatte der Hauptmann kurz in meine Richtung geschaut und dabei bemerkt, dass ich das Gespräch belauschte. Er hörte sofort auf zu sprechen und zog seinen Kollegen am Arm herum. Von mir abgewandt, schien er ihm noch einige Instruktionen zu geben. Der nickte nur und ging dann zügig weg.

Ich ahnte, worüber sie gesprochen hatten. Und das gefiel mir gar nicht. Eine Explosion, eine Waffe und jetzt eine Leiche. Offensichtlich war ich gerade der Hauptverdächtige in einem Mordfall geworden. Wie zur Bestätigung meiner Theorie hörte ich in der Ferne die Sirene eines Polizeiwagens. Mir schwante Übles. Ich sah mich bereits mit endlosen Fragen von Polizisten konfrontiert, die ich allesamt nicht beantworten konnte, ohne Maries Tochter in Gefahr zu bringen. Der Augenblick erinnerte mich an die Situation in Marthas Haus, als die Rettungskräfte so schnell eingetroffen waren, dass ich in arge Bedrängnis geriet. Offenbar legte es der Täter tatsächlich darauf an, dass ich wegen Mordes ins Gefängnis kam. Diesmal gab es nicht nur eine Leiche, die mit mir in Verbindung stand, sondern auch noch eine Waffe. War es vielleicht sogar die gleiche, mit der meine Ex-Freundin erschossen worden war?

Obwohl mein Kreislauf protestierte, setzte ich mich vollständig auf. Ich begann, die Umgebung nach Fluchtmöglichkeiten abzusuchen, denn der Weg über den Hof war ja versperrt. Ich entdeckte den Griff für die Schiebetür an der rechten Seitenwand des Krankenwagens. Sofort stand ich von der Liege auf, musste mich dabei aber festhalten. Meine Knie fühlten sich an, als wären sie aus Pudding. Mir wurde wieder entsetzlich schwindelig und ich hatte das Gefühl, ich müsse mich jeden Moment übergeben. Ich ignorierte es, so gut es eben ging, und hangelte ich mich an der Einrichtung des Rettungswagens entlang zur Seitentür. Gottlob war sie unverschlossen. Ich öffnete sie gerade so weit, dass ich hindurch passte, und kletterte hinaus.

»Hey, wo ist der Mann?«, hörte ich eine aufgeregte Stimme rufen. Von Panik getrieben, rannte ich los.

Ricky

Ricky wusste nicht so recht, aus welcher Richtung das Rufen gekommen war. Eine Zeit lang stand er reglos dort und hoffte, dass die Mädchenstimme noch etwas rief. Doch alles blieb still. Vielleicht wartete sie ebenfalls auf ein Zeichen von ihm?

»Hallo? Wer ist da?«, brüllte er, so laut er konnte. Kurz darauf setzte wieder das Hämmern ein. Drei Schläge donnerten durch das Haus, dann rief die Unbekannte erneut.

»Bitte holen Sie mich hier raus!«, verstand er. Offenbar musste er den Gang entlanglaufen, um zu ihr zu gelangen. Doch ihre Stimme hatte sich weit entfernt angehört, so als käme sie aus einem anderen

Teil des Hauses. Der Flur endete an einer Kellertreppe. Schon der Gedanke daran, dieser zu folgen, bereitete Ricky eine Gänsehaut. Hier oben war es ja noch einigermaßen hell, aber da unten schien es stockdunkel zu sein – wie damals im Kinderzimmer, wenn das Schrankmonster ihn heimsuchte. Er wollte wenigstens sichergehen, dass er dort nicht ohne Grund hinunterstieg.

»Bist du hier irgendwo?«, rief er.

»Ich bin hier!«, antwortete die Stimme. Ricky war sich jetzt vollkommen sicher, dass es ein Mädchen war. Sein Rufen kam eindeutig aus dem Keller. Also nahm er all seinen Mut zusammen und stieg die ersten Treppenstufen hinunter. Auf halbem Weg beugte er sich nach vorne, um abzuschätzen, wie dunkel es dort unten war. In dem schwarzen Nichts, das vor ihm lag, konnte er nicht das Geringste erkennen. Dennoch ging er langsam weiter.

»Es ist stockdunkel«, rief er. »Gibt es hier einen Lichtschalter?«

»Ich glaube nicht!«, antwortete die Unbekannte. Sie klang inzwischen ein bisschen näher, aber trotzdem noch sehr gedämpft. »Er hatte immer eine Taschenlampe dabei.«

»Na toll«, dachte Ricky und malte sich aus, wie er in völliger Dunkelheit durch den Keller stolperte. Da kam ihm eine Idee. Schnell tastete er die Tasche seiner Jeansjacke ab. Das Tabakpäckchen steckte noch drin, aber von dem Feuerzeug fehlte jede Spur. Rasch checkte er seine übrigen Taschen und fürchtete schon, dass er es vorhin im Wald verloren hatte. Doch dann spürte er die Form des billigen Plastikfeuerzeugs in seiner Hosentasche. Gottlob war es noch da. Ricky zog es hervor und entzündete die Flamme. Sie glomm jedoch nur vor sich hin, spendete nicht einmal genug Licht, um die Treppenstufe unter seinen Füßen zu erkennen. Der Jugendliche tastete nach dem Schieberegler und stellte ihn auf volle Stärke ein. Jetzt war die Flamme deutlich größer. Der Lichtschein gab ihm ein bisschen Sicherheit, obwohl er ihn eigentlich mehr blendete, als etwas gegen die Dunkelheit des Kellers auszurichten. Ricky wünschte sich so sehr, er hätte jetzt sein Benzinfeuerzeug wieder, aber das lag bei der Polizei. Notgedrungen musste er mit dem vorliebnehmen, was er hatte. Doch schon am Ende der Treppe kam er beinah zu Fall. Er hatte nicht erkannt, dass keine Stufe mehr folgte. Langsam ging er weiter, bis er eine Wand erreichte, an der er sich orientieren konnte. In diesem Moment kam ihm ein unangenehmer Gedanke in den Sinn.

»*Er* hatte immer eine Taschenlampe dabei«, hatte das Mädchen gesagt und Ricky überlegte jetzt voller Sorge, wen sie damit wohl gemeint hatte. Sein Fuß stieß auf einen Widerstand. Was es auch war, es fiel polternd zu Boden. Das Rumpeln und Scheppern schien gar kein Ende zu nehmen. Es hörte sich an, als wären unzählige Gegenstände heruntergefallen. Ricky hockte sich hin und leuchtete mit dem Feuerzeug den Boden ab. Offenbar hatte er einen kleinen Tisch umgestoßen. Ein Schlüsselbund, eine Brotbüchse, eine Thermoskanne und etliche Rollen Klopapier lagen darum verteilt. In einiger Entfernung beleuchtete die Feuerzeugflamme gerade noch einen metallenen Eimer.

»Was geht da vor sich?«, fragte das Mädchen jetzt. Ihre Frage klang verunsichert, jedoch erneut wesentlich näher. Der Jugendliche richtete sich wieder auf und leuchtete die Wand ab, bis er eine Tür entdeckte.

»Alles gut, ich bin gleich bei dir«, antwortete er, während er auf die Tür zuhielt. »*Heizraum*«, stand auf einem gelben Warnschild. Es verbot Rauchen, Feuer und offenes Licht. Um jedoch weiterhin sehen zu können, nahm Ricky diese Gefahr gerne in Kauf. Er drückte die Klinke herunter. Nichts passierte. Verzweifelt rüttelte er daran. Es war abgeschlossen und kein Schlüssel steckte im Schloss. Frustriert trat er gegen die Tür. Aber Halt! War nicht bei den Sachen, die auf dem Tisch im Flur gelegen hatten, auch ein Schlüsselbund gewesen? Ricky eilte dorthin, fand das Gesuchte und kehrte damit zur Tür zurück. Mit nur einer Hand dauerte es eine ganze Weile herauszufinden, welcher Schlüssel der richtige war. Endlich gab das Türschloss ein Knacken von sich. Ricky zog die Metalltür auf und huschte hinein. Der Heizungskeller war Gott sei Dank nicht so finster wie der Flur. Ein schwacher Lichtschein drang durch das schmale Fenster an der gegenüberliegenden Wand. Es befand sich etliche Meter über dem Boden, knapp unterhalb der Raumdecke. Darunter türmte sich allerlei Gerümpel um eine Anlage, vermutlich die Heizung des Hauses. Ein wildes Durcheinander von Wasserrohren führte an der Decke entlang quer durch den ganzen Kellerraum. Von einigen Rohren hingen dünne Fäden herunter. Was Ricky zuerst für Spinnweben hielt, entpuppte sich bei näherem Hinsehen als Kordeln. Er hatte nicht die leiseste Ahnung, wofür sie da waren. An einer Wand war ein unordentlich hingesprühtes Graffiti zu erkennen. »*Monster*«, las er und musste erneut gegen finstere Erinnerungen aus seiner Kindheit ankämpfen. Er hoffte, das Mädchen so schnell wie möglich zu finden, bloß um nicht länger allein zu sein. Er wollte sich gerade auf die Suche machen, als die Tür hinter ihm mit einem lauten Krachen ins Schloss fiel. Vor Schreck ließ er sein Feuerzeug fallen. Ricky fuhr herum und rüttelte vergeblich am Türgriff. Es war nur ein unbeweglicher Knauf. Die Tür war von innen nicht zu öffnen und der Schlüssel steckte noch immer auf der anderen Seite.

»Fuck!«, brüllte er.

»Gibt's ein Problem?«, fragte die Mädchenstimme unmittelbar in seiner Nähe.

»Die Scheißtür ist zugefallen!«, schimpfte Ricky. »Egal, wir überlegen uns später, wie wir sie aufkriegen. Notfalls brechen wir sie auf. Wo bist du?«

»Ich bin hier drüben«, antwortete die Stimme aus einem dunkleren Bereich des Raums. Der Ruf wurde von jenem Klopfen begleitet, das vorhin durch das ganze Haus geschallt hatte. Ricky bewegte sich auf das Poltern zu. Auf einem massiven Holzstuhl in der Ecke saß ein Mädchen. Mit den Füßen kippte sie den Stuhl nach hinten und ließ ihn auf den Boden knallen. Sie hörte erst auf, nachdem er sie erreicht hatte. Als er in ihr Gesicht sah, traute er seinen Augen nicht. Sie war zwar kreidebleich, schien bitterlich zu frieren und war mit Schrammen übersät, trotzdem erkannte er sie sofort.

»Sarah?«, rief er verwundert aus.

Blut war aus ihrer Nase gelaufen und inzwischen geronnen. Ein alter, schmieriger Lappen, der offenbar einmal ein Knebel war, hing nutzlos um ihren Hals. Das Mädchen hatte es wohl selbst geschafft, sich davon zu befreien. Ihre Blutergüsse sahen aus, als sei sie mit brutaler Gewalt zusammengeschlagen worden. Ein dickes Seil war etliche Male um sie herumgeschlungen und um ihre Füße mit unzähligen Knoten festgemacht.

»B-bitte hilf mir«, flehte sie. Das hätte sie ihm nicht erst sagen müssen. So wie sie aussah, wäre Ricky auch allein darauf gekommen, ihr zu helfen. Er hockte sich vor ihr auf den Boden und betrachtete die Fesseln genauer. Es würde vermutlich eine Weile dauern, sie zu lösen. Er verlor keine Zeit und machte sich am ersten Knoten zu schaffen. Da er dabei kaum Licht hatte, musste er zunächst nur nach Gefühl arbeiten, doch allmählich gewöhnten sich seine Augen an die Dunkelheit.

»Wie bist du hier hierhergekommen?«, fragte er und zerrte dabei an einer Schlaufe des Knotens.

»Ich weiß es nicht. D-da war ein Mann. Eben war ich noch zu Hause, in meinem Bett und plötzlich …«

Sie sprach nicht weiter. Ricky schaute kurz zu ihr hoch und erkannte trotz der Dunkelheit die nackte Angst in ihrem Blick.

»Plötzlich?«, fragte er noch einmal sanfter. Er wollte zwar wissen, was passiert war, doch durfte er die Kleine keinesfalls zu etwas drängen. Sie hatte schon genug gelitten.

Das Mädchen holte tief Luft. »Als ich wieder wach wurde, erinnerte ich mich nur noch daran, wie ich gepackt und mit dem Kopf gegen etwas Hartes gerammt worden war. Mir tat alles weh, es rauschte ganz schlimm in meinen Ohren und ich war total am Zittern.«

»Also bist du hier in diesem Keller wach geworden?«

Sie sagte kein Wort, sondern nickte nur knapp, während sie mit den Tränen rang. Ricky konnte nur ahnen, was sie durchgestanden hatte. Sie tat ihm leid und das wollte er ihr irgendwie mitteilen.

»Oh Mann, das ist ja scheiße«, sagte er. An ihrem Gesichtsausdruck konnte er ablesen, dass das nicht die Worte waren, die sie erwartet hatte. Es war einfach nicht sein Ding, solche Gefühle auszudrücken. Also bemühte er sich wenigstens um einen mitfühlenden Blick.

»Ja, das war es. Aber es wurde noch viel schlimmer.«

»Erzähl. Hat er dir was angetan?«

Sarah schaute zur Seite. Dann nickte sie. Es sah aus, als wollte sie verhindern, loszuheulen. Trotzdem lief ihr eine dicke Träne über das Gesicht. Ihre Reaktion ließ Ricky das Schlimmste erahnen. Ihm kam das Schrankmonster aus Mister Kays Wohnung in den Sinn. Er stellte sich vor, wie sich der alte Kauz an dem kleinen Mädchen verging. Ein gewaltiger Hass stieg in ihm auf.

»Hat er mit dir … ich meine … hat er dich …«

Der Jugendliche rang nach Worten, denn er wusste nicht, wie er das Unaussprechliche aussprechen sollte.

»…angefasst oder so?«

Sarah schien zu begreifen, was er meinte, und schüttelte schnell den Kopf.

»Nein, das nicht«, sagte sie. »Aber wehgetan! Er hat sogar meine Mutter angerufen und mich dabei verprügelt. Sie sollte wohl hören, wie ich schreie.«

»Kranke Scheiße«, stieß Ricky aus, bereute aber sofort, den Mund aufgemacht zu haben.

Sarah nickte langsam. »Ja, das war es. Ich habe nur noch geschrien und gebettelt, aber er hat einfach weitergemacht. Hat sogar auf mich eingetreten. Wieder und wieder.«

In seinem Kopf prügelte der Unbekannte aus Mister Kays Wohnung auf das arme Mädchen ein. Ricky wollte zu gerne wissen, ob dieser Kerl tatsächlich der Entführer war, fand es aber erstmal wichtiger, die Kleine in Sicherheit zu bringen. Also wandte er sich wieder den Knoten zu. Allmählich kam er voran, löste einen nach dem anderen.

»Und was ist dann passiert?«

»Ich war nur noch am Heulen, weil mir alles wehtat, und da hat er plötzlich aufgehört. Einfach so. Von einer Sekunde auf die andere. Das war so gruselig ...«

»Hä? Wieso gruselig?«

»Na ja, es war, als ...« Sarah schien die richtigen Worte zu suchen, »... als täte es ihm irgendwie leid. Auf einmal hat er mit mir gesprochen wie mit einem kleinen Kind. Als wollte er mich trösten oder so, aber seine Stimme klang ganz seltsam. Sie war irgendwie falsch. Ich konnte die ganze Zeit nur an eine Sache denken: Jetzt bringt er mich um!«

Sie sprach nicht weiter und das zwang Ricky, sich erneut von seiner Aufgabe abzuwenden. Ihre Augen starrten ins Leere, als erwarte sie, jeden Augenblick gepackt und getötet zu werden. Sie schien gar nicht zu realisieren, dass das alles bloß eine Erinnerung war. »Ist ja gut«, versuchte Ricky, sie zu beruhigen. »Ich hole dich hier raus und dann kann der Kerl dir nichts mehr antun.« Tatsächlich kehrte Sarahs Blick ins Hier und Jetzt zurück. Sie nickte zaghaft und rang sich sogar ein Lächeln ab.

Ricky nickte ebenfalls. Dann räusperte er sich. »Dieser Mann«, begann er nun die Frage zu stellen, die ihn die ganze Zeit über beschäftige, »war das so ein komischer alter Kauz?«

Sarah schüttelte den Kopf. »I-ich weiß es nicht. Er hatte so eine Lampe, aber es war keine normale Taschenlampe. Sie war viel stärker. Und sie war die ganze Zeit auf mich gerichtet. Ich konnte überhaupt nichts erkennen, weil das Licht so furchtbar grell war.«

Ihr Blick war schon wieder kilometerweit entfernt und Ricky ahnte, dass sie wohl lange brauchen würde, das Erlebte zu verarbeiten. Er war fest entschlossen, sie hier rauszubringen. Seine Wut auf den Unbekannten verlieh ihm zusätzliche Kraft. Endlich gelang es ihm, den letzten Knoten zu lösen und Sarah von dem Seil zu befreien.

»Du bist frei«, rief er. »Na los, steh auf und komm mit.« Er streckte ihr seine Hand entgegen, doch sie griff nicht danach. Ricky verstand ihr Zögern nicht. Peinlich berührt schaute sie an sich herunter. »Was ist?«, fragte er.

»I-ich konnte nicht ...«

Ricky folgte ihrem Blick und entdeckte erst nach einer Weile, was sie meinte. Zwischen ihren Beinen prangte ein dunkler Fleck auf der grauen Jogginghose. Sie hatte vermutlich seit Stunden hier gesessen und irgendwann hatte sie es wohl nicht mehr einhalten können. Er konnte nur ahnen, wie peinlich ihr das Ganze sein musste. Zu gerne hätte er etwas gesagt oder getan, um ihr diese Situation erträglicher zu machen.

»Ach, das merkt doch gar keiner!«, sagte er deshalb, kapierte aber sofort, wie dämlich dieser Satz war. Wer sollte es denn bemerken, in einer verlassenen Ruine, mitten im Wald? Auch das Mädchen starrte ihn jetzt fassungslos an. Es war genau wie damals, in der Klasse. Ricky hasste Momente, in denen es darauf ankam, was er sagte.

»Sorry«, murmelte er. »Ich laber manchmal einen Scheiß! Sowas kommt mir in den Kopf und ich kann es dann einfach nicht …«

Zurückhalten hatte er sagen wollen, konnte sich aber gerade noch stoppen. Das Wort hätte mit Sicherheit alles schlimmer gemacht. Verlegen schaute er das Mädchen an. Und plötzlich passierte etwas, womit er im Leben nicht gerechnet hätte. Sarah fing an zu lachen.

»Du bist vielleicht ein Vogel!«, prustete sie.

Anfangs war Ricky wie vor den Kopf gestoßen, doch dann löste sich seine Anspannung und er lachte ebenfalls. Nachdem sie sich wieder beruhigt hatten, griff das Mädchen endlich nach der dargebotenen Hand und stand von dem Stuhl auf. Ihre Finger waren eisig und Ricky konnte spüren, dass sie zitterte. Kein Wunder. Sie trug nur ein dünnes T-Shirt. Vermutlich hatte sie damit in ihrem Bett gelegen.

»Dir ist ja eiskalt«, sagte er und überlegte angestrengt, was er tun sollte. Dann zog er seine Jeansjacke aus und reichte sie ihr. »Zieh die an.«

Nur mit seinem Pullover bekleidet, wurde es auch ihm sofort empfindlich kalt. Zögernd griff Sarah nach der Jacke und zog sie sich über. Sie war groß genug, um das Mädchen gleich zweimal darin einzuwickeln. Sie machten sich auf den Weg zum Ausgang. Sie erreichten die Tür und Ricky fiel wieder ein, dass sie ja eingeschlossen waren. Obwohl er schon wusste, dass es nutzlos war, rüttelte er noch einmal an ihrem Knauf. Dann betrachtete er frustriert den schweren Metallrahmen. »Notfalls brechen wir sie auf«, hatte er vorhin zu dem Mädchen gesagt, aber dafür sah die Konstruktion viel zu stabil aus. Wie sollten sie hier jemals rauskommen? Während er noch darüber nachdachte, war plötzlich ein Klacken zu hören. Das Türschloss wurde von außen geöffnet. Sarah gab einen erschrockenen Laut von sich und die Kinder wechselten einen entsetzten Blick. Rickys Herz schlug ihm bis zum Hals. Schnell zog er das Mädchen zu sich an die Wand hinter der Tür. Sie drückte sich nah an ihn heran und hielt seine Hand fest umklammert. Er machte ein Zeichen, dass sie leise sein soll. Sarah nickte und presste ihre Lippen aufeinander. Dann wurde die Tür mit einem Quietschen geöffnet.

Kapitel 11

Samstag, 04. Dezember, 13:35 Uhr

Daniel

Ich hustete und rang nach Luft, während ich mich weiterschleppte. Jeder Schritt schien meine Lunge zu überfordern. Falls ich schon gesucht wurde, brauchte die Polizei nur dem bellenden Husten zu folgen. Mir war entsetzlich schwindlig und ich hatte alle Mühe, nicht das Bewusstsein zu verlieren. Die Wunde an meinem Kopf tat ein Übriges und brannte wieder wie Feuer. Jeden Augenblick drohte mir, schwarz vor den Augen zu werden.

Ich biss die Zähne zusammen und hetzte durch die schmale Seitengasse, so schnell es eben möglich war. Dabei wusste ich nicht einmal mit Sicherheit, ob ich überhaupt verfolgt wurde. Der entsetzte Ruf, wohin ich verschwunden sei, war vermutlich von einem der Rettungssanitäter gekommen. Ich konnte mir nicht vorstellen, dass er oder sein Kollege die Verfolgung aufgenommen hatten. Bei den Feuerwehrleuten war ich mir nicht so sicher, hielt es aber ebenfalls für unwahrscheinlich. Somit blieb also nur die Frage, wie schnell die Polizei an Manuel Kellers Wohnung angekommen war und ob sie bereits auf der Suche nach dem Verdächtigen war.

Bei dem Gedanken, selbst der Beschuldigte in einem Mordfall zu sein, rollte mir ein Schauer über den Rücken. In meiner Vorstellung hatte eine ganze Hundertschaft von Einsatzkräften, bewaffnet bis an die Zähne, die Verfolgung aufgenommen. Ich versuchte, das Husten zu unterdrücken, doch dadurch fiel mir das Laufen noch schwerer.

Mein Herz raste und ich keuchte vor Erschöpfung. Falls ich entdeckt wurde, hätte ich nicht die geringste Chance zu entkommen. Die Polizisten würden mich in kürzester Zeit einholen und überwältigen. Ich brauchte einen Plan, der nicht beinhaltete, weiterzulaufen. In diesem Moment kam ich am Hoftor eines Grundstücks vorbei. Zu dem Haus gehörte ein überdachter Unterstand am hinteren Ende des Hofes. Mein Blick fiel auf unzählige Holzscheite, die der Rückwand entlang zum Trocknen aufgeschichtet waren. Ich konnte mir vorstellen, dass sie ein gutes Versteck abgaben. Doch als ich auf das Gelände laufen wollte, bemerkte ich etwas, das mich zurückschrecken ließ. An dem Hoftor war ein Warnschild angebracht, das in humorvoller Weise auf den Bewacher des Hauses hinwies. »Warnung vor dem bisschen Hund«, stand dort neben einem putzig aussehenden Cartoon-Hündchen. Trotzdem weckte die schwarze Schrift auf gelbem Hintergrund unangenehme Erinnerungen aus meiner Kindheit. Ich sendete ein Stoßgebet zum Himmel, dass kein Schäferhund diesen Hof bewache. Sicherheitshalber rüttelte ich einmal an dem Tor, doch der angekündigte Wachhund tauchte nicht auf. Plötzlich klang es, als würden Menschen näherkommen. Mir blieb keine andere Wahl, als das Grundstück zu betreten. Schnell öffnete ich das Tor, schob mich hindurch und schloss es hinter mir möglichst lautlos. Die ganze Zeit war ich in höchster Alarmbereitschaft. Ich achtete auf jedes Geräusch – bereit, beim ersten Bellen oder Knurren sofort die Flucht zu ergreifen. Schließlich erreichte ich den Holzstapel. Sein Abstand zur Rückwand war gerade groß genug, um dazwischen zu kriechen. Ich hockte mich hin und versuchte, so flach wie möglich zu atmen. Dadurch wurde zwar der Hustenreiz erträglicher, dafür schien aber mein Kopf jeden Augenblick platzen zu wollen. In meiner Verzweiflung zog ich erneut die Schmerztabletten aus meiner Hosentasche und schluckte gleich zwei davon trocken herunter.

Nur die Zeit würde zeigen, ob ich jetzt in einem cleveren Versteck oder in einer Falle saß. Es war ohnehin zu spät, noch etwas zu ändern, denn die Geräusche kamen bereits näher. Sie entstammten Funkgeräten, aus denen ununterbrochen hektische Meldungen dröhnten. Ich schloss die Augen und wartete, was als Nächstes geschah. Mein Gehirn spielte mir passend dazu Szenen meiner Kindheit vor.

Mittwoch, 06. April, 11:06 Uhr (28 Jahre zuvor)

Andauernd dröhnten Stimmen aus dem Funkgerät. Es hing am Armaturenbrett des Autos. Ich verstand kein einziges Wort, das die Polizisten sagten. Offenbar benutzten sie eine Art Code für ihre Durchsagen. Ich saß auf der Rückbank der dunkelgrauen, viertürigen Limousine. Schnauzbart hatte den Blinker gesetzt und steuerte seinen Dienstwagen an den Straßenrand vor der Apotheke. Hier hielt er unmittelbar hinter einem Streifenwagen der Polizei an und stellte den Motor ab. Dann drehte er sich zu mir herum.

»Du wartest hier«, sagte er.

»Ja, aber …«, begann ich zu protestieren, doch er ließ mich nicht aussprechen.

»Kein Aber, mein Junge.« Er klang ernst. »Du hast mich gebeten, den Einbruch in der Apotheke zu untersuchen, und das mache ich auch. Und ich hoffe wirklich, dass mich das zu dem Mörder deines Vaters führt. Aber ich werde nicht auch noch dein Leben in Gefahr bringen. Du wartest hier im Auto oder ich fahre dich sofort zu deiner Pflegefamilie zurück und überlasse die Untersuchung den Streifenpolizisten. Verstanden?«

Frustriert schaute ich auf meine Hände. »Ja«, antwortete ich widerwillig.

»Gut.« Er nickte und kramte etwas aus seiner Jackentasche hervor. Es war ein weißes Päckchen mit rotem Aufdruck und einem auffälligen grünen Pfeil darauf. Ich erkannte die Minzkaugummi-Marke sofort. »Möchtest du?«, fragte er und hielt mir die geöffnete Packung entgegen.

Ich nickte und zog mir einen der silbernen Streifen heraus. »Danke.« Er steckte sich ebenfalls einen Kaugummi in den Mund und stieg aus dem Fahrzeug. »Ich bin in zehn Minuten zurück.« Sorgfältig schloss er die Tür des Autos und hielt dann direkt auf den Streifenpolizisten zu, der am Eingang der Apotheke stand.

»Guten Morgen, Kommissar«, grüßte der, nachdem er Haltung angenommen hatte.

»Guten Morgen, was haben wir denn hier?«, hörte ich Schnauzbart noch fragen, bevor er mit dem anderen Mann in dem Gebäude verschwand. Ich drückte mein Gesicht an das Seitenfenster, um mitzubekommen, was passierte, doch es war hoffnungslos. Der Uniformierte kam kurz darauf zurück und nahm wieder seinen Posten am Eingang der Apotheke ein. Dabei warf er mir einen Blick zu, der vermutlich beiläufig wirken sollte. Ich wusste es aber besser. Offenbar hatte Schnauzbart ihn gebeten, mich im Auge zu behalten. Frustriert verschränkte ich die Arme und starrte den Polizisten ärgerlich an. Es passte mir überhaupt nicht, derart kaltgestellt zu werden. Mein Blick fiel auf das Funkgerät am Armaturenbrett. Wie lautete noch der Funkspruch, den ich an diesem Morgen gehört hatte?

»Uns wurde ein ED gemeldet. Die Diebe drangen durch eine kaputte Scheibe vom Hinterhof der Alicenstraße 9 in eine Apotheke ein.«

Ich drehte mich um und schaute durch die Heckscheibe nach draußen. Zu dem genannten Hinterhof führte eine Gasse, die auf der rechten Seite des Ladens, also direkt hinter diesem Fahrzeug, einmündete. Dieser Weg war so schmal, dass dafür nicht einmal der Bürgersteig unterbrochen, sondern nur ein bisschen abgesenkt worden war. Der Streifenpolizist stand an der Eingangstür auf der linken Seite der Apotheke. Wenn es mir gelang, unbemerkt aus dem Auto zu kommen, konnte ich vermutlich auch in die Seitenstraße schleichen. Doch wie sollte ich das anstellen? Immer wieder schaute der diensteifrige Polizist zu mir herüber. Offenbar hatte er nicht vor, mich einfach so entwischen zu lassen.

Da kam mir eine Idee. Ich gähnte und streckte dabei die Arme, was vielleicht ein bisschen übertrieben wirkte. Dann legte ich mich quer auf die Rückbank des Autos. Es dauerte nicht lange und das Gesicht meines Wächters erschien im Seitenfenster der Limousine. Ich tat, als hätte ich ihn gar nicht bemerkt. Gemütlich schob ich die Arme unter den Kopf und streckte die Beine aus. Die Füße legte ich auf der Verkleidung der Seitentür ab, direkt vor der Nase des Polizisten. Sicher, dass ich nicht ausgestiegen war, kehrte er auf seinen Posten zurück. Sofort begann ich, meinen Fuß aus dem linken Schuh herauszuarbeiten. Es gelang mir tatsächlich, den Turnschuh zwischen der Türverkleidung und der Gummidichtung der Fensterscheibe so abzustellen, dass er von selbst in Position blieb. Nun befreite ich auch meinen anderen Fuß aus dem Schuh. Doch so sehr ich mich auch bemühte, das Teil wollte einfach nicht stehenbleiben. Als ich versuchte, es vorsichtig an sein Gegenstück zu lehnen, drohte sogar mein gesamtes Werk herunterzufallen. Ich stieß einen Fluch aus und hob den Kopf ein Stück, damit ich zu dem Polizisten hinüberschauen konnte. Er stand wie zuvor auf seinem Wachposten und hatte gottlob nichts bemerkt. Frustriert kaute ich auf dem Kaugummi herum. Das war die Lösung! Ich nahm ihn aus dem Mund, checkte noch einmal den Wächter und zog dann blitzschnell den Schuh zu mir heran, der lose an meinen Zehen baumelte. Ich befestigte die klebrige Masse an der

Sohle und streckte das Bein wieder aus. Tatsächlich erfüllte das seinen Zweck. Wie von Geisterhand blieben nun beide Schuhe auf der Türverkleidung des Autos stehen. Vorsichtig drehte ich mich auf den Bauch und krabbelte zum Türgriff auf der anderen Seite. Als ich ihn zog, wurde ich jedoch enttäuscht. Die Tür war verschlossen. Erfolglos probierte ich, den Entriegelungsknopf zu ziehen. Offenbar hatte Schnauzbart die Kindersicherung des Fahrzeugs aktiviert. Mein Vorhaben hatte einen Dämpfer erhalten, doch ich war noch nicht bereit, einfach so aufzugeben. Ich drehte mich wieder herum, streckte die Füße in den Fußraum hinter dem Fahrersitz und schob meinen Oberkörper bäuchlings über die Mittelkonsole. Dabei achtete ich darauf, möglichst flach zu liegen, um nicht durch das Seitenfenster gesehen zu werden. Ich wagte nicht mal zu atmen, während ich so Zentimeter für Zentimeter vorwärts robbte. Dann streckte ich meine zitternden Finger nach dem Griff der Fahrertür aus. Der Mechanismus entriegelte mit einem hörbaren Klacken und ich betete, dass der Streifenpolizist es nicht gehört hatte. Überprüfen konnte ich es jedoch nicht. Also öffnete ich die Tür einen Spalt und zwängte mich hindurch. Ich hatte bei dieser Aktion nicht bedacht, dass ich so direkt auf die Straße krabbelte. Ein von hinten kommendes Fahrzeug musste ausweichen und geriet dabei ins Schlingern. Sein Kotflügel verfehlte meinen Kopf nur um Haaresbreite. Von Panik ergriffen schlug ich die Wagentür zu und rannte los. Als ich auf die Seitenstraße zu lief, riskierte ich einen kurzen Blick zu dem Polizisten hinüber. Seine gesamte Aufmerksamkeit galt dem davonfahrenden Auto und ich kapierte, dass der Beinah-Unfall das Beste war, was mir passieren konnte. Er hatte den Wächter von meiner Flucht abgelenkt. In der Seitengasse angekommen, schaute ich ein letztes Mal zu dem Auto zurück. Ich sah die Schuhe in der Seitenscheibe und grinste. Es sah tatsächlich so aus, als würde ein zweiter Daniel Konrad friedlich in der Limousine schlafen. Zufrieden machte ich mich auf den Weg zur Rückseite des Gebäudes. Bereits in einiger Entfernung hörte ich die Stimmen der Polizisten. Mit dem Rücken zur Hauswand schlich ich an den Zaun heran. Da ich nur Socken trug, konnte sicher niemand meine Schritte hören. So erreichte ich die Hausecke und lugte in den Hinterhof. Kommissar Walther schaute von innen durch das beschädigte Fenster in den Hof und unterhielt sich mit einem Kollegen. Der reichte ihm gerade einen Plastikbeutel. »Dieses Haar haben wir gefunden«, erklärte er. »Vermutlich hat es sich der Täter beim Einsteigen ausgerissen.«

Schnauzbart hielt das Beweisstück gegen das Licht, um es zu untersuchen. »Hm«, brummte er. »Ziemlich lang. Eine Frau?«

»Ich glaube nicht, Herr Kommissar. Sehen Sie diesen Fußabdruck hier?« Der Polizist deutete auf den Matsch, der sich auf dem Boden vor dem Fenster angesammelt hatte. »Eher ein Männerschuh, Größe 44.«

Der Kriminalpolizist nickte. »Sonst noch irgendwas?«

»Nein, das ist alles.«

Ich wusste, dass der Polizist sich irrte, denn mein Blick war just in diesem Moment auf einen Gegenstand gefallen, der außerhalb des Zaunes auf dem Weg lag. Ich versicherte mich, dass keiner der Beamten zu mir sah, ehe ich die drei Schritte dorthin eilte und dieses Etwas aufhob. Allem Anschein nach lag es erst seit kurzem dort – lange genug jedoch, um nicht von einem der Polizisten zu stammen. Und es vervollständigte das Bild in meinem Kopf. Jetzt wusste ich, wer in die Apotheke eingebrochen war, und konnte mein Glück kaum fassen.

»Hey, was ist das?«, rief einer der Polizeibeamten, als ich wieder in die Deckung zurückkehren und mir das Fundstück näher betrachten wollte. Ich rannte los, ohne mich noch einmal umzusehen. Mit klopfendem Herzen erreichte ich die Hausecke zur Hauptstraße und versuchte, den Polizisten zu finden. Er stand nicht mehr auf seinem

Posten, also huschte ich zur Wagentür hinüber. Von außen ließ sie sich problemlos öffnen. Ich sprang in das Fahrzeug und schloss die Tür hinter mir. In diesem Moment stürmten auch schon Schnauzbart und der Uniformierte aus der Apotheke.

»Ich versichere Ihnen, der Junge war die ganze Zeit in Ihrem Wagen«, sagte der Streifenpolizist.

Ich warf mich wieder flach auf die Rückbank und gab meinen Schuhen einen Tritt, sodass sie in den Fußraum des Autos purzelten. Schnauzbart öffnete die Tür, nachdem er einen raschen Blick in die leere Seitenstraße geworfen hatte. »Junger Mann«, sagte er streng. »Du solltest doch im Auto bleiben.«

»War ich doch!«, log ich und bemühte mich, empört zu klingen.

»Ja klar«, antwortete er. Sein skeptischer Blick war dabei auf meine weißen Socken gerichtet. Ich schaute sie mir ebenfalls an. Von ihrer ursprünglichen Farbe war nicht mehr viel zu erkennen.

Samstag, 04. Dezember, 13:52 Uhr

Die Geräusche der ermittelnden Polizeibeamten in meiner Erinnerung passten exakt zu jenen, die ich nun ganz in der Nähe hörte. Ich kauerte mich noch tiefer in das Versteck und lauschte. Schon aufgrund der Anzahl dieser Funksprüche fürchtete ich, dass unzählige Polizisten nach mir suchten. Wie sollte ich jemals aus diesem Viertel herauskommen? Dank der Geräusche wusste ich zumindest genau, wann der Suchtrupp das kleine Grundstück erreichte, auf dem ich mich versteckt hielt. Es hörte sich an, als wären sie direkt vor dem Hoftor stehengeblieben.

Marie

Marie konnte das Haus des ehemaligen Polizisten schon von der Parkbucht aus sehen. Sie fragte sich, ob der Mann wohl bereits zurückgekehrt sei, um das abzuholen, worüber er am Telefon gesprochen hatte. In der Hofeinfahrt stand jedoch kein Auto und alle Fenster des Gebäudes waren verschlossen. Marie stieg aus ihrem Wagen und eilte zu dem Grundstück hinüber. »*Walther*«, las sie in einem durchsichtigen Plastikfenster des Briefkastens. Aus dem Zeitungsrohr ragte eine dieser kostenlosen Wochenendzeitungen, die jeder Bewohner der Stadt bekam, ob er sie haben wollte oder nicht. Einige Werbeblättchen waren herausgefallen und lagen auf dem Bürgersteig verstreut. Marie zweifelte daran, dass der ehemalige Polizist das Chaos einfach so belassen hätte. Also schritt sie entschlossen darüber hinweg und trat durch ein hüfthohes Tor auf das Grundstück. Ehe sie an der Haustür ankam, riskierte sie einen Blick durch das danebenliegende Fenster ins Innere. Es war kein Mensch zu sehen. Sicherheitshalber drückte sie den Klingelknopf und das Glockenspiel des Big Ben hallte durch das Haus. Sie wartete, ob die Tür geöffnet wurde, doch nichts geschah. Als sie sicher war, dass niemand mehr kommen würde, begann sie nach einem Weg ins Innere zu suchen. Die Haustür war fest verschlossen, ebenso das Fenster. Also lief sie um das Gebäude herum. Eine ebenerdige Terrasse im Garten war von kleinen Büschen gesäumt. Zu Maries Überraschung stand die Terrassentür weit offen. Wieso hatte der langjährige Polizist sie offengelassen? War dies eine dieser Gegenden, wo keiner über so etwas nachdachte? Oder war der Mann doch zu Hause und hatte ihr Klingeln einfach nicht gehört? Vorsichtig trat sie an die Tür heran.

»Hallo?«, rief sie laut. »Herr Walther? Sind Sie hier?« Keine Antwort. Marie lauschte eine Weile, doch es blieb vollkommen still in dem Haus. »Ich bin es. Marie Becker-Körbel. Wir hatten telefoniert«, erklärte sie, während sie einen Fuß über die Türschwelle setzte.

Irgendwie kam ihr der Einbruch durch diese Erklärung weniger verboten vor. Durch die Verandatür gelangte man in den Wohnbereich des Hauses. Die Einrichtung wirkte bescheiden, aber gemütlich. Da das schmale Reihenhaus nur wenig Platz bot, hatte der ehemalige Polizist praktisch jede Ecke genutzt. Langsam ging Marie durch das Zimmer und kam so in die Diele im Eingangsbereich des Hauses. Sie war hierhergekommen, um herauszufinden, wo dieser Tom Hartmann wohnte. Doch wie sollte sie das anstellen? Nachdem sie sich noch einmal überzeugt hatte, dass sie allein war, machte sie sich auf die Suche nach einem Arbeitszimmer. Sie fand es am Ende des Flures, warf einen letzten Blick zur Haustür hinüber und schloss die Tür hinter sich sorgfältig. Dann hielt sie auf den Schreibtisch in der Mitte des Raumes zu. Es gab keinen Computer, bloß eine lederne Auflage, eine dunkle Keramikschale mit verschiedenen Füllfederhaltern und eine schwarze Ablage für Korrespondenz. Eine goldene Bankerlampe mit grünem Schirm und ein fast schon antiquarisch wirkendes Telefon waren die einzigen elektronischen Geräte weit und breit. Neben der Schreibunterlage stand eine Pappschachtel. »Daniel Konrad«, entzifferte Marie die Aufschrift auf der Kiste. Offenbar sammelte der ehemalige Polizist darin alle möglichen Informationen über ihren Freund. Der Deckel war geöffnet und der Inhalt auf dem gesamten Schreibtisch verteilt worden. Unzählige Dokumente, Notizen und Fotografien lagen hier ausgebreitet, als warteten sie nur darauf, von Marie gefunden zu werden. Sie konnte ihr Glück kaum fassen. Mit zitternden Fingern begann sie, die Hinweise zu durchstöbern. Die ersten Papiere neben der Schachtel beschäftigten sich mit dem Bankraub und dem Mord an Daniels Eltern. Es handelte sich um Tatortfotos aus der Bank, Kopien von Akteneinträgen und Zeitungsartikeln von damals. »Geiseldrama endet tödlich«, las Marie die Überschrift eines Berichts. Ein weiterer meldete: »Wunderkind überführt den Mörder seiner Eltern«. Unter anderen Umständen hätte sie gerne mehr über die Ereignisse erfahren, doch dafür fehlte ihr definitiv die Zeit. Sie musste an ihre Tochter denken und schnell irgendwelche Spuren zu ihr finden. Keinesfalls durfte Sarah ebenfalls zum Gegenstand eines solchen Presseartikels werden. Also schob Marie den Packen zur Seite, um weiterzusuchen. Dafür zog sie sich den Bürostuhl heran und nahm darauf Platz. In der Hoffnung, dass die Dokumente chronologisch sortiert waren, richtete sie ihre Aufmerksamkeit direkt auf das andere Ende des Schreibtischs. Dort fand sie eine Reihe von Fotografien. Ihr weißer Rand ließ vermuten, dass sie von einer Sofortbildkamera stammten. Marie raffte die Bilder zusammen und begann, sie durchzublättern. Sie erkannte den Eingangsbereich einer Wohnung, ein unaufgeräumtes Wohnzimmer, ein improvisiertes Nachtlager in der Ecke eines Raumes, einen Rucksack, der neben der Matratze stand, und die Habseligkeiten, die darum verstreut lagen. Marie war überzeugt davon, dass es die Unterkunft war, in der dieser Tom Hartmann seit seiner Entlassung aus dem Gefängnis wohnte. Doch keines der Bilder enthielt konkrete Anhaltspunkte auf Sarahs Entführung, was ihre Nerven zum Zerreißen anspannte. Frustriert blätterte sie weiter, obwohl sie noch nicht einmal genau wusste, wonach sie eigentlich suchte. Sie konnte nur hoffen, dass sie die angekündigten Spuren auch erkennen würde. Schließlich kam sie zu dem Bild eines Schreibtisches. Zuerst begriff Marie gar nicht, warum sie dieses Foto nicht wie alle anderen einfach überblätterte. Doch dann erkannte sie den Grund. Neugierig betrachtete sie die Wand hinter dem Arbeitsplatz. An ihr waren mit Reißzwecken unzählige Papiere und Fotografien befestigt worden. Ihr Unterbewusstsein hatte offenbar das Bild im Zentrum dieser provisorischen Pinnwand wahrgenommen. Auf dem kleinen Polaroid-Foto konnte sie es nur schlecht erkennen, doch Marie zweifelte keine Sekunde daran, dass Sarah darauf abgebildet war. Sie nahm den Abzug hoch, um ihn genauer zu betrachten. Ohne Zweifel hing dort ein Bild ihrer Tochter – und so, wie es aufgenommen war, hatte sie bestimmt nicht gewusst, dass sie in diesem Moment fotografiert wurde. Leider brachte sie das auch keinen Schritt weiter und mehr Fotos gab es nicht. Trotzdem war sie noch nicht bereit, einfach aufzugeben. Irgendwo musste doch ein brauchbarer Hinweis zu finden sein. Neben den Fotografien lag ein Zeitungsartikel, der sich offenbar mit den Ereignissen auf Great Blasket Island beschäftigte. Die Überschrift lautete »Mord im Feriencamp«. Es war wohl nur eine kurze Meldung auf einer der hinteren Seiten der Lokalzeitung gewesen. Marie hatte nicht einmal gewusst, dass es überhaupt Zeitungsberichte über die Vorfälle gab. Doch auch für diese Erinnerung blieb ihr jetzt keine Zeit. Das nächste Dokument war die Kopie eines Anhörungsberichts und bereits etliche Jahre alt. Die Papiere auf diesem Schreibtisch schienen allesamt vollkommen nutzlos zu sein. Frustriert stieß sie den ganzen Kram von sich weg. »Eine Sackgasse«, dachte sie und ärgerte sich über die vergeudete Zeit. Sie wollte schon aufgeben, als ihr Blick plötzlich auf einen beschriebenen Notizblock fiel. Er lag etwas abseits der anderen Papiere, direkt neben dem Telefon. »Joshua«, entzifferte sie die Überschrift der Notiz. Dabei musste sie sofort an Daniels Bericht über seine Ex-Freundin Jenny und ihren geheimnisvollen Mitpatienten denken. »Jojo« war der Spitzname dieses Mannes gewesen. Ihr Freund hatte ihn für den Hauptverdächtigen gehalten. Ging es hier um genau diese Person? Sie wollte weiterlesen, doch ein Großteil der folgenden Zeilen war vollkommen unlesbar. Es wirkte, als wäre die Notiz in großer Eile geschrieben worden. Marie nahm den Block hoch und versuchte, die Schrift des ehemaligen Polizisten zu entschlüsseln. Ihre Hände zitterten vor Aufregung. Es handelte sich offenbar um eine ganze Reihe von Namen und Anschriften. Keiner der Familiennamen sagte ihr irgendetwas. Sie konnten Gott weiß was bedeuten. Marie stellte sich vor, wie sie die Adressen eine nach der anderen abklapperte, bloß um am Ende herauszufinden, dass sie gar nichts mit Sarahs Entführung zu tun hatten. Doch dann entdeckte sie etwas, das ihre volle Aufmerksamkeit weckte. Zuerst traute sie ihren Augen nicht, aber es bestand kein Zweifel. In der letzten Zeile der Notiz stand eindeutig das Wort *Insel*.

»Diese gottlose Insel war mein Gefängnis«, sprach sie ihren Gedanken dazu laut aus. Offenbar hielt sie genau den Hinweis in Händen, nachdem sie die ganze Zeit gesucht hatte. Erst als sie das Blatt ein Stück anhob, konnte sie auch entziffern, was davor und dahinter geschrieben stand. »zuletzt: Lebensgemeinschaft *Insel* (L31)«, lautete die Zeile, aber was mochte sie bedeuten? Das Wort *Insel* war in Anführungsstriche gesetzt. Die Landesstraße 31 führte geradewegs ins Hinterland und war meistens nur mäßig befahren. Sie verlief kilometerweit durch ein Waldgebiet. Marie war diese Strecke schon einige Male gefahren. Sie lag mitten im Nirgendwo. Kein See, kein Fluss, nicht einmal eine Spur von Wasser gab es dort. Nur eine endlose Straße, umgeben von Bäumen. Wie zur Hölle konnte es da eine Insel geben? Erneut las sie das Wort, das unmittelbar davorstand. *Lebensgemeinschaft*. Es kam ihr vor, als müsste ihr diese Information etwas sagen. Sie wiederholte sie noch ein paar Mal in ihrem Kopf. Intuitiv wusste sie, dass es mit ihrer Kindheit zu tun hatte. Aber was? Und dann traf sie die Erinnerung ohne Vorwarnung. Wieso hatte sie diese Verbindung nicht viel früher erkannt? Wie hatte sie das alles vergessen können? Natürlich kannte sie diesen Ort und sie wusste auch genau, wo er zu finden war. Ihre Mutter hatte bestimmt tausend Mal davon gesprochen.

Montag, 04. Dezember, 20:44 Uhr (21 Jahre zuvor)

Marie saß auf der Kante ihres Bettes. Das Stofftaschentuch in ihrer Hand war vollkommen durchnässt und noch immer liefen ihr die Tränen in Strömen über das Gesicht.

»Und was ist dann passiert?«, insistierte ihre Mutter. Sie stand wenige Schritte vor ihr, hatte die Arme verschränkt und durchbohrte ihre Tochter regelrecht mit ihrem Blick.

Marie schluchzte.

»Nichts«, brachte sie ohne jede Stimme hervor.

»Wie bitte?«

Das Mädchen räusperte sich. »Nichts«, wiederholte sie lauter. »Er hat mich nur geküsst.«

»Auf den Mund?«

Marie spürte, wie ihr die Schamesröte ins Gesicht schoss. Sie wagte es nicht, ihrer Mutter in die Augen zu schauen. Dann nickte sie kurz. Am liebsten wäre sie im Boden versunken.

»Hast du den Kuss erwidert?«

Marie schüttelte den Kopf, aber sie konnte in diesem Moment nicht einmal sagen, ob das auch wirklich stimmte. Sie war so überrascht gewesen. Im Leben hätte sie nicht damit gerechnet, dass der sympathische Junge von der anderen Schule sie plötzlich packen und küssen würde. Gewehrt hatte sie sich nicht. Marc war ein richtiger Junge, nicht so ein Baby, wie die Typen aus ihrer Klasse. Marie fand ihn seit ihrer ersten Begegnung toll und hatte sich den ganzen Abend über voller Begeisterung mit ihm unterhalten. Vielleicht hatte sie den Kuss ja doch erwidert? Am Anfang zumindest. Aber er hatte seine feuchten Lippen so furchtbar lange auf ihre gedrückt. Und dann war da auch noch der unangenehme Geruch seiner Zigarette gewesen. Deshalb hatte sie ihn schließlich von sich weggestoßen und fluchtartig die Party verlassen. Die ganze Situation war ihr entsetzlich peinlich. Und dieses Gespräch machte es nicht besser. Wäre sie doch bloß nicht direkt nach Hause gegangen. Aber wie hätte sie ahnen sollen, dass sie geradewegs in die Arme ihrer Mutter laufen würde? Agnes Becker hatte sofort gemerkt, dass etwas nicht stimmte und ihre Tochter solange verhört, bis sie ihr von dem Vorfall auf der Geburtstagsfeier berichtet hatte.

»Hat er dich sonst irgendwie angefasst?«

Wieder schüttelte das Mädchen ihren Kopf.

»Gott sei Dank!« In der Stimme ihrer Mutter schwang tatsächlich Erleichterung mit. Marie wusste jedoch, dass es dabei nicht um ihr Wohlergehen ging. Das ging es nie. Viel wichtiger war stattdessen, was wohl die Nachbarn dachten oder der Gemeindekreis darüber sagte.

»Morgen früh gehe ich in die Schule dieses Jungen!«

Panik ergriff Marie. »Mama, das muss doch nicht ...«

»Natürlich muss es! Derartige Übergriffe dürfen nicht ohne Konsequenzen bleiben. Gott weiß, was er dem nächsten armen Mädchen antut. Solche kriminellen Jugendlichen gehören in die *Insel* gesperrt!«

»D-die Insel?«, wiederholte Marie verunsichert. »Was ist das?«

»Das weißt du nicht? Die *Insel* ist ein Heim für schwer Erziehbare, irgendwo tief im Wald. Sie wollen das Pack dort mit Bibelversen und Gebeten retten. Völliger Unsinn, wenn du mich fragst. Aber es liegt weit weg von jeder menschlichen Siedlung und deshalb ist es auch genau der richtige Ort für diesen Abschaum!«

So wie ihre Mutter davon sprach, lief dem Mädchen ein Schauer über den Rücken. In ihrem Kopf mischten sich Bilder ihrer Schule mit dem dunklen Hexenwald aus einem ihrer alten Märchenbücher. Jetzt tat ihr dieser Marc Schulz schon beinah leid. Bestimmt hatte er einen Denkzettel verdient, aber ihr Mitgefühl forderte wenigstens einen

Versuch, ihn zu retten. Also wischte sie sich die Tränen aus dem Gesicht und versuchte, nicht mehr verheult zu klingen.

»Ich glaube, er wollte mir gar nichts Böses«, begann sie, kam aber nicht weiter. Ihre Worte wurden sofort unterbrochen.

»Ach, was bist du ein naives, kleines Mädchen«, tadelte Agnes Becker sie. »Jungs wollen nie etwas Böses. Sie sind immer lieb und nett und zuvorkommend, bis sie das bekommen haben, was sie wollen. Dann lassen sie dich fallen wie eine heiße Kartoffel.« Marie konnte deutlich spüren, dass es hier nicht mehr um den Jungen auf der Party ging. Jedes weitere Wort würde diese Sache nur noch anstacheln. »Du machst dich jetzt sofort bettfertig und ich kümmere mich morgen früh um diese Angelegenheit! Du wirst diesen Marc niemals wiedersehen.« Ihre Mutter war bereits zur Zimmertür hinübergegangen und hatte das Licht ausgeschaltet.

»Ich brauche aber noch ...«

»Gute Nacht.«

Obwohl sie nichts für den Jungen erreicht hatte, war Marie dennoch erleichtert, als die Tür ihres Zimmers von außen geschlossen wurde. Wenigstens war das Verhör vorüber.

Samstag, 04. Dezember, 13:57 Uhr

Von diesem Tag an hatte ihre Mutter das christliche Kinderheim wieder und wieder als Drohung benutzt. Es war der Ort, an den böse Kinder kamen, wenn sie ihr Zimmer nicht aufräumten, die Zahnbürste nicht ordentlich ausspülten oder nicht pünktlich genug zu Hause waren. Soweit Marie wusste, gab es das Heim schon seit vielen Jahren nicht mehr. Vor nicht allzu langer Zeit war dann irgendein Skandal aufgedeckt worden und hatte wochenlang in den Zeitungen gestanden. Dunkel erinnerte sie sich an düstere Geschichten über misshandelte Kinder und einen früheren Betreuer des Wohnheims. Damals hatte sie sogar ein Foto der Ruine in einem der Zeitungsartikel gesehen und kannte die Abfahrt, die zu dem Gemäuer führte. Ohne Zweifel war die einsame Stelle in den Wäldern der ideale Ort, um dort ein Heim für schwer erziehbare Kinder und Jugendliche zu errichten. Oder um ein entführtes Mädchen zu verstecken. Maries Hände zitterten noch immer, als sie ihr Handy hervorholte und Daniels Nummer anwählte. Im Grunde rechnete sie gar nicht damit, ihn zu erreichen, aber sie wollte unbedingt auf seiner Mailbox hinterlassen, wohin sie als Nächstes fuhr. Doch dann passierte etwas Unerwartetes. Es erklang ein Freizeichen. Marie schöpfte Hoffnung, dass es ihrem Freund gut ging und sie ihn diesmal tatsächlich ans Telefon bekam.

Daniel

Das Kratzen in meinem Hals war schlimmer geworden, seit die Polizisten vor dem Hoftor des Grundstücks standen. Ich hielt die Luft an, um nicht zu husten und dadurch meine Tarnung aufzugeben. Als ich es nicht länger aushielt, versuchte ich, möglichst flach zu atmen.

»Vielleicht dort drüben?«, fragte eine Polizistin gerade ihren Kollegen. Zu gerne hätte ich gewusst, in welche Richtung sie dabei zeigte. Doch es war zu riskant, nachzuschauen.

»Nein, ausgeschlossen«, erwiderte der Mann mit überzeugter Stimme. »Lass uns weitergehen. Da lang!«

Die Geräusche der Funkgeräte wurden rasch leiser. Erleichtert gestattete ich mir einen tiefen Atemzug und eine bequemere Haltung. Dann wollte ich nachschauen, wohin die Polizisten gingen, doch ehe ich dazu kam, dröhnte laute Rockmusik aus meiner Jackentasche. Ich stieß einen Fluch aus. Nur wenige Sekunden früher und ich wäre garantiert entdeckt worden. Aber auch jetzt war das Klingeln des

Handys nicht ungefährlich. Eilig zog ich das Gerät hervor. Maries Lächeln strahlte mir vom Display entgegen. Ich nahm den Anruf an, um die Musik zu beenden. Bevor ich jedoch etwas sagte, warf ich schnell noch einen Blick über den Holzstapel. Die Polizisten waren glücklicherweise nicht mehr in Hörweite.

»Marie? Bist du das?«, flüsterte ich jetzt.

»Gott sei Dank«, stieß meine Freundin erleichtert aus. »Ich dachte schon, dir wäre etwas zugestoßen!«

»Viel hat da nicht gefehlt«, stellte ich fest und bemerkte dabei zum ersten Mal, wie heiser meine Stimme klang.

»Oh mein Gott, was ist passiert?«

»Lange Geschichte. Keine Zeit zu reden. Die Kurzfassung ist wohl, dass ich mit dem Leben davongekommen bin.«

»Wo bist du jetzt?«

»Auf der Flucht vor der Polizei.«

»Polizei?«, fragte Marie besorgt, doch ich ahnte, dass ihre Besorgnis nicht mir galt.

»Keine Angst«, beeilte ich mich daher zu sagen. »Ich habe mit niemandem gesprochen, aber genau deshalb halten die Polizisten mich jetzt für den Hauptverdächtigen. Ehrlich gesagt, stehe ich wieder ganz am Anfang und habe keine Ahnung, wer hinter all dem steckt.«

»Aber ich«, antwortete Marie. Die Sicherheit, mit der sie das sagte, überraschte mich. Hatte sie Sarah bereits aufgespürt?

»Du weißt, wer hinter all dem steckt? Hat die Lösegeldübergabe funktioniert? Hast du Sarah …«

»Nein«, unterbrach Marie mich mitten im Satz. »Die Lösegeldforderung war eine Sackgasse. Dahinter steckte nur mein bekloppter Ex-Mann, der Geld für seine krummen Geschäfte brauchte.«

»Joachim hat Sarah entführt?«

»Nein, hat er nicht. Frag bitte nicht. Halten wir einfach fest, dass er ein totaler Idiot ist und ich kein weiteres Wort auf ihn verschwenden will!«

Zu gerne hätte ich noch einmal nachgefragt. Doch es war besser, das Telefonat nicht unnötig in die Länge zu ziehen, denn die krächzenden Geräusche der Funkgeräte kamen schon wieder näher.

»Okay, aber wer …«

»Sein Name ist Tom Hartmann.«

Ich brauchte einen Moment, um diese Information einzusortieren. »Der Mörder meiner Eltern?«, fragte ich.

»Genau der«, bestätigte Marie.

»Und woher weißt du das?«

»Ich habe mit dem Polizisten gesprochen, der den Fall damals bearbeitet hat.«

»Schnauzbart?«, fragte ich verwundert. Ich hatte nicht die leiseste Idee, wie Marie an den Kommissar aus meiner Kindheit gekommen war.

»Ja, Schnauzbart«, bestätigte sie ohne jede weitere Erklärung. »Er hat mir erzählt, dass dieser Tom Hartmann vor wenigen Tagen aus dem Gefängnis entlassen wurde. Er hat ihn wohl seitdem verfolgt und eine ganze Menge Hinweise gefunden, konnte aber nichts damit anfangen. Ich schon. Ich denke, ich weiß jetzt, wo der Entführer Sarah versteckt hält.«

»Erzähl.«

»Er hat doch in seinem Brief etwas von der *gottlosen Insel* geschrieben. Anfangs dachte ich, dass er Great Blasket Island meint.«

»Das habe ich auch gedacht.«

»Es gibt aber noch einen anderen Ort, der so heißt.«

Ein gellender Funkspruch ließ mich hochschrecken. Die Polizisten waren zurückgekehrt. »Scheiße«, zischte ich und ging wieder in die

Hocke. In mein Versteck gekauert, hielt ich mir noch einmal kurz das Handy ans Ohr. »Ich muss Schluss machen. Ich rufe dich später zurück«, flüsterte ich und beendete das Telefonat.

Ricky

Die Tür wurde weit geöffnet und schien in dieser Position sogar einzurasten. Zunächst passierte gar nichts, doch dann tauchte das Schrankmonster im schwachen Lichtschein des Kellerfensters auf. Sein Blick war auf den Schriftzug an der Wand des Heizungsraums gerichtet. Dadurch bemerkte es Ricky und Sarah in ihrem Versteck nicht. Das verschaffte ihnen ein paar Sekunden, um der Schockstarre zu entkommen. Auf dieser Seite der Tür saßen sie in der Falle. Sie mussten versuchen, hinter dem Rücken des Monsters in den Flur zu gelangen. Ricky umklammerte die Hand des Mädchens. Gemeinsam schlichen sie los. Auf halbem Weg stieß er mit dem Fuß gegen etwas, das am Boden lag. Scheppernd schlitterte sein Feuerzeug über den Beton. Panisch fuhr der Jugendliche herum und wollte sich schützend vor Sarah stellen. Doch die hatte seine Hand bereits losgelassen.

»Ja, bring dich in Sicherheit, Sarah, ich kümmere mich um den Kerl!«, rief er ihr nach, ohne seinen Blick von dem Monster abzuwenden, das ihn ebenfalls finster anstarrte. Rickys Herz schlug wie wild. Kampfbereit hob er beide Fäuste in die Luft. Er war entschlossen, notfalls zuzuschlagen. »Ein Schritt und ich mache Sie fertig!«, rief er. Seine Stimme klang jedoch nicht annähernd so bedrohlich wie erhofft.

»Jetzt reicht's«, stieß der Fremde urplötzlich aus. Von einer Sekunde auf die andere schoss er nach vorne. Bevor Ricky reagieren konnte, hatte der Kerl ihn schon gepackt und zu Boden gerissen. Der Aufprall presste ihm die Luft aus den Lungen. Panisch fuchtelte er mit den

Armen, um den Angreifer abzuwehren. Trotzdem setzte sich der Mann scheinbar mühelos auf seinen Brustkorb.

»Beruhig dich Junge!«, fauchte er und versuchte, die Handgelenke des Jungen zu fassen. Ricky dachte gar nicht daran, sich zu beruhigen.

»Fick dich«, presste er hervor. Trotzdem wurden seine Arme gepackt und zu Boden gedrückt. Er stemmte sich mit aller Kraft dagegen. Das Kräftemessen schien aussichtslos. Der Mann war nicht nur stärker als er, sondern obendrein in der besseren Position. So sehr Ricky sich auch bemühte, Stück für Stück sanken seine Arme nach unten. Jeden Augenblick würde er vollkommen wehrlos am Boden liegen. Was würde dann passieren? Wollte der Mann ihn bewusstlos schlagen? Oder fesseln? Hatte er vielleicht sogar seine Waffe mitgebracht, um ihn zu erschießen? Ricky biss die Zähne zusammen. Ein letztes Mal versuchte er, dem Druck Widerstand zu leisten, musste sich dann aber geschlagen geben. Der Triumph stand seinem Gegner ins Gesicht geschrieben.

In dieser Sekunde bemerkte Ricky aus dem Augenwinkel eine Bewegung. Es folgte ein dumpfer, metallischer Schlag. Der Angreifer stöhnte auf und fiel dann kraftlos vornüber. Er landete mit seinem vollen Gewicht auf ihm. Der Jugendliche brauchte einen Moment, bis er den Körper von sich heruntergerollt hatte. Als er sich aufrichtete, erkannte er im Halbdunkel Sarah, die mit dem Blecheimer in der Hand neben ihm stand.

»Lass uns abhauen, bevor er wieder zu sich kommt!«, rief sie.

»Geht klar«, sagte Ricky und nickte. Das Aufstehen fiel ihm schwer und seine Arme schmerzten höllisch von dem Kräftemessen. Als er es endlich geschafft hatte, bemerkte er eine Bewegung des Schrankmonsters. Der Mann war bei Bewusstsein und versuchte ebenfalls, auf die Beine zu kommen. Von der Anstrengung gezeichnet, verzog er dabei das Gesicht. »Scheiße«, entfuhr es Ricky. Panisch packte er den

Türgriff und zog daran, um seinen Gegner im Heizungskeller einzusperren. Der alte Mann schien zu begreifen, was er vorhatte, und stürzte auf ihn zu. In letzter Sekunde fiel die Tür krachend ins Schloss. Wütend hämmerte der Unbekannte von innen dagegen. Ricky wollte zur Sicherheit abschließen, doch der Schlüssel war nicht mehr da. Entsetzt schaute er zu Sarah. »Schnell weg hier.« In blinder Panik stolperten sie den finsteren Flur entlang und rannten schließlich die Treppenstufen hinauf. Ab der Mitte der Treppe wurde es endlich heller. Das Mädchen war schon oben. Ricky musste sich ranhalten, um sie nicht aus den Augen zu verlieren.

»Bleibt stehen, Kinder, ich will euch nichts tun!«, rief das Monster hinter ihnen. Ricky hatte gehofft, der Unbekannte würde in seinem Alter länger brauchen, um sich zu berappeln. Doch seine Stimme klang unglaublich nah. Dann spürte er auch schon, wie er am Fußgelenk gepackt wurde. Ricky stürzte nach vorn und knallte mit dem Knie auf die Kante der Treppenstufe. Er versuchte, den Schmerz zu ignorieren. Der Angreifer zerrte an seinem Fuß. Verzweifelt suchte der Jugendliche Halt am Treppengeländer. Er wusste jedoch, dass er sich so nicht retten konnte, jeden Moment würde er die Treppe hinunterfallen. In seiner Panik holte er mit dem anderen Bein aus und trat nach hinten. Er traf seinen Verfolger direkt ins Gesicht. Der unheimliche Kerl stürzte in die Dunkelheit des Kellers zurück. Ricky humpelte die letzten Stufen nach oben. Sarah stand dort und schaute ihn ängstlich an.

»Denkst du, er ist ...«

»Vielleicht. Aber ich würde mich lieber nicht drauf verlassen«, antwortete Ricky und blickte ebenfalls noch einmal die Treppe hinunter. Der Fremde war nirgends zu sehen. »Machen wir, dass wir hier wegkommen!«

»Wo müssen wir lang?«, fragte sie.

»Hier drüben«, antwortete Ricky und übernahm die Führung. Gemeinsam liefen sie durch den düsteren Flur. Als sie kurz darauf die Eingangstür erreichten, blieb Sarah stehen und schaute nach draußen.

»Wo sind wir hier?«, fragte sie.

Ricky zuckte mit den Achseln.

»Kein Plan. Irgend so ein Haus mitten im Wald.«

»Und wie sollen wir hier wegkommen? Ich kann doch nicht barfuß durch den Wald rennen!« Zur Unterstützung ihrer Worte deutete sie auf ihre nackten Füße. Ricky hatte noch gar nicht bemerkt, dass sie keine Schuhe anhatte. Sarah hatte recht, so würden sie nicht sehr weit kommen. Er warf einen Blick durch die Tür nach draußen. Während er verzweifelt einen Ausweg suchte, entdeckte er den alten Wagen des Fremden.

»Das Auto!«, rief er begeistert. »Wir können das Auto vom Schrankmonster nehmen!«

Wie an jenem grauenhaften Tag in der neuen Klasse kapierte Ricky erst, was er gesagt hatte, nachdem es bereits zu spät war.

»Das Schrankmonster?«, wiederholte Sarah. Sie klang dabei weder überheblich noch gemein, sondern eher, als wäre sie von seiner Wortwahl überrumpelt worden.

Ricky spürte, wie sein Gesicht knallrot anlief. Nie zuvor hatte er jemandem von den Albträumen seiner Kindheit erzählt. Und dabei sollte es verdammt nochmal auch bleiben.

»D-das ist … äh, … eine lange Geschichte …«, stammelte er. »Lass uns jetzt abhauen, bevor …«

» …bevor das Monster unter dem Bett auch noch hervorkriecht?« Diesmal wollte sie ihn eindeutig aufziehen. Trotzdem musste Ricky schmunzeln, nicht zuletzt, weil ihr Grinsen ansteckend war. Die Kleine war echt schlagfertig.

»Bist du jetzt fertig?«, fragte er schnell. »Ich denke, bis zum Auto kommst du auch ohne Schuhe.« Er lief los, bevor sie etwas erwidern konnte. Wenigstens hatte der Regen nachgelassen. Sarah folgte ihm, kam aber langsamer voran, da sie bei jedem Schritt prüfte, ob sie gefahrlos auftreten konnte.

»Kannst du denn überhaupt Auto fahren?«, rief sie ihm zu.

Ricky fand die Frage interessanter, wie er das Auto zum Laufen kriegen sollte, doch das sagte er nicht. »Klar«, stieß er stattdessen selbstbewusst aus. Seine Unsicherheit verschwand augenblicklich, als er die Fahrertür des Wagens erreichte. Sie war nicht nur unverschlossen, neben dem Lenkrad baumelte auch der Zündschlüssel am Schloss. Ricky erkannte den Schlüsselbund, den er vor seiner Flucht durch den Wald in ein Gebüsch getreten hatte. Er konnte nur erahnen, wie lange der alte Mann danach wohl gesucht hatte. Eilig stieg er in das Fahrzeug und schnallte sich an. Dabei stellte er frustriert fest, dass er mit den Füßen nicht an die Pedale rankam. Mit den Händen suchte er den Hebel, um den Fahrersitz nach vorn zu schieben. Er fand ihn zwar recht schnell, doch es passierte überhaupt nichts, als er daran zog. Also versuchte er es mit mehr Kraft und bewegte sich dabei vor und zurück. Ohne Erfolg. In diesem Moment wurde die Beifahrertür geöffnet und Sarah stieg ein. Sie schaute ihm eine Weile zu, nachdem sie sich angeschnallt hatte.

»Geht es?«, fragte sie besorgt.

Ricky bemühte sich, einen fachmännischen Blick aufzusetzen.

»Das Ding klemmt irgendwie«, schnaufte er und gab sich alle Mühe, seine eigene Panik zu verbergen. Dann plötzlich hatte er unerwartet Erfolg. Mit einem lauten Klacken gab die Verriegelung nach und der Fahrersitz schoss bis an die vorderste Position. Ricky griff sich den Zündschlüssel. Dabei rief er sich die Worte seines Vaters ins Gedächtnis zurück.

»Kupplung voll durchtreten, rechten Fuß auf die Bremse«, sagte er zu sich selbst in Gedanken. Im vergangenen Jahr waren sie an einem Sonntagmittag zum Parkplatz des größten Supermarktes der Stadt gefahren. Zur Belohnung für eine Drei in der Mathearbeit hatte Ricky hier so etwas wie eine Fahrstunde bekommen. Er erinnerte sich noch gut daran, denn es war das einzige Mal in den letzten acht Jahren, dass er Spaß mit seinem Vater gehabt hatte.

Er sortierte seine Füße und drehte den Zündschlüssel um. Der erste Versuch schlug fehl.

»Du musst länger an dem Schlüssel drehen«, kommentierte Sarah.

Ricky ärgerte sich, denn er wusste selbst, dass er zu zaghaft gewesen war. »Ich weiß, ich weiß!«, erwiderte er genervt. »Ich schaffe das schon...«

»Besser du beeilst dich damit.«

Sarahs Stimme klang ernst. Er verstand nicht, warum sie das sagte. Verwundert schaute er sie an und folgte dann ihrem Blick zum Eingangsbereich des Anwesens. Dort stand der alte Mann. In seinem Zorn wirkte er mehr denn je wie das Monster aus Rickys Albträumen. Panisch drehte der Jugendliche erneut an dem Zündschlüssel. Nichts passierte. Das Schrankmonster hatte sich in Bewegung gesetzt und hielt jetzt direkt auf sie zu. Hektisch fingerte Ricky an dem Schlüssel herum. Erst nachdem er ihn noch einmal herausgezogen und wieder reingesteckt hatte, startete der Motor. Die nächsten Worte seines Vaters tauchten in Rickys Kopf auf. »Jetzt mit dem rechten Fuß Gas geben und dabei die Kupplung langsam kommen lassen.«

Als er es versuchte, schoss der Wagen ruckartig nach vorne. Der Motor drohte auszugehen, blieb aber am Laufen. »Yes!«, triumphierte Ricky. Auch Sarah jubelte erleichtert und klopfte ihm auf die Schulter. Er blieb auf dem Gaspedal und war unglaublich stolz auf sich, weil er das Mädchen gerettet hatte. Dieses Gefühl war fantastisch.

»Pass auf!«, brüllte Sarah.

Ricky bemerkte das Schrankmonster. Es war losgerannt und wollte ihnen den Weg versperren. Er umklammerte das Steuer und nahm sich vor, notfalls auszuweichen, aber auf keinen Fall anzuhalten. Dazu kam es jedoch nicht. Das Auto schoss an dem alten Mann vorbei, lange bevor er sich ihnen in den Weg stellen konnte. Der Unbekannte schien irgendetwas zu rufen, doch seine Worte waren nicht zu verstehen. Sie folgten nun geradewegs dem geschotterten Weg, der einige Meter vor ihnen in den Wald hineinführte. Nur noch ein paar Sekunden und sie würden außer Sichtweite des Fremden sein. Ricky warf ihm einen letzten Blick zu. Im Außenspiegel konnte er sehen, wie der Mann dort stand und offenbar etwas in der Hand hielt. Dann musste er sich wieder auf den Weg konzentrieren, denn der Wagen drohte ins Schlingern zu geraten. Sicherheitshalber nahm er den Fuß vom Gaspedal, doch in diesem Moment war ein lauter Knall zu hören. Sarah schrie erschrocken auf. Das Auto brach zur Seite aus und es gelang Ricky aus irgendeinem Grund nicht mehr, da gegenzulenken.

»Fuck«, rief er, als vor ihnen ein gewaltiger Baum auftauchte. Er unternahm einen letzten verzweifelten Versuch auszuweichen. Doch es war zu spät. Der Wagen krachte mit voller Wucht gegen den Stamm. Ricky wurde nach vorne gerissen. Glas splitterte. Metall ächzte. Der Gurt schnürte ihm die Luft ab, sodass er von einer Sekunde auf die andere jede Orientierung verlor.

Kapitel 12

Samstag, 04. Dezember, 14:09 Uhr

Marie

Mit wachsender Anspannung starrte Marie auf ihr Handy. Anfangs hatte sie noch gehofft, Daniel würde sofort zurückrufen, doch inzwischen waren schon etliche Minuten verstrichen. Das Warten kostete wertvolle Zeit. Zeit, die Sarah vielleicht nicht hatte. Also steckte sie ihr Handy in die Manteltasche und nahm sich vor, es später im Auto noch einmal zu versuchen, falls er nicht von sich aus wieder anrief. Entschlossen riss sie sich die Notiz von dem Block ab und stürmte damit zum Ausgang des Arbeitszimmers. Gedanklich war sie schon auf dem Weg in das Kinderheim, als sie die Tür des Raumes aufstieß, was ein sonderbares Rumpeln verursachte. Marie realisierte, dass offenbar jemand hinter der Tür gestanden und gelauscht hatte. Panisch rannte sie los. Sie kam bis an die Tür zum Wohnzimmer.

»Stehenbleiben!«, befahl der Unbekannte jetzt. Es folgte ein Geräusch, das ihr das Blut in den Adern gefrieren ließ. Es klang wie sonntagabends im Fernsehen, wenn der Schurke seine Waffe entsicherte. Marie blieb jäh stehen und nahm ihre Hände gut sichtbar über den Kopf. Sie wagte es nicht einmal zu atmen. Langsam drehte sie sich zu dem Unbekannten um. Es war ein alter Mann und er hielt eine Pistole direkt auf sie gerichtet. Offenbar war der ehemalige Polizist nach Hause gekommen und hatte ihre Anwesenheit bemerkt. Ob er überhaupt wusste, wen er vor sich hatte? Sie hoffte, ihn mit dieser Information beruhigen zu können.

»M-mein Name ist Marie Becker-Körbel«, sagte sie langsam, obwohl ihre Stimme ebenso zitterte wie ihr ganzer Körper. »Wir haben vorhin miteinander telefoniert.«

Marie hatte eine Antwort erwartet, doch stattdessen schaute der Mann sie nur durchdringend an. Sie konnte sich zwar nicht vorstellen, dass er auf sie schießen würde, dennoch bewegte sie ihre Arme nur langsam und gleichmäßig nach unten, bis sie etwa auf Brusthöhe waren.

»B-bitte, es tut mir leid, dass ich hier eingedrungen bin. Aber Sie müssen verstehen, dass ...«

»... dass Sie eine Einbrecherin sind?«, fiel Schnauzbart ihr ins Wort. »Keine Sorge, das habe ich schon mitbekommen! Nehmen Sie die Hände wieder nach oben!«

»Was haben Sie jetzt vor?«, fragte Marie, während Sie dem Befehl Folge leistete.

»Zurück ins Arbeitszimmer!«, befahl er. »Aber schön langsam bitte. Und ich will Ihre Hände die ganze Zeit über sehen!«

Mit klopfendem Herzen ging sie an ihm vorbei in den Raum, aus dem sie gekommen war. »Was haben Sie jetzt vor?«, fragte sie dabei. Während sie auf eine Reaktion des Mannes wartete, spürte sie plötzlich, wie sie am rechten Handgelenk berührt wurde. Doch erst als sie das typische Einrasten der Handschelle hörte, begriff sie, was vor sich ging. Vermutlich wollte er sie zuerst am Weglaufen hindern, um dann in Ruhe die Polizei zu rufen. Seelenruhig griff er nach Maries linkem Arm, führte ihre Hände auf dem Rücken zusammen und schloss den Bügel auch um das andere Handgelenk.

»So, jetzt rüber zu dem Sessel!«

Mit der Waffe deutete er auf die Ledersessel, die nahe dem Fenster eine kleine Leseecke bildeten. Marie hatte keine andere Wahl, als seinen Anweisungen zu folgen. Langsam bewegte sie sich auf die

Sitzecke zu und blieb direkt vor jenem Sessel stehen, der zum Schreibtisch zeigte. Sie tat, was er ihr sagte, aber nicht einen Deut mehr. So konnte sie sich wenigstens ein bisschen Freiheit bewahren. Es war deutlich zu erkennen, dass dieses Verhalten den alten Mann nervte.

»Hinsetzen!«, befahl er.

Marie war versucht, seine Geduld noch etwas länger auf die Probe zu stellen, doch sie ahnte, dass sie mit Trotz hier nicht weiterkommen würde. Also setzte sie sich auf die vorderste Kante des Sessels. »Sie haben kein Recht, mich festzuhalten«, protestierte sie dabei. »Sie sind kein Polizist mehr!«

»Junge Frau, ich habe jedes Recht der Welt, Sie festzuhalten«, begann er und machte sich auf den Weg zum Schreibtisch hinüber. »Schließlich sind Sie bei mir eingebrochen! Ich denke, ich sollte …«

»Keine Polizei!«, rief Marie aus, schämte sich jedoch sofort für ihren unbedachten Ausruf. Sie wusste natürlich, dass sie nicht in der Position war, Forderungen zu stellen. »Hören Sie, das alles tut mir wirklich leid, aber Sie wissen doch, was für mich auf dem Spiel steht!«

»Mag sein. Das gibt Ihnen aber noch lange nicht das Recht, hier einfach einzubrechen. Was haben Sie überhaupt gesucht?« Sein Blick wanderte über die Papiere auf dem Schreibtisch.

»Das ist doch wohl klar«, antwortete Marie.

»Erleuchten Sie mich.«

»Na, Sie haben doch selbst am Telefon gesagt, dass sie in der Wohnung von Tom Hartmann waren und dort womöglich Hinweise gefunden haben, wo er meine Tochter gefangen hält.«

»Verstehe«, sagte der ehemalige Polizist nachdenklich. »Und diese Hinweise wollten Sie sich beschaffen, wie?«

Marie nickte.

»Was haben Sie denn herausgefunden?«

Schlagartig war sie dankbar dafür, dass sie ihr Telefonat mit Daniel nicht hatte beenden können. Sicher hätte sie dabei von dem Heim erzählt und damit unbemerkt auch Schnauzbart informiert. So jedoch war er glücklicherweise ahnungslos. Was er nicht wusste, konnte er nicht an die Polizei weitergeben.

»Nichts.«

»Sie lügen.«

Marie sagte kein Wort, schaute ihn nur schweigend an.

»Bitte, ich muss wissen, was hier vor sich geht.« Es war deutlich zu sehen, wie ihr Gegenüber die Geduld verlor. Sie überlegte kurz, weshalb ihn diese Sache so brennend interessierte. Er hatte dabei doch nichts zu gewinnen oder zu verlieren. Vielleicht hatte er es einfach noch nicht geschafft, mit dem Leben als Polizist abzuschließen?

»Na, wenn Sie mit mir nicht sprechen wollen ...«, sagte er und griff nach dem Telefonhörer. Er begann sofort, eine Nummer in die Tastatur einzutippen.

»Keine Polizei«, wiederholte Marie, doch diesmal war es eher ein panisches Flehen. Der ehemalige Polizist ließ sich davon nicht beeindrucken und tippte unbeirrt weiter. Sie musste schnell handeln, aber was konnte sie sagen oder tun, um ihn von seinem Vorhaben abzubringen?

»Sie haben keine Kinder, oder?«, fragte Marie.

Der Mann schaute von dem Telefon hoch. Es sah aus, als überlege er, ob er sich auf dieses Gespräch einlassen solle. Schließlich ließ er den Hörer ein kleines Stück sinken.

»Was hat das denn damit zu tun?«

»Einfach alles! Wenn Sie selbst Kinder hätten, dann könnten Sie begreifen, wie weit man bereit ist, für sie zu gehen.«

»Hören Sie«, begann er. Sein Gesichtsausdruck ließ vermuten, dass sie einen wunden Punkt getroffen hatte. »I-ich weiß ...«

»»Sie wissen überhaupt nichts!«, fiel Marie ihm ins Wort. »Sie wissen nicht, wie es einem das Herz zerreißt, wenn sie traurig sind. Oder wie man selbst mitleidet, wenn sie Schmerzen haben. Und sie haben auch keine Ahnung, wie schlimm es ist, das eigene Kind nicht in Sicherheit zu wissen!«

»I-ich versichere Ihnen, ich weiß …«, unternahm er einen hilflosen Versuch, sie zu unterbrechen, doch Marie wollte ihn nicht zu Wort kommen lassen.

»Aber Sie maßen sich an zu entscheiden, was gut für mich und mein Kind ist.«

»Ich weiß, dass Ihre Tochter in Gefahr ist«, rief Schnauzbart jetzt so laut, dass er sie damit übertönte. »Und ich weiß, dass Sie es nicht alleine mit dieser Situation aufnehmen können.«

»Ich bin nicht allein«, erwiderte Marie. »Daniel begleitet mich, wenn ich zu dem Versteck fahre!«

Selbstsicher schaute sie ihm in die Augen, kapierte dann aber, was ihr gerade herausgerutscht war. Sie hatte zugegeben, dass sie den Aufenthaltsort ihrer Tochter kannte. Schnauzbart hatte diesen Hinweis nicht überhört.

»Welches Versteck?«, fragte er und starrte sie durchdringend an. »Sie wissen also, wo Ihr Kind gefangen gehalten wird?«

»Nein!«, log sie, fand aber selbst, dass es nicht glaubwürdig klang.

»Na gut, dann …«, sagte er und wandte sich wieder dem Telefon zu.

»Nein, nein. Schon gut. Ich sage es Ihnen«, rief Marie voller Panik. Ihre einzige Möglichkeit bestand darin, den Mann auf ihre Seite zu ziehen, also beschloss sie, ihren Widerstand aufzugeben. »Ich habe Ihren Notizzettel gefunden.«

Der ehemalige Polizist schaute sie an, als wüsste er nicht, wovon sie sprach. Dann blickte er nachdenklich zu den Papieren auf dem Schreibtisch.

»Auf dem Block neben dem Telefon? Mit der Überschrift Joshua?«, erläuterte sie. »Darin erwähnen Sie die *Insel*.«

Jetzt nickte ihr Gegenüber knapp, schien aber noch immer nicht zu verstehen, worauf das alles hinauslief. »Insel? Welche Insel?«

»Das war ein christliches Kinderheim, eine Art Lebensgemeinschaft. Es wurde von allen nur *Insel* genannt und lag an der L31 außerhalb der Stadt.«

»Lebensgemeinschaft Insel«, wiederholte Schnauzbart in Gedanken und schüttelte den Kopf. »Nie davon gehört.«

»Es wurde damals wegen verschiedener Vorfälle geschlossen«, ergänzte Marie. »Es gab wohl irgendwelche Übergriffe auf die Kinder.«

»Ein Kinderheim also. Und weshalb vermuten Sie, dass Ihre Tochter dort festgehalten wird?«

»Wegen des Briefes«, antwortete Marie. »Der Entführer hat eine Nachricht hinterlassen. Sie steckt in meiner Manteltasche.« Sie begleitete ihren letzten Satz mit einem Blick zu der richtigen Tasche. »Ich würde ja selbst, aber mit den Handschellen ist das leider unmöglich.«

Ihr Gegenüber schaute ebenfalls in die Richtung, zögerte aber. Vermutlich überlegte er, ob es sich um eine Falle handelte. Sein Gesichtsausdruck wirkte fast ein bisschen komisch.

»Keine Angst«, sagte Marie daher. »Ich werde Ihnen schon nicht die Hand abbeißen.«

Schnauzbart war seine entlarvende Unsicherheit offenbar peinlich. »Wie sollten Sie auch«, murmelte er mehr zu sich selbst. Dann legte er den Hörer wieder auf das Telefon und kam zu ihr hinüber. Mit zitternden Fingern zog er das Papier hervor und entfaltet es umständlich. Während er die Zeilen des Briefes las, beobachtete Marie, wie sich seine Lippen kaum merklich bewegten. Schon nach den ersten paar Wörtern zog er überrascht seine Augenbrauen hoch, um kurz darauf seine Stirn in Sorgenfalten zu legen. Mit nachdenklicher Miene ging er zu dem anderen Lehnstuhl und setzte sich.

»Verstehen Sie jetzt?«, fragte Marie ungeduldig, nachdem er den Brief auf den kleinen Beistelltisch gelegt hatte. »Alles weist darauf hin, dass Sarah in dem Heim gefangen gehalten wird und wir hier wertvolle Zeit vergeuden.«

»Ich glaube, Sie haben recht«, antwortete der alte Mann. Es lag auf einmal eine Entschlossenheit in seiner Stimme, die Marie nicht erwartet hatte. »Es besteht tatsächlich eine Chance, dass Ihre Tochter in dieser ... äh ... *Insel* gefangen gehalten wird.« Er schien seine eigenen Worte nochmals zu prüfen, dann sprang er auf. »Kommen Sie«, rief er und zog Marie an einem Arm nach oben.

»W-was haben Sie vor?«, fragte sie irritiert.

»Na was schon? Ein Kind ist in Gefahr. Wir müssen sofort nachschauen, ob es wirklich dort ist.« Schnauzbart stürmte voran, bemerkte dann aber, dass Marie ihm nicht folgte. Mit fragendem Blick schaute er zu ihr.

»Was ist mit den Handschellen?«, fragte sie.

»Oh ja, natürlich«, sagte er. »Ich lasse Sie sofort frei.« Dann kramte er ein kleines Paar Schlüssel hervor. Es dauerte eine Weile, bis der alte Mann es geschafft hatte, die Handfesseln zu öffnen. Achtlos steckte er sie ein. Marie rieb sich demonstrativ die Handgelenke und warf ihm dabei einen grimmigen Blick zu. Ihr stummer Vorwurf zwang ihn offenbar zu einer Erklärung.

»Tut mir leid, junge Dame, aber anders waren Sie nicht zu einem vernünftigen Gespräch zu bewegen«, sagte er achselzuckend und steuerte dann, ohne auf eine Antwort zu warten, auf die Ausgangstür zu.

»Wenn Sie meinen«, erwiderte Marie mit teilnahmsloser Stimme, doch Schnauzbart hörte sie schon gar nicht mehr. Und es kam auch nicht darauf an, denn im Grunde ihres Herzens wusste sie, dass er recht hatte. Ohne diesen Zwang hätte sie niemals mit ihm gesprochen. Und jetzt, da er sich bereiterklärt hatte, sie zu begleiten, war sie sogar froh darüber. Schnell nahm sie den Brief des Entführers an sich, der immer noch auf dem kleinen Beistelltisch am Fenster lag. Dann rannte sie hinter dem ehemaligen Polizisten her, denn er hatte bereits die Haustür erreicht.

Samstag, 04. Dezember, 14:24 Uhr

Daniel

Nachdem der Einsatztrupp endlich weitergezogen war, traute ich mich, hinter den Holzscheiten hervorzukommen. Ich musste hier irgendwie herauskommen, um Marie beizustehen. Dieses Ziel ließ mich offenbar mutiger agieren. Ich durchquerte den Hof. Am Tor angelangt, beugte ich mich erst einmal nach vorn und schaute prüfend in beide Richtungen der schmalen Gasse. Die Polizisten waren außer Sichtweite, doch ich ahnte, dass ich sie nicht zum letzten Mal gesehen hatte. Es ging hier schließlich um eine Explosion in einem Wohnhaus und einen Mann, der vor den Rettungskräften davongelaufen war. Mit Sicherheit würden die Einsatzkräfte nicht eher Ruhe geben, bis sie mich aufgespürt hatten. Mein Auto stand unzählige Straßenkreuzungen von hier. Es schien mir fast schon absurd, es erreichen zu wollen.

Während ich darüber nachdachte, wie ich aus einem rundherum gesicherten Gebiet entkommen sollte, vernahm ich plötzlich ein bekanntes Geräusch. Anfangs klang es weit entfernt, doch dann kam es rasch näher. Schließlich wurde der scheppernde Einkaufswagen um die nächste Hausecke geschoben. Offenbar hatte der Obdachlose mit seiner Tour bisher nicht viel Glück gehabt, denn seine Sammlung von Plastikflaschen schien unverändert.

»En'schuldichen Se«, begann er augenblicklich, als er mich sah, doch dann erschien ein Ausdruck des Erkennens auf seinem Gesicht. Mit einem verlegenen Lächeln wandte er sich wieder dem Weg zu.

»Ach, verjessen Se's«, murmelte er dabei.

»Nein, warten Sie«, rief ich schnell, denn ich hatte erkannt, dass mir dieser Mann womöglich hier heraushelfen konnte. »Haben Sie die Polizei getroffen?«

Der Obdachlose nickte eifrig. »Hab ich«, bestätigte er. »Nich' einen Cent hatten'se für mich, aber meine Papiere wollten'se seh'n. Pfff! Typisch Bullen! Nich' ma'n Cent!«

»Das tut mir sehr leid«, antwortete ich und konnte mir ein Lächeln nicht verkneifen.

»Und mir erst!« Ein breites Grinsen erschien auf seinem Gesicht. Dabei konnte ich erkennen, dass er bestenfalls noch zwei oder drei halbwegs intakte Zähne im Mund hatte. Das erklärte auch seine nuschelnde Aussprache. Trotz seiner Situation schien der Mann einen angenehmen Humor zu haben. Unter anderen Umständen hätte es mich vermutlich brennend interessiert, wie er auf der Straße gelandet war. Doch momentan beschäftigten mich meine eigenen Sorgen.

Ich zog meinen Geldbeutel aus der Tasche und durchsuchte ihn nach einem passenden Geldschein. Leider hatte ich nur einen Fünfziger und einen Hunderter darin. Da ich sichergehen wollte, dass der Plan funktionierte, entschied ich mich schweren Herzens für den größeren Schein.

»Wollen Sie sich den verdienen?«, fragte ich und hielt die Banknote hoch.

»Na klar! Wen muss ich dafür ummachen?« Zuerst erschreckte mich seine Rückfrage, doch dann erkannte ich wieder sein schelmisches Grinsen.

»Das dürfte nicht notwendig sein«, antwortete ich. »Sie müssen eigentlich überhaupt nichts tun.«

»Aha?«

»Ich möchte Ihre Sachen kaufen.«

»Was'n für Sachen? Das Zeuch in mei'm Wachen?« Er deutete auf die Habseligkeiten in seinem Einkaufswagen. Ich nickte. »Das Zeug, den Wagen und Ihren Mantel.«

»Mein Mantel? Na, hör'n se ma'!«, rief er mit gespielter Empörung. »Das jute Stück is' ja allein schon den Hunni wert!«

Ich musste grinsen. Der Mann wusste ja nicht, dass es für Maries Tochter hier um Leben und Tod ging und es schien mir mehr als angemessen, dass er versuchte, für sich den besten Deal herauszuschlagen.

»Na gut«, antwortete ich und zog auch noch den zweiten Schein aus meiner Geldbörse. »Hundertfünfzig. Mein letztes Angebot.«

Sein gieriger Blick fiel auf das Geld. Doch dann tauchte ein anderer Ausdruck in seinem Gesicht auf. Ein Zögern. »Ham'se jemand umjebracht?«, fragte er.

»Wie kommen Sie denn darauf?«

»Also bitte, ich bin vielleicht nich' der Hellste, aber au' nich' total verblödet! Die Bullen suchen doch nach Ihne'!«

»Das stimmt. Und trotzdem versichere ich Ihnen, dass ich nichts Unrechtes getan habe.«

»Das sachen se alle!«, stellte er fest. »Raus mit der Sprache!«

Ich war mir nicht sicher, ob er bloß versuchte, den Preis in die Höhe zu treiben oder echte moralische Bedenken bekommen hatte. Ich wollte gerne an Letzteres glauben. »Also gut«, sagte ich und seufzte. »Die Tochter meiner Freundin ist entführt worden. Mehrere Freunde von uns wurden umgebracht und der Mörder will offenbar, dass ich dafür ins Gefängnis gehe.«

»Verstehe«, murmelte der Mann und nahm sich das Geld, dass ich ihm immer noch entgegenstreckte.

Obwohl ich wusste, dass das meiner Sache nicht unbedingt dienlich war, konnte ich mir eine Nachfrage nicht verkneifen. »DAS haben Sie mir geglaubt?«

»Ma' ehrlich«, antwortete er und begann, seinen Mantel auszuziehen. »Was für 'n krankes Hirn würde sich so 'n Scheiß ausdenken?«

Er streckte mir das Kleidungsstück entgegen und verlor dabei fast das Gleichgewicht. »Kriech' ich Ihre dafür? Is' verdammt kalt ohne!«

Seine Frage war berechtigt, denn es war eiskalt. Also nickte ich und begann damit, die Taschen meiner Jacke auszuleeren. Ich legte alles auf der vorderen Ablage des Einkaufswagens ab, den ich gerade erstanden hatte. Dann zog ich die Winterjacke aus und reichte sie ihm.

Sein Mantel stank bestialisch nach einer Mischung aus Schweiß, Urin und Erbrochenem. Ich musste mich regelrecht zwingen, ihn anzuziehen.

»Da«, sagte er jetzt und hielt mir auch seine braune Wollmütze entgegen. Ich wollte mir gar nicht ausmalen, wie die riechen mochte.

»Ich glaube, das wird nicht nötig sein«, lehnte ich ab.

»Das glaub ich abba schon! Mit der Mädchenmütze da kommen'se nich' weit!«

Ich wusste, dass er recht hatte, also fügte ich mich in mein Schicksal und zog Maries Mütze ab.

»Heiliche Scheiße«, rief er entsetzt, als er den Verband an meinem Kopf sah. »War das auch der Entführer von dem Kind?«

Ich musste schon schmunzeln, als ich mir sein Gesicht bei der Antwort nur vorstellte. »Nein«, erklärte ich dann. »Das war ein anderer Kerl, den ich gestern des Mordes überführt habe.«

Das Amüsement lag eindeutig nur auf meiner Seite. »Noch ein Mörder?«, fragte er und schaute mich prüfend an. Er war wohl auf der

Suche nach einem Anzeichen von Lüge oder Täuschung. Das war jedoch nicht zu finden, denn ich meinte jedes einzelne Wort todernst. Trotzdem musste ich das Gespräch beenden, ehe wir auch noch bei den Ereignissen auf den Blasket Islands landeten. Schließlich war ich darauf angewiesen, dass er weiterhin an meine Aussagen glaubte.

»Ja, äh … lange Geschichte, erzähle ich Ihnen gerne ein anderes Mal.«

»Was zur Hölle sind Sie?«, fragte er ratlos. »N' Dedektiv oder sowas?«

»Nein«, antwortete ich und konnte dabei ein bisschen Stolz nicht verhehlen. »Ich bin Lehrer für Erziehungshilfe!«

Anfangs schaute er mich weiter mit seiner ratlosen Miene an, doch dann begann er plötzlich lauthals zu lachen. Ich zog mir seine Mütze über und schloss den stinkenden Mantel, ehe ich meine Habseligkeiten in die löchrigen Taschen stopfte.

»N' Lehrer, wie? Dann passen'se ma auf, Herr Oberstudienrat!«, rief mir der Mann zu, als ich gerade loslaufen wollte. »Mit den Schuhen kaufen Ihne' die Bullen niemals ab, dass'se einer von uns sin'!«

Ich schaute an mir herunter. Er hatte recht. Meine Jeans und die nagelneuen Sportschuhe hatten zwar ein wenig unter der Rutschpartie im Wald gelitten, wirkten aber trotzdem viel zu gepflegt. Leider hatte mein neuer Freund mit seinen ausgetretenen Flipflops nichts für einen Tausch anzubieten. Ich bemerkte einen Blumenkübel, der als Verkehrsberuhigung an der Kreuzung zur nächstgrößeren Straße stand. Schnell eilte ich hinüber, schaute, ob die Luft rein war und griff mit beiden Händen in die kalte, feuchte Erde im Kübel. Ich verteilte die Masse gleichmäßig über meine Beine und Füße. Die Finger wischte ich mir im Gesicht ab, ehe ich zum Einkaufswagen zurückkehrte.

»Perfekt!«, kommentierte der Mann, nachdem er das Ergebnis ausgiebig begutachtet hatte. »Dann viel Glück, mein Freund!«

Ich bedankte mich bei ihm, schnappte mir den Wagen und setzte mich in Bewegung. Ich kannte diese Gegend nicht gut genug, um Umwege zu nehmen. Also lief ich exakt den Weg zurück, den ich auf meiner Flucht genommen hatte. Natürlich bewegte ich mich dabei sehr viel langsamer. Außerdem achtete ich auf einen leicht schwankenden Gang, den ich mir bei dem Fremden abgeschaut hatte. Es kam mir vor, als müsse das rasselnde Geräusch des Einkaufswagens kilometerweit zu hören sein. Doch das war mir recht. Für diese Tarnung war es am unauffälligsten, wenn ich versuchte, möglichst auffällig zu sein. Also musste mein obdachloses Ich Lärm machen. Außerdem hatte ich beschlossen, dass es unentwegt vor sich hinreden sollte.

»Nie passiert irgendwas! Niemand kommt, niemand geht. Es ist einfach nur schrecklich!«, lallte ich mantraartig. Es war der einzige Satz, der mir für meine neue Rolle eingefallen war, und er entstammte dem Obdachlosen Estragon aus Samuel Becketts berühmtem Werk *Warten auf Godot*. Ich war mir nicht einmal sicher, ob ich ihn richtig zitierte, aber ich war zuversichtlich, dass es darauf nicht ankam. Schon bald erreichte ich das Haus, in dem mein Referendar Manuel Keller gewohnt hatte. Noch immer hing eine dunkle Rauchwolke über der Gegend. Der Brand schien jedoch gelöscht zu sein. Das Aufgebot an Einsatzfahrzeugen der Feuerwehr und der Polizei war seit meiner Flucht gewachsen. Unzählige Polizisten standen in der Straße und wirkten beschäftigt. Im Innenhof des beschädigten Gebäudes bemerkte ich eine weinende Frau. Sie unterhielt sich gerade mit einem Ermittler. Ich wechselte sicherheitshalber auf die gegenüberliegende Straßenseite und konzentrierte mich vollends auf meine Pfandflaschen und das Mantra des obdachlosen Daniel Konrads.

»Nie passiert irgendwas! Niemand kommt, niemand geht. Es ist einfach nur …«

»Hey Sie, bitte bleiben Sie stehen!«, befahl eine befehlsgewohnte Stimme.

Ich hielt in der Bewegung inne und drehte mich zu der Person um, die gerufen hatte. Es handelte sich um einen jungen, hochgewachsenen Mann in Polizeiuniform. Ich schätzte ihn auf gerade einmal Mitte zwanzig. Mit forschem Stechschritt näherte er sich mir. Sofort begann er, den Inhalt des Einkaufswagens zu durchsuchen. Anfangs ließ ich ihn gewähren, denn ich hatte ja nichts zu verbergen, doch dann begriff ich, dass ich damit meiner Rolle nicht gerecht wurde.

»Was soll'n das, Jungchen? Das sind meine Sachen!«, protestierte ich und schob seine Hände beiseite. Er zog sie zurück und schaute mich angewidert an, als würde ich die Pest verbreiten. Zum ersten Mal ahnte ich, wie es sich anfühlte, am Rande der Gesellschaft zu leben.

»Ich versichere Ihnen, dass ich nichts stehlen wollte«, bemerkte er mit abfälliger Betonung.

»Das sagen'se alle!«, zitierte ich den Obdachlosen, dem die Sachen ursprünglich gehört hatten. Dabei beschloss ich, noch mehr Zitate meines Freundes zu benutzen, um die Glaubwürdigkeit der Darstellung zu erhöhen. »Hamm Se nich' ma'n büschen Kleingeld für mich?«

»Nein, leider nicht. Können Sie sich denn ausweisen?«

»Pfff. Typisch Bullen, nich' ma'n büschen Geld für 'n armen Mann!«

Der Beamte schien zu ahnen, dass er auf diesem Weg nicht weiterkommen würde. Er griff nach dem Funkgerät, das vor seiner linken Schulter an seiner schwarzen Weste befestigt war.

»Unidentifizierter Mann in der Nähe des Tatorts«, meldete er. »Dunkler Mantel, braune Mütze, Einkaufswagen.«

Es dauerte einen Moment, bis eine krächzende Antwort aus dem Funkgerät dröhnte.

»Der Obdachlose? Den können Sie gehen lassen. Wir haben ihn bereits gecheckt. Der ist in dieser Gegend bekannt.«

»Verstanden«, gab der Polizist zurück und wandte sich dann wieder mir zu. »Also gut. Ich darf Sie bitten, zügig weiterzugehen.«

Es war verlockend, seiner Aufforderung Folge zu leisten, doch meine Rolle verlangte etwas anderes. »Warum? Das is'n freies Land, Jungchen«, krakeelte ich. »Ich kann tun und lass'n, was ich will!«

Es war deutlich zu erkennen, dass es dem jungen Polizisten schwerfiel, seine Emotionen zu kontrollieren. »Dies ist ein Tatort«, presste er hervor. »Da drüben trauert eine Mutter um ihren toten Sohn und wenn Sie nicht augenblicklich verschwinden, muss ich Sie in Gewahrsam nehmen.« Ich wusste, dass er bluffte, aber ich durfte das Blatt nicht überreizen.

»Is' ja gut, is' ja gut!«, rief ich und hob die Hände als besänftigende Geste. Sie sollte den jungen Mann beruhigen, führte jedoch zu einer ganz anderen Reaktion. Aufmerksam betrachtete er jetzt mein Handgelenk.

»Eine schöne Uhr haben Sie da«, bemerkte er mit misstrauischer Betonung. Aus dem Augenwinkel konnte ich sehen, wie er eine Hand in Richtung seiner Waffe bewegte. Ich schaute ebenfalls zu meiner Armbanduhr und erkannte sofort das Problem. Das glänzende Armband der teuren Markenuhr stand im krassen Widerspruch zu dem schäbigen Ärmel des Mantels. Ich spürte, wie mir der Schweiß auf die Stirn trat. »Scheint ein neueres Modell zu sein. Darf ich fragen, woher Sie die haben?«

»Ach das Teil«, lallte ich. »Hab se von 'nem Kumpel gekricht. Hat mir geschwor'n, dasse echt is'! Willste se kaufen?«

Um meine Worte zu unterstreichen, begann ich, am Verschluss des Armbands herumzufingern. Es sah danach aus, als wolle der Mann etwas erwidern, doch ein weiterer Funkspruch hinderte ihn daran.

»Wir haben den Verdächtigen aufgespürt. Er läuft nach Osten in die Borngasse. Alle verfügbaren Einheiten begeben sich sofort in die Borngasse.«

Ich hielt die Luft an und sendete ein Stoßgebet, dass der junge Polizist zu diesen *verfügbaren Einheiten* gehörte. Zunächst rührte er sich nicht, doch nach einem letzten skeptischen Blick löste er den Griff um den Schaft seiner Waffe.

»Nein, vielen Dank«, sagte er und rannte in östlicher Richtung davon.

Erleichtert atmete ich auf und konnte mir dabei ein Grinsen nicht verkneifen. Doch dann fiel mein Blick in den Hof des gegenüberliegenden Hauses. Noch immer war dort eine Traube von Einsatzkräften versammelt. Im Zentrum der Ansammlung stand die Mutter meines Referendars und weinte um ihren Sohn. Das Grinsen war mir vergangen, als ich eilig das Weite suchte.

Ricky

Der Krach des Aufpralls war mit einem Mal vorüber. Alles, was Ricky jetzt noch hörte, war das Rauschen in seinen Ohren. Vollkommen reglos saß er auf dem Fahrersitz. Er hielt das Lenkrad fest umklammert und starrte in das verschwommene Nichts, das ihn umgab. Anscheinend wach, war er dennoch nicht da. Er wollte sich aufrichten, um dieser entsetzlichen Starre zu entkommen, doch sein Körper gehorchte ihm nicht. Irgendwo, weit entfernt, nahm er eine Bewegung wahr. Schatten griffen um sich. Metall wurde gebogen. Sarah schrie. Das Rauschen wurde stärker, drohte ihn wie eine Welle davon zu spülen. Wilde Geräusche schrillten durch seinen Kopf. Sie übertönten beinah die Stimmen, die aus einer anderen Welt zu kommen schienen.

»Komm mit mir.«

»Ricky? Ricky!«
»Keine Zeit dafür. Steig aus!«
Das Monster zog sie fort und Sarah gehorchte. Ricky wollte eingreifen, es gelang ihm jedoch nicht. Alles passierte rasend schnell und quälend langsam zu gleich. Als wäre die Zeit ebenfalls an diesem Baum zerschellt. Er versuchte zu schreien, ihm fehlte aber der Atem dafür. Die Schatten waren längst verschwunden, als er schließlich hochschreckte. Der Schmerz in seiner Brust blieb. Vorsichtig betastete er seinen Oberkörper, fühlte das glatte Polyester des Gurtes. Er brauchte eine Weile, um zu verstehen, wo er sich befand und was mit ihm passiert war. Dann aber kehrten all seine Erinnerungen mit einem Schlag zurück, als hätte eine Welle sie wieder an Land gespült. Der Kampf mit dem unheimlichen Mann, die gemeinsame Flucht mit Sarah und schließlich der Autounfall. Vermutlich hatte der Sicherheitsgurt ihm das Leben gerettet, aber er hatte seinen Brustkorb ordentlich zusammengequetscht. Noch immer hing er vornübergebeugt darin. Ricky biss die Zähne zusammen und ließ sich in den Fahrersitz sinken. Das strengte ihn so an, dass er erstmal durchatmen musste, bevor er sich nach Verletzungen absuchen konnte. Äußerlich war nichts festzustellen. Erst nachdem er jede einzelne Rippe abgetastet hatte, schaute er sich im Wagen um. Dabei erkannte er das ganze Ausmaß der Zerstörung. Die Windschutzscheibe war in tausende kleine Stücke zersprungen, die aber trotzdem wie ein Netz zusammenhielten. Dahinter konnte er die Motorhaube ausmachen. Sie ragte wie ein Zeltdach in die Höhe, dunkler Qualm stieg an den Seiten auf. Ein Ast des Baumes hatte sich auf der Beifahrerseite in die Scheibe gebohrt. Nur ein Stückchen weiter und er hätte Sarah erwischt. Ricky erschrak. Sarah! Das Monster hatte sie geholt! Oder hatte er das bloß geträumt? Panisch drehte er sich zur Seite. Der Beifahrersitz war leer. Die

Seitentür stand offen und der Gurt des Mädchens hing nutzlos und verdreht in der Gegend herum.

»Sarah?«, rief er, hatte aber kaum die Stimme dafür. Er räusperte sich, musste husten und versuchte es dann noch einmal lauter. »Sarah!« Keine Antwort. Er konnte sich nicht vorstellen, dass sie einfach so ausgestiegen war und ihn allein gelassen hatte. Also gab es nur eine logische Erklärung dafür. Der alte Mann hatte es tatsächlich geschafft, das Mädchen wieder in seine Gewalt zu bringen. Diese Erkenntnis holte ihn vollends ins Hier und Jetzt zurück. Er musste sofort aus diesem Auto aussteigen, um ihr zu helfen. Als er sich trotz der Schmerzen zur Fahrertür drehen wollte, erinnerte ihn der Druck des Gurtes daran, dass er immer noch angeschnallt war. Ricky tastete mit der rechten Hand nach dem Gurtschloss. Es kam ihm vor wie Stunden, bis er endlich den Knopf gefunden und ihn heruntergedrückt hatte. Das Schloss klickte und der Gurt wurde mit einem Surren eingezogen. Der Schmerz war gewaltig, als Ricky sich der Fahrertür zuwandte, um den Türöffner zu erreichen. Er brauchte einige Anläufe, bis es ihm gelang. Obwohl er den Griff bis zum Anschlag zog, passierte überhaupt nichts. So sehr er auch daran rüttelte, die Tür bewegte sich keinen Millimeter. Und plötzlich sah er den Rauch, der die ganze Zeit über gemächlich aus dem Motor hervorquoll, mit völlig anderen Augen. Er war nun auf einmal etwas Bedrohliches. Saß er in einem Auto, das jeden Moment explodieren konnte? Hektisch zerrte Ricky an dem Hebel. Sein Kreislauf schlug Kapriolen und nackte Angst schnürte ihm die Kehle zu. Um sich wieder einzukriegen, stellte er sich vor, was Mister Kay wohl in dieser Situation zu ihm sagen würde.

»Lass uns ruhig bleiben und die Sache durchdenken«, hörte er nun in seinem Kopf die angenehm beruhigende Stimme des Beratungslehrers. »Gemeinsam finden wir bestimmt einen Ausweg.«

Natürlich war es Selbstbetrug, aber es funktionierte jedes Mal. Auch heute. Und tatsächlich gab es eine Lösung für sein Problem. Er musste über den Beifahrersitz ins Freie zu klettern. Das war allerdings leichter gesagt als getan. Schon beim Aufsetzen tat ihm wieder alles weh, und das wurde immer schlimmer, je mehr er versuchte, sich an der Lehne des Autositzes hinüberzuziehen.

»Reiß dich zusammen und konzentrier dich«, befahl er sich selbst. »Sarah braucht dich!« Er biss die Zähne aufeinander, zog sich mit aller Kraft auf die Knie und krabbelte ächzend auf die andere Seite. Jede einzelne Bewegung offenbarte dabei eine neue Stelle, die schmerzte. Dennoch schaffte er es und sank dann erschöpft auf den Beifahrersitz. Er brauchte ein paar Sekunden, um durchzuatmen.

»Na los«, trieb er sich schließlich an. Er drehte sich zur Seite, setzte seine Füße auf den Waldboden und zog sich mit den Armen hoch, bis er endlich neben dem Auto stand. Sofort wandte er sich dem Haus zu. Die Ruine wirkte bedrohlicher denn je. Ricky vermutete, dass der alte Mann Sarah wieder in den dunkeln Raum gebracht hatte. Doch warum hatte er ihn im Auto zurückgelassen? Hatte er gedacht, er sei tot? Oder wollte er noch einmal zurückkommen, um ihn ebenfalls zu holen? Eine Bewegung in der Nähe des Waldrandes riss ihn aus seinen Gedanken. Und dann entdeckte er das Schrankmonster. Es hielt Sarah an der Hand und gemeinsam liefen sie auf die Büsche zu.

»Verfluchter Mistkerl!«, brüllte er. »Lass Sarah frei!«

Wenn der alte Mann ihn gehört hatte, reagierte er einfach nicht. Unbeirrt setzte er seinen Weg fort und hielt den Arm des Mädchens fest umklammert. Ricky malte sich aus, was er als Nächstes mit Sarah anstellen würde, und eine gewaltige Wut überkam ihn. Trotz seiner Angst vor dem Fremden setzte er sich in Bewegung. Jede Faser seines Körpers schmerzte und seine Beine zitterten, als hätte er vor kurzem erst Laufen gelernt. Der Weg zum Waldrand schien unbezwingbar.

Doch allmählich ging es leichter, bis Ricky schließlich recht zügig vorankam. Er holte sogar ein paar Meter auf. Die ganze Zeit über behielt er Sarah und ihren Entführer im Blick, damit sie nicht plötzlich im dunklen Wald verschwanden.

»Stehenbleiben!«, schrie er.

Sarah hielt an und drehte sich zu ihm um. Ricky hatte erwartet, dass sie sich losreißen und versuchen würde, zu ihm zu laufen. Doch stattdessen reagierte sie mit Entsetzen auf seinen Anblick. Sie klopfte dem Schrankmonster auf den Arm und deutete in seine Richtung. Der alte Mann drehte sich ebenfalls um und richtete seine Waffe auf ihn. In seiner Panik fiel Ricky nichts Besseres ein, als sich flach auf den Boden zu werfen. Er schützte seinen Kopf mit den Händen und wartete auf den Schuss. Doch alles blieb still. Als er schließlich einen Blick riskierte, liefen die beiden schon wieder auf den Waldrand zu. Sarah schien ihren Begleiter hinter sich herzuziehen. Ricky verstand die Welt nicht mehr. Wieso hatte sie plötzlich Angst vor ihm? Was hatte der alte Mann ihr erzählt? Wie hatte er es geschafft, sie gegen ihn aufzubringen?

Ricky musste der Sache auf den Grund gehen, also stemmte er sich auf die Beine. Die Welt drehte sich rasend schnell um ihn herum und es dauerte eine Weile, bis er sicher war, nicht sofort wieder umzukippen. Dann setzte er sich in Bewegung. Sarah und der Entführer waren bereits in das schützende Dickicht des Waldes eingetaucht. Ein unbeteiligter Beobachter hätte vermutlich geglaubt, ein netter Opa ginge mit seiner Enkelin spazieren. Doch Ricky wusste es besser. Egal, welche Macht der Mann über Sarah hatte, er musste sie aus seinen Fängen befreien. Als er endlich am Waldrand ankam, blickte er sich irritiert um. Es gab keinerlei Spur mehr von den beiden. Wohin waren sie so schnell verschwunden? Mit einem Anflug von Panik rannte er los. Ein Stück in den Wald hinein machte der Weg eine scharfe Biegung nach rechts. Dort mussten sie langgelaufen sein. Es war die einzige Möglichkeit. Auf diesen einen Punkt fixiert, bemerkte er die Gefahr erst viel zu spät. Plötzlich sprang das Monster aus seinem Versteck hinter einem Baum am Wegrand. Es packte den erschrockenen Jugendlichen und riss ihn mit sich. Ricky stolperte, stürzte und wurde schließlich auf den feuchten Waldboden gedrückt. Er wollte sich wehren, doch in diesem Moment sah er die Pistole in der Hand des Mannes. Vor Angst erstarrt, beobachtete er, wie der Fremde seine Waffe hob.

»Du kranker Schweinehund!«, stieß er mit dem Mut der Verzweiflung aus. »Wehrlose Kinder abknallen, mehr hast du nicht drauf?«

»Spar deine Kräfte, mein Junge. Du wirst sie noch brauchen.«

Bevor Ricky die Worte des Unbekannten begreifen konnte, war der bereits aufgesprungen und schaute hinter dem Baum hervor. Er zielte mit seiner Waffe in den Wald. Dann schoss er. Der laute Knall ließ den Jugendlichen zusammenzucken. Schnell ging der Mann wieder in Deckung.

»W-was geht hier vor? Wo ist Sarah?«, stammelte Ricky, erhielt aber keine Antwort. Mit einer Hand bedeutete ihm der Fremde, still zu sein, und starrte dabei weiter an dem Baumstamm vorbei in den Wald. Er gehorchte zunächst und drückte sich noch dichter an den Stamm des Baumes. Doch die Neugier war größer als die Angst. Ricky nahm all seinen Mut zusammen und lugte aus seinem Versteck heraus. Zuerst sah er überhaupt nichts, aber dann bemerkte er eine Bewegung im Unterholz. Tatsächlich versteckte sich dort ein weiterer Mann. Er musste ihm vorhin gefolgt sein. War er es gewesen, vor dem Sarah so viel Angst hatte? Obwohl er die Zusammenhänge noch nicht begriff, dämmerte dem Jugendlichen, dass sie vor dem Falschen weggerannt waren. Fragend schaute er zu dem Unbekannten auf, der nun gar nicht mehr wie das Schrankmonster wirkte. Sein bedrohlicher Blick war nur noch eine Mischung aus Anspannung und Sorge.

»W-wer ist das?«, flüsterte Ricky.

Zum ersten Mal schaute der Fremde ihn direkt an. »Keine Zeit dafür!«, antwortete er und richtete seine Aufmerksamkeit sofort wieder auf den Angreifer. Dabei umklammerte er seine Waffe. Ricky wollte ebenfalls noch einen Blick riskieren, kam aber nicht mehr dazu. Ein weiterer ohrenbetäubender Knall ließ ihn zusammenfahren. In einer schnellen Bewegung trat der alte Mann jetzt aus seinem Versteck heraus, hielt die Waffe mit beiden Händen vor sich und schoss. Zwei, drei, vier Mal. Seine Bewegungsabläufe waren trainiert, erinnerten Ricky an die Polizisten, die er aus dem Fernsehen kannte.

»Haben Sie ihn erwischt?«

»Nein«, antwortete der Mann. Wieder peitschten Schüsse durch den Wald. Einer traf sogar mit dumpfem Schlag den Baum, der sie schützte. Der Fremde war offenbar schon ganz nah.

Gerade wollte der alte Mann das Feuer erwidern, als sein Kopf plötzlich nach hinten gerissen wurde. Er stürzte auf den Waldboden. Seine aufgerissenen Augen starrten Ricky an, während sein Blut auf das welke Laub tropfte.

Kapitel 13

Samstag, 04. Dezember, 14:38 Uhr

Marie

Der Motor dröhnte, als Maries Auto auf der Hauptstraße in Richtung Stadtausgang fuhr. Sie hatte es sehr eilig, das Kinderheim zu erreichen. Die Anspannung stand ihrem Begleiter ins Gesicht geschrieben. Mit einer Hand klammerte er sich an den Griff über der Beifahrertür. Dabei ließ er die Straße keine Sekunde aus den Augen. Marie sorgte sich zwar ein wenig um das Herz des alten Mannes, doch nicht genug, um langsamer zu fahren. Endlich gab es eine Spur zu Sarah. Endlich hatte sie eine Chance, ihrer Tochter zu helfen. Und dabei wollte sie keine Zeit verlieren, nicht einmal an die Ampel, die urplötzlich vor ihnen auftauchte und auf Rot sprang.

»Passen Sie auf!«, rief Schnauzbart, als ein Linienbus aus der Seitenstraße auf seine Seite des Wagens zuschoss. Marie beschleunigte ihr Tempo und konnte dadurch den Zusammenstoß gerade noch verhindern. Die tiefdröhnende Hupe des Busses missbilligte ihre Missachtung der Verkehrsregeln.

»Das war knapp!«, mahnte ihr Begleiter. »Wir können Ihrer Tochter nur helfen, wenn wir in einem Stück bei ihr ankommen.«

»Keine Sorge, ich habe alles im Griff«, sagte Marie. Sie war sich durchaus bewusst, wie knapp sie gerade einer Katastrophe entkommen waren. Doch glücklicherweise hatten sie bereits den Zubringer zur Umgehungsstraße erreicht. Von hier aus waren es nur noch drei

Abfahrten bis zur Landstraße L31. Auf dieser konnte sie so schnell fahren, wie sie wollte, ohne nochmal in Gefahr zu geraten.

»Im Griff ... aha«, kommentierte der ehemalige Polizist skeptisch.

»Hören Sie, wenn Ihnen die Sache zu gefährlich ist, lasse ich Sie gern hier raus und fahre allein weiter«, bot Marie an.

»Nein, nein, das wird nicht notwendig sein.«

Seine Antwort erleichterte sie ein wenig. Es beruhigte sie sehr, nicht ohne Begleitung an diesen finsteren Ort zu müssen.

»Erzählen Sie mir von Ihrer Tochter.«

Marie zögerte. Sie war sich nicht sicher, was sie sagen sollte. Sie wusste zwar eine ganze Menge über Sarah, aber bei weitem nicht genug. Und nur wenig davon war geeignet, es einem Fremden anzuvertrauen.

»D-da gibt es so viel. Was möchten Sie denn wissen?«

Ein fragender Blick traf sie und sie fühlte sich genauso durchschaut, wie sie es hin und wieder in Gesprächen mit Daniel empfand.

»Das Kind ist nicht bei Ihnen aufgewachsen, nicht wahr?«

Schnauzbarts Worte trafen Marie wie ein Hammerschlag. Seine Einschätzung war treffsicher und das ärgerte sie. Sie hasste es, derart analysiert zu werden.

»Woher wissen Sie das?«, fragte sie peinlich berührt.

»Nennen wir es Intuition«, antwortete er ausweichend, doch Maries Miene zwang ihn zu einer Erklärung. »Ihr Blick nach meiner Frage sprach Bände. Nur allzu zu gerne hätten Sie irgendetwas Passendes über Ihr Kind erzählt, aber es fiel Ihnen leider so spontan nichts ein. Das ist für junge Mütter eher untypisch, es sei denn ...«

»Es sei denn, es handelt sich um Rabeneltern, wie?«, unterbrach Marie ihn gereizt.

»... es sei denn, sie waren längere Zeit von dem Kind getrennt«, setzte er seinen Satz unbeirrt fort. »Verzeihen Sie bitte, ich wollte Ihnen mit meiner Frage nicht zu nahetreten.«

Seine Worte klangen aufrichtig. Sofort bereute Marie, den alten Mann so angeblafft zu haben, doch er hatte eindeutig einen Nerv getroffen. Sie murmelte eine schmallippige Entschuldigung, war gedanklich aber schon meilenweit entfernt. Seine Frage hatte Maries schlimmste Erinnerung geweckt, die paradoxerweise auch ihre schönste war.

Samstag, 18. Dezember, 17:21 Uhr (11 Jahre zuvor)

Dieser Augenblick erschien ihr vollkommen unwirklich. Sie hatte nicht geahnt, wie überwältigend die Erfahrung werden würde. Kurz zuvor war die Krankenschwester ins Zimmer gekommen und hatte ihr dieses kleine Bündel gebracht. Nun hielt sie es in ihren Armen und betrachtete es sprachlos. Das zierliche Mädchen schlief und kuschelte seinen winzigen Kopf an Maries Brust. Es kuschelte sich an seine Mama. Diese simple Wahrheit wurde ihr mit einem Schlag bewusst. Sie war eine Mama. Sie hatte ein Leben zur Welt gebracht. Monatelang war es bloß eine Last gewesen. Es hatte ihr das Stehen, Sitzen und Liegen erschwert, ihre Figur zerstört und jeden wachen Moment ihres Tages bestimmt. Sie hatte nie ernsthaft an der Entscheidung gezweifelt, das Baby nach seiner Geburt wegzugeben – bis jetzt, bis vor wenigen Minuten. Doch nun hielt sie das Kind in den Armen. Ihr Kind. Ein winziges Stückchen Mensch. Faltig und rosarot. Diese sonderbare Hautfarbe, die nur neugeborene Babys haben. »Du bist mein kleines Mädchen«, dachte sie und betrachtete dabei die hauchdünnen Finger, mit denen sie seine zarten Lippen berührte. Sie bereute jeden bösen Gedanken der vergangenen acht Monate. Für den Fluch nach dem positiven Schwangerschaftstest schämte sie sich ebenso wie für die makabre Hoffnung auf eine Fehlgeburt und nicht zuletzt für die unzähligen Male, bei denen sie dieses atemberaubende Wunder einfach nur *das Ding* genannt hatte. Es war kein Ding. Es war ein lebendes, atmendes Wesen. Ein kleines, hilfloses Geschöpf, das für immer Teil ihres Lebens sein würde. Alles an ihm schien auf einmal perfekt zu sein und war jede Mühe der letzten Monate wert. Selbst die unsäglichen Schmerzen bei der Geburt.

Doch da regte sich noch ein weiteres Gefühl. Es war so neu, so einzigartig und so überwältigend, dass es sich von allem anderen abhob, was Marie jemals verspürt hatte. Fühlte sich so etwa *Liebe* an? Die Empfindung war nicht vergleichbar mit dem, was ihre Mutter ihr gegeben oder sie selbst in ihrer Beziehung mit Joachim gespürt hatte. Das erkannte sie jetzt mit vollkommener Klarheit. Von der Sekunde an, da dieses kleine Wesen in ihre Arme gelegt wurde, war Marie in einen Taumel der Emotionen gestürzt, den sie für unmöglich gehalten hatte: Stolz, Glück, Demut und Freude. Ein verwirrendes Gemisch der verschiedensten Gefühle. Die Stärke dieser neuen Empfindungen übertraf alles bisher Dagewesene. Marie bemerkte, dass sie weinte. Wie so viele Male im vergangenen Jahr liefen ihr die Tränen über das Gesicht – nicht aus Verzweiflung, sondern aus reiner Freude. Zum ersten Mal ergab etwas in ihrem Leben Sinn. Alles war in diesem Augenblick genauso, wie es sein sollte. Und das Wunder in ihren Armen verdiente den schönsten Namen auf der Welt. Auch das war ein Thema, das Marie im Verlauf der letzten acht Monate stets gemieden hatte. Wenn sie gefragt wurde, wie denn das Kind heißen würde, hatte sie immer die gleiche Antwort gegeben: »Das musst du seine künftigen Eltern fragen!« Sie hatte die ganze Zeit über nicht kapiert, warum die Menschen so befremdet auf diese Erklärung reagiert hatten. Doch nun verstand sie es umso besser. Und sie wusste auch genau, wie das kleine Wesen in ihrem Arm heißen sollte: Sarah.

Kaum hatte sie diesen Gedanken gedacht, klopfte es energisch an der Tür. Es war nicht mehr als eine höfliche Geste, denn ohne eine Antwort abzuwarten, stürmten Joachim und seine Mutter in das Krankenzimmer.

»Da ist ja das kleine Schätzchen«, rief Frau Körbel begeistert und entriss Marie das Baby, das sofort anfing zu weinen.

»Gib sie mir zurück!«, forderte sie voller Entrüstung und streckte die Hände nach ihrem kleinen Mädchen aus.

Die beiden Eindringlinge reagierten vollkommen verwundert. »Mach dich nicht lächerlich!«, raunte Joachim gewohnt gefühllos. »Das Balg wird bei meiner Mutter aufwachsen, da darf sie es ja wohl auch halten!«

»Sarah ist kein Balg!«, fauchte Marie.

»Sarah?«

»Ja, Sarah. Das ist ihr Name.«

»Hat sie dir das verraten?«, er bemühte sich nicht einmal zu verbergen, wie albern er die Gefühlsregungen seiner Ex-Frau fand.

»Sarah ist doch ein schöner Name«, kommentierte Frau Körbel und drückte das kreischende Baby noch enger an ihre Brust. »Oder meine Süße? Gefällt dir Sarah?« Tatsächlich beruhigte sich das Neugeborene ein bisschen. Offenbar wertete die ältere Dame dies als Zustimmung. »Dann ist es entschieden. Dein Name ist Sarah. Du wirst es gut bei mir haben.«

»Bitte gib sie mir zurück.« Es war mittlerweile nur noch ein elendiges Flehen. Missbilligend schaute Joachims Mutter sie über ihre Brillengläser hinweg an. »Irgendwann musst du sie ohnehin loslassen«, stellte sie nüchtern fest, legte dann aber das Baby wieder in Maries Arme. Sie klammerte sich daran, als wäre es ein Goldschatz.

»Und wenn ich das nicht will?«

»Ach bitte«, stöhnte Joachim. »Das hatten wir doch alles schon. Willst du dich etwa um ein Baby kümmern? Von was willst du es ernähren? Was soll es anziehen? Und wo wollt ihr wohnen?«

Marie kannte all diese Argumente zur Genüge. Sie hatten sie schon unzählige Male durchdiskutiert und waren immer wieder zu derselben Lösung gekommen. Joachim und sie waren beide zu jung, ein Kind großzuziehen. Ihr Ex-Freund hatte von Anfang an gefordert, das Baby abzutreiben. Das war ihm sehr leichtgefallen, da er ohnehin bei jeder Gelegenheit abstritt, sein Vater zu sein. Das hatte Marie jedoch verhindert. Trotz all ihrer negativen Gefühle hätte sie einen solchen Mord niemals übers Herz gebracht. Und so hatte sie schließlich zugestimmt, dass Sarah bei Joachims Mutter aufwuchs. Die ältere Dame war keineswegs begeistert gewesen, hatte aber ebenfalls zugesagt. Alle waren sich einig – bis jetzt zumindest.

»Ich weiß nicht, ob ich das kann«, brachte Marie hervor, nachdem sie noch einmal zu Sarah geschaut hatte. »Sie ist doch mein Kind.«

»Und daran wird sich auch gar nichts ändern«, erklärte Frau Körbel nun und klang dabei unerwartet einfühlsam. »Ich bin eine alte Frau, mein Kind. Aber ich kann deiner Tochter einen Start ins Leben ermöglichen, den du ihr nicht bieten kannst.«

Ihre Worte klangen nicht nur vernünftig, sondern entsprachen auch der Wahrheit. Das wusste Marie, obwohl ihr Herz es nicht wahrhaben wollte. »Und du darfst sie natürlich besuchen, so oft du willst!« Abermals schaute sie zu dem kleinen Bündel in ihren Armen. Sarah verdiente einen guten Start in dieses Leben. Wieder standen ihr die Tränen in den Augen und diesmal waren es die vertrauten Tränen der Trauer und Verzweiflung. Sie wollte schlucken, doch ein dicker Kloß in ihrem Hals hinderte sie daran. Zögernd hob sie ihr kleines Mädchen ein Stück und hielt es der älteren Dame entgegen. Die packte Sarah und entriss sie ihr zum zweiten Mal.

»Endlich«, brachte Joachim erleichtert hervor und Marie funkelte ihn wütend an.

»Du tust das Richtige!«, stellte Frau Körbel fest, jedes Mitgefühl war wieder aus ihrer Stimme verschwunden.

Samstag, 04. Dezember, 14:45 Uhr

Ihr Begleiter räusperte sich und holte Marie damit aus ihren Erinnerungen in die Gegenwart zurück. Nachdem er die ganze Zeit pausenlos geredet hatte, schaute er sie jetzt nur schweigend an. Es kam ihr vor wie eine stumme Aufforderung zu berichten.

»Wissen Sie, als ich Sarah bekam, war ich selbst noch ein Kind, obwohl ich vor dem Gesetz schon eine Weile als Erwachsene galt. A- aber ich war damals noch weit davon entfernt, mein eigenes Leben im Griff zu haben. Wie sollte ich da ein Kind bei den ersten Schritten in seines begleiten? Mein Ex war ein Totalausfall, also entschieden wir, Sarah an ihre Großmutter abzugeben.«

Schnauzbart nickte verständnisvoll. »Sicher nicht ideal, aber immer noch besser, als in einem Heim aufwachsen zu müssen.« Während er das sagte, schaute er nachdenklich aus dem Fenster, so als seien diese Worte gar nicht für Marie bestimmt. Sorgenfalten standen auf seiner Stirn, als er sich wieder in Fahrtrichtung wandte. »Keine Sorge, wir werden Ihr Kind finden.«

Wie aus dem Nichts kehrte eine Frage zurück, die Marie schon einmal beschäftigt hatte, als Schnauzbart bei der Befragung in seinem Arbeitszimmer ein wenig zu ungeduldig gewirkt hatte. Hier wie dort wirkte er persönlich betroffen. Sie wollte unbedingt herausfinden, weshalb ihn diese Angelegenheit so brennend interessierte. Was trieb diesen Mann an? Und wieso hatte er sich entschieden, mit ihr zusammen zu dem Heim zu fahren? Hätte er nicht stattdessen auf das Einschalten der Polizei drängen müssen? Unsicher schaute sie zu ihm hinüber. Dabei bastelte sie fieberhaft an einer Möglichkeit, wie sie ihre Fragen ansprechen konnte. Sie wählte schließlich den direktesten Weg.

»Wieso helfen Sie mir?«

Irritiert zog der ehemalige Polizist die Augenbrauen nach oben. Mit dieser Frage schien er nicht gerechnet zu haben. »W-was meinen Sie?«

»Na ja, ich will ja nicht undankbar erscheinen, aber ich wundere mich schon, weshalb Sie sich entschieden haben, mit mir zu diesem Heim zu fahren.«

»Hätte ich Sie alleine fahren lassen sollen?«

Marie überlegte, ob er sich absichtlich dumm stellte oder ob er ihre Frage wirklich nicht verstand. Sie beschloss, es noch einmal deutlicher zu sagen.

»Das meine ich nicht. Vorhin am Telefon haben Sie mehrmals die Polizei ins Spiel gebracht und auch in Ihrem Arbeitszimmer hatten Sie den Telefonhörer schon in der Hand. Nie im Leben hätte ich damit gerechnet, dass Sie von sich aus vorschlagen würden, mit mir zu dem Heim zu fahren. Daher die Frage: Wieso tun Sie das alles?«

»Wissen Sie«, begann Schnauzbart und schaute abermals aus dem Seitenfenster. Offenbar brauchte er Zeit, seine Gedanken zu sortieren, ehe er weitersprach. »Ich habe in meinem Leben viele Entscheidungen getroffen. Auf manche bin ich stolz, andere hingegen bereue ich zutiefst. Und in diesem speziellen Fall, denke ich, hätte ich möglicherweise früher handeln müssen ...«

Seine Erklärung brachte mehr Fragen als Antworten und Marie beäugte den Mann misstrauisch.

»Was meinen Sie damit, Sie hätten *früher handeln müssen*?«, fragte sie gereizt. Sie spürte selbst die Schärfe in ihrer Stimme, konnte aber nichts dagegen ausrichten. Dadurch fiel es dem alten Mann offenbar noch schwerer, die folgenden Worte zu sagen.

»Seit der Entlassung aus dem Gefängnis habe ich den ... Verdächtigen beobachtet. U-und ich frage mich, ob ich nicht früher hätte erkennen oder verstehen müssen, was da vor sich geht.«

Seinem Blick nach zu urteilen, hoffte der ehemalige Polizist darauf, dass Marie ihn von diesen Selbstvorwürfen freisprach. Doch da konnte er lange warten. Allein schon der Gedanke daran, dass er irgendetwas gewusst oder geahnt und trotzdem die Entführung von Sarah zugelassen hatte, trieb ihren Blutdruck in die Höhe.

»Wussten Sie, was Tom Hartmann plante?«, fragte sie.

Er schüttelte den Kopf. »Nein, von der Entführung habe ich erst heute erfahren.«

Marie schaute ihn durchdringend an. Falls er gelogen hatte, machte er dies verdammt gut. Nicht zum ersten Mal wünschte sie sich, die Fähigkeiten ihres Freundes zu haben. Daniel konnte Lügen sogar erkennen, wenn die Person nicht einmal direkt vor ihm saß.

»Ich schwöre es«, fügte der ehemalige Polizist hinzu und warf einen nachdenklichen Blick auf Maries Hände. Jetzt erst bemerkte sie, dass sie das Lenkrad umklammerte, als wolle sie es erwürgen. Peinlich berührt lockerte sie ihren Griff und versuchte, sich wieder zu beruhigen.

Ricky

Voller Angst kauerte Ricky hinter dem Baum. Die toten Augen des Fremden starrten ihn durchdringend an und ließen den Jugendlichen kreidebleich werden. Kalter Schweiß trat auf seine Stirn. Er begriff, dass er irgendetwas unternehmen musste. Jeden Moment würde der

Angreifer neben ihm stehen und ihn packen. Sein Blick fiel auf die Waffe, die einige Meter von seinem rechten Fuß entfernt im Dreck lag.

Ricky schloss die Augen. »Auf drei«, flüsterte er sich selbst zu. »Eins, zwei, drei.« Blitzschnell kroch er auf die Leiche des alten Mannes zu, um sich die Pistole zu greifen. Als er sie fast erreicht hatte, wurde er von hinten gepackt und nach oben gerissen. Der Angreifer schlang seinen Arm um Rickys Hals, hielt ihn in einer Art Würgegriff und presste ihm seine Waffe an den kahl rasierten Schädel. Einige Sekunden lang wartete Ricky auf den Schuss. Sein eigener Herzschlag hämmerte ihm in den Ohren und ein Fiepen übertönte alle anderen Geräusche.

»Sarah!« Obwohl der Mann offenbar schrie, klang es für den Jugendlichen bloß wie ein dumpfer Ruf aus weiter Ferne. »Komm raus, Sarah! Du willst doch nicht, dass deinem kleinen Freund hier etwas zustößt, oder?« Die Worte des Unbekannten hörten sich nicht an wie die eines gefährlichen Mörders. Sie passten eher zu einer Mutter, die ihr Kind zum Essen rief. »Ich zähle jetzt bis drei!«

Der Griff um seinen Hals wurde fester und die Waffe an seiner Stirn zitterte. Er zweifelte keine Sekunde daran, dass der Mann es vollkommen ernst meinte.

»Eins.«

Der Jugendliche wusste nicht, was er sich wünschen sollte. Einerseits hoffte er, dass Sarah nicht aus ihrem Versteck herauskam. Er wollte das Mädchen unbedingt in Sicherheit wissen. Anderseits ahnte er aber, was ihm dann blühte.

»Zwei.«

Rings um sie herum blieb alles still. Sarah würde nicht kommen. Und das war gut so.

»Drei.«

Ricky schloss die Augen und wartete auf den Knall.

»Hier bin ich.« Sarahs Stimme kam von der Seite.

»Nein, tu das nicht«, wollte er sagen, doch der Arm des Mannes schnürte ihm die Kehle zu. Er schaute zu dem Mädchen hinüber. Völlig ungeschützt stand sie dort. Sie hatte ihre Hände gehoben und hinter dem Kopf verschränkt.

»Ich komme mit dir, aber bitte, tu ihm nicht weh.«

Ricky bewunderte den Mut dieses Kindes. Er war nicht überzeugt davon, dass er selbst es fertiggebracht hätte, sich für einen anderen zu opfern. Vermutlich wäre er feige davongerannt. Nun wartete er darauf, was der Entführer als Nächstes tat. Schließlich lockerte sich tatsächlich der Griff um seinen Hals. Ricky holte tief Luft und wollte zu Sarah hinübergehen. Doch in diesem Moment spürte er einen heftigen Schlag am Hinterkopf. Das Mädchen schrie, er taumelte und verlor das Bewusstsein.

Mittwoch, 26. November, 22:49 Uhr (7 Jahre zuvor)

Sein Kopf lag auf dem Schoß seiner Mutter, mit den Armen hielt er ihre Hüfte festumklammert. Seine Nachttischlampe spendete ein angenehmes, warmes Licht und vertrieb damit die letzten dunklen Schatten aus dem Kinderzimmer. Sicherheitshalber warf der Junge einen Blick zum Wandschrank. Die Tür war sicher geschlossen. Seine Mutter war ins Zimmer gekommen, hatte den Schrank durchsucht und die Tür dann sorgfältig verschlossen. Es war inzwischen eine Art Ritual, das zwei bis drei Mal pro Nacht stattfand.

»So mein Süßer«, sagte Mama nun. »Jetzt wird es aber wirklich Zeit für dich.«

Wie aufs Stichwort musste Ricky gähnen. Seine Mutter hob ihn sanft von ihrem Schoß auf sein Kissen und deckte ihn zu. Er ließ es geschehen. Dann schaltete sie die Lampe aus. Mit Sicherheit wäre er vor Panik gleich wieder aufgesprungen, wenn er nicht gewusst hätte, dass sie sich an sein Bett hocken würde. So wie immer. Sanft streichelte sie über seine Wange.

»Die Blümelein sie schlafen schon längst im Mondenschein«, begann seine Mutter mit ihrer glockenklaren Stimme zu singen. »Sie nicken mit den Köpfen auf ihren Stengelein.« In dem sicheren Gefühl, von ihr beschützt zu sein, schaffte Ricky es, sich ein wenig zu entspannen. Trotzdem nahm er sich fest vor, nicht wieder einzuschlafen. »Es rüttelt sich der Blütenbaum, er säuselt wie im Traum.« Er wollte unbedingt wach bleiben, um nicht erneut von dem Monster zu träumen. Aber seine Augenlider waren unendlich schwer. Er musste sie schließen, bloß für einen kurzen Augenblick. »Schlafe, schlafe, schlaf ein, mein Kind, schlaf ein!«

Mama sang nun die Strophe mit den Vögelein und dem Sonnenschein. Ricky nahm ihre Worte kaum mehr wahr. Er genoss die warme Berührung ihrer Hand und sank immer tiefer in dieses wunderbare Gefühl der Ruhe. Ihre Stimme trug ihn sanft wie auf Wolken.

»Schlafe, schlafe, schlaf ein, mein Kind, schlaf ein!«

Ricky merkte auf. Hatte sich die Stimme seiner Mutter verändert? Sie klang nun plötzlich heiser, kratzend und auch ein wenig tiefer. Es hörte sich so an, als hätte sie sich erkältet oder müsste sich einmal räuspern.

»Das Monster kommt geschlichen, ganz nah ans Bettelein«, sang sie. Ihre Stimme dröhnte blechern. Auch die Berührung ihrer Hand war nicht mehr sanft und liebevoll. Sie griff mit unfassbarer Brutalität nach seinem Hals und zog ihn daran ein Stück aus dem Bett. Angst erfüllte Rickys Herz. Er bekam am ganzen Körper eine Gänsehaut. Endlich traute er sich, die Augen zu öffnen. Seine Mutter war fort. Wo sie eben noch gesessen hatte, lauerte nun jenes furchterregende Monster. Sein stechender Blick war auf den Jungen gerichtet. Hinter ihm konnte Ricky erkennen, dass der Wandschrank offenstand. »Es holt sich jedes Kind, das nicht mag zu Bette sein!«, höhnte das Biest. Dabei lief ihm die Spucke aus dem Mund.

»Mama!«, schrie Ricky. »Hilf mir Mama!«

Das Monster ließ sich nicht beirren, sang weiter in schiefen Tönen sein furchteinflößendes Lied.

»Und wo es nur ein Kindlein find, schließt es ihm die Aug' geschwind! Schlafe, schlafe für immer ein, mein Kind, schlaf ein!«

Drohend hob es seine Pranke über Rickys Kopf, bereit, ihm mit einem Schlag den Schädel zu zertrümmern.

»Maaaaamaaaaa!«

Das Licht wurde eingeschaltet und in derselben Sekunde war das Monster verschwunden. »Gerade noch rechtzeitig«, dachte Ricky und schaute zu seiner Zimmertür hinüber, bloß um den nächsten Schreck zu kriegen.

»Was ist denn jetzt schon wieder?«, donnerte sein Vater. Bedrohlich stand er in der Tür und starrte seinen Sohn wütend an. »Kannst du nicht endlich mal Ruhe geben?«

»A-aber, das Monster ist aus dem Schrank gekommen …«

Er war mit einem Satz aus dem Bett gesprungen und zeigte auf die Schranktür, konnte aber nicht glauben, was er dort sah. Die Tür hatte doch eben noch offen gestanden! Jetzt war sie wieder sorgfältig verschlossen. Nichts deutete mehr auf seine unheimliche Begegnung vor wenigen Augenblicken hin.

»Das Monster?«, wiederholte sein Vater spöttisch. »Wie soll aus dir jemals ein richtiger Junge werden?«

»Ich bin ein richtiger Junge!«, motzte Ricky.

»So einer, der sich vor Angst in die Hosen macht, wie?« Ohne ihn eines weiteren Blicks zu würdigen, drehte sich der Vater in Richtung

Flur. Beschämt schaute Ricky an sich hinunter. Er konnte den dunklen Fleck zwischen seinen Beinen gerade noch erkennen, bevor das Licht ausgeschaltet wurde und die Tür krachend ins Schloss fiel. In der Dunkelheit blieb ihm nichts anderes übrig, als in sein Bett zurückzukehren und auf eine ruhige Nacht zu hoffen. Doch er traute sich nicht, sich hinzulegen. Zitternd saß er da und lauschte in die Stille seines Zimmers. Dann plötzlich packten ihn die Arme des Monsters erneut von hinten und quetschten seinen Brustkorb zusammen. Ricky versuchte zu schreien, doch eine Klaue legte sich über seinen Mund, sodass er keine Luft mehr bekam. Sie drückte so lange zu, bis bloß noch ein klägliches Wimmern zu hören war.

Samstag, 04. Dezember, 15:01 Uhr

Die Angst zu ersticken, ließ ihn aus seiner düsteren Traumwelt hochschrecken. Das Atmen fiel ihm nach wie vor schwer, obwohl er nun wach war. Erfolglos versuchte er, den festgeknoteten Knebel in seinem Mund loszuwerden, bemerkte dann aber, dass er genug Luft durch die Nase bekam. Er zwang sich dazu, langsam und ruhig weiter zu atmen. Noch immer hörte er alle Geräusche gedämpft, obwohl das Pfeifen in seinen Ohren bereits aufgehört hatte. Erst jetzt erkannte der Jugendliche seine ausweglose Situation. Seine Arme waren auf dem Rücken gefesselt und wurden allmählich taub. In den Beinen fehlte bereits jedwedes Gefühl. Wie lange lag er schon hier? Plötzlich spürte er eine zaghafte Berührung. Zuerst dachte er, es wäre Sarah, doch die Hand strich ihm von hinten sanft über den Kopf. Das Mädchen hätte ihn niemals so gestreichelt.

»Sch, sch, sch«, machte die Gestalt, als versuche sie, ein Kleinkind zu beruhigen. »Hattest du einen Albtraum?« Ricky hörte die Stimme des Unbekannten so schwach, als wäre Watte in seinen Ohren. Sie klang jung, beinahe kindlich, doch sie schien irgendwie nicht echt. Es wirkte eher so, als hätte ein Erwachsener sie verstellt. »Früher hatte ich auch viele Albträume. Und ich hatte ... Angst ... vor Monstern ..., die im Dunkeln lauern.«

Diese Angst kannte Ricky gut. Sie war offenbar nicht gespielt, denn er konnte tatsächlich so etwas wie Furcht aus den Worten der unechten Kinderstimme heraushören. Der Unbekannte machte immer wieder Pausen, als ob es nicht sicher sei, weiterzusprechen.

»Hab keine Angst, ich werde mich um dich kümmern«, sagte die kindliche Stimme fürsorglich und das ängstigte ihn mehr, als jede Drohung es getan hätte. Was für ein merkwürdiges Spiel spielte die Person hier mit ihm? Und wo zur Hölle war dieses *Hier* überhaupt? Ricky wand sich und versuchte dadurch, der Berührung zu entfliehen. Er lag auf einem sonderbaren schwarzen Stoff, konnte sich aber keinen Reim darauf machen. Stöhnend hob er seinen Kopf ein Stück an. Da endlich wurde ihm klar, wo er sich befand. Er lag im Kofferraum eines Autos. Der Fremde stand davor und beugte sich über ihn. Deshalb konnte Ricky sein Gesicht nicht sehen. Er versuchte, sich ein Stück zu drehen, um herauszufinden, wer ihn da berührte. Doch er kam nicht weit genug. Der Jugendliche erkannte bloß ein bisschen Himmel und in einiger Entfernung ein paar Bäume. Das war jedenfalls nicht mehr die Lichtung mit dem Anwesen. Der Wagen stand jetzt offenbar mitten im Wald. Alles begann sich zu drehen. Ricky sank erschöpft auf den Boden des Kofferraums.

Daraufhin nahm der Fremde auch die Hand von seinem Kopf weg. »So ist es gut«, sagte er. »Beruhige dich. Alles geht viel leichter, wenn du dich beruhigst. Du hast es bestimmt bald hinter dir.«

»Was soll das alles?«, wollte Ricky ausrufen, doch der Knebel in seinem Mund verhinderte klare Worte. Der Unbekannte schien ihn trotzdem verstanden zu haben.

»Es ist deine eigene Schuld, weißt du? Wieso hast du dich nicht rausgehalten? Dann hättest du bestimmt überlebt. Aber nein, du musstest dich ja einmischen!«

Rickys Herz schlug wie wild, als er den Sinn dieser Worte begriff. Der Fremde sprach von seinem Tod. Seine Wut vermischte sich mit Panik, ließ ihn mit aller Kraft an seinen Fesseln zerren. Doch sie wurden dadurch bloß enger. Das Seil schnitt in seine Haut.

»Wieso?«, fragte die Kinderstimme und klang dabei vorwurfsvoll. »Wieso hast du das getan? Dummer Junge. So hätte es nicht enden müssen. Dummer, dummer Junge. Alles deine Schuld! Und trotzdem ist es nicht okay, dass du so leiden musst. Aber was kann ich schon tun?«

Warum machte der Kerl das mit ihm? Wieso sagte er all das Zeug? Was wollte er erreichen? Zornig schüttelte Ricky den Kopf und versuchte, etwas zu sagen. Der Knebel ließ jedoch bloß nutzlose Laute zu.

»Fick dich? Hast du gerade *Fick dich* gesagt?« Die aufbrausende Wut des Fremden drang durch die Watte in seinen Ohren und erschreckte Ricky. Der kindliche Tonfall war mit einem Mal verschwunden. Es schien fast so, als wäre die Person ausgetauscht worden. »Verfluchte Scheiße! Glaubst du etwa, ich wollte das alles hier? Ich war glücklich, bevor *er* mir alles weggenommen hat. Ein kleiner Hosenscheißer zwar, der vor allem und jedem Angst hatte, aber ... ich war glücklich.« Der Mann ereiferte sich. »Monster im Dunkeln? Gott, war ich damals dumm. Inzwischen weiß ich es natürlich besser. Sie verstecken sich nämlich nicht in der Dunkelheit. Die wahren Monster laufen ungeniert bei Tageslicht herum.« Der Fremde griff mit beiden Händen nach Rickys Schulter. Dann beugte er sich vor und flüsterte ihm direkt ins Ohr. Die Haut an seiner schweißnassen Wange fühlte sich rau und unrasiert an. »Und man erkennt sie nicht an ihrem Aussehen. Nur daran, was sie tun.« Ricky verstand die Andeutung. Er hatte den Unbekannten in Mister Kays Wohnung nur nach seinem Äußeren beurteilt. Der Jugendliche bereute diesen Fehler zutiefst. »Mir haben sie Unsägliches angetan, doch ich weiß, ich werde wieder glücklich sein, wenn alles vorüber ist. Es ist unausweichlich. Und es ist gerecht. Daniel Konrad bekommt nur, was er verdient.«

Ricky versuchte verzweifelt, die Worte des Fremden zu verstehen. Was trieb ihn bloß an? Wie konnte all das Schlimme, das er tat, gerecht sein? Und was hatte Mister Kay mit all dem zu tun? Doch es war vollkommen unmöglich. Das ganze Gerede ergab überhaupt keinen Sinn, als sei es ein Stück aus der Welt herausgerückt. Inzwischen war Ricky sicher, dass dieser Mann wahnsinnig war und davon bekam er Kopfschmerzen. Gottlob schien die Predigt vorbei, denn der Unbekannte richtete sich nun wieder auf.

»Also dann, bringen wir es hinter uns!«, rief der Mann aus und klang dabei plötzlich sehr entschlossen. Brutal packte er das Haarbüschel, das mitten auf der rasierten Glatze des Jugendlichen wuchs und riss seinen Kopf nach oben. Aus dem Augenwinkel nahm Ricky wahr, dass der Angreifer etwas aus seiner Jackentasche hervorzog. »Ein Messer«, durchfuhr es ihn und er malte sich aus, wie er ihm damit die Kehle durchschnitt. Doch stattdessen wurde ihm plötzlich ein Handy vor das Gesicht gehalten. Ein Klicken war zu hören, der Fremde machte Fotos von ihm. Dann steckte er das Gerät wieder ein und griff nach der Nase des Jugendlichen. Instinktiv versuchte Ricky, durch den Mund zu atmen, doch der Knebel verhinderte das. Als er panisch zurückwich, schlang der Mann ihm seinen anderen Arm um den Hinterkopf und drückte mit aller Kraft zu. Verzweifelt kämpfte Ricky darum, sich zu befreien. Ihm wurde schwarz vor Augen und er bäumte sich noch einmal auf. Dann umfing ihn die Dunkelheit. Sein letzter

Gedanke galt Nancy. Sie würde das Kind jetzt allein großziehen müssen.

Samstag, 04. Dezember, 15:26 Uhr

Daniel

Ohne weitere Kontrollen durch die Polizei erreichte ich mein Auto. Das rasselnde Geräusch des Einkaufswagens hallte mir noch immer in den Ohren, obwohl ich ihn schon längst abgestellt hatte. Zur Sicherheit schaute ich mich ein letztes Mal um, ehe ich den stinkenden Mantel auszog und quer über den Wagen legte. Ohne ihn war es empfindlich kalt, doch das war mir lieber, als den Gestank mit ins Auto zu nehmen. Ich holte meinen Schlüsselbund aus der Manteltasche und öffnete die Wagentür. Rasch verstaute ich meine Wertgegenstände im Seitenfach. Den Wagen platzierte ich am Rand des Bordsteins. Ich war mir sicher, dass sein früherer Besitzer ihn sich zurückholen würde. Er hatte an diesem Tag ein gutes Geschäft gemacht.

Ich stieg ins Auto und versuchte, mich auf die nächsten Schritte zu besinnen. Marie brauchte sofort Hilfe. So, wie ich sie kannte, war sie schon dabei, ihre neue Spur zu verfolgen. Leider hatte ich nicht die geringste Ahnung, wo sie ihre Tochter vermutete. Meiner Einschätzung nach standen die Chancen aber gut, dass sie mit Tom Hartmann auf der richtigen Fährte war. Und das bedeutete, dass sie möglicherweise auf den Entführer traf. Schlimmstenfalls musste sie mit ihm auf Leben und Tod kämpfen. Wie sollte ich rechtzeitig zu ihr gelangen, um ihr zur Seite zu stehen? Ich tastete im Seitenfach der Tür nach meinem Handy, während ich zeitgleich versuchte, den Schlüssel ins Zündschloss zu stecken. In diesem Moment ertönte ein unerwartetes Geräusch. Eine SMS. Vielleicht hatte Marie mir ein

Update geschickt? Sofort ließ ich den Autoschlüssel sinken und griff gezielt nach meinem Telefon. Die Mitteilung auf dem Sperrbildschirm zeigte eine unbekannte Nummer und kündigte ein Bild an. Ich musste das Gerät jedoch entsperren, um es anzuschauen. Also tippte ich den Code ein und wechselte zu der Nachrichten-App.

Provozierend langsam erschien das Foto auf meinem Display. Als ich erkannte, was es zeigte, fuhr mir ein Schreck in die Glieder. Es war eine unscharfe Aufnahme, die offenbar im Kofferraum eines Autos aufgenommen worden war. Darin lag Ricky. Jemand hatte ihn an den Haaren gepackt, um sein Gesicht in die Kamera zu zeigen. Ich war mir nicht einmal sicher, ob der Junge überhaupt noch lebte. Im oberen Bereich der Nachricht wurde die Rufnummer des Absenders angezeigt. Die Zeit der Heimlichkeiten war offenbar vorbei. Ich drückte auf die Nummer, bestätigte, dass ich sie anrufen wollte und hielt mir das Telefon ans Ohr.

Mit jedem Rufton beschleunigte sich mein Puls. Endlich wurde die Verbindung hergestellt. Ich hörte, wie die Person am anderen Ende der Leitung atmete, doch sie sagte nichts. Es war also an mir, mit dem Gespräch zu beginnen.

»Was hast du dem Jungen angetan?«

Keine Antwort. Es war, als verhöhnte mein Feind mich durch sein Schweigen. Das konnte ich nicht auf mir sitzen lassen.

»Ich rede mit dir!«, donnerte ich. Es erinnerte mich an die Schule, wenn ein Lehrer versuchte, ein unwilliges Kind zum Sprechen zu bringen. »Falls du dem Jungen auch nur ein Haar gekrümmt hast, werde ich dich finden!«

Ich wusste natürlich, dass diese Drohung genauso sinnlos war wie meine Frage davor. Offensichtlich wollte der Täter ja, dass ich ihn fand. Warum sonst schickte er mir ein Foto des gefangenen Jungen? Nach weiteren quälenden Sekunden setzte plötzlich wieder jenes höhnische Lachen ein, das ich schon einmal gehört hatte. Es dröhnte mir in den Ohren und bohrte tief in der Wunde meiner eigenen Ohnmacht.

»Dann mal viel Glück«, sagte der Entführer schließlich mit verstellter Stimme. »Du hast weniger als eine halbe Stunde, dann ist der Junge tot. Mal schauen, ob du ihn wieder rechtzeitig findest.«

Es klang beinah wie die Herausforderung zu einem Spiel. Passend dazu erklang im Hintergrund des Telefonats eine kaum hörbare Glocke. Es war, als wolle sie einen Wettlauf auf Leben und Tod einläuten. Sofort wanderte mein Blick zu der Uhr im Armaturenbrett des Autos. Es war kurz vor halb vier. Ich konnte regelrecht spüren, wie mir die Zeit zur Rettung des Jungen durch die Finger rann. Instinktiv versuchte ich, das Telefonat in die Länge zu ziehen, um den Start dieses unmenschlichen Spiels aufzuhalten.

»Wer zur Hölle bist du?«, fragte ich. »Und warum tust du das alles?«

»Ich dachte, du weißt, wer ich bin.«

»Jojo«, wiederholte ich den Namen, der den Entführer bei unserem letzten Telefonat aus der Fassung gebracht hatte. Nicht zum ersten Mal versuchte ich, mir irgendeinen Reim darauf zu machen. Leider wieder ohne Erfolg. War dieser Jojo in Wirklichkeit Tom Hartmann? Das konnte nicht sein. Verstellt oder nicht, die Stimme klang eindeutig zu jung dafür. »Ich kenne niemanden, der so heißt!«, sagte ich daher frustriert.

»Wie armselig«, höhnte er. »Wenn du so schlau wärst, wie alle von dir denken, hättest du es längst herausgefunden. Und dann wüsstest du auch, warum ich tue, was ich tue.«

Das Rauschen im Hintergrund des Telefonats wurde lauter und lauter und verstummte dann jäh. Kein weiteres Geräusch drang aus dem Lautsprecher. Verunsichert warf ich einen schnellen Blick auf das Display meines Handys. Die Verbindung war nicht getrennt worden.

Der Unbekannte wollte wohl einfach nichts mehr sagen. Mein Gehirn nutzte die Pause, um meine Behauptung noch einmal zu überprüfen. Doch ich war mir vollkommen sicher, die Wahrheit gesagt zu haben. Wieder musste ich an die Situation in der Psychiatrie denken. »Dieser Name ist mir nur einmal untergekommen. Damals in der Klinik, als Jennifer ihn gesagt hat. Aber ich bin nie einem Menschen dieses Namens begegnet.«

»Vielleicht ist das ja genau das Problem!« Das Rauschen im Hintergrund des Telefonats wurde abermals lauter, doch ehe ich ausmachen konnte, was dort vor sich ging, wurde die Verbindung beendet.

Ich fluchte und drückte auf Wahlwiederholung.

»Im Moment ist niemand zu erreichen«, verkündete eine monotone Computerstimme. »Bitte versuchen Sie es zu einem späteren Zeitpunkt noch einmal.«

Wütend schleuderte ich mein Handy auf den Beifahrersitz. Dann schaute ich erneut auf die Fahrzeuguhr. Es waren bereits drei Minuten vergangen, 27 waren noch übrig. Eine halbe Stunde war verdammt wenig Zeit. Hastig steckte ich den Zündschlüssel ins Schloss. Doch bevor ich ihn herumdrehen konnte, wurde mir klar, dass ich überhaupt kein Ziel hatte. Wohin sollte ich fahren? Zu Rickys Eltern? Das ergab wenig Sinn und kostete Zeit, die ich nicht hatte. Noch 26 Minuten.

»Na los! Tu, was du am besten kannst«, befahl ich mir, doch zum ersten Mal in meinem Leben, glaubte ich selbst nicht daran, dass mir dieses Mantra helfen würde. Wenn unterschiedliche Puzzleteile vor mir lagen und ich das Bild nicht erkannte, trieb ich mich mit dem Satz meines früheren Schulleiters an. Diesmal hatte ich jedoch kein einziges Teil, mit dem ich arbeiten konnte. Bloß das Foto von Ricky im Kofferraum. Doch es zeigte nichts, womit ich das Auto oder gar den Ort der Aufnahme ermitteln konnte. Und selbst wenn es eine Möglichkeit gegeben hätte, all dies herauszufinden, würde ich trotzdem nicht wissen, ob das Fahrzeug noch dort war. Dennoch trieb mich die Angst an, irgendetwas übersehen zu haben. Ich schloss die Augen und begann die Reise dieses Tages noch einmal von vorn. Im Kinderzimmer von Maries Tochter. In meiner Erinnerung tauchte der Brief des Entführers auf, ebenso die Collage von Sarahs Pferd und ihr Account in einem sozialen Netzwerk. Dabei kam mir der Mann auf dem Foto in den Sinn. Er hatte auf dem Parkplatz hinter der Schule gestanden und das Mädchen mit ihren Freundinnen beobachtet. Gut möglich, dass im Hintergrund sein Auto zu sehen war. Ich hatte bereits meine Augen geöffnet und nach dem Handy auf dem Beifahrersitz gegriffen, als ich begriff, wie dämlich diese Idee war. Schon einmal hatte ich versucht, Details des Bildes zu vergrößern und dabei bloß ein abstraktes Kunstwerk erhalten.

»Verdammt!«, stieß ich aus. Ich hatte versagt. Manuel Keller war tot. Ebenso wie Jennifer. Ebenso wie Martha. Und jetzt war Ricky an der Reihe. Noch mehr Leid, noch mehr Zerstörung, nur wegen eines unbändigen Hasses auf mich, den ich mir nicht einmal erklären konnte.

»Was du am besten kannst, ist einfach nicht genug!«, sagte meine innere Stimme tadelnd. »Es bringt dem Jungen gar nichts, wenn du hier untätig herumsitzt!«

Kurz entschlossen drehte ich den Zündschlüssel im Schloss und startete mit quietschenden Reifen in Richtung Stadt. Notfalls würde ich jede einzelne Straße abfahren, bis ich eine Spur gefunden hatte. Tief in meinem Inneren wusste ich natürlich, wie dämlich dieses Vorhaben war. Mir blieben schließlich nur 25 Minuten. 25 Minuten. Die Zeit rauschte nur so an mir vorbei.

»Die Zeit rauscht an mir vorbei«, sprach ich meinen letzten Gedanken laut aus, bloß um ihn noch einmal zu hören. »Sie rauscht.« Irgendetwas wollte mir dieses Wort sagen. *Rauschen.* Aber was?

»Heilige Scheiße!«, entfuhr es mir, als plötzlich die fehlenden Puzzleteile aus dem Nichts erschienen und wie von allein an die richtige Stelle fielen. Sie waren die ganze Zeit da gewesen, ich hatte sie bloß nicht beachtet. Vermutlich, weil mich der Hass auf den sadistischen Mörder abgelenkt hatte. Ich passierte gerade das Ausgangsschild des Ortes. Dahinter trat ich das Gaspedal bis zum Bodenblech durch. Meine Fahrt hatte mit einem Schlag ein Ziel bekommen. Allerdings blieben mir nicht mal mehr 23 Minuten, es zu erreichen. Und die waren äußerst knapp bemessen.

Kapitel 14

Marie

»Ich glaube, hier vorn müssen wir raus«, bemerkte Schnauzbart gerade noch rechtzeitig. Marie war in Gedanken versunken gewesen und hätte darüber beinah die Ausfahrt verpasst. Sie setzte den Blinker und fuhr auf die Abbiegespur. Da in der Gegenrichtung kein Fahrzeug kam, bog sie auf die schmale Straße, die sich jetzt ein Stück bergauf am Waldrand entlangschlängelte. Wenn man ihr weiter folgte, gelangte man zu einem alten Kloster. Marie hatte es vor Jahren besichtigt. Doch stattdessen bog sie in jenen Waldweg ein, der sie direkt zu dem verfallenen Gemäuer bringen würde.

»Ganz schön abgelegen«, kommentierte der alte Mann. »Ideal für ein Heim mit Verhaltensauffälligen.«

Marie nickte. »Und auch ideal, um ein entführtes Kind zu verstecken.« Entlang des Weges bemerkte sie frische Reifenspuren. Hier war vor kurzem ein Auto gefahren. Die Strecke schien sich endlos hinzuziehen und wurde von Minute zu Minute unebener. Bodenwellen erschütterten das Fahrzeug. Marie kam nicht umhin, sich ihre Tochter vorzustellen, wie sie verängstigt auf der Rückbank eines Autos saß und durchgeschüttelt wurde.

»Bitte sei da«, flehte sie in Gedanken. Sie malte sich aus, wie sie Sarah in dem halb verfallenen Gebäude aufspürte und befreite, doch es gab noch ein anderes Szenario, das ihr in den Sinn kam. Was, wenn Daniel Recht behielt? Was, wenn dies nun die Falle war, vor der er sie am Morgen gewarnt hatte? Unwillkürlich wanderte ihr Blick zu dem alten Mann auf dem Beifahrersitz. Würde er ihr eine Hilfe sein, falls es wirklich zu einem Kampf auf Leben und Tod käme? Immerhin war er früher Polizist gewesen. Nach einer weiteren Kurve lichteten sich allmählich die Bäume. Dafür entdeckte Marie etwas völlig anderes – und das beunruhigte sie sehr. Am Ende des Waldgebiets schien dunkler Rauch aufzusteigen. Als sie näherkamen, erkannte sie ein Auto, das gegen einen der Bäume gefahren war. Ein riesiger Ast hatte die Windschutzscheibe durchbohrt.

»Niemand zu sehen«, kommentierte der ehemalige Polizist, als sie auf gleicher Höhe mit dem anderen Fahrzeug waren. »Sollen wir uns das näher anschauen?«

Zuerst wusste Marie nicht recht, was sie antworten sollte. Einerseits hatte sie es eilig, in den Überresten des früheren Kinderheims nach ihrer Tochter zu suchen. Andererseits war es bestimmt kein Zufall, dass kurz davor ein qualmendes Auto stand. Sie nickte Schnauzbart zu, fuhr an dem Wrack vorbei und stellte ihren Wagen am Wegrand ab. Während sie ausstieg, konnte sie schon das Heim sehen. Bis zu dem düsteren Gebäude waren es noch einige hundert Meter Schotterweg. Marie wollte unbedingt dorthin laufen, um nach ihrer Tochter zu suchen, und musste sich förmlich zwingen, stattdessen zu dem zerstörten Auto zu gehen. Sie lief auf die Fahrertür zu, der ehemalige Polizist hingegen zur Beifahrerseite. Niemand saß darin und die Tür ließ sich nicht öffnen. Vermutlich war das gesamte Fahrzeug durch den Aufprall verzogen.

»Hier sind Spuren«, bemerkte ihr Begleiter. Marie konnte nicht sehen, was er entdeckt hatte. Schnell eilte sie um das Wrack herum. Er hockte nahe der geöffneten Seitentür.

»Schauen Sie hier«, sagte er, als sie ihn erreichte. »Da ist eine Fußspur. Nicht sehr groß, vermutlich von einem Kind und offenbar hatte es keine Schuhe an.«

Marie reichte ein einziger Blick auf den Abdruck, um jeden Zweifel zu zerstreuen. Sarah hatte in diesem Auto gesessen, als es gegen den Baum gefahren war. Und sie hatte den Unfall offensichtlich überlebt.

»Sarah!«, rief sie, so laut sie konnte. »Sarah, bist du hier irgendwo?« Keine Antwort. »Sarah!«, schrie sie. Da abermals niemand antwortete, setzte sie sich in Bewegung. Sie rannte um das Auto herum und folgte dann dem schmalen Pfad, der tiefer in den Wald führte. Immer wieder rief sie dabei den Namen ihrer Tochter. Weit konnte sie ohne Schuhe nicht gekommen sein. Vielleicht hockte sie irgendwo am Wegrand und weinte? Oder hatte sie der Fahrer des Wagens schließlich eingeholt? Sie schob diesen Gedanken zur Seite, ehe er sie lähmen konnte.

»Warten Sie!«, rief Schnauzbart. Marie blieb nicht stehen, sah sich aber kurz nach dem alten Mann um. Er war ihr gefolgt, kam jedoch nicht annähernd so schnell voran. Auf dem unebenen Waldweg schien er sich unsicherer zu bewegen als sonst. Marie lief weiter, ohne sich darum zu kümmern. Sie erreichte eine Abbiegung. Dort beschlich sie ein sonderbares Gefühl. Erst als sie stehen blieb und sich umschaute, erkannte sie den Grund. Ihr Unterbewusstsein hatte die Gestalt auf dem Waldboden offenbar längst bemerkt, denn Marie hatte schon eine Gänsehaut am ganzen Körper, als sie diese entdeckte. Im ersten Moment erwartete sie, dass der Unbekannte aufspringen und sie angreifen würde. Doch nichts geschah. Als sie einen Schritt auf ihn zutrat, erkannte sie den Grund dafür. Überall war Blut. Der Körper des Toten wirkte sonderbar verdreht. Er lag auf dem Bauch, sein Gesicht zeigte von ihr weg. Sein Hinterkopf war regelrecht zerfetzt.

Marie musste würgen. Diesmal schaffte sie es nicht, den Brechreiz zurückzuhalten. Sie übergab sich in den Graben am Rande des Wegs, während sie sich mit einer Hand an dem Baum abstützte. Als sie sich wieder aufrichtete, bemerkte sie unzählige Einschusslöcher in dem Stamm.

»Hier liegt jemand«, rief sie Schnauzbart zu, erhielt aber keine Antwort. Vermutlich war ihr Begleiter noch immer nicht in Hörweite.

Sie zwang sich, erneut zu der Leiche zu schauen. Ihr Magen rebellierte zwar, hielt aber stand. Wer war der Tote? Hatte er ihre Tochter entführt? Doch wer hatte dann auf ihn geschossen? Und wo war Sarah jetzt? Dem Alter nach war es durchaus möglich, dass es sich um Tom Hartmann handelte. Doch mit Vermutungen kam sie nicht weiter, sie musste sicher sein. Also fasste Marie all ihren Mut zusammen und hockte sich neben die Leiche. Sie beugte sich vor und durchsuchte die Jackentaschen des Mannes. Darin fand sie eine braune Geldbörse aus Leder. Mit zitternden Händen zog sie das schwere Teil hervor und klappte die Seitenfächer aus. Im Inneren steckte ein Personalausweis. »*Benjamin Walther*«, las sie neben einem Foto, das zweifellos den Toten zeigte. Maries Herz setzte einen Schlag aus, als ihr klar wurde, woher sie diesen Namen kannte. *Benjamin Walther* war der richtige Name von Schnauzbart.

Daniel

Das Ortsschild erlaubte nicht mehr als 50 Kilometer in der Stunde. Normalerweise hielt ich mich, typisch Beamter, genau an solche Vorschriften. Unzählige Male hatte Marie mich wegen meines Fahrstils aufgezogen, den sie gern als *Schneckentempo* bezeichnete. Doch der heutige Tag war in jeder Hinsicht anders. Wie schon am Vormittag, bei der Verfolgung von Jennifers Auto, jagte ich mit viel zu hoher Geschwindigkeit durch die Ortschaft. Das schien so manchen entgegenkommenden Autofahrer zu beunruhigen. Mehrmals kassierte ich warnendes Lichthupen, einmal sogar ein wütendes Hupkonzert. Das hatte ich mir redlich verdient, weil ich bei Hellrot über die Ampel am Stadtrand gefahren war und so den Verkehr der Querstraße ausgebremst hatte. Ich hoffte, dass keiner der erbosten Fahrer die Polizei anrief und dadurch verhinderte, dass ich mein Ziel erreichte. Zum x-ten Mal blickte ich zu der Uhr im Armaturenbrett. Mir blieben nur noch wenige Minuten, um am anderen Ende der Stadt anzukommen. Gottlob war die Straße hinauf zu der vornehmen Villengegend, in der auch Ricky wohnte, üblicherweise nicht stark befahren. Ich entspannte mich ein wenig, als ich dorthin abgebogen war, hielt das Gaspedal aber weiter voll durchgetreten. Zum ersten Mal seit dem unterbrochenen Telefonat mit Marie hatte ich kurz Zeit, über ihre Entdeckungen nachzudenken. Tom Hartmann, der Mörder meiner Eltern, war aus dem Gefängnis entlassen worden und steckte jetzt vermutlich hinter diesem erbarmungslosen Rachefeldzug. Mir lief ein Schauer den Rücken herunter, als ich mich an die finsteren Augen des Mannes erinnerte. Ein vorbestrafter Wiederholungstäter ergab auf jeden Fall mehr Sinn als ein Freund aus meiner Schulzeit, eine Ex-Freundin oder ein Referendar. Und ich zweifelte keine Sekunde daran, dass Tom Hartmann immer noch einen Groll auf mich hegte. Schließlich hatte ich dafür gesorgt, dass er damals verhaftet wurde und für viele Jahre ins Gefängnis kam. Ich sah die Ereignisse dieses Tages vor mir, als wären sie erst gestern geschehen. In meiner Erinnerung belauschte ich noch einmal das Gespräch mit dem Polizisten, der mir von der Verletzung des Bankräubers erzählte. Ich hörte abermals den Funkspruch wegen des Überfalls auf eine Apotheke. Und ich schlich mich erneut in den Hinterhof, wo ich den alles entscheidenden Fund machte. Selbst das Hochgefühl des Moments kehrte zurück, als plötzlich sämtliche Puzzleteile zusammenpassten. Vor meinem inneren Auge beobachtete ich den kleinen Jungen von damals, wie er den Polizisten zu dem Täter führte. Er war sich so unglaublich clever vorgekommen.

Mittwoch, 06. April, 11:51 Uhr (28 Jahre zuvor)

Schnauzbart hatte mir eine ordentliche Standpauke über die Bedeutung eines Versprechens gehalten. Glücklicherweise hatte er nicht auch noch den Kaugummi entdeckt, der nach wie vor am Seitenfenster klebte.

»Und wie geht es jetzt weiter?«, fragte ich ihn, nachdem wir wieder in den Wagen gestiegen und losgefahren waren.

»Polizeiarbeit ist eine langwierige Angelegenheit, mein Junge«, antwortete er. »Vielleicht war es tatsächlich derselbe Mann, der deine Eltern angegriffen hat, aber die Spuren müssen erst ausgewertet werden. Und selbst dann ist nicht sicher, ob wir ihn finden.«

Ich schaute aus dem Fenster und erkannte die Straße, die wir gerade entlangfuhren. »Biegen Sie hier rechts ab«, forderte ich den Polizisten auf, während er gerade an einer roten Ampel anhielt.

»Warum?«

Darauf wusste ich keine Antwort. Ich kannte den Grund zwar genau, war mir aber absolut sicher, dass Schnauzbart keinesfalls da langfahren würde, wenn ich ihn diesen sagte. Zumindest nicht, solange ich in diesem Auto saß. Ich musste mir schnell eine alternative Erklärung ausdenken. »Die große Baustelle«, log ich daher. »Meine Mutter fährt auch immer hier rum.« Das Wort *Mutter* versetzte mir einen Stich ins Herz. Ich wünschte mir nichts sehnlicher, als sie im Krankenhaus zu besuchen, wie der Kommissar es vorhin versprochen hatte. Doch zuvor wollte ich noch etwas erledigen. Und dafür mussten wir jetzt unbedingt abbiegen.

»Okay«, brummte Schnauzbart und lenkte den Wagen in die Querstraße, nachdem die Ampel auf Grün geschaltet hatte. »Und wie geht's dann weiter?«

»Die übernächste Straße wieder links«, sagte ich. Entschlossen umklammerte ich dabei den Zigarettenstummel in meiner Hand. Ich hatte die ungewöhnliche Marke sofort wiedererkannt. Bestimmt gab es in unserer Stadt viele Männer mit langen Haaren. Und sicherlich hatten einige von denen auch große Füße. Aber ich kannte nur eine Person, die das alles hatte und Zigaretten mit einer goldenen Krone am Filter rauchte. Ich hoffte so sehr, dass ich richtig lag.

»Bist du sicher, dass uns der Weg wieder auf die Hauptstraße führt?« Skepsis lag in der Stimme des Polizisten. Sein Misstrauen war gerechtfertigt, aber nervig.

»Meine Mama fährt immer so«, beteuerte ich, wobei ich versuchte, ein bisschen wie ein kleines Kind zu klingen. Kommissar Walther bog in die angegebene Straße. Sie führte direkt an unserer Grundschule vorbei.

»Jetzt wieder rechts«, sagte ich.

»Das kann nicht sein«, erwiderte Schnauzbart. »Die Hauptstraße ist links von uns.«

»Meine Mama ...«

»Ja, ja, ich weiß«, antwortete er genervt. »Deine Mama fährt immer da lang. Aber wir nicht.« Er setzte den Blinker nach links. Panik stieg in mir auf. Ich konnte nicht zulassen, dass wir in die falsche Richtung fuhren. Also zog ich an dem Türgriff, doch die Kindersicherung ließ nicht zu, dass ich ausstieg.

»Was tust du da?«, fragte Schnauzbart.

»A-alles dreht sich«, rief ich und begann zu würgen. »M-mir wird auf einmal so schwindelig ... ich glaube, mir wird schlecht ...«

»Kotz mir ja nicht in den Wagen«, befahl der Polizist und betätigte einen Knopf am Armaturenbrett. Ein mechanisches Klacken war zu hören und die Wagentür ließ sich öffnen. Erleichtert stürzte ich aus dem Auto.

»Was ist los, wie geht's dir?«, fragte Schnauzbart besorgt. Ich grinste ihn breit an und rannte los. Aus dem Augenwinkel bekam ich noch mit, wie der Mann fluchend aus dem Auto stieg. »Stehengeblieben, Freundchen!«, brüllte er. Dann ließ er seinen Wagen mitten auf der Kreuzung stehen und jagte hinter mir her. Er kam rasch näher. Mit seinen langen Beinen war er deutlich schneller als ich. Dennoch wusste ich, dass ich unser Ziel zuerst erreichen würde. An dem großen metallenen Hoftor am Ende der Straße stoppte ich jäh.

»Warnung vor dem Hunde«, stand auf einem gelben Schild und meine Gänsehaut zeugte davon, dass dies keine leere Drohung war. Ich versicherte mich daher, dass der fiese Schäferhund nicht im Hof herumlief, ehe ich die Klinke herunterdrückte und das Grundstück betrat. Der Kommissar war nur wenige Schritte entfernt, also musste ich schnell handeln. Ich stürmte hinein und warf das Hoftor schwungvoll hinter mir zu. Es schien unmöglich, dass der Kettenraucher das blecherne Dröhnen überhört hatte. In einiger Entfernung war plötzlich ein Bellen zu hören.

»Komm sofort da raus!«, forderte Schnauzbart vom Hoftor aus. Offenbar hatte er ebenfalls den heranstürmenden Hund bemerkt und scheute sich, das Grundstück zu betreten. Ich kam nicht mehr dazu, seine Aufforderung zu beantworten. Rechts neben der Hundehütte führte ein schmaler Durchgang vom Garten des Hauses in den Hof. Ehe ich mich versah, stand ich der Bestie gegenüber. Diesmal konnte ich nicht mal eben durch das Hoftor fliehen, denn ich war viel zu weit davon entfernt. Mein Herz raste und mir saß ein dicker Kloß im Hals. Vorsichtig setzte ich einen Fuß nach hinten und achtete darauf, keine ruckartigen Bewegungen zu machen. Langsam bewegte ich mich so weit rückwärts, bis ich an die erste Stufe der Treppe stieß, die zur Haustür führte. Mit meiner rechten Hand ertastete ich das Metallgeländer, das den offenen Eingangsbereich begrenzte und einen Teil seiner Überdachung bildete. Mir wurde klar, dass ich nur eine Chance hatte: Ich musste klettern. Doch wie sollte ich auf die Treppe gelangen und auf das Geländer steigen, ehe der Hund zuschnappte? Klong, klong, klong! Mein Herz rutschte fast in die Hose, als das laute Dröhnen einsetzte. Schnauzbart hatte seinen Schlüsselbund herausgeholt und schepperte damit gegen das Hoftor. Die Bestie ließ mich zum ersten Mal, seit sie aufgetaucht war, aus den Augen. Wütend verbellte sie den Polizisten. Ich nutzte die Chance, wirbelte blitzschnell herum und stürzte die drei Treppenstufen nach oben. Dann ergriff ich die Stange, die die Überdachung hielt, und zog ich mich daran hoch. Triumphierend hockte ich nun auf dem Geländer. Jetzt erst kapierte der Hund, was gerade passiert war. Knurrend sprang er auf die Treppe zu. Dabei wurde mir der Schwachpunkt meines Fluchtplans klar. Wenn er sich von der Plattform aus auf die Hinterpfoten stellte, war er groß genug, um mir in die Beine zu beißen. Ich richtete mich also auf, um notfalls nach dem Vieh zu treten. Doch dazu kam es nicht mehr. Plötzlich und ohne ersichtlichen Grund wich der Hund zurück und ging in eine Hab-Acht-Stellung. Ich realisierte den Mann hinter mir erst, als ich von ihm gepackt wurde.

»Hab ich dich endlich!«, grunzte der Kettenraucher, hob mich mühelos von dem Geländer herunter und schlang seinen Arm um meine Brust. Sein Griff saß so fest, dass ich fürchtete, er würde mir dabei eine Rippe brechen. Der Gestank nach kaltem Rauch stieg mir in die Nase.

»Nein, nicht!«, jammerte ich.

»Hey Sie, lassen Sie den Jungen los!«, befahl nun auch Schnauzbart.

»Ich bin von der Polizei!« Der Kettenraucher bemerkte offenbar erst jetzt den Mann an seinem Hoftor. Sofort griff er mit der freien Hand in seine Hosentasche und zog etwas Metallisches hervor. Dabei verrutschte sein T-Shirt. Für einen Moment wurde ein blutgetränkter

Verband sichtbar. Er war knapp über der Hüfte um seinen Bauch geschlungen. Nun wusste ich nicht nur sicher, dass ich den Mörder meines Vaters gefunden hatte, sondern auch, dass es total dämlich gewesen war, auf dieses Grundstück zu rennen. Ich hatte mich selbst in größte Gefahr gebracht. Schnauzbart schien die Verletzung ebenfalls bemerkt zu haben und griff nach seiner Waffe. »Lassen Sie den Jungen los!«, sagte er noch einmal und betonte dabei jedes Wort.

Der Metallgegenstand, den der Kettenraucher hervorgeholt hatte, entpuppte sich als Klappmesser. Geschickte wirbelte er es mit seiner freien Hand herum und hielt mir die ausgeklappte Klinge an den Hals. »Hauen Sie ab, dann passiert dem Jungen nichts«, forderte er. Ich spürte, wie das scharfkantige Metall meine Haut verletzte.

»Keine Chance«, erwiderte Kommissar Walther. »Diesmal entkommen Sie nicht!« Er hatte also ebenfalls verstanden, dass ich ihn zu dem Bankräuber geführt hatte.

»Das werden wir sehen!« Um seiner Drohung Nachdruck zu verleihen, verstärkte der Mann noch einmal den Griff um meine Brust.

»Ihre Verletzung muss versorgt werden.« Schnauzbarts Stimme klang nun ruhiger und bedachter. »Die muss doch höllisch wehtun.«

»Das geht Sie gar nichts an«, fauchte der Kerl, doch ich begriff, dass die Worte des Polizisten gar nicht ihm gegolten hatten. Mein Blick wanderte erneut zu dem Verband. Ich wand mich ein wenig im Griff des Mannes, um in die richtige Position zu kommen. »Halt still, das bringt dir eh nichts!«, raunte der Kerl noch. Doch in diesem Punkt irrte er sich. Mit aller Kraft rammte ich ihm meinen Ellbogen direkt in die blutende Wunde. Unter normalen Umständen hätte er bei so einem Angriff vermutlich nicht mal gezuckt. Mit der Schusswunde aber schrie er auf und sein Griff lockerte sich sofort. Ich zögerte nicht und ließ mich nach unten aus der Umklammerung herausrutschen. Ich purzelte die Treppe hinunter und landete unmittelbar vor den Pfoten des Hundes. Der glotzte mich an, als wäre ich ein Leckerli.

»Fass, mein Junge, fass!«, befahl der Kettenraucher.

Panisch starrte ich die Bestie an. Sie knurrte, zeigte dabei ihre Zähne und hielt den Kopf auf Höhe ihrer Schultern gesenkt. Jede Sekunde erwartete ich den Angriff. Doch dann ging alles unglaublich schnell. Der Hund machte einen Satz nach vorn, ein ohrenbetäubender Knall war zu hören und das Tier klappte leblos zusammen.

»Nein, Rocko!«, schrie der Bankräuber irgendwo hinter mir. Ich fürchtete schon, dass er mich jetzt abermals packen würde. Doch als ich zu ihm hinübersah, erkannte ich, dass er das Messer fallengelassen und sich hingekniet hatte.

Schnauzbart öffnete das Hoftor und kam mit ausgestreckter Waffe näher. »Bist du in Ordnung, mein Junge?«, fragte er mich, doch ich war nicht fähig zu antworten. Ich hatte das Geschehene noch gar nicht richtig begriffen. »Daniel Konrad, bist du in Ordnung?«

Samstag, 04. Dezember, 15:51 Uhr

Rückblickend erscheint es mir wie ein Wunder, dass ich diesen Tag überlebt habe. Ich hatte den Polizisten zu einem gefährlichen Bankräuber geführt und war sogar in dessen Gewalt geraten. Genau wie mein Vater und meine Mutter. Der Junge, der den Mörder seiner Eltern überführt hatte, geisterte damals wochenlang durch die Zeitungen. Alle hielten mich für ein Wunderkind, doch mir war heute vollkommen klar, dass ich einfach nur Glück gehabt hatte. Mir war nur aufgefallen, dass der Einbrecher in der Apotheke und der fiese Kettenraucher aus meiner Mutprobe dieselbe Marke rauchten. Das hätte genauso gut auch blanker Zufall sein können. Auf jeden Fall war es pures Glück gewesen, dass ich diesen Tag vor 28 Jahren überlebt hatte.

Die Schranken am großen Bahnübergang schlossen sich gerade, als ich sie erreichte, und rissen mich jäh aus meinen Erinnerungen. Ich trat mit beiden Füßen auf Bremse und Kupplung. Im letzten Augenblick brachte ich den Wagen zum Stehen. Dann erst realisierte ich jenes Geräusch einer Glocke, das mir während des Telefonats mit dem Entführer verraten hatte, wohin ich fahren musste. Meine Erinnerung hatte mich nicht getäuscht, denn es war genau derselbe Ton. Dieser Bahnübergang war erst vor wenigen Monaten komplett erneuert worden und seither gab es hier eine brandneue Sicherungsanlage, die das Warnzeichen über einen Lautsprecher abspielte. Dieses Signal war weit und breit in der Gegend einzigartig. Die Glocke verstummte und von rechts raste ein Zug heran. Mein Wagen bebte, als die Lok, nur wenige Meter von der Kühlerhaube entfernt, vorbeirauschte. Auch dieses Geräusch kam mir sofort bekannt vor. Ich hatte es zunächst nicht einsortieren können, als ich es vorhin in dem Telefonat gehört hatte. In Verbindung mit dem Signal der Glocke war es jedoch ein eindeutiger Hinweis auf diesen Bahnübergang.

Endlich erlosch die rote Lampe oberhalb des Andreaskreuzes. Im Zeitlupentempo wurden die Arme der Schranke wieder angehoben. Das dauerte mir jedoch viel zu lange. Ich gab Vollgas und schoss auf den Bahnübergang zu. Es kratzte und knirschte, als die Gitter, die unten am Schlagbaum hingen, mein Autodach streiften. Es war mir vollkommen egal. Direkt hinter den Schienen bog ich nach links in die kleine Seitenstraße, die bergauf zu der noblen Villengegend unserer Stadt führte. Das Ziel war nicht mehr weit. Der Täter selbst hatte es mir unfreiwillig verraten.

»Du hast weniger als eine halbe Stunde, bis der Junge tot ist. Mal schauen, ob du ihn wieder rechtzeitig findest.«

Es war nur ein unscheinbares Wörtchen, auf das ich all meine Hoffnungen setzte. *Wieder.* Mal schauen, ob du ihn *wieder* rechtzeitig findest. Ricky und ich hatten eine belebte Vergangenheit. Schon oft hatte ich ihn vor Dummheiten bewahrt oder ihm die Konsequenzen seines Handelns aufgezeigt. Aber nur ein einziges Mal passte die Formulierung »*rechtzeitig finden*« auf das, was passiert war. Ich hatte in letzter Sekunde eingegriffen, bevor er seinem Leben ein Ende setzen konnte. Und dieser Moment war keine 24 Stunden her. Sofort begannen die düsteren Ereignisse dieser Nacht, sich in meinem Kopf abzuspielen. Ich durchlebte noch einmal, wie Ricky über die Brüstung der Bahnüberführung kletterte.

»Was tust du da?«, brüllte ich.

»Sie haben recht«, antwortete der Junge weinend, ehe er einen entschlossenen Blick in die Tiefe warf. »Ich kann mich nicht ein Leben lang verstecken.«

»Ricky. Hör auf!«, hörte ich mich noch einmal schreien, konnte dieser Erinnerung jedoch nicht weiter folgen. Ich hatte das Ziel erreicht. Nach rechts verlief ein Weg für Fußgänger, der zu eben dieser Brücke über die Schienen führte. Ich trat auf die Bremse und sprang aus meinem Wagen. Den Zündschlüssel ließ ich stecken, nahm mir noch nicht einmal die Zeit, die Fahrertür zu schließen. Nach einem kurzen Sprint erreichte ich die Bahnüberführung. Ich hielt ungebremst auf die Brüstung zu und wurde jäh von ihr gestoppt. Unzählige Schienenstränge verliefen darunter. Dennoch sah ich sofort, dass ich am richtigen Ort war. Etliche Meter unter mir lag ein regloses Bündel auf den Schienen. Ich erkannte den Streifen roter Haare auf dem kahlrasierten Schädel meines Schülers.

»Ricky! Ricky, kannst du mich hören?«, brüllte ich, konnte aber keine Reaktion bei dem Jungen feststellen. Einer düsteren Vorahnung folgend, schaute ich über die Schulter nach hinten. Der Entführer hatte nicht gelogen, was den Zeitpunkt von Rickys Tod anging. Der Zug war zwar noch ein ganzes Stück entfernt, kam aber rasch näher. Wegen der Kurve vor der Brücke hatte der Lokführer nicht die geringste Chance, meinen Schüler rechtzeitig zu entdecken oder zu reagieren.

»Ricky!«, rief ich nach unten. »Ricky, du musst aufstehen!«

Der Junge regte sich nicht. Wie sollte ich zu ihm kommen? Panisch schaute ich mich um. Die Brücke war zu hoch, um unbeschadet zu springen. Rechts von mir führte zwar eine schmale Treppe bis zu den Schienen, war aber durch ein metallenes Tor gesichert. Mir blieb nicht einmal genug Zeit, den Durchgang zu öffnen, geschweige denn, den ganzen Weg nach unten zu rennen. Links und rechts waren die Stufen von dornigen Büschen gesäumt, vermutlich, um freilaufende Tiere von den Gleisen fernzuhalten.

Als ich mich erneut kurz umwandte, war der Zug schon erschreckend nah an der Brücke. Meine Befürchtungen wurden entsetzliche Gewissheit. Ich war zu spät gekommen.

Marie

Wie paralysiert starrte Marie auf den Ausweis in ihren Händen. Erneut las sie den Namen in der Hoffnung, sich geirrt zu haben. Doch es gab nicht den geringsten Zweifel. Sie hatte tatsächlich die Leiche des ehemaligen Polizisten gefunden, den ihr Freund als Kind *Schnauzbart* getauft hatte. Aber wie zur Hölle war das überhaupt möglich? Wer hatte ihn getötet? Und welche Rolle spielte der alte Mann, der sich als eben jene Person ausgegeben und sie hierher begleitet hatte? Entsetzt richtete sie sich auf, als ihr klar wurde, dass der Unbekannte jeden Augenblick hinter ihr stehen konnte. Ob er wohl ahnte, was sie entdeckt hatte? Oder konnte sie ihm etwas vorspielen? Marie wollte es lieber nicht darauf ankommen lassen. Sie stemmte sich auf die Beine, um loszurennen, doch ihr Kreislauf machte das schnelle Aufstehen nicht mit. Sie suchte Halt und brauchte einen Moment, bis sie wieder sicher stehen konnte.

»Wo sind Sie?« Die Stimme des alten Mannes klang bereits bedrohlich nah. Marie durfte keine Zeit verlieren und rannte los. Ihre Bewegung blieb nicht unbemerkt. »Hey, Sie, bleiben Sie stehen!« Sie dachte gar nicht daran, stehenzubleiben. Im Gegenteil. Von Panik getrieben, hetzte sie durch den engbewachsenen Wald. Unzählige Zweige schlugen ihr entgegen. Ihr Herz hämmerte wie wild und sie keuchte vor Anstrengung, doch das Adrenalin gab ihr die Kraft, weiterzulaufen. Nachdem sie ein ganzes Stück gerannt war, tauchte neben ihr der Weg auf. Sie hielt darauf zu und warf einen prüfenden Blick nach allen Seiten. Der alte Mann war nirgends zu sehen. Auf dem geschotterten Waldweg kam sie wesentlich schneller voran. Wenig später erreichte sie das Ende des Weges und trat mit klopfendem Herzen aus dem Wald heraus. Das Atmen fiel ihr schwer und sie schwitzte am ganzen Körper. Finster und drohend erhob sich vor ihr jenes düstere Gemäuer, das einmal ein christliches Kinderheim gewesen war. Unwillkürlich musste Marie schlucken. War das der Ort, an dem ihr Kind gefangen gehalten wurde? Sie wollte sofort hineinstürmen, um nach Sarah zu suchen, doch sie ahnte, dass das ein Fehler wäre. Kein Mensch wusste, wo sie sich befand und dieser bewaffnete Wahnsinnige war ihr sicher schon auf den Fersen. Es schien ihr nicht der beste Plan zu sein, geradewegs in die Höhle des Löwen zu laufen. Ängstlich blickte sie sich um. Außerhalb des schützenden Waldes saß sie wie auf dem Präsentierteller. Entschlossen machte sie kehrt, lief ein kleines Stück zurück und hielt dann auf den dicksten Baumstamm zu, den sie finden konnte. Immer wieder schaute sie sich suchend um, konnte ihren Verfolger aber nirgends entdecken. Sie erreichte den Baum und kauerte sich so dahinter, dass sie vom Weg aus nicht zu sehen war.

Verzweifelt versuchte sie, ihre Atmung unter Kontrolle zu bekommen, doch sie schnaufte wie eine alte Dampflokomotive. Das unterbrochene Telefonat mit Daniel kam ihr in den Sinn. Sie beschloss, ihren Freund anzurufen, damit er sich ebenfalls auf den Weg hierher machen konnte. Doch als sie gerade ihr Handy aus der Manteltasche nehmen wollte, hörte sie Schritte. Sie versuchte, kein Geräusch zu machen und hatte dabei das Gefühl, sie würde ersticken. Dann endlich eilte der alte Mann an ihrem Versteck vorbei, ohne langsamer zu werden. Erst als seine Fußtritte allmählich leiser wurden, wagte sie sich aus ihrer Deckung. Tatsächlich schien der Unbekannte sie nicht bemerkt zu haben und lief weiter in Richtung des ehemaligen Kinderheims. Marie erlaubte sich einen Atemzug, doch in diesem Moment zerriss ein lautes Dröhnen die Stille des Waldes. Sie erkannte ihren Klingelton und fluchte. Hektisch zog sie das Handy aus der Tasche ihres Mantels und drückte auf den Tasten herum. Das Klingeln verstummte und die Worte *Anruf abgelehnt* erschienen im Display. Es war Daniel gewesen, doch sie hatte ihn in ihrer Panik weggedrückt. »Scheiße!«, schimpfte sie lautlos und versuchte dann mit zitternden Fingern, das Gerät zu entsperren. Dabei bemerkte sie den alten Mann neben sich. Instinktiv wollte sie vor ihm wegrennen, doch da wurde ihr schon die Pistole an den Kopf gehalten.

»Keine Mätzchen, verstanden?«, sagte der Unbekannte mit einer bedrohlichen Stimme. »Ich will Ihnen nicht wehtun.«

Wie zuvor im Haus des Polizisten hob Marie ihre Hände über den Kopf. »W-was soll das alles?«, stieß sie hervor. »Warum tun Sie das? Wer sind Sie?«

»Ich glaube, das haben Sie schon selbst rausgekriegt«, gab der Mann zurück.

»Tom Hartmann.« Ihre Antwort klang beinah wie eine Frage, doch es war keine.

»Habe die Ehre«, erwiderte er zynisch. Aus dem Augenwinkel heraus nahm Marie wahr, dass er etwas aus seiner Jackentasche herauszog. Und dann hörte sie auch das typische Klimpern der Handschellen, das sie an diesem Tag schon einmal gehört hatte. Und plötzlich kam ihr das seither Erlebte, ihre Gespräche über Sarahs Entführung und die gemeinsame Fahrt hierher, so entsetzlich sinnlos vor.

»A-aber, was sollte die ganze Scharade?«, fragte Marie. »Sie hatten mich doch vorhin schon mit der Waffe bedroht und gefesselt. Warum die ganze Mühe, mich hierher zu locken? Warum geben Sie sich als Schnauzbart aus? Den ganzen Quatsch hätten Sie sich doch auch sparen können!«

Er schnaubte abfällig. »Na sicher! Ich spaziere einfach so am hellichten Tag mit einer gefesselten Frau durch die Stadt.« Marie wurde klar, dass der Mann dieses Szenario tatsächlich bereits erlebt hatte. Es war Teil der Geschichte seines gescheiterten Bankraubs, von dem Daniel ihr erzählt hatte. Der Räuber hatte damals seine Mutter als Geisel genommen und versucht, mit ihr zu entkommen. Er war auf der Flucht von der Polizei aufgehalten worden. Im darauffolgenden Feuergefecht hatte die wehrlose Frau tödliche Verletzungen erlitten und war später vor Daniels Augen im Krankenhaus gestorben.

Ein Schauer lief ihr über den Rücken. Diesem Monster war sie jetzt hilflos ausgeliefert. »Was haben Sie mit mir vor?« Sie erhielt keine Antwort auf ihre Frage. Stattdessen trat der Mann langsam auf sie zu, drehte ihr die Arme auf den Rücken und fesselte sie mit den Handschellen. Dann nahm er ihr das Mobiltelefon ab und warf es achtlos in die Büsche. Marie sah ihre einzige Chance schwinden, Hilfe zu rufen und schaute den fiesen Kerl zornig an. Es schien ihn nicht besonders zu beeindrucken. Brutal packte er sie am Arm und deutete mit seiner Waffe in Richtung des Kinderheims.

»Da lang!«, kommandierte er. Da sie ihm nicht gehorchte, zog er sie einfach mit sich. Doch ihr Stolz ließ es nicht zu, sich den ganzen Weg über ziehen zu lassen. Also ging sie einen Schritt schneller, bis er sie losließ. Tom Hartmann folgte ihr jetzt wortlos.

»Sie sind erbärmlich!«, zischte sie mit dem Mut der Verzweiflung. Sie war in seine Falle getappt. Jetzt kam es eh nicht mehr darauf an, was sie zu ihm sagte. »All die Zerstörung, all der Hass, bloß aus Rache, weil ein kleiner Junge Sie damals an die Polizei verraten hat?«

Der alte Mann reagierte überhaupt nicht, also blieb sie stehen und drehte sich zu ihm um. Er wirkte betroffen, beinah schon traurig, und das war das Letzte, womit Marie gerechnet hatte. Irgendetwas stimmte hier nicht. Sie überlegte, wie sie es ansprechen konnte, doch ehe ihr etwas einfiel, erreichten sie das Ende des Waldgebietes.

»Da vorne ist es«, kommentierte Tom Hartmann und setzte seinen Weg entschlossen fort, so als wolle er einem Gespräch aus dem Weg gehen. Wohl oder übel musste Marie ihm folgen. Direkt vor dem Eingang des Gebäudes machte der Mann kurz halt, um eine kleine Taschenlampe hervorzukramen, die in einer seiner Manteltaschen steckte. Dann packte er wieder ihren Arm und zog Marie hinter sich her in das ehemalige Kinderheim. Durch die verschmutzten Fenster fiel ein fahles Licht in das Innere. Es roch widerlich nach Feuchtigkeit und Schimmel. Sie konzentrierte sich darauf, durch den Mund zu atmen, um sich nicht wieder zu übergeben. Der alte Mann schaltete seine Lampe ein. Alles war von einer zentimeterdicken Staubschicht bedeckt. Auf den Bodendielen waren Fußabdrücke.

»Hier entlang«, sagte er und folgte der Spur. Marie schien ihm für den Moment vollkommen egal zu sein. Sie eilte hinterher und schaffte es schließlich auch, ihn einzuholen. Seine Aufmerksamkeit galt jetzt dem Treppenhaus, das offenbar in den Keller des Gebäudes führte. Er zögerte nicht und begann, die Stufen hinunterzusteigen.

Samstag, 04. Dezember, 16:19 Uhr

Daniel

Wie gelähmt saß ich auf einem kleinen Grashügel nahe der Gleise und starrte auf meine Hände. Sie waren blutverschmiert und zitterten. Mein ganzer Körper bebte. Ich hatte mich ins Gras fallen lassen, nachdem der Zug vorüber gerast war. Der Lokführer hatte das Drama an der Strecke offenbar nicht einmal mitbekommen. Ich schon. Und der Schock saß tief. Nach all den schrecklichen Erlebnissen der vergangenen Wochen entsetzte es mich noch immer, wie weit Menschen in ihrem Hass gehen konnten. Ich war am Ende meiner Kräfte, wollte bloß, dass dieser Wahnsinn endlich aufhörte. Doch ich wusste, dass es noch nicht vorbei war. Ich musste weiter durchhalten. Für Marie. Für Sarah. Es kam mir vor, als wäre die ganze Welt in den letzten paar Stunden sehr viel kleiner geworden. Sie war auf diese beiden Menschen zusammengeschrumpft. Für sie musste ich weitermachen. Doch wo sollte ich ansetzen? Mein Blick fiel auf das Handy, das neben mir im Gras lag. Es war mir wohl aus der Hosentasche gerutscht. Mit zitternden Fingern hob ich es auf und deaktivierte den Sperrbildschirm. Zuerst versuchte ich, meine Freundin anzurufen. Es klingelte einige Male, dann verstummte es, als habe Marie den Anruf weggedrückt. Ich überlegte, es noch einmal zu versuchen, entschied mich jedoch dagegen. Stattdessen navigierte ich zur Anrufliste und wählte dort die einzige Nummer aus, der kein Name zugeordnet war. Ich rechnete nicht damit, den Entführer zu erreichen, wollte aber nichts unversucht lassen. Zu meiner Überraschung signalisierte der Rufton, dass das angerufene Telefon klingelte. Die Anspannung wuchs mit jeder Pause zwischen den Tönen. Endlich knackte es in der Leitung. Ich war auf sein dreckiges Lachen oder das endlose Schweigen gefasst, doch stattdessen meldete er sich mit einer Frage.

»Musste der seltsame Junge leiden?« Er sprach jetzt wieder mit seiner nachgemachten Kinderstimme. Das Mitleid darin klang beinah aufrichtig und genau dieser Irrsinn gab mir den Rest. Ich hatte nicht die geringste Lust, sein dämliches Spiel mitzuspielen.

»Du verfluchter Dreckskerl!«, brach die Wut aus mir heraus. »Ricky hatte noch sein ganzes Leben vor sich. Die ganze Zeit habe ich mich gefragt, wer du bist und warum du das tust. Aber jetzt nicht mehr. Jetzt ist Schluss, hörst du? Scheißegal, wer du bist. Scheißegal, was du willst. Ich werde dich finden! Ich komme dich holen und nichts wird mich aufhalten!«

»Musste er leiden?«, wiederholte die unechte Stimme ihre Frage. Meine Drohung schien den Entführer nicht zu beeindrucken. Oder war sie gar nicht erst bis zu ihm durchgedrungen? Mir blieb nichts anderes übrig, als mich auf das Gespräch einzulassen.

»Das weiß ich nicht«, antwortete ich daher und kämpfte darum, dass er meine Verzweiflung nicht hörte. »Es ging alles unglaublich schnell. Doch es gibt etwas, was ich genau weiß.«

»Und was?«

»Ricky hatte all das nicht verdient. Er war im Grunde seines Herzens ein guter Kerl. Sein Tod wird seine Familie und seine Freunde schwer treffen.«

»Wird seine Mama deshalb weinen?«

Ich nahm das Telefon vom Ohr weg, spürte, wie mir Tränen der Wut in die Augen traten. Die Frage löste eine endlose Flut von Bildern aus. Ich stand noch einmal als kleiner Junge am Sterbebett meiner Mutter. Ich saß bei der weinenden Alexandra in ihrem Zelt auf Great Blasket Island. Ich tröstete Martha auf der Beerdigung ihrer Tochter und Marie, die mit mir am Grab unserer Freundin stand. Sogar die trauernde Mutter meines Referendars sah ich vor mir, wie sie beim Anblick von Manuel Kellers verbranntem Leichnam weinte. So viel Leid, so viel Schmerz. Ich verspürte den übermächtigen Drang, diesen Wahnsinnigen wachzurütteln, ihm begreiflich zu machen, was er anrichtete. Doch als ich noch nach den richtigen Worten suchte, überkam mich plötzlich das Gefühl, dass etwas nicht stimmte. Irgendeine Information passte nicht zu den anderen. Aber welche?

»Bist du noch dran?«, hörte ich die Kinderstimme wie aus weiter Entfernung fragen. »Wird seine Mama deswegen weinen?«

Die Worte des Entführers echoten in meinem Kopf, als wollten sie mir etwas sagen. Ich wusste jedoch nicht, was es war. »Na los«, befahl ich mir selbst. »Tu, was du am besten kannst! Seine Mama wird weinen, seine Mama wird weinen, seine Mama ...« Dann fiel es mir plötzlich wie Schuppen von den Augen. Wie hatte ich bloß so blind sein können? Triumphierend hob ich das Telefon an mein Ohr. Die Worte sprudelten von selbst aus mir heraus. »Ja, das wird sie«, antwortete ich auf die Frage des Entführers. »Und ich weiß, das wird für immer an meinem Gewissen nagen, denn ich hätte es vielleicht verhindern können. Hätte ich doch bloß schneller geschaltet. Ich hätte dich in dem Augenblick erschlagen sollen, als du mir vorhin die Tür geöffnet hast.«

»Bitte was?«

Die Stimme klang ehrlich überrascht und es war für den Moment nicht die künstlich nachgemachte Kinderstimme. Obwohl er nur zwei Worte sagte, reichten sie aus, um meine Vermutung zu bestätigen.

»Du brauchst es gar nicht zu leugnen. Ich weiß, wer du bist, Manuel Keller.«

Joshua

Die Worte des Monsters trieben seinen Puls in die Höhe. Dadurch gelang es ihm endlich, dieses sonderbare Gefühl abzuschütteln, das ihn schon den ganzen Tag über verfolgte. Was war nur mit ihm los? Hatte er Daniel Konrad eben wirklich gefragt, ob der arme Junge leiden musste? Irgendetwas Seltsames passierte mit ihm. Etwas, das sich mehr und mehr seiner Kontrolle entzog. Und er wusste genau, wann es angefangen hatte. Heute Nacht hatte er dem Mädchen wehtun müssen und von diesem Moment an war alles aus dem Ruder gelaufen. Schon die Erinnerung daran bereitete ihm eine Gänsehaut. Während des anschließenden Telefonats mit ihrer Mutter war es ihm vorgekommen, als hätte er sich selbst beim Sprechen zugehört. Dabei hatte er seine eigenen Worte nicht mal richtig verstanden. Unzusammenhängend hatten sie sich angehört, fast schon kindisch und wirr. Und dann erst die Situation vorhin am Kofferraum. Er hatte regelrecht neben sich gestanden, hatte sogar versucht, diesen durchgeknallten Punk zu trösten. Und jetzt das! Was stimmte bloß nicht mit ihm? Fühlte sich so etwa ein schlechtes Gewissen an? Er bemühte sich, diesen unangenehmen Gedanken zur Seite zu schieben. Sicher war er nur gestresst. Er nahm sich vor, sich stattdessen lieber auf die Aufgabe zu konzentrieren, die vor ihm lag.

»Manuel Keller ist tot«, sagte er schließlich. Ihm fiel sofort auf, dass er seine Stimme nicht verstellt hatte, doch da war es schon zu spät, es zu korrigieren.

»Na klar, und seine Mutter trauert mit Sicherheit noch immer um ihn«, dröhnte die Stimme des Monsters aus dem Lautsprecher. Es lag eine unbändige Wut darin. »Es ist schon komisch. Ich habe in meinem Job so manche Familienkonstellation gesehen. Kinder mit heilen Familien, Kinder mit getrenntlebenden Eltern, Heimkinder,

Alleinerziehende und Patchworkfamilien, aber noch nie ... noch nie ... habe ich die Mutter eines Waisenkindes weinen sehen, zumindest dann nicht, wenn es im Heim und nicht bei Pflegeeltern aufgewachsen ist, wie es angeblich bei dir gewesen ist.«

Er konnte sich ein anerkennendes Lächeln nicht verkneifen. Der Kerl war gut, so viel stand fest. Und dennoch irrte er in einem Punkt. Joshua genoss es, ihm diesen Fehler erneut unter die Nase zu reiben.

»Manuel Keller ist tot«, beharrte er.

»Ach komm schon, das wird langsam lächerlich. Ich erkenne doch deine Stimme! Aus dieser Sache kannst du dich nicht mehr herauslügen!«

»Das will ich auch gar nicht. Aber dennoch ist es ein Fakt, dass Manuel Keller nicht mehr am Leben ist. Eigentlich schade um ihn, ich glaube, er war ein ganz netter Kerl. Er hatte gerade erst sein Studium der Sonderpädagogik abgeschlossen und sollte als Referendar an deiner Schule anfangen, als ich ihn ausfindig machte.«

»Also hast du seinen Platz eingenommen?« Der Erziehungsberater schien endlich begriffen zu haben, dass er den echten Manuel Keller noch nie getroffen hatte.

»Der arme Teufel lag schon eine ganze Weile tot in seiner Wohnung«, antwortete Joshua. »Es wurde allmählich Zeit für die Einäscherung, er fing schon langsam an zu stinken. Nur gut, dass er diesen hässlichen Streifenpulli offenbar im Doppelpack billiger bekommen hat.«

»A-aber wozu das alles? Wieso gibst du dich als mein Referendar aus?«

»Nur so konnte ich dir nahekommen, konnte herausfinden, was dir am meisten wehtun würde. Und du hast mir bereitwillig alles gezeigt.«

»Das erklärt noch immer nicht, wieso?«

Der oberlehrerhafte Ton machte ihn rasend. »Weil du mein Leben zerstört hast. Weil du mir alles weggenommen hast, was mir jemals wichtig war. Und weil du nicht einmal weißt, was du mir angetan hast. Deinetwegen war ich allein. Deinetwegen musste ich in diese gottverdammte Insel. Deinetwegen ist mein ganzes Leben ein einziger Albtraum gewesen. Aber heute ist endlich der Tag der Abrechnung. Heute zahlst du für all das!«

»W-welche Insel? Wovon sprichst du?«

Joshua lachte, obwohl es nicht lustig war. »Du weißt es wirklich nicht, oder? Was bist du doch für ein armseliger Wicht! Die ganze Zeit über mache ich mir Gedanken, ob du mir schon auf den Fersen bist. Aber nein! Du weißt überhaupt nichts. Und das heißt, ich gewinne! Ich werde jetzt deine Freundin und das Mädchen töten und du wirst noch nicht einmal wissen, wo du ihre Leichen suchen sollst!«

»Wag es ja nicht, die beiden anzurühren, sonst …«

Er genoss die Emotion in der Stimme seines Feindes. Es war eine Mischung aus unbändiger Wut und abgrundtiefer Verzweiflung. Das Monster war dicht daran zu zerbrechen, und das erfüllte ihn mit tiefer Zufriedenheit. »Sonst was? Womit willst du mir drohen, wenn du nicht einmal weißt, wo es passieren wird?«

Die lange Pause war Bestätigung genug.

»Dachte ich's mir doch«, höhnte er und unterbrach die Verbindung, ehe Daniel Konrad noch etwas erwidern konnte.

Kapitel 15

Daniel

Dieser verdammte Dreckskerl hatte einfach aufgelegt. Frustriert warf ich mein Handy in das Gras neben mir. Was sollte ich jetzt bloß tun? Leider hatte er die Situation vollkommen richtig dargestellt. Ich hatte nicht die geringste Ahnung, was Marie herausgefunden hatte und wo sie hingefahren war. Und ich zweifelte nicht daran, dass er es wusste und ebenfalls auf dem Weg dorthin war. Seine Worte klangen in meinem Kopf nach. Die ekelhafte Gier in seiner Stimme verfolgte mich.

»Nur so konnte ich dir nahekommen, konnte herausfinden, was dir am meisten wehtun würde. Und du hast mir bereitwillig alles gezeigt.«

Ich hatte mit einem Serienkiller zusammengearbeitet, hatte ihn in meine Schule und in mein Leben gelassen. Diese Erkenntnis schürte die Wut in mir, war aber noch nicht das Schlimmste. Es war eine Erinnerung an den Vortag, die mir nicht mehr aus dem Kopf ging. Gestern Morgen war ich mit dem Bus zur Schule gefahren. Dabei hatte ich mich mit Sarah unterhalten und wir waren uns nähergekommen. »Ich glaube, du bist okay«, hatte das Mädchen nach dem Aussteigen zu mir gesagt. Für einen Erwachsenen wären das keine großen Worte gewesen, aber für einen Teenager waren sie ein gewaltiger Vertrauensbeweis. Und das hatte mich wahnsinnig glücklich gemacht. So glücklich, dass ich wohl für einen Moment meine übliche Vorsicht im Umgang mit anderen Menschen vergessen hatte.

»Ich glaube, Sarah ist ein tolles Mädchen«, hatte ich Herrn Keller anvertraut, der in diesem Moment vom Parkplatz kam. Seine Reaktion darauf war mir gestern schon seltsam vorgekommen. Ich sah noch immer sein sonderbares Lächeln vor mir. Und genau diese Erinnerung nagte nun an mir. Hatte ich ihn selbst auf die Idee mit der Entführung gebracht? Wie konnte ich jemals wieder meinem Gespür für Menschen vertrauen, wenn ich nicht einmal das bemerkt hatte? Wie konnte ich damit weiterleben, falls er Sarah etwas antat? Oder Marie? Meine Entscheidung stand fest. Diese Bestie durfte nicht am Leben bleiben. Aber wie zur Hölle sollte ich ihn finden?

Joshua

Das Telefonat war beendet und Joshua schaltete sein Handy aus. Er wusste, wie absurd dieser Gedanke war, aber er wollte Daniel Konrad nicht die Chance lassen, ihn dadurch irgendwie zu orten. Fast zeitgleich wechselte die Ampel auf Grün. Der Motor seines alten, grünen PKW heulte auf und Joshua wurde in den Sitz gepresst, als er das Gaspedal voll durchtrat. Kurz darauf bog er in rasender Geschwindigkeit auf die Landstraße. Nicht mehr lange und er würde die Straße verlassen und jenen Weg durch den Wald nehmen, der ihn unweigerlich wieder zu dem Höllenloch führte. So sehr er diesen Ort auch verabscheute, hatte er es jetzt verdammt eilig, dorthin zu gelangen. Der ganze Tag hatte sich angefühlt wie ein Wettrennen, und Daniel Konrad war ein gerissener Gegner gewesen. Anfangs hatte er noch genau das getan, was Joshua für ihn geplant hatte. Es war ganz einfach gewesen, ihn bei jedem Schritt zu verfolgen und zu beobachten. Doch dann war der Erziehungsberater unerwartet hinter Joshuas Vergangenheit mit Jenny gekommen und hatte sogar fast seine falsche Identität als Manuel Keller aufgedeckt. Gottlob war Joshua knapp vor ihm an der Wohnung des toten Referendars angekommen und hatte seinen Verdacht durch die Explosion zerstreuen können. Vorerst zumindest, denn auch dieses Täuschungsmanöver hatte Daniel Konrad viel zu schnell durchschaut. Doch nun schien der Sieg endlich zum Greifen nah. Nur noch wenige Kilometer trennten ihn von der *Insel*, während sein Kontrahent nicht die leiseste Ahnung hatte, was damit gemeint war und wo sich dieser Ort befand. Mit Sicherheit hatte der Tod seines Schülers ihm schwer zugesetzt. Joshua malte sich aus, wie es sein würde, es endlich geschafft zu haben. In seiner Vorstellung sah er Daniel Konrad trauernd am Grab seiner Liebsten, für immer zerstört und gebrochen.

Trotzdem war es besser, diesen eingebildeten Mistkerl nicht zu unterschätzen. Mehr als einmal an diesem Tag hatte er ihn bereits überrascht, weil er plötzlich eine Spur ausgemacht oder unerwartet aufgetaucht war. So etwas durfte diesmal nicht passieren. Joshua nahm sich fest vor, nicht lange zu fackeln. Er würde so schnell wie möglich ins Heim zurückkehren, Sarahs Mutter beseitigen, dann das Kind aus dem Versteck holen und zu seinem Grab führen. Der Tod der Kleinen war mit Sicherheit die schwierigste Aufgabe. Und da war sie wieder, die Gänsehaut. Er zwang sich, nur an das Ziel zu denken. Das Mädchen musste sterben – das stand unumstößlich fest! Sicher würde sie weinen, wenn sie sich zum letzten Mal hinkniete. Wieso nur ging ihm dieses Bild nicht aus dem Kopf, wie sie wimmernd vor ihm kniete, ihre Lippe blutig geschlagen? Die Verzweiflung in ihrem Blick war ihm in der Nacht durch Mark und Bein gegangen, hatte ihn sogar davon abgehalten, nochmals zuzuschlagen. Vielleicht waren diese Gefühle ja vollkommen normal? Schließlich hatte er selbst unsagbare Qualen ertragen. Möglicherweise erinnerte sie ihn bloß an jene schreckliche Nacht in der Hütte. Es war die erste richtige Erinnerung seines Lebens – alles, was davor geschehen war, kannte er nur aus dem Tagebuch. Erneut beschwor er die Gefühle von damals herauf, denn sie schürten seine Wut und das beflügelte ihn.

Sonntag, 11. August, 19:58 Uhr (27 Jahre zuvor)

Er schreckte hoch und entkam dadurch einer wirren, verstörenden Traumwelt. Die Erinnerungen an sie verblassten rasch. Das Boot im glitzernden Wasser. Trauernde Menschen am Grab. Der tote Hund. Die schluchzende Frau. Das klägliche Miauen einer Katze. Nichts davon war real, nichts davon hatte er erlebt. Wieso träumte er bloß so ein komisches Zeug? Er versuchte, sich zu orientieren, doch um ihn herum war es vollkommen dunkel. Er hatte einen Sack über dem Kopf und konnte sich kaum rühren. Seine Arme und Beine waren festgebunden. Der Knebel in seinem Mund war so fest, dass er Angst hatte zu ersticken. Doch er bekam ein wenig Luft durch die Nase. Schon die geringste Bewegung reichte aus, dass er vor Schmerzen schreien wollte. Alles tat weh, jede Faser seines Körpers schien zu brennen.

»Was soll das?«, fragte er sich selbst. »Was passiert hier mit mir?« Er kannte keine Antwort darauf, also versuchte er weiter, sich an irgendetwas zu erinnern. »Mein Name«, dachte er, »wenigstens mein Name muss mir doch einfallen.« Aber sein Kopf war vollkommen leer.

Ganz in seiner Nähe stöhnte irgendwer erschöpft. Er war nicht allein. Jetzt realisierte er auch die Hände, die ihn berührten. Raue Hände. Männerhände. Sie strichen über seine Brust, als würden sie etwas abwischen. Was blieb, war ein feuchtes Gefühl auf seiner Haut. Plötzlich wurde der Sack weggerissen und der Knebel brutal herausgezogen. Das grelle Licht einer Lampe strahlte ihm direkt ins Gesicht. Er kniff seine Augen zusammen und wendete den Blick ab, schaute stattdessen an sich selbst herunter. Sein nackter Körper war der eines Kindes, höchstens acht oder neun Jahre alt. Man hatte ihn mit Gurten an einen Holzstuhl gefesselt. Sein Oberkörper war blutverschmiert. Jetzt wusste er, was der Fremde vorhin abgewischt hatte. Passend dazu meldeten sich auch die Schmerzen zurück. Wer war der Kerl? Was hatte er ihm angetan? Und warum? Er versuchte, ihn anzusehen, aber die Gestalt hinter der Lampe war nicht zu erkennen.

»Mach den Mund auf, Joshua!«, befahl sie.

Ob das wohl sein Name war? Joshua. Es klang nicht vertraut.

»Hörst du schlecht? Du sollst den Mund aufmachen!«

Er dachte nicht daran, dieser Anweisung zu gehorchen. Grimmig starrte er in die Dunkelheit hinter dem gleißenden Licht und presste seine Lippen demonstrativ aufeinander. Angespannt wartete er auf die Reaktion des Mannes. Dann nahm er plötzlich ein sonderbares Flackern wahr. Ein knisterndes Geräusch kam rasch näher. Was folgte, war ein beißender Schmerz. Die Muskeln an seinem Hals verkrampften sich und er biss sich auf die Zunge.

»W-was soll das?«, rief Joshua aus.

»Mach's Maul auf, sofort!«, brüllte der Mann und verbrannte abermals eine Stelle, diesmal an seinem Oberkörper. Der Junge begriff, dass der Kerl nicht aufhören würde, bis er seinen Willen bekam. Noch einmal ertönte das Knistern und das brach endgültig seinen Stolz. Langsam öffnete er den Mund und beobachtete dabei die Gestalt hinter dem Licht. Ängstlich malte er sich aus, was sie wohl vorhatte. Doch nichts geschah.

»Willst du mich verarschen?«, wütete der Mann jetzt und hob drohend den Elektroschocker in seiner Hand.

»Was willst du von mir?«

»Beichte! Sag, was du Schlimmes getan hast und bitte um Vergebung dafür. Nur dann kann Gott dir helfen, ein besserer Mensch zu werden.«

Sein Schweigen war gefährlich, doch er war nicht in der Lage, etwas zu sagen. Er wusste ja nicht einmal, was ihm überhaupt vorgeworfen wurde. Vielleicht hatte er ja wirklich etwas Schlimmes getan und verdiente das alles hier?

»I-ich weiß nicht ... ich kann nicht ...«

»Wie du willst!«, donnerte die Stimme des Mannes. »Dann bekommst du eben die gerechte Strafe für deine Taten.« Mit schnellen Schritten trat er an den Stuhl heran. Er wirkte dabei wild entschlossen und bedrohlich.

»Was meinst du? Welche Taten?«, rief der Junge. »Warum bin ich hier?« Er wollte noch um Gnade flehen, doch er kam nicht mehr dazu, denn in diesem Moment wurde der Knebel wieder in seinen Mund gestopft. Dann zog der Erwachsene den Sack hervor und stülpte ihn ihm über den Kopf. Ängstlich saß er nun auf dem Stuhl und horchte, was als Nächstes geschah. Erneut ertönte das Knistern und ein Stromstoß durchfuhr seinen Körper. Diesmal war es kein kurzer Schock, der ihm versetzt wurde. Der Mann wartete, bis er sich vor Schmerzen wand. Der Junge hatte das Gefühl, sein Herz würde jeden Augenblick explodieren. Die Zeit schien stillzustehen, bis es endlich vorüber war.

»Ich gebe dir Gelegenheit, deine Entscheidung zu überdenken. Die Frage ist nicht, ob du beichtest oder nicht. Die Frage ist, wie lange es dauern wird, bis du es am Ende tust. Wir sehen uns in 24 Stunden«, sagte der Unbekannte jetzt. Seine Schritte entfernten sich schnell. Er konnte hören, wie eine Tür knarzte, ein Riegel vorgeschoben wurde und ein Schloss einrastete. Dann kehrte endlich Stille ein.

Er war allein.

Samstag, 04. Dezember, 16:34 Uhr

Es war nur die erste von vielen Nächten, die Joshua in dieser gottverdammten Hütte verbracht hatte. Gefesselt, geknebelt und nackt hatte er auf die Rückkehr des Mannes gewartet. Wieder und wieder hatte der ihm gesagt, es läge in seiner Hand, wie lange die Bestrafung dauere. Doch das war falsch. Wie hätte er das alles verhindern sollen?

Er wusste nichts von den Taten, die er beichten sollte, und deshalb war er dem Zorn des Mannes schutzlos ausgeliefert gewesen. Unsagbare Schmerzen hatte er hier erduldet, bis er eher zufällig die richtigen Worte fand, die seinen Peiniger zufriedenstellten. Bestimmt hatte ihn das alles verändert, doch mit Sicherheit wusste er es nicht. Er erinnerte sich nicht an die Zeit davor. Erst als er wieder in das Heim zurückdurfte, hatte er manches über seine Vergangenheit erfahren. Unter der Matratze hatte er eine Art Tagebuch gefunden. Ein Büchlein mit wunderschönem Einband und darin in krakeliger Schrift die hässliche Wahrheit. Er hatte gelesen, wie glücklich sein Leben vor alledem gewesen war. *Monster* hatte in großen Buchstaben auf der ersten Seite gestanden. Doch Lügner und Verräter hatten es ihm weggenommen. Polizisten, Sozialarbeiter und eine hinterhältige Schlampe, die sich *Pflegemutter* nannte. Sie war gar keine Mutter, nur ein weiteres Monster, das ihm Antworten auf seine Fragen verweigerte. Joshua hatte es mit Schreien versucht, ebenso mit Toben und schließlich mit Kratzen, Treten und Beißen. Dafür war er dann in der frommen Hölle gelandet. Joshua kannte die Geschichten nur aus dem Notizbuch. Nichts von alledem war je in seine Erinnerung zurückgekehrt. Er vermutete, dass er die Sachen einfach verdrängt hatte. Soweit er wusste, hatte sein Leben in der Hütte seinen Anfang genommen. Der Mann, der ihn darin quälte, hieß Christian und war Erzieher in einem verlogen christlichen Kinderheim, das von allen nur die *Insel* genannt wurde. Kinder, die sich nicht benahmen, verschwanden mitunter für Tage, um danach völlig verändert zurückzukehren. Sie waren dann bessere Menschen, wie Christian das nannte. Joshua war in der Hütte kein besserer Mensch geworden. Nicht eine einzige Sekunde hatte er darüber nachgedacht. Darauf war er bis heute stolz. Er hatte nur so getan, als würde er die Forderungen seines Peinigers erfüllen, um der unmenschlichen Folter zu entkommen. Insgeheim hatte er sich dabei aber unzählige

Pläne zurechtgelegt, um sich für die erlittenen Schmerzen zu rächen. An dem sadistischen Erzieher und vor allem an dem, der ihn überhaupt erst an diesen Ort gebracht hatte. Der eine hatte bekommen, was er verdiente, doch der andere war sehr viel schwerer zu finden gewesen. Jahrelang hatte er nach ihm gesucht. *Daniel Konrad.* Seinen Namen kannte er ebenfalls nur aus dem Tagebuch und er war untrennbar mit all dem Leid, all den Tränen und all dem Schmerz verbunden. Dieses Monster hatte ihm sein Zuhause genommen, seinen Vater, sein ganzes, verdammtes Leben.

Marie

Es schien ihren Wärter nervös zu machen, wenn sie an den Handschellen zerrte. Und genau deshalb tat sie es, wieder und wieder.

»Lass den Scheiß«, raunte er sie an. Marie unterbrach den Lärm für den Moment. Ihr Blick wanderte durch den sonderbaren Heizungskeller, in den die Spur sie geführt hatte. Unzählige Kordeln hingen von der Decke und an die hintere Wand hatte jemand das Wort *Monster* gesprayt. Marie saß auf einem massiven Stuhl in einer Ecke des Raumes. Tom Hartmann hatte einen Teil der Handschellen gelöst und sie damit an einem jener Heizungsrohre festgekettet, die überall durch den Keller verliefen.

Erneut begann sie, an der Handfessel zu zerren, das Scheppern des Metalls war sicherlich im ganzen Haus zu hören. Der alte Mann warf ihr einen finsteren Blick zu und sie erwiderte ihn mit einem gehässigen Lächeln. Dabei kam ihr sein Gesichtsausdruck in den Sinn, als sie ihn vorhin auf seine erbärmlichen Motive angesprochen hatte. Traurig hatte er geschaut und sie wollte unbedingt herausfinden, weshalb.

»Sie haben mir noch keine Antwort gegeben«, stellte sie fest.

»Was für eine Antwort?«

»Warum Sie das alles tun.«

Tom Hartmann zuckte mit den Achseln. »Ist doch egal!«, erwiderte er knapp. »Sie haben doch schon gesagt, wie erbärmlich Sie mich finden.« Ihre Worte hatten ihn offenbar tatsächlich getroffen.

Hier geht es gar nicht um Rache, oder?«

»Wovon sprechen Sie?« Marie konnte deutlich erkennen, dass er ganz genau wusste, worüber sie sprach. Er stellte sich absichtlich dumm, um erneut einem Gespräch über seine Motive aus dem Weg zu gehen. Der wahre Grund musste tiefer reichen. Viel tiefer. Und das brachte sie auf eine Idee.

»Es geht um jemanden, der Ihnen viel nähersteht. Ihr Kind vielleicht?«, wiederholte sie genau die Worte, die der echte Benjamin Walther vor einigen Stunden zu ihr gesagt hatte. Es war nicht mehr als ein Schuss ins Blaue, doch seine Reaktion sprach Bände.

»Sie wissen gar nichts!«, sagte Tom Hartmann, zog ein Zigarettenpäckchen aus seiner Jackentasche und wollte sich von ihr wegdrehen. Marie war sicher, dass sie den Nagel auf den Kopf getroffen hatte. Also beeilte sie sich mit den folgenden Worten.

»Ich weiß, wie es ist, wenn man sein Kind alleingelassen hat«, sagte sie und der Schmerz in seinen Augen trieb sie weiter an. »Und ich weiß, wie es ist, wenn man sich nichts sehnlicher wünscht, als es in die Arme zu nehmen, … es zu beschützen, …« Ihr Gegenüber hatte all seine Bedrohlichkeit verloren. Er sah aus, als würde er jeden Moment losheulen, »… es zu lieben.«

Der Mann räusperte sich. »Hören Sie …«, setzte er zu einer Erklärung an. Doch Marie war noch nicht bereit, ihn zu Wort kommen zu lassen. Sie musste jetzt alles auf eine Karte setzen.

»Ich bin schwanger!«

Die Nachricht verfehlte ihr Ziel nicht. »Was?«

»Es ist wahr. Ich bin schwanger«, wiederholte sie seelenruhig und schaute dem Mann dabei tief in die Augen. Er wich ihrem Blick aus und starrte stattdessen betroffen auf seine Waffe. Sie war sich nun absolut sicher, nicht den eiskalten Serienkiller vor sich zu haben, für den sie ihn gehalten hatte. Höchstens eine Art von Werkzeug – und die gehorchten dem, der sie benutzte.

»Raus mit der Sprache. Worum geht es hier wirklich? Ihre Tochter? Ihren Sohn?«

»Ja verdammt!«, brach es aus ihm heraus. Marie spürte, dass er ihr alles erzählen wollte, aber es dauerte eine ganze Weile, bis er seine Gedanken sortiert hatte. Im Gefängnis gab es offenbar nicht viele Gelegenheiten, zusammenhängend zu berichten.

»E-es ist Joshua, mein Sohn«, begann er. »Nach der Entlassung aus dem Knast bin ich bei ihm untergekommen. Er hat selbst nicht viel, wissen Sie? Trotzdem hat er mir ein Dach über dem Kopf und eine Luftmatratze in seinem Wohnzimmer gegeben. A-aber ich habe schnell gemerkt, dass etwas … Seltsames … vor sich ging.«

»Was meinen Sie damit?«

Tom Hartmann zuckte mit den Schultern. »Manchmal war er den ganzen Tag nicht zu Hause. Oder die Nacht. Wenn er zu Hause war, hat er sich stundenlang in seinem Arbeitszimmer eingeschlossen, ist nur zum Essen herausgekommen oder zum Schlafen.«

»Und was machte er in diesem Zimmer?«

»Keine Ahnung«, antwortete Tom Hartmann. »Die Tür hat er immer abgeschlossen.«

»Haben Sie ihn denn nicht danach gefragt?«

»Natürlich habe ich das.« Er klang beinah beleidigt. »Aber seine Antworten ergaben keinen Sinn. Er sagte, er habe Dinge zu erledigen – Dinge, die auch mich betreffen würden. So, wie er das sagte, bekam ich Gänsehaut davon.«

»Warum sind Sie nicht einfach in das Arbeitszimmer eingedrungen?«

»Hätte ich das mal lieber gemacht«, erwiderte er kopfschüttelnd. »Dann wär' das alles vielleicht nie passiert.«

»Vielleicht«, bestätigte Marie. Sie glaubte ihm. Der alte Mann war weder ein Täter noch ein Werkzeug. Nur ein Beobachter, der viel zu spät geschaltet hatte. Sie konnte nur hoffen, dass es für Sarah nicht schon zu spät war. Dieser Gedanke ängstigte sie. Im Kopf versuchte sie, die neuen Informationen zusammenzufügen. Doch sie ergaben noch kein Gesamtbild. Es waren einfach zu viele Lücken in seiner Geschichte. »Und wieso waren Sie dann vorhin in der Wohnung des Polizisten? Was wollten Sie dort?«

»Keine Ahnung. I-ich wollte ihn aufhalten, mit ihm reden oder ihn irgendwie überzeugen, dass das alles ein Fehler sei.«

»Das verstehe ich nicht …?«

Er seufzte. »Heute Morgen war Joshua wieder mal verschwunden. Er hatte die Nacht nicht in seinem Bett verbracht. Also habe ich versucht, ihn anzurufen. Ohne Erfolg. Vor lauter Sorge habe ich sogar meinen Bewährungshelfer angerufen. Aber ich habe schnell wieder aufgelegt. Ich war so durcheinander, malte mir die wildesten Dinge aus, die Joshua da anstellte.«

»Zu Recht! Und dann?«

»Dann bin ich erstmal an die frische Luft gegangen, um einen klaren Kopf zu kriegen. In abgeschlossenen Räumen kann ich nicht denken, wissen Sie? Als ich zurückkam, stand die Tür zum Arbeitszimmer offen, zum ersten Mal überhaupt. Ich dachte, Joshua wäre gekommen, also bin ich rein, um ihn zur Rede zu stellen.«

Der Mann sprach nicht weiter.

»Und?«, fragte Marie. Es nervte sie, ihm jede Information aus der Nase zu ziehen. »Haben Sie ihn zur Rede gestellt?«

Tom Hartmann schüttelte den Kopf. »Joshua war gar nicht in dem Zimmer, sondern der Bulle, Benjamin Walther. Er war gerade dabei, alles zu durchsuchen, hat mich mit der Waffe bedroht und gesagt, dass er weiß, was wir hier tun. Und er hat gedroht, meinen Sohn und mich ins Gefängnis zu bringen. Dann ist er einfach abgehauen. Umgerannt hat er mich auf dem Weg nach draußen. Ich habe eine ganze Weile gebraucht, bis ich wieder auf den Beinen war.«

»Und dann sind Sie zu ihm gefahren?«

»Naja, ich musste doch einen Weg finden, mit ihm zu reden!«

»Reden? Ja klar«, sagte Marie skeptisch. »Und dafür brechen Sie mit Waffe und Handschellen bei ihm ein, wie?«

Tom Hartmann schüttelte den Kopf. »Eingebrochen bin ich, aber die Sachen sind nicht von mir«, erklärte er. Maries ungläubiger Blick ließ ihn verteidigend die Hände heben. »Ich schwöre es Ihnen. Ich habe das Zeug in seiner Wohnung gefunden, kurz bevor sie kamen. Schauen Sie, es sind nicht einmal Kugeln in der Waffe!« Er betätigte einen Mechanismus an der Pistole und präsentierte das leere Magazin.

»Machen Sie mich los«, forderte sie ihn auf, doch Tom Hartmann schüttelte nur den Kopf.

»Ich fürchte, das kann ich nicht tun.«

Maries Blick durchbohrte ihn regelrecht. »Wieso nicht? W-was haben Sie vor?«

»Wir warten.«

»Warten? Worauf?«

»Ich habe Joshua angerufen, er wird bald hier sein und dann kläre ich die Sache mit ihm. Danach können Sie mit Ihrer Tochter gehen, wohin Sie wollen!«

»Sie haben ihm gesagt, dass wir hier sind? Sind Sie noch ganz klar in der Birne?«, donnerte Marie. »Wenn Sie mich nicht sofort losmachen, dann …«

»Sparen Sie sich das«, erwiderte der Mann. »Ich gehe sowieso wieder in den Knast, allein schon, weil ich Sie gefesselt und mit einer Waffe bedroht habe. Das ist okay für mich. Aber für Joshua ist es vielleicht noch nicht zu spät. Ich muss versuchen, die Sache aufzuklären. Er ist ein guter Junge. Das weiß ich!«

»Ich hatte Ihren *guten Jungen* am Telefon, wissen Sie? Und ich musste mit anhören, wie er meine unschuldige Tochter windelweich prügelte.«

»A-aber ...«

»Ach ja, und da draußen im Wald liegt die Leiche dieses Polizisten! Erschossen! Von Ihrem Sohn!«, schrie sie.

»Sie lügen!«, protestierte der Mann.

Marie hielt seinem Blick stand. »Ich lüge nicht! Woher hätte ich denn sonst wissen sollen, dass ich vor Ihnen weglaufen muss? Gehen Sie hin! Schauen Sie nach! Ihr Sohn ist ein gottverdammter Mörder und ein Wahnsinniger!«

Tom Hartmann bedeutete ihr mit einer Geste, dass es ihm reichte. »Wir werden es sehen«, sagte er schließlich. Dann drehte er sich herum und verschwand nach draußen in den finsteren Flur. Marie konnte hören, wie sich seine Schritte schnell entfernten.

Joshua

Im blinden Rausch der Geschwindigkeit steuerte er den Wagen in das Waldgebiet. Eine Bodenwelle erschütterte das Fahrzeug, wodurch es beinah vom Weg abkam. Er riss das Steuer herum und schaffte es mit knapper Not, das schlingernde Auto zu stabilisieren. Daraufhin musste er sich erst einmal orientieren. Der Schreck hatte ihn ins Hier und Jetzt zurückgeholt – so, als sei er aus einem Traum erwacht. Zum Glück kannte er die Strecke in- und auswendig. Es waren noch ein paar Minuten bis zu dem Tor, das auf das Grundstück des Heimes führte. Die *Insel* war nah. Keinen Ort auf der Welt fürchtete Joshua so sehr wie diesen. Viele Jahre seines Lebens hatte er hier verbracht und jedes Einzelne war ihm vorgekommen wie die Hölle auf Erden. Es schien ihm nur gerecht, dass auch Daniel Konrads Hölle hier begann. Es musste einfach so geschehen. In Gedanken malte er sich aus, wie der Erziehungsberater an den Folgen des heutigen Tages zerbrach. Er hätte noch stundenlang in dieser Fantasiewelt bleiben können, doch in diesem Moment gaben die Bäume des Waldes den Blick auf das finstere Gemäuer frei. Wie jedes Mal bereitete ihm der Anblick der verfallenen Ruine ein mulmiges Gefühl. Bedrohlich ragte sie vor ihm auf. Joshua widerstand dem Drang, langsamer zu fahren. Stattdessen trat er fester auf das Gaspedal und donnerte über den geschotterten Weg zum Haupteingang.

Donnerstag, 12. Mai, 16.36 Uhr (5 Jahre zuvor)

»Hallo? Ist hier jemand?«
Joshua erkannte die Stimme sofort. Christian Gabert. Er hätte sie unter Tausenden herausgehört. Vor Freude ballte er seine Faust. *Er war gekommen.* Alles funktionierte wie am Schnürchen. Vorsichtig schaute er um die Ecke. Sein früherer Erzieher stand unweit der Tür und betrachtete den Brief, den er am Morgen in seinem Briefkasten gefunden hatte.

Seinen Inhalt kannte Joshua auswendig. Er hatte ihn bestimmt zehn Mal neu geschrieben, bis er endlich genauso geklungen hatte, wie Joshua es wollte. »Ich habe deine Sammlung, die Beweise deiner Taten! Du allein trägst die Schuld an allem, was nun geschieht. Du hast mein Leben zerstört, hast mir Unsagbares angetan und mich dann einfach vergessen. Diese gottlose Insel war mein Gefängnis. Verängstigt.

Gebrochen. Allein. Dort wirst du für deine Taten bezahlen. Finde mich und du wirst erkennen, was du in Wirklichkeit bist. Dann wirst du leiden, wie ich selbst gelitten habe.«

Joshua hoffte, dass Christian die Spur fand, die er für ihn gelegt hatte. Abermals riskierte er einen Blick, musste sich aber sofort wieder zurückziehen, da der Mistkerl in diesem Moment genau in seine Richtung schaute. Joshuas Puls hatte sich schlagartig beschleunigt. Hatte er ihn gesehen? War das Spiel vorbei, ehe es begonnen hatte? Würde es zu einem offenen Kampf kommen? Joshua hielt die Luft an und lauschte.

»Was ist das?«, fragte Christian jetzt. Es klang nicht, als sei er nähergekommen. Deshalb traute Joshua sich, noch einmal aus seinem Versteck zu schauen.

Der widerliche Kerl hatte das erste Foto seiner Sammlung gefunden. Es lag direkt in dem Flur. Joshua hatte ein besonders abartiges Bild ausgesucht. Das war ihm nicht leichtgefallen, denn sie waren alle abscheulich. Stumme Zeugen vergangener Leiden. Mehr als einmal hatte er überlegt, was wohl aus den anderen Jungen geworden war. Waren sie *inzwischen bessere Menschen*, wie Christian es damals nannte? Oder waren sie wie er irgendwo da draußen und sannen auf Rache? Er stellte sich vor, dass er auch in ihrem Namen handelte.

»Was soll die Scheiße?«

Der ehemalige Erzieher hatte das nächste Foto gefunden. Von dort aus konnte er die ganze Spur zum Treppenhaus sehen. Ihm blieb praktisch keine andere Wahl, als ihr zu folgen. Jedes einzelne Bild war geeignet, ihn für Jahre ins Gefängnis zu bringen.

»Na los, geh schon!«, dachte Joshua und versuchte, Christian mit der Kraft seiner Gedanken vorwärtszuschieben. Als der Mann endlich weiterging, schlich er leise aus seinem Versteck und folgte ihm. Dabei achtete er sorgfältig darauf, immer im Verborgenen zu bleiben und möglichst keine Geräusche zu machen. Der Erzieher lief an einem der Außenfenster des Flures vorbei. Das einfallende Sonnenlicht beschien die Waffe, die hinten in seinem Hosenbund steckte. Instinktiv tastete Joshua nach der eigenen Pistole, hoffte aber, dass er sie nicht brauchte. Sein Plan würde aufgehen, er musste einfach. Doch in diesem Moment blieb der Mann plötzlich stehen, als habe er etwas gehört.

»Wer ist da?«, rief er. Er hatte nach seiner Waffe gegriffen und fuchtelte damit in der Gegend herum. Joshua presste seinen Rücken so fest an die Wand, dass es wehtat. Es war unmöglich, dass Christian ihn hier entdeckte. Trotzdem zitterte er am ganzen Körper, bis endlich wieder Schritte durch den Flur hallten. Offenbar folgte sein Gegner nun erneut der Spur. Kurz darauf erreichte er das Treppenhaus. Joshua wartete, bis er die ersten Treppenstufen hinuntergestiegen war, ehe er ihm nachlief. Dann rannte er los. Keinesfalls wollte er die Reaktion verpassen, wenn Christian den Kellerraum betrat. Er kam ebenfalls an die Treppe zum Keller, spähte die Stufen hinunter und machte sich sofort an den Abstieg. Der andere Mann stand bereits an der Tür zum Heizungskeller. Zögernd schaute er in den Raum und trat dann langsam ein. Seine Waffe hielt er dabei fest umklammert. Die Show konnte also beginnen. Schnell schlich Joshua zur Tür und spähte ins Innere. Es ärgerte ihn ein wenig, dass er den Gesichtsausdruck des ehemaligen Erziehers nicht sehen konnte. Doch seine Körperhaltung und sein keuchender Atem verschafften ihm auch schon eine gewisse Befriedigung. Der Mann stand mit dem Rücken zur Tür und starrte auf den Schriftzug, den Joshua auf die hintere Wand des Kellerraums gesprüht hatte.

»Monster«, stand dort in Großbuchstaben. Von den zahllosen Wasserrohren an der Decke hingen Schnüre und an jedem war ein weiteres Foto der gequälten Kinder befestigt. Es hatte Stunden gedauert, alles so herzurichten. Wie erwartet, begann der Mann damit, die ersten

Bilder abzuhängen. Offenbar glaubte er immer noch, er würde irgendwie aus dieser Sache herauskommen. Joshua hob den Fotoapparat auf, den er unweit der Tür bereitgelegt hatte. Er atmete ein letztes Mal tief ein. Es gab keinen Spielraum für Fehler. Im Kopf zählte er einen kurzen Countdown. Dann stürmte er los.

»Es wird Zeit, dass du anfängst, für dein Verhalten zu büßen!«, rief er dabei.

Der Mann schien vollkommen überrascht, fuhr herum und wollte seine Waffe auf Joshua richten. Doch der hielt ihm bloß den Fotoapparat entgegen und drückte auf den Auslöser. Ein grell leuchtender Blitz erhellte für den Bruchteil einer Sekunde den Kellerraum. Christian verriss erschrocken die Waffe. Der Schuss traf ins Leere.

»Es wird dir helfen, ein besserer Mensch zu werden.«

Joshua ging weiter vorwärts und löste erneut das Blitzlicht aus. Der Mann wich zurück, taumelte dabei. Offenbar ahnte er nicht, wie nah er am Abgrund stand. Ein letzter Blitz und es war vollbracht. Der Erzieher stürzte rückwärts in das Loch. Seine Waffe fiel zu Boden und rutschte über den Beton. Joshua legte die Kamera zur Seite und griff stattdessen nach seinem Handscheinwerfer. Dann trat er an den Rand der Öffnung. Normalerweise verdeckte eine Metallplatte den rechteckigen Schacht im Boden des Kellerraums. Joshua hatte sie genauso entfernt wie die Leiter, die herausführte. Christian Gabert war gefangen. Blankes Entsetzen stand in sein Gesicht geschrieben.

Joshua konnte sich ein weiteres Zitat nicht verkneifen. »Jetzt fühlst du dich nicht mehr so stark, wie?«, rief er, bereute es aber sofort. Diese Erinnerung war eindeutig falsch, denn Christian hatte diese Worte nie zu ihm gesagt.

Der Mann im Schacht schirmte seine Augen gegen das Licht der Lampe ab. »Joshua? Bist du das? Was soll das alles?«, fragte er.

»Na, was schon? Ich will dir helfen, ein besserer Mensch zu werden.«

»W-was hast du vor?«

Joshua bewegte seine Hand, sodass der kraftvolle Strahl seiner Lampe das Kabel beleuchtete. Es führte in den Schacht hinein und verschwand in dem trüben, knöcheltiefen Wasser, in dem Christian nun stand.

Der schien zu begreifen, was ihm blühte. »Nein, tu das nicht!«, schrie er. Doch er konnte keine Gnade erwarten. Zu lange hatte Joshua auf seine Rache hingearbeitet.

Er eilte zu dem Lichtschalter neben der Tür. Ein letztes Bibelzitat gab er dem Schweinehund mit auf den Weg in das kalte, dunkle Nichts. Er hatte ewig auf diesen Moment gewartet und er schaute dabei zu den Bildern der geschundenen Kinder hinüber. »Was ihr getan habt einem von diesen meinen geringsten Brüdern, das habt ihr mir getan.« Als er den Schalter drückte, hallte der Schrei des Monsters durch den Raum und wurde von den Kellerwänden zurückgeworfen. Es dauerte länger als erwartet, bis Ruhe einkehrte. Eine Weile lauschte Joshua noch dem Summen der Elektrik, ehe er den Strom abschaltete. Das Geräusch verstummte. Zufrieden eilte er zu dem Loch und warf einen Blick in den Schacht. Die Bestie war tot, trotzdem zuckte sein Körper hin und wieder. Mit weit aufgerissenen Augen starrte er ihn an. Sein Gesicht war knallrot, als sei es in kochendes Wasser gedrückt worden.

»Du bist krank!«, fauchte Joshua und wandte seinen Blick von der Leiche ab.

Samstag, 04. Dezember, 16:43 Uhr

Erst kurz vor der Hauswand bremste er scharf. Sein Wagen kam neben der verbeulten Rostlaube von Daniel Konrads Freundin zum Stehen. Sein Vater hatte die Wahrheit gesagt. Er hatte Marie Becker-

Körbel genau dahin gebracht, wo Joshua sie haben wollte. In gespannter Erwartung packte er den Handstrahler, der auf dem Beifahrersitz lag. Er umklammerte den Griff und schaltete die Lampe ein. In der verfallenen Bruchbude war das Teil Gold wert. Joshua stieg aus und hielt direkt auf den Haupteingang des Kinderheims zu. Nicht mehr lange und er würde vollenden, was vor Jahren hier seinen Anfang genommen hatte.

Marie

Marie seufzte frustriert. Im Film sah es immer so leicht aus, wenn der Held eine verriegelte Tür oder ein Schloss mit einem Stückchen Draht öffnete. Sie hingegen stocherte nur nutzlos mit einer ihrer Haarnadeln in dem winzigen Schlüsselloch der Handschelle herum. Kein erlösendes Klicken war zu hören. Es gab nicht ein einziges Anzeichen dafür, dass sie dieses Teil jemals aufkriegen würde. Sie spürte einen Widerstand und probierte es mit etwas mehr Kraft, brach sich aber nur einen Fingernagel ab.

»Shit!«, fluchte sie leise und zerrte wieder an der Handfessel. Wie sollte sie aus diesem Kellerloch entkommen, ehe dieser Joshua hier aufkreuzte? Tom Hartmann war seit einer geraumen Weile verschwunden. Marie zweifelte inzwischen daran, dass er überhaupt zurückkam. Vermutlich hatte er kapiert, was für ein wahnsinniger Killer sein Sohn war, und daraufhin das Weite gesucht. Frustriert startete sie einen neuen Versuch, das Schloss der Handschelle zu öffnen. In diesem Moment nahm sie den strengen Geruch von Tabakrauch wahr. Sie schaute zur Tür hinüber und erkannte den alten Mann. Kreidebleich stand er neben dem Eingang und zog mit zitternden Fingern an seiner Zigarette. Er wich mit Tränen in den Augen ihrem Blick aus und bestätigte damit, dass er die Wahrheit kannte.

»S-sie hatten recht! Es tut mir leid!«

Marie hatte kein Interesse an seiner Entschuldigung. »Machen Sie mich los!«, forderte sie. »Es ist noch nicht zu spät.« Er bewegte sich nicht, starrte nur betroffen auf die Glut seiner Kippe.

»Na los!«, brüllte Marie. Dann endlich klemmte er sich den Filter zwischen die Lippen und machte sich daran, in den Taschen seiner Jacke nach dem Schlüssel für die Handschellen zu suchen. »Wir müssen auch meine Tochter finden.«

»Ist nicht hier. Hab schon überall nachgesehen«, sagte er, ohne die Zigarette aus dem Mund zu nehmen. Endlich fand er das Gesuchte und machte sich daran, sie zu befreien. Doch plötzlich hielt er mitten in der Bewegung inne. Er schien zu lauschen. Dann bedeutete er ihr mit einer Handbewegung, leise zu sein, und wendete sich der Tür zu.

»Nein, nein, nein«, forderte Marie flüsternd. »Machen Sie mich erst los.« Doch er ignorierte sie. Stattdessen lief er auf die Tür zu und verschwand schließlich im Flur.

»Hallo Papa«, hörte sie nun eine unbekannte Stimme sagen. Der Entführer war also da und er schien eine Lampe mitgebracht zu haben. Marie konnte erkennen, wie ihr Lichtschein außerhalb des Kellerraumes hin und her bewegt wurde. Sie hielt die Luft an, um alles mitzubekommen, was da draußen gesagt wurde.

»Da bist du ja endlich, mein Junge«, sagte der alte Mann. »Wir müssen reden.«

»Reden? Worüber?«

»Na, über all das hier. Egal, was du getan hast, wir kriegen das bestimmt wieder hin!« Marie konnte nicht fassen, was sie da hörte. Wie war es möglich, dass dieser törichte Greis immer noch daran glaubte, die Sache in Ordnung bringen zu können?

Seine Worte schienen den Entführer nicht zu interessieren. Stattdessen wurde das Licht nun direkt in den Heizungskeller gerichtet, in dem sie gefangen war. »Ist sie da drin?«, fragte der Unbekannte. Marie hoffte kurz, Tom Hartmann würde es ihm nicht verraten und ihn woanders hinführen, aber ihre Hoffnung wurde nicht erfüllt. »Ja, das ist sie«, antwortete der alte Mann.

»Was soll das?«, fragte der Entführer jetzt verärgert. Marie vermutete, dass sein Vater ihn zurückgehalten hatte. Ihr wurde klar, dass er vermutlich keine Chance hatte, also widmete sie sich erneut dem Schlüsselloch ihrer Handschelle.

»Du musst das nicht tun, mein Junge. I-ich weiß, dass du all das nur für mich tust, aber glaub mir, das ist gar nicht nötig. Ich habe mit der Vergangenheit abgeschlossen. Ich hege keinen Groll mehr auf diese Menschen ...«

»Für dich? Du glaubst ernsthaft, ich tue das alles für dich?«

»Na ja, für wen denn sonst?« Die Stimme des alten Mannes klang fast schon gekränkt. »Warum sonst hättest du damit Jahre lang warten sollen, bis ich aus dem Gefängnis herauskomme?«

»Was bist du nur für ein armseliger Trottel?«, stellte der Entführer amüsiert fest. »Du hast ja keine Ahnung, wie lange ich auf diesen Tag hingearbeitet habe. Seit ich der gottverlassenen Insel entkommen bin, suche ich schon nach Daniel Konrad. Jahrelang. Ohne Erfolg. Es war, als würde er überhaupt nicht existieren. Doch die ganze Zeit über wusste ich, dass der Tag kommen würde. Und dann, vor sechs Wochen ...«, der Mann musste kichern, »...marschiert der Mistkerl einfach so mir nichts, dir nichts in die Kapelle. Stellt sich mir vor, als wäre er irgendein normaler Trauergast.«

»A-also war es einfach ein Zufall, dass ich zur gleichen Zeit aus dem Gefängnis entlassen wurde?«

»Nenn es, wie du willst«, sagte er. »Die ganze Zeit dachte ich, du wärst mir bei dieser Sache bloß ein Klotz am Bein. Aber da habe ich mich wohl geirrt. Du hast mir seine Freundin gebracht. Und dafür bin ich dir wirklich dankbar. Aber jetzt geh mir aus dem Weg und halt dich aus der Sache raus!« Marie blickte von der Handschelle auf. Tom Hartmann erschien in ihrem Sichtfeld. Er hatte seine Hände gehoben und versuchte, den Mann im Flur zurückzuhalten. Er stemmte sich offenbar mit seinem ganzen Körper gegen ihn.

»Was soll das?«, fragte der Entführer genervt.

»Ich habe sie dir nicht *gebracht*«, antwortete der alte Mann. Das letzte Wort spuckte er förmlich aus. »Ich brauchte sie, um hierher zu finden. Um zu erfahren, was du hier tust und um dich daran zu hindern, dein ganzes Leben auf den Müll zu werfen.«

»Es ist doch längst Müll«, stellte der jüngere Mann fest. »Das war es schon immer. Und daran bist du nicht ganz unschuldig. Also geh mir endlich aus dem Weg!«

»Nein, mein Junge, der Wahnsinn endet hier und jetzt. Du lässt diese Frau in Ruhe, sagst mir, wo du das Kind versteckt hast, und ich hole dich dafür aus allem raus.«

Tatsächlich schien der Entführer über diesen Vorschlag nachzudenken. »Was soll das denn bedeuten?«, fragte er.

»Na, ich bin gerade erst aus dem Gefängnis raus. Für die Polizei bin ich doch der ideale Tatverdächtige.«

»A-also willst du die Schuld für die Entführung auf dich nehmen?«

Tom Hartmann nickte. »Ja, warum denn nicht. Auf ein paar Jahre mehr oder weniger kommt es jetzt auch nicht mehr an.«

Marie wusste natürlich, wie absurd dieser Vorschlag des verzweifelten Vaters war. Trotzdem hoffte sie, dass sein Sohn sich darauf einlassen würde. Dann gäbe es wenigstens eine winzige Chance, diesem Wahnsinn zu entkommen. Doch stattdessen erschien eine Pistole in ihrem Blickfeld und wurde augenblicklich abgefeuert. Marie schrie erschrocken auf, der alte Mann wurde nach hinten geschleudert und fiel dann ungebremst auf den Betonboden. Seine Taschenlampe landete direkt neben ihm.

»Finde ich gut, deine Idee. So machen wir es«, sagte der Killer noch, bevor er über ihn hinweg stieg und den Heizungskeller betrat.

Joshua

Sein *Vater* war zusammengeklappt wie eine dieser dämlichen Holzfiguren, die von Nylonfäden aufrechtgehalten werden. *Vater.* Joshua hatte sich nie daran gewöhnt, den komischen alten Kauz so zu nennen. Es war noch so eine Erinnerung, die er nicht hatte und auf die er gut verzichten konnte. Auch sie gehörte dem kleinen Jungen, der das Tagebuch geschrieben hatte. Sein Blick fiel auf den Stuhl in der Ecke des Kellerraums. Wenigstens hatte Tom Hartmann die Wahrheit gesagt. Er hatte Marie Becker-Körbel tatsächlich hierhergebracht. Sie saß genau an der gleichen Stelle, an der schon ihre Tochter gesessen hatte. Ihr linker Arm war mit einer Handschelle an ein Heizungsrohr gefesselt. Sie schien mit irgendetwas das Schloss zu bearbeiten. Zügig ging er zu ihr hinüber und nahm ihr den Gegenstand ab. Es war wohl eine ihrer Haarspangen. Eine weitere Spange hing noch in ihren Haaren. Joshua riss sie ebenfalls heraus und warf beide achtlos weg. Die Frau kniff die Augen zusammen, als er den Strahl seiner Lampe auf sie richtete.

»W-wer sind Sie?« Die Hilflosigkeit ihn ihrer Stimme war betörend. Regelrecht panisch schaute sie zu ihm auf.

»Du kannst mich Joshua nennen.« Er genoss die unsägliche Angst in ihrem Blick. Er musste sie einfach anfassen, um sicher zu sein, dass das alles wirklich real war. Also streckte er seine Hand aus. Sie stemmte sich nach hinten und versuchte dadurch, der Berührung zu entkommen. Dennoch schob er eine Strähne aus ihrem Gesicht und strich ihr über die Wange. Er kam nicht umhin, ihre Schönheit zu bewundern und er beneidete Daniel Konrad um die Zeit, die er mit ihr verbracht hatte. Dieser Moment befeuerte eine Erinnerung, die schon das Gespräch mit seinem Vater wachgerüttelt hatte.

Dienstag, 26. Oktober, 12.22 Uhr (5 Wochen früher)

Jeden Augenblick kamen die Gäste. Seit den Morgenstunden hatte Joshua auf diesen Moment hingearbeitet. Er hatte den nussbaumfurnierten Sarg mit der Leiche in die kleine Kapelle gefahren und die junge Frau den Kundenwünschen entsprechend hergerichtet. Vorsichtig hatte er die Kette um ihren Hals drapiert und das schwarze Büchlein in ihre gefalteten Hände gelegt. Zuletzt hatte er noch die Blumenbouquets angeordnet und schließlich die Kerzen entzündet. Nun eilte er ein letztes Mal zum Sarg hinüber. Kritisch beäugte er sein Werk. Dann richtete er doch noch einmal ihre braunen Locken. Erst nachdem er die Strähne in ihrer Stirn perfekt platziert hatte, war er endlich zufrieden. Mit Sicherheit hatte diese Alexandra Peters zu Lebzeiten viel Arbeit mit ihrer wilden, ungestümen Mähne gehabt. Dafür war sie aber auch eine unglaublich schöne Frau gewesen. Zu schade, dass sie so früh hatte sterben müssen und noch dazu so grausam. Sie hatte sich verzweifelt gegen das Erhängen gewehrt, das wusste Joshua, weil er die Spuren an ihren Händen und Fingernägeln beseitigt hatte. Bevor er sich von der Leiche abwandte, warf er einen prüfenden Blick auf seine Arbeit an der Stirn und am Hals der jungen Frau.

»Ein Abschied am offenen Sarg kommt vermutlich nicht infrage?«, hatte ihre Mutter mit Tränen in den Augen gefragt. Doch Joshua hatte Martha Peters auf seine Weiterbildung zum Thanatopraktiker hingewiesen und versprochen, dass man von den Verletzungen nichts mehr sehen würde. Die Strangulationsmarken am Hals waren rasch überschminkt gewesen, aber das Einschussloch an ihrer Stirn hatte ihn eine ganze Weile beschäftigt. Inzwischen war auch davon keine Spur mehr zu erkennen. Sie sah nun beinah aus, als würde sie schlafen. Geistesabwesend strich Joshua der Toten über die Wange. Dabei überkam ihn ein sonderbares Gefühl, eine tiefe Traurigkeit, die nicht dieser Frau galt. Und ehe er sich versah, kehrten auch die Gedanken zurück, die ihn begleiteten, seit er in dieser furchtbaren Hütte aufgewacht war. Der Tod ängstigte und faszinierte ihn gleichermaßen. Vermutlich machte er diesen Beruf nur deswegen. Wie schon unzählige Male zuvor versuchte er, sich vorzustellen, was es bedeuten mochte, tot zu sein. Was war mit dieser Frau geschehen? Wo befand sie sich jetzt? Was erlebte sie gerade? Seine Gedanken wanderten davon – hin zu einer hoffentlich weit entfernten Zukunft. An einen finsteren Ort, etliche Meter unter der Erde. Dort sah Joshua sich selbst liegen. In völliger Dunkelheit, eingesperrt in eine weich gepolsterte Holzkiste.

Vergraben. Vergessen. Allein.

Er stellte sich vor, wie es sein musste, dort zu liegen und nichts mehr tun zu können. Gar nichts mehr. Nie wieder. Diese Bilder lösten jedes Mal ein übermächtiges Angstgefühl aus, wenn sie sich einen Weg in sein Bewusstsein bahnten. Und jedes Mal wurde ihm bewusst, dass sie vollkommen irreal waren. Das war jedoch kein bisschen tröstlich. Im Gegenteil. Natürlich war das Ich eines Toten nicht in einer Holzkiste unter der Erde gefangen, denn die klaustrophobe Vorstellung, in einem Sarg zu liegen, gehörte zweifellos ins Diesseits. Was den Lebenden ausgemacht hatte, befand sich nach dem Tod schlicht und ergreifend nirgendwo. Es existierte gar nicht mehr.

»Hallo? Sind Sie hier irgendwo?«, rief eine Stimme vom Eingangsbereich herüber. Peinlich berührt nahm er seine Hand vom Gesicht der Toten, obwohl die Angehörige vom Eingang aus nicht in die Kapelle schauen konnte. Zeitgleich meldete sein Handy mit lautloser Vibration den Empfang einer Textnachricht. Vermutlich war es die Mitteilung, dass der Bewegungsmelder an der Eingangstür einen Besucher registriert hatte.

»Ich komme, Frau Peters«, antwortete er und stürmte los. Sobald er durch die Tür in die Empfangshalle trat, verlangsamte er seinen Schritt. Es war wichtig, Kunden gegenüber pietätvoll aufzutreten.

»Guten Tag«, sagte er zu der Mutter der Verstorbenen. »Es ist alles vorbereitet. Wenn Sie einmal schauen möchten?«

Martha Peters nickte und Joshua führte sie in den Raum, aus dem er gerade erst gekommen war. Nachdem sie ein paar letzte Details besprochen hatten, kehrte er nach vorn zurück und nahm seinen Platz im Empfangsbereich ein. Hier verteilte er Liedblätter an die Trauergäste, wies sie unauffällig auf den Spendenbehälter hin und zeigte ihnen dann den Weg zu der Trauerfeier. Alles war Routine, bis schließlich, nur wenige Minuten vor dem Beginn der Feierlichkeiten, ein weiterer Mann eintrat. Er war deutlich jünger als die anderen Gäste.

»Guten Tag«, sagte er und lächelte Joshua freundlich an. »Mein Name ist Daniel Konrad, ich möchte zu der Trauerfeier von Alexandra Peters.«

Nur für den Bruchteil einer Sekunde mussten ihm die Gesichtszüge entglitten sein, ehe er es schaffte, wieder sein professionelles Gesicht aufzusetzen. Doch es war lange genug gewesen, um bei dem Mann eine Reaktion zu provozieren.

»Bin ich hier falsch?«, fragte er verunsichert.

»Nein, nein. Sie sind hier vollkommen richtig«, bestätigte Joshua, rang sich ein freundliches, aber zurückhaltendes Lächeln ab und wies Daniel Konrad den Weg.

»Vollkommen richtig«, wiederholte er, als er ihm hinterherschaute. Mit ausreichendem Abstand folgte er ihm und blieb außerhalb der Kapelle stehen. Während der gesamten Trauerfeier überlegte er fieberhaft, wie es ihm gelingen könnte, diesen verfluchten Schweinehund nicht wieder entkommen zu lassen. Er würde ihm folgen, herausfinden, wie er lebte und was ihm wichtig war, und dann würde er ihm all das wegnehmen.

Samstag, 4. Dezember, 16:58 Uhr

»Was soll das? Was haben Sie vor?«, fragte die gefesselte Frau und holte ihn damit aus seiner Erinnerung. Sie hatte recht. Er durfte keine Zeit verlieren.

»Nicht so voreilig. Du wirst es gleich erfahren«, sagte er und eilte in die dunkle Ecke nahe der Heizungsanlage. Hier hatte er alles bereitgestellt. Der grüne Metallkanister war unglaublich schwer. Joshua packte ihn mit beiden Händen, um sein Gewicht überhaupt anheben zu können.

Ächzend wuchtete er den Kanister zu dem Gerümpel, das er in den vergangenen Tagen überall im Haus eingesammelt und um die altertümliche Heizung herum aufgeschichtet hatte. Es würde lange genug brennen, um eine Explosion auszulösen und so diesen gottlosen Ort auszuradieren. Benzingeruch stieg ihm in die Nase, als er den Schraubverschluss öffnete.

»Sie sind geisteskrank«, entfuhr es ihr. Offenbar hatte sie ebenfalls erkannt, was vor sich ging »Warum tun Sie das?«

Joshua antwortete nicht, sondern verteilte den Inhalt des Kanisters auf den Sachen und schließlich in einer langen Spur auf dem Boden. Anfangs gelang es ihm nur, kleine Mengen auf einmal zu verschütten, doch je leerer der Behälter wurde, desto einfacher fiel es ihm. Nach einer Weile war er endlich leicht genug, um ihn anzuheben. Nun hielt Joshua direkt auf sein Opfer zu.

Panisch schüttelte die junge Frau ihren Kopf. »Bitte nicht«, flehte sie, doch er ließ sich nicht beirren. Seelenruhig goss er die Flüssigkeit über ihre Beine, ihren Schoss und schließlich ihre Brust und die Haare. Der Gestank des Benzins war betäubend. Joshua versuchte sich vorzustellen, wie es erst für die junge Frau sein musste. Zu wissen, dass das Feuer zuerst ihre Haut verzehren und sie dann bei lebendigem Leib grillen würde. Mit dem restlichen Benzin im Kanister zeichnete er noch einmal die Spur zur Heizung nach, bloß um sicherzugehen. Als er fertig war, begutachtete Joshua zufrieden sein Werk. Dann eilte er in den vorderen Bereich des Heizungskellers, wobei er sein Feuerzeug aus der Jackentasche zog. Von der Tür aus warf er einen letzten triumphierenden Blick in das panische Gesicht der jungen Frau. Beim Klicken des Benzinfeuerzeugs zuckte sie zusammen, so als habe sie erwartet, dass sofort alles in Flammen aufgeht.

»Mein Freund ist bereits auf dem Weg hierher, Sie haben keine Chance zu entkommen«, rief sie, doch ihre Stimme klang nicht annähernd so sicher, wie sie es wohl gerne gehabt hätte. Joshua wusste, dass sie bluffte. Daniel Konrad irrte irgendwo herum und war vollkommen ahnungslos. Diese Vorstellung ließ ihn grinsen.

»Na, dann wollen wir doch sicherstellen, dass er diesen abgelegenen Ort auch wirklich findet«, sagte er. Das Feuerzeug fiel klimpernd zu Boden und die Flammen breiteten sich rasch aus. Schnell drehte er sich zur Tür und rannte los. Der verzweifelte Schrei der Frau hallte durch das Gemäuer, als Joshua bereits die Treppe erreichte. Er stürmte die Stufen hinauf und dann durch den Flur zum Haupteingang. Dort angekommen, erlaubte er sich noch einen letzten Blick zurück. Er war im Begriff, die *gottlose Insel* für immer zu verlassen. Ein ungeahntes Gefühl der Leichtigkeit trug ihn durch die Tür ins Freie. Gierig sog Joshua die frische Luft ein. Dann ging alles entsetzlich schnell. Viel zu spät bemerkte er die Bewegung einer Gestalt, die neben der Tür stand. Er wurde am Kopf getroffen, taumelte zwar, konnte sich aber auf den Beinen halten. Fassungslos starrte er in das Gesicht seines Angreifers. Es war unmöglich und dennoch bestand kein Zweifel. Vor ihm stand Daniel Konrad.

»W-wie bist du …?«

Erneut schlug der Erziehungsberater mit dem Gegenstand in seinen Händen zu. Der Schmerz war überwältigend, raubte Joshua jede Orientierung. Er stürzte zu Boden.

Kapitel 16

Samstag, 4. Dezember, 17:09 Uhr

Marie

Marie war wie benebelt vom allgegenwärtigen Benzingeruch. Der Unbekannte stand direkt neben der Ausgangstür. Er hielt ein Metallfeuerzeug in seiner Hand. Etwas Wahnsinniges lag in seinem Blick. Panisch zerrte sie an den Handschellen, um ihrem unausweichlichen Schicksal zu entgehen. Doch das Metall war stärker. Es klickte, als der Fremde den Deckel des Feuerzeugs aufklappte, und dabei blieb Maries Herz beinah stehen. Sofort gab sie ihre Versuche auf, sich zu befreien, wandte sich wieder dem Mann zu. Sie musste ihn stoppen, bevor er hier alles in Brand steckte. Aber wie?

»Mein Freund ist bereits auf dem Weg hierher, Sie haben keine Chance zu entkommen.« Ihre Worte rangen ihm nur ein gehässiges Grinsen ab. Marie hatte gar nicht damit gerechnet, irgendetwas zu erreichen, doch ihr war nichts Besseres eingefallen.

»Na, dann wollen wir doch sicherstellen, dass er diesen abgelegenen Ort auch wirklich findet«, verhöhnte er sie. Während sie noch überlegte, was sie jetzt sagen konnte, warf er das Feuerzeug in Richtung der Benzinpfütze. Das Lauffeuer breitete sich rasend schnell aus. Marie riss ihre Füße nach oben und kauerte sich auf die Sitzfläche des metallenen Stuhls. Sie hatte selbst nicht daran geglaubt, doch tatsächlich blieb sie erst einmal von den Flammen verschont. Dennoch hielt sie es für eine Frage der Zeit, bis das sie umgebende Feuer stark genug wurde, um auf ihre benzingetränkte Kleidung überzuspringen. Marie spürte die entsetzliche Hitze. Irgendwie musste sie sich befreien. Kurzerhand ergriff sie das Metallrohr, an dem sie gefesselt war, und stemmte sich in die Höhe. Der Stuhl war wacklig, hielt aber. Sie versuchte zu atmen, doch der Rauch brannte in ihrer Kehle. Lange würde sie das nicht aushalten. Das Schild an der Eingangstür kam ihr in den Sinn. Es warnte sicher nicht ohne Grund vor offenem Feuer. Sie konnte nicht einschätzen, wie viel Zeit ihr blieb, und sie hatte nicht vor, es herauszufinden. Sie setzte ein Bein auf das Heizungsrohr und zerrte aus Leibeskräften an den Handschellen. Mit der freien Hand umklammerte sie dabei den Metallring, um zu verhindern, dass ihr der scharfkantige Stahl ins Fleisch schnitt. Der Schmerz war dennoch gewaltig. Marie biss die Zähne zusammen, versuchte, ihn zu ignorieren. Als sie es gar nicht mehr aushielt, gab sie einen verzweifelten Schrei von sich. Doch auch davon ließ sich der massive Stahl nicht beeindrucken. Die Rauchschwaden wurden dichter, giftige Dämpfe lagen in der Luft. Marie hustete krampfartig und rang dann nach Atemluft. Es war aussichtslos, die Handschellen zu brechen, also suchte sie einen anderen Ausweg. Panisch untersuchte sie das Metallrohr, an dem sie angekettet war. Als sie seinem Verlauf folgte, entdeckte sie ein verrostetes Verbindungsstück zum nächsten Rohr. Marie verlagerte ihr Gewicht auf das andere Bein, stützte sich an der hinteren Wand ab und trat mit dem freigewordenen Fuß auf die Verbindung ein. Knarzend gab die Konstruktion ein kleines Stück nach. Davon motiviert, machte Marie weiter, bis plötzlich Wasser aus der Rohrverbindung spritzte. Sie erschrak. Sofort schoss ihr ein Experiment aus ihrer Schulzeit in den Sinn. Die gewaltige Stichflamme, als der Lehrer mit einer Spritzflasche auf brennendes Fett zielte, hatte sie damals schockiert. Die befürchtete Explosion blieb jedoch aus. Das Benzin brannte weiter, als wäre überhaupt nichts geschehen. Marie ging in die Hocke und griff nach der Verbindungsstelle. Sie versuchte, die beiden Rohre auseinanderzubiegen, doch so sehr sie auch daran zerrte, sie bewegten sich keinen Millimeter. Also richtete sie sich erneut auf und trat abermals zu. Wieder und wieder stieß sie ihren Fuß gegen das Metall, bis schließlich ein Knacken zu hören war. Nun endlich ließen sich die beiden Rohre so verschieben, dass Marie die Handschelle losmachen konnte. Sie blickte sich um. Überall war Feuer und der Raum füllte sich zunehmend mit Rauch. Allerlei Gegenstände waren um die Heizungsanlage an der hinteren Wand aufgeschichtet worden. Sie brannten lichterloh. Ihr blieben bestenfalls Minuten, bis hier alles in die Luft flog. Doch wie sollte sie der Flammenhölle entkommen? Ihre Kleidung war mit Benzin durchtränkt, jede Berührung mit den Flammen würde garantiert tödlich enden. Die nächste feuerfreie Stelle war fast zwei Meter entfernt. Sie musste den Punkt erreichen, an dem Tom Hartmanns Taschenlampe gelandet war. Direkt neben seiner Leiche. Ob es überhaupt möglich war, aus dem Stand so weit zu springen? Was, wenn der Stuhl unter ihr wegrutschte und sie vornüber in das Feuer stürzte? Ein unheilvolles Krachen erklang im hinteren Bereich des Kellers. Marie fuhr erschrocken herum. Teile des Gerümpels waren gegen die Heizungsanlage gekippt. Funken stoben. Flammen griffen um sich. Ohne weiter nachzudenken, schloss sie ihre Augen und sprang.

Daniel

Der Mann, den ich als Manuel Keller kennengelernt hatte, schaute mich mit einem Ausdruck des Entsetzens an. Offenbar hatte er nicht damit gerechnet, dass ich so schnell hierher gelangen würde.

»W-wie bist du ...?«, stammelte er ungläubig, ich wollte jedoch nicht, dass er sprach. Dieser Schweinehund sollte bloß noch schweigen, am liebsten für immer. Nie zuvor hatte ich einem anderen Menschen den

Tod gewünscht, aber diese widerliche Bestie hatte es ohne Zweifel verdient. Es war die gerechte Strafe für all das Leid, das er verursacht hatte. Also holte ich erneut aus und schlug mit dem schweren Radmutterschlüssel meines Wagens zu, so fest ich konnte. Endlich sank er zu Boden. Mein Zorn aber war ungebrochen. Ich wollte nicht aufhören, wollte weiter auf ihn einschlagen, bis ich sicher war, dass er keinem Menschen mehr wehtun konnte. Von unbändigem Hass getrieben, schwang ich das Metall noch einmal in die Luft und wartete darauf, dass er sich wieder aufrichtete. Doch er blieb reglos am Boden liegen. War er bewusstlos? Ich musste es genau wissen. Also streckte ich meine Hand aus und bewegte mich langsam auf ihn zu. Dabei umklammerte ich den Schraubenschlüssel. Ich war bereit, jeden Moment damit zuzuschlagen. Dann aber nahm ich aus dem Augenwinkel heraus etwas wahr, das meine volle Aufmerksamkeit forderte. Aus einem bodennahen Fenster am hinteren Teil des Gebäudes quoll dunkler Rauch. Ich bemerkte ein sonderbar flackerndes Licht. Der Wahnsinnige hatte ein Feuer gelegt. Mir wurde klar, dass jetzt nicht die Zeit für Rache war. Ich musste Marie und Sarah retten.

»Nein, nein, nein, was hast du getan?«, stieß ich aus und ließ das Werkzeug fallen. Von Panik getrieben, wandte ich mich zum Eingang und stürmte in einen halbverfallenen Flur. Beißender Brandgeruch schlug mir entgegen. Ich rannte in die Richtung, aus der ich den Brand wahrgenommen hatte. Wie zuvor in Manuel Kellers Wohnung benutzte ich den Stoff meiner Kleidung als Atemschutz, um mich vor giftigen Gasen zu schützen. Doch diesmal war es nicht mein Pullover, sondern der des Obdachlosen. Ich hätte nicht sagen können, welchen Gestank ich schlimmer fand. Vor mir erkannte ich ein Treppenhaus. Schwarzer Rauch stieg aus dem Untergeschoss auf. Ich hielt direkt darauf zu.

»Marie? Sarah? Wo seid ihr?«, rief ich, so laut ich konnte. Niemand antwortete. »Marie? Sarah?« Ich versuchte, die Treppe hinunterzusteigen, kam aber nur drei Stufen weit. Der Qualm war undurchdringlich, nahm mir augenblicklich jede Orientierung. »Marie, wo …?«, stieß ich noch einmal aus, doch der Rauch erstickte meine Worte. Ich hustete.

»Ich bin hier!«, erklang eine dünne Stimme aus dem Nichts, das vor mir lag. Ich streckte die Hände aus und versuchte, den Weg in den Keller zu ertasten. Dann sah ich einen schwachen Lichtschein vor mir. Eine Gestalt tauchte im Qualm auf, sie trug eine Taschenlampe bei sich. Ich erkannte Marie. Entschlossen packte ich zu und zog sie hinter mir her. Gemeinsam stiegen wir wieder nach oben.

»Wo ist Sarah?«, brachte ich keuchend hervor.

Marie konnte offenbar nicht sprechen. Sie schüttelte den Kopf und ich befürchtete das Schlimmste.

»Nicht da unten!«, sagte sie mit kaum wahrnehmbarer Stimme. »Ich weiß nicht, wo …«

»Wir werden sie finden!« Es war ein Versprechen, das ich in diesem Moment abgab, und ich war entschlossen, es einzuhalten. Doch zuerst mussten wir hier rauskommen. Ich hielt ihre Hand fest umklammert und rannte auf den Ausgang zu. Marie hatte große Probleme, meinem Tempo zu folgen. Also passte ich mich an. Dennoch stolperte sie und fiel zu Boden. Sie war dem Rauch wohl zu lange ausgesetzt gewesen.

»Komm schon, es ist nur noch ein kleines Stück«, rief ich, während ich sie mit beiden Armen packte. Ich versuchte, sie wieder auf die Beine zu ziehen, musste aber feststellen, dass sie dabei nicht mitmachte. Kurzentschlossen ging ich in die Hocke, legte mir ihren Arm über die Schulter und stemmte sie hoch. Dann setzte ich meinen Weg nach draußen fort. Als ich die Tür erreichte und ins Freie trat, erwartete mich der nächste Schock. Der Mann, den ich bewusstlos geschlagen hatte, war verschwunden. Sofort bereute ich es, dass ich vorhin nicht noch einmal zugeschlagen hatte. Wo war er hingelaufen? War er geflohen? Oder lauerte er uns irgendwo außerhalb dieser Mauern auf? Ein ohrenbetäubender Knall beendete diese Gedanken. Für einen Moment war es um mich herum taghell. Mir wurde regelrecht der Boden unter den Füßen weggerissen. Ich taumelte und stürzte. Dabei versuchte ich, Marie vor den Folgen des Sturzes zu schützen. Der Explosion folgte ein Grollen wie von Donner, Steine krachten herunter und Staub wurde aufgewirbelt. Ich begriff, dass hinter uns das Gebäude einstürzte.

Joshua

Joshua beschleunigte seinen Schritt. Die Ungewissheit trieb ihn an, denn er wusste nicht, wie viel Zeit ihm blieb. Mit Sicherheit brannte das Gebäude mittlerweile lichterloh. Jeden Augenblick würde es explodieren und das bedeutete, dass irgendwer kommen würde. Er musste seinen Plan jetzt zu Ende bringen.

Im Wald hinter ihm knackte es, als sei jemand auf einen Ast getreten. Joshua blieb stehen und lauschte. Kein ungewöhnliches Geräusch war mehr zu hören. Blitzschnell drehte er sich herum und leuchtete die Umgebung ab. Ohne Erfolg. Das Licht seines Handstrahlers wurde in einem zu engen Punkt gebündelt und der Wald war inzwischen fast vollkommen dunkel. Falls tatsächlich schon jemand hinter ihm her war, konnte der ihn besser sehen als umgekehrt. Bloß um sicherzugehen, schaltete er die Lampe aus. Dadurch musste sich ein möglicher Verfolger nun selbst zurechtfinden. Joshua fand sein Ziel auch so, denn er wusste genau, wo die Hütte war. Es dauerte einen Moment, bis er sich an die Dunkelheit gewöhnt hatte, dann aber konnte er zügig weitergehen. Er hätte den Weg sogar mit geschlossenen Augen gefunden. Schließlich hatte der sich über Jahre hinweg in sein Gehirn eingebrannt. Sein Herz schlug vor Aufregung wie wild, als er endlich die Holzhütte erreichte. Er konnte kaum fassen, dass es nun wirklich so weit war. Mit zitternden Fingern zog er den Schlüssel hervor und öffnete das Vorhängeschloss. Ihm wurde schwindlig dabei. Seltsam unbekannte Bilder drängten in sein Bewusstsein.

»Du schaffst das!«, motivierte er sich selbst und atmete tief durch, bevor er den Riegel zur Seite schob. Dann schaltete er das Licht seines Strahlers wieder an und trat in die Hütte. Erschrocken kniff das Mädchen seine Augen zusammen.

»Es ist soweit«, sagte er und griff nach den Seilen, die er für diesen Moment bereitgelegt hatte. Sie schüttelte wimmernd ihren Kopf, wusste offenbar genau, was ihr bevorstand. Ihr hilfloser, flehender Blick traf direkt in sein Herz. Erinnerungen überfluteten ihn, die vollkommen unvertraut und fremd wirkten. Sie raubten ihm die Orientierung. Haltsuchend tastete er nach dem Türrahmen.

Sonntag, 11. August, 19:44 Uhr (27 Jahre zuvor)

»Was ist da drin?«, fragte er den Betreuer aufgeregt, der mit seiner Taschenlampe die Tür der Hütte anstrahlte. Dieser Ausflug war das Beste, was er je erlebt hatte. Eine willkommene Flucht aus dem frommen Einerlei des Heimalltages. Zuerst die geheimnisvolle Schatzkarte, dann die Nachtwanderung durch den Wald, die jetzt an einer unheimlichen Hütte mit fest verschlossener Tür endete. Joshua konnte es kaum erwarten, die Geheimnisse im Inneren zu erforschen. Der Schlüsselbund klimperte, als sein Begleiter ihn aus der Tasche zog.

»Das musst du schon selbst herausfinden«, antwortete der Erzieher und hielt ihm schweigend den Schlüssel entgegen. Der Junge nahm ihn an sich und wollte dann auch nach der Taschenlampe greifen. Doch Christian zog sie ruckartig zurück.

»Ä-ä-ä«, machte er dabei. »Ich fürchte, du musst durch die Dunkelheit, wenn du den Schatz finden willst.«

Joshua schaute zu der finsteren Hütte hinüber und schluckte unwillkürlich. Eine Mischung aus Angst und Erregung erfasste ihn und sorgte für ein sonderbares Kribbeln in seinem Magen. Er zögerte. »Na mach schon, du bist doch kein kleines Kind mehr! Oder hast du etwa Schiss?«

»Ich? Nein!«, rief Joshua aus. Seine Stimme klang jedoch alles andere als überzeugt.

»Na, dann mal los«, ermunterte ihn der Erwachsene freundlich, aber bestimmt. »Und denk immer an die Worte des Predigers heute Morgen. *Und ob ich schon wanderte im finsteren Tal, fürchte ich kein Unglück; denn du bist bei mir, dein Stecken und Stab trösten mich.*«

»Na gut!«, gab er zurück und bemühte sich, zuversichtlich zu klingen. Natürlich war er kein kleines Kind mehr. Er war immerhin schon neun. Zögerlich ging er zu der Tür hinüber. Seine Finger zitterten so sehr, dass der Schlüsselbund klimperte, während er versuchte, einen Schlüssel in das Loch am unteren Ende des Schlosses zu stecken. Er brauchte einige Versuche, bis sich das Teil drehen ließ. Dann endlich sprang das Vorhängeschloss mit einem Klacken auf. Er schob den Riegel zur Seite und trat in die vollkommene Dunkelheit der Waldhütte. Sein Herz klopfte bis in den Hals. Mit seinen ausgestreckten Armen versuchte er, irgendetwas zu erfühlen. Doch da war nichts.

»Wie weit ist es noch?«, rief er.

»Nur ein paar Meter«, antwortete der Erzieher. Seine Stimme klang näher als erwartet. Joshua hatte gar nicht bemerkt, dass sein Begleiter ihm in die Hütte gefolgt war. Offenbar hatte er seine Taschenlampe ausgeschaltet. Dennoch beruhigte es den Jungen, nicht allein zu sein. Er hatte den einzigen Menschen bei sich, dem er vertraute. Im Heim waren sowieso alle gegen ihn, das wusste Joshua. Das fromme Getue und die freundlichen Ermahnungen mit Bibelworten waren im Grunde nur Fassade für eine simple Wahrheit. Jeder Erwachsene in der *Insel* hasste ihn. Vor allem seit der Sache mit Fräulein Schmitt. Aber Christian war anders. Auf ihn konnte sich Joshua verlassen. Er hatte stets zu ihm gehalten. Und er hatte versucht ihm zu helfen, wenn auch seine Idee mit dem Notizbuch nichts gebracht hatte.

Sein Fuß stieß gegen etwas Festes. »Ich glaube, ich habe es gefunden«, sagte er aufgeregt und versuchte, den Gegenstand vor sich zu ertasten.

»Ja, das hast du! Jetzt musst du nur noch herausfinden, was es ist.«

Der Junge beugte sich nach vorn. Seine Hände erfühlten etwas Festes. Es waren zwei parallele Holzleisten, die kaum einen Meter auseinanderlagen. »Was ist das?«, sagte er mehr zu sich selbst als zu seinem Begleiter. Jeweils mittig an den Leisten war auf beiden Seiten etwas befestigt, das sich wie Leder anfühlte. Joshua musste an Gürtel denken und tatsächlich fand er sogar eine Metallschnalle. »Ich weiß nicht, was das ist!«

Christians Schritte ließen den Boden der Hütte knarzen. Schließlich bemerkte Joshua, dass der Erzieher direkt hinter ihm stand. »Dann darfst du jetzt nachschauen«, kommentierte er.

Der Junge spürte, wie ihn etwas Metallisches an der Hand berührte. Er griff nach der Taschenlampe, die Christian ihm reichte. Als er es endlich geschafft hatte, sie einzuschalten, starrte er irritiert auf einen alten, massiven Holzstuhl. Er stand einfach so in der Mitte der Holzhütte. Was Joshua befühlt hatte, waren die Armlehnen. Aber wozu dienten die Ledergurte, die an diesen Lehnen befestigt waren?

»I-ich verstehe das nicht. Das ist nur ein Stuhl«, sagte der Junge, erhielt jedoch keine Antwort. »Christian?« Noch immer schwieg der Erzieher. Ängstlich drehte Joshua sich um und wollte nach seinem Begleiter sehen. Plötzlich spürte er einen stechenden Schmerz am

Nacken und verlor einen Augenblick lang das Bewusstsein. Als er wieder zu sich kam, wusste er zuerst nicht, wo er sich befand. Dann realisierte er, dass er auf dem Stuhl saß, den er vorhin entdeckt hatte. Alles tat weh und er konnte sich kaum rühren. Das Luftholen fiel ihm schwer, denn irgendetwas steckte in seinem Mund. Er musste durch die Nase atmen, bekam aber fast keine Luft. Eine grelle Taschenlampe wurde eingeschaltet und leuchtete ihm direkt in die Augen.

»Da bist du ja wieder«, sagte der Erzieher und alle Freundlichkeit war aus seiner Stimme verschwunden. Joshua spürte, wie monatelang aufgebautes Vertrauen in tausend Stücke zerbrach. All die Zuneigung, all das Verständnis – waren es bloß Lügen gewesen? Doch wieso? Um ihn hierher zu locken? Es dauerte lange, bis der fiese Kerl den Strahl der Lampe aus seinem Gesicht nahm.

Der Junge blinzelte mehrmals, bis er nicht mehr nur lila Punkte sah. Erst jetzt fiel ihm auf, dass er gar kein T-Shirt trug. Seine Arme waren mit den Gurten an die Armlehnen gebunden und auch seine Füße waren befestigt worden. Ängstlich schaute er an sich herunter und erkannte, dass er vollkommen nackt war.

»Reden wir über Fräulein Schmitt«, begann sein Gegenüber in strengem Ton. »Das warst du mit ihrer Katze, nicht wahr?«

Während Joshua darüber nachdachte, wie er mit dem Knebel antworten sollte, riss ihm der Erzieher das Teil auch schon brutal aus dem Mund.

»Nicht wahr?«, donnerte er dabei noch einmal.

»I-ich habe nichts getan«, brachte Joshua hervor, bereute aber im selben Augenblick, nicht die Wahrheit gesagt zu haben. Der Mann hob einen sonderbaren Stab, den er in der linken Hand hielt und drückte ihn an die Brust des Jungen. Ein Knistern war zu hören, Funken sprühten und unsagbare Schmerzen zuckten durch seinen Körper. Die Stelle, wo der Stab ihn berührt hatte, brannte wie Feuer. Sein Herz raste. Diesmal blieb er bei Bewusstsein, doch er musste trotzdem mehrmals tief durchatmen, ehe er ein Wort herausbrachte.

»S-sie war schon so gut wie tot, als ich sie gefunden hab!« Er sagte die Wahrheit, doch die schien seinen Peiniger nicht zufriedenzustellen.

»Und wer hat sie so zugerichtet?«, fragte er und hielt dabei den furchtbaren Stab drohend in die Luft.

»Das war ich«, gestand Joshua kleinlaut. Diese Beichte war ihm ganz schön peinlich, aber er hatte doch nur nach Antworten gesucht. Was bedeutete es, tot zu sein? Seit Rockos Tod konnte er an nichts anderes mehr denken. Der angefahrene Körper der Katze in der Einfahrt des Heims war ihm wie ein Geschenk des Himmels vorgekommen. Er hatte sie im Schuppen hinter dem Haus versteckt und gründlich untersucht. Vom Mittagessen hatte er dafür ein Messer mitgenommen. Vermutlich war er etwas zu weit gegangen.

»Du bist krank!«, stellte Christian ungerührt fest. »Dein Glück, dass ich das Heilmittel kenne.« Dann riss er den Knebel brutal nach oben und fixierte ihn wieder in Joshuas Mund. Ausgiebig musterte er jetzt den nackten Körper des Jungen. Joshua kam sich entsetzlich ausgeliefert vor. Offenbar überlegte der Erwachsene, an welcher Stelle er ihm den nächsten Elektroschock versetzen wollte. Als er sich entschieden hatte, ging alles furchtbar schnell. Zwei-, drei-, viermal ließ er den knisternden Stab verschiedene Punkte am schutzlosen Körper seines Opfers verbrennen. Einmal sogar nahe an Joshuas Penis. Jedes Mal verkrampften sich seine Muskeln an der jeweiligen Stelle. Der Junge hatte das Gefühl, sein Herz würde gleich explodieren, so sehr schlug es.

»Unsre Missetat drückt uns hart; du wollest unsre Sünde vergeben«, rief der Mann aus und klang wie der Prediger sonntags in der Kapelle. Joshua spürte, wie Schweiß auf seine Stirn trat. Ein weiterer Stromstoß durchzuckte ihn. Der verzweifelte Junge brüllte vor Schmerzen in den

Knebel. Auf genau diese Reaktion schien sein Angreifer gewartet zu haben. »Jetzt fühlst du dich nicht mehr so stark, wie?«, höhnte er. Die Worte kamen Joshua wie blanker Hohn vor. Wann hatte er sich denn jemals stark gefühlt? »Es wird Zeit, dass du anfängst, für dein Verhalten zu sühnen. Bitte Gott um Vergebung! Er wird dir helfen, ein besserer Mensch zu werden.« Mit diesen Worten riss er ihm den Knebel heraus und starrte den Jungen erwartungsvoll an. Doch Joshua schwieg beharrlich. Er hatte nicht vor, diesen Gott um irgendetwas zu bitten. Er war auch nur eines dieser Monster, die irgendwas von ihm wollten. Mit zornigem Blick presste er seine Lippen aufeinander. Die Enttäuschung stand seinem Peiniger ins Gesicht geschrieben. Plötzlich ließ der Erzieher den Elektroschocker auf den Boden fallen. Der Junge wollte schon erleichtert aufatmen, doch in diesem Moment machte der Mann einen Schritt auf ihn zu und riss den Knebel wieder nach oben. Dann hob er seine geballte Hand. »Man muss dem Bösen wehren mit harter Strafe und mit ernsten Schlägen, die man fühlt«, rief er. Seine Faust sauste herab und krachte mit voller Wucht in Joshuas Magen, sodass ihm die Luft wegblieb. Er krümmte sich vor Schmerzen, wurde aber sofort an seinen Haaren nach oben gerissen. Wieder und wieder schlug der Erwachsene jetzt zu, traf sein wehrloses Opfer scheinbar wahllos, im Gesicht, auf der Brust, zwischen den Beinen. Dem Jungen wurde schwarz vor Augen. Er war all dem vollkommen schutzlos ausgeliefert! Hilflos ertrug er die Schmerzen. Als er zu schluchzen begann, griff der Erzieher nach einem Stoffsack und zog ihn über seinen Kopf. Joshua hatte gehofft, dass es damit endlich vorbei war, aber der Mann machte genau da weiter, wo er aufgehört hatte. In Todesangst zerrte der Junge an den Gurten, doch es gab kein Entkommen. Trotzdem wollte er bloß noch weg, weit weg von diesem furchtbaren Ort. Jetzt sofort! Und wenn sein Körper hier gefangen war, musste er eben ohne ihn fliehen. Aber wie? Und wohin? Trotz des Sacks über seinem Kopf schloss er seine Augen und versuchte, an etwas Angenehmeres zu denken. Das war nicht einfach, denn er hatte noch nie etwas Angenehmes erlebt.

»Die Insel!«, durchfuhr es ihn. Als er gesagt bekam, er würde zur *Insel* geschickt, hatte er sich an den einzigen schönen Moment mit seinen Eltern erinnert. Es war ein Urlaub, der schon Jahre zurücklag. Glitzerndes Wasser. Ein schaukelndes Boot. Der verzweifelt zappelnde Fisch an der Leine. So sehr er sich auch bemühte, die Erinnerung daran bestand nur aus wenigen Bruchstücken. Einzelne Scherben, die kein vollständiges Bild ergaben. Und doch lösten sie etwas in ihm aus – ein seltenes, aber wunderschönes Gefühl. Es schimmerte, wie die Strahlen der Sonne an jenem Tag auf dem Meerwasser geschimmert hatten. Glück. Seine Eltern waren dort gewesen und sie hatten eine perfekte Zeit miteinander verbracht. Das meiste hatte er längst vergessen, doch der warme Sandstrand der Insel und das Meer waren ihm in Erinnerung geblieben. Jetzt klammerte er sich verzweifelt daran. Er stellte sich vor, wie er an einem Strand saß und auf das weite, endlose Wasser hinausschaute. Tatsächlich klappte das überraschend gut. Die schreckliche Welt um ihn herum verschwand und er genoss mehr und mehr die Wärme der Sonne, den weichen Sand unter seinen Füßen und das Rauschen der Wellen. Dieser Ort war wunderbar. Niemand tat ihm weh. Und es gab hier auch keinen Gott, der ihm Vorschriften machte oder Buße forderte. Hier konnte er entscheiden, was passierte. Er entschied sich zu bleiben. Joshua nahm sich vor, diese gottlose Insel nie wieder zu verlassen. Er ließ sich in den warmen Sand fallen.

Irgendwo, weit entfernt von hier, wurde der Knebel herausgenommen. »Mach den Mund auf, Joshua«, befahl der Mann.

Doch Joshua war fort. Er konnte seinen Befehl nicht mehr ausführen. Selbst das erneute Knistern des Elektroschockers kümmerte ihn nicht. Die Sonne zauberte ein magisches Glitzern auf die Wellen. Das Rauschen des Meeres war wundervoll.

Samstag, 04. Dezember, 17:30 Uhr

Ein lauter Knall holte ihn von einer Sekunde auf die andere ins Hier und Jetzt zurück. Joshua schreckte hoch, als sei er aus einem Traum erwacht. Was waren das für seltsame, fremde Erinnerungen? Wie kamen sie in seinen Kopf? Und wieso passierte all das mit ihm? Er versuchte, seine Benommenheit abzuschütteln, und wandte sich mit neuer Entschlossenheit dem Mädchen zu. Ihm blieb nur wenig Zeit. Die Explosion war gewaltiger gewesen, als er es erwartet hatte. Und dennoch war er absolut sicher, dass Daniel Konrad noch lebte. Es fühlte sich beinah so an, als gebe es eine Verbindung zwischen ihnen. Oh ja, das Monster hatte überlebt und würde ihm folgen. Doch selbst, wenn nicht, war der Knall bestimmt bis an die Landstraße zu hören gewesen. Möglicherweise waren bereits Rettungskräfte informiert worden.

Er musste sich beeilen, doch die bevorstehende Aufgabe machte ihm das Herz schwer. Er fürchtete sich davor, diesen Weg zu Ende zu gehen, aber es gab keine Alternative. Also legte er seine Lampe neben der Tür ab, sodass sie das Mädchen weiter direkt anstrahlte. Er löste die Gurte, mit denen sie an dem Stuhl gefesselt war, und zog sie auf die Beine. Dann packte er ihre Arme und drehte sie ihr auf den Rücken. Das Kind ließ es geschehen, ihr Widerstand war gebrochen. Er fesselte sie gründlich. »Mach den Mund auf«, befahl er schließlich.

Daniel

Hohe Flammen schlugen aus der Ruine. Ihr orangefarbenes Licht beleuchtete die Umgebung. Marie und ich kauerten auf dem Boden, unweit des früheren Eingangs. Ich hatte mich auf meine Freundin gerollt, um sie vor Trümmern zu schützen. Doch was immer gerade eingestürzt war, hatte uns nicht getroffen. Bestimmt sah es total dämlich aus, wie ich so auf ihr lag. Also stemmte ich mich auf alle viere und betrachtete Marie voller Sorge. Der Moment kam mir so entsetzlich vertraut vor und ich wusste auch, weshalb. Schon einmal hatte ich mich so über sie gebeugt. Schon einmal hatte ich nach Anzeichen von Leben gesucht. Wie damals hielt ich mein Ohr an ihren Mund. Mir fiel ein Stein vom Herzen, als ich das Geräusch ihres Atems hörte. Ich begann, ihren Körper auf Verletzungen zu untersuchen. Äußerlich schien sie so weit in Ordnung. Ich entdeckte nur ein paar Schrammen und eine fiese Fleischwunde am Handgelenk. Sie stammte von einer Handschelle, die immer noch daran hing und war vermutlich bei einem Befreiungsversuch entstanden. Das Blut war jedoch bereits geronnen. Trotzdem weckte es unangenehme Erinnerungen an die Blasket Islands, an meine blutgetränkte Hand, nachdem ich ihren Hinterkopf berührt hatte.

Vorsichtig strich ich ihr die Haare aus dem Gesicht. »Marie«, sagte ich und hoffte so sehr auf eine Reaktion. Doch zunächst passierte gar nichts. »Marie, kannst du mich hören?«

»Laut und deutlich«, antwortete sie plötzlich und öffnete ihre Augen. Sie hustete. Dann erst schien sie zu realisieren, wo sie sich befand und was soeben geschehen war. Erschrocken richtete sie sich auf. »Sarah!«, rief sie aus.

»Du sagtest, sie wäre nicht im Haus gewesen.«

Marie schien sich zu erinnern. »Das war sie auch nicht. Wir müssen sie finden.«

Ehe ich reagieren konnte, war sie aufgesprungen, doch ihr Kreislauf wollte bei dieser Bewegung offenbar nicht mitmachen. Sie taumelte. Ich sprang ebenfalls auf und stützte sie. »Das werden wir. Vielleicht hat ja …« Ich unterbrach mich selbst mitten im Satz, nachdem ich zum Auto hinübergeblickt und die offene Beifahrertür entdeckt hatte. »Verdammt«, rief ich aus. »Wo ist er hin?« Ich prüfte nur halbherzig, ob meine Freundin es allein schaffte, und eilte dann zum Wagen hinüber. Er war leer.

Marie folgte mir mit wackeligen Schritten. »Wo ist wer?«, fragte sie.

»Ricky«, erwiderte ich und malte mir dabei aus, wie der verrückte Serienkiller den Jungen aus dem Wagen gezerrt hatte. Ich hasste mich dafür und ich verfluchte die Entscheidung, ihn hierher mitzunehmen.

»Ricky?«, wiederholte Marie verwundert. »Du meinst deinen Schüler von letzter Nacht?«

»Genau den«, erwiderte ich, während ich die Umgebung des Autos nach Spuren absuchte.

»Du hast deinen Schüler hierher mitgebracht?« Der Vorwurf in ihrer Stimme war nicht zu überhören.

»Jetzt nicht!«, sagte ich bestimmt, denn mir blieb keine Zeit für lange Erklärungen.

Doch damit wollte Marie sich offenbar nicht abspeisen lassen. Sie trat ein paar Schritte auf mich zu und packte meinen Arm. »Daniel!«, rief sie fordernd. »Was ist hier los? Wieso war der Junge in deinem Auto?«

Nur zögerlich erwiderte ich ihren durchdringenden Blick. Ich seufzte. »Weil ich keine andere Wahl hatte«, setzte ich zu einer Erklärung an. »Er kannte diesen versteckten Ort. Ohne ihn hätte ich niemals rechtzeitig hergefunden.«

»A-aber wieso kannte er diesen Ort? Ist er ebenfalls entführt worden?«

»Ja«, sagte ich schnell, obwohl ich natürlich wusste, dass das nicht so ganz den Tatsachen entsprach. Für den Moment war diese Erklärung aber vollkommen ausreichend. »Ricky sollte ein weiteres Opfer des Killers werden, doch ich konnte ihn gerade noch rechtzeitig retten.«

Samstag, 04. Dezember, 16:02 Uhr (anderthalb Stunden früher)

Die Situation war aussichtslos. Ricky lag bewusstlos auf den Schienen, die Höhe der Brücke war mörderisch und der Zug kam in rasender Geschwindigkeit näher. Für durchdachte Lösungen war ich zu spät gekommen. Als wolle es mich verhöhnen, änderte unweit der Gleise ein Warnsignal seine Farbe. Die Zeit wurde knapp, wenn ich noch etwas unternehmen wollte. Doch mein Kopf war wie leergefegt. So sehr ich mich bemühte, ich fand keine Lösung, die ich bisher übersehen hatte. Mir kam die Idee, irgendetwas zu werfen, um Ricky damit aufwecken. Ich dachte sogar darüber nach, meine Schuhe dafür zu benutzen. Doch mir wurde schnell klar, dass das ein lächerlicher Plan war. Selbst wenn ich ihn treffen würde, schien es ausgeschlossen, dass der Junge davon aufwachte und sich gleich darauf geistesgegenwärtig von den Gleisen rollte.

»Ricky, steh auf!«, brüllte ich noch einmal, obwohl es vollkommen nutzlos war. In blinder Panik setzte ich mich in Bewegung und rannte auf die Seite der Brücke zu, an der eine Treppe nach unten führte. Es war ein Wettrennen mit dem Zug, das ich unmöglich gewinnen konnte. Das Sicherheitsgitter der Eisenbahnbrücke endete und ein gewöhnliches Geländer gab den Blick in die Tiefe frei. Erst jetzt erkannte ich eine Art Vorsprung, den ich vorher nicht gesehen hatte. Er befand sich genau unter mir, etwa auf halber Höhe der Brücke, und gehörte wohl zu ihrem Betonunterbau. Vermutlich war die

Metallkonstruktion darauf gelagert. Der Beton ragte nur wenige Zentimeter hervor und es gab keine Garantie, dass ich den Vorsprung auch wirklich treffen würde. Doch mir fehlte die Zeit für alternative Pläne. Ohne weiteres Nachdenken kletterte ich über das Geländer, machte den Rücken steif und stürzte mich so in die Tiefe.

Ich landete stehend auf dem Beton und versuchte, den Aufprall irgendwie abzufedern. Ich verlor jedoch das Gleichgewicht und sprang erneut. Ein gewaltiger Schmerz durchfuhr meinen Körper, als ich zuerst mit den Füßen und dann auf allen vieren im Schotter des Gleisbettes aufschlug. Das Geräusch des heranrasenden Zuges klang bedrohlich nah. Mir blieb keine Zeit, mich umzuschauen. Von blankem Instinkt gesteuert, stemmte ich mich hoch und stürzte los.

Alles schien sich zu drehen. Mein Kopf hämmerte. Trotzdem hielt ich die Augen nur auf den Jungen gerichtet. Ich war wie in einem Tunnel. Dieses Rennen mit der Lok konnte ich gewinnen. Ich musste einfach. Ich erreichte den bewusstlosen Körper meines Schülers. Im selben Moment donnerte der Zug um die Kurve. Mit beiden Händen griff ich zu. Ich stemmte die Füße in den Schotter und ließ mich nach hinten fallen. Mein Gewicht reichte aus, um Ricky mit mir in das Gleisbett zu reißen. Gemeinsam rutschten wir ein Stück bergab. Staub und kleine Steinchen wurden aufgewirbelt. Einige flogen mir ins Gesicht, als der Zug an uns vorbeirauschte. Einen Moment lang hatte ich sogar das Gefühl, allein sein Fahrtwind würde uns mitreißen.

Ich hatte erwartet, die Bahn würde anhalten, doch stattdessen rauschte sie ungebremst weiter. Vermutlich hatte niemand die Personen auf den Schienen bemerkt. Schließlich verschwand sie aus dem Sichtfeld und das Rattern der Räder wurde in der Ferne immer leiser. Alles, was vom vorherigen Lärm blieb, war ein unerträgliches Pfeifen in meinen Ohren. Stöhnend lag ich dort – mit dem Jungen auf meinen Beinen. Ich keuchte vor Anstrengung und konnte noch nicht glauben, dass ich es tatsächlich geschafft hatte. Weit über uns thronte die Metallbrücke und erinnerte mich an meinen irrsinnigen Sprung in die Tiefe. Mühsam setzte ich mich auf. Ich hob den Jungen von mir herunter und platzierte ihn unweit eines kleinen Grashügels. Zuerst nahm ich den Knebel aus seinem Mund und löste dann die Fesseln. Ich untersuchte ihn und anschließend mich selbst auf Verletzungen. Der Junge schien unversehrt zu sein. Er war zwar bewusstlos, aber er atmete. Meine Kopfwunde hatte durch den Verband geblutet. Entsetzt betrachtete ich die rotgetränkten Finger, mit denen ich ihn berührt hatte. Vermutlich war eine Naht gerissen, der Schmerz wurde ebenfalls wieder schlimmer. Ich versuchte, das Blut von meinen Händen abzuwischen, verteilte es aber stattdessen nur großzügig. Ich zitterte am ganzen Körper und war dadurch einfach zu ungeschickt. Das Pfeifen in den Ohren wurde lauter und die Welt begann abermals, sich in rasendem Tempo zu drehen. Also ließ ich mich erschöpft auf den Grashügel fallen.

Samstag, 4. Dezember, 17:36 Uhr

»Und nach alldem hast du einfach mal beschlossen, ihn mit hierherzunehmen, damit der Täter nachholen kann, was bisher nicht geklappt hat?« Ihr Ton bohrte tief in einer ohnehin schon vorhandenen Wunde. Und ich konnte es ihr nicht einmal verdenken, schließlich machte ich mir die gleichen Vorwürfe.

»So ist es doch gar nicht gewesen«, erwiderte ich halbherzig. »Ricky hat darauf bestanden, mich zu begleiten.«

»Ach so, der Junge wollte das … na, dann ist ja alles in bester Ordnung«, sagte meine Freundin zynisch und wandte sich kopfschüttelnd von mir ab, um ebenfalls nach Spuren zu suchen. Ihre Reaktion war verständlich. Was ich gesagt hatte, entsprach zwar der Wahrheit, doch war es eine armselige Erklärung für einen Erziehungshilfelehrer. Schließlich lernt man schon früh in der Ausbildung, Verantwortung für sein eigenes Handeln zu übernehmen und es niemals mit dem Verhalten der Kinder zu begründen. Ich hätte mich anders entscheiden müssen, denn ich bin der Erwachsene. Aber ich hatte genau so entschieden. Ich hatte diesen Plan gefasst, als der Entführer vorhin am Telefon mit seiner lächerlichen Kinderstimme fragte, ob Ricky leiden musste. Mir war sofort klar gewesen, dass ich ihm gegenüber zum ersten Mal im Vorteil war. Und so hatte ich beschlossen, ihn in dem Glauben zu lassen, mein Schüler sei tot. Ich hatte sein dämliches Spiel mitgespielt und gehofft, dass der Junge mir irgendwelche Hinweise auf den Täter liefern konnte, sobald er wieder zu sich kam. Und bis vor wenigen Minuten war dieser Plan komplett aufgegangen. Nicht im Traum hätte ich erwartet, dass der Junge mich direkt zu dem Ort führen konnte, an dem Marie und Sarah gefangen gehalten wurden. Aber genau das hatte Ricky getan und dafür war ich ihm unendlich dankbar gewesen. Natürlich hatte ich ihm vorgeschlagen, mir nur den Weg zu beschreiben und dann zu seinen Eltern zurückzukehren, doch Ricky war nun einmal Ricky.

»Das läuft nicht, Mister Kay«, hatte er zu mir gesagt und demonstrativ seine Arme vor der Brust verschränkt. »Ich will mitkommen, um Sarah zu retten!«

Bestimmt hätte ich Mittel und Wege gefunden, ihm die Information dennoch zu entlocken. Doch die schäbige Wahrheit sah anders aus. Ich hatte keine meiner Möglichkeiten genutzt. Und für eben diese Entscheidung musste ich jetzt geradestehen. Also suchte ich weiter nach irgendwelchen Hinweisen. Ich konnte nur hoffen, dass Ricky am Leben war.

»Was ist das hier?«, rief Marie plötzlich. Sie stand inzwischen einige Meter von meinem Auto entfernt und beleuchtete mit der

Taschenlampe etwas auf dem Boden. Ich eilte zu ihr hinüber. Erst als ich sie erreichte, erkannte ich, was sie meinte. Tatsächlich war dort ein Muster im Schotter. Es sah aus wie ein Pfeil. Hatte Ricky uns damit eine Nachricht hinterlassen? Oder war dies bloß eine neue Falle des Täters? Uns blieb keine Zeit für langes Abwägen.

»Da entlang!«, sagte ich entschlossen und rannte los.

Samstag, 4. Dezember, 17:53 Uhr

Ricky

Ricky fluchte innerlich, während er sich noch einmal um die eigene Achse drehte. Nirgends war etwas, woran er sich orientieren konnte. Seit der Kerl seine Lampe ausgeschaltet hatte, irrte er schon eine halbe Ewigkeit durch den finsteren Wald. Seine Augen hatten sich zwar inzwischen an die Dunkelheit gewöhnt, doch von Herrn Keller, den er verfolgt hatte, fehlte weiterhin jede Spur. Wohin war er gelaufen? Und was hatte er dort vor? Ging es dabei um Sarah? Eigentlich konnte es nur um sie gehen. Er malte sich aus, was der Entführer mit dem armen Mädchen anstellte und die Bilder in seinem Kopf gefielen ihm ganz und gar nicht. Seine Anspannung wuchs von Minute zu Minute. Hätte er doch bloß sein Nachtsichtgerät hier. Damit würde er den Kerl sicher in null Komma nichts aufspüren.

Wieso nur hatte Mister Kay diesen Wahnsinnigen überhaupt verschont? Er hätte es doch einfach beenden können. Nur noch ein oder zwei Schläge mit dem Radmutterschlüssel und der Verbrecher hätte keinen Mucks mehr gemacht. Sein eigener Gedanke überraschte den Jugendlichen. Hatte er tatsächlich einem anderen Menschen den Tod gewünscht? Ja, das hatte er! Und so krass dieser Wunsch auch sein mochte, er fühlte sich einfach nicht falsch an. Ricky war sich vollkommen sicher, dass Herr Keller den Tod verdiente. Doch statt das zu Ende zu bringen, hatte Mister Kay auf einmal von ihm abgelassen und war in das unheimliche Haus gestürmt. Sein Gegner war kurz darauf hochgeschreckt und nach einem Augenblick der Orientierung in den Wald gerannt. Ricky war daraufhin aus dem Auto gestiegen, um Mister Kay zu warnen, hatte aber schnell kapiert, dass dafür nicht genug Zeit blieb. Herr Keller wäre einfach entkommen. Wohl oder übel hatte er also die Verfolgung aufgenommen. Gott sei Dank hatte er daran gedacht, vorher noch mit dem Fuß einen Pfeil in den Schotter zu zeichnen. Überall auf dem Weg hatte er seitdem Hinweise aus Ästen oder Zweigen gelegt. Er konnte nur hoffen, dass Mister Kay die Spur fand und ihm folgte.

Anfangs war es leicht gewesen, dem unheimlichen Kerl zu folgen, weil er durch seinen grellen Scheinwerfer gut zu sehen war. Ricky hatte nur darauf achten müssen, ihm nicht zu nahe zu kommen. Doch dann hatte Herr Keller sein Licht plötzlich ausgeschaltet und von einer Sekunde auf die andere war alles stockdunkel gewesen.

Irgendwo in der Ferne erklang ein Wimmern. Es war kaum hörbar, aber definitiv da. Ricky zweifelte nicht daran, dass es Sarah war. Was tat der fiese Kerl ihr bloß an? Sein Herz schlug panisch in seiner Brust, während er in die Stille des Waldes lauschte. »Bitte, bitte noch einmal.« Sein stummes Flehen wurde nicht erhört. Das Geräusch war verstummt. Ricky malte sich die schlimmsten Dinge aus, die gerade passierten, und es war schiere Verzweiflung, die sich in ihm ausbreitete.

Plötzlich spürte er eine Berührung an seiner Schulter. Panisch fuhr er herum und starrte direkt in den grellen Schein einer Taschenlampe. Er konnte die Person mit der Lampe nicht erkennen. Aber er kannte ihren Begleiter. »Mister Kay?«, fragte er, nachdem er seine Augen gegen das Licht abgeschirmt hatte.

»Wo ist der Kerl?«, flüsterte Daniel Konrad und schaute ihn durchdringend an.

»Und wo ist Sarah?« Nun erkannte Ricky auch Mister Kays Freundin hinter der Taschenlampe. Ihr sorgenvolles Gesicht brach ihm beinah das Herz. Zu gerne hätte er ihr eine Antwort gegeben, doch stattdessen konnte er bloß mit den Schultern zucken. »Eben habe ich sie wimmern gehört«, flüsterte er.

»Daniel, wir müssen sie finden!«, rief die Frau panisch aus.

»Dann los«, antwortete der Lehrer und wollte loslaufen.

Seine Freundin folgte ihm nicht. »Wir müssen uns trennen, dann haben wir größere Chancen«, sagte sie.

Der Vorschlag schien Herrn Konrad nicht zu gefallen. »Marie, hier läuft ein gefährlicher Killer herum!«, warnte er. »Mit dem können wir es nicht alleine aufnehmen.«

Sie dachte keine Sekunde über seine Aussage nach. »Mach, was du willst«, rief sie und rannte los.

Kapitel 17

Daniel

Ärgerlich schaute ich meiner Freundin nach. Marie war einfach losgelaufen, ohne auf die Warnungen zu hören. Sie verschwand rasch in der Dunkelheit, während ich zwischen ihr und Ricky hin- und hergerissen war. Erleichtert, ihn lebendig gefunden zu haben, wollte ich den Jungen nicht schon wieder allein zurücklassen. Ihn mitzunehmen, war allerdings noch viel gefährlicher. Ich saß in einer Zwickmühle. Mir blieb keine Zeit, wenn ich meiner Freundin folgen wollte. Da kam mir eine Idee. Ich drückte dem verdutzten Jugendlichen das Handy in die Hand. »Du bleibst hier!«, befahl ich.

»Das hatten wir doch schon«, rief Ricky mit sicherer Stimme. »Ich will mithelfen, Sarah zu retten!«

»Und das kannst du auch«, erwiderte ich. »Was wir wirklich brauchen, ist die Polizei. Ruf die 110 an und erklär den Polizisten so genau wie möglich, was passiert ist und vor allem, wo wir uns befinden.«

Ricky schaute mein Handy an, als hielte er ein Häufchen Hundekot in der Hand. »Ich soll die Bullen anrufen?«

Seine Reaktion brachte mich zum Schmunzeln. Während der Einbruchserie hatte Ricky in allen aufgebrochenen Wohnungen den Schriftzug *ACAB* hinterlassen, also *All cops are bastards*.

»Ich weiß, ich weiß, die Polizisten und du seid nicht unbedingt die besten Freunde, aber wer sonst kann es mit einem gefährlichen Serienkiller aufnehmen? Was, wenn Marie oder ich in Gefangenschaft geraten? Willst du wieder auf den Schienen landen?«

Ich konnte an seiner Körperhaltung erkennen, dass der Widerstand gegen meinen Plan schwand. Schließlich nickte er. »Dein Freund und Helfer, wie?«, fragte er und grinste mich schief an.

Ich nickte ihm ebenfalls zu und rannte los. Zwischen den Bäumen konnte ich gerade noch den schwachen Schein der Taschenlampe meiner Freundin erkennen. Ich orientierte mich daran, während ich mit den Händen die Äste und Zweige abwehrte, die sich mir entgegenstreckten. Ich kam nicht annähernd so schnell voran wie sie. Ehe ich mich versah, hatte ich sie aus den Augen verloren, rannte aber weiter in ihre Richtung.

Joshua

Der Wald lag einsam und finster vor ihnen. Gehorsam ließ sich das gefesselte Mädchen durch das Dickicht führen. Ihr blieb keine andere Wahl, denn die Waffe an ihrem Hinterkopf erlaubte nur eine Richtung. Vorwärts. Joshua konnte im Schein seiner Lampe erkennen, dass sie am ganzen Körper zitterte. Er vermutete, dass das nicht nur an ihrer knappen Bekleidung in der eisigen Kälte lag. Sie ahnte bestimmt, was ihr bevorstand.

In seinem Kopf tobte ein regelrechter Krieg. Ein Teil von ihm war ständig versucht, Mitleid mit ihr zu haben, flehte geradezu darum, sie zu verschonen. Doch er zwang sich dazu, diese Empfindung zu unterdrücken. Er wusste schließlich, was passierte, falls sie die Oberhand gewann. Gnadenlos trieb er das Mädchen immer weiter voran. Mehrmals blieb sie kurz stehen, vermutlich, weil sich spitze Äste in ihre Füße bohrten, er ließ jedoch nicht zu, dass sie ihn aufhielt. Zum Glück war die Kleine zierlich. Es bereitete ihm keine Mühe, sie weiter anzutreiben. Es fühlte sich an, als wäre sie bloß eine Puppe. Doch anders als normale Puppen wimmerte diese vor Schmerzen, was jedes Mal den Krieg in seinem Kopf aufs Neue entfachte. Er durfte nicht die Kontrolle verlieren, nicht jetzt, nicht so kurz vor dem Ziel. Mit aller Kraft konzentrierte er sich auf ein anderes Gefühl. Wut. Das funktionierte am besten, wenn er sich Daniel Konrad vorstellte, wie er vor wenigen Wochen plötzlich im Eingangsbereich der Friedhofskapelle stand. Freundlich war er aufgetreten, beinah schon sympathisch. Er hatte sich wie ein normaler Gast benommen, nicht wie das Monster, das er in Wirklichkeit war. So, als sei er gar nicht verantwortlich für alles Schreckliche, das Joshua jemals passiert war. Der Gedanke daran, dass dieser Mann über Jahrzehnte hinweg ein ganz gewöhnliches Leben geführt hatte, frei von Schuldgefühlen und Reue, schürte Joshuas Wut. Sie gab ihm die Kraft, das Mädchen unnachgiebig weiterzuschieben. Nach etwa zehn Minuten lichtete sich endlich das Unterholz. Sein Opfer wurde spürbar unruhig und stemmte sich gegen die Waffe, die sie führte. Joshua wusste, weshalb. Vor ihr türmte sich ein riesiger Erdhaufen. Dahinter befand sich ein fast rechteckiges Loch im Boden. Die Schaufel steckte noch in der Erde, bereit, sie nach ihrem Tod zu verscharren. Er schluckte. Er kannte die Ängste, die das Mädchen in diesem Moment durchstand, nur allzu gut. Wieder einmal versuchte er sich vorzustellen, wie es war, tot und begraben zu sein. Dabei schoss ihm ein Gedanke durch den Kopf, den er gleichermaßen unangenehm wie hoffnungsvoll empfand. Was, wenn nicht nur ihr Leben heute hier enden würde? Er hatte einen dicken Kloß im Hals, obwohl er durchaus auch Vorteile in dieser Vorstellung entdeckte. Endlich würden seine entsetzlichen Erinnerungen aufhören, endlich würde er frei sein. Sarah dachte nicht so. Sie stemmte sich gegen das Weitergehen, um ihrem Schicksal zu entfliehen. In ihrer Todesangst entwickelte sie ungeheure Kräfte, war aber Joshuas Gegenwehr nicht gewachsen. Er konnte nur hoffen, dass er es auch wirklich schaffte, seinen Plan durchzuziehen. Brutal stieß er sie in Richtung des Loches.

»Hinknien!«, brüllte er. Sarah gab ihren Widerstand auf. Doch seinem Befehl gehorchte sie nicht. Wie ein verwundetes Tier versuchte sie, sich tot zu stellen, um dadurch Zeit zu gewinnen. Die Spannung war förmlich mit Händen zu greifen. Joshua wagte nicht einmal zu atmen, während er auf irgendeine Reaktion von ihr wartete. Doch die kam nicht. Stattdessen stand sie nur dort und rührte sich nicht. »Na los, mach schon!«

Seine Worte rissen sie aus ihrer Starre. »Bitte nicht!«, flehte sie, war aber durch den Knebel in ihrem Mund kaum zu verstehen.

»Sofort!«

Sarah schien zu begreifen, wie aussichtslos ihre Situation war. Am ganzen Körper zitternd, fügte sie sich in ihr Schicksal. Sie weinte leise, während sie sich hinkniete. Joshua stieg ein säuerlicher Geruch in die Nase. Ammoniak. Er hatte bis dahin nicht einmal bemerkt, dass sie schon wieder einnässte. Es war ihm egal. Nicht mehr lange und der Gestank würde mit ihr verschwinden. Das große, schwarze Nichts lag vor ihr, bereit, sie zu verschlingen. Joshua drückte ihr die Mündung seiner Waffe an den Hinterkopf. Dort hockte sie nun und wartete darauf, dass ihr junges Leben endete. Sie konnte ja nicht wissen, wie schwer dieser Moment für ihn war. Es kostete unendlich viel Kraft, den Finger am Abzug zu rühren. Dann endlich der Knall, gefolgt von völliger Stille und Dunkelheit.

Ricky

»Fuck, was war das?«, rief Ricky entsetzt aus und ließ kurz das Mobiltelefon sinken. Der Knall war entsetzlich laut gewesen und er hatte verdammt nah geklungen. Er versuchte, in der umgebenden Dunkelheit etwas zu erkennen. Doch da war nichts.

»Hallo? Bist du noch da?«, fragte die Frau am Telefon jetzt.

Ricky atmete tief durch, dann nahm er das Gerät wieder an sein Ohr.

»J-ja, das bin ich.«

»Was ist da eben passiert?«

»Ich weiß es nicht. Da war ein Knall, möglicherweise ein Schuss.«

»Okay, ich verstehe. Ich kann sofort einen Einsatzwagen zu dir schicken. Aber du musst mir jetzt ganz genau sagen, wo du dich befindest.«

»Ich bin im Wald. Kennen Sie das alte Kinderheim außerhalb der Stadt?«

Er hörte, wie sie im Hintergrund auf einer Tastatur tippte. »Du meinst die ehemalige *Lebensgemeinschaft Insel*?«, fragte sie schließlich.

Ricky kam die sonderbare Inschrift in den Sinn, die über der Tür gestanden hatte. War darin nicht auch das Wort *Insel* vorgekommen? Das musste es sein. »Ich glaube ja«, sagte er. »Aber sie können das Teil eigentlich gar nicht verfehlen. Es brennt nämlich lichterloh.«

»Es brennt? Warum? Was ist passiert?«

»Lange Geschichte, ich muss jetzt los«, sagte Ricky und wollte auflegen. Für seinen Geschmack hatte er schon viel zu viel mit der Polizistin gesprochen.

»Hör mir genau zu, mein Junge. Wenn dort geschossen wird, dann halte dich bitte von diesem Heim fern. Hörst du? Versteck dich irgendwo und warte auf meine Kollegen. Die Streife ist schon auf dem Weg zu dir. Ich kann so lange in der Leitung bleiben, wenn du möchtest.«

»Nein danke«, antwortete Ricky und drückte den roten Knopf auf dem Display.

»Warte auf die Polizisten, von wegen!«, sagte er verächtlich. Dann tippte er auf Mister Kays Handy herum, bis er die Taste für die Taschenlampe fand und leuchtete damit in die Richtung, in die der

Lehrer vorhin verschwunden war. Nach einem letzten prüfenden Blick über seine Schulter setzte er sich in Bewegung.

Marie

Sie hatte nicht damit gerechnet, dass ein einziger Schlag mit der schweren Schaufel ausreichen würde. Doch der unheimliche Kerl war wie ein Baum umgefallen und lag nun reglos am Boden. Dabei war ein Schuss losgegangen, der ihre Tochter gottlob verfehlt hatte. Dennoch war sie von dem fallenden Körper des Mannes getroffen worden und in das ausgehobene Grab gestürzt. Der Scheinwerfer lag davor und strahlte sie direkt an. Marie warf die Schaufel nach hinten in das Gebüsch und wandte sich ihrer Tochter zu.

»Sarah? Alles okay bei dir?«, rief sie.

Wieso rührte sie sich nicht? War sie durch den Sturz verletzt worden? Oder hatte der Schuss sie womöglich doch getroffen? Panik stieg in Marie auf. Ohne nachzudenken, sprang sie in das Loch und hockte sich zu ihrer Tochter. Sie zog sie auf ihren Schoß und strich ihr über die Haare. Äußerlich schien sie keine größeren Verletzungen zu haben. Doch das Kind war entsetzlich bleich. Schrammen und blaue Flecke zeugten von der unglaublichen Brutalität ihres Peinigers. Marie löste den Knoten an Sarahs Hinterkopf und zog ihr das Tuch aus dem Mund. Panisch lauschte sie, bis sie endlich ein schwaches Atemgeräusch vernahm.

»Alles wird gut, Schätzchen«, stieß sie erleichtert hervor und zog den spärlich bekleideten Körper enger an sich heran. Es tat so unwahrscheinlich gut, sie im Arm zu halten. Marie wollte ihr kleines Mädchen nie wieder loslassen.

Sarah blinzelte und öffnete die Augen. »Mama?«, fragte sie ungläubig.

»Ja, Liebes«, antwortete sie und schaffte es nicht mehr, ihre Tränen zurückzuhalten. »Ich bin es. Ich bin bei dir!«

Sie hatte ein Lächeln erwartet, doch stattdessen erschien blanke Panik im Gesicht ihrer Tochter. Das Mädchen schaute an seiner Mutter vorbei zum Rand des Loches. Marie ahnte sofort, was ihr solche Angst machte. Wie war das nur möglich? Wie konnte der Mann sich so schnell von dem Schlag erholt haben? Sie wandte sich um. Tatsächlich stand er direkt vor dem Grab und richtete seine Waffe drohend auf sie. Marie wusste, dass sie von hier aus nichts gegen ihn ausrichten konnte, also drehte sie sich so, dass sie ihre Tochter mit ihrem eigenen Körper schützte. Ängstlich beobachtete sie dabei jede Bewegung des Mannes. Besonders das leichte Zittern seiner Hand machte ihr Angst. Es sah aus, als ringe er mit sich, endlich abzudrücken. Sie flehte um ein Wunder. Und das kam.

»Lass die beiden in Ruhe!«, erklang plötzlich eine vertraute Stimme. Marie sah Daniel zwar nicht, doch sie dankte Gott dafür, dass er es ebenfalls rechtzeitig geschafft hatte, diese versteckte Lichtung im Wald zu finden.

»Ein Glück, du lebst noch«, sagte der finstere Kerl und es lag tatsächlich so etwas wie Erleichterung in seiner Stimme. Was stimmte bloß nicht mit ihm?

»Pass auf, Daniel!«, rief Marie schnell. »Er hat eine Waffe!«

Der Mann machte einen Schritt zur Seite und richtete seine Pistole nach hinten, vermutlich auf Daniel. Trotzdem blieb er wachsam und warf immer mal wieder einen Blick zu Marie und Sarah. »Also ist es endlich so weit. Wir bringen die Sache zu Ende«, sagte er. »Wie hast du mich überhaupt gefunden?«

»Das war ganz leicht«, erklärte Daniel. »Ich bin nicht der Einzige, der noch am Leben ist.« Falls ihr Freund damit Zeit schinden wollte, war diese Strategie erfolgreich. Der Mann musste einen Moment lang überlegen, ehe er etwas erwiderte.

»Ricky?«, fragte er schließlich. »Dieser durchgeknallte Punk hat es ebenfalls geschafft?«

»Ja, das hat er, und er ist schon dabei, die Polizei zu verständigen.« Diese Drohung schien den Mann nicht besonders einzuschüchtern. Er zuckte nur desinteressiert mit den Schultern. »Soll er doch«, antwortete er. »Bis die hier sind, ist längst alles vorbei.« Er hielt seine Waffe wieder in ihre Richtung, als wolle er damit seine Worte unterstreichen. Dabei trat er einen weiteren Schritt zurück, offenbar um alle Gegner gleichzeitig im Auge zu haben. Sofort kam auch Daniel ein Stück näher, sodass Marie ihn nun ebenfalls sehen konnte. Mit einem kurzen Blick vergewisserte er sich, dass es ihr und Sarah gut ging. »Bis dahin musst du mit ansehen, wie die beiden sterben. Es wird dich zerstören, so, wie es mich zerstört hat, dass du mich an diesen gottverdammten Ort gebracht hast.«

»Und dann?«, fragte Daniel. »Was kommt dann? Denkst du ernsthaft, ich lasse dich so einfach nach Hause gehen? Wenn du den beiden auch nur ein Haar krümmst, bringe ich dich um.«

»Du vergisst, dass ich die Waffe habe. Dann erschieße ich dich einfach auch!«

Marie erkannte ein kurzes Funkeln in den Augen ihres Freundes. Diese Momente kannte sie nur allzu gut. Daniel hatte gerade eine Idee. Zu ihrer Überraschung erschien ein Grinsen in seinem Gesicht. »Mich erschießen? Und ich dachte, du willst mich zerstören? Ich dachte, ich soll leiden, wie du gelitten hast – und jetzt willst du mich einfach so töten? Willst du es mir ernsthaft so leicht machen?«

»I-ich verstehe nicht recht …«

»Was tust du da?«, dachte Marie mit wachsender Anspannung. Sie hielt es für keine gute Idee, den bewaffneten Verrückten noch zusätzlich zu verwirren.

»Das ist doch kinderleicht!«, erklärte Daniel oberlehrerhaft. »Wenn ich leiden soll, musst du mich natürlich am Leben lassen. Und das bedeutet, dass ich dich früher oder später finden und töten werde.«

Für einen Moment ließ der Mann tatsächlich die Waffe sinken, als müsse er über Daniels Worte nachdenken. Doch dieser Augenblick war nur von kurzer Dauer, dann hob er sie sofort wieder. Eine unaussprechliche Wut erschien in seinem Gesicht. Die Waffe richtete er dabei direkt auf Marie.

»Hör auf damit!«, schrie er. »Ich bin keiner von deinen Scheiß-Schülern, die auf so einen Quatsch reinfallen! Mit mir spielst du deine lächerlichen Psychotricks nicht!«

»Das ist kein Psychotrick.« Daniel wirkte beinah beleidigt. Er spielte seine Rolle überzeugend. »Bloß eine simple Logikaufgabe, du Genie. Du willst, dass ich leide, also mach schon. Na los! Erschieß die beiden!«

Das Herz schlug Marie bis zum Hals. Was, wenn der Irre jetzt wirklich abdrückte? Wie konnte ihr Freund nur so leichtsinnig sein? Sie versuchte, Blickkontakt zu ihm herzustellen, doch Daniel war mit seiner gesamten Aufmerksamkeit auf den Mann fokussiert.

»Na wird's bald?«, schrie er und seine Stimme klang unglaublich fordernd. »Ich an deiner Stelle hätte schon längst abgedrückt. Aber ich bin wohl einfach der Stärkere von uns beiden, nicht wahr?«

»N-nein, ich bin … bin …«

»Nicht wahr?« Seine Stimme donnerte durch den finsteren Wald.

Daniel

Ich hatte es geschafft, zumindest für den Moment. Mein Versuch, den Entführer mit simpler umgekehrter Psychologie zu verwirren, war erfolgreich. Und das, obwohl er geahnt hatte, dass ich ihn bloß manipulieren wollte. Mittlerweile war er sogar körperlich hin- und hergerissen zwischen dem Hass auf mich und seinem ursprünglichen Vorhaben, Marie und Sarah etwas anzutun. Wie unzählige meiner Schüler zuvor steckte er in einem perfekten Dilemma. Würde er die beiden jetzt töten, würde er damit nur den Befehl ausführen, den ich ihm erteilt hatte. Und das war eindeutig das Letzte, was er wollte. Dadurch hatte ich etwas Zeit gewonnen. Mir war jedoch klar, dass ich ihn nicht lange in diesem Zustand halten konnte. Früher oder später würde er begreifen, dass meine Überlegenheit nur eine rissige Fassade war und ich natürlich vor Angst um Marie und ihre Tochter verging. Fieberhaft überlegte ich, wie ich Kapital aus seiner Verwirrung schlagen konnte, ehe es dazu kam. An einen Überraschungsangriff war nicht zu denken. Dafür stand ich zu weit von ihm entfernt. Auch Marie konnte nichts unternehmen. Obwohl das Loch nicht besonders tief war, würde sie viel zu lange brauchen, um herauszuklettern. Unauffällig ließ ich meinen Blick über den Waldboden wandern. Der Scheinwerfer strahlte direkt auf das Grab und beleuchtete die Umgebung nur spärlich. Dennoch hoffte ich, irgendetwas zu finden, vielleicht einen Stein oder einen Ast, den ich aufheben und werfen konnte. Doch da war überhaupt nichts. Aus dem Augenwinkel heraus nahm ich wahr, wie sich der Entführer ein Stück aufrichtete. Offenbar war er kurz davor, mir auf die Schliche zu kommen. Ich brauchte mehr Zeit.

»Mir wird das allmählich auch zu blöd hier«, rief ich und versuchte erneut, einen überlegenen Tonfall in meine Stimme zu legen. Es gelang mir jedoch kaum. »Egal, was du tust, ich gewinne eh. Wenn du die beiden erschießt, werde ich mich rächen und ...«

»Vielleicht!«, sagte Joshua jetzt mit einer Bestimmtheit, die mich sofort verstummen ließ. »Aber selbst, wenn dir das gelingt, wirst du für den Rest deines Lebens unter diesem Verlust leiden.« Eigentlich hatte ich seine Verwirrung noch einmal befeuern wollen. Doch stattdessen hatte ich genau das Gegenteil erreicht. Ich spürte, wie mir die Gesichtszüge entglitten, und das verschaffte meinem Gegenüber zusätzlichen Auftrieb. Er richtete sich nun vollends auf – so, als sei eine Last von seinen Schultern abgefallen. »Du kannst nicht gewinnen, Daniel Konrad.« Noch nie hatte ein Mensch meinen Namen mit solcher Verachtung ausgesprochen. »Am Ende gewinnt immer das Gute. Ich bin der Gute und du bist das Monster!« Mit neuer Entschlossenheit richtete er seine Waffe auf Marie. Nichts schien ihn mehr aufhalten zu können. Ich brauchte schnell einen Plan, musste irgendetwas sagen oder tun, was ihn aufhielt.

»Na los«, befahl ich mir selbst. »Tu ...« Weiter kam ich nicht, denn ich bemerkte in diesem Moment eine dunkle Gestalt. Sie kauerte in dem Gebüsch, gleich hinter dem bedrohlichen Kerl. Für den Bruchteil einer Sekunde tauchten Rickys rote Haarbüschel zwischen den Zweigen auf. Ich wusste nicht, ob ich mich freuen oder verzweifeln sollte. Einerseits stand der Junge nah genug bei dem Mann, um ihn anzugreifen, ihm vielleicht sogar seine Waffe zu entreißen. Andererseits sorgte ich mich jetzt auch noch um ihn. Ich malte mir aus, wie der Entführer ihn in letzter Sekunde entdeckte und erschoss. Das durfte ich nicht zulassen. Ich musste den Jungen beschützen, selbst wenn das meinen Tod bedeutete. Entschlossen ballte ich die Hände zu Fäusten und holte tief Luft, setzte zu einem allerletzten verzweifelten Kraftakt an.

»Bullshit!« Rickys Stimme ließ mich mitten in der Bewegung erstarren. Sie klang fest und sicher. Ich bewunderte den Jungen für seinen

Mut, verfluchte aber gleichzeitig seine Dummheit. Mir fehlte die Fantasie, wie diese Situation gut ausgehen sollte.

»Was ...?« Der Mann ließ die Waffe sinken. Er blinzelte mehrmals, als müsse er sich orientieren. Dann schaute er überrascht zu dem Jugendlichen, der jetzt aus dem Gebüsch hervortrat. »Was hast du gesagt?«

»Sie labern Scheiße, Mann!«, erklärte Ricky vollkommen ruhig, beinah schon gleichgültig. »Mister Kay soll das Monster sein? Das glauben Sie ja wohl selbst nicht!«

Was immer mein Schüler vorhatte, es schien zu funktionieren. Der Mann, der sich Joshua nannte, war jetzt nur noch mit ihm beschäftigt. Er schaute weder zu Marie und Sarah noch zu mir, während er mit dem Jungen sprach. »Was weißt du schon?«, fragte er abfällig. »Du hast doch gar keine Ahnung, was er mir angetan hat und welche Albträume ich seinetwegen durchlitten habe. *Er* ist das Monster!«

Seine Worte verhallten. Schweigend standen die beiden voreinander. Gebannt schaute ich zu und wartete, was als Nächstes geschah. Dann begann mein Schüler plötzlich zu lachen. Ich kannte diese Art des Lachens von ihm, er hatte es oft genug im Unterricht benutzt, um seine Lehrer zu provozieren. Ricky war gut darin, andere in seinem Sinne zu manipulieren. Ich betete, dass es ihm auch diesmal gelang.

»Ich bin vielleicht kein Super-Checker, aber ich kenne Mister Kay. Und ich kenne mich mit Monstern aus«, sagte er und klang dabei beinah ein bisschen stolz. »Hier gibt es nur ein Monster. Sie haben es doch heute selbst gesagt ...«

»Was? Was habe ich selbst gesagt?« Der Mann wirkte inzwischen, als stünde er vollkommen neben sich. Etwas Irres lag in seinem Blick und ich konnte ein Zittern wahrnehmen, das seinen ganzen Körper erfasst hatte.

»Sie verstecken sich nicht in der Dunkelheit«, sagte Ricky, als zitiere er aus einem Theaterstück. Mit jedem Wort trat er näher an den bedrohlichen Mann heran, der tatsächlich vor ihm zurückwich. Woher nahm der Junge bloß diese Selbstsicherheit? Meine Angst um ihn war vollkommener Bewunderung gewichen. »Die wahren Monster laufen ungeniert bei Tageslicht herum.« Langsam und bedächtig bückte er sich nach dem Handstrahler, der direkt vor seinen Füßen lag, hielt jedoch die ganze Zeit über Blickkontakt mit dem Entführer. »Und man erkennt sie daran, was sie tun.« Ricky streckte ihm die Lampe entgegen.

Der Mann schaute wie geistesabwesend direkt in ihren grellen Schein. Für den Augenblick schien er vollkommen weggetreten zu sein – beinah, als befände er sich in einer Art von Trance. Es war der perfekte Moment, ihn zu packen und zu entwaffnen, zumal er durch sein Zurückweichen nur noch wenige Schritte von mir entfernt stand. Trotzdem unternahm ich nichts, beobachtete nur gebannt, wie es weiterging.

Joshua

»A-aber, ich bin doch nicht ...«, stammelte Joshua verzweifelt und seine Stimme kam ihm dabei sonderbar tief vor. Wie konnte man *ihn* für das Monster halten?

Sein Gegenüber richtete den Handstrahler auf das ausgehobene Erdloch. »Schauen Sie doch nur, was Sie dem Mädchen angetan haben«, forderte er.

Wirre Punkte tanzten vor Joshuas Augen und nur allmählich nahm er die Umgebung wieder wahr. Als er dem Lichtstrahl folgte, blickte er direkt in das Gesicht des Mädchens. Vollkommen verheult hockte sie in dem Grab.

»Bitte!«, flehte sie kläglich. »Lassen Sie uns in Ruhe.« Schluchzend wandte sie sich von ihm ab und umklammerte ihre Mutter, doch die Verzweiflung in ihrem Blick hatte sich in sein Gehirn gebrannt. Das Wimmern war unerträglich. Es echote überall um ihn herum und schließlich sogar in ihm. Als wäre das nicht schlimm genug, wurde auch die Lampe wieder auf ihn gerichtet und raubte ihm abermals jede Orientierung. Joshua wurde schwindlig. Eine Welle sonderbarer Empfindungen überrollte ihn. Es fühlte sich an, als würde er in dem Lichtstrahl ertrinken. Bilder tauchten auf. Fremde Erinnerungen. Nie erlebte Gefühle.

Der Junge am Strand schreckte hoch. Das gleißende Licht war plötzlich aus dem Nichts aufgetaucht. Es hatte sich rasend schnell ausgebreitet und war inzwischen überall. Er wurde davon erfasst und mitgerissen. Als es wieder nachließ, war das zauberhafte Schimmern jenes Tages am Meer verschwunden. Nur der künstliche Schein einer Schreibtischlampe blendete ihn noch. »Es ist Krebs«, sagte der bärtige alte Mann. Er trug einen weißen Kittel und schaute ernst über die Gläser seiner Brille hinweg. Joshua realisierte, dass er nicht mehr am Strand saß, sondern neben seiner Mutter auf einem Stuhl. Seine Beine baumelten in der Luft. Ihm gegenüber, verschanzt hinter einem gewaltigen Schreibtisch, saß der glatzköpfige Mann aufrecht in einem ledernen Bürostuhl. »Wir beginnen sofort mit der Chemotherapie, die Bestrahlung folgt dann später.«

Joshua verstand die Worte nicht, die der Fremde benutzte, doch er spürte, dass sie seine Mama unsagbar traurig machten. Wieso tat der Mann das? Warum war er so gemein? Als er ihm einen strafenden Blick zuwerfen wollte, war er bereits verschwunden. Irritiert schaute der Junge sich um. Er war allein. Also kletterte er von dem Stuhl und stürmte in den Krankenhausflur. Dort fand er seine Eltern, die sich weinend in den Armen lagen. Ehe er sie erreichte, lösten sie die Umarmung und seine Mutter schritt durch eine der angrenzenden Türen. »Mama!«, rief er ihr nach und rannte los. Aus dem Behandlungsraum, in den sie gegangen war, schlug ihm ein chemischer Gestank entgegen, der ihn würgen ließ. In der Mitte stand ein leeres Krankenbett. Joshua entdeckte einige Haarbüschel auf dem Kissen. Er wollte sie aufheben, doch ein sonderbares Geräusch aus der Ecke des Raums hielt ihn zurück. Mit klopfendem Herzen ging er um die verschiebbare Trennwand herum. Dann sah er sie. Seine Mama kniete vor der Toilette und weinte. Tröstend strich er über ihre Haare, doch sie fühlten sich irgendwie falsch an. Das war nicht seine Mutter. Nicht mehr. Erschrocken wich der Junge zurück, stolperte rückwärts und plumpste auf einen Stuhl. Er wusste sofort, wo er gelandet war. Dieselbe Schreibtischlampe strahlte ihn an. Seine Beine reichten inzwischen fast auf den Boden. Wie beim ersten Mal sprach der Weißkittel mit dem Bart finstere Worte. Bedrohliche Dinge.

»Der Krebs hat gestreut.«

»W-wie lange noch?«, brachte die verfallene Gestalt hervor, die einst seine Mutter gewesen war. Ihre Stimme versagte und ein Schluchzen erklang. Joshua wollte sie trösten und drehte sich zu ihr. Doch wie zuvor war sie bereits verschwunden. Er sprang auf und rannte zur Tür. Sie führte aber nicht in den Flur, sondern wieder in ihr Krankenzimmer. Seine Mutter lag in dem Bett, am anderen Ende des Raumes. Er selbst stand mit seinem Vater an der Tür. Der Erwachsene hielt seine Hand umklammert.

»Ich will da nicht reingehen«, hörte er sich trotzig sagen.

»Du musst dich von deiner Mutter verabschieden«, antwortete sein Vater. »Sonst wirst du es dein Leben lang bereuen.«

Abschiede waren für Joshua nie etwas Schlimmes gewesen, denn schließlich hatte er sich dabei immer auf das Wiedersehen gefreut.

Doch er spürte deutlich, dass es diesmal anders war. Er wusste, dass es kein Wiedersehen geben würde. »Nein, bitte lass mich«, flehte er und verdrehte seinen Arm in dem verzweifelten Versuch, sich dem Griff des Erwachsenen zu entwinden. Doch er rutschte auf dem schlammigen Boden weg. Verwundert schaute er zu seinem Vater auf. Wo waren sie? Und wieso trug er diesen schwarzen Anzug? Tränen liefen über das Gesicht des Mannes und tropften auf Joshuas Kopf. Sie durchnässten ihn. Der Junge begriff, dass der Himmel ebenfalls weinte.

Die sonore Stimme eines anderen Mannes lag in der Luft. »Wir wollen Abschied nehmen von unserer lieben Ehefrau, Mutter und Freundin.«

Abschied nehmen. Der Junge zitterte am ganzen Körper, als er an dem Pfarrer vorbei auf das finstere Erdloch schaute.

»Wir wollen ihr Andenken ehren.«

Seine Mutter war fort. Für immer. Joshua sank auf die Knie und robbte an das Grab heran. Er hatte gehofft, sie noch einmal zu sehen, doch in dem Loch war bloß eine schlichte Holzkiste.

»Wir versprechen, sie niemals zu vergessen.«

Wie sehr er sich nach seiner Mutter sehnte. Sein Vater trat heran und legte den Arm auf eine Schulter seines Sohnes. Joshua erinnerte sich an seine Worte. Er hatte Recht behalten, der Junge bereute zutiefst, sich nicht verabschiedet zu haben. Doch es lag kein Vorwurf im Blick des Erwachsenen. Stattdessen hockte er sich neben ihn ans Grab. Nie zuvor hatte er so hilflos gewirkt. Gebrochen.

»Eine entsetzliche Tragödie«, sagte die Stimme jetzt, doch sie gehörte nicht mehr dem Pfarrer, »ereignete sich heute Nachmittag am Flughafen München-Riem, als sieben Menschen bei einem Sprengstoffanschlag teilweise schwer verletzt wurden.«

Das Licht des Fernsehers flackerte, während der Nachrichtensprecher die nächsten Schreckensmeldungen verlas. »Die ganze Welt ist verrückt geworden«, lallte sein Vater und nahm einen kräftigen Schluck aus der Bierflasche. Irritiert schaute Joshua ihn an. Alle Würde, die ihm der schwarze Anzug verliehen hatte, war mit einem Mal verschwunden. Er saß nun in einem verschwitzten Unterhemd auf der Couch. Seine unordentlichen, fettigen Haare wurden immer länger und hingen ihm bereits in die Stirn. Er hatte sich offenbar seit Tagen nicht rasiert. Das Zimmer stank nach Bier und Tabak und sein Vater war schon viele Wochen nicht mehr zur Arbeit gegangen. Seine Launen wurden täglich schlimmer. Wenn er getrunken hatte, waren sie besonders schrecklich. Voller Jähzorn beschimpfte er den Fernseher. Joshua ertrug es nicht, seinen Vater so zu sehen. Er wollte ihn packen und von der Couch herunterzerren. Der Erwachsene passte problemlos in seine Hand. Der Junge betrachtete ihn erstaunt und legte ihn dann mit den anderen Plastik-Männchen zusammen in einen großen Umzugskarton. Es war nur eine von vielen Kisten, in die all seine Sachen gepackt worden waren. Männer kamen und trugen sie hinaus. Joshua folgte ihnen, doch die Tür führte nicht in den Flur seines wunderschönen Elternhauses, sondern in diese entsetzliche Bruchbude mitten in der Stadt. Ihr muffiger Gestank schlug ihm entgegen. Der Junge betrat sein *neues Zimmer*, das in Wahrheit nicht mehr war als eine Ecke im Wohnzimmer. Weinend betrachtete er das Bett, das Nachtschränkchen und das Schuhkarton-Haus der Männchen hinter dem Raumteiler.

»Es ist nur vorübergehend«, sagte sein Vater. Diese Worte sollten offenbar tröstlich klingen. »Bald haben wir wieder genug Geld für eine richtige Wohnung.« Dann kehrte er auf die Couch zurück. Noch mehr Bier. Noch mehr Geschrei. Joshua wollte zu ihm laufen und seine Bierflaschen vom Tisch wischen, um ihn am Trinken zu hindern.

Doch stattdessen fand er etwas völlig anderes auf dem Couchtisch. Geld. Sehr viel Geld. Er lachte vor Glück und berührte die Scheine. Sein Vater hatte recht behalten. Er strahlte ihn an, aber der Erwachsene schien sich nicht über den Reichtum zu freuen. Er verzog bloß das Gesicht. Der Junge begriff, dass es Schmerzen waren, die ihn quälten. Die weißen Verbände um seinen Bauch waren blutgetränkt.

Irgendwo in der Ferne bellte der Hund. Sein Vater erhob sich stöhnend, befahl ihm, sich ruhig zu verhalten, und rannte hinaus. Joshua wollte ihn aufhalten, doch es ging alles viel zu schnell. So blieb er allein zurück und wartete, was als Nächstes geschah. Ein Schuss ließ ihn erschrocken zu Boden stürzen. »Nein, Rocko!«, schrie sein Vater irgendwo in der Ferne. Dann kehrte Stille ein. Totenstille.

»Bist du in Ordnung, mein Junge?« Es war eine andere Stimme und sie klang besorgt. Er wollte antworten, doch in diesem Moment fragte der Unbekannte noch einmal. »Daniel Konrad, bist du in Ordnung?« Er begriff, dass es hier gar nicht um ihn ging. Nur dieser andere Junge schien wichtig zu sein. Ihm galt alle Aufmerksamkeit. Daniel Konrad. Es fühlte sich an, als würde dieser Name mit glühenden Eisen in sein Herz gebrannt. Wut und Hass keimten in ihm auf. Joshua zog daraus die Kraft, endlich aufzustehen. Er rannte hinaus, um sich diesem Monster zu stellen, aber es war längst nicht mehr da, genauso wenig wie sein Vater. Nur der tote Hund lag noch im Hof. Joshua wollte seinen Kumpel ein letztes Mal streicheln, doch es kamen Männer und führten ihn weg – von Rocko, von der schäbigen Bruchbude und von seinem Leben. Daniel Konrad hatte ihm alles genommen.

Nach nur wenigen Schritten erreichten sie ein kleines Einfamilienhaus auf dem Land. In der Tür stand ein junges Pärchen. Beide strahlten ihn an. »Wir sind deine neuen Eltern«, flötete die Frau in dem geblümten Kleid. Seine Wut verrauchte. Sie klang liebevoll und warmherzig. Er sehnte sich danach, sie zu umarmen. Doch als er es versuchte, wurde er weggestoßen, stolperte nach hinten und konnte sich gerade so abfangen.

»Was stimmt nur nicht mit dem Jungen?«, blaffte der Mann. Sein Gesicht war bloß noch eine wütende Fratze. »Er kann hier nicht bleiben.« Diese Worte waren so endgültig, dass es ihm den Atem verschlug. Joshua hielt sich die Ohren zu. Er weinte und murmelte bloß irgendwelche Entschuldigungen.

Dann wurde er an den Schultern gepackt und herumgerissen. »Willkommen in der *Insel*«, sagte Christian lächelnd. »Du fühlst dich vielleicht, als wärst du in einem Sturm verlorengegangen. Aber hier kannst du ankern. Hier darfst du dich zu Hause fühlen. Christus liebt dich so, wie du bist.« Wie gerne Joshua ihm geglaubt hätte, doch seine Worte konnten unmöglich wahr sein. Er hatte kein Zuhause verdient. Er war auch nicht liebenswert und er wusste bereits, was als Nächstes geschehen würde. Um sie herum wurde es rasch finster und bedrohlich. Vorwurfsvolle Blicke durchbohrten ihn. Manch einer tuschelte über das missratene Kind. Aber Christian blieb freundlich und zugewandt. Er hielt ihm bloß ein schön verziertes Notizbuch entgegen. »Für all die Dämonen, die dich plagen«, sagte er. »Für all die Monster. Schreib auf, was immer dich bedrückt und der Herr wird dich davon erlösen.« Joshua tat es. Er schrieb all die Monster in das Buch, doch das Zetern wurde trotzdem immer lauter und lauter. Das klägliche Miauen der sterbenden Katze erklang. Er hörte das Schluchzen von Fräulein Schmitt und schließlich das entsetzliche Knistern des Elektroschockers. Sein Körper erinnerte sich noch gut an die Schmerzen, die dieses Teil verursachte.

»Nein, bitte nicht!«, flehte er und seine Stimme klang jetzt genauso, wie er sie in Erinnerung hatte. »Bitte tu mir nicht weh!« Das bedrohliche Gerät war plötzlich verstummt und völliger Stille gewichen. Keine Geräusche, keine Personen mehr, die irgendetwas sagten oder machten. Bloß sein Flehen hallten durch den finsteren Wald. Zeitgleich breitete sich das gleißende Licht wieder aus, bis es ihn auf Neue vollkommen umschloss. Joshua begriff, dass seine Geschichte zu Ende war. Die Ereignisse waren vorbeigezogen und hatten ihn allein im grellweißen Nichts zurückgelassen. Zitternd hob er seinen Arm, um sich gegen das Licht abzuschirmen. Die Lampe wurde ein Stück gesenkt und dahinter erkannte er einen sonderbar aussehenden Jugendlichen. Er schaute genauso irritiert drein, wie Joshua sich in diesem Moment fühlte. Ein Schluchzen drang an sein Ohr. Als er sich danach umdrehte, entdeckte er ein finsteres Loch im Boden. Ein Mädchen lag darin und neben ihr hockte eine Frau. Die beiden sahen sich ähnlich, wie Mutter und Tochter. Das Kind weinte so sehr, dass auch Joshua die Tränen kamen. Der angsterfüllte Blick der Erwachsenen war auf etwas in seiner Hand gerichtet. Erst jetzt bemerkte er die Waffe, die er die ganze Zeit über gehalten hatte. »W-was ist passiert?«, rief er entsetzt aus. »Wo bin ich?« Dann wurde ihm plötzlich klar, dass noch jemand hinter ihm war. Panisch fuhr er herum und schaute direkt in die Augen eines Mannes. Er stand dort, als wolle er ihn jeden Moment angreifen. »Wer bist du?«

Daniel

Fasziniert hatte ich die Verwandlung meines Gegenübers beobachtet. Er sprach nicht nur mit der Kinderstimme, die ich bereits aus unseren Telefonaten kannte. Seine ganze Körperhaltung wirkte jetzt wie die eines kleinen, ängstlichen Jungen. Er glotzte mich dabei an, als erwarte er, jeden Moment von mir geschlagen zu werden. Was ich am Telefon für ein perfides Spiel gehalten hatte, schien in Wirklichkeit etwas völlig anderes zu sein. Der Sonderpädagoge in mir suchte passende Krankheitsbilder, die sein merkwürdiges Verhalten erklärten.

Eine dissoziative Persönlichkeitsstörung vielleicht? Es schien mir kaum vorstellbar, dass jemand mit einer solchen Störung genug Kontrolle hatte, um all die schrecklichen Ereignisse der vergangenen Stunden zu planen und umzusetzen. Andererseits konnte die Krankheit, die oftmals fälschlicherweise als Schizophrenie bezeichnet wird, unzählige Ausprägungen haben. Nicht immer trat dabei ein plötzlicher Wechsel der Identität auf, wie ich ihn gerade beobachtet hatte. Es gab durchaus auch unauffälligere Formen. Die Persönlichkeit, die derzeit die Kontrolle hatte, schien nichts von den Verbrechen zu ahnen. Trotzdem hielt sie eine Waffe in der Hand und war brandgefährlich. Ich hatte keine Wahl, als mich auf die Situation einzulassen. Vielleicht konnte ich sie sogar überzeugen, mir die Pistole zu geben? Das bedeutete allerdings, dass ich all meinen Hass für den Moment herunterschlucken musste. Ich fürchtete förmlich, daran zu ersticken. Doch es war die einzige Chance, Marie und ihre Tochter zu retten. Also ließ ich die geballten Fäuste sinken und bemühte mich um eine Körperhaltung, die nicht bedrohlich wirkte.

»Hallo, mein Name ist Daniel Konrad«, sagte ich.

Der Mann riss die Augen auf. »D-du bist ...?«, stammelte er ungläubig. »W-wie ist das überhaupt möglich?«

Ich zuckte mit den Achseln. »Ich weiß leider nicht, was du meinst?«

Er schien es ebenfalls nicht zu wissen. »I-ich dachte immer, du bist ... du bist ...?«

»Ein Monster?«, schlug ich ihm vor und achtete abermals darauf, nicht einschüchternd zu wirken. Er sah aus, als müsse er meine Worte durchdenken. Dann nickte er und begann aufs Neue zu weinen. Rasch überlegte ich, was ich zu einem Kind in der Schule sagen würde, wenn es mir einen solchen Vorwurf machte. Ich hob meine Hände und zeigte die leeren Handflächen. »Falls ich dir wehgetan habe, tut es mir leid. Das wollte ich nicht. Was habe ich denn deiner Meinung nach so Schlimmes getan?«

»D-das weißt du ganz genau!«, stammelte er. »Du hast meinen Papa ins Gefängnis gebracht. Wegen dir musste ich in dieses Scheiß-Kinderheim.«

Endlich begriff ich. Vor mir stand der Sohn von Tom Hartmann. Wieso nur hatte Schnauzbart mir nie von ihm erzählt? Hatte er mich vor der Wahrheit schützen wollen? Oder hatte er eine dienstliche Anweisung bekommen, darüber zu schweigen? Plötzlich ergab alles einen Sinn. Intuitiv ließ ich den kleinen Jungen zu Wort kommen, der ich damals gewesen war. »D-das tut mir echt leid«, antwortete ich, und meine Stimme klang nun beinah wie seine. »Ich hab ja nicht mal gewusst, dass es dich gibt. Ich wollte doch bloß den Mörder meiner Eltern finden.«

»Du hast alles kaputtgemacht!«

»Ich habe nie gewollt, dass es so endet. Es tut mir wirklich leid.«

Joshua

Seine Worte klangen aufrichtig. Und das versetzte Joshua einen gewaltigen Stich im Herzen. Daniel Konrad war nicht das Monster, das er sich all die Jahre vorgestellt hatte. Er war bloß ein kleiner Junge gewesen, dem das Leben genauso übel mitgespielt hatte wie ihm. Noch mehr Bilder drängten in sein Bewusstsein, unbekannte Erlebnisse hemmungsloser Gewalt. Das Mädchen, das vor ihm auf dem Boden hockte, während er auf sie einschlug. Die ältere Dame, die schreiend eine Treppe hinunterstürzte. Die Schüsse im Wald. Eine Explosion. Der gefesselte Junge auf den Schienen. Die Flammen im Keller der *Insel*. Und schließlich wieder das Mädchen, das weinend vor seinem Grab kniete. Entsetzt versuchte er, diese fremdartigen

Erinnerungsfetzen abzuschütteln. Doch er konnte es nicht. Es waren *seine* Erinnerungen. Was hatte er getan? Wer war er geworden? Was hatten die Jahre der Dunkelheit mit ihm gemacht? Er selbst war das Monster. Diese Wahrheit traf ihn mit voller Wucht. Sein Blick fiel erneut auf die Waffe in seiner Hand. Dabei erinnerte er sich an den Moment, als er vorhin an sein eigenes Ende gedacht hatte. Diese Vorstellung hatte sich unerwartet gut angefühlt. Es war ihm wie der Ausweg aus seiner jahrelangen Qual vorgekommen. Mit zitternden Fingern hob er das schwere Teil und richtete es auf sich selbst.

Ein letztes Mal schaute er zu dem Mädchen hinüber. Sie war gebrochen, würde genauso enden wie er. »Nein! Wird sie nicht«, widersprach er sich. »Sarah ist stark. Sarah ist mutig. Und sie hat Eltern, die sie lieben und ihr helfen werden.« Er musste sie bloß retten, bevor der finstere Mann ihr etwas antun konnte – ehe er selbst ihr etwas antat. Dieser Gedanke traf ihn erneut wie ein Schlag. Er hielt ihren Blick aus. »Es tut mir leid«, brachte er hervor. Dabei wurde ihm ganz leicht ums Herz und es fiel plötzlich gar nicht mehr schwer, den Abzug zu drücken. Er begriff noch, dass er doch kein Monster war, sondern bloß eines tötete.

Dann explodierte die Welt.

Epilog

»Also kommst du am Wochenende nach Hause?«, fragte Daniel sie hoffnungsvoll und stellte ihr Bild auf seinen Schreibtisch zurück. Es zeigte jenes kleine Mädchen, das er damals kennengelernt hatte, nicht die junge Frau, die sie inzwischen war. Er hatte es vor sechs Monaten aufgestellt, als Sarah auszog, um die Welt zu erkunden.

»Ich weiß nicht, Dad«, antwortete sie zögerlich.

Nach all den Jahren hatte er sich noch immer nicht daran gewöhnt, dass sie ihn *Dad* nannte. Sarah hatte damit begonnen, nachdem der kleine Alexander zur Welt gekommen war und sie zu viert allmählich als Familie zusammenwuchsen. Das Gefühl war dasselbe wie beim allerersten Mal – wunderschön, aber dennoch seltsam.

»Ich hab echt noch eine Menge Zeug zu lernen.«

Insgeheim freute er sich darüber, dass sie ihr Studium so ernst nahm. Psychologie studierte man nicht mal eben nebenbei. Trotzdem musste er einfach versuchen, sie zu überzeugen. Für Marie. Und natürlich für sich selbst.

»Bitte Kleines, wir würden uns sehr freuen, dich mal wieder zu sehen.«

Sarah zögerte. »Mum auch?«

»Was?«

»Na, denkst du, Mum würde sich auch freuen? Oder versucht sie nur wieder, mich an die Leine zu legen?«

Er wusste sofort, worauf sie anspielte. Es war nicht unbedingt der perfekte Abschied gewesen, als Sarah auszog. Sie hatte sich diesen Schritt in die Freiheit erkämpfen müssen. Mutter und Tochter litten immer noch unter dem Streit und Daniel stand damals wie heute zwischen den Fronten. Er konnte beide Seiten gut verstehen. Nach den schrecklichen Ereignissen vor einigen Jahren schien es ihm nachvollziehbar, weshalb Marie versuchte, ihr kleines Mädchen vor der großen bösen Welt zu schützen. Doch Sarah war kein kleines Mädchen mehr, sondern eine taffe, junge Frau, die jetzt ihren Platz in eben dieser Welt finden musste. Und sie hatte diese Herausforderung angenommen.

»Sarah«, antwortete er. »Du weißt ganz genau, dass deine Mutter dich über alles liebt. Und du liebst sie auch, das weiß ich genau. Lass nicht zu, dass dieser Kerl jetzt immer noch, nach all den Jahren, Einfluss auf euer Leben nimmt.«

Unwillkürlich wanderte sein Blick zu dem Besprechungstisch hinüber. Dort hatte alles seinen Anfang genommen. Auf dem vorderen Stuhl hatte Joshua Hartmann breitbeinig gesessen und sich als Manuel Keller ausgegeben. Daniel erinnerte sich noch gut daran, wie er dabei die Arme hinter dem Kopf verschränkt hatte.

»Na gut, ich schaue, dass ich hier alles bis Freitag fertigkriege.«

Daniel wusste nicht, wie er die Zeit bis zum Wochenende ertragen sollte, aber er würde es schon irgendwie schaffen. In diesem Moment klopfte es an der Tür. Sofort wurde die Klinke heruntergedrückt. Wer immer davor stand, hatte keine Lust, auf ein *Herein* zu warten.

»Hör mal, ich muss jetzt weiterarbeiten. Aber ich freue mich total auf Freitag.«

»Ich mich auch.«

Daniel legte auf und erhob sich von seinem Schreibtischstuhl. Just in diesem Moment erschien auch schon eine Person im Türrahmen.

»Ach, du bist das!«, rief der Erziehungsberater freudig aus, als er sie erkannte. Doch dann fiel sein Blick auf das, was sie in der Hand hielt. Mit einem Schlag verschwand alle Farbe aus seinem Gesicht.

»Verdammt, was soll das?«, schrie er noch und versuchte erfolglos, den Angriff abzuwehren. Keuchend sank er zu Boden, während dicke Blutspritzer den grauen Besprechungstisch trafen.

Danksagungen und Anmerkungen

Warnung: Dieser Text enthält Andeutungen auf das Ende des Buches.

Ich kann es selbst kaum glauben, dass ich nun tatsächlich hier sitze, um meine Dankesworte zum letzten Teil der Daniel-Konrad-Trilogie zu Papier zu bringen. Diesen Roman habe ich buchstäblich mehr als nur einmal geschrieben und mit allem, was ich zwischenzeitlich wieder gelöscht habe, könnte man gut und gerne zwei weitere Bücher füllen. Die Hauptschuld daran trägt Joshua. In meinem Kopf gibt es ihn schon seit zehn Jahren. Ich wusste die ganze Zeit über, wer er ist, was genau mit ihm passiert ist und wie seine verschiedenen Persönlichkeiten klingen sollten. Dafür aber genau die richtigen Worte zu finden, war doch schwieriger, als ich erwartet hatte.

Bevor ich nun – wie üblich – einer ganzen Reihe wichtiger Menschen danke, will ich zuvor einige Sätze über die drei wichtigsten verlieren: Meine liebe Frau Andrea hört mir immer zu, wenn ich mir meinen wirren Autorenkram von der Seele reden muss, liest mit Interesse jedes Ergebnis und signalisiert mir mit klaren Worten, was sie darüber denkt. Schuld am grausamen Ende des Epilogs trägt sie aber ausdrücklich keine. Wie schrieb sie doch gleich auf das Manuskript, nachdem sie es zum ersten Mal gelesen hatte: *Wieso denn das jetzt???*
Meine Tochter Miriam hat gottlob keine Ahnung davon, was ich da so zu Papier bringe. Und wenn es nach mir geht, wird das auch noch eine ganze Weile so bleiben. Sie liest unglaublich gerne, Bücher sind für sie etwas Großartiges. Wie ihr Papa wächst sie mit Geschichten von Michael Ende und Astrid Lindgren auf. Bald kommt sicherlich auch J. R. R. Tolkien hinzu. Miriam war sehr aktiv an der Erstellung des Titelbildes beteiligt und hatte – so glaube ich – eine Menge Spaß dabei. Das Ergebnis finde ich nach wie vor sensationell.
Last but not least sei mein bester Freund Manuel erwähnt. Er ist der einzige Mensch, der meine Geschichten – auch *Die gottlose Insel* – vollständig kennt, lange bevor ich sie zu Papier bringe. Manuel kann wahnsinnig gut zuhören und erträgt es, wenn ich einen ganzen Abend

lang darüber quatsche. Wie er das macht, weiß ich eigentlich gar nicht so genau, aber ich danke ihm von Herzen dafür.
Wie immer danke ich auch meinem lieben Freund und Verleger Marc Debus und allen, die – manchmal auch, ohne es zu wissen – am Entstehungsprozess beteiligt waren, insbesondere: Andrea N., Johannes, meiner Mutter, Anne, Anna, Maria, Markus, Silke, meinen Kolleginnen und Kollegen vom Schulamt und nicht zuletzt auch Frau Elsner.
Und schließlich danke ich Ihnen, liebe Leserin, lieber Leser, dass Sie Daniel Konrad und mir bis zur letzten Seite die Treue gehalten haben. Ich hoffe, die dramatische Wendung des Epilogs sorgt nicht für allzu viel Verdruss. Aktuell widme ich mich einem völlig anderen Projekt. Dazu kann ich nur so viel verraten: Es wird geistreich. Sollte ich aber eines Tages in die Welt von Daniel Konrad zurückkehren, habe ich schon sehr konkrete Pläne, wie es mit den losen Fäden weitergehen kann.

Über den Autor

Simon Nebeling wurde 1976 in Gießen geboren. Dort lebt er mit seiner Frau Andrea Nebeling und der gemeinsamen Tochter Miriam.
An der Justus-Liebig-Universität Gießen studierte er das Lehramt an

Förderschulen (Fachrichtungen: Erziehungshilfe, Pädagogik der Praktisch Bildbaren und Deutsch). Als Erziehungshilfelehrer hat er – wie der Protagonist der Daniel-Konrad-Reihe auch – lange in der Beratung und Förderung an Gesamtschulen gearbeitet.
Simon Nebeling war außerdem stellvertretender Schulleiter einer Förderschule mit Beratungs- und Förderzentrum und arbeitet inzwischen als Schulamtsdirektor in Bad Vilbel.
Als Berater hat er viel Erfahrung im Umgang mit problematischen Lebens- und Familiensituationen. Diese Erfahrung fließt oftmals in die Charaktere seiner Romane ein, beispielsweise auch in die Bewohner des Kinderheimes in dem Horror-Thriller *Trajanas Träume*.

Printed in Poland
by Amazon Fulfillment
Poland Sp. z o.o., Wrocław

32171229R00235